마법의 산

(상)

마법의 산 (상)

초판 1쇄 인쇄 2013년 6월 15일
초판 1쇄 발행 2013년 6월 20일

–

지은이 토마스 만
옮긴이 원당희
펴낸이 이방원
편　집 김명희 · 안효희 · 조환열 · 강윤경
디자인 손경화 · 박선옥
마케팅 최성수

–

펴낸곳 세창미디어
출판신고 2013년 1월 4일 제312-2013-000002호
주소 120-050 서울시 서대문구 경기대로 88 냉천빌딩 4층
전화 02-723-8660
팩스 02-720-4579
이메일 sc1992@empal.com
홈페이지 http://www.sechangpub.co.kr/

–

ISBN 978-89-5586-183-9 04850
978-89-5586-182-2 (세트)

_ 책 값은 뒤표지에 있습니다.

이 도서의 국립중앙도서관 출판시도서목록(CIP)은 서지정보유통지원시스템 홈페이지(http://seoji.nl.go.kr)와 국가자료공동목록시스템(http://www.nl.go.kr/kolisnet)에서 이용하실 수 있습니다. (CIP제어번호: CIP2013008409)

Der Zauberberg

마법의 산

상

토마스 만 지음
원당희 옮김

세창미디어

차 례

상

제4장

제5장

차 례

하

저자 해설

프린스턴 대학생을 위한 『마법의 산』 입문

여러분의 문학 수업에 작가가 직접 참석하여 여러분과 함께 자신의 작품을 고찰한다는 것은 참으로 흔치 않은 경우입니다. 여러분은 틀림없이 볼테르나 세르반테스의 유명한 책들에 관하여 몇 가지 개인적인 언급을 듣는 것을 더 선호했을 것 같습니다. 그러나 시간과 동시대성의 법칙에 따라서 필연적으로 여러분은 『마법의 산』의 저자인 나에게 만족하지 않을 수 없게 되었습니다. 나는 나의 책이 연구 대상으로서 세계문학의 위대한 작품들 가운데 하나로 들어가 있는 것을 보고 적지 않게 당황하고 있습니다. 이 연속 강의에서 현대적 작품 역시 마땅히 읽히고 분석되는 것이 옳다고 결정한 것은 여러분이 존경하는 선생님의 관대함 덕분이었습니다.

물론 내 책들 가운데 하나가 선정된 것에 대하여 나는 진심으로 기뻐하고 있지만, 그것이 최종적 분류를 의미한다고는 생각하지 않습니다. 『마법의 산』이 여러분들 수업에서 다루는 다른 고전적 작품들의 의미에서 명작으로 간주되어도 좋은지를 결정하는 것은 후대에 달려 있습니다. 아무튼 20세기 초엽에 있어서 유럽의 영적 상태와 정신적 문제성의 기록을 후대의 사람들은 언젠가 이 책 속에서 보게 될 것입니다. 그리고 이 책의 성립과정과 저자가 겪었던 경험에 대한 얼마간의 표명들이 여러분에게 환영을 받았으면 좋겠습니다.

내가 이 표명을 영어로 해야만 한다는 것은 내게는 특별히 부담이라기보다는 오히려 위안입니다. 이렇게 말하자니 나는 즉시 『마법의 산』 제1권 끝에서 키르기스인의 눈을 가진 쇼샤 부인에게 기이한 사랑의 설명을 시도하는 젊은 엔지니어 한스 카스토르프를 생각하게 됩니다. 그는 부인에게 외국어, 프랑스어로 비밀스런 핑계의 말을 던질 수 있는 청년이기 때문입니다. 프랑스어는 그에게 부끄러움을 없애주고, 그로 하여금 독일어로는 차마 입 밖에 낼 수 없는 것을 말하도록 용기를 줍니다. 그는 프랑스어로 이렇게 말을 겁니다. "프랑스어로 말하는 것, 그것은 이를테면 이야기할 수 없는 것을 말하는 것입니다." 짧게 말해 프랑스어는 그가 장애를 극복하는 데 도움이 됩니다.—자신의 책에 관해 언급하지 않으면 안 되는 작가로서 내가 느끼는 그의 장애들 역시 외국어로 변조된 말을 통하여 완화됩니다.

그런데 앞서 언급한 작가들만이 현저하게 감지되는 유일한 인물들은 아닙니다. 이름만 들어도 단 하나의 위대한 작품과 연결되고 그것과 거의 동일시되는 작가들이 있습니다. 그들의 본질은 그들의 단 하나의 작품 속에서 완벽하게 표출됩니다. 예컨대 단테라고 하면 『신곡』인 것처럼, 세르반테스라고 하면 『돈키호테』인 것입니다. 그러나 내가 고려해야만 하는 다른 유형의 작가들도 있습니다. 그들의 경우 개별 작품은 결코 이처럼 완벽한 대표성과 의미를 소유하는 것이 아니라 더 큰 전체, 필생의 작품의 일부분, 시간이 흐름과 추후연속의 법칙을 지양하려고 시도하는 삶과 개체의 일부분에 지나지 않습니다. 따라서 그들은 매번 작품을 완성함에 있어서 그때그때 순간에 완전하려고 노력합니다.

『마법의 산』이 그러합니다. 이 소설은 내적 전체성에 매 순간 현재를 부여하는 수단이자 전과 후를 예시하는 마법의 원리인 이른바 주도동기(Leitmotiv)를 통하여 스스로 시간의 지양을 시도합니다. 필생의 작품 또한 마찬가지로 주도동기들을 가지고 있습니다. 그것은 통일성을 창출하고 느끼도록 하여 개별 작품 내에 전체적인 것을 현재적인 것으로 유지하려는 시도에 봉사합니다. 그러나 바로 이 때문에 필생의 역작과 개별적인 것의 관련성을 등한시하고 자체에 내재된 연관체계만을 고려하여 개별적인 것을 따로 떼어 파악한다면, 개별적인 것은 정당성을 잃게 될 것입니다. 예를 들어 『마법의 산』에 대하여 연관성들을 생각하지 않고 논의한다면, 그것은 매우 난감하고 거의 무익한 일입니다. 이 소설은 그 이전에는 내 청춘기의 장편소설 『부덴브로크 일가』, 비판적·논쟁적인 에세이 『비정치인의 고찰(Betrachtungen eines Unpolitischen)』, 중편 「베니스에서의 죽음」과 연관되며, 그 이후로는 『요셉과 그의 형제들』과 연관됩니다.

여러분, 내가 이제까지 말했던 것은 『마법의 산』에 관해 피력해야 할 과제와 직면하여 느끼고 있는 장애들을 먼저 암시하려는 의도에서였습니다. 그러나 나의 말은 이미 이 책의 구조와 예술적 삶의 전반적 시도에서 나타나는 구조의 문제로 상당히 깊숙이—본래 내가 오늘 들어가려던 것보다 더—접어들고 있습니다. 이 책은 이런 나의 예술적 시도의 일부이자 본보기입니다. 이제 여러분에게 나의 삶의 결실이었던 이 소설의 구상과 성립배경에 관하여 순수 역사적이고 일화적인 이야기로 풀어나가는 것이 더 좋을 것 같습니다.

1912년에는 이미 내 나이가 거의 장년기에 속합니다만, 오늘날 대학생이라면 그때는 태어나지도 않았습니다. 당시에 나의 아내가—그리 심각하지 않은—폐렴에 걸렸고, 이로 인해 고산 지대에 위치한 스위스의 다보스 요양소에서 반년 동안 지낼 필요가 있었습니다. 그동안 나는 뮌헨의 이자르 강변에 있는 퇼츠 마을의 별장에서 아이들과 함께 지냈습니다. 그러나 그해 5월과 6월에 다보스에서 요양 중인 나의 아내를 몇 주일간 방문하게 되었습니다. 여러분이 『마법의 산』 첫머리의 「도착」이라는 장을 읽어 보면, 손님으로 찾아간 한스 카스토르프는 환자인 사촌 침센과 함께 요양소 식당에서 저녁식사를 합니다. 그는 훌륭한 베르크호프-식당의 첫 요리를 맛볼 뿐만 아니라, 당시의 분위기와 "여기 위에서의" 삶에 관해서도 경험하게 됩니다. 여러분이 이 장을 읽게 되면, 여러분은 이곳에서의 우리 부부의 재회와 나 자신이 당시에 갖고 있었던 놀라운 인상에 대해 자세히 알게 될 것입니다.

이처럼 아주 특수한 인상들이 내가 다보스 요양소의 병적 분위기 속에서 내 아내의 동반자로서 지내는 3주 동안 강화되고 심화되었습니다. 본래 주인공 카스토르프 역시 그곳에서 지내려고 생각한 것은 3주였는데, 그 3주가 그만 마법의 동화 같은 7년으로 바뀌게 됩니다. 나는 이에 관해 아마도 상세히 이야기할 수 있었을 것 같습니다. 왜냐하면 만일 나에게 그런 일이 일어났다 해도, 그 세월은 적지 않은 기간이었기 때문입니다. 적어도 그의—실제로 근본적인—체험들 가운데 하나는 내가 직접 겼었던 일을 주인공에게 그대로 옮긴 것입니다. 즉, 평지 출신의 병과는 상관없는 손님이 우연히 검사를 받다가 그 자신이 병자라는 판명을 받게 됩니다.

나는 그 위에서 대략 열흘간 지내던 중이었는데, 춥고 축축한 날씨에 발코니에 나갔다가 고지의 대기에서 생기는 특수한 카타르에 걸리게 되었습니다. 이때 두 명의 전문의, 과장과 그의 조수가 현지에 있었기 때문에, 요양소의 안전과 질서를 위하여 나는 기관지를 검사받았습니다. 그리고 나는 검사받도록 지시를 받은 나의 아내의 뜻에 따르기로 하였습니다. 여러분들도 상상할 수 있듯이 외견상 소설 속의 베렌스 원장을 약간 닮은 과장이 나의 몸을 여기저기 타진하기 시작하다가, 아주 빠르게 이른바 탁음이 나는 부분, 나의 폐의 병든 부분을 찾아냈습니다. 만일 내가 한스 카스토르프와 같았더라면, 이로 인해 나 역시도 인생에 있어서 전환점을 맞이하게 되었을 것입니다. 의사는 나에게 조심스럽게 행동하는 것이 좋을 것이며, 이곳 요양소에서 반년 정도 치료받을 것을 권고했습니다. 그런데 내가 만일 그 권고를 따랐더라면, 나는 그 위에서 아직까지도 누워 있을지 모르는 일입니다.

나는 『마법의 산』을 집필하기로 마음먹었습니다. 짧은 3주일 동안에 그 위에서 받았던 인상들, 젊은이에 대한 이런 환경의 위험으로부터 내게 하나의 개념을 부여하기에 충분한 인상들을 나는 이 책에서 활용하였습니다.—폐결핵은 젊은이의 병입니다. 고산지대에 있는 병의 세계는 여러분도 나의 소설을 읽으면서 조금은 느끼게 되어 있는 폐쇄성과 자체완결성을 지니고 있습니다. 젊은이를 상대적으로 짧은 시간 내에 현실적이고 행동적인 삶에서 완전히 멀어지게 한 것은 일종의 삶의 보상입니다. 그 위에 존재하는 모든 것, 특히 시간의 개념 또한 사치스러웠습니다. 이런 종류의 사치스런 병의 치료에는 계속 수개월이 걸리거나 종종은 수년까지도 걸릴 수 있습니다. 그러나 6개월 뒤에 젊은이는 머릿속에 사치스러운 것을 더 많이 갖게 됩니다. 그리고 1년 뒤에는 많은 경우에 있어서 그는 머릿속에 이와 다른 어떤 것을 다시는 가질 수 없게 됩니다.

주인공인 젊은이는 종국적으로 평지에서는 삶에 대해 무용한 존재가 되었을 것입니다. 이 요양소라는 학습장소에서는 전쟁 발발 이전의 전형적인 현상이 다루어지고 있는데, 이는 아직은 훼손되지 않은 자본주의적 경제형식의 경우에서만 생각될 수 있는 상황입니다. 가족의 비용으로 살아가는 환자들이 수년 내지 영구히 환자로서 지낼 수 있었던 것은 오로지 자본주의적 상황에 따라서만 가능했습니다. 오늘날 같으면 이런 상황은 끝났거나 거의 끝났다고 해도 과언이 아닐 것입니다. 『마법의 산』은 이런 실존형식의 서글픈 최후의 작품이 되어 버렸습니다. 이는 소설의 묘사가 삶의 형식을 종결시키고 이에 따라 삶의 형식 또한 사라져 버리는 일종의 법칙과 같은 어떤 것입니다. 오늘날 폐의 치료는 현저히 다른 방법들을 모색해 나가고 있으며, 따라서 수많은 스위스의 고산지대 요양소들도 스포츠 호텔로 변해 버렸습니다.

다보스에서 얻은 인상들과 경험들을 이야기로 꾸미려는 생각은 아주 빨리 확고해졌습니다. 당시 나의 문학적 상황은 다음과 같았습니다. 『대공전하(Köigliche Hohheit)』라는 왕자소설을 끝낸 뒤, 나는 고등사기꾼이자 화려한 도둑의 회고담을 쓰려는 흥미진진한 시도에 착수했습니다. 이 소설은 범죄적 반사회성의 형식에 의거하면서도 근본적으로는 『대공전하』에 나오는 젊은 왕자의 이야기처럼 예술가의 이야기였습니다. 이에 관해서 비교적 긴 단편 하나만 남아 있었던 이 기묘한 책의 문체는 18세기의 위대한 회상문학과 괴테의 에세이 『문학과 진실』에 대한 일종의 패러디였는데, 이것이 제대로 다듬어지기까지는 오랜 세월의 힘든 과정을 거쳤습니다. 이렇게 언어와 사고에 있어서 색다른 영역을 개척해보려는 문체상의 욕구가 나에게서 강렬하게 솟아

오르고 있었습니다. 그러나 나는 중편 소설 「베니스에서의 죽음」을 집필하면서 이 소설을 중단했습니다.

다보스를 방문할 무렵에는 베니스-소설이 거의 완성될 단계에 있었습니다. 다보스를 방문하면서 계획한 서사적 작품(즉시 '마법의 산'이라는 제목을 얻었던 작품)은 「베니스에서의 죽음」과 비교하여 해학적 성격을 지닌 상관물 이상의 어떤 것도 아니었습니다. 규모에서도 이 작품에 비해 약간 늘어날 정도의 중편 소설로 계획하고 있었습니다. 그것은 당시로서는 바로 완성한 비극적 소설 「베니스에서의 죽음」에 대한 풍자로서 여겨졌습니다. 내가 저 위 고산지대의 특수한 지역에서 경험했었던 것처럼 이 작품의 분위기는 죽음과 재미가 서로 뒤섞여 있게 될 예정이었습니다. 「베니스에서의 죽음」에서 서술된 죽음의 매혹, 최고의 질서에 바쳐진 삶을 누르는 도취적 무질서의 승리는 이제 해학적 차원으로 옮겨지도록 되어 있었습니다. 순진무구한 주인공, 죽음의 모험과 시민적 신뢰성 사이의 우스운 갈등이 한동안 나의 의도였습니다. 출발은 불확실했으나 어떻게든 스스로의 길을 찾아나가게 될 터였습니다. 전체는 가볍고 재미있게 처리될 것처럼 보였고, 아마 많은 공간도 차지하지 않을 터였습니다. 뮌헨에 되돌아 왔을 때, 나는 이 소설의 제1장을 쓰기 시작했습니다.

이 중편소설을 확대했을 때의 위험, 의미 있고 사상적으로 광대한 곳을 지향하는 소재의 위험이 이미 처음부터 나를 엄습했습니다. 나는 소재가 위험스런 연관성의 중심에 놓여 있음을 감출 수가 없었습니다. 무엇인가 시도하는 것을 과소평가하려는 태도는 나만이 겪는 경험만은 아닙니다. 작품을 구상하는 단계에서는 작업이 안정적이고 단순하며 실제적인 빛을 띠고 나타납니다. 그것은 어떤 커다란 노고나 실행을 요구하지 않는 것처럼 보입니다. 나의 최초 장편소설 『부덴브로크 일가』도 처음에는 북구의 상인 및 가족이야기의 전범을 따르는 책, 200페이지 가량의 책으로 생각했던 것이 두툼한 두 권짜리 책으로 확대되었습니다. 「베니스에서의 죽음」도 뮌헨의 잡지 「짐플리시스무스」에 게재될 짧은 스토리로 예정되어 있었습니다. 방대한 연작소설 『요셉과 그의 형제들』도 마찬가지로 처음에는 베니스-소설 정도의 분량을 지닌 중편의 형태로 생각하던 것입니다.

사정은 『마법의 산』도 다르지 않습니다. 이런 경우 아마도 필연적인 생산적 자기기만이 일어나는 것 아닌가 생각합니다. 만일 누군가가 작품의 모든 가능성들과 난제들을 앞서서 명확히 하고, 작가의 의지와는 번번이 크게 구별되는 작품 자체의 의지를 알고 있다면, 무능력자들은 낙담하여 아마도 무엇인가 시작할 엄두조차 내지 못할 것입니다. 작품이란 정황에 따라서는 작가의 명예심을 훨씬 초월할지도 모르는 자신의 명예심을 가지고 있습니다. 그리고 그것은 좋은 일입니다. 왜냐하면 이럴 경우 명예심은 인간의 명예심이 아니어도 좋기 때문입니다. 그리고 명예심은 작품에 앞서 존재한다기보다는 오히려 작품이 자기 의지로부터 명예심을 이끌어내고 또한 이끌어내도록 강요할 수 있기 때문입니다. 위대한 작품이란 이런 식으로 생겨났으며, 처음부터 미리 전제된 명예심으로부터는 창조될 수 없다고 나는 생각합니다.

간단히 말해 나는 다보스의 이야기가 자체 내에 그것을 소유하고 있었고, 자신에 관해서도 내가 생각했던 것과는 전혀 다르게 생각했다는 것을 일찍이 알고 있었습니다. 외적으로 보아도 이는 틀림없는 사실이었습니다. 이유인즉 베니스-소설의 엄격함 대신에 여기서 내가 시도했던 영국적이고 해학이 두드러진 문체는 보다 넓은 공간과 이에 적합한 시간을 요구했기 때문입니다. 이어서 제1차 세계대전이 발발하자 나는 그 즉시 소설의 종결부에 착수했습니다. 전쟁의 내적 체험이 나의 책에 수많은 기록으로 보고되고 있으나, 반면에 전쟁으로 말미암아 나의 작업은 수년간 중단되었습니다.

나는 전쟁 기간 중에 『비정치인의 고찰』이라는 힘들게 쓴 논설문, 요컨대 자기탐구와 유럽의 모순점 및 쟁점들에 대한 경험을 담은 방대한 작품을 썼습니다. 이 책은 매우 진지한 유희이기는 했지만 바로 예술작품, 예술 본연의 유희가 되기 위하여 수년간을 소모하는 그야말로 엄청난 준비가 필요했습니다. 그리고 선행된 분석적·논쟁적 작업을 통하여 이 책이 겪었던 질료적 부담의 완화를 통해서만 그렇게 될 가능성이 있었습니다. "이 매우 진지한 농담"이라고 언젠가 괴테가 『파우스트』에 관하여 말한 것도 이와 관련이 있습니다. 이것이 모든 예술의 정의, 『마법의 산』의 정의이기도 합니다. 하지만 먼저 진정한 인간에 대한 문제성을 직접 체험하지 않았더라면, 나는 농담을 하거나 유희도 할 수 없었을 것입니다. 이런 뒤에야 나는 자유로운 예술가로서 인간에 대한 문제성을 극복하고 일어섰습니다. 『고찰』의 모토가 "무엇 때문에 그 자는 이런 일에 걸려들었나?"라는 물음이었다면, 그 대답으로 나의 소설 『마법의 산』이 생겨났던 것입니다.

내가 전쟁의 와중에서 사용했던 수법을 통하여 정신적 안정을 얻고자 시도했던 최초의 예술적 행보는 「어린이의 노래」와 「주인과 개」라는 두 편의 전원시였습니다. 이후로 나는 급기야 『마법의 산』을 다시 시작했지만, 이번에도 이 소설 이전에 발표된 비판적 에세이들로 말미암아 작업이 중단되었습니다. 이 에세이들 가운데 내용상 가장 중요한 「괴테와 톨스토이」, 「독일공화국론」, 「신비의 체험들」이라는 세 편의

에세이는 진행되고 있던 장편소설 『마법의 산』의 직접적이고 정신적인 싹 내지 가지와도 같았습니다.

마침내 1924년 가을에 중단편으로 구상되었다가 확대되어 완성된 두 권짜리 장편이 출간되었습니다. 이 책은 통틀어 7년이 아니라 12년 동안이나 나를 꼼짝 못하게 잡아맸으며, 착수는 매우 불리했었는지도 모르지만 뜻밖에도 나의 기대를 뛰어넘었습니다. 나는 어깨를 으쓱하며 체념의 제스처를 취하거나 이 책의 세계적 가능성에 대하여 조금도 신뢰하지 못한 채 완벽한 작업을 포기하곤 하는 데 익숙해져 있었습니다. 언젠가 나라는 후견인을 향하여 이 책이 발산하던 자극들은 어느새 진부해져 버렸는데, 완성이란 창조의 윤리에 있어서 용기의 문제, 근본적으로 고집의 문제였습니다. 그 오랜 세월의 고초도 내게는 고집이라는 것에 의하여 대부분 결정된 것처럼 보입니다. 나의 경우 이런 어려움조차도 언제나 지극히 문제적인 개인의 즐거움 같은 것으로 나타납니다. 이런 까닭에 나는 감히 나의 유별난 오전시간의 작업 흔적에 동참하는 많은 독자들을 고려하지 않을 수 없었습니다.

그렇지만 나는 인생에서 여러 차례 그랬듯이, 독자의 참여가 거의 소란에 가까울 정도가 되면 상당히 당황합니다. 이런 우호적인 물결이 『마법의 산』의 경우에는 특히 심하고 놀라웠습니다. 경제적으로 몰리고 궁핍하던 독자들이 1,200페이지나 되는 사상적 구성물의 꿈과 같은 연결들을 기꺼이 따르도록 되어 있었다는 것을 믿을 수 있었겠습니까? (“무려 20만 행으로 이루어진 그의 노래의 거대한 양탄자.” 하이네가 페르시아의 시인 피루다우시(Firdawsi)를 묘사하기 위하여 쓴 이 구절은 『마법의 산』 작업 중에 내가 즐겨 사용하던 인용문이었습니다. 다음으로 “네가 끝낼 수 없다는 것이 너를 위대하게 만든다”는 괴테의 구절 또한 그랬습니다.)

그런데 오늘날의 상황에서 수천 명 이상의 사람들이 어떤 통상적 의미에서 소설읽기와는 거의 무관할지도 모르는 대단히 특이한 재밋거리에 대하여 16 내지 20마르크의 비용을 지불할 준비가 되어 있을까요? 이 두 권의 책을 10년만 더 일찍 썼더라면 틀림없이 독자가 없었을 것입니다. 더구나 작가는 그의 국가와 공유하던 체험들을 제때에 예술적으로 성숙하게 만들어야 할 필요가 있었습니다. 그래야만 그의 모험적인 창작물이 언젠가 이미 그랬던 것처럼 유리한 순간에 나올 수가 있습니다. 『마법의 산』의 문제들은 본래 평범한 대중에게는 적합하지 않았고, 그보다는 교양적 대중을 뜨겁게 자극했습니다. 그리고 넓은 독자층의 수용적 관심은 보편적인 필요성 때문에 젊은 주인공 카스토르프의 본질적 모험으로부터 형성된 '연금술적 상승(alchimistische Steigerung)'을 경험할 수 있었습니다. 물론입니다, 독일의 독자는 단순하지만 "영악한" 소설의 주인공을 통하여 자신을 인식했습니다. 독일의 독자는 그를 따를 수 있었고, 따르는 것을 좋아했습니다.

실제로 『마법의 산』은 매우 독일적인 책으로, 외국의 비평가들이 이 책의 세계적 가능성을 완전히 과소평가할 정도로 독일적이었습니다. 스웨덴의 어느 비평가는 그 누구도 이 책을 외국어로는 결코 번역할 생각을 하지 못할 것이라고 단호한 어조로 공공연하게 선언했는데, 그 이유는 이 책이 번역하기에는 전혀 쓸모없기 때문이라는 것이었습니다. 그의 말은 빗나간 예언이 되고 말았습니다. 『마법의 산』은 거의 모든 유럽 국가의 언어로 번역되었으며, 내가 이에 대해 판단할 수 있는 한 내 책들 가운데 어떤 것도 이것만큼 세계적이지 않았습니다. 특히 미국에서 이 책만큼 많은 관심을 얻은 것이 거의 없다는 것을 확인하면서 나는 참으로 기쁘게 생각합니다.

과연 나는 이 책 자체에 관해, 그리고 이를테면 이 책을 어떻게 읽어야 할 것인가에 관해 무슨 말을 해야만 하는 것일까요? 첫 말을 꺼내자면 이는 매우 교만한 요구, 요컨대 독자는 이 책을 두 번 읽어야 한다는 요구입니다. 물론 이 요구는 첫 번째 읽었을 때 이미 지루했을 경우에는 즉시 철회됩니다. 예술이란 학교의 과제물 같은 것 내지 피곤한 것, 마음이 내키지 않는 일이어서는 안 되며, 즐거움과 쾌락, 분위기 쇄신을 주려고 하고 또 주어야만 합니다. 작품이 이런 효과를 행하지 못하는 경우, 해당 작가는 그 작품을 그만두고 다른 것을 향해야 합니다. 반면에 『마법의 산』을 끝까지 읽은 사람에게는 그것을 한 번 더 읽을 것을 권합니다. 왜냐하면 이 소설의 특수한 창작방식, '작곡'과 같은 구성적 성격은 두 번 읽을 때에야 독자의 만족감을 높이고 심화시키기 때문입니다. ―우리가 음악을 올바르게 즐기기 위해서는 음악에서도 그렇게 해야만 하는 것과 마찬가지 이치입니다.

흔히 음악이라고 하면 먼저 떠오르는 '작곡'이라는 말을 내가 사용한 것은 우연이 아닙니다. 음악은 전부터 나의 창작에 문체를 형성하는 강렬한 수단으로서 영향을 미쳤습니다. 작가들이란 대체로 본래는 다른 어떤 존재입니다. 그들은 일반 화가나 목판화가, 조각가, 건축가 등의 기질을 가지고 있습니다. 나에 관한 한, 나는 무엇보다 음악가적 기질을 가지고 있는 작가에 속합니다. 소설은 나에게 언제나 심포니, 대위법의 작품, 이념들이 그 안에서 음악적 동기들의 역할을 담당하는 주제의 연관조직이었습니다. 사람들은 때때로 바그너의 예술이 나의 작품에 미친 영향을 지적하곤 했습니다. ―실제로 그랬습니다. 나는 물론 이 영향을 부인하지 않습니다. 특히 내가 서사작품 내에 전위시킨 주도동기(Leitmotiv)의 사용에 있어서도 나는 바그너를 따랐습니다.

물론 이와 같은 서술형식은 톨스토이와 졸라, 또는 내 자신의 청춘기 소설인 『부덴브로크 일가』의 경우처럼 순수 자연주의적 특성, 말하자면 기계적 방식이 아니라 음악의 상징적 방식에 근거합니다. 이를 나는 우선 「토니오 크뢰거」에서 시도해 보았습니다. 내가 그 작품에서 사용한 기법은 『마법의 산』에서는 훨씬 더 포괄적인 틀 속에서 대단히 복합적이면서도 모든 것을 관통하는 방식으로 적용되었습니다. 『마법의 산』을 두 번 읽으라는 나의 주제넘은 요구는 바로 이런 것과 관련이 있습니다. 독자들이 이 소설의 주제를 이미 알아차리고 상징적으로 사용된 특수한 언어를 전후 관계 속에서 해명할 수 있을 때에야 비로소, 이 소설에서 형성된 음악적·이념적 연관조직을 올바르게 꿰뚫어보고 즐길 수 있을 것입니다.

이제 나는 이미 더욱 매혹적인 어떤 것, 이 소설이 다면적으로 관계를 맺고 있는 시간의 신비에 관해 거론할 시점에 와 있습니다. 『마법의 산』은 이중의 의미에서 시간소설(Zeitroman)• 입니다. 이 소설이 유럽에서 전쟁이 발발하기 이전 시기의 내적 상을 형상화하려고 한다는 점에서 한편으로 역사적이지만, 다른 한편으로 순수한 시간 자체가 이 소설을 주인공의 경험으로서 다룰 뿐만 아니라 그 자체 내에서, 또한 그 자체를 통하여 다루는 대상이기 때문에 역사적입니다. 이 책 자체가 서술의 대상이 되고 있는데, 왜냐하면 이 책은 젊은 주인공의 연금술적

• 주인공은 이 소설에서 시간의 이중성에 깊이 빠진다. 즉 평지라고 불리는 시민사회에서의 물리적인 시간 및 일상적 시간 이외에 이른바 신비롭고 낭만적인 시간성, 예컨대 '정지된 시간(stehende Zeit)'을 체험한다. 이것이야말로 바로 '마법(Zauber)'이 불러온 기이한 현상이라고 하겠는데, 이 소설의 시간성은 이런 의미에서 제임스 조이스 소설들의 시간성이나 프루스트 소설의 시간성과 비교될 만한 현대소설의 흥미로운 특징을 보여준다.

마법을 무시간적인 것으로 서술하는 가운데 예술적 수법을 통하여 시간의 지양•을 추구하고 있기 때문입니다. 시간의 지양은 이 책이 포괄하고 있는 음악적·이념적 전체세계에 매 순간 완전한 현재성을 부여하고, 마술적인 '정지된 현재(nunc stans)'를 이끌어내려는 시도를 통해서 이루어집니다.

그러나 내용과 형식, 본질과 현상을 완벽하게 일치시키고 동시에 줄거리로서 서술되는 것과 언제나 동일해지려는 이 책의 명예심은 이 정도로 그치는 것이 아니라 한층 더 나아갑니다. 『마법의 산』은 또 다른 기본주제, 종종 '연금술적'이라는 부가어가 주어져 있는 '상승'과 연관되어 있습니다. 여러분은 한스 카스토르프가 순박한 주인공, 함부르크에 가족이 있는 평범한 엔지니어라는 것을 기억하고 있을 것입니다. 그러나 마법의 산의 열기어린 연금술 속에서 이 순박한 철부지는 자신을 도덕적이고 정신적이며 감성적인 모험들을 가능하게 하는 상승을 경험하게 됩니다. 늘 아이러니하게도 이런 것에 관해서 그는 "평지"로 특징화되는 세계에서는 결코 꿈도 꿀 수 없었을 것입니다. 카스토르프의 이야기는 상승의 이야기이지만, 그것은 이야기와 서사작품으로서도 자체 내에서의 상승입니다.

그의 이야기는 얼핏 사실주의 소설의 수단으로 이루어지는 것처럼 보이지만, 그렇지 않습니다. 그의 이야기는 사실적인 것을 상징적으로 상승시키고, 정신적이고 이념적인 것을 투명하게 만드는 가운데 지속적으로 사실적인 것을 초월합니다. 등장인물들의 처리에서도 이미 이

• 이 책에서 '시간의 지양(Aufhebung der Zeit)'이란 주인공 카스토르프가 병과 죽음에 가까이 다가가면서 점점 평지에서의 관습 및 질서, 물리적 시간에 지배를 받던 사회적 규범 및 규율 등을 잃어가고 있다는 것과 궤적을 같이한다.

이야기는 그러합니다. 인물들 모두가 독자의 감정에 대하여 겉으로 보이는 것 이상으로 호소력을 갖고 있습니다. 그들은 정신적 영역 및 원칙들, 정신세계의 순수 대리인, 대표자 내지 사절들입니다. 이 때문에 나는 그들이 그림자가 아니라 움직이는 알레고리(Allegorie)이기를 바랍니다. 반면에 나는 독자가 소설의 인물들, 즉 요아힘, 쇼샤, 페퍼코른, 세템브리니 등을 실제의 인물처럼 여기는 경험을 통하여 위안을 받습니다. 독자는 그들을 정말 친분을 맺은 사람들처럼 기억하고 있습니다.

그러므로 이 책은 상승의 도정에서 공간적으로나 정신적으로 작가가 본래 의도했던 것 이상으로 발전적인 양상을 보여줍니다. 더구나 짧은 이야기에서 두 권의 방대한 작품이 되었던 것은 하나의 사건이었습니다.—만일 이 소설이 많은 사람들이 처음에 파악했었고 오늘날에도 파악하고 있듯이 폐질환자들의 요양소 생활에 대한 풍자로만 남아 있었더라면 아마도 일어나지 않았을 사건 말입니다. 『마법의 산』은 당시에 의학계에서 적지 않은 센세이션을 일으켰습니다. 한편으로는 공감과 다른 한편으로는 분노를 자아내면서 의학전문지들에서 작은 풍파를 일으켰던 것입니다. 하지만 요양소 치료요법 중 비판이 되는 부분은 이 책의 전경(前景)들 가운데 하나일 뿐이며, 이 책의 본질은 배경들에 내재해 있습니다.

환자로서 누워 있는 생활과 전반적으로 무서운 환경의 도덕적 위험에 대한 교훈적 경고는 본래 능변의 합리주의자이자 휴머니스트인 세템브리니 씨에게 맡겨져 있습니다. 그는 어느 누구보다 해학적이고 공감적인 인물로서 때때로 작가의 입 역할을 하고는 있으나, 그렇다고 해서 결코 작가 자신은 아닙니다. 작가가 주인공으로 하여금 경험하도록 만드는 죽음과 병과 그 모든 극단적 모험들이 그에게는 바로 교육적 수

단입니다. 이를 통해 순박한 주인공에게선 자기 본연의 기질을 넘어서서 강력한 "상승"과 촉진이 이루어지게 됩니다. 이와 같은 모험들은 주인공이 체험의 과정에 따라 궁극적으로 죽음에 대한 자신의 천부적 성향과 인간애에 대하여 이해하게 된다면, 교육적 수단으로서 계속 긍정적으로 평가됩니다. 여기서 주인공이 깨닫는 것은 죽음의 이념과 삶의 온갖 어두움 및 신비로움을 합리적 사고에 따라 간과하거나 무시하는 것이 아니라, 이 모든 것을 정신적으로 제약하지 않고 포괄할 수 있는 인간애입니다.

주인공이 체득하는 것은 죄의식이 구원의 조건인 것처럼 더 높은 건강에 도달하기 위해서는 병과 죽음의 깊은 경험이 필요하다는 사실입니다. 언젠가 한스 카스토르프는 쇼샤 부인에게 다음과 같이 말합니다. "삶, 그것을 위해서는 두 가지 길이 있습니다. 그 중 하나는 평범하고 직선적이며 호의적인 길입니다. 다른 하나는 평탄하지 않습니다. 그 길은 죽음으로 인도합니다. 요컨대 그것은 천재의 길입니다." 병과 죽음을 지혜, 건강, 삶을 위한 필연적 통로로서 파악하는 태도는 『마법의 산』을 일종의 밀교소설(Initiationsroman)이 되도록 하고 있습니다.

이 표현은 나 자신에게서 나온 것이 아닙니다. 비평가가 한 말을 제가 추후로 사용한 것입니다. 나는 여러분에게 『마법의 산』에 관해 언급해야 하기에 비평가의 말을 사용하고 있는 것입니다. 낯선 것처럼 들리는 비평가의 말도 나에게는 도움이 될 수 있는데, 왜냐하면 작가야말로 자기 자신의 작품을 가장 잘 알고 있고 해설할 수 있는 사람이라고 생각하는 것은 오류이기 때문입니다. 작가가 작품에 몰두하고 거기 매달려 있을 때에는 그럴 수 있을지 모릅니다. 그러나 끝나고 경과된 작품은 갈수록 더욱더 작가의 곁을 떠나버린 낯선 어떤 것이 되는 법입니다.

시간이 지남에 따라 작가보다는 다른 사람들이 그 작품에 대해 훨씬 더 잘 알게 되고, 따라서 그들이 오히려 작가가 잊고 있거나 또는 결코 명확히 알지 못했던 많은 것들을 그에게 상기시켜 줄 수도 있습니다.

우리는 이런 식으로 도움을 받아 새롭게 기억을 떠올릴 필요가 있습니다. 우리는 결코 우리들 자신의 소유물을 언제나 의식하고 있는 것이 아닙니다. 우리의 의식은 우리가 언제나 그것을 철저히 현재적인 상태로 보유하지 않는 한 허약하게 마련입니다. 대단한 명료성과 집중, 통찰의 순간들에만 우리는 진실로 우리들 자신에 관해 알고 있습니다. 종종 우리를 놀라게 하는 중요한 인물들의 겸손은 상당 부분 그들이 자신에 관해 거의 알지 못하거나 현재적 의식을 유지하지 못한 채 스스로를 당연히 평범한 존재로 느끼고 있기 때문인지도 모릅니다.

아무튼 비평의 도움을 받아 자기 자신에 대해 해명하거나 지나간 작품들에 대해 지식의 폭을 넓히고, 그 작품들 속으로 다시 돌아갈 수 있는 것은 매우 흥미로운 일입니다. 이럴 경우 다음과 같은 프랑스어로 가장 적절하게 요약될 수 있는 감정이 생겨나게 될 것입니다. "이렇게 내가 재능이 있었던가?" 그렇다면 나는 이렇게 감사의 마음을 표현할 것입니다. "귀하가 나를 그토록 친절하게 기억해주셔서 대단히 감사합니다." 이 감사의 답장은 예일 대학교의 바이간트(Hermann J. Weigand) 교수가 나에게 『마법의 산』에 대한 연구서를 보냈을 때 사용했던 표현입니다. 이 책은 주로 『마법의 산』에 대해 한정된 대단히 포괄적이고 심층적인 비평서입니다. 여러분들 가운데 바이간트 교수에게 좀 더 친밀하게 관심을 느끼는 분이 있다면, 나는 이 탁월한 비평적 해설서를 진심으로 권하는 바입니다.

얼마 전에는 하버드 대학교의 젊은 학자가 저술한 영문 원고가 나에게 도착했습니다. 이 연구서의 제목은 『탐구자 주인공. 토마스 만의 작품에서 보편적 상징으로서의 신화(The Quester Hero. Myth as Universal Symbol in the Works of Th. M.)』입니다. 이 저술은 나 자신의 추억과 의식을 대단히 새롭게 일깨워 주었습니다. 이 연구서의 저자는 『마법의 산(Magic Mountain)』과 순박한 주인공을 거대한 전통, 독일의 전통뿐만 아니라 세계의 전통 속으로 들여보냅니다. 저자는 주인공을 민족들의 문헌으로까지 소급되는 문학의 한 전형으로 설정해 놓고, 그에게 '탐구자 설화(The Quester Legend)'라는 명칭을 부여하고 있습니다.

그의 가장 유명한 독일의 현상형식은 괴테의 『파우스트』입니다. 그러나 영원한 탐구자 파우스트의 배후에는 성배소설(聖杯小說), 즉 상그랄(Sangraal) 또는 할리 그레일(Holy Grail) 소설이라는 일반적 명칭을 가지고 있는 일군의 문학들이 존재합니다. 성배소설의 주인공은 거웨인(Gawain) 또는 갤러해드(Galahad,) 퍼시발(Perceval)이라고 불리든 아니든, 바로 천국과 지옥을 유랑하면서 거기서 일어나는 모든 것을 받아들이는 탐구자, 추적자, 묻는 자입니다. 그는 성배를 찾아가는 도정에서는 그 어떤 것과도 협정을 맺습니다. 그는 비밀, 병, 악, 죽음, 다른 세상, 신비로운 것, 『마법의 산』에서는 "의심스러운 것"으로 특징화되는 세계와도 가리지 않고 협정을 맺습니다. 말하자면 주인공의 모험은 바로 최고의 것, 지식 및 인식, 비결의 전수, 현자의 돌, 마시는 금(aurum potabile),• 생명의 음료를 찾아가는 도정입니다.

이런 탐구자로서의 주인공이 한스 카스토르프라고 저자는 설명하고 있는데, 올바른 지적인 것 같습니다. 성배의 탐구자, 특히 퍼시발은 처

• 독어로는 Trinkgold에 해당하는데, 중세 연금술사들이 사용하던 강장제.

음 모험을 떠날 때에는 "바보(Fool)", "바보천치(Great fool)", "순진한 바보(Guileless Fool)" 등의 소리를 듣고도 마다하지 않았습니다. 이런 표현은 내 소설의 주인공에게 계속 따라다니는 소박함(Einfachheit), 단순함(Simplizität), 순박함(Schlichtheit)과 일치합니다.―마치 비밀스럽게 내려오는 전통의 감정이 이런 특성을 고집하도록 강요하는 것 아닌가 싶습니다. 괴테의 주인공 빌헬름 마이스터 역시 순진한 바보, 작가와 지극히 동일하면서도 동시에 그의 아이러니의 대상이 아니겠습니까? 우리는 이런 점에서 『마법의 산』의 훌륭한 조상에 속하며 마찬가지로 탐구자 설화인 괴테의 위대한 소설을 만나게 됩니다.

그런데 『빌헬름 마이스터』뿐만 아니라 『마법의 산』도 그 전형에 속하는 독일 교양소설은 도대체가 모험소설의 승화 및 정신화와 무엇이 다르겠습니까? 성배의 탐구자는 그가 성스러운 산에 오르기 전에 "위험한 벽난로"라고 불리는 길가의 예배당에서 일련의 무시무시하고 비밀스런 시험을 치러야만 합니다. 아마도 이 모험적인 시험들이 밀교적인 의식, 신비주의의 비전(秘傳)에 접근하는 조건들이었을 것입니다. 그리고 언제나 지식 및 인식의 이념은 다른 세계, 죽음 및 밤과 결부되어 있습니다. 『마법의 산』에서 많이 나오는 말은 연금술적 교육학, 실체변형(Transsubstantiation)입니다. 나는 다시 비밀스런 전통에 따라서 '순진한 바보'였는데, 왜냐하면 성배의 신비와 관련하여 언제나 적용되는 것이 이 말이기 때문입니다.

프리메이슨과 그들의 신비가 그토록 강렬하게 『마법의 산』에서 역할을 하는 것도 헛된 일이 아닙니다. 그 이유는 프리메이슨이 밀교적 의식의 직접적인 후예이기 때문입니다. 한 마디로 『마법의 산』은 밀교 신전의 변형, 삶의 비밀에 대한 위험스런 탐구의 장소인 것입니다. '교양을 추구하는 여행자' 한스 카스토르프는 고상하고 신비로운 기사 출신의 조상을 가지고 있습니다. 그는 아주 높은 의미에서 자유의지로, 지나치게 자유의지로 병과 죽음을 포옹하는 전형적인 개종자, 호기심 많은 개종자입니다. 왜냐하면 병과 죽음과의 첫 접촉 즉시 그는 비상한 이해력을 갖게 되면서 모험을 감행하기 때문입니다.—이에 상응하는 위험과 직결되어 있는 것은 당연합니다.

나의 소설에 대하여 (나를 포함하여) 여러분을 가르치는 데 마침 도움이 되었던 것은 매우 멋지고 탁월한 해설입니다.—위대한 일련의 전승(傳承)에 있어서 이 추후적인 현대의 복잡하고 의식화되거나 무의식적인 부분에 대하여. 여러분은 카스토르프의 이야기를 읽었을 때 그를 성배의 탐구자라고는 아마 생각하지 못했을 것입니다. 나 자신도 그것을 생각했었지만, 생각만 하는 것 그 이상도 이하도 아니었습니다. 여러분이 이제 다시 한 번 읽게 된다면 이런 관점에서 읽으리라 생각합니다. 그렇다면 여러분은 성배란 무엇인지, 그것은 바로 지식, 비결의 전수, 죽음을 경험하는 주인공뿐만 아니라 책 자체가 추구하는 가장 숭고한 것이라는 것 또한 발견하게 될 것입니다.

여러분은 특히 죽음의 고지에서 길을 잃고 헤매는 주인공이 인간에 대한 지극히 아름다운 꿈을 꾸는 '눈'이라는 장(章)에서 이런 것을 발견하게 될 것입니다. 설령 찾지는 못할지라도 그가 산에서 내려와 유럽의 대재앙 속으로 휩쓸려 들어가기 직전에 거의 죽음과 같은 꿈결에서 예감하는 성배, 그것은 인간의 이념, 병과 죽음에 대한 심오한 깨달음을 통하여 관철되는 미래에 실현될 인류애의 구상입니다. 성배는 비밀이지만, 인류애 또한 그렇습니다. 그럴 것이 인간 자체가 비밀이며, 모든 인류애는 인간 비밀에 대한 경외심에 근거하기 때문입니다.

마법의 산

머리말

우리가 서술하려는 한스 카스토르프의 이야기는 그를 위한 것이 아니라(독자는 그가 눈길을 끄는 젊은이이기는 하지만 단순한 젊은이라는 것을 알게 될 것이기 때문이다), 지극히 들려줄 만한 가치가 있어 보이는 이야기 그 자체를 위한 것이다(하지만 동시에 이것이 그의 이야기이며, 누구에게나 이런 일이 일어나지는 않는다는 점을 아무튼 그를 위해 기억해 두어야 할 것이다). 이 이야기는 아주 오래전의 일이다. 말하자면 이 이야기는 이미 역사의 녹이 잔뜩 끼어 있어서 아득히 먼 과거 시제로 보고하는 것이 절대적으로 필요하다.

이는 이야기에 불리하다기보다는 오히려 유리할 수도 있다. 그럴 것이 이야기란 지나간 것이어야 하기 때문이다. 그리고 이야기란 그 속성상 해묵은 것일수록 더 좋으며, 해묵은 것이 이야기를 과거 시제로 중얼거리는 주술사, 화자(話者)에게도 더 좋다고 말할 수 있을 것이다. 그렇지만 우리의 이 이야기는 오늘날 사람들에 관한 것이고, 그 중에서도 특히 이야기 진행자인 화자들과 관련된다. 즉 이야기는 그것을 이끌어가는 화자들 자신의 시간대보다 훨씬 더 오래전의 일이므로, 이야기의 나이는 날짜로는 헤아릴 수 없으며, 이야기에 드리워진 연륜은 태양의 공전과 자전의 숫자로도 헤아릴 수 없다. 한마디로 말해 이 이야기가 얼마나 오래된 것이냐는 근본적으로 시간과는 무관하다. 이 기회에 시간이라는 비밀스러운 요소의 의심스런 성격과 독특한 이중성을 잠깐 가볍게 언급하고 넘어가자.

그러나 어떤 명백한 사태를 인위적으로 흐리게 하지 않도록 우리는 다음을 유념해야 한다. 우리의 이야기가 아주 해묵은 것이라고 하는 데는 이유가 있다. 이 이야기가 삶과 의식을 심각하게 균열시키는 어떤 전환점 내지 경계선 이전에 일어났기 때문이다. 이 이야기는 일어난다, 아니면 현재형을 고의로 회피하자면, 이 이야기는 전에, 일찍이, 옛날에 일어났다. 그것이 발발함으로써 많은 일들이 벌어졌고 아직도 그 여파가 거의 멈추지 않은 세계대전 이전에 일어났다. 그러니까 아주 오래전에 일어난 일은 아니라 해도 예전에 일어난 것이다. 그러나 이야기의 과거 성격은 그것이 좀 더 '예전에' 일어난 것일수록 그만큼 더 심원하고 완전하며, 동화처럼 더 신비롭지 않을까? 게다가 우리의 이야기는 내적 성격으로 보거나 그 밖에 이런저런 면에서도 동화와 상통하는 점이 있다고 할 수 있다.

우리는 이 이야기를 상세히, 세밀하고 철저하게 서술해나갈 것이다. 이야기가 재미있다 또는 지루하다 하는 것이 이야기에 필요한 공간과 시간에 따라 좌우된 적이 언제 있었던가? 우리는 주도면밀한 서술을 싫어할까 두려워하기보다는 오히려 철저함만이 참으로 즐거움을 준다는 견해에 동조한다.

그러므로 이야기를 서술하는 화자는 한스 카스토르프의 이야기를 손바닥 뒤집듯이 그렇게 간단하게 끝내지 않을 것이다. 이를 위해 7

일은 턱없이 부족하고, 7개월로도 부족하다. 화자가 이야기에 휩쓸려 들어가는 동안 지상의 시간이 얼마나 경과하는지를 미리 정하지 않는 편이 좋으리라. 아무리 그래도 7년이나 걸리는 것은 아니겠지!

그럼 이만 이야기를 시작해 보기로 하자.

제1장

도 착

어느 단순한 젊은이가 한여름에 고향 도시인 함부르크를 떠나 스위스 그라우뷘덴 주의 다보스 플라츠*로 여행을 떠났다. 그는 3주간의 체류예정으로 방문길에 올랐다.

그러나 함부르크에서 그곳 다보스까지는 먼 여행길이다. 그렇게 짧게 체류하기에는 정말 너무 멀고 먼 길이다. 여러 영주들이 다스리는 나라들을 지나, 산을 오르내리고, 남독일의 고원에서 슈바벤의 호숫가로 내려간다. 거기서 배를 타고 넘실거리는 파도를 넘어 그 옛날 깊이를 알 수 없다고 여겨지던 심연들을 지나간다.

* 다보스 플라츠는 다보스의 중심지이다. 본래 이곳은 결핵 요양지로 유명하고, 1912년에는 토마스 만의 부인도 이곳에 입원하여 만이 이곳을 방문한 적이 있었다. 다보스는 현재 매년 세계경제포럼이 열리게 됨으로써 더욱 국제적인 도시로 변했다. 그 밖에 겨울스포츠 센터와 관광호텔들이 들어서 있다. 토마스 만도 〈나 자신에 관하여(On Myself)〉라는 에세이에서 다보스 고산지대가 스포츠를 위한 유흥지로 변했다고 격세지감을 토로한 바 있다.

한동안 순조롭게 일직선으로 진행되던 여행이 여기서부터 꽤나 힘들어진다. 도중에 여러 차례 멈추고 기차를 갈아타야 하는 번거로운 일들이 생긴다. 스위스 지역인 로르샤흐 마을에서 다시 기차를 타지만, 우선 알프스의 작은 마을인 란트크바르트 역까지만 간 다음 기차를 갈아타야만 한다. 바람이 거세고 황량한 지역에서 오랫동안 어슬렁거리며 기다리다가 협궤 열차에 오른다. 작지만 대단히 강력한 힘을 가진 기관차가 움직이는 순간, 끝이 없어 보이는 험준하고 가파른 등반의 모험적인 여정이 시작된다. 그럴 것이 란트크바르트 역은 비교적 그리 높지 않은 지대에 있지만 곧이어 고산지역으로 올라가는 험하고 아슬아슬한 바윗길이 펼쳐지기 때문이다.

한스 카스토르프는 —이것이 젊은이의 이름이다— 작은 칸막이 객실의 회색 쿠션으로 된 좌석에서 여행용 모포를 두르고 혼자 앉아 있었다. 곁에는 양아버지 격인 외종조부, —여기서 굳이 이름을 대자면— 티나펠 영사가 선물한 악어가죽 손가방이 놓여 있었고, 옷걸이에는 그의 겨울외투가 흔들거리고 있었다. 그는 객실 창가에 앉았는데, 창은 닫혀 있었다. 오후에 날씨가 갈수록 추워지자, 집에서 사랑을 받으며 곱게 자란 그는 당시에 유행하던 비단으로 만든 넓은 여름외투의 깃을 치켜 올렸다. 그의 좌석 옆으로 『대양 기선』이라는 제목의 가철한 책이 놓여 있었다. 여행 초기에 그는 가끔 책을 뒤적거리기도 했지만, 이제 그 책은 홀대를 받아 내던져져 있었다. 책의 표지도 헐떡이며 힘겹게 올라가는 기관차의 연기가 안으로 들어와 검게 그을려 있었다.

이틀간의 여행만으로도 사람은 —삶에 아직 확고히 뿌리를 내리지 못한 젊은이라면 더더욱 그렇듯이— 자신의 일상생활, 예컨대 자신의 의무, 이해관계, 걱정, 전망이라고 부르는 모든 것에서 멀어지게 된다.

마차를 타고 역으로 가면서 자신이 꿈꾸었을지도 모르는 것보다 훨씬 더 멀어지게 된다. 여행자와 고향 사이에서 구르고 돌며 아득하게 물러서는 공간에는 흔히 시간을 이룬다고 여겨지는 힘이 들어 있다. 공간도 시간과 유사하지만 어느 면에서는 그것을 능가하는 내적 변화를 시시각각 일으킨다. 공간도 시간과 마찬가지로 망각을 낳는다. 공간은 인간을 상호관계로부터 해방시키고, 인간을 자유롭고 원초적인 상태로 옮겨놓는 가운데 그렇게 한다.— 정말 그렇다, 공간은 고루한 인간이나 속물조차도 순식간에 방랑자로 만들어 버린다. 시간은 망각의 강이라고들 말한다. 그러나 먼 여행지의 공기도 그런 음료수이다. 단지 먼 여행지의 공기가 시간에 비해 덜 철저한 반응을 보인다고는 할 수 있어도 더 빠른 효과를 자아낸다.

이와 같은 것을 한스 카스토르프 역시 경험했다. 그는 이번 여행을 특별히 중요하게 여긴다거나 이 여행에 마음을 쏟아 부을 생각이 애초에 없었다. 오히려 그는 이 여행을 언젠가는 해치워야 할 일이기에 빨리 끝내고 싶었고, 여행을 떠나기 전의 제자리로 되돌아와 잠시 미루어두었던 본래의 생활을 똑같이 다시 시작할 작정이었다. 어제까지만 해도 그는 습관처럼 해왔던 생각의 틀에 완전히 사로잡혀 있었다. 그는 최근에 마친 시험과 툰더 빌름스 회사(조선소, 기계 및 보일러 제작회사)에 입사해 실제 업무를 연수를 받는 일에 몰두해 있어서 이런 기질의 인간이 항상 그렇듯이 3주일 뒤의 일을 몹시 초조하게 기다리고 있었다. 그러나 지금은 주의를 집중해야 할 상황이며, 이를 가볍게 넘겨서는 안 될 것 같았다. 그는 한 번도 호흡해 본 일이 없고, 사방을 둘러보아도 거주하는 사람 하나 없으며, 공기가 희박하고 생활조건이 척박한 고산지대에 높이 올라와 있었던 것이다. — 이렇게 생각하니 그는 흥분되고 뭔지 모를 불안감에 사로잡히기 시작했다. 고향과 생활의 질서는 점점 멀어져 갈 뿐만 아니라 그의 발밑 까마득한 아래쪽에 있었지만, 그는 계속해서 저 위로 올라가고 있었다. 기존의 것들과 미지의 것 사이에 떠오른 채 그는 저 위로 가면 어떻게 될까 하고 자문해 보았다. 불과 해발 몇 미터의 높이에서 숨 쉬도록 태어나 거기 익숙해진 그가 적어도 며칠간 중간 높이의 지대에 머물지도 않고 돌연 이렇게 극한의 고산지대로 옮겨온다는 것은 아마 현명치 못하고 견딜 수 없는 일이 아닐까? 이때 그는 목적지에 빨리 도착하기를 바랐다. 그는 일단 위에 도착하면 어디서나 그렇듯이 살아갈 수 있을 거고, 힘들게 오르고 있는 지금처럼 자신에게 부적절한 곳에 있다고 느껴지지도 않으리라 생각했다. 창밖을 내다보니 기차는 좁은 산길을 꼬불꼬불 맴돌고 있었다. 앞쪽의 차량들이 보였고, 갈색과 녹색, 검은색 연기 덩이를 힘들게 내뿜으며 올라가는 기관차가 보였다. 연기 덩이는 바람에 흩날렸다. 오른쪽 계곡에서는 좔좔 물소리가 들렸고, 왼쪽으로는 칙칙한 가문비나무가 바윗덩이 사이에서 바위의 색깔과 흡사한 잿빛 하늘을 향해 치솟아 있었다. 칠흑같이 캄캄한 터널들이 나타났고, 다시 환해지자 저 아래로 촌락과 함께 널찍한 골짜기들이 자태를 드러냈다. 이어서 골짜기가 사라지고 좁은 산길들이 새로 나타났는데, 길 옆 갈라진 틈새 여기저기로 쌓인 눈들이 반짝거렸다. 기차는 작고 초라한 건물로 이루어진 역들에서 몇 번인가 멈추어 선 다음 종착역에 도착했다. 여기서 기차가 다시 반대 방향으로 떠나는 바람에 기차가 대체 어디로 가고 있는지 종잡을 수 없어서 그는 어리둥절해지면서 하늘과 맞닿은 지역을 더는 기억해낼 수 없었다. 성스럽고 환상적으로 솟아오른 고산 지대의 봉우리들이 멀리 펼쳐지다가 구부러진 산길을 몇 번인가 지나자, 경외감에 찬 눈에서 그 멋진 경관이 돌연 사라져 버렸다. 한스 카스토르프는 자신의 추측이 옳다면 활엽수 지대를 지났고, 새들이 사는 지대도 아마 지났을 거라고 생각했다. 이렇게 모든 것이 끝나고 뭔가 빈약해졌다고 생각하니 그는 가벼운 현기증과 불쾌감에 사로잡혀 2초쯤 손으로 눈을 가리고 있었다. 그러자 곧 이런 기분도 사라졌다. 그는 오르막길이 끝나고 높은 고개도 넘어섰음을 알아차렸다. 이제 기차는 골짜기의 평평한 바닥을 좀 더 편안하게 달려가고 있었다.

저녁 여덟 시쯤 되었는데도 밖은 아직 환했다. 호수가 멀리서 아름다운 풍경을 드러내면서 회색 물결을 일렁이고 있었다. 호숫가 주변 언덕에는 가문비나무 숲이 검게 솟아 있었다. 숲은 위로 갈수록 듬성듬성해지다가 사라져서는 안개에 뒤덮인 벌거숭이 바위만을 남겨놓았다. 기차는 어느 작은 역에서 멈추었다. 한스 카스토르프는 밖에서 외치는 소리를 듣고서 이곳이 다보스 도르프라는 것을 알았다. 그는 목적지까지는 얼마 안 될 거라고 생각했다. 이때 갑자기 사촌인 요아힘 침센의 목소리가 가까운 곳에서 들려왔다. 함부르크 지방의 차분한 목소리였다. "어이, 반갑네, 이제 내려." 밖을 내다보니 요아힘이 창 아래 승강장에서 모자를 쓰지 않은 채 갈색 외투를 입고 서 있었다. 그는 어느 때보다도 건강해 보였다. 요아힘은 웃으면서 다시 말했다.

"이봐, 내리라니까. 꾸물거리지 말고!"

"아직 다 온 건 아니잖아." 한스 카스토르프는 당혹스런 표정을 지으며 계속 기차에 앉아서 대답했다.

"아니야, 다 왔어. 여기가 다보스 도르프야. 요양원에는 여기서 가는 게 더 가까워. 마차를 가져왔어. 짐들은 이리 줘."

이제 한스 카스토르프는 목적지에 도착하고 사촌과 재회했다는 사실에 흥분하여 웃고 얼떨떨해 하면서 그에게 손가방, 겨울 외투, 여행용 모포와 지팡이, 우산, 그리고 끝으로 『대양 기선』이라는 책도 건네주었다. 그런 다음 기차 안의 좁은 복도를 빠져나와 승강장으로 뛰어내려서는, 사촌과 말하자면 정식으로 인사를 나누었다. 그들은 냉정하고 점잖은 예절을 익힌 사람들 사이에서 그렇듯이 과도한 감정을 억제하고 인사를 나누었다. 이 말이 이상하게 들릴지 모르지만, 두 사람은 전부터 서로 이름을 부르는 것을 피해 왔다. 이는 전적으로 지나치게 따뜻한 감정을 보이는 것을 꺼리는 태도 때문이었다. 그렇지만 서로가 성을 부르기도 어색해서 그들은 그냥 서로가 너라고 호칭했다. 이는 사촌들 사이에 오랫동안 익숙해진 습관이었다.

그들이 서둘러 조금은 멋쩍은 듯 악수하는 모습을 —젊은 침센은 군대식으로 악수했다— 금술이 달린 모자에 하인 제복을 입은 한 남자가 지켜보다가 다가와서는 한스 카스토르프에게 수하물표를 달라고 했다. 왜냐하면 그는 국제 요양원 '베르크호프'의 수위였기 때문이다. 수위는 두 신사가 마차를 타고 곧장 저녁 식사를 하러 가는 동안 자기는 '플라츠' 역에서 손님의 커다란 트렁크를 가지고 가겠다고 선뜻 나섰다. 이 남자가 심하게 다리를 절었기에 한스 카스토르프가 요아힘에게 물어본 첫 마디는 다음과 같았다.

"저 사람 상이용사야? 왜 저렇게 다리를 절지?"

"흥, 상이용사라니!" 하고 요아힘은 다소 무뚝뚝하게 대꾸했다. "상이용사라면 차라리 좋지! 그는 무릎이 좋지 않아. 아니, 좋지 않았었지. 그래서 무릎 연골을 제거해 버렸어."

한스 카스토르프는 되도록이면 빨리 이해하려고 애썼다. "아, 그렇구나!" 그는 걸어가면서 머리를 세우고 주위를 힐끔 둘러보며 말했다.

"하지만 너는 아직도 몸이 좋지 않은 것처럼 나를 속일 생각은 아니겠지? 너는 마치 술이 달린 칼을 차고 이제 막 훈련에서 돌아온 것처럼 보여." 그러면서 그는 사촌을 옆에서 쳐다보았다.

요아힘은 카스토르프보다 키가 크고 체격도 우람해서 청춘의 힘을 가진 모습이었고, 군복을 입도록 태어난 사람 같았다. 그는 금발머리가 많은 고향에서 자주 눈에 띄는 짙은 갈색 유형의 사내였는데, 본래부터 거무스레한 얼굴이 햇볕에 그을려 거의 청동색이 되어 있었다. 그는 커다란 검은 눈과 두툼하면서도 반듯한 입술 위에 검은 콧수염을 가지고 있었다. 만일 그의 두 귀가 쫑긋 세워져 있지 않았더라면, 그는 잘 생겼다고 할 수 있었다. 어느 시기까지는 귀가 그의 유일한 근심이자 인생의 고민거리였다. 지금은 그에게 다른 걱정거리가 있었다. 한스 카스토르프는 말을 계속했다.

"나하고 곧 이곳에서 내려갈 거지? 어디 아픈 데가 없어 보여."

"너하고 곧?" 사촌은 이렇게 반문하고는 커다란 눈을 카스토르프에게 돌렸다. 늘 부드러워 보이던 그의 눈은 요즘 5개월 사이에 다소 피곤하고 슬픈 표정을 짓고 있었다. "곧이라니 언제?"

"그러니까 3주일 뒤에."

"아 그래, 너는 벌써 집에 돌아갈 생각을 하는군." 요아힘이 말을 이었다. "좀 기다려, 넌 이제 막 도착했잖아. 물론 이 위의 우리에게 3주일은 거의 아무것도 아니라고 할 수 있어. 하지만 이곳을 방문하여 단 3주일만 있을 예정인 너에게는 그것이 꽤 긴 시간이겠지. 먼저 기후에 적응하도록 해, 곧 알게 되겠지만 그게 그리 쉬운 게 아니야. 게다가 우리에게 기후만 유별난 게 아니야. 너는 이곳에서 여러 가지 새로운 일을 보게 될 거야, 잘 지켜봐. 네가 나에게 한 말은 그렇게 손쉽게 되는 게 아니야. '3주일 후에 집으로'라는 말은 저 아래 세상의 생각이야. 내 얼굴이 갈색으로 그을렸는데, 그건 주로 눈에 그을려서 그런 거야. 베렌스도 항상 말하듯이 그건 별로 대수로운 일이 아니야. 지난번 종합 검진에서 그는 반년은 족히 걸릴 것 같다고 말했거든."

"반년이라고? 그거 제정신으로 하는 말이야?" 한스 카스토르프가 외쳤다. 두 사람은 간이건물 같은 역사 앞, 돌로 이루어진 광장에서 벌써부터 대기 중이던 노란색 마차에 올라탔다. 두 마리의 갈색 말이 마차를 끄는 동안, 한스 카스토르프는 딱딱한 쿠션 위에서 몸을 이리저리 움직이면서 화를 냈다. "반년이라고? 벌써 거의 반년이나 여기 있었잖아! 그렇게 많은 시간이라니!"

"그래, 시간이 그렇지." 요아힘은 이렇게 말하고, 사촌이 분개하는 것에는 아랑곳하지 않고 여러 차례 고개를 끄덕이며 인정했다. "이곳 사람들은 보통 사람들이 말하는 시간을 대수롭지 않게 생각해, 너는 전혀 믿지 않겠지만. 그들에게는 3주가 하루와 같아. 너도 곧 알게 될 거야. 속속들이 잘 배우게 될 거라니까." 이렇게 말한 다음 덧붙여 말했다. "여기서는 개념이 바뀌게 돼."

한스 카스토르프는 그를 옆에서 물끄러미 바라보았다.

"하지만 넌 정말 많이 좋아졌어." 그는 머리를 흔들며 말했다.

"흠, 너도 그렇게 생각해? 하긴 나도 그렇게 생각해!" 요아힘은 이렇게 말하고 쿠션에서 똑바로 앉았다가 금방 다시 비스듬한 자세를 취했다. "몸이 정말 나아졌어." 그가 설명했다. "하지만 아직은 건강한 것은 아니야. 전에 수포음(水泡音)이 들리던 왼쪽 윗부분에서 지금은 약간 거친 소리만 날 뿐이지. 그리 나쁘지는 않아. 그래도 아래쪽에서는 아주 거친 소리가 들려. 그리고 두 번째 늑골 사이에서도 잡음이 들려."

"꽤 박식해졌군." 한스 카스토르프가 말했다.

"그래, 정말 대단히 박식해졌지. 이런 건 군복무 중에 다 흘려보냈으면 좋았으련만." 요아힘이 대꾸했다. "하지만 아직도 담이 나와." 그는 이렇게 말한 뒤 자포자기의 태도로 어깨를 심하게 으쓱해 보였는데, 이런 동작은 그에게는 어울리지 않았다. 이어서 그는 외투 옆 주머니에서 무엇인가 반쯤 꺼내서 보여 주었다가 얼른 다시 집어넣었다. 그것은 금속뚜껑이 달린 납작하고 둥그런 푸른색의 유리병이었다. "이 위에 사는 우리들은 대부분 이걸 가지고 있어. 우리 사이에는 이름도 있지, 하기야 별명이지만, 아주 희한한 거야. 이 부근을 보니까 어때?"

한스 카스토르프는 둘러보면서 이렇게 표현했다. "웅장하군!"

"그렇게 생각해?" 요아힘이 물었다.

그들은 마차를 타고 선로와 나란히 나 있는, 불규칙하게 만들어진 길을 따라 골짜기의 중심을 행해 나아갔다. 그런 다음 왼쪽으로 좁은 선로를 횡단하고 시냇물을 가로질러 건넌 뒤, 이제는 완만한 오르막길을 따라서 숲으로 싸인 언덕을 향해 천천히 달렸다. 저기 나직하게 돌출한 잔디밭에는 둥근 탑 아래로 길게 뻗은 건물 정면이 남서쪽을 향해 있었다. 순전히 발코니로 가로막힌 이 건물은 멀리서는 해면처럼 구멍이 여기저기 뚫린 것처럼 보였는데, 이제 막 불들이 켜지는 중이었다. 이제는 황혼이 뉘엿뉘엿 지기 시작했다. 한동안 골고루 구름에 덮인 하늘을 비쳐주던 어스름한 석양이 빛을 잃었고, 그리하여 깜깜한 밤이 찾아오기 이전에 색깔 없이 생기를 잃은 슬픈 과도기 상태가 자연을 지배하고 있었다. 길게 구불구불 뻗어 있는 골짜기의 마을에도 이제 여기저기 불이 켜졌고, 골짜기의 바닥뿐만 아니라 양쪽 산비탈에도 여기저기 불이 켜졌다.— 그중에서도 집들이 계단식으로 올라가고 앞쪽으로 돌출한 오른쪽 산비탈에는 불빛이 많았다. 왼쪽 산비탈에는 풀밭 사이로 오솔길이 나 있었고, 그것은 울창한 침엽수 숲속으로 사라져 갔다. 골짜기는 뒤쪽의 출구를 향해 좁아지고, 그 너머로 멀리 보이는 산들은 차가운 회색빛을 띠고 있었다. 바람이 불기 시작하자 저녁의 찬 기운이 몸에 스며들었다.

"아니, 솔직히 말하면 그렇게 압도적인 것 같지는 않아." 한스 카스토르프가 말했다. "빙하와 만년설과 하늘을 찌르는 거봉들은 어디 있는 거야? 내가 보기에 저것들은 그리 높아 보이지 않는데."

"무슨 소리, 아주 높은 산들이야." 요아힘이 대답했다. "거의 어디를 봐도 식물의 경계선이 보이지, 경계선이 뚜렷이 눈에 띈단 말이야. 가문비나무의 경계선이 끝나면 그 위론 아무것도 없어. 다 끝나고 네가 보듯이 바위뿐이야. 저 건너 슈바르츠호른의 오른쪽, 톱니처럼 뾰족한 곳 말이야, 그곳에는 빙하도 있어. 푸른 곳이 보이지? 거대하지는 않지만 빙하야, 스칼레타 빙하라고 하지. 여기서는 잘 보이지 않지만, 그 틈새에 있는 피츠 미헬과 틴첸호른은 1년 내내 늘 눈으로 덮여 있어."

"영원히 눈에 덮여 있단 말이지," 한스 카스토르프가 대답했다.

"그래, 너의 표현대로 영원히. 그런데 모든 봉우리들이 다 높아. 하지만 우리가 어마어마하게 높은 곳에 있다는 걸 염두에 두어야 해. 해발 1600미터니까. 그래서 높은데도 높다는 생각이 안 드는 거라고."

"그래, 얼마나 힘들게 올라왔는데! 솔직히 말해서 나는 불안하고 무서워. 1600미터라니! 어림잡아 계산해도 5천 피트는 되겠어. 태어나서 이렇게 높이 올라온 것은 처음이야." 이렇게 말하며 한스 카스토르프는 호기심 어린 표정으로 낯선 공기를 음미하듯 깊이 들이마셨다. 공기는 신선했고, 더는 특징이 없었다. 향기, 맛, 습기도 없는 것이 가볍게 흘러 들어와 영혼에 아무 느낌도 주지 않았다.

"아주 훌륭해!" 그는 의례적으로 한마디 대꾸했다.

"그래, 유명한 공기지. 그런데 오늘 밤 이곳 경관은 다른 때보다 못한 거야. 가끔은 더 좋을 때도 있어, 특히 눈으로 덮여 있을 때 말이야. 하지만 우리는 이런 게 지겨워. 이 위의 우리 모두는 이루 말할 수 없이 싫증이 나 있어, 정말이야." 요아힘이 말했다. 그는 구토라도 하려는 듯이 입술을 비틀었는데, 과장되고 절제를 잃은 듯한 이런 표정도 역시 그에게 어울리지 않았다.

"너는 정말 유별나게 말하는군." 한스 카스토르프가 말했다.

"내가 유별나게 말한다고?" 요아힘은 조금은 우려가 되는 듯 물으며 사촌 쪽으로 몸을 돌렸다.

"아니, 아니, 미안해. 문득 그런 생각이 들었을 뿐이야!" 한스 카스토르프는 성급히 말했다. 그러나 요아힘이 이미 서너 번 사용한 '이 위의 우리'라는 말을 생각하니 왠지 가슴이 답답하고 이상한 기분이 들었다.

"우리의 요양원은 보다시피 마을보다 더 높은 곳에 있어." 요아힘은 말을 계속했다. "50미터 더 높아. 안내서에는 '100미터'라고 되어 있지만 실은 겨우 50미터 더 높아. 여기서는 보이지 않지만, 저 건너편의 샤츠알프 요양원이 가장 높은 곳에 있지. 겨울에는 길이 막혀서 봅슬레이 썰매로 시체를 아래로 운반해야 해."

"시체라고? 아, 그래! 그렇지!" 한스 카스토르프가 큰 소리로 말했다. 그러더니 그가 갑자기 웃음을 터뜨렸는데, 그건 참을 수 없어서 터져 나온 웃음이었다. 이 때문에 그의 가슴이 거세게 흔들리고, 차가운 바람으로 다소 굳어진 얼굴은 고통스럽게 살짝 일그러졌다. "봅슬레이로 말이지! 하지만 그런 얘기를 어떻게 그리 태연스럽게 하는 거야? 5개월 동안에 이렇게 냉소적으로 변하다니!"

"전혀 냉소적인 게 아니야." 요아힘이 어깨를 으쓱하며 말했다. "대체 어째서 그렇다는 거야? 그건 시체와는 아무 상관없어… 하지만 여기 있는 우리는 냉소적으로 변해 가고 있는지도 몰라. 베렌스부터가 아주 냉소적인 사람이니까. 그런데 말이지 그는 아주 명물이야. 과거에는 대학에서 학생회 간부를 지냈고 수술의 대가지. 아마 네 마음에도 들 거야. 그리고 조수인 크로코프스키도 있는데, 아주 머리가 좋은 사람이지. 안내서를 보면 그가 하는 일이 특별히 나와 있어. 그러니까 그는 환자들에 대하여 정신분석을 시도한다는 거야."

"무얼 한다고? 정신분석? 그거 꽤나 섬뜩한데!" 한스 카스토르프가 소리쳤다. 이번에는 정말 유쾌한 웃음이었다. 그는 웃음을 도저히 참을 수 없었다. 이런 저런 이야기를 나누다가 정신분석이란 말이 완전히 그의 흥미를 끌게 되었다. 그는 너무 웃다가 결국은 눈을 가린 손 아래로 눈물을 찔끔 흘렸다. 요아힘도 마찬가지로 마음껏 웃었다.— 그는 기분이 좋아진 것 같았다. 이러게 웃고 떠드는 사이에 어느덧 두 젊은이는 아주 즐거운 마음으로 마차에서 내리게 되었다. 마차는 천천히 가파르고 꾸불꾸불한 길을 달려 '베르크호프' 국제 요양원 정문 앞으로 두 사람을 데려왔던 것이다.

34호실

현관문과 바람막이 문 사이 바로 오른편에 수위실이 있었다. 거기서 프랑스인처럼 보이는 수위가 전화기 옆에 앉아 신문을 읽고 있다가 나왔다. 역에서 기다리던 다리를 절던 남자처럼 회색 제복을 입고 있는 수위는 불이 환한 현관 홀로 두 사람을 안내했다. 홀의 왼쪽에는 응접실들이 있었다. 한스 카스토르프가 지나가면서 힐끔 들여다보았지만 안은 텅 비어 있었다. 환자들은 대체 어디 있느냐고 그가 묻자, 사촌은 이렇게 대답했다.

"누워서 요양 중이야. 나는 오늘 너를 마중하러 외출한 거야. 평소에는 나도 저녁을 먹은 뒤 발코니에서 누워 지내."

하마터면 한스 카스토르프는 다시 웃음을 터뜨릴 뻔했다.

"뭐라고, 너희들은 밤이나 안개 낀 날에도 발코니에 누워 지낸단 말이지?" 그는 웃음을 참다가 떨리는 목소리로 물었다.

"그래, 그건 규정이야. 8시부터 10시까지. 자, 그건 그렇고 네 방을 보고 손을 씻도록 해."

두 사람은 프랑스인이 전기 동력장치를 조종하는 엘리베이터에 탔다. 한스 카스토르프는 위로 올라가면서 눈을 닦았다.

"너무 웃었더니 난 완전히 녹초가 됐어." 그는 이렇게 말하고 입으로 숨을 쉬었다. "네가 웃기는 이야기를 너무 많이 해서 그래… 정신분석이란 말은 너무 심했어. 그런 말은 하지 않았어야 했는데. 그 외에도 여행하느라 좀 지치기도 한 것 같아. 너도 발이 시린 걸 느끼나? 게다가 얼굴이 달아오르니 기분이 언짢아. 식사는 곧 할 거지? 배가 고픈 것 같아. 이 위에서도 식사가 괜찮은가?"

그들은 좁은 복도의 야자수 섬유로 된 긴 양탄자를 따라 조용히 걸어갔다. 뽀얀 유리로 이루어진 종 모양의 등이 천장에서 창백한 빛을 발하고 있었다. 래커 종류의 페인트로 칠한 벽이 희고 냉랭하게 반짝였다. 하얀 모자를 쓰고 코안경을 걸친 간호사가 어딘가에서 나타났다.

코안경의 줄은 귀 뒤에 걸려 있었다. 틀림없이 그녀는 자신의 직무에 전력을 다하지 않는 신교 신자로서, 호기심은 있으나 따분해서 못 견디겠다는 표정이 역력했다. 복도의 두 곳, 하얀 래커 칠을 한 번호가 적힌 문 앞쪽 바닥에 뭔가 풍선 같은 것이 놓여 있었다. 목이 짧고 불룩한 커다란 용기였는데, 카스토르프는 먼저 그것이 어디에 쓰이는 건지 묻는 것을 잊고 있었다.

"네 방이야." 요아힘이 말했다. "34호실이지. 오른쪽에는 내가 있고, 왼쪽에는 러시아인 부부가 있어. 좀 단정치 않고 시끄러운 사람들이지만, 어쩔 수 없어. 그래, 이 방은 어때?"

문은 이중으로 되어 있고, 안쪽 빈 공간에는 옷걸이가 걸려 있었다. 요아힘이 천장에 달린 전구를 켜자 불이 번쩍하면서 방이 밝고 쾌적해졌다. 방은 실용적인 하얀색 가구, 마찬가지로 희고 튼튼하며 세탁할 수 있는 양탄자, 깨끗한 리놀륨의 바닥재, 아마포 커튼으로 장식되어 있었다. 커튼은 최근의 취향으로 단순하고 운치 있게 수놓아져 있었다. 발코니 문은 열려 있었다. 그곳으로 골짜기의 불빛들이 눈에 보였고, 멀리서 무도곡이 들려왔다. 친절한 요아힘은 꽃 몇 송이를 작은 꽃병에 꽂아 서랍장 위에 놓아두었다. 그것은 한번 베어 낸 풀 속에서나 볼 수 있는 꽃들로, 톱풀꽃과 초롱꽃 몇 송이였다. 요아힘은 이 꽃들을 직접 언덕에서 꺾어 온 것이었다.

"정말 고마워." 카스토르프가 말했다. "아주 깔끔한 방이군! 여기서 몇 주 동안 잘 지낼 수 있겠어."

"그저께 여기서 미국여자가 사망했어." 요아힘이 말했다. "베렌스 원장은 네가 올 때까지 그녀를 처리할 테니 네가 이 방을 쓰면 되겠다고 말했어. 영국 해군 장교인 그녀의 약혼자가 그녀 곁에 있었는데, 그는 군인다운 꼿꼿한 자세가 아니었어. 마치 어린애처럼 틈만 나면 복도에 나와 눈물을 흘렸지. 그러더니 뺨에 콜드크림을 바르더군, 면도한 뺨에 눈물이 흐르니까 따가웠던 모양이야. 그저께 밤에 미국여자는 두 번 심한 각혈을 하고는 그것으로 끝나버렸어. 하지만 그녀는 어제 오전 중에는 치워졌어. 그런 다음 사람들이 와서 물론 이 방을 철저하게 소독했지, 포르말린으로 말이야. 너도 알다시피 소독에는 포르말린이 제격이거든."

한스 카스토르프는 이 이야기를 흥분한 채 멍하니 듣고 있었다. 그는 널찍한 세면대 앞에 다가가 소매를 걷어 올리고 깨끗하게 정돈된 침구와 하얀 금속 침대를 흘끔 바라보았다. 세면대의 니켈 수도꼭지는 전기 불에 반짝거렸다.

"소독했다고? 그거 참 괜찮군." 그는 손을 씻은 후 수건으로 닦으면서 수다스럽게 좀 앞뒤가 맞지 않는 말을 늘어놓았다. "그래, 메틸알데히드 말이지. 아무리 강한 박테리아도 그것에는 견디지 못해. 화학분자식이 H_2CO야. 하지만 코를 찌르는 냄새가 나. 안 그래? 철저한 소독이 근본 조건이라는 게 당연한 거지만…." 그는 '당연한'이란 낱말을 분철하여 '당연-한'이라고 발음한 데 반해, 요아힘은 학생 시절부터 해왔던 대로 '당연한'을 붙여서 발음하고 있었다. 카스토르프는 꽤나 유창하게 말을 이어 갔다. "내가 말하려고 한 것은 … 아마 그 해군장교는 안전면도기로 면도했을 거야. 내가 보기에 그것으로 면도하면 아주 잘 드는 면도칼로 하는 것보다 더 다치기 쉬워. 적어도 내 경험으로 보면 그래. 그래서 나는 두 가지를 번갈아 가면서 사용하고 있어… 그럼, 민감한 피부에 소금물이 닿으면 물론 따끔하잖아. 그렇다면 그는 바다에서 복무를 하다 보니 콜드크림을 바르는 데 익숙해져 있는 거겠지. 나에게는 그게 아무렇지도 않아." 그는 계속 수다스럽게 이야기하더니 자신이 애용하는 시가, 마리아 만치니 200개를 트렁크에 넣어 왔다고 말했다. 세관이 검사를 하면서 대단히 너그럽게 넘어갔다는 것이다. 그러면서 요아힘에게 고향에 있는 여러 사람들의 안부를 전해 주었다. "여기는 대체 난방이 안 되는 건가?" 그는 갑자기 이렇게 외치고 스팀이 나오는 관 쪽으로 다가가 손을 대어 보았다.

"그래, 우린 여기서 상당히 춥게 지내." 요아힘이 대답했다. "8월에 중앙난방이 가동될 때까지는 날씨가 달라져야 할 텐데."

"8월이라, 8월이란 말이지!" 한스 카스토르프가 말했다. "하지만 난 추워! 추워서 몹시 떨리는 걸, 몸이 말이야. 그런데도 얼굴은 굉장히 달아올라. 자, 얼마나 뜨거운지 한번 만져 봐!"

얼굴을 만져 보라고 요구하는 것은 한스 카스토르프의 천성에는 전혀 맞지 않았고, 그 자신으로서도 곤란한 일이었다. 요아힘은 개의치 않고 단지 이렇게 대꾸했다.

"그건 공기 때문이지, 별것 아니야. 베렌스 자신도 하루 종일 뺨을 파랗게 하고 다녀. 사람에 따라서는 전혀 익숙해지지 않아. 자, 가자, 이러다간 아무것도 못 얻어먹지."

밖에 나가자 앞서 보았던 간호사가 다시 나타났다. 그녀는 근시안으로 호기심에 차 두 사람을 살폈다. 그러나 2층에서 끔찍하게 날카로운 소리가 들려와 한스 카스토르프는 두 다리가 얼어붙은 듯 갑자기 멈춰 서고 말았다. 약간 떨어진 곳에서 들려오는 그 소리는 복도의 굽어진 통로 쪽에서 났다. 그리 큰 소리는 아니지만 소름끼치도록 무서운 소리였다. 한스 카스토르프는 얼굴을 찌푸리고 놀란 눈으로 사촌을 바라보았다. 그것은 기침 소리였다. 틀림없이 어떤 남자의 기침 소리였다. 하지만 한스 카스토르프가 이제까지 들어 본 적이 없는, 그 어떤 기침 소리와도 다른 소리였다. 이 기침 소리와 비교하면 그가 들어본 다른 기침 소리는 어느 것이든 호사스런 편이고, 건강한 삶의 표현이었다. 반면에 지금 이 기침 소리는 삶의 욕구와 따스함이라곤 조금도 섞여 있지 않았다. 그것은 정상적으로 튀어 나오는 것이 아니라, 용해된 유기체의 끈적끈적한 죽을 무섭도록 힘없이 휘저을 때 나오는 소리 같았다.

"그래." 요아힘이 말했다. "상태가 좋지 않은 것 같아. 오스트리아의 귀족이고 고상한 남자지, 완전히 훌륭한 기수(騎手)로 태어난 사람이야. 그런데 지금은 저래. 하지만 여전히 돌아다닌다니까."

둘이서 계속 가던 길을 가는 동안, 카스토르프는 기수가 낸 기침에 대해 열변을 토하기 시작했다. "정말이지 나는 저런 기침 소리는 생전 처음 들어봐, 완전히 새로운 종류의 기침이었어. 그래서 물론 나는 강한 인상을 받았고. 기침에는 여러 종류가 있어. 마른기침도 있고 느슨하게 처진 기침도 있어. 일반적으로 말해서 개가 짓듯이 마른기침보다는 차라리 느슨하게 처진 기침이 나은 편이라고 해. 내가 젊었을 때 (그는 어렸을 때가 아니라 '내가 젊었을 때'라고 말했다.) 편도선염에 걸려서 늑대처럼 컹컹대며 기침한 적이 있었지. 그런데 기침 소리가 느슨하게 풀리니까 모두가 기뻐하더군. 아직도 그 생각이 떠오른다니까. 그런데 방금 들은 기침은 그렇지 않아. 적어도 내가 듣기에는 말이야. 그건 결코 생기 있는 기침이 아니야. 마른기침도 아니고 느슨하게 처진 기침이라고도 할 수 없어. 그런 용어와는 상관없어. 그건 완전히 멀건 곤죽이 된 상태야. 마치 그 사람 몸속이 훤히 다 들여다보이듯이 말이야…."

"글세," 하고 요아힘이 한마디 했다. "나는 매일 저 소리를 듣고 있어, 그러니까 내게 그걸 묘사할 필요 없어."

하지만 한스 카스토르프는 방금 들은 기침 소리 때문에 마음이 진정되지 않았다. 그는 그 기수의 몸속이 멀건 곤죽처럼 훤히 들여다보이는 것 같다고 거듭 힘주어 말했다. 둘이서 식당에 들어섰을 때, 여행에 지친 그의 두 눈은 벌겋게 충혈이 되어 있었다.

식당에서

식당은 밝고 우아하고 쾌적했다. 식당은 현관 로비의 오른쪽에, 휴게실 맞은편에 위치해 있었다. 요아힘의 설명에 따르면 이 식당은 이곳에 새로 도착하여 제 시각에 식사하지 못한 손님들과 방문객이 있는 사람들이 주로 이용한다는 것이다. 그러나 생일이나 요양소를 떠나는 날이 임박했을 때, 그 밖에도 종합검사 결과가 좋게 나왔을 때도 이곳에서 축하 파티가 열린다고 했다. 때로는 식당에서 떠들썩한 일이 벌어지고, 때로는 샴페인 파티도 열린다고 요하임이 말했다. 그런데 지금 식당에 들어서자 서른 살쯤 되어 보이는 숙녀가 혼자서 앉아 책을 읽고 있었다. 그녀는 책을 읽으며 뭐라고 중얼거리고 왼손의 가운데손가락으로 계속 식탁보를 톡톡 두드리고 있었다. 두 젊은이가 자리에 앉자, 그녀는 딴 자리로 가서는 그들에게 등을 돌리는 것이었다. 그녀가 사람들을 꺼리며, 또한 식당에서 늘 책을 보며 식사한다고 요아힘이 나직한 소리로 설명해 주었다. 사람들 말로는 그녀가 아주 어린 소녀 때 폐에 이상이 있어서 요양원에 들어와, 그 이후로는 바깥세상에 나가본 일이 없다고 했다.

"그렇다면 이곳에서 5개월 지낸 너는 아직 신출내기에 불과하겠군. 그리고 1년 더 있어도 역시 마찬가지겠어." 한스 카스토르프가 사촌에게 말했다. 그러자 요아힘은 대답은 하지 않고 전에는 하지 않았던, 어깨를 으쓱하는 동작으로 대신하면서 메뉴판을 집어 들었다.

두 사람은 창가의 더 높은 가장 좋은 식탁에 자리를 잡고는 크림색 커튼 옆에 마주 앉아 앉았다. 그들의 얼굴은 붉은 갓을 씌운 전기스탠드 불빛에 밝게 빛나고 있었다. 한스 카스토르프는 식탁에서 하던 버릇대로 즐겁게 몹시 기다려진다는 듯 방금 씻은 두 손을 비비며 앉아 있었다. 이는 아마 그의 조상들이 식사하기 전에 기도를 하던 습관이 남아 있어서 그런 것 같았다. 하얀 앞치마를 두르고 검은 옷을 입은 얼굴이 큰 소녀가 이들의 시중을 들었는데, 콧소리로 상냥하게 이야기하는 아가씨의 혈색은 매우 건강해 보였다. 여기서는 웨이트리스를 '홀 아가씨'라고 부른다는 말을 듣고 한스 카스토르프는 웃음이 터져 나오려고 했다. 두 사람은 그녀에게 프랑스 포도주 그뤼오 라로즈 한 병을 주문했는데, 카스토르프는 온도가 적당치 않다고 그녀를 또 한 번 돌려보냈다. 식사는 근사했다. 아스파라거스 수프, 소금에 절인 토마토, 여러 가지를 곁들인 구운 고기, 특별히 잘 준비한 푸딩, 치즈 및 과일이 나왔다. 카스토르프는 생각했던 것보다 식욕은 별로 없었으나 아주 많이 먹었다. 그는 배가 고프지 않아도 많이 먹는 버릇이 있었는데, 그건 자존심에서 비롯되었다.

요아힘은 요리에는 별로 손을 대지 않았다. 그는 음식에 물렸다고 말했다. 이 위의 사람들은 모두 그와 마찬가지로 음식 투정을 한다는 것이다. 날이면 날마다 여기서 식사를 한다면 그럴 만도 하리라…. 반면에 그는 포도주를 맛있게, 거의 황홀한 기분으로 마셨다. 그리고 너무 감성적인 말투는 조심스럽게 피하며 이렇게 대화가 통하는 상대가 와줘서 만족스럽다고 거듭해서 말했다.

"네가 와서 기뻐!" 요아힘이 말했다. 그의 차분한 목소는 떨리고 있었다. "이건 정말 내게는 하나의 사건이라고 말할 수 있겠어. 하지만 기분 전환이기도 하고. 내 말은 영원하고 끝없는 일상의 연속에서 하나의 분기점, 하나의 단락이란 뜻이지."

"하지만 여기 있는 너희들에겐 시간이 정말 빨리 지나가겠지?" 한스 카스토르프가 물었다.

"빠르기도 하고 느리기도 해." 요아힘이 대답했다. "아니, 시간이 도무지 가질 않는다고 말할 수 있어. 시간이라는 게 전혀 없고, 생활도 없어. 그래, 그건 생활이 아니야." 그는 머리를 흔들면서 다시 포도주 잔을 잡았다.

한스 카스토르프는 얼굴이 뜨겁게 달아올랐지만 술을 마셨다. 그러나 그의 몸은 여전히 차가운 반면에, 팔다리에서는 특이하게 즐거우면서도 어딘지 좀 고통스런 불안감이 느껴졌다. 그의 말이 빨라졌고, 그러다 보니 그는 번번이 말을 잘못하거나 손을 흔들어 물리치는 동작을 반복했다. 요아힘도 기분이 고조되어 있었다. 그리고 중얼거리며 식탁보를 톡톡 두드리던 숙녀가 갑자기 일어나 떠나 버리자, 그들의 대화는 한결 자유롭고 쾌활해졌다. 그들은 식사를 하면서 포크로 손짓을 하고, 음식을 한 입 깨문 채 심각한 표정을 짓기도 하면서 웃고, 고개를 끄덕이고, 어깨를 들썩거렸다. 때로는 음식을 제대로 삼키지도 않은 채 말을 계속했다. 요아힘은 함부르크 소식을 듣고 싶어서, 현재 계획 중인 엘베 강 개발 사업으로 화제를 돌렸다.

"정말 획기적이야!" 한스 카스토르프가 말했다. "우리 해운업의 발전에 획기적인 사업이지. 이건 과대평가하는 게 아니야. 긴급 임시 지출비로 5천만 마르크의 예산을 세웠는데, 분명한 건 이 일을 해낼 자신감이 있다는 사실이야."

그는 엘베 강 개발 공사를 대단히 중요하게 생각하면서도, 곧장 화제를 되돌려 요아힘에게 '이 위'의 생활과 손님들에 관해 좀 더 이야기를 해달라고 청했다. 요아힘도 그 요청에 기꺼이 응했다. 가벼운 마음으로 이야기를 들려줄 수 있는 것이 본인도 즐거웠기 때문이다. 그는 봅슬레이에 실려 아래로 운반되는 시체 이야기를 반복해야 했고, 그것이 사실이라는 점을 다시 한 번 확실하게 강조했다. 한스 카스토르프가 다시 웃음을 터뜨리자, 요아힘도 따라 웃었다. 그도 이 순간을 진심으로 즐기는 것처럼 보였다. 그리고 이런 자유분방한 분위기에 흥을 더 북돋기 위해 다른 우스운 이야기를 들려주었다. 예컨대 그의 식탁 옆에 상당히 중환자인 칸슈타트 출신 음악가의 아내 슈퇴어 부인이 앉는데, 그녀는 이제까지 겪은 사람들 중에 가장 교양이 없다는 것이다. 그녀는 '소독하다'를 꼭 '독을 제거하다'라고 말한다. 그것도 아주 진지한 표정으로 말이다. 그리고 그녀는 크로코프스키를 '포물루스'•라고 부른다. 사람들은 이런 말을 듣고도 얼굴을 찌푸리지 않고 참을 수밖에 없다. 더구나 그녀는 이 위의 사람들이 대부분 그렇듯이 엄청난 수다쟁이인데, 일티스 부인이 '칼날'을 지니고 다닌다고 험담을 한다. "단도를 칼날이라고 말하지, 그건 정말 황당하다니까!" 두 사람은 의자 등받이에 몸을 기대고 반쯤 누운 채 너무 많이 웃는 바람에 몸이 떨리고 거의

• 본래 조수라는 라틴어는 파물루스(famulus)이다.

동시에 딸꾹질까지 했다.

이때 요아힘이 우울한 기색을 보이며 자신의 신세를 하소연하기 시작했다.

"세상에, 내가 지금 너와 여기 앉아서 이렇게 웃고 있다니."

그는 고통스러운 표정을 지으며 이야기했는데, 이따금 횡경막의 진동으로 하던 말을 중단했다. "사실 난 언제 이곳을 빠져나갈지 전혀 기약할 수가 없어. 베렌스가 아직 반년 더 있어야 한다고 말했다면, 그건 아주 빠듯하게 계산한 거고, 더 오래 있을 각오를 해야 해. 하지만 그건 가혹한 일이야. 그게 얼마나 내게 서글픈지 말 좀 해봐. 이미 승인이 났으니 다음 달에는 장교 시험을 볼 수 있을 텐데. 그런데 이렇게 입에 체온계나 문 채 빈둥거리고, 저 교양 없는 슈퇴어 부인의 잘못된 말이나 헤아리면서 시간을 낭비하고 있다니. 우리 나이에 일 년은 아주 중요한 거야, 저 아래에 산다면 수많은 변화와 진보가 있겠지. 그런데 나는 웅덩이의 물처럼 여기서 이렇게 정체되어 있단 말이야. 그래, 바로 웅덩이의 썩은 물처럼, 이렇게 말해도 전혀 지나친 비유가 아니야."

이상하게 한스 카스토르프는 그 말에는 대답도 하지 않고 여기서 흑맥주를 마실 수 있는지 물어 보았다. 요아힘이 그의 사촌을 좀 황당해하며 바라보자, 그는 막 잠에 빠지려는 중이었다. – 아니, 그는 벌써 잠들어 있었다.

"아니, 너 자고 있잖아!" 요아힘이 소리쳤다. "그래, 가자, 잠자리에 들 시간이야. 우리 둘 다."

"도대체 시간이라는 건 여기에 없다며." 한스 카스토르프가 잠에 취한 듯 무딘 혀로 중얼거렸다. 그래도 그는 허리를 살짝 굽히고 빳빳한 다리로 사촌을 따라갔다. 그는 피곤하여 당장 바닥에 엎어지기라도 할 것 같았다. 그렇지만 불빛이 흐릿한 홀에 이르러 요아힘이 말하는 소리를 들었을 때, 그는 억지로 정신을 가다듬었다.

"저기 크로코프스키가 앉아 있어. 얼른 소개해 줄게."

크로코프스키 박사는 휴게실 벽난로 근처에 있는 열린 미닫이문 바로 옆의 밝은 곳에 앉아서 신문을 읽고 있었다. 그는 두 젊은이가 자신에게 다가오는 것을 보고는 자리에서 일어섰다. 요아힘이 군대식으로 차렷 자세를 취하며 말했다.

"박사님, 함부르크 출신의 제 사촌 카스토르프를 소개하겠습니다. 그는 방금 도착했습니다."

크로코프스키 박사는 새로 온 식구에게 쾌활하고 힘차게, 격려하듯 진지한 태도로 인사했는데, 이는 마치 자신을 만나면 스스럼없이 오직 즐거운 마음으로 신뢰하면 된다고 암시하는 것 같았다. 그는 대략 35세쯤 되어 보였다. 그는 어깨가 떡 벌어지고 뚱뚱하며, 앞에 서 있는 두 사람보다 훨씬 작았고, 이로 인해 그들의 얼굴을 바라보려면 머리를 비스듬히 뒤로 젖히지 않을 수 없었다. 그의 얼굴은 지극히 창백하여 안이 들여다보일 듯 투명하고, 인광을 발하듯 파리했다. 검게 빛나는 두 눈동자, 검은 눈썹, 꽤나 길게 양쪽으로 뾰족하게 뻗어 나간 턱수염 때문에 창백함이 한층 두드러져 보였다. 검은 수염에는 이미 흰 수염이 몇 올 나 있었다. 그는 단추가 두 줄로 달린, 좀 낡은 검은색 콤비를 입고 있었고, 두꺼운 회색 털양말에 작은 구멍이 나 있는 샌들 형태의 검은 단화를 신고 있었다. 신사복 상의의 목 칼라는 부드럽게 뒤로 젖혀져 있었는데, 한스 카스토르프는 이제까지 단치히의 사진사만이 그런 칼라를 한 것을 본 적이 있었다. 바로 이 목 칼라로 말미암아 크로코프스키 박사의 모습은 실제로 아틀리에의 사진사와 같은 인상을 풍기고 있었다. 그는 수염 사이로 누런 이빨이 보일 정도로 반갑게 미소를 지으며 젊은이의 손을 잡고 흔들었다. 이와 동시에 바리톤의 굵은 목소리와 다소 이국풍이 엿보이는 질질 끄는 억양으로 말했다.

"반갑습니다, 카스토르프 씨! 이곳에 빨리 익숙해져 우리들 가운데서 편안히 지내시길 바랍니다. 이런 질문 괜찮은지 모르겠습니다만, 여기에는 환자로 오신 거겠지요?"

한스 카스토르프가 예의를 지키면서 밀려오는 졸음을 쫓으려고 애쓰는 모습을 보았다면 누구나 감동했으리라. 그는 칠칠치 못한 자신의 모습에 화가 났다. 젊은이가 흔히 그렇듯이 은근히 자존심에 상처를 받고는 조수 크로크프스키의 미소와 격려하는 태도를 조롱의 표시로 받아들였다. 그는 3주일 예정으로 왔다고 말하고, 자신의 시험도 언급하면서, 자신은 다행히도 아주 건강하다고 덧붙여 말했다.

"정말입니까?" 크로코프스키 박사는 야유하듯 머리를 비스듬히 앞으로 내밀고 미소를 더해가면서 물었다. "하지만 그렇다면 그건 매우 연구할 만한 가치가 있는 현상입니다! 나는 완전히 건강하다는 사람을 아직 만나 본적이 없거든요. 실례지만 무슨 시험을 치렀나요?"

"저는 엔지니어입니다, 박사님." 한스 카스토르프는 겸손하면서도 품위를 지키며 대답했다.

"아, 엔지니어!" 크로코프스키 박사의 미소는 뒤로 물러나고, 순간적으로 힘과 정감을 약간 잃었다. "그거 참 좋은 직업이죠. 그렇다면 여기서는 어떤 종류의 치료도 받지 않으시는군요? 육체적인 면에서나 정신적인 면에서도."

"네, 참으로 다행히도 그렇답니다!" 한스 카스토르프는 이렇게 말하고 자칫 한 걸음 뒤로 물러설 뻔했다.

그러자 크로코프스키 박사는 다시 득의에 찬 미소를 지었다. 그리고 젊은이에게 다시 악수를 하면서 큰 소리로 말했다.

"자, 그럼 편히 주무십시오, 카스토르프 씨. 완벽한 건강을 누리십시오! 그럼 편히 주무시고, 안녕히!" 이렇게 해서 그는 젊은이들을 보내고 나서는 다시 신문을 읽기 시작했다.

이미 엘리베이터가 움직이지 않았기 때문에 둘은 걸어서 계단을 올라갔다. 두 사람은 크로코프스키 박사와 대면한 일로 마음이 산란해져 말이 없었다. 요아힘은 한스 카스토르프를 34호실까지 바래다주었다. 그곳에 다리를 저는 남자가 새로 온 손님의 짐을 제대로 가져다놓았다. 둘은 15분쯤 더 잡담을 나누었다. 그러는 동안 카스토르프는 짐에서 잠옷과 세면도구를 꺼냈고, 굵고 순한 담배를 피웠다. 오늘은 시가를 피우고 싶은 생각이 나질 않는 것이 참 이상하고 놀라웠다.

"그 사람 아주 대단한 것 같은데." 카스토르프는 빨아들인 담배 연기를 내뿜으며 말했다. "얼굴이 밀랍처럼 창백하더군. 그런데 그 신발이며 양말은 어울리지 않았어. 회색 털양말에 그 샌들 말이야. 나중에 그가 기분이 상한 건 아닐까?"

"그는 신경이 좀 예민하지." 요아힘도 이를 인정했다. "너는 그의 치료를 그렇게 잘라 거절할 것까지는 없었어. 적어도 그의 정신 치료는 말이야. 그걸 거절하면 그는 좋아하지 않아. 나도 그에게 치료 상담을 위해 마음을 털어놓지 않아서 나를 그다지 달가워하질 않고 있어. 그래도 가끔은 꿈 이야기를 들려주어 그에게 정신을 분석할 뭔가를 주고 있지."

"그렇다면 내가 그의 기분을 상하게 했군 그래." 한스 카스토르프는 불쾌한 표정으로 말했다. 누군가의 기분을 상하게 한 자신이 불만스러웠기 때문이다. 그로 인해 더 심한 피로를 느꼈다.

"잘 자." 그가 말했다. "쓰러질 것 같아."

"내일 8시에 식사하러 내가 데리러 오겠네." 요아힘은 이렇게 말하고 방에서 나갔다.

한스 카스토르프는 얼른 취침 준비를 마친 다음, 테이블의 전등을 끄자마자 잠에 빠져들고 있었다. 이때 그저께 이 침대에서 누가 죽었다는 생각이 들자 다시 한 번 놀라서 눈을 떴다. "이번이 처음은 아닐 거야." 그는 마음을 진정시키려는 듯 자신에게 말했다. "바로 임종의 자리, 흔한 임종의 자리일 뿐이야." 그러면서 그는 잠이 들었다.

그러나 잠이 들자마자 그는 꿈을 꾸기 시작해서, 다음날 아침 깨어날 때까지 거의 쉬지 않고 꿈을 꾸었다. 주로 요아힘 침센을 꿈에서 보았다. 요아힘은 이상하게 몸을 비튼 자세로 봅슬레이에 실려 경사진 길을 내려가는 것이었다. 그는 크로코프스키 박사처럼 인광을 발하는 창백한 모습이었다. 앞에는 기수가 앉아 조종하고 있었는데, 기침소리만 들었던 미지의 인물이었기에 매우 불명료한 모습이었다. "우리에게는 어떻든 마찬가지야. 이 위의 우리에게는." 요아힘이 비틀어진 몸으로 말했지만, 정작 곤죽을 젓듯이 끔찍하게 기침을 하는 사람은 기수가 아니라 바로 요아힘이었다. 그래서 한스 카스토르프는 슬프게 울고 말았고, 그러다가 약국으로 달려가 콜드크림을 사와야겠다고 생각했다. 그런데 길가에 일티스 부인이 입을 삐죽이며 손에 무언가를 쥐고 앉아 있었다. 그것은 분명히 '칼날'이어야 할 텐데, 그것이 아니라 안전 면도날에 불과했다. 그것을 보고 한스 카스토르프는 다시 웃음을 터뜨렸다. 이렇게 그는 반쯤 열린 발코니의 문으로 아침이 어렴풋이 밝아와 잠에서 깰 때까지 복잡한 감정의 움직임 사이에서 오락가락하고 있었다.

제2장

세례반(洗禮盤)과 이중의 모습을 한 할아버지에 관하여

한스 카스토르프는 자신의 집안에 관해서는 희미한 기억만 간직하고 있었다. 아버지와 어머니에 관한 기억도 거의 없었다. 그분들은 그가 다섯 살과 일곱 살 되던 해에 짧은 간격을 두고 세상을 떠났다. 먼저 어머니가 아주 놀랍게도 출산을 앞두고 혈관 폐색증으로 사망했다. 하이데킨트 박사의 말에 따르면 순간적으로 심장 마비를 유발하는 정맥염, 즉 전색증으로 사망했다.— 그의 어머니는 조금 전까지도 침대에 앉아서 웃고 있었는데, 너무 웃다가 침대에서 떨어진 것처럼 보였지만, 실제로는 죽었기 때문에 그렇게 된 것이었다. 아버지 한스 헤르만 카스토르프는 이를 도무지 이해하기 어려웠다. 아버지는 어머니에게 아주 마음 속 깊이 의지하고 있었고, 그 자신도 전혀 강인한 사람이 아니었기 때문에 이 사태를 극복할 여력이 없었다. 그 이후로 그의 정신도 혼미해지고 쇠약해졌다. 이렇게 의식이 허약한 상태에서 그는 사업상의 실수를 여러 차례 범하고, 이로 말미암아 카스토르프의 가문이 대를 이어 운영하던 회사가 심각한 손실을 입었다. 이어서 2년 뒤 봄에는 바람이 거센 부둣가에서 창고 검사를 하다가 그만 폐렴에 걸렸다. 하이데킨트 박사의 온갖 노력에도 불구하고 충격을 받은 그의 심장은 고열을 견디지 못하고 닷새 만에 아내의 뒤를 따라가고 말았다. 그는 많은 시민들이 참석한 가운데 카스토르프 가문의 가족 묘지에 묻혔다. 성 카타리나 교회에 있는 이 묘지는 식물원이 내려다보이는 아름다운 곳에 위치하고 있었다.

시의원이었던 할아버지는 짧은 기간이긴 하지만 아들보다 더 오래 살았다. 얼마 후 그 역시 아들과 마찬가지로 폐렴에 걸려 사망했다. 할아버지 한스 로렌츠 카스토르프는 아들과는 달리 끈질기고 생명력이 강한 천성을 지녔기에, 세상을 떠날 때까지 생존을 위한 치열한 투쟁과 고통을 겪으며 살았다. 불과 일 년 반이라는 기간 동안에 부모를 잃고 고아가 된 한스 카스토르프는 할아버지의 저택에서 지냈다. 이 저택은 지난 세기 초엽 독일 북부의 고전적 취향에 따라 좁은 대지에 지어졌으며, 날씨를 감안하여 흐릿한 색으로 칠해져 있었다. 집 앞에는 넓은 공지가 있으며, 땅에서 다섯 계단 정도 올라간 1층 중앙의 현관문 양쪽에는 반원주가 있었다. 창문이 바닥까지 내려져 있었고 쇠창살이 설치된 2층 위로는 두 개의 층이 더 있었다.

2층에는 석고로 장식된 밝은 식당을 포함하여 전적으로 응접실 용도의 방들이 있었다. 붉은 포도주 색깔의 커튼 3개가 드리워진 식당 창문을 통하여 뒤쪽 정원이 내다보였다. 할아버지와 손자가 여기서 18개월 동안 날마다 오후 네 시에 점심을 먹는 동안, 하인인 피에테 노인이 시중을 들었다. 노인은 귀고리를 하고 은단추가 달린 프록코트를 입고 있었으며, 주인과 똑같은 고급 삼베 목도리를 하고서 말쑥하게 면도한 턱을 주인과 아주 똑같은 방식으로 그 안에 파묻고 있었다. 할아버지는 피에테 노인에게 저지 독일어로 말하면서 친밀하게 '자네'라는 말을 사용했다. 이는 농담으로 그렇게 하는 것이 아니라 —할아버지에게는 유머가 없었다.— 진정으로 그렇게 했다. 할아버지는 창고 노동자, 우편집배원, 마부, 하인 같은 서민들에게도 그렇게 대했다. 한스 카스토르프는 그런 말을 듣는 것이 좋았고, 또 피에테 노인이 시중을 들면서 저지 독일어로 대답하는 것을 듣는 것도 꽤나 즐거웠다. 피에테 노인은 시중을 들면서 주인의 왼쪽 뒤에서 상체를 구부리고, 오른쪽 귀보다 아직 훨씬 잘 들리는 시의원의 왼쪽 귀에 대고 말했다. 할아버지는 피에테 노인의 말을 알아듣고, 고개를 끄덕이며 계속 식사를 했다. 할아버지는 마호가니로 된 높은 팔걸이가 달린 의자와 식탁 사이에 단정히 앉아서, 접시 위로 거의 허리를 굽히지 않고 식사를 계속했다. 손자는 할아버지의 맞은편에 앉아 그의 면밀하고 세련된 동작을 조용히 살펴보곤 했다. 할아버지의 희고 아름답고 가냘픈 늙은 손의 오른쪽 집게손가락에는 문장이 새겨진 녹색 반지가 끼워져 있었다. 손톱은 둥그스름하고 끝이 뾰족했다. 할아버지는 고기, 야채, 감자를 한 입씩 포크 끝에 끼어 머리를 살짝 기울여 입으로 가져갔다. 한스 카스토르프는 아직은 서투른 자신의 손을 바라보면서 언젠가는 자신도 할아버지처럼 나이프와 포크를 쥐고 움직일 날이 올 것이라고 느꼈다.

그에게 또 다른 관심사는 뾰족한 끝이 할아버지의 뺨을 스치게 되는 이상한 모양의 칼라가 넓게 벌어진 목도리에 자신도 언제 턱을 파묻게 될 것인지 하는 것이었다. 그러기 위해서는 할아버지처럼 나이가 많아야 하는데 이미 오늘날에도 할아버지와 피에테 노인 말고는 어디에서도 그런 목도리와 칼라를 하는 사람을 볼 수 없었기 때문이다. 이는 유감스러운 일이었다. 할아버지가 눈처럼 하얀 목도리에 턱을 기대고 있는 모습이 특히나 어린 카스토르프의 마음에 들어서였다. 성인이 된 뒤의 추억 속에서도 그 모습은 유난히 그의 마음에 드는 것으로, 거기에는 그의 본성 깊은 곳으로부터 동의하는 그 무엇이 들어 있었다.

할아버지와 손자는 식사를 마친 후 냅킨을 접고 말아서 은고리에 끼워 놓았다. 냅킨이 작은 식탁보만큼이나 넓었기 때문에 이 일은 당시의 어린 한스에게 그리 쉽지 않았다. 시의원인 할아버지는 피에테 노인이 뒤에서 의자를 당겨 주면 자리에서 일어나 발을 천천히 끌며 자신의 시가를 가지러 '별실'로 갔다. 이따금 손자도 할아버지를 따라 그곳에 가곤 했다.

별실이 생겨난 사정은 다음과 같았다. 식당에다 창을 세 개 만들다 보니 집의 대부분 공간을 차지하게 되어, 이런 유형의 집이 대체로 그렇듯이 세 개의 응접실을 만들어야 하는데 두 개의 응접실을 만들 공간밖에 남지 않았다. 하지만 두 개의 응접실 가운데 식당에 수직으로 위치한 응접실과 거리로 난 창이 하나뿐인 응접실은 서로 어울리지 않을 것 같았다. 그런 이유로 그 길이의 4분의 1을 잘라서 바로 별실로 만들었는데, 위에서 빛이 들어오는 이 좁고 어둑어둑한 공간은 가구들도 별로 들여놓지 않았다. 이 별실에는 시의원의 시가 상자를 얹어 놓은 찬장과 서랍에 매혹적인 물건들이 들어 있는 게임용 탁자가 놓여 있었다. 서랍 안에는 트럼프 놀이용 카드, 점수를 세는 칩, 탁 소리 내며 열리는 작은 톱니가 달린 기호판, 석필과 석판, 종이로 된 시가 파이프 따위가 들어 있었다. 끝으로 구석에는 자단으로 만들어진 로코코 양식의 유리장이 놓였고, 그 장의 유리판 뒤에는 노란색 비단 커튼이 팽팽하게 걸려 있었다.

"할아버지, 세례반 좀 보여주세요!" 별실에서 어린 한스는 까치발로 서서 노인의 귀에 다가가려고 애쓰면서 말했다.

할아버지는 부드럽고 긴 프록코트의 옷자락을 바지 위로 걷어 올리고 주머니에서 열쇠 다발을 꺼내 유리장을 열었다. 그러면 그 안에서 아주 기분 좋고 희한한 향내가 소년을 향해 풍겨 나왔다. 장 안에는 이제는 쓰이지 않는, 하지만 바로 이 때문에 더욱 마음을 끄는 온갖 물건들이 보관되어 있었다. 휘어진 한 쌍의 은촛대, 조각이 새겨진 나무에 달린 깨어진 청우계, 금속판 사진술로 찍은 앨범, 삼나무로 만든 브랜디 술통, 알록달록한 비단옷 아래를 세게 만지면 전에는 몸속에 든 톱니바퀴 장치로 책상 위를 달렸지만 오래전에 고장이 나 이제는 움직이지 않는 작은 터키 인형이 들어 있었다. 그 밖에 고풍스러운 배 모형과 맨 아래쪽에는 심지어 쥐덫까지 들어 있었다. 노인은 유리장의 가운데 칸에서 은쟁반 위에 놓인, 심하게 녹슨 둥근 은반(銀盤)을 꺼내어 소년에게 보여 주었다. 노인은 쟁반과 은반을 따로 떼어 이리저리 돌리면서 이미 했던 설명을 되풀이하여 들려주었다.

살펴보면 알 수 있듯이 세례반과 쟁반은 본래 한 쌍이 아니었다. 소년은 이런 사실을 할아버지로부터 새롭게 다시 들었다. 그렇지만 할아버지의 말에 따르면 이 두 물건은 약 100년 전부터, 그러니까 세례반을 구입하던 때부터 함께 사용되어 왔다. 19세기 초의 엄격한 취향으로 만들어진 은반은 단순하고 고상하면서도 아름다웠다. 또한 매끄럽고 견고했으며, 밑에는 둥근 받침이 달렸고, 안에는 금으로 도금되어 있었다. 하지만 금박은 세월이 흐르면서 누렇게 퇴색되어 있었다. 유일한 장식으로 장미와 톱니 모양의 꽃잎으로 이루어진 우아한 장미 화환이 위의 테두리를 두르고 있었다. 쟁반에 관한 한 그것이 은반보다 훨씬 오래되었다는 것을 안쪽에 새겨진 숫자로 알 수 있었다. '1650년'이라는 숫자가 그곳에 당초무늬로 새겨져 있었고, 온갖 잔물결 형상의 조각들이 그 숫자를 둘러싸고 있었다. 이와 같은 장식은 과장되고 자의적인 당시의 '최신 기법'으로 이루어졌는데, 여기에 나타난 문장(紋章)과 아라베스크 무늬는 반쯤은 별 같고 반쯤은 꽃 같았다. 그러나 쟁반의 뒷면에는 세월이 지나면서 이 물건을 소유한 가장의 이름들이 매번 다른 서체로 새겨져 있었다. 거기에는 벌써 일곱 명의 이름과 이를 상속받은 연도도 새겨져 있었다. 목도리를 두른 노인은 손자에게 반지를 낀 집게손가락으로 이름을 가리키며 일일이 알려 주었다. 거기에는 아버지의 이름이 있었고, 할아버지 자신과 증조부의 이름도 있었다. 그러다가 이를 설명하는 할아버지의 입에서 '우어'•라는 접두어가 두 개가 되고, 세 개가 되고, 네 개가 되었다. 소년은 머리를 옆으로 기울이고 생각에 잠긴 듯한 눈으로, 또는 멍하니 꿈꾸는 듯한 눈으로, 게다가 경건하지만 졸린 듯한 입 모양을 하고서 "우어-우어-우어-우어"라는 소리, 지하 납골당과 시간의 매몰을 의미하는 어두운 소리에 귀를 기울였다. 하지만 이 소리는 동시에 현재 그 자신의 삶과 깊이 가라앉은 과거 사이의 경건한 관계를 드러내는 것 같아서 그에게 아주 특이한 인상을 심어 주었다. 요컨대 소년의 얼굴에 이런 표정이 그대로 나타나 있었다. 그는 이 소리에서 곰팡내 나는 차가운 공기, 성 카타리나 교회나 미하엘 교회 지하 납골당의 공기를 들이 마시는 기분, 모자를 손에 들고 발끝으로 경건하게 걷게 되는 성스러운 장소의 입김을 느끼는 것 같

• 독일어로 ur라는 접두어는 조상, 시초, 원초 등의 뜻을 갖고 있다.

은 기분이었다. 그리고 발소리가 울려오는 그런 신성한 장소의 고요하고 평화로운 정적 속에 있는 듯한 느낌이 들었다. 저 '우어'라는 무딘 음절이 울릴 때에는 종교적인 느낌이 죽음과 역사의 느낌과 뒤섞이곤 했다. 그런데 이 모든 것은 소년에게 어쨌든 기분 좋은 느낌을 불러일으켰다. 바로 소년이 할아버지에게 세례반을 보여 달라고 계속 부탁한 것은 그 소리 때문이며, 그 소리를 듣고 따라 해 보고 싶었기 때문이라고 할 수 있었다.

이제 할아버지는 세례반을 쟁반에 다시 올려놓고는, 채광창에서 들어오는 빛을 받아 희미하게 빛나는 매끄럽고 연한 금박의 움푹한 내부를 보여 주었다.

"이제 곧 8년이구나." 노인이 말했다. "우리가 너를 이 위에 세우고 너에게 세례한 물이 이 안으로 흘러 들어간 지 말이야. 성 야곱 교회의 집사인 라센이 우리의 훌륭한 부겐하겐 목사의 손바닥에 물을 부었지. 그리고 그 손바닥의 물이 너의 정수리를 지나 이 은반 안으로 들어갔단다. 하지만 우리는 네가 놀라서 울까봐 물을 따뜻하게 데워 놓았지. 그런데 너는 물을 붓기도 전에 미리 고함을 쳐서 부겐하겐 목사의 설교가 여간 힘든 게 아니었어. 하지만 막상 물이 오자 조용해지더구나. 이걸 보고 우리는 네가 성사의 참뜻을 느꼈나보다 하고 생각했고 또 그러길 바랐지. 이제 며칠 있으면 죽은 네 아버지가 세례를 받은 지 44년이 되는구나. 당시에도 물이 네 아버지의 머리에서 이 안으로 흘러 들어갔지. 네 아버지가 태어난 이 집, 저쪽 홀의 가운데 창 앞에서 그랬단다. 그때만 해도 나이가 지긋한 헤제킬 목사가 살아 있어서 네 아버지에게 세례를 해 주었지. 헤제킬 목사는 프랑스의 젊은 군인들이 노략질과 방화하는 것을 질책하는 설교를 했다가 하마터면 총살을 당할 뻔했단다. 그분도 벌써 오래전에 하느님 곁으로 가셨지. 75년 전에는 나도 저쪽 홀에서 세례를 받았는데, 이 쟁반에 올려놓은 세례반 위에 머리를 내밀고 말이야. 목사는 너와 네 아버지가 세례 받을 때와 똑같은 말을 했지. 그리고 마찬가지로 따뜻하고 맑은 물이 내 머리에서 이 금색 세례반으로 흘러 들어갔단다. 당시에 내 머리카락이 지금 이 머리카락보다 아주 많지는 않았어."

소년은 이런 이야기를 들으며 아주 오래전에 그랬듯이 다시 세례반 위에 머리를 기울이고 있는 할아버지의 좁은 백발의 머리를 올려다보았다. 소년은 벌써 이런 일을 겪어 보았다는 감정에 사로잡혔다. 반쯤은 꿈을 꾸는 것 같고, 또 반쯤은 마음을 불안하게 하는 기이한 느낌, 그것은 나아가는 동시에 멈춰 있고 변하면서도 머물러 있는 듯, 현기증이 일어날 만큼 단조로운 기분이었다.— 소년이 전부터 세례반을 볼 때마다 알고 있던 느낌이었다. 그래서 그는 이런 기분을 다시 접해보기를 기대하고 희망했다. 멈춰 있으면서도 움직이는 것 같은 이 유산을 자꾸 보고 싶은 것도 이 때문이었다.

나중에 청년이 되어 생각해 보았을 때, 그는 할아버지의 형상이 양친의 그것보다 훨씬 더 깊고 뚜렷하며, 의미 있게 각인되어 있음을 알았다. 이는 손자와 할아버지 사이의 공감과 생리적으로 특수한 혈연관계에 기인하는 것인지 모른다. 그럴 것이 장밋빛 혈색의 소년이 창백하고 몸이 굳은 70대의 노인과 닮았다고 한다면, 손자가 할아버지를 그대로 빼다 박았기 때문이리라. 하지만 무엇보다 할아버지를 이렇게 특징지을 수 있었던 것은 그가 의심의 여지없이 가문을 상징하는 전형적인 인물이었기 때문이다.

일반적인 의미에서 말한다면 한스 로렌츠 카스토르프의 본질이나 사고방식은 그가 세상을 떠나기 오래전부터 시대에 뒤떨어져 있었다. 그는 엄격하게 전통 지향적인 기독교 개혁교구의 독실한 신자로서 정치에 참여할 수 있는 계층을 상류층으로 제한해야 한다는 완고한 생각을 가지고 있었다. 그는 수공업 조합원들이 자유롭게 정치에 참여해온 세습 귀족의 끈질긴 저항에 맞서 시의회에서 의석과 발언권을 차지하기 시작하던 14세기의 사람 같았고, 새로운 것을 받아들일 생각이 없었다. 그의 활동 시기는 불과 이삼십년 만에 급격한 도약과 다양한 변혁이 일어나던 때였고, 공적인 희생정신과 모험심을 계속 과도하게 요구하며 강행군하던 진보의 시대였다. 이렇게 새로운 시대정신이 누구라도 알 만큼 찬란한 승리를 구가했어도, 카스토르프 노인은 이런 따위에는 관심이 없었다. 그는 위험한 항만 확장사업이나 버릇없이 날뛰는 대도시 건설의 광대노릇보다 조상들의 풍습과 옛날의 제도를 더 중요하게 여겼으며, 가능한 한 변혁을 저지하고 억압하려 했다. 만일 그의 뜻대로 되었다면, 오늘날에도 도시 행정이 당시에 그 자신의 사무실이 그랬듯이 목가적이고 고풍스러운 모습을 보이고 있을 것이다.

노인은 살았을 때나 죽은 뒤에도 시민들의 눈에 그렇게 비쳤다. 어린 한스 카스토르프도 국가의 일에 대해서는 전혀 아는 게 없었지만, 조용히 바라보는 소년의 눈은 본질적으로 시민들과 동일한 의식을 가지고 있었다.— 그것은 무언의, 따라서 무비판적이며 오히려 생동감이 넘치는 관찰이었다. 그러나 나중에 의식적으로 회고해 볼 때 여기에는 말과 분석을 꺼리고 오직 긍정하는 특징만이 전적으로 들어 있었다. 이미 말했듯이 여기에는 공감이 작용하고 있었다. 즉, 한 세대를 뛰어넘는 결코 드물지 않은 유대감과 본질적인 혈연관계가 자리했다. 자식과 손자란 할아버지를 바라보고 감탄하면서 그들 내부에 유전적으로 모범이 되는 것을 배우고 형성해나가는 법이다.

시의원 카스토르프는 몸이 마르고 키가 훌쩍 컸다. 세월이 그의 등과 목을 굽게 했으나, 이렇게 굽은 것을 그는 다른 대응 자세를 통해 만회하려고 했다. 예컨대 그의 입술은 이빨이 없어서 틀어진 채 직접 잇몸과 맞닿아 있었는데(그는 식사할 때만 의치를 착용했기 때문이다), 그는 억지로 위엄을 갖추려고 입을 아래로 당겼다. 그런가 하면 머리가 떨리기 시작하는 것을 막으려는 수단으로 엄숙하게 자세를 바로 세우고 턱을 아래로 낮추었는데, 이것이 어린 한스 카스토르프의 마음에 꼭 들었다.

할아버지는 코담배 상자를 애용했다.— 그것은 거북의 말린 등에 금을 박아 넣은 긴 상자로, 그는 그것을 손으로 만지작거렸다. 할아버지는 이런 모양에 어울리도록 붉은 손수건을 사용했는데, 손수건의 끄트머리가 그의 프록코트 뒷주머니에 나와 있곤 했다. 이는 그의 모습에 있어서 웃고 넘길 만한 약점이었지만, 그 약점은 전적으로 노인의 특권, 다시 말해 나이가 들면 의식적이고 친절한 마음에서 또는 존경스럽게도 무의식적으로 보여주는 태만함 같은 느낌을 불러일으켰다. 어쨌든 그것은 한스 카스토르프의 어린아이다운 날카로운 시각이 할아버지의 외모에서 알아낸 유일한 약점인 셈이었다. 그러나 일곱 살짜리 소년에게나 나중에 성인이 되어 추억 속에 나타나는 노인의 일상적인 모습은 그의 진짜 본모습은 아니었다. 실제로는 이와는 달리 평소보다 훨씬 더 멋지고 단정한 모습이었다.— 실물과 같은 모습으로 그려진 초상화의 모습이 그랬다. 이 그림은 전에 양친의 거실에 걸려 있다가, 나중에 어린 한스 카스토르프와 함께 널찍한 광장 앞에 있는 할아버지의 집으로 옮겨왔다. 그러곤 응접실의 커다란 붉은색 비단 소파 위에 자리를 잡았다.

이 초상화에서 한스 로렌츠 카스토르프는 시의원 제복을 입고 있었다. 그것은 이미 지나간 세기에나 볼 수 있었던 근엄하고 경건한 시민의 복장이었다. 엄숙한 동시에 멋을 중시하는 공공조직이 오랜 세월 동안 이 복장을 자랑스럽게 입고 다녔고, 그럼으로써 의례적으로 과거를 현재로 현재를 과거로 만들면서, 사물의 연속관계, 즉 공적 행위를 위한 결정의 근엄한 확실성을 알려왔던 것이다. 시의원 카스토르프는 붉은 타일을 깐 바닥에 기둥과 뾰족한 아치를 배경으로 삼은 채 온몸을 보이며 서 있었다. 턱을 아래로 당기고 입을 꽉 다물고 있는 시의원은 눈물주머니가 늘어지고 생각에 잠겨 바라보는 듯한 푸른 눈으로 저 아래 먼 곳에 시선을 두고 있었다. 그는 무릎까지 내려오는 법복 같은 검정 외투를 입고 있었다. 앞쪽이 트인 그 옷의 가장자리와 실을 감친 솔기는 모피로 넓게 장식되어 있었다. 풍성하게 부풀어 오른, 테를 두른 겉옷 소매 밖으로 소박한 천으로 만들어진 더 좁은 속옷 소매가 튀어나와 있었고, 소매에 달린 레이스의 주름장식은 손목까지 뒤덮고 있었다. 늙어서 야윈 두 다리는 검은 비단양말을 두르고 있었고, 은으로 된 죔쇠가 달린 신발이 두 발에 신겨져 있었다. 하지만 목에는 풀을 먹여 빳빳하고 여러 번 주름을 잡아 접시처럼 둥그런 넓은 옷깃을 둘렀는데, 그 앞은 내려오고, 좌우는 위로 젖혀져 있었다. 그 아래로 지나치게 많이 주름 잡힌 고급 삼베로 된 장식이 조끼 위에 드리워져 있었다. 팔 밑으로 차양이 넓은 고풍스러운 모자를 끼고 있었는데, 모자의 머리 부분은 위쪽으로 갈수록 뾰족해졌다.

이 초상화는 저명한 화가가 그린 빼어난 그림이었고, 실물을 정확하게 묘사한 대가다운 솜씨와 고상한 취향이 돋보였으며, 보는 사람에 따라 스페인풍, 네덜란드풍, 후기 중세풍의 여러 가지 인상을 불러일으켰다. 어린 한스 카스토르프는 이 그림을 자주 세밀히 들여다보곤 했다. 물론 예술을 제대로 이해하는 눈으로 본 것은 아니었지만, 뭔가 어렴풋한 이해력과 심지어 통찰력에 가까운 눈을 가지고 바라보았다. 소년이 이 그림에 묘사된 것과 같은 할아버지를 실제로 본 것은 할아버지가 마차를 타고 시의회로 위풍당당하게 행차할 때 꼭 한 번뿐이었다. 그것도 순간적으로 얼핏 본 것에 불과하지만, 앞에서도 말했듯이 소년은 그림에 나타난 모습을 그의 진짜 모습이라고 느끼고, 평소의 할아버지는 말하자면 가짜 할아버지, 임시로 불완전하게 이 세상에 잠시 적응하고 있는 것으로 느꼈다. 평소의 할아버지 모습에서 이상하고 특이한 것은 분명히 그렇게 불완전하고, 어쩌면 좀 서투른 적응의 결과이며, 따라서 그것은 그의 순수하고 참된 모습의 결코 지울 수 없는 잔재이자 암시였다. 이처럼 빳빳하게 올라간 칼라와 고풍스러운 하얀 주름 잡힌 옷깃은 구식이었지만, 이는 단지 잠정적인 평가에 불과할 뿐 그 원형인 놀라움을 자아내는 스페인풍의 주름 장식에 구식이라는 호칭을 사용할 수는 없었다. 그리고 할아버지가 거리로 나갈 때 머리에 쓰는 필요 이상으로 굽어진 실크 모자도 마찬가지였다. 그림 속의 차양이 넓은 펠트 모자가 훨씬 더 할아버지의 실제에 어울리는 것 같았다. 할아버지의 주름진 긴 프록코트와 마찬가지로, 어린 한스 카스토르프에게는 모피로 가장자리에 테를 두른 법복이 평상복의 원형이자 본래적인 모습으로 여겨졌다.

그리하여 어느 날 할아버지와 작별할 날이 왔을 때, 할아버지 본연의 모습으로 빛을 내며 완벽한 자세로 누워 있어도 소년은 마음속으로 전혀 이상하지 않았다. 할아버지는 둘이 오랜 세월 동안 서로 식탁에 마주 앉았던 홀에 누워 있었다. 이제 한스 로렌츠 카스토르프는 홀 중앙 화환에 둘러싸인 관대 위의 은으로 장식된 관 속에 누워 있었다. 할아버지는 이 세상의 삶에서는 잠시 적응하는 듯해 보였지만, 그래도 폐렴과는 끝까지 싸웠으며, 오랫동안 끈질기게 투쟁했다. 그 싸움에서 이겼는지 졌는지는 확실치 않지만 어쨌든 지금은 엄숙하고 평화로운 표정으로 관대 위에 누워 있었다. 화려하게 장식된 침대에서 투쟁하느라 얼굴은 몰라보게 변했고, 코는 뾰족해졌다. 하반신은 이불에 덮여 있었고, 이불에는 종려나무의 가지가 놓여 있었다. 머리가 비단 베개로 높이 받쳐지다보니 턱은 지극히 우아한 모습으로 옷깃 장식의 주름 속에 들어가 있었다. 레이스의 소매 끝으로 반쯤 덮인 양손에는 상아 십자가가 쥐여져 있었고, 손가락은 아주 자연스럽게 합장하고 있었지만, 차갑게 죽어 있다는 것을 숨길 수는 없었다. 할아버지는 눈을 내리깔고 조용히 십자가를 내려다보고 있는 것 같았다.

한스 카스토르프는 할아버지가 마지막으로 병에 걸린 초기에 할아버지를 여러 번 보았으나 병의 마지막 무렵에는 더 이상 볼 수 없었다. 병의 고통이 주로 밤에 일어난 탓이기도 했으나 병과 싸우는 할아버지의 모습을 아이에게 일절 보여 주지 않으려는 배려에서였다. 그래서 집안의 답답한 분위기, 피에테 노인의 충혈된 눈, 의사들의 들락거림을 통해 간접적으로 투병 사실을 느꼈을 따름이었다. 그러나 소년이 홀에서 할아버지와 지내며 알게 된 결과를 요약하자면, 할아버지가 이제 세상에서 잠시 적응하던 자세에서 엄숙하게 벗어나 자기 본연의 모습으로 결국은 되돌아갔다는 것이다.— 피에테 노인도 계속 울면서 줄곧 머리를 흔들었고, 한스 카스토르프 자신도 갑작스럽게 죽은 어머니나 그 후 얼마 지나지 않아 역시 조용히 낯선 모습으로 누워 있던 아버지의 모습을 보았을 때처럼 울었지만, 이는 결국 그가 인정해도 좋을 만한 결말이었다.

이렇게 죽음이 어린 한스 카스토르프의 정신과 감각에 —특히 감각에— 영향을 미치게 된 것은 이렇게 짧은 시일에, 그리고 이렇게 어린 나이에 그것이 벌써 세 번째였기 때문이다. 죽음의 모습과 인상이 소년에게 더는 새로운 것이 아니라 이미 완전히 친숙해졌으며, 처음 두 번은 그가 당연히 슬픔을 보이긴 했지만 아주 침착하고 의연한 태도로 행동하면서 결코 유약한 모습을 보이지 않았다. 세 번째인 이번에도 그랬다. 아니 오히려 더욱 침착했다. 이런 사건들이 그의 생활에 실제적인 의미를 갖는지도 모르고, 또는 어린이답게 이에 대해 무관심한 태도를 보이며, 세상 사람들이 자신에게 이러저런 배려를 해줄 것이라고 믿고는 관 앞에서도 어린이다운 냉정과 죽음과 관련된 호기심만을 보였을 따름이었다. 그러다가 그것이 세 번째에는 노련한 전문가라는 감정과 표정을 보이며 특이하게 조숙한 분위기를 띠게 되었다. 충격으로 인하여 그리고 다른 사람들에 전염되어 자주 흘리는 눈물은 당연한 반응으로서 그리 염두에 둘 것이 못 된다. 아버지가 죽고 서너 달쯤 지나자 그는 죽음이라는 것을 완전히 잊었으나, 이제 기억을 돌이켜 보니 당시의 온갖 인상이 비교할 수 없을 만큼 독특한 형태로 뚜렷하고 절절하게 다시 떠올랐다.

이런 인상을 풀어서 말로 설명하자면 대략 다음과 같다고 하겠다. 죽음은 경건하고 명상적이며 슬프고 아름다운, 즉 종교적인 속성이 있지만, 동시에 전혀 다른, 이와는 반대되는 지극히 육체적이고 물질적인 속성, 아름답지도 명상적이지도 않고 경건하지도 않으며 슬프다고도 할 수 없는 속성을 가지고 있다는 점이다. 죽음의 엄숙하고 종교적인 속성은 시신의 호화로운 안치 및 꽃의 화려함에서, 주지하듯이 천국의 평화를 의미하는 종려나무 가지에서 표현되었다. 나아가 더 분명하게는 고인이 된 할아버지의 손가락 사이에 있는 십자가, 관의 머리맡에 놓인 조각가 토르발센의 축복하는 그리스도 상에서, 또한 이런 경우 종교적 성격을 갖게 되는 그리스도 상 좌우에 세워진 촛대에서 표현되었다. 이 모든 물건들은 분명히 할아버지가 이제 영원히 자기 본연의 모습으로 되돌아갔음을 좀 더 상세하고 의미 있게 보여 주었다. 그러나 그 밖에도 어린 한스 카스토르프가 직접 말한 것이 아니라 그의 태도로 미루어 보았을 때, 이 모든 물건들, 특히 많은 꽃들과 그 가운데서도 유별나게 많았던 월하향은 더 넓은 의미와 엄밀한 목적을 지니고 있었다. 즉, 죽음의 두 가지 속성 중에 아름답지도 않고 사실 슬프지도 않은, 오히려 거의 천박하고 저급한 육체적 속성을 미화하고 잊게 하거나 또는 의식하지 못하게 하는 목적을 지니고 있었다.

고인이 된 할아버지가 그토록 낯설게, 그러니까 할아버지로서가 아니라 죽음이 실체 대신에 끼워 놓은 밀랍 인형으로 여겨진 것은 죽음의 이런 속성과 연관성이 있었다. 그런데 지금 이 밀랍 인형을 가지고 이렇게 경건하고 장엄한 호화예식이 벌어지고 있는 것이었다. 저기 있는 것, 더 정확히 말해 저기 누워 있는 것은 따라서 할아버지 자신이 아니라 껍질이었다. 한스 카스토르프가 알고 있었듯이 이 껍질은 밀랍으로 이루어진 것이 아니라 그 어떤 특수한 물질, 오직 물질로만 이루어져 있었다. 그것이 바로 죽음에 있어서 단정하지 못한 측면이었고, 거의 아무런 슬픔도 불러일으키지 않았다. 육체와 관련된, 오직 육체와만 관련된 사물이 슬픔을 자아내지 않듯이 이 또한 슬픔을 자아내지 않았다. 어린 한스는 밀랍처럼 누렇고 매끄러우며, 실물 크기로 시체가 되어 있는 치즈처럼 굳은 물질, 이전의 할아버지의 얼굴과 손을 바라보았다. 이때 파리 한 마리가 이제는 움직이지 않는 이마에 내려앉아 주둥이를 이리저리 움직이기 시작했다. 피에테 노인은 이마에 닿지 않도록 주의하면서 자신이 하고 있는 일의 의미를 알아서는 안 되고 알려고 해서도 안 된다는 듯이 엄숙하고도 음울한 표정을 지으며 조심스럽게 파리를 쫓아 버렸다. 이와 같은 표정은 분명히 할아버지가 단지 육체에 지나지 않고 더는 아무것도 아니라는 사실과 관계가 있었다. 그러나 파리는 할아버지의 이마에서 날아올라 빙빙 돌다가 이번에는 상아 십자가 근처, 할아버지의 손가락 위에 살짝 내려와 다시 앉았다. 이러는 동안 한스 카스토르프는 예전부터 친숙하며 그윽하지만 대단히 독특하게 짙은 냄새를 조금 전보다 더 분명하게 맡는 것 같았다. 이 냄새로 인해 그에게는 부끄러운 일이지만 그의 동급생 하나가 좋지 않은 병이 있어서 모두가 그를 멀리했던 일이 문득 떠올랐다. 월하향이 나쁜 냄새를 살짝 지우는 역할을 하고는 있었지만, 수북이 쌓인 아름다운 꽃들이 아무리 향기를 발산해도 그 냄새를 없앨 수는 없었다.

티나펠 영사의 집에서,
그리고 한스 카스토르프의 윤리적 상태에 관하여

이런 변화에도 불구하고 한스 카스토르프에게 나쁜 일은 일어나지 않았다. 그를 위탁받은 후견인인 티나펠 영사의 집으로 들어가서 부족한 게 전혀 없었기 때문이다. 한스 카스토르프 개인의 문제뿐만 아니라 당시만 해도 모르던 폭넓은 이해관계의 보호라는 점에서도 아무 걱정이 없었다. 돌아가신 어머니의 외삼촌인 티나펠 영사는 카스토르프가 물려받은 유산을 관리하면서 부동산을 매각했고, 수출입을 하던 카스토르프 부자 상회의 청산 작업도 맡아 주었다. 이로부터 남은 약 40만 마르크의 돈이 한스 카스토르프의 상속 재산이었다. 티나펠 영사는 피후견인의 재산을 안전한 채권에 투자하여 친척 사이의 감정은 배제한 채 매 3개월 초마다 나오는 이자의 2퍼센트를 수수료로 공제했다.

티나펠 영사의 집은 하르베스테후더 거리에 인접한 정원을 배경으로 하고 있었고, 전망이 좋아 잡초라고는 볼 수 없는 잔디밭과 공공 장미공원, 강이 훤히 보이는 곳에 위치하고 있었다. 영사는 훌륭한 마차를 갖고 있었지만, 이따금 머리에 울혈로 고생했기 때문에 조금이라도 운동을 하기 위해 매일 아침 걸어서 구시가에 있는 사무실로 출근했다. 오후 5시에는 다시 걸어서 퇴근했는데, 그러면 티나펠 가문에서는 성대한 오찬이 시작되었다. 그는 영향력이 있는 인사로서 최고급의 영국제 옷을 입고, 불거져 나온 푸른 눈 위에는 금테 안경을 썼으며, 코는 붉고, 구레나룻은 희끗했고, 왼손의 작고 통통한 손가락에는 다이아몬드가 번쩍거렸다. 그의 아내는 오래전에 죽고 없었다. 그에게는 페터와 야메스라는 두 아들이 있었는데, 그 중 하나는 해군이라 거의 집에 없었고, 다른 아들은 아버지의 포도주 판매 일을 돕고 있었기에 그가 회사의 후계자로 정해져 있었다. 가정일은 여러 해 전부터 알토나 출신의 금세공사 딸인 샬렌이 돌보고 있었다. 통처럼 둥근 그녀의 손목에는 주름 장식의 빳빳한 흰 커프스가 둘러져 있었다. 그녀는 아침 식사와 저녁 식탁에는 게와 연어, 장어, 거위 가슴살, 로스트비프에 사용하는 토마토케첩 등의 차가운 음식을 풍부하게 올리려고 식단을 짰다. 그녀는 영사의 집에서 손님들과 연회가 있을 때 임시 고용인들을 감독하는 일을 맡았고, 정성을 다해 어린 카스토르프의 어머니 역할도 맡아서 했다.

한스 카스토르프는 바람과 물안개 등 아주 좋지 않은 기후에서 성장했다. 이런 말을 해도 좋다면 그는 고무로 된 노란 우비를 입고 자라면서도 대체로 건강한 편이었다. 하이데킨트 박사도 말했듯이 그는 빈혈기가 약간 있어서 학교에서 돌아와 세 번째 식사를 할 때면 매일 흑맥주를 한 잔 가득 마시는 처방을 받았다. 누구나 알고 있지만, 그것은 자양분이 풍부한 음료라서 하이데킨트 박사는 그것이 피를 만드는 효과가 있다고 했다.— 아무튼 그것은 다행히도 한스 카스토르프의 생명력에 진정 작용을 함으로써, 외종조부 티나펠의 표현대로 '멍하니 조는 듯한' 경향, 즉 입을 느슨하게 벌리고 명확한 생각도 없이 꿈을 꾸듯 허공을 바라보는 경향을 한층 조장했다. 하지만 그 밖에는 건강하고 정상이어서 테니스도 잘 치고 보트 타는 것도 즐겼다. 물론 스스로 노를 젓는 대신 여름밤에 함부르크 울렌호르스터의 선착장 테라스에 앉아 음악을 듣고 맥주를 마시며 앉아서, 불을 켠 보트들 사이의 오색으로 비친 물 위의 백조들을 바라보는 것을 더 즐겼지만 말이다. 그가 침착하고 사려 있게 저지 독일어 사투리를 섞어서 약간 공허하고 단조롭게 말하는 소리를 들으면, 또한 금발머리의 단정한 모습이나 잘 생기기고 어딘지 모르게 고풍스런 그의 얼굴을 보기만 해도 이 한스 카스토르프라는 청년이 이 지방의 순수한 진짜 토종으로서 있어야 할 자리에 제대로 있다는 사실을 어떤 사람도 의심할 수 없었다. 게다가 멍하고 졸린 듯한 표정 속에서도 유전적으로 물려받아 얼핏 무의식적으로 나타나는 자부심은 이를 더욱 증명하고 있었다. 청년 자신도 이런 점을 생각해 본 적이 있었다면 단 한 순간도 이를 의심치 않았을 것이다.

큰 항구 도시의 분위기, 조상 대대로 호흡해 왔으며 국제무역과 풍족한 생활에서 나오는 촉촉한 대기, 그는 이런 분위기와 대기를 깊이 공감하면서 당연하다는 듯이 만족스럽게 받아들였다. 그는 부둣가에서 물과 석탄과 타르가 증발하는 냄새, 식민지에서 가져와 잔뜩 쌓아놓은 화물들의 자극적인 냄새를 맡으며 거대한 기중기가 코끼리처럼 조용하고 영리하게 괴력을 발휘하는 것을 지켜보았다. 기중기는 정박 중인 화물선의 한가운데에서 수 톤의 자루들, 짐 꾸러미, 상자, 통, 병들을 화차와 창고로 나르고 있었다. 그는 자기 자신처럼 노란 고무 방수 외투를 입은 상인들이 정오가 되자 거래소로 몰려가는 것을 지켜보았다. 거래소가 아주 분주하게 돌아간다는 것을 그 자신도 알고 있었다. 그곳에서는 누구나 자신의 신용을 쌓아가기 위해 급히 보내는 성찬 초대장을 어렵지 않게 받을 수 있었다. 그는 붐비는 조선소(나중에 특별한 관심 분야가 된다)를 바라보았고, 선착장에 들어간 아시아와 아프리카 항로의 배들이 탑처럼 높고 거대한 모습으로 뱃머리와 추진기를 드러내고, 아름드리 버팀목에 의지한 채 물 밖에서 어정쩡하게 세워져 있는 것을 보았다. 난쟁이처럼 작아 보이는 수많은 부두 노동자들이 거기 달라붙어 씻고 해머로 두들기고 색칠을 하고 있었다. 그는 지붕이 있는 조선대 위에서 연기 같은 안개에 둘러싸인 채 건조 중인 배들의 골격이 연기 같은 안개 속에 싸여 있는 모습과 기사들이 설계도와 배수표(排水表)를 손에 들고 노동자들에게 지시하는 것을 보았다.— 이 모든 것은 한스 카스토르프가 어릴 때부터 보아온 친숙한 광경이어서, 그의 마음속에서 자신이 고향에 소속되어 있다는 안정된 느낌을 일깨워 주었다. 그의 생활 상태에서 이런 느낌은 예컨대 일요일 오전에 야메스 티나펠이나 또는 사촌인 침센 —요아힘 침센— 과 알스터 호수의 정자에서 오래된 포트와인 한 잔을 마시며 훈제 고기가 들어 있는 둥근 빵을 먹고는, 의자에 기댄 채 느긋하게 시가를 피울 때면 절정에 도달하곤 했다. 그렇다, 한스 카스토르프는 빈혈에 섬세한 외모를 지니고 있음에도 삶을 즐기면서 식욕이 왕성한 젖먹이가 어머니의 가슴을 파고들듯이 인생의 속된 향락에 매달린다는 점에서 그는 순수한 함부르크 토종임이 분명했다.

그는 상업을 하는 도시 민주주의의 지배적 상류 계층이 그 자녀들에게 물려주는 세련된 교양을 이럭저럭 편안하게 몸에 지니고 있었다. 그는 어린아이처럼 자주 목욕을 했으며, 같은 계층의 젊은이들이 신뢰하는 양복점에서 옷을 맞추었다. 그의 옷장의 영국식 서랍에 든 몇 벌 안 되지만 꼼꼼하게 표시된 속옷들은 샬렌이 정성을 다해 관리하고 있었다. 한스 카스토르프가 외지에 나가 공부할 때에도 속옷은 정규적으로 집으로 보내 세탁과 손질을 하도록 했다(나라 전체에서 함부르크 말고는 제대로 다리미질 할 줄 아는 곳이 없다는 게 그의 신조였다). 색이 아름다운 그의 셔츠의 어느 한 소매에 보풀이 일어도 그는 아마 몹시 불쾌하게 여겼을 것이다. 그의 손은 유달리 귀족적은 아니었지만, 손질은 철저하고, 피부는 탄력이 있었으며, 손목에는 백금으로 된 사슬 모양의 백금 팔찌를 찼고, 손가락에는 할아버지에게서 물려받은 인장 반지를 끼고 있었다. 그의 치아는 다소 약한 편이라서 여기저기 상한 몇 개의 충치는 금으로 씌워져 있었다.

서 있을 때나 걸을 때면 그는 배를 조금 내밀고 있어서 그리 반듯한 인상을 주지는 않았지만, 식탁에서의 자세는 훌륭했다. 옆 사람과 대화할 때는(사려 있게 약간의 저지 독일어로) 상체를 곧추 세우고 예의 바르게 그를 향해 고개를 돌렸다. 또한 자신의 접시에 담긴 가금류의 고기를 자르거나 정해진 식탁 집기로 가재 집게발의 붉은 살을 익숙한 솜씨로 끄집어내는 동안 팔꿈치는 식탁에 가볍게 갖다 대었다. 식사가 끝나면 그는 가장 먼저 향수가 들어 있는 손 씻을 물을 찾았고, 다음으로 관세를 물지 않고 몰래 아는 사람을 통해 구입한 러시아제 담배를 찾았다. 이 담배 다음으로는 마리아 만치니라는 이름의 시가, 아주 맛이 좋은 브레멘 상표의 시가인데, 이에 대해서는 다시 언급할 것이다. 아무튼 이 시가의 향기로운 니코틴은 커피의 카페인과 어울려 한결 만족감을 높여주었다. 한스 카스토르프는 증기난방 때문에 맛이 떨어지는 것을 막기 위해 담배 저장품을 지하실에 보관해 두었다. 그는 매일 아침 지하실에 내려가 그날 피울 담배를 케이스에 담아 오곤 했다. 아마 그는 버터도 가느다란 줄이 쳐 있는 작은 덩어리가 아니라 큰 덩어리 채 나오면 먹기 힘들어 했을 것이다.

여러분이 보는 바와 같이 우리는 한스 카스토르프에게 호감을 가질 수 있는 것이라면 무엇이든 이야기할 생각이지만, 그를 판단함에 있어서 과도함이 없이 본연의 그 이상으로 호도하거나 나쁘게 평하지도 않을 것이다. 한스 카스토르프는 천재도 아니고 바보도 아니었다. 우리가 그의 특징을 '평범한'이라는 낱말로 표현하지 않는다면, 이는 그의 지성과는 아무 관계가 없고 그의 단순한 사람됨과도 거의 관계가 없기 때문이다. 이는 다시 말해 우리가 어떤 초개인적인 의미를 부여하고자 하는 그의 운명에 대해 존경심을 품고 있기 때문이다. 그의 머리는 실업 고등학교가 요구하는 정도는 힘들이지 않고 해낼 수 있는 수준이었지만, 그는 어떤 상황에서도 어떤 대상 때문에 노력한다는 것을 추호도 생각할 수 없었다. 그렇게 하는 것이 힘들까 두려워서가 아니라 그럴 필요성을 전혀 느끼지 않았기 때문이다. 더 정확히 말하면 어떤 절대적 이유를 느끼지 않아서였다. 그리고 그가 어떻게든 그럴 이유를 느끼지 않았으므로 어쩌면 우리는 그를 평범하다고 부르기를 원치 않는지도 모른다.

인간은 개체로서 자신의 개인적 생활을 영위할 뿐 아니라, 의식하든 아니든 자신의 동시기 및 동시대적 삶을 살아나간다. 그리고 인간은 자기 실존의 보편적이고 비개인적인 토대를 무조건 주어진 것으로, 자명한 것으로 간주한다. 선량한 한스 카스토르프가 실제로 그랬듯이 우리가 개별 사례에 대해 비판하려는 의도는 없을지라도, 어떤 결함들이 나타나는 경우 우리는 자신의 정신적 건강이 이로 인해 막연하게나마 침해를 받는다고 느낀다. 개인에게는 여러 가지로 개인적인 목적 및 목표, 희망, 전망이 눈앞에 아른거리기 때문에 그는 이러한 것들에서 더욱 노력하고 활동하고자 하는 원동력을 얻어 낸다. 그러나 우리 주위의 비개인적인 것, 즉 시대 자체가 겉보기에 아무리 활발할지라도 거기에 희망과 미래의 전망이 결여되어 있다면, 또한 시대가 우리에게 희망도 전망도 없으며 은연중에 전혀 대책 없는 것으로 인식시켜 주고, 의식적이든 무의식적이든 모든 노력과 활동이 지닌, 개인적 의미 이상의 궁극적이고 절대적인 의미를 묻는 질문에 시대가 공허한 침묵으로 일관한다면, 비교적 공정한 인간들의 경우 이런 사태가 초래하는 마비적인 영향은 거의 피할 수 없을 것이며, 이로 인한 결과는 개인의 정신적이고 윤리적인 부분에서 바로 육체적이고 유기체적인 부분으로 확장될지도 모른다. 시대가 '무엇 때문에'라는 물음에 흡족한 대답을 주지 못함에도 불구하고, 의미심장하고 주어진 한도를 넘어서는 행위를 하고자 자세를 취하는 데에는 흔치 않게 나타나는 영웅의 본질인 정신적 고독과 자주성, 또는 아주 강인한 생명력을 필요로 한다. 한스 카스토르프의 경우를 보면 그는 그 어느 것도 없었다. 정말 존중하는 의미로 말한다면 이런 점에서 그는 평범하다고 할 수 있었다.

우리는 여기서 그의 학창 시절의 정신적 상태뿐만 아니라 나중에 이미 시민적 직업을 선택한 이후의 일에 대해서도 언급했다. 그의 학업 과정에 대해 말하자면 그는 한두 번 낙제를 했다. 그러나 대체로 그의 출신 성분과 세련된 예절, 그리고 마지막으로 열정은 없었지만 그런대로 수학에 재능이 있어서 상급 학년으로 올라갈 수 있었다. 그래서 1년 지원병의 자격을 얻은 뒤에도 학교를 마치기로 결심했다.— 이 결정도 사실은 습관적으로 질질 끌어온 미결정 상태를 연장함으로써 자신이 대체 무엇을 가장 하고 싶은지 숙고해 보려는 시간을 갖기 위한 것이 주된 목적이었다. 왜냐하면 그는 오랫동안 자기가 무엇을 하고 싶어 하는지 알지 못했고, 상급 학년이 되어서도 이를 알지 못했기 때문이다. 그리고 진로를 결정한 다음에도(그가 진로를 결정했다는 것도 거의 지나친 말이 될지 모른다), 다른 결정이 있을 수도 있었을 텐데 하고 느낄 정도였다.

그러나 그가 배에 관해서는 언제나 큰 흥미를 보였음은 사실이었다. 어릴 때 그는 어선이나 야채를 실은 화물선, 돛이 다섯 개인 배를 연필로 공책에 가득 채우기도 했다. 열다섯 살 때는 2개의 프로펠러가 달린 블롬 운트 포스 회사의 새로운 우편선 '한자 호'가 진수대에서 미끄러져 나오는 것을 특별석에서 보고는 그 날씬한 배의 모습을 수채화로 실물과 똑같이 정밀하게 그린 적이 있었다. 티나펠 영사는 그 그림을 자신의 개인 사무실에 걸어 두었다. 특히 철렁거리는 바다의 투명한 연록색이 너무 면밀하게 숙련된 솜씨로 그려져 있어서 누구나 티나펠 영사에게 이 사람은 재주가 있으니 앞으로 훌륭한 해양 화가가 되겠다고 말할 정도였다. 영사는 이런 칭찬을 그에게 조용히 전할 수 있었다. 한스 카스토르프는 이 말을 듣고 피식 웃었을 뿐 화가가 되겠다는 과대망상이나 배고픈 화가가 되겠다는 생각을 한 순간도 하지 않았다.

"너는 재산이 많다고는 할 수 없다"라고 외종조부 티나펠이 그에게 가끔 말했다. "내 재산은 근본적으로 야메스와 페터가 물려받는다. 즉 사업에 들어가 있어서 페터는 배당금을 받는다. 너의 재산은 아주 안전하게 투자해 두었으니 확실한 이자가 들어온다. 하지만 오늘날 이자로 살아간다는 것은 그리 쉬운 일이 아니야. 적어도 네가 갖고 있는 재산의 5배 정도가 있지 않다면 말이다. 네가 여기 이 도시에서 지금까지처럼 보란 듯이 살아가려면, 상당히 많은 돈을 벌어들이지 않으면 안 돼. 이 말을 명심해야 한단다, 얘야."

한스 카스토르프는 이 말을 명심하고 자기 자신이나 세상 사람들에게 떳떳한 직업을 찾아보았다. 그리고 일단 선택한 다음부터는 자신의 직업을 매우 높게 평가했다. — 툰더 빌름스 회사의 빌름스 노인 권유로 결정이 이루어졌는데, 노인은 토요일 밤 휘스트 놀이를 하면서 티나펠 영사에게 좋은 아이디어가 있는데 한스 카스토르프가 조선학을 공부해서 자기 회사에 들어오면 어떻겠냐는 것이었다. 그러면 자기가 한스를 잘 보살피겠다는 것이었다. 한스 카스토르프는 이 직업이 대단히 복잡하고 힘든 일이기는 하지만, 반면에 아주 훌륭하고 멋진 직업이라고 생각했다. 그리고 고인이 된 어머니의 이복 언니의 아들인 침센이 무슨 일이 있어도 되고 싶어 한 장교보다는 평화를 사랑하는 자신의 성격으로 보아 어쨌든 이 직업이 훨씬 낫다고 생각했다. 더구나 요아힘 침센은 가슴이 그다지 튼튼하지 않았다. 하지만 한스 카스토르프가 사촌의 직업을 과소평가한 바와 같이, 바로 그렇기 때문에 정신적인 일이나 긴장을 거의 요구하지 않는 야외생활이 사촌의 직업으로 적합한지 모른다고 생각했다. 그럴 것이 그는 개인적으로 일에 쉽게 피로해졌지만, 자신의 직업에 대해 지극히 큰 자부심을 갖고 있었기 때문이다.

우리는 여기서 앞서 암시한 문제, 즉 시대를 통한 개인 생활의 침해가 바로 육체라는 유기체에도 영향을 미칠 수도 있다는 가정으로 되돌아가 보자. 한스 카스토르프가 어떻게 일을 존중하지 않을 수 있었겠는가? 존중하지 않았다면 그게 부자연스러운 일이리라. 모든 사정으로 볼 때 일은 그에게 무조건 가장 존경스런 대상일 수밖에 없었다. 근본적으로 일 외에는 존중할 만한 것이 하나도 없었다. 일이란 이겨낼 수 있는가 없는가를 가려 주는 원칙이자 시대의 절대성, 말하자면 일은 그 자체로 대답이었다. 일에 대한 그의 존중은 그러므로 종교적인 것으로, 그가 아는 한 의심의 여지가 없었다. 하지만 그가 일을 사랑하는가 하는 것은 또 다른 문제였다. 그가 일을 매우 존중하기는 했지만, 사랑할 수는 없었기 때문이다. 그것도 지극히 단순한 이유, 즉 일이 자신에게 맞지 않았기 때문이다. 힘든 일은 그의 신경을 소모시키고 이내 피로하게 만들었다. 그리고 그는 일보다는 자유로운 시간, 그 어떤 노고에도 중압감을 받지 않고 번거로움을 당하지 않는 시간을 훨씬 더 사랑한다고 아주 솔직히 시인했다. 일에 대한 그의 이런 모순은 엄밀히 말해서 해결을 필요로 했다. 그가 자신도 잘 알지 못하는 영혼의 깊은 곳에서 일을 절대적인 가치이자 자명한 원리라고 믿을 수 있고 마음을 진정할 수 있다면, 그의 정신과 마찬가지로 육체도 —처음에는 정신이, 그리고는 정신을 통해 육체도— 일을 더 즐겁고 지속적인 마음으로 해나갔을지 모를 일이었다. 이로써 그가 다시 평범한가, 그 이상인가 하는 물음이 제기되지만, 우리는 이에 대해 확실한 대답을 하지 않을 것이다. 왜냐하면 우리는 한스 카스토르프의 찬미자라고는 생각하지 않기 때문이다. 더구나 일로 인해 그의 생활에서 마리아 만치니를 느긋하게 맛보는 것이 조금은 방해가 되었다는 추측에 생각의 여지를 남겨두려 하기 때문이다.

그는 군 복무에는 흥미가 없었다. 그의 내적 성향이 군 복무 따위와는 맞지 않았고, 그것을 피할 방도를 알고 있었다. 하르베스테후더 거리에 위치한 티나펠 영사의 집을 드나들던 군의관 에버딩 박사가 서로 대화를 나누다가 영사로부터 젊은 카스토르프가 군에 가서 무장을 하게 되면 강박에 사로잡혀 이제 막 외지에서 시작한 공부에 지장을 느끼게 될 것이라는 말을 들었을지도 모를 일이다.

느리고 침착하게 작동하는 한스 카스토르프의 두뇌는 그가 외지에서도 진정 효과가 있는 흑맥주를 곁들여 아침식사 하는 습관을 지속한 덕분에 분석기하, 미분, 역학, 투영법, 도식 정역학으로 채워졌다. 그는 이따금 공부에 짜증이 나면서도 선박에 있어서 적재 및 비적재 배수량, 안정성, 평형 이동 및 부력의 경심을 계산했다. 늑재(肋材) 및 흘수선(吃水線), 종단면에 대한 공학적 도면 그리기는 대해에 떠 있는 '한자'호를 그린 그림만큼 훌륭하지는 않았지만, 감각적인 것을 통해 정신적 관점을 보완하고, 음영을 그리고, 횡단면을 밝은 색으로 칠한다는 점에서 한스 카스토르프는 대부분의 사람들보다 뛰어난 솜씨를 보였다.

그가 방학 때 깔끔하고 세련된 옷을 입고, 졸린 듯한 귀족적 얼굴에 붉은 금발의 짧은 콧수염을 기른 채, 분명히 출세의 전망이 보이는 도정에서 집으로 돌아오면, 시의 여러 업무에 관여하거나 가정 및 개인사에 밝은 사람들, -자치제 도시 국가•에서는 대부분의 사람들이 그러한데- 즉 그의 동시대 시민들은 젊은 한스가 나중에 어떤 공적인 역할을 하는 인사로 성장할 것인지 자문하면서 그를 세밀히 주시했다. 그가 대대로 내려온 훌륭한 명문가의 자손이기에, 언젠가는 그가 정치적으로 중요한 인물이 되리라고 사람들은 믿어 의심치 않았다. 그러면 그는 시의회 또는 시위원회에 들어가 법률을 만들고, 명예직으로 추대되어 주권 문제에 참여할 것이며, 재정부나 건설부와 같은 행정 분과의 일원이 되어 발언을 하고 투표권을 행사할 것이다. 젊은 카스토르프가 어떤 정당에 들어갈 것인지도 흥밋거리일 수 있었다. 겉만 보고는 알 수 없으나 진보적인 민주주의 정당에 가담할 만한 인물 같지는 않았다. 더구나 그가 자신의 할아버지와 닮았다는 것은 의심의 여지가 없었다. 어쩌면 그의 할아버지를 닮아서 진보적인 흐름에 제동을 거는 보수파의 핵심이 되는 것은 아닐까? 어쩌면 그럴 것 같기도 하고, 또 어떻게 생각하면 그와는 반대일 것 같기도 했다. 분명한 것은 그가 엔지니어, 신진 조선기사였으며, 세계 교통과 공학에 기여할 인물이었다. 어쩌면 그가 급진파에 들어가 저돌적인 행동가로 변신하여 고대 건축물과 아름다운 풍경을 모독하는 세속적인 파괴자가 될지도 모를 일이고, 유대인처럼 방종한 생활을 하거나 미국인처럼 경건성이 없어져서는, 자연스러운 생활 조건을 신중하게 형성해온 전통의 가치와 가차 없이 단절하는 쪽을 택하고, 국가를 무모한 실험대상으로 몰아갈지도 모를 일이었다. — 이 또한 생각해볼 여지가 있었다. 시청에서 2인의 보초에게 경례를 받는 지혜로운 사람들이 모든 것을 가장 잘 알고 있다고 생각하듯이 그에게도 이런 생각이 핏속에 흐르고 있는 것일까? 아니면 그가 과연 시의회에서 야당을 지지하게 될까? 불그스레한 금발 눈썹

• 이른바 자유도시를 의미한다.

아래 반짝이는 푸른 눈을 보고는 동시대 시민들의 호기심 어린 질문에 대한 대답을 읽어 낼 수는 없었다. 백지 상태나 다름없는 한스 카스토르프도 아직은 이에 대한 대답을 알지 못했다.

그가 여행길에 오르고 우리가 이 청년을 만났을 때, 그의 나이는 스물세 살이었다. 당시에 그는 단치히 공과대학에서 4학기를 마치고, 브라운슈바이크와 칼스루에 공과대학에서 4학기를 더 보냈는데, 이때의 성적은 오케스트라의 팡파르가 울릴 만큼 빼어나지는 않았다. 하지만 첫 번째 시험에서 괜찮은 성적으로 합격하여 툰더 운트 빌름스 회사에 견습 엔지니어로 입사했으며, 바야흐로 그는 조선소에서 실습 교육을 받기로 되어 있었다. 이런 시점에서 그의 진로는 처음으로 다음과 같은 전환점을 맞이하게 되었다.

그는 이 시험을 치르기 위해 신경을 곤두세우고 끈기 있게 공부해야 했기 때문에, 집에 돌아왔을 때는 평소의 그보다 훨씬 기운이 없어 보였다. 하이데킨트 박사는 그를 볼 때마다 잔소리를 하면서 전지 요양, 그것도 철저한 전지 요양을 권했다. 박사는 이번에는 북독에 위치한 푀르 섬의 노르더나이 또는 비크 정도로는 충분치 않다고 말했다. 어떻게 하는 것이 좋겠느냐는 질문에 그는 한스 카스토르프가 조선소로 가기 전에 몇 주 동안 고산 지대에 머무르는 것이 좋겠다고 제의했다.

티나펠 영사도 자신의 외손자인 한스 카스토르프에게 그러는 것이 좋겠다고 말했다. 그렇다면 이번 여름은 그들이 서로 떨어져 다른 곳으로 휴가를 가게 되었다. 왜냐하면 네 필의 말로도 티나펠 영사를 고산 지대로 끌어올릴 수 없었기 때문이다. 영사는 자신에게 적합한 기압이 필요하고, 그렇지 않으면 돌발 사고를 당할 수 있으므로 서로 다른 곳으로 여행을 떠나도 상관없다고 말했다. 고산 지역으로는 한스 카스토르프 혼자 가서, 요아힘 침센도 만나보는 것이 좋겠다는 것이었다.

이는 자연스러운 제안이었다. 요아힘 침센은 병을 앓고 있었으니 말이다. 그것도 한스 카스토르프처럼 몸이 약한 것이 아니라 정말 심각한 병을 앓고 있어서, 주변 사람 모두가 심지어 큰 충격을 받았을 정도였다. 평소에 사촌은 항상 고열과 감기에 시달렸었는데, 어느 날에는 붉은 피까지 토했다. 그래서 요아힘은 허둥지둥 다보스로 떠나지 않을 수 없었다. 곧 그의 소망이 실현되는 순간이었기에 그의 고통과 실망은 이루 말할 수 없었다. 그는 가족의 뜻에 따라 몇 학기 동안 법률을 공부했지만, 자신의 충동을 누를 수 없어서 도중에 진로를 바꾸어 사관후보생을 지원했으며, 이미 합격도 되어 있던 상태였다. 이런 그가 지금 국제 요양원 '베르크호프'(원장: 고문관 베렌스 박사)에 들어와 5개월 넘도록 입원하고 있으니, 그가 우편엽서에 쓴 것처럼 거의 죽도록 따분하다는 것이었다. 그러므로 한스 카스토르프가 툰더 운트 빌름스 회사에 들어가기 전에 잠시 자신을 위해 요양한다면, 그곳 알프스의 요양원으로 올라가서 불쌍한 사촌의 말벗을 해주는 것보다 더 합당한 일은 없었던 것이다. ― 이는 두 사람에게도 대단히 즐거운 일이 아닐 수 없었다.

한스 카스토르프가 여행을 결심했을 때는 한여름이었다. 어느덧 7월도 끝나갈 무렵이었다.

그는 3주 예정으로 여행길에 올랐다.

제3장

엄숙하게 찌푸린 표정

여행하느라 너무 피곤해서 늦잠을 잘까봐 걱정했지만, 한스 카스토르프는 필요 이상으로 일찍 일어나 자신의 아침 습관, 그러니까 고도로 세련된 습관을 모두 다 이행할 여유가 충분했다. 이를 위해 고무 대야뿐만 아니라 녹색의 라벤더 비누가 든 나무 접시, 아울러 거기에 부속된 밀짚으로 된 솔이 중요한 도구가 되었다. 그 밖에도 세면을 마치고 몸단장에 이어 짐을 풀고 정돈할 수도 있었다. 라벤더 향의 비누 거품으로 덮인 뺨에 은도금한 면도기를 갖다 대면서 그는 지난밤에 꾼 어지러운 꿈들을 문득 떠올려 보았다. 그는 이성의 밝은 빛을 받으며 면도하고 있는 사람으로서 우월감을 느끼며 그런 터무니없는 꿈에 대해 관대하게 미소를 지으며 머리를 흔들었다. 푹 쉬었다는 느낌은 들지 않았지만, 새로운 날을 맞이하여 상쾌했다.

뺨에 파우더를 바르고 모직 반바지 차림의 한스 카스토르프는 붉은 모로코 가죽 슬리퍼를 신은 채 젖은 손을 수건으로 닦으며 발코니로 나갔다. 발코니는 일렬로 이어져 있었고, 난간까지는 돌출하지 않은 불투명한 유리창에 의해 방마다 제각기 나누어져 있었다. 아침은 서늘하고 구름이 끼어 있었다. 좌우 언덕 앞에는 안개가 움직임 없이 자욱하게 깔려 있었고, 멀리 보이는 산에는 희끄무레한 큰 구름 덩어리가 드리워져 있었다. 여기저기에 푸른 하늘이 점이나 선으로 나타났다가 그곳으로 햇빛이 뚫고 들어오면, 산비탈의 어두운 가문비나무 숲과 대조되어 계곡에 위치한 마을이 어슴푸레하게 빛을 발했다. 어디선가 아침 음악이 연주되고 있었는데, 어젯밤에 연주회가 열렸던 호텔에서 들려오는 것 같았다. 찬송가 화음이 희미하게 울려오다가, 잠시 멈춘 뒤에는 행진곡이 들려왔다. 한스 카스토르프는 진정으로 음악을 사랑했다. 음악은 아침 식사 때의 흑맥주와 매우 유사한 효과를 일으켜 마음을 진정시키고, 온몸을 마비시켜 몽롱한 기분에 빠지게 했기 때문이다. 지금도 그는 머리를 옆으로 기울이고 입을 벌린 채, 약간 충혈된 눈으로 흡족한 표정으로 음악에 귀를 기울였다.

저 아래에는 그가 어젯밤에 왔던 찻길이 요양원 쪽으로 휘감아 올라오고 있었다. 줄기가 짧은 별 모양의 용담이 산비탈의 젖은 풀밭에 피어 있었다. 높은 테라스의 한 부분에는 울타리를 친 정원이 있었다. 거기에는 자갈길과 꽃밭이 있었으며, 아름드리 전나무의 발치에는 인공 석굴이 지어져 있었다. 양철로 덮여 있는 홀 안에는 누울 수 있는 긴 의자들이 비치되어 있었는데, 홀 입구의 문은 남쪽을 향해 열려 있었다. 그 옆에는 적갈색으로 칠한 깃대가 설치되어 있었고, 그 줄에 달린 깃발이 때때로 바람에 펄럭였다. 그 한가운데 녹색과 흰색의 깃발, 의술의 상징인 뱀 지팡이•가 그려진 환상적인 깃발이 펄럭이고 있었다.

어느 여자, 비참할 정도로 음산한 모습의 나이 든 부인이 정원을 이리저리 거닐고 있었다. 온통 까만 옷으로 차려 입고, 헝클어진 암회색 머리에 검은 면사포를 두른 채 일정하게 빠른 속도로 불안하게 오솔길을 걸어 다녔다. 그녀는 거니는 동안 무릎을 구부리고 팔은 앞으로 뻣뻣하게 늘어뜨리고 있었다. 이마에 주름이 비스듬히 파인 부인은 까만 눈동자로 어딘가를 물끄러미 바라보는데, 눈 아래 피부는 느슨하게 쳐져 있었다. 큰 입을 꽉 다물고 슬픔에 잠긴 남국 사람 같은 그녀의 창백한 얼굴을 보고, 한스 카스토르프는 언젠가 본 적 있는 비극 여배우의 모습을 떠올렸다. 멀리서 들려오는 행진곡의 박자에 맞추어 자신은 그런 줄도 모르고 검은 납덩이처럼 비통하게 성큼성큼 걷고 있는 여자를 보는 것은 그야말로 섬뜩한 일이었다.

한스 카스토르프는 동정어린 눈길로 그녀를 내려다보았다. 그녀의 슬픈 모습이 아침 햇살마저 어둡게 하는 것 같았다. 그러나 동시에 그에게 또 다른 소리가 들려왔다. 그것은 요아힘의 말에 따르면 자신의 왼쪽 옆방에 체류하는 러시아인 부부의 방에서 나는 소리로, 이 역시 밝고 상쾌한 아침에 어울리지 않는, 어쩐지 끈적끈적하게 아침을 더럽히는 소리였다. 카스토르프는 어젯밤에도 이런 소리를 들은 것이 생각났지만, 어젯밤에는 피곤한 나머지 그다지 주의를 기울이지 않았었다. 그것은 서로 붙잡고 뒹굴며 낄낄거리고 숨을 헐떡이는 소리였다. 젊은이는 처음에는 별게 아니라고 좋게 해석하려 했지만, 그 상스러운 짓거리를 오랫동안 묵과하기는 힘들었다. 어쩌면 이런 선량함에 다른 명칭이 부여될 수도 있었으리라. 예를 들어 영혼의 순결이라는 다소 진부한 명칭이나 수치심이라는 진지하고 아름다운 명칭, 또는 진리 혐오

• 신화에서 의술의 신 아스클레피오스가 가지고 다니던 지팡이.

와 위선이라는 경멸적인 명칭, 신비로운 수줍음과 경건함이라는 명칭이 부여될 수도 있었을 것이다.— 옆방의 시끄러운 소리에 대한 한스 카스토르프의 자세에는 이 모든 것이 조금씩 포함되어 있었다. 그리고 자신이 들은 게 무슨 소리인지 알아서도 안 되고 알고 싶지도 않다는 듯, 인상학적으로 엄숙하게 찌푸린 표정이 얼굴에 나타났다. 이는 전혀 독창적이지는 않지만, 그가 특정한 경우에 짓곤 하던 정숙한 표정이었다.

비록 낄낄거리는 웃음으로 나타나긴 했지만, 그에게 심각하고 충격적으로 여겨진 옆방의 소란스런 행동에 더 이상 귀를 기울이지 않으려고 엄숙하게 찌푸린 표정으로 발코니에서 방으로 들어왔다. 그러나 방에 들어와 보니 벽 너머에서 벌어지는 행동이 더 또렷이 들릴 뿐이었다. 가구 주위를 돌며 서로 쫓고 쫓기는 것 같았는데, 곧 의자가 넘어지는 소리가 들렸다. 서로 껴안고, 찰싹 때리고, 키스하는 소리가 났다. 때맞춰 바깥 멀리서 이제는 낡아 빠진 유행가 가락의 왈츠곡이 연주되면서 눈에 보이지 않는 이 장면에 흥을 돋우는 것이었다. 한스 카스토르프는 수건을 손에 들고 선 채로, 듣지 않으려는 의지를 거슬러 그 소리에 귀를 기울였다. 그러자 갑자기 파우더를 바른 그의 뺨이 벌겋게 달아올랐다. 그럴 것이 분명히 벌어지리라고 예상한 것이 벌어지기 시작하여, 그 유희는 이제 의심의 여지없이 동물적인 것으로 바뀌고 말았기 때문이다. 그는 의도적으로 소란스럽게 움직이며 치장을 끝내기 위해 몸을 돌리면서 젠장, 이게 뭐야! 하고 생각했다. '하기야 그들은 엄연히 부부 사이고, 그러니 뭐라고 탓할 거야 없지. 하지만 환한 아침부터 그러다니 너무 심하군. 그런데 이미 어젯밤부터 쉬지도 않고 소란을 떤 것 같은데. 결국 그들이 여기에 있는 걸 보면 둘 다 아프거나, 적어도 한 사람은 아플 테고, 그렇다면 몸조심 좀 하는 게 옳은 일이지. 그렇지만 파렴치한 행위인 건 자명한 사실이고, 벽이 이렇게 얇아서 무슨 소리든 다 들린다고 그는 화가 나서 생각했다. 이건 도저히 참을 수 없는 상태야! 엉터리 날림 공사야, 수치스러울 정도로 날림 공사야! 내가 이 사람들을 나중에 보게 되거나 소개라도 받으면 어떡하나? 그건 너무나 고통스런 일이다.' 그런데 이때 한스 카스토르프는 이상한 생각이 들었다. 왜냐하면 앞서 말끔히 면도한 뺨의 화끈거림이 아직도 가라앉을 생각을 하지 않고, 더구나 그것이 일시적으로 동반되는 현상이 아니라 계속 그렇게 화끈거린다는 것을 알아차렸기 때문이다. 어젯밤에도 건조한 얼굴이 온통 화끈거리다가, 잠잘 때는 그럭저럭 괜찮았는데 이번에 다시 어젯밤처럼 얼굴이 화끈거렸다. 이로 인해 옆방 부부에 대해 친숙한 기분이 들기는커녕 입을 삐죽이며 그들에게 중얼중얼 악담을 퍼부었고, 이어서 화끈거리는 얼굴을 찬물로 닦는 바람에 사태가 더욱 악화되었다. 그리하여 벽에다 노크하면서 자신을 부르는 사촌에게 대답할 때 그의 기분은 별로 좋지 않았고, 요아힘이 방에 들어왔을 때 그는 원기를 회복하여 상쾌한 아침을 맞는 표정을 짓지 않았다.

아침 식사

"잘 잤어?" 요아힘이 인사를 건넸다. "이제 이 위에서 첫날밤을 보냈군. 만족스럽나?"

그는 운동복 차림에 튼튼하게 만들어진 장화를 신고 외출할 준비를 갖추고 있었다. 어깨에 걸친 방한 외투의 옆 주머니는 납작한 병으로 불룩했다. 오늘도 모자는 쓰고 있지 않았다.

"고마워," 한스 카스토르프가 대답했다. "그저 그래. 더 이상 평가하지 않겠네. 뭔가 혼란한 꿈을 꾸었어. 그리고 말이야, 이 집은 방음이 잘 안 되는 단점이 있어. 그게 좀 성가셨지. 검은 옷을 입고 저기 정원에 있는 여자는 대체 누구야?"

요아힘은 누구를 말하는지 곧 알아차렸다.

"아, 그 여자는 '둘 다'야." 그가 말했다. "여기서는 우리 모두가 그녀를 그렇게 불러. 그게 그 여자가 하는 유일한 말이거든. 멕시코 여자인데, 독일어는 하나도 모르고, 프랑스어도 겨우 두어 마디 정도밖에 할 줄 몰라. 이곳에 온 지 5주일 되었는데, 완전히 가망이 없는 장남을 보러 왔어. 이제 갈 날이 얼마 안 남았지. 이미 온몸에 독이 퍼질 대로 퍼졌다지. 결국은 티푸스처럼 보일 거라고 베렌스가 말하더군. 어쨌든 관련자들 모두에게는 끔찍스러운 일이지. 2주 전에는 형을 보러 둘째 아들이 여기로 올라왔는데, 형도 그렇지만 동생도 조각처럼 아주 잘생겼어. 눈이 부리부리한 게 둘 다 조각처럼 잘생겼어. 여자들이 완전히 넋이 나갔지. 둘째는 아래에서부터 기침은 약간 했지만, 그 외에는 아주 건강했다더군. 그런데 여기에 오자마자 열이 올랐지. 갑자기 39.5도까지 오르는 고열 말이야. 그래서 눕게 되었는데, 베렌스의 말로는 그가 일어난다면 대단한 행운이고, 어쨌든 그가 시기적절하게 잘 왔다고 했어…. 그래, 그런 뒤 자식들 곁에 있지 않을 때는 어머니가 저렇게 오락가락하는 거야. 누가 말을 걸면 그녀는 언제나 '둘 다!'라고만 하지. 더 이상은 할 수 있는 말이 없기 때문이야. 게다가 이곳에는 현재 스페인어를 아는 사람이 아무도 없어."

"그래서 저러는 거로군." 한스 카스토르프가 말했다. "나와 마주치면 내게도 그렇게 말할까? 묘한 기분이겠지, 우습고도 동시에 섬뜩할지 몰라." 그의 눈은 어제와 마찬가지로 오랫동안 운 것처럼 뜨겁고 무거워 보였으며, 기수의 괴상한 기침 소리를 듣던 때처럼 다시 반짝거리고 있었다. 그는 이제야 전후 사정이 어제 일과 연결되는 것 같았고, 아침에 일어났을 때는 제대로 몰랐던 것들이 이제는 어렴풋이 이해되는 것 같았다. 그는 라벤더를 섞은 물을 손수건에 조금 뿌려 이마와 눈 아래에 살짝 바르고는 준비가 다 되었다고 말했다. "괜찮다면 '둘 다' 아침 식사 하러 가지." 그는 지나치게 들뜬 감정을 억누르지 못하고 농담을 했으나, 요아힘은 그를 부드럽게 바라보며 피식 웃었다. 왜 그런지는 알 수 없었지만, 그 미소에는 우울하면서도 약간은 조롱의 기색이 섞여 있는 것 같았다.

한스 카스토르프는 자신에게 담배가 있는지 확인한 다음 지팡이와 외투, 모자도 고집스럽게 함께 집어 들었다. 타지에 그럭저럭 순응하고 단 3주간 낯설고 새로운 습관을 따르기에는 자신의 생활방식과 습관이 확고했기 때문이다. 두 사람은 밖으로 나와 계단을 내려갔다. 요아힘은 복도에서 여기저기 문을 가리키며 환자의 이름을 알려 주었다. 독일식 이름 외에 낯설게 들리는 온갖 종류의 이름들이 있었다. 요아힘은 그들의 성격과 병의 심각한 정도에 대해서도 알려 주었다.

그들은 벌써 아침 식사를 마치고 돌아오는 사람들을 만났다. 요아힘이 누군가에게 인사를 할 때면, 한스 카스토르프는 정중하게 모자를 살짝 쳐들었다. 그는 많은 낯선 사람들에게 이제 막 소개되는 젊은이처럼 긴장되고 예민해졌다. 이와 동시에 틀림없이 자신의 눈이 흐릿하고 얼굴이 붉으리라는 생각에 몸 둘 바를 몰랐다. 하지만 그의 얼굴은 오히려 창백했기 때문에 그의 생각이 완전히 옳은 것은 아니었다.

한스 카스토르프가 느닷없이 언성을 높이며 말했다. "잊기 전에 말해두겠어! 기회가 되면 정원을 거니는 여자는 소개해 주어도 좋아. 그것은 괜찮아. 그녀가 계속 '둘 다'라고만 말해도 상관없어. 이미 난 들어서 알고 있고 그 의미도 이해하니까, 태연한 얼굴로 대할 수 있어. 하지만 그 러시아인 부부는 사귀고 싶지 않아, 알겠지? 그것은 정말 사절하겠어. 아주 무례하기 짝이 없는 사람들이야. 내가 3주 동안이나 옆방에서 지내야 하고, 그것은 달리 어쩔 수 없다 치더라도, 그들과는 알고 지내고 싶지 않아. 명백히 거절하는 것도 나의 정당한 권리야."

"좋아." 요아힘이 말했다. "그렇게도 성가심을 당했어? 알아, 그들은 어느 정도 야만인들이라고 할 수 있어. 내가 이미 말했듯이 한마디로 미개인들이야. 남자는 언제나 가죽점퍼를 입고 식사하러 나와. 그것도 다 해진 옷을 입고 말이야. 베렌스가 왜 단호한 조치를 취하지 않는지 늘 이상하게 생각했지. 아무리 깃털 모자를 쓰고 나타나도 여자 역시 조금도 단정하질 못해, 깃털 모자를 쓰고 나타나긴 하지만…. 그런데 너는 걱정할 필요 없어. 그들은 우리와 멀리 떨어진 보통 러시아인 전용식탁에 앉아서 식사하거든. 좀 더 세련된 러시아인들만 앉는 고급 러시아인 전용식탁도 있어. 네가 원해도 그들과 만날 가능성은 거의 없어. 그리고 손님들 중에 외국인들이 많아서 사람을 사귀는 게 쉽지 않아. 나도 여기에 이렇게 오래 있지만, 개인적으로 알고 지내는 사람은 몇 안 돼."

"그럼 저 부부 둘 중에 누가 아픈 거야? 남자야, 여자야?" 한스 카스토르프가 물었다.

"남자, 남자가 아픈 것 같아. 그래, 남자만 아파." 그들이 식당 앞 옷걸이에 모자와 외투를 거는 동안, 요아힘의 말은 눈에 띄게 어눌했다.

이윽고 그들은 천장이 평평하고 둥근 밝은 식당 안으로 들어갔다. 식당에서는 이야기 소리로 시끄러웠고, 여기저기 식기가 달그락거렸으며, 여종업원들이 김이 나는 주전자를 들고 분주하게 오가고 있었다.

식당에는 일곱 개의 식탁이 있었다. 대부분은 세로 방향으로 놓였고, 두 개만이 가로 방향으로 놓여 있었다. 식탁의 크기는 열 명씩 앉을 만큼 꽤나 큰 편이었고, 아직 식탁보가 차려지지 않은 빈자리도 있었다. 식당 안으로 비스듬히 몇 발짝 들어가자 한스 카스토르프의 자리가 있었다. 그의 자리는 앞쪽 중앙, 그러니까 가로로 놓인 두 개의 식탁 사이에 있는 식탁의 좁은 쪽에 마련되어 있었다. 카스토르프는 의자 뒤에 반듯이 서서, 요아힘이 의례적으로 소개한 식탁 동료들에게 빳빳한 자세지만 공손한 태도로 인사했다. 그는 거의 그들의 얼굴을 바라볼 수 없었고, 그들의 이름이 머릿속에 와 닿지도 않았다. 유일하게 슈퇴어 부인과 그녀의 이름만은 알아차렸는데, 그녀는 얼굴이 붉고 기름진 엷은 금발머리를 하고 있었다. 그녀가 교양이 없다는 것은 분명히 알아볼 수 있었다. 그만큼 그녀의 얼굴 표정에는 무식한 티가 흘러넘치고 있었다. 그는 곧 자리에 앉았다. 이곳에서의 첫 아침 식사가 제법 성대하여 마음에 들었다.

식탁에는 과일 잼과 꿀단지, 우유 쌀죽과 오트밀이 담긴 그릇, 반숙한 계란과 냉육 접시가 놓여 있었다. 버터는 풍성하게 나왔고, 누군가는 종 모양의 유리 뚜껑을 열고 축축한 스위스 치즈를 자르고 있었다. 이 밖에 신선한 과일과 마른 과일이 담긴 접시가 식탁 한가운데 놓여 있었다. 검은 옷에 흰 에이프런을 두른 여종업원이 한스 카스토르프에게 카카오, 커피, 홍차 중에 무엇을 마시고 싶으냐고 물었다. 아가씨는 어린아이처럼 키가 작았고, 길쭉한 얼굴은 나이가 들어 보였다. 한스 카스토르프는 그녀가 난쟁이인 것을 알고 소스라치게 놀랐다. 그는 사촌의 얼굴을 살폈다. 하지만 사촌은 '그래, 그런데 그게 어떻단 거야?'라고 말하려는 듯 태연히 어깨를 으쓱하고 눈썹을 찡긋했기 때문에, 그 역시 상황에 순응하기로 했다. 그는 상대가 난쟁이였기에 더욱 정중히 홍차를 주문하고, 우유 쌀죽에 계피와 설탕을 쳐서 먹기 시작했다. 그러면서 먹고 싶은 요리에 눈을 보내며 모두가 심한 병을 앓고 있으면서도 잡담하며 식사를 하고 있는 일곱 식탁의 손님들, 즉 요아힘의 동료이자 운명의 동지들을 바라보았다.

식당은 가장 실용적인 단순성에 어떤 환상적 요소를 가미할 줄 아는 현대적 취향으로 지어졌다. 길이에 비해 폭은 그리 넓지 않았고, 식당의 주위는 일종의 로비였는데, 거기에 조리실이 있었다. 식당은 큰 아치형 문을 통해 식탁이 있는 내부와 연결되어 있었다. 기둥은 하단까지 백단향을 입힌 목재로 되어 있었고, 벽의 상부와 천장과 마찬가지로 희고 매끄럽게 칠해져 있었다. 기둥은 알록달록한 띠로 장식되어 있었고, 단순하고 우스운 이런 양식은 낮고 둥근 천장의 길게 뻗친 장식 띠까지 연결되어 있었다. 번쩍거리는 황동으로 된 전기 샹들리에 몇 개가 식당을 장식하고 있었다. 샹들리에는 서로 겹친 세 개의 고리로 이루어져 있었다. 고리는 엮어 짠 장식 세공품과 연결되어 있었고, 고리의 하단에는 작은 달처럼 젖빛 유리의 둥근 갓이 둘러져 있었다. 유리문이 네 개 있었는데, 맞은편 넓은 쪽의 두 개는 식당 앞 베란다로 통했고, 앞쪽 왼편의 세 번째 문은 전방 홀로 곧장 연결되어 있었다. 한스 카스토르프는 복도에서 네 번째 문으로 들어갔는데, 요아힘이 어젯밤과는 다른 계단으로 그를 데리고 내려갔기 때문이다.

한스 카스토르프의 오른쪽 옆자리에는 얼굴에 솜털이 나고 뺨을 약간 붉힌 못생긴 여자가 검은 옷을 입고 앉아 있었다. 그는 그녀가 재봉사 아니면 재단사가 아닐까 하고 짐작했는데, 이는 그가 재단사 하면 예전부터 의례 버터빵과 커피를 마시는 사람으로 생각하던 차에 그녀가 버터빵과 커피만으로 아침 식사를 하는 것을 보았기 때문이다. 그의 왼쪽 옆자리에는 영국 아가씨가 앉아 있었다. 그녀도 역시 나이가 들어 보이는 못생긴 여자였다. 고향에서 온 둥근 필체로 쓰인 편지를 읽으며 붉은 차를 마시는 그녀의 손가락은 메마르고 얼어붙어 있었다. 그녀의 옆자리가 요아힘의 자리이고, 또 그의 옆에 스코틀랜드 산 양모 블라우스를 입은 슈퇴어 부인이 앉아 있었다. 그녀는 식사하는 동안 불끈 쥔 왼손을 뺨 가까이에 대고 있었고, 지껄일 때는 토끼처럼 가느다란 긴 이빨 위로 윗입술을 오므리면서 우아한 표정을 지으려고 눈에 띌 만큼 노력했다. 콧수염이 듬성듬성 나 있고, 맛없는 음식이라고 입에 넣을 것 같은 얼굴을 한 젊은이가 슈퇴어 부인 옆에 앉아 한마디도 하지 않고 묵묵히 식사를 하고 있었다. 그는 한스 카스토르프가 식탁에 앉은 뒤에 들어왔지만, 걸어가면서 누구도 바라보지 않고 인사 대신 턱을 가슴에 붙이고, 새로 온 손님에게 소개되는 것을 단호하게 거절하는 듯한 태도로 자리에 앉았다. 아마 이런 외형적인 것에 의미를 부여하고 존중하거나 자신의 주변에 관심을 보이기에는 그의 병이 너무 심각했는지도 모른다. 그의 맞은편에 비쩍 마른 열은 금발의 아가씨가 잠시 앉아 요구르트 한 병을 접시에 붓고는 그것을 숟가락으로 떠먹고는 곧 나가버렸다.

식탁에서 나누는 대화는 활기가 없었다. 요아힘은 슈퇴어 부인과 형식적으로 몇 마디 잡담을 나누었다. 그녀의 병이 어떠냐고 묻고, 별로 좋지 않다는 말을 듣고는 진심으로 유감의 뜻을 표했다. 슈퇴어 부인은 '나른함'을 하소연했다. "너무나 몸이 나른해요!" 이렇게 그녀는 호소하면서 교양 없이 너스레를 떨었다. 더구나 아침에 일어날 때 벌써 체온이 37.3도였다면서, 오후에는 어떨지 모르겠다고 말했다. 재단사도 마찬가지로 열이 있다고 말했다. 하지만 그녀는 슈퇴르 부인과는 달리 흥분이 되어 무엇인가 특별하고 결정적인 일이라도 벌어질 것 같아 마음이 긴장되며 불안하다고 말했다. 그래도 결코 그런 일이 일어날 리 없으며, 이는 정신적으로 근거 없는 육체적 흥분에 지나지 않을 것이라고 설명했다. 그녀는 말하는 것이 아주 정확하고 학자 같아서 재단사는 아닌 듯했다. 그런데 한스 카스토르프에게는 이런 하찮고 못생긴 여자가 흥분 따위의 표현을 입에 담는 것이 어딘지 어울리지 않고 분수에 맞지 않는 것처럼 느껴졌다. 그는 재단사와 슈퇴어 부인에게 이곳에 온 지 얼마나 되느냐고 차례로 물어 보았다. (재단사는 5개월, 슈퇴어 부인은 7개월 되었다고 했다). 그러고 나서 그는 자신이 알고 있는 영어 실력을 총동원하여 오른편 여자에게 마시고 있는 차가 무엇인지 (들장미 열매를 달인 하게부텐 차였다), 맛은 좋은지 물어 보았다. 그러자 그녀는 크게 신이 나서 맛이 좋다고 대답했다. 이윽고 그는 사람들이 들락거리는 식당 안을 둘러보았다. 첫 번째 아침 식사는 모두가 함께 해야 하는 것은 아니었다.

한스 카스토르프는 무서운 광경이라도 보게 되지 않을까 약간 겁이 났는데, 그렇지 않아 실망했다. 식당의 분위기는 매우 쾌적하여 비참한 곳에 있다는 생각이 들지 않았다. 이때 햇볕에 그을린 젊은 남녀가 콧노래를 부르며 들어오더니 여종업원과 대화를 나누고는 대단한 식욕으로 아침 식사를 해치우는 것이었다. 그 밖에 좀 더 나이 든 사람도 있었고, 부부, 러시아어로 말하는 아이들을 동반한 가족, 아직 미성년인 소년들도 있었다. 여자들은 거의 예외 없이 양털이나 명주로 된 몸에 달라붙는 재킷, 소위 스웨터를 입고 있었다. 옷깃과 옆 주머니가 달린, 흰색이나 색깔 있는 스웨터였다. 그녀들이 양손을 옆 주머니에 넣고 서서 잡담을 나누는 모습은 아름다웠다. 몇몇 식탁에서는 최근에 직접 찍었다는 사진을 돌려 보며 구경하고 있었고, 다른 어느 식탁에서는 우표를 교환하고 있었다. 그들은 날씨, 어젯밤의 잠 이야기, 아침에 입속에 넣고 잰 체온에 관한 이야기를 나누었다. 대부분의 사람들이 즐거워했는데, 이는 특별한 이유가 있어서가 아니라 당장에는 아무 걱정이 없고 또 많은 사람들이 한데 모여 있었기 때문이다. 물론 식탁에 계속 앉아 턱을 괴고 멍하니 앞을 응시하는 사람도 몇 명 있었다. 하지만 모두가 이런 사람들을 그냥 놔두고 주의를 기울이지 않았다.

갑자기 한스 카스토르프는 화가 나고 기분이 상한 듯 몸을 움찔했다. 문이 쾅 하고 닫혔기 때문이다. 그 문은 곧장 홀로 통하는 왼쪽 앞문이었다. 누군가가 손잡이를 확 놓았거나 그것을 뒤로 밀어버린 모양이었다. 한스 카스토르프는 전부터 이런 소리가 너무나 싫어서 도저히 참을 수가 없었다. 어쩌면 이런 것에 대한 혐오감은 교육의 결과일 수도 있고, 선천적으로 특이한 체질 탓일 수도 있었다. 어쨌든 그는 문을 쾅 닫는 소리를 몹시 싫어했고, 그의 면전에서 이런 짓을 하는 사람이 있으면 상대가 누구든 뺨을 올려붙였을지도 모를 일이었다. 특히 이번 경우에는 문에 작은 유리판들이 끼워져 있어서, 그만큼 충격이 더 심했고, 쨍그랑, 덜커덩 하는 소리가 함께 들렸다. 쳇! 하고 한스 카스토르프는 화가 나서 생각했다. 얼마나 칠칠치 못한 짓인가! 그런데 바로 그 순간 재단사가 말을 걸어오는 바람에 그는 누가 그 짓을 했는지 확인할 틈이 없었다. 그의 금발 눈썹 사이에 깊은 주름이 파였고, 재단사에게 대답하는 동안 그의 얼굴은 고통스럽게 일그러졌다.

요아힘이 의사들은 벌써 다녀갔는지 묻자, 의사들은 여기 있다가 사촌인 두 사람이 오기 직전에 나갔다고 누군가가 대답했다. 요아힘은 그렇다면 기다릴 것 없이 나가자고 말했다. 의사들을 소개할 기회는 오늘 안으로 또 있을 것이라고 했다. 그런데 두 사람은 크로코프스키 박사를 동반하고 총총걸음으로 들어오던 베렌스 고문관과 문에서 하마터면 부딪칠 뻔했다.

"어이쿠, 조심들 하세요!" 베렌스가 말했다. "하마터면 양쪽 다 다칠 뻔했구려." 그는 뭔가 우물우물 입으로 씹으면서 심한 저지 작센 사투리로 말했다. "아, 당신이군요" 하면서 베렌스 원장은 요아힘이 부동자세를 취하며 소개한 한스 카스토르프에게 말했다. "이런, 만나서 반갑습니다." 이렇게 인사하며 그는 청년에게 삽처럼 큰 손을 내밀었다. 그는 골격이 굵은 남자로, 크로코프스키 박사보다 머리가 세 개 정도는 더 커 보였다. 머리는 이미 완전 백발이었고, 목덜미는 툭 튀어나왔으며, 불거져 나오고 충혈이 된 커다란 푸른 눈에는 눈물이 고여 있었다. 코는 들창코에, 짧게 깎아 얼마 없는 콧수염은 비스듬했는데, 그것은 바로 한쪽 윗입술이 치켜 올라간 때문이었다. 요아힘이 베렌스의 뺨에 관해 말한 것은 완전히 사실이었던 것으로, 뺨은 정말 파랬다. 그가 입고 있는 하얀 수술복과 대비되어 그의 얼굴이 새파래 보였다. 허리띠가 달린 가운은 무릎까지 내려와 있었고, 그 아래로 줄무늬 바지와 노랗고 다소 낡은, 끈 달린 구두를 신은 아주 큼직한 발이 보였다. 크로코프스키 박사도 수술복을 입고 있었지만, 그의 가운은 광택이 나는 검은 천으로 만들어진 셔츠 비슷한 것으로, 손목에는 고무줄이 매어져 있었다. 거무스레한 가운 때문에 그의 혈색이 더욱 창백해 보였다. 그는 조수의 직분을 확실히 지키며 서로 인사하는 일에는 전혀 개입하지 않았다. 하지만 그는 이런 자신의 종속된 관계가 못마땅하다는 듯 입을 씰룩거렸다.

"사촌 사이인가요?" 고문관은 손으로 두 청년을 한 사람씩 가리키면서 충혈이 된 푸른 눈을 치켜뜨며 물었다. "그럼, 이분도 군대에 가시나요?" 그는 한스 카스토르프를 턱으로 가리키며 요아힘에게 물었다. "아니. 천만의 말씀이지요, 그렇죠? 나는 곧 알아봤지요." 그러면서 이번에는 한스 카스토르프에게 직접 말했다. "당신에게는 어딘지 민간인 티가 있어요. 어딘가 편안해 보이고. 이 하사관처럼 무기를 쩔그렁거릴 것 같지는 않군요. 당신은 이 사람보다 더 나은 환자가 될 거요. 내기를 해도 좋아요. 누가 쓸모 있는 환자가 될 것인지는 척 보면 알 수 있소, 환자가 되는 데도 재능이 필요하니까. 그런데 여기 이 아킬레스의 용사에게는 그런 재능이 조금도 없어요. 군사 훈련에는 어떤지 모르지만, 환자 생활에는 도무지 재능이 없어요. 매일같이 떠날 생각만 한다는 걸 당신은 믿으시겠어요? 떠날 생각만 하면서 나를 괴롭히고 힘들게 하고 있어요. 산을 내려가 혹사당하고 싶어 안달이랍니다. 그 열성이 대단해요, 대단해! 반년도 여기에 있으려고 하지 않아요. 여기가 얼마나 좋습니까. 침센 씨, 여기가 멋진 곳인지 아닌지 직접 말해 봐요! 당신의 사촌은 우리를 높이 평가할 것이고, 이곳에서 아주 즐겁게 지낼 겁니다. 여자들도 적지 않아요, 꽃처럼 아름다운 여자들이 많이 있지요. 적어도 겉으로 보기에는 그림처럼 아름다운 여자들이 꽤 있답니다. 하지만 당신은 혈색이 더 좋아져야겠습니다, 알겠어요? 그렇지 않으면 여자들에게 낙제지요! 생명의 황금 나무•는 초록일지 몰라도, 초록빛 얼굴은 좋은 게 아니죠. 빈혈이 심한 게 틀림없어요." 그는 지체 없이 한스 카스토르프에게 다가가 집게손가락과 가운데 손가락으로 청년의 눈꺼풀을 뒤집어 보았다. "내가 말한 대로 빈혈이 심하군요. 빈혈이라는 걸 아셨나요? 잠시나마 함부르크를 떠난 것은 잘한 일입니다. 이 함부르크라는 도시는 정말 고마운 곳입니다. 촉촉하게 젖은 기후 때문에 우리에게 늘 괜찮은 정도의 몫을 할당해 주고 있거든요. 그런데 이 기회에 개인적인 충고를 하자면, 완전히 공짜로 말입니다, 당신이 이곳에 있는 동안 모든 것을 사촌이 하는 대로 따라하세요. 당신 같은 경우에는 한동안 가벼운 폐결핵 환자처럼 생활하면서 단백질을 조금 섭취하는 것이 가장 현명한 방법입니다. 여기에 있는 우리에게서는 단백질의 신진대사가 조금 이상하지요…. 전신의 연소 작용이 왕성한데도 몸에는 단백질이 붙습니다. 자, 그런데 잠은 잘 잤습니까, 침센 씨? 잘 잤다고요? 그럼 산책을 나가세요! 하지만 30분은 넘지 않도록! 그런 다음 수은 시가를 입에 물어요! 그 결과를 늘 착실히 기입하고요, 침센 씨! 충실하고 양심적으로! 토요일에는 체온 곡선을 보겠습니다. 사촌도 같이 체온을 재야 합니다. 체온을 재는 건 해롭지 않으니까요. 그럼, 안녕히! 즐겁게 지내십시오! 안녕… 안녕히…." 베렌스 원장은 뒤따르는 크로코프스키 박사 앞에서 유유히 걸어가며 양팔을 흔들었다. 그러면서 좌우에 있는 사람들에게 '잘 잤느냐'고 질문하자, 모두가 한결같이 잘 잤다고 대답했다.

• 괴테의 『파우스트』 제1부 참조.

농담, 임종의 영성체, 중단된 웃음

"아주 친절한 사람이야." 한스 카스토르프는 수위실에서 편지를 정리하고 있던 절름발이 수위와 친절하게 인사를 나눈 뒤 현관 밖으로 나오면서 사촌에게 말했다. 현관은 하얀 석회로 바른 건물의 동남쪽 측면에 있었고, 건물 중앙부는 좌우 양쪽 날개 건물보다 1층 정도 높았는데, 그 위에는 슬레이트 빛깔의 양철로 덮인 낮은 시계탑이 세워져 있었다. 이곳에서는 울타리를 두른 정원을 밟지 않고 곧장 옥외로 나올 수 있었다. 초원을 이루고 있는 산비탈에는 상당히 큰 가문비나무와 땅에 엎드린 잣나무가 자라고 있었다. 두 사람이 접어든 길은 ―골짜기로 내려가는 차로 외에는 이것이 실상 유일한 길― 요양원 뒤쪽에 있는 주방 및 식당 옆을 지나 왼쪽 오르막길로 통해 있었다. 주방 근처 지하실로 통하는 계단 난간에는 양철 쓰레기통이 놓여 있는데, 거기서 상당히 먼 곳까지 계속 같은 방향으로 길이 나 있었다. 이어서 길은 굴곡이 심해지다가 경사가 오른쪽으로 더욱 가팔라지면서 듬성듬성 숲으로 덮인 언덕으로 이어지고 있었다. 그곳 땅바닥은 단단하고, 붉은 기운이 돌며 아직 축축했다. 길가에는 간혹 돌덩이들이 떨어져 있었다. 산책을 나온 사람은 두 사촌만은 아니었다. 아침 식사를 마친 손님들이 그들 뒤를 따라 올랐고, 내리막길을 조심스럽게 디디며 내려오는 여러 무리의 사람들도 있었다.

"아주 친절한 사람이야!" 한스 카스토르프가 같은 말을 되풀이했다. "말을 경쾌하게 해서 듣는 것도 참 재미있었어. 체온계를 '수은 시가'라고 하니 너무 훌륭한 표현이야. 나는 무슨 말인지 곧 알아챘지. 그런데 이제 진짜 담배를 한 대 피워야겠어." 그는 가던 길을 멈추고 말했다.

"이제 더는 못 참겠어! 어제 정오부터 제대로 피우지 못했거든… 잠깐 실례!" 그는 은빛 이름자를 새겨 넣은 자동차 모양의 가죽 케이스에서 마리아 만치니 한 개비를 꺼냈다. 그것은 최고급품의 시가로, 한쪽 끝이 납작하게 되어 있는 것이 특히 마음에 들었다. 그는 시곗줄에 달린 작고 모가 난 날카로운 도구로 시가 끝을 자르고 라이터를 켠 다음, 앞이 뭉툭한 꽤나 긴 시가를 두세 번 힘껏 빨아서 불을 붙였다. "됐어!" 그가 말했다. "이제 산책을 계속해도 되겠어. 너는 물론 철저한 사람이니 피우지 않겠지."

"나는 담배를 피워 본 적이 없어." 요아힘이 대답했다. "뭐 하러 여기서 새삼 담배를 피우겠어."

"그걸 난 이해할 수 없어!" 한스 카스토르프가 말했다. "담배를 피우지 않는 사람을 이해할 수가 없어. 그런 사람은 말하자면 삶에서 가장 큰 쾌락, 어쨌든 대단히 큰 즐거움을 포기하는 셈이야. 나는 아침에 일어나서 오늘도 종일 담배를 피울 수 있겠구나 생각하면 기분이 좋아져. 식사를 하고 나면 역시 담배가 몹시 기다려지지. 사실 식사를 하는 것도 좀 과장해서 말한다면 담배를 피우기 위해서야. 아무튼 담배 없는 하루란 내게 무료하기 짝이 없고, 정말 황량하고 재미없는 날일 거야. 오늘은 피울 담배가 없구나 하고 아침에 말해야 한다면 나는 일어날 용기도 없고, 정말이지 그냥 누워있는 게 나을 거야. 그래, 잘 타는 시가만 있다면, 물론 옆으로 바람이 샌다든가 빨기가 어려우면 지독하게 화가 나겠지만, 아무튼 좋은 시가만 있다면 태평스러울 테고, 아무 일도 일어나지 않을 것 같아. 그건 바닷가에 누워 있는 것과 마찬가지 기분이야. 바닷가에 누워 있으면 아무것도 필요가 없지, 일도 오락도 필요가 없어…. 다행히도 세계 어디를 가든 담배를 피우지 않는 곳은 없어. 내가 아는 한 담배를 모르는 곳은 그 어디에도 없지. 극지 탐험가들조차 고난을 이겨내려고 담배를 충분히 준비한다고 해. 그런 글을 읽을 때마다 나는 늘 공감하며 감동을 받아. 누구든 곤경에 빠질지도 모르기 때문이지. 내가 비참한 일을 당한다고 가정해보자고, 그래도 시가만 있다면 견딜 수 있을 것 같아. 내 생각에 시가가 어려움을 극복할 수 있게 해줄 거야."

"어쨌든 너의 태도가 좀 느슨해진 것 같아." 요아힘이 말했다 "네가 그렇게 집착하는 거 말이야. 네가 민간인이라던 베렌스의 말이 정말 맞나봐. 그의 말에 칭찬 이상의 의미가 있는지는 모르겠지만, 너는 치료가 안 되는 민간인이야. 그게 문제지. 그래도 너야 건강하니 무엇이든 원하는 대로 할 수 있겠지만." 이렇게 말하는 그의 눈이 피로해 보였다.

"그래, 빈혈만 없으면 나는 건강해." 한스 카스토르프가 대꾸했다. "내 얼굴이 초록빛으로 보인다는 베렌스의 말은 똑바로 본 거야. 맞는 말이지. 나 자신도 이 위의 사람들과 비교해 보면 정말 얼굴이 초록빛이라는 걸 문득 깨달았거든. 집에 있을 때는 알아차리지 못했어. 그리고 베렌스가 지체 없이 그의 말대로 무료로 충고해 준 것도 고마운 일이야. 나는 그가 말한 대로 따를 셈이야. 너의 생활 방식을 그대로 따를 거야. 이 위에서는 달리 어쩔 도리가 없을 테니 말이야. 듣기에 좀 거슬리기는 하지만 단백질이 몸에 붙는다 해도 그리 해롭지는 않겠지. 너도 이 말은 틀림없이 인정하겠지." 요아힘은 길을 올라가면서 몇 번 기침을 했다. 비탈길을 오르는 것이 그에게는 힘드는 것 같았다. 세 번째로 기침을 했을 때, 그는 눈썹을 찌푸리며 자리에 멈춰 섰다. "먼저 가." 그가 말했다. 한스 카스토르프는 서둘러 계속 가면서도 뒤를 돌아보지 않았다. 그러다가 요아힘과 거리가 멀어졌을 거라고 생각했을 때 발걸음을 늦추고 멈춰 설 듯 했지만, 그래도 뒤는 돌아보지 않았다.

이때 한 무리의 남녀 손님들이 그에게 다가왔다. 그는 이 사람들이 저쪽 산비탈 중턱의 평탄한 길을 따라 내려오는 것을 보았는데, 어느새 그들은 조심스럽게 땅을 디디며 다양한 목소리로 잡담하면서 그를 향해 다가왔다. 그들은 서로 다른 연령이 다른 예닐곱 명쯤 되는 사람들로, 한 부류는 새파랗게 젊어 보였고, 다른 몇몇은 나이가 꽤 들어 보였다. 한스 카스토르프는 요아힘을 생각하면서 머리를 옆으로 비스듬히 기울이고 그들의 동정을 살폈다. 그들은 모자를 쓰지 않아 갈색으로 그을려 있었다. 여자들은 각양각색의 스웨터를 입었고, 남자들은 대체로 여름 외투를 입지 않았고, 지팡이도 들지 않았다. 호주머니에 양손을 넣은 채 편한 차림으로 잠시 집 앞을 거니는 듯한 모습이었다. 비탈을 내려오는 것뿐이어서 크게 힘들일 필요 없이 달음질쳐 내려가거나 자빠지지 않도록 다리에만 가볍게 힘을 주어 버티기만 하면 그것으로 충분했다. 그야말로 슬슬 내려오면 그만이었기에 이 사람들의 걸음걸이에는 상당히 경쾌하고 가벼웠다. 그것이 표정과 태도에 그대로 나타나서 이 무리에 끼어들고 싶은 마음이 들 정도였다.

이제 그들은 카스토르프의 옆을 지나가게 되어서 얼굴도 자세히 보게 되었다. 모두가 다 햇볕에 그을린 것은 아니었고, 두 여자는 얼굴이 창백하여 두드러지게 눈에 띄었다. 그중 한 여자는 지팡이처럼 가늘고 얼굴이 상앗빛을 띠었으며, 다른 여자는 좀 더 작고 뚱뚱했는데, 얼굴에 난 주근깨가 보기 흉했다. 그들은 한결같이 한스 카스토르프를 쳐다보면서 불손하게 미소를 지어보였다. 머리칼이 흐트러지고 둔한 눈을 반쯤 뜬, 녹색 스웨터를 입은 꺽다리 아가씨가 한스 카스토르프 옆을 팔이 스칠 듯이 가까이 지나갔다. 그러면서 휘파람 같은 소리를 내는 것이었다…. 아니, 돌았나! 하지만 입에서 휘파람 소리가 난 것이 아니었다. 입술을 뾰족하게 한 것이 아니라 오히려 반대로 꼭 다물고 있었다. 그녀는 그를 바라보면서 반쯤 감은 멍청한 눈으로 몸에서 소리를 낸 것이었다.— 대단히 불쾌한 소리로, 둔탁하고 날카로운데다가 울림까지 길게 이어지면서 끝으로 갈수록 낮은 음조를 냈다. 이는 장터에서 파는 새끼 돼지 모양의 고무풍선이 안에 든 가스를 하소연하듯 내뿜고는 오그라드는 것을 연상시켰다. 그런데 그 소리가 어찌 된 셈인지 이상하게도 그녀의 가슴에서 새어 나왔던 것이다. 이제 그녀는 일행과 함께 그를 지나쳐 가버렸다.

한스 카스토르프는 멍하니 서서 먼 곳을 바라보았다. 그러다가 급히 몸을 돌리곤 적어도 그 혐오스런 짓거리가 장난이며, 미리 계획된 희롱임을 알게 되었다. 왜냐하면 그들의 어깨가 웃느라고 들썩거리는 것을 보았기 때문이다. 양손을 바지 주머니에 넣고 재킷 자락을 흉하게 치켜 올린, 입술이 두툼하고 땅딸막한 청년은 심지어 노골적으로 고개를 돌려 그를 바라보고 씽끗 웃었다. 그 사이에 요아힘이 다가왔다. 그는 기사도에 따라 거의 정면을 바라보며 발뒤꿈치를 모으고 그 무리들에게 정중하게 인사를 하고는, 사촌을 부드러운 눈초리로 바라보며 다가왔다.

"대체 왜 그런 얼굴을 하고 있어?" 요아힘이 물었다.

"저 여자가 휘파람 소리를 냈어!" 한스 카스토르프가 대답했다. "내 곁을 지나가면서 배에서 이상한 소리를 냈는데, 그게 대체 무슨 소린지 알지?"

"아, 그래." 요아힘이 말하고는 아무것도 아니라는 듯 웃었다. "배에서 나오는 게 아니야. 그건 말도 안 되지. 그 여자 이름은 클레펠트, 헤르미네 클레펠트야. 그녀는 기흉(氣胸)에서 휘파람 소리를 내는 거야.”

“기흉이라고?” 한스 카스토르프가 물었다. 그는 너무나 흥분해 있어서 그게 무슨 뜻인지 잘 알아들을 수 없었다. 그는 웃어야 할지 울어야 할지 망설이면서 덧붙여 말했다 “너희들이 쓰는 은어를 난 알 수가 없잖아.”

“자 걷기나 하자!” 요아힘이 말했다. “가면서도 설명해 줄 수 있어. 장승처럼 그렇게 서 있지 말고! 너도 상상할 수 있겠지만 그것은 외과에서 나온 용어야. 이곳에서 자주 시행하는 수술이지. 베렌스가 이 방면에 대가야…. 한쪽 폐가 아주 못쓰게 되어도 다른 폐는 건강하든가 아직 비교적 건강한 경우, 환자는 못쓰게 된 폐의 활동을 한동안 정지시켜서 그 폐를 보호하려는 거지…, 즉 여기 옆구리 어딘가를 절개하는 거야. 나도 정확한 부위가 어딘지는 잘 모르지만, 베렌스가 그 방면에 대가야. 그런 다음 그곳에 가스를 주입해, 질소를. 그러면 치즈처럼 되어버린 폐엽(肺葉)의 활동이 정지하게 되거든. 물론 가스가 오래 가는 것은 아니라서 대략 보름마다 새로 넣어줘야 해. 가스를 새로 채운다고 생각하면 돼. 이것을 1년이나 그 이상 계속해서 모든 것이 정상으로 진행되면 쉬던 폐가 나을 수 있다는 이치야. 그렇다고 누구나 다 낫는 것은 아니고, 오히려 모험적인 수술이라고 할 수 있어. 하지만 기흉으로 훌륭하게 성공한 예가 많다는 거야. 네가 방금 전에 본 사람들도 모두가 기흉을 가지고 있어. 주근깨가 많은 일티스 부인도 그걸 가지고 있었어. 너도 기억하겠지, 그 마른 여자 레비 양도 마찬가지야. 그녀는 아주 오래 침대에 누워 지냈지. 그들은 한데 모여 지내게 되었어. 기흉 같은 것이 사람들을 결속시켜 주기 때문이야. 그들은 스스로를 ‘반폐 클럽'이라고 불러서, 사람들에게 이런 이름으로 알려져 있지. 그러나 이 클럽의 자랑거리는 헤르미네 클레펠트야. 기흉으로 휘파람 소리를 낼 수 있기 때문이지. 그건 그녀만 할 수 있는 재능이고, 누구나 다 할 수 있는 건 아니야. 어떻게 그런 소리를 내는지는 나도 몰라. 그 여자 자신도 분명하게 설명하진 못해. 하지만 그녀가 급히 걸어갈 때 몸속에서 휘파람 소리를 내는데, 그녀는 물론 사람들을 놀라게 하는 데 그걸 이용하지. 특히 새로 온 환자들에게는 항상 그래. 그런데 그런 장난을 하면 질소를 낭비하게 될 거고, 그러니 1주일마다 질소를 새로 보충해야 한다고."

그제야 한스 카스토르프는 웃었다. 그의 흥분 상태는 요아힘의 이야기를 듣고 나서 웃음으로 바뀌었다. 그는 걸어가면서 손으로 눈을 가리고, 앞으로 몸을 숙인 채, 어깨를 흔들며 나직하게 낄낄거리며 웃음을 흘렸다.

"그들도 모두 클럽에 등록했어?" 그는 이렇게 물었으나 말이 입 밖으로 쉽게 나오지 않았다. 웃음을 참는 바람에 울먹이며 나지막하게 신음하는 소리처럼 들렸다. "회칙은 있어? 네가 회원이 아니라서 유감이군. 그럼 나도 명예 회원이나 아니면… 준회원으로 가입할 수가…. 너도 베렌스한테 한쪽 폐를 쉬게 해달라고 부탁하면 어때. 하려고만 한다면 너도 휘파람 소리를 낼 수 있을 텐데. 배우려고만 한다면야…. 내 생전에 이렇게 우스운 이야기는 처음 들어!" 그는 깊이 안도의 한숨을 내쉬면서 말을 이었다. "그래, 이런 말을 해서 미안해. 하지만 그들은 기분이 최고더군, 너의 반폐 친구들 말이야! 아까 길을 내려오던 친구들! 반폐 클럽 회원이었다니! 그 아가씨가 나를 향해 '삐' 하고 휘파람 소리를 냈잖아, 끝내주는 여자야! 하지만 명랑하고 너무 들떠 있어! 그들이 왜 그렇게 들떠 있는지 너는 알고 있어?"

요아힘은 잠시 망설이다가 대답했다. "그래, 그들이 너무 자유롭기 때문이지. 아마 모두가 젊은 사람들이고, 그들에게 시간 같은 건 중요하지 않아. 그리고 언제 죽을지도 모르거든. 그러니 심각한 표정을 지어 봐야 뭐 하겠어. 나는 이따금 병과 죽음이 전혀 심각한 게 아니라 오히려 일종의 빈둥거림이라는 생각이 들어. 심각함이란 엄밀히 말해 저 아래 생활에나 있는 거야. 너도 이 위에서 더 오래 있다 보면 내 말을 이해할 날이 올 거야."

"분명히 그렇겠지." 한스 카스토르프가 말했다. "분명히 그럴 것 같아. 벌써부터 나는 이 위의 너희에게 대단히 관심이 많아. 관심을 가지면 이해는 저절로 되지 않겠어…. 하지만 대체 어쩐 일인지 시가가 맛이 없어!" 그는 이렇게 말하고 시가를 살펴보았다. "한동안 뭔가 이상하다고 생각했는데, 마리아의 맛이 없다는 걸 이제야 알아차렸어. 펄프에 아교를 섞은 것 같은 맛이야. 이런 맛은 분명히 위장을 완전히 버렸을 때나 있을 수 있다니까. 그래도 도무지 이해가 안 돼! 아침을 보통 때보다 훨씬 많이 먹긴 했지만, 그것 때문은 아닌 것 같아. 식사를 많이 하면 담배 맛도 특별히 좋아지거든. 잠을 설쳐서 그런 걸까? 어쩌면 그래서 몸 상태가 정상이 아닌지도 모르지. 그래, 시가를 내던져야겠어!" 그는 시가를 다시 피워 본 뒤에 말했다. "한 모금 빨 때마다 실망이야. 억지로 피울 이유가 없겠어." 그는 잠시 머뭇거리다가 시가를 산비탈 아래 촉촉이 젖은 침엽수 사이에다 던져 버렸다. "뭔가 이유가 있긴 있는데, 넌 짐작이 가는 게 없어?" 하고 한스 카스토르프가 물었다…. "분명히 내 얼굴의 열기와 관계가 있는 것 같아. 아침에 일어날 때부터 그 놈의 열기 때문에 애를 먹었거든. 젠장, 마치 부끄러워서 얼굴이 붉어진 것 같아. 너도 이곳에 도착했을 때 그랬었나?"

"응." 요아힘이 말했다. "나에게도 처음에 뭔가 이상한 점이 일어났어. 너무 신경 쓸 필요 없어! 우리의 이곳 생활에 익숙해지는 것이 쉽지 않다고 내가 말했잖아. 하지만 곧 좋아질 거야. 저기 보이지, 벤치가 괜찮아 보이는데. 잠시 앉았다가 돌아가자, 나는 누워서 요양을 해야 하니까."

길이 평탄해졌다. 길은 비탈길의 약 3분의 1 높이에 있는 다보스 플라츠 방향으로 나 있었다. 좁은 곳에서 자라나 키만 크고 바람에 휘어진 소나무들 사이로 밝은 빛을 받아 하얗게 보이는 마을이 보였다. 그들 둘이 앉아 있는 단순하게 만들어진 벤치는 가파른 절벽에 기대어 있었다. 그들 옆으로 상단이 열린 나무 홈통을 통해 물이 졸졸 소리를 내며 계곡으로 떨어지고 있었다.

요아힘은 남쪽에서 계곡을 두르고 있는 곳처럼 보이는 구름에 덮인 알프스의 봉우리 이름을 사촌에게 가르쳐 주려고 가지고 온 등산용 지팡이 끝으로 봉우리를 일일이 가리켰다. 하지만 한스 카스토르프는 흘끔 쳐다보았을 뿐 앞으로 허리를 구부리고 앉았다. 그는 도시에서 사용하는 은장식 지팡이의 끝으로 모래에다 어떤 형상을 그리면서 다른 것을 알려고 했다.

이윽고 한스 카스토르프가 말문을 열었다. "내가 오기 직전에 내 방에 있었던 환자가 죽었다고 했었지. 그런데 내가 묻고 싶은 것은 그 밖에도 네가 이 위에 온 뒤로 그 방에서 다른 사람들도 죽었느냐는 거야."

"여럿 죽은 것은 확실해." 요아힘이 대답했다. "하지만 은밀히 처리하면 우린 아무것도 모르거나 나중에 우연히 알게 되지. 누가 죽으면 환자들, 특히 가벼운 발작을 일으키는 여자들을 고려하여 아주 비밀스럽게 처리되기 때문이야. 네 옆방에서 누가 죽어도 너는 그 일을 전혀 모르지. 네가 자고 있는 이른 새벽에 관을 들여오고, 시체도 예컨대 식사할 때라든가 그런 시간에만 실려 나가."

"음," 이렇게 신음하며 한스 카스토르프는 바닥에 계속 그림을 그렸다. "그러니까 그런 일은 무대 뒤에서 벌어진다 이거군."

"그래, 그렇다고 할 수 있어. 그러나 최근에는, 그래, 아마 8주전 일인 것 같아."

"그렇다면 최근이라고 말할 수 없지." 한스 카스토르프가 무뚝뚝한 말투로 일깨워주었다.

"어째서? 그래 최근이 아니지. 하지만 너는 정확하군. 나는 숫자를 대충 어림잡아 말했을 뿐이야. 그러니까 얼마 전에 나는 그 무대 뒤를 한번 보게 되었어, 정말 우연이었지만 아직도 오늘 일처럼 생생해. 후유스라는 어린 소녀, 가톨릭 신자인 바르바라 후유스에게 임종의 영성체가 행해질 때야. 너도 알다시피 종부성사 말이야. 그 아이는 나보다 먼저 왔는데, 그때만 해도 철부지답게 떠들고 신나게 놀았었지, 정말 말괄량이처럼 그랬어. 그렇지만 병이 급속도로 악화되어 다시는 일어나지 못했어. 내 방 옆으로 세 번째 방에 누워 있었지. 부모가 방으로 달려왔고, 마침내 신부도 왔지. 그가 왔을 때는 모두가 차를 마시는 오후여서 복도에는 아무도 없었어. 하지만 나는 그만 늦잠을 자버린 거야. 누워서 요양을 하다가 잠이 들어 버렸는데, 공이 울리는 소리도 듣지 못하고 15분 정도 지각을 한 거야. 그래서 나는 결정적인 순간에 모두가 있어야 할 곳에 있지 못하고 네가 말했듯이 무대의 뒤를 보게 된 거야. 내가 복도를 지나가는데 그들이 레이스 달린 옷을 입고 십자가, 등을 켠 황금 십자가를 앞에 든 채 내 쪽으로 다가오더군. 어떤 사람이 그 십자가를 터키 친위대의 방울 달린 군악기처럼 들고 있었어."

"무슨 비유가 그래?" 한스 카스토르프가 따져 물었다.

"그런 생각이 들었어. 나도 모르게 문득 그게 떠올랐지 뭐야. 아무튼 더 들어 봐. 그들은 총총걸음으로 나를 향해 다가왔어. 내 기억이 틀리지 않다면 세 사람이었지. 맨 앞에 십자가를 든 사람, 그 다음에는 코에 안경을 얹은 신부, 마지막에는 조그만 향로를 든 소년이었어. 신부는 성체를 가슴에 안고 있었고, 성체에는 뚜껑이 덮여 있었지. 그는 머리를 아주 공손하게 기울이고 있었어, 성체가 가장 신성한 것이니까 당연하겠지."

"바로 그래서 그랬던 거야." 한스 카스토르프가 다시 따졌다. "바로 그런 이유 때문에 네가 방울 달린 군악기 같다고 말하는 게 이상한 거라고."

"그래, 무슨 말인지 알았어. 하지만 내 말을 더 들어봐. 만약 네가 거기 있었다면, 나중에 그 장면을 떠올리고 어떤 표정을 지을지 너도 알지 못할 거야. 꿈속에서나 있을 만한 일이니까."

"어떤 점에서 그렇다는 거지?"

"왜 이런 거 있지. 그러니까 이런 상황에서 내가 어떻게 처신할 것인지 막막한 거야. 모자를 벗으려 해도 모자가 없고…."

"바로 그거야!" 한스 카스토르프가 다시 한 번 성급하게 그의 말을 가로막았다. "그러니까 모자를 쓰고 다녀야 해! 이 위의 사람들이 모자를 안 쓰고 다니는 게 아주 이상해 보였어. 모자를 쓰고 다녀야 벗을 기회가 생기면 벗을 수 있잖아. 그래, 다음은 어떻게 되었어?"

"나는 벽에 붙어 섰지." 요아힘이 말했다. "단정한 자세로. 그리고 그들이 내 곁을 지나갈 때 가볍게 상체를 숙였지. 그곳은 28호실, 바로 어린 후유스의 방 앞이었어. 내가 인사하자 신부는 기뻐하는 것 같았어. 신부도 답례하려고 아주 공손하게 모자를 벗더군. 하지만 동시에 그들도 발길을 멈추었어. 향로를 든 나이 어린 복사(服事)가 문을 노크한 다음, 손잡이를 돌려 문을 열고는 신부를 먼저 안으로 들여보냈지. 그런데 한번 상상해 봐, 내가 얼마나 놀랐는지, 그리고 그때 내 기분을! 신부가 발을 문지방에 들여놓는 순간 안에서 날카로운 비명이 들려오는 거야. 한 번도 들어 본 적이 없는 비명이 서너 번 계속되었어. 그런 후에는 쉬지도 않고 계속 울부짖었어. 비통해서 그런지 입을 크게 벌리고 통곡을 하는 거야. 방 안에서 들려오는 통곡은 형언할 수 없는 슬픔과 경악, 항변의 표시였는데, 그러다가도 그것이 간절한 애걸로 변하기도 했지. 그런데 갑자기 그 소리가 땅속으로 꺼져들었다가 다시 깊은 굴에서 울려 나오듯 희미하고 둔해지는 거야."

한스 카스토르프는 사촌 쪽으로 몸을 급히 돌리며 물었다. "그렇게 운 게 후유스였어?" 그는 흥분해서 말했다. "그런데 소리가 어째서 굴에서 나왔다는 거야?"

"시트 속으로 기어 들어간 거야!" 요아힘이 말했다. "당시의 내 기분을 상상해 봐! 신부는 문지방에 바짝 붙어 서서 위로의 말을 건넸어. 신부가 계속 머리를 앞으로 내밀었다가 다시 뒤로 빼는 모습이 지금도 눈에 삼삼해. 십자가를 든 남자와 복사는 여전히 문과 돌쩌귀 사이에 서서 안으로 들어가지도 못하더군. 그래서 나는 두 사람 사이로 방안을 들여다볼 수 있었지. 그 방은 너나 내 방과 똑같았어. 침대는 측면 벽에 달린 문 왼쪽에 있었어. 침대 머리 쪽에는 물론 식구들, 부모가 서 있더군. 그들도 침대 아래쪽을 향해 달래고 있었어. 시트 밑에는 형체가 없는 덩어리가 보였는데, 그것이 애걸하다가 무섭게 항변하면서 두 다리로 발버둥을 치고 있었어."

"두 다리로 발버둥을 쳤단 말이야?"

"온 힘을 다해서! 하지만 아무 소용이 없었지. 그녀는 임종의 영성체를 받아야 했으니까. 신부가 그 소녀에게 다가갔고, 다른 두 사람도 방 안으로 들어가면서 문이 닫혔어. 하지만 나는 문이 닫히기 직전에 순간적으로 시트 밖으로 나온 후유스의 머리를 보았어. 연한 금발이 마구 헝클어져 있더군. 아이는 두 눈을 부릅뜨고 신부를 노려보았지, 핏기 없는 창백한 눈으로 말이야. 그러고는 엉엉 울부짖으며 다시 시트 밑으로 들어가 버렸어."

"그런데 어째서 이제야 그걸 이야기하는 거지?" 한스 카스토르프는 잠깐 침묵을 지키다가 물었다. "왜 어젯밤에 내게 말해 주지 않았는지 잘 모르겠네. 하지만 맙소사, 아이가 그렇게 저항한 것을 보면 상당히 힘이 있어야 하잖아. 그럴 만한 힘이 남아서 말이야. 힘이 다 빠지기도 전에 신부를 데려와서는 안 되지."

"힘이 다 빠져 있었어." 요아힘이 대꾸했다. "아, 이야기하자면 너무 많아. 그러니 어느 것부터 먼저 해야 할지 모르겠어…. 그 소녀는 진작 힘이 다 빠져 있었어. 그렇게 힘을 낸 것은 오로지 두려움 때문이야. 그녀는 곧 죽을 것을 알고 공포에 떨었던 거야. 어린 소녀가 그러는 것도 무리는 아니지. 물론 봐주기 힘들 만큼 무기력한 모습으로 죽음 앞에서 벌벌 떠는 남자들도 간혹 있어. 그런데 베렌스는 이런 사람들을 다루는 방법을 잘 알고 있지. 이런 경우에 적절한 말을 알고 있어."

"어떤 말인데?" 한스 카스토르프가 눈썹을 찌푸리며 물었다.

"이런 경우에 그는 '그런 꼴 좀 보이지 마시오!'라고 한대." 요아힘이 대답했다. "적어도 최근에 베렌스가 어떤 사람에게 그렇게 말했다나

봐. 당시에 현장에서 임종환자를 붙잡는 일을 도와준 수간호사한테서 들은 이야기야. 임종 환자는 마지막 순간에 끔찍한 장면을 연출하면서 절대로 안 죽겠다고 소란을 피운 모양이야. 그래서 베렌스가 이렇게 호통을 친 거야. '제발 그런 꼴 좀 보이지 마시오!' 그러자 환자는 즉시 조용해지더니 영면하더라는 거야."

한스 카스토르프는 손으로 허벅지를 탁 치고는 벤치의 등바지에 기대고는 하늘을 쳐다보았다.

"그래도 그건 너무 심했어!" 그가 외쳤다. "죽어 가는 사람에게 호통을 치면서 간단히 '그런 꼴 좀 보이지 마시오!' 한다니, 그건 너무 심해! 죽어가는 사람도 어느 정도는 존중을 받아야 해. 임종을 앞둔 사람에게 그렇게 냉정하게 말하다니…. 내 말은 죽어가는 사람도 말하자면 신성하다는 뜻이야!"

"나도 그건 부인하지 않아." 요아힘이 말했다. "하지만 그렇다고 그렇게 무기력하게 처신하면 그건…."

"아니야!" 한스 카스토르프는 요아힘의 반론에 대하여 어느 때보다 심하게 제 주장을 내세웠다. "죽어 가는 사람이 돌아다니며 웃고 돈을 벌며 배불리 먹고 지내는 그런 녀석보다 더 고상하다고 내 맘대로 둘러대는 것은 아니야! 그건 아니라고." 그의 목소리는 아주 이상하리만큼 떨리고 있었다. "하지만 죽어가는 사람을 아무렇게나 대하는 건 안 돼." 그리고 어제처럼 마구 터져 나오려는 웃음, 깊은 곳에서 터져 나와 온몸을 뒤흔드는 무한정한 웃음 때문에 그는 도무지 말을 할 수 없었다. 이로 인해 그는 눈을 뜰 수 없었고 눈꺼풀 사이로 눈물이 줄줄 흘러나왔다.

"쉿!" 요아힘이 갑자기 주의를 주었다. "조용히 해!," 그는 이렇게 속삭이며 웃음보가 터지려는 사촌의 옆구리를 살짝 찔렀다. 한스 카스토르프는 눈물을 흘리며 그를 쳐다보았다.

왼쪽 길에서 어느 이국적인 사람이 다가오고 있었다. 그는 검은 콧수염을 멋지게 말아 올리고 밝은 체크무늬 바지를 입은 갈색 머리의 고상한 신사였다. 그는 두 사람에게 다가와서는 요아힘과 아침 인사를 나누었다. 그의 인사말은 정확하고 듣기 좋았다. 그는 지팡이에 기댄 채 다리를 꼬고 우아한 자세로 요아힘 앞에 멈춰 섰다.

악 마

그의 나이는 쉽게 추측할 수 없었으나 서른과 마흔 사이쯤 될 것 같았다. 전체적으로 보아선 젊어 보였지만, 관자놀이 부근의 머리칼은 이미 희끗거렸고 그 위쪽은 눈에 띄게 머리숱이 적었기 때문이다. 그의 벗겨진 머리는 좁고 듬성듬성한 가리마 양 옆으로 치솟아서 이마가 훤히 드러나 보였다. 연한 노란색 줄무늬 바지에 단추가 두 줄로 달리고 칼라가 아주 큰, 두툼한 털 상의를 입고 있었는데, 이런 그의 복장은 우아한 모습과는 거리가 아주 멀었다. 게다가 둥글게 휘어진 셔츠의 칼라도 하도 자주 빨아서 모서리에 이미 보풀이 약간 일었고, 검은 넥타이도 낡았으며, 커프스는 전혀 사용하지 않는 것 같았다. 한스 카스토르프는 손목 둘레의 소매가 헐렁한 것으로 이런 사실을 알아챌 수 있었다. 그런데도 눈앞의 인물이 신사란 것을 알 수 있었다. 교양이 있어 보이는 얼굴 표정, 자유롭고 멋진 태도로 보아 그는 이 외국인이 신사라는 것을 조금도 의심치 않았다. 그러나 초라한 복장과 우아한 태도의 이런 결합, 검은 눈과 부드럽게 말려 올라간 콧수염은 성탄절 무렵이면 고향의 뜰에서 연주를 하고는 비단처럼 부드러운 눈을 치켜뜨고 창밖으로 던져 주는 10페니히 동전을 받기 위해 테가 넓은 모자를 내미는 어느 외국인 악사를 문득 연상시켰다. '손풍금장이!' 하고 그는 생각했다. 그래서 요아힘이 벤치에서 일어나 당황하며 소개한 그의 이름을 듣고서도 한스 카스토르프는 그리 이상하게 여기지 않았다.

"제 사촌인 카스토르프입니다. 그리고 여기 이분은 세템브리니 씨."

한스 카스토르프는 아직도 웃음이 가시지 않은 들뜬 표정으로 인사하려고 자리에서 일어났다. 그러나 이 이탈리아 사람은 그냥 편히 앉으라고 두 사람에게 정중하게 말하고는, 두 사람을 다시 자리에 앉힌 뒤 자신은 편안한 자세로 그들 앞에 서 있었다. 그는 선 채로 두 사촌, 특히 한스 카스토르프를 바라보며 미소를 지었다. 곡선을 그리며 멋지게 위로 올라간 풍성한 콧수염 아래로 한쪽 입 가장자리를 우아하면서도 다소 비웃듯이 씰룩이며 빈정거리는 그의 미소에는 어느 정도 정신적 냉정과 경계심을 갖게 하는 독특한 영향력이 있었다. 이 때문에 한동안 들떠 있던 한스 카스토르프도 순간적으로 냉정해지면서 수치심을 느꼈다. 세템브리니가 말문을 열었다.

"신사 분들은 기분이 매우 좋으시군요. 당연하지요, 당연하고말고요. 화창한 아침이니까요! 하늘은 푸르고, 태양은 웃고 있습니다 그려." 이어서 그는 팔을 경쾌하게 흔들며 누런 작은 손으로 하늘을 가리키고는, 동시에 명랑한 눈빛을 비스듬히 하늘로 던지는 것이었다.

"정말 우리가 어디에 있는지 망각할 지경입니다."

그의 말에는 외국인 같은 억양이 없었고, 오히려 발음이 너무 정확해서 그가 외국인이라는 것을 알 수 있었다. 그의 입술은 말을 즐기는 듯 유연하게 움직였다. 그의 말을 듣고 있노라면 흡족한 기분까지 들었다.

"신사 분은 여기까지 즐겁게 여행하셨나요?" 그는 한스 카스토르프를 향해서 물었다. "그의 판결은 받았습니까? 내 말은 그러니까 첫 진찰의 우울한 예식은 치렀느냐는 겁니다." 이제 질문을 했으니 대답을 들어야 할 차례라면, 말을 멈추고 잠시 기다려야 당연할 테고, 그래서 한스 카스토르프가 막 대답을 하려는 참이었다. 그러나 이 외국인은 대답할 틈을 주지 않고 곧장 질문을 던졌다. "판결은 관대했나요? 미소를 머금고 있는 걸 보니." 그는 입가를 심하게 씰룩거리며 잠시 침묵했다. "여러 가지 추론이 가능하군요. 우리의 미노스와 라다만토스•는 당신에게 몇 달이나 선고했습니까?" 그는 '선고하다'라는 낱말을 특히 익살스럽게 발음했다. "내가 한 번 맞혀 볼까요? 6개월? 아니면 즉석에서 9개월? 그 사람들이야 인색하지 않으니까…."

한스 카스토르프는 당황한 채 웃으며 미노스와 라다만토스가 누구를 말하는 건지 생각해 내려고 애썼다. 그러면서 우물쭈물 대답했다.

"어째서 그런 질문을. 아니, 뭔가 오해를 하시나 보네요. 세프템 씨…."

"세템브리니입니다." 이 이탈리아 사람은 유머러스하게 허리를 굽히며 정확하고 경쾌하게 자신의 이름을 고쳐주었다.

"세템브리니 씨, 실례했습니다. 하지만 선생은 오해를 하고 있습니다. 나는 환자가 아니랍니다. 몇 주 예정으로 사촌 침센을 방문하러 왔

• 그리스 신화에서 저승의 3대 심판관 가운데 두 인물로, 여기서는 크로코프스키와 베렌스를 가리킨다.

을 뿐이고, 이 기회에 휴양도 약간 하려는 겁니다."

"맙소사, 그럼 당신은 우리와는 다르다 이건가요? 건강한데 이곳에는 다만 청강생으로 오셨다는 말씀이군요. 저승을 찾아간 오디세우스처럼 말입니다. 참 용감하네요, 죽은 사람들이 무위도식하며 지내는 이곳 심연으로 내려오시다니."

"심연이라니요, 세템브리니 씨? 그거 참 진담은 아니시겠죠! 나는 여기까지 5천 피트 정도나 올라왔어요."

"그런 것 같을 뿐이죠! 분명히 그건 착각입니다." 이탈리아 사람은 단호하게 손을 흔들며 말했다. "우리는 깊은 심연에 빠진 존재들입니다, 안 그래요, 소위님." 그는 요아힘에게 고개를 돌리며 말했다. 요아힘은 소위라는 말에 상당히 기뻤으나 이를 숨기려 애쓰면서 신중하게 대답했다.

"우리는 실제로 좀 얼떨떨한 상태입니다. 하지만 언젠가는 다시 정신을 차리게 되겠죠."

"그래요. 당신은 분명히 그럴 수 있을 겁니다. 품행이 단정한 사람이니까." 세템브리니가 말했다. 그는 다시 한스 카스토르프 쪽으로 고개를 돌리며 "그래요, 그래, 그렇고 말고요" 하면서 '그'에 세 번 힘주어 말했다. 이어서 혀를 입천장에 대고는 세 번 나직하게 끌끌거렸고, 마찬가지로 "보세요, 보세요, 보라고요" 하면서 세 번 '보'에 힘주어 말했다. 그러면서 그는 자신의 두 눈동자가 한 대상에 고정되어 초점을 잃을 때까지 새로 온 신출내기의 얼굴을 빤히 쳐다보다가, 다시 눈빛을 활발하게 풀면서 말을 이어갔다.

"그럼 당신은 완전히 자발적으로 우리처럼 망가진 자들이 살아가는 이 위로 와서, 한 동안 우리에게 당신과 함께하는 즐거움을 주겠다는 거군요. 그거, 좋습니다. 그런데 이곳에는 얼마나 체류할 생각입니까? 물음이 실례가 될지 모르겠습니다만, 라다만토스가 아니라 스스로 결정해야 한다면 얼마나 오랫동안 이곳 유형지에 머물 것인지 듣고 싶습니다."

"3주일입니다." 한스 카스토르프는 자신이 부러움의 대상이 되고 있다고 느끼곤 다소 우쭐한 마음으로 말했다.

"오, 신이여! 3주! 들었습니까, 소위님? '3주 예정으로 이곳에 왔다가 다시 떠난다.' 이 말이 좀 뻔뻔스럽게 들리지 않습니까? 이봐요, 내가 가르쳐 드려도 된다면, 우리는 여기서 주라는 시간 단위를 알지 못합니다. 우리의 가장 작은 시간 단위는 달입니다. 우리는 큰 단위로 계산하지요. 이것이 바로 어둠의 특권입니다. 그 밖에도 다른 특권이 있는데, 모두 다 비슷한 것들입니다. 실례지만 저 아래에서는 어떤 직업을 갖고 있나요? 아니면 좀 더 정확하게 어떤 직업을 준비하고 있습니까? 보다시피, 우리는 호기심을 견디지 못한답니다. 호기심 역시 우리가 가진 특권들 가운데 하나니까요."

"실례라니 무슨 말씀." 한스 카스토르프는 직업을 알려주었다.

"조선 기사라! 그거 대단합니다!" 세템브리니가 외쳤다. "내 능력은 다른 방면에 있지만, 나는 그것을 대단하다고 생각합니다."

"세템브리니 씨는 문필가•라네." 요아힘은 이렇게 설명하며 약간 당

• 토마스 만은 문필가(Literat)와 시인(Dichter), 문명(Zivilisation)과 문화(Kultur)를 구별하면서 후자를 '독일적인 것'으로 더 높게 평가한 바 있다. 특히 전자의 경우 주로 외부세계 내지 사회적, 정치적 세계에 관여하는 작가 또는 '문명적인 작가'를 지칭하는데, 제1차 세계대전을 전후하여 진보적인 작가였던 형 하인리히 만과 이념논쟁을 벌이면서 『비정치인의 고찰』이라는 저서에서 이 개념을 대립적으로 사용한 바 있다. 작품에서 세템브리니는 바로 진보 성향의 문명적인 작가를 대변하고 있다.

혹스런 태도를 취했다. "독일 신문에 카르두치•의 추도사를 쓰셨어. 카르두치 말이야, 너도 알잖아." 요아힘은 사촌이 자신을 놀라워하는 눈으로 바라보는 것 같아서 더욱 당혹스러운 태도를 보였다. 사촌이 이렇게 말하는 것 같았다. '네가 카르두치에 대해 뭐 아는 게 있어? 내 생각에 너나 나나 잘 모르기는 마찬가지잖아.'

"맞습니다." 세템브리니가 고개를 끄덕이며 말했다. "나는 이 위대한 시인이자 자유사상가가 생을 마쳤을 때, 당신의 동포에게 그의 생애에 대해 이야기해 주는 영광을 누렸습니다. 나는 그와 아는 사이였고, 그의 제자라 해도 과언이 아닙니다. 볼로냐에서 나는 그의 가르침을 받았죠. 그분 덕분으로 나는 교양과 쾌활한 성격을 지니게 되었습니다. 하지만 우리는 당신 이야기를 하는 중이었습니다. 조선 기사라니! 내 눈에 당신이 얼마나 대단하게 보이는지 아십니까? 그렇게 앉아 있으니 갑자기 일과 실용적 천재라는 전체 세계의 대변자처럼 보입니다 그려!"

"하지만 세템브리니 씨, 나는 아직 학생이고 이제 비로소 일을 시작하려는 겁니다."

"알겠습니다, 시작이란 늘 어려운 법이지요. 이름값을 할 만한 일이란 모두 어렵습니다, 안 그렇습니까?"

"그래요, 악마도 일이 어렵다는 걸 안답니다!" 한스 카스토르프의 이 말은 진심에서 우러나온 것이었다.

그러자 세템브리니는 눈썹을 치켜 올리며 말했다. "악마까지 부르다니요! 일의 어려움을 강조하기 위해선가요? 살아 있는 악마를요? 나의

• 카르두치(1835-1907)는 이탈리아의 시인이자 고전문학자이다. 그는 반 낭만주의를 고수하고 고전적 이상주의 시풍을 확립했다. 1906년에는 노벨문학상을 수상했다.

위대한 스승이 악마에게 보내는 송가를 쓰셨다는 것도 아십니까?"

"실례지만, 악마에게요?" 한스 카스토르프가 물었다.

"네, 바로 악마에게 말입니다. 내가 살던 고향에서는 축제가 있을 때면 때때로 그 송가가 불리곤 합니다. '오, 건강이여, 오, 악마여, 오, 반역이여, 오, 이성의 복수여….' 훌륭한 노래지요! 하지만 이 악마는 당신이 말하는 악마는 아닌 것 같군요. 이 악마는 일과 사이가 아주 좋으니까요. 반면에 당신이 말하는 악마는 일을 두려워하기 때문에 일을 몹시 싫어하는 것 같군요. 아마도 그 악마는 다른 악마인 것 같습니다. 그런 악마에게는 손가락 하나 내밀어도 안 된다는 말이 있지요."

이 모든 것은 선량한 한스 카스토르프에게 아주 기이한 느낌을 주었다. 그는 이탈리아어를 알지 못했고, 그 밖의 것도 그에게 유쾌하지는 않았다. 가볍게 농담으로 던지는 말 같았지만 일요일의 설교 같은 냄새가 났다. 그는 잠시 눈을 내리깔고 있는 사촌을 바라보다가 말문을 열었다.

"아, 세템브리니 씨, 내 말을 너무 액면 그대로 받아들이시네요. 내가 악마라고 한 것은 그저 나의 말투에 불과합니다, 정말입니다!"

"누구든지 말할 때 재치가 있어야겠죠." 세템브리니는 이렇게 말하며 우울하게 허공을 바라보았다. 하지만 곧 다시 활달해지면서 유쾌하고 우아하게 말을 하다가 조금 전의 화제로 되돌아갔다.

"아무튼 당연하지만 당신은 힘들고도 또한 명예로운 직업을 선택했노라고 결론지을 수 있겠습니다. 유감스럽게도 나는 인문주의자, 즉 호모 후마누스•입니다. 솔직히 공학에 대하여 존경심을 표하지만, 나는 그 방면에는 문외한입니다. 하지만 당신 전문분야의 이론은 명석하고 날카로운 두뇌를, 실습은 전체적인 인간을 필요로 하리라는 것은 상상할 수 있습니다. 그렇지 않습니까?"

"지당한 말씀입니다. 그 점에는 당신의 견해에 무조건 찬성입니다." 한스 카스토르프는 자신도 모르는 사이에 약간은 웅변을 하듯이 대답했다. "오늘날 우리에게 요구되는 것이 너무 거대해서 그것이 얼마나 통렬한가를 의식해서는 안 됩니다. 그런 걸 의식하면 용기마저 잃게 될지 모릅니다. 아니, 이건 농담이 아닙니다. 더구나 아주 강한 사람이 아니라면 더욱 그렇습니다. 나는 이곳에 손님으로 왔을 뿐이지만, 강한 사람은 아닙니다. 그러니 일이 나에게 아주 잘 어울린다고 주장한다면 그건 거짓말일 겁니다. 오히려 나를 꽤나 피곤하게 한다고 말해야겠지요. 전혀 아무 일도 하지 않을 때에라야 내가 정말 건강하다고 느낍니다."

"예컨대 지금 말인가요?"

"지금이요? 아, 나는 지금 이 위에 온 지 얼마 안 돼서 좀 혼란합니다, 이해하시겠죠."

"아, 혼란하다?"

"네, 지난밤에 잠을 잘 자지 못했어요. 게다가 첫 번째 아침 식사도 사실은 너무 과해서…. 나는 아침 정찬에는 익숙하지만, 오늘 아침 식사는 너무 과했던 모양입니다. 영국인들이 말하듯이 음식이 너무 풍성했어요. 아무튼 속이 좀 거북하게 느껴지고, 특히 오늘 아침에는 시가 맛이 없더군요. 생각해 보세요! 심각한 병에 걸렸을 때 외에는 이런 일이 결코 없었지요. 오늘은 시가 맛이 무슨 가죽을 피우는 것 같았어요.

• 호모 후마누스(homo humanus)는 대체로 '야만적 인간'과 대립되는 '인간적 인간'으로 번역 내지 해석되고 있다. 아무튼 여기서는 이성적 세계, 밝은 세계, 문명을 추구하는 인간 정도로 보면 될 것 같다.

그래서 시가를 던져 버려야 했습니다, 억지로 피워 봤자 아무 소용도 없으니까요. 실례지만 담배를 피우시나요? 안 피우신다고요? 그렇다면 나처럼 젊어서부터 담배를 즐겨 피운 사람에게는 그것이 얼마나 언짢고 실망스러운지 상상할 수 없겠군요."

"나는 그 방면에 경험이 없습니다." 세템브리니가 대꾸했다. "그리고 그런 것에 경험이 없다고 해서 사교에 저해가 되는 것도 아니지요. 몇몇 고상하고 냉철한 정신의 소유자들은 담배 피우는 것을 무척 싫어했습니다. 카르두치도 담배를 좋아하지 않았습니다. 하지만 우리의 라다만토스라면 당신을 이해할 겁니다. 그는 당신처럼 악습의 추종자니까요."

"지금, 악습이라고 하셨나요, 세템브리니 씨…."

"안 그렇습니까? 우리는 사태를 참되고 힘차게 표현해야 합니다. 그래야 삶이 강화되고 고양됩니다. 나에게도 악습이 있습니다."

"그럼 베렌스 고문관도 애연가라는 말인가요? 매력적인 남자군요."

"그렇게 생각합니까? 그런데 벌써 만나 봤나요?"

"네, 아까 식당에서 만났습니다. 거의 진찰이라도 받는 것 같았는데, 하지만 무료 진찰이었죠. 그는 내가 빈혈이 심하다는 걸 한눈에 알아보더군요. 그러면서 내게 충고도 했지요. 이곳에서 사촌과 똑같이 생활하고, 발코니에 많이 누워 있으라고요. 그리고 체온도 즉시 재보라고 말하더군요."

"정말입니까?" 세템브리니가 외쳤다. "훌륭해요!" 그는 몸을 뒤로 젖히고 웃으면서 허공을 향해 소리쳤다. "당신네 오페라에 이런 가사가 있지요. '나는 새잡는 포수, 항상 즐거워, 으라차차, 깡충!'• 아무튼 매우 재미있지요. 당신은 베렌스 고문관의 충고를 따를 겁니까? 여부가 있겠습니까, 안 따를 이유도 없겠고. 하지만 이 라다만토스는 악마 같은 사람입니다! 그리고 가끔은 약간 강박에 시달리지만, 실은 '항상 즐거워'합니다. 가끔 우울증에 빠질 때가 있는데, 담배 피우는 습관은 그에게 맞지 않아요. 그러니 악습이라고 하겠지만. 담배가 그를 우울하게 만드는 겁니다. 그 때문에 우리의 존경스런 수간호사는 담배를 보관해 두었다가 하루치 분량만 그에게 줍니다. 그런데도 유혹을 견디지 못하고 담배를 훔치기도 한다는 겁니다. 그러면서 그가 우울증에 걸리게 된 겁니다. 한마디로 혼란에 빠진 영혼이지요. 우리 수간호사도 이미 만나 보았나요? 아니라고요? 그건 잘못한 겁니다! 그녀와 만나지 않았다니 잘못한 겁니다. 그녀는 폰 밀렌동크 가문 출신입니다! 메디치 가문의 비너스 상과 다른 점은 여신의 유방이 있는 곳에 그녀는 늘 십자가를 달고 다닌다는 겁니다."

"하하하, 정말 훌륭한 표현입니다!" 한스 카스토르프가 웃으면서 말했다.

"이름은 아드리아티카입니다."

"이름도 그렇습니까?" 하고 한스 카스토르프가 소리쳤다. "특이한 이름이네요. 폰 밀렌동크에다 아드리아티카라니. 어쩐지 오래전에 죽었어야 할 이름처럼 들리는군요. 꼭 중세적인 기분이 납니다."

"엔지니어 양반." 세템브리니가 말했다. "여기에는 당신의 말처럼 '중세적인 기분이 나는' 것이 꽤 있습니다. 내가 볼 때 우리의 라다만토스가 저 화석 같은 여자를 그의 공포궁전의 감독으로 삼은 것은 오로지 예술가로서의 그의 미적 감각 때문이라고 확신합니다. 그는 요컨대 예

• 모차르트의 〈마술 피리〉에 나오는 내용.

술가인 셈입니다. 이건 모르죠, 그는 유화를 그리고 있지요. 그건 금지되어 있는 일이 아니며, 누구에게나 허용되어 있습니다. 아드리아티카 여사는 듣고 싶든 아니든 누구에게나 13세기 중엽 라인 강가에 있는 본 수도원에 밀렌동크라는 여자 수도원장이 살았다고 말합니다. 그녀 자신도 그 무렵쯤 세상에 태어났는지 모를 일이지요."

"하, 하, 하! 농담이 심하시네요, 세템브리니 씨."

"농담이요? 독설가라는 말씀이군요. 네, 나는 좀 독설가에 가깝죠." 세템브리니가 말했다. "다만 내가 이런 시시콜콜한 것들에 내 독설을 낭비해야 한다는 것이 걱정스럽지요. 엔지니어 씨, 당신도 나의 독설을 나쁘게 여기지 않기 바랍니다! 내가 볼 때 독설은 암흑과 추악한 힘에 대항하는 이성의 가장 빛나는 무기입니다. 그렇습니다, 독설은 비판 정신이며 비판은 진보와 계몽의 원천입니다." 이어서 곧바로 페트라르카 이야기를 시작하다가 그를 '근대의 아버지'라고 불렀다.

"이만 우리는 누워서 안정 요양을 하러 가야 합니다." 요아힘이 신중하게 말했다.

문필가는 우아한 손동작을 해가며 말했다. 그러면서 그 손짓을 요아힘을 가리키는 동작으로 마무리 지었다.

"우리의 소위가 근무를 재촉하는군요. 그럼 이만 갑시다. 나도 같은 길로 갑니다. '그대 오른쪽으로, 권력자의 성채인 다보스 국제 요양원을 향하여 전진.' 아, 위대한 시인 베르길리우스, 베르길리우스! 여러분, 어느 누구도 그를 넘어설 수 없습니다. 나는 진보를 믿습니다. 확실히. 그는 어떤 현대인도 쓰지 못하는 수식어를 구사합니다." 그들이 요양원으로 돌아가는 동안 그는 라틴어 시구를 이탈리아어 발음으로 낭송하기 시작하다가, 도시에서 자란 것으로 보이지만 그다지 세련되지 못한 어느 소녀가 다가오자 낭송을 중단했다. 이어서 그는 바람둥이 같은 미소를 흘리며 흥얼거리기 시작했다. 그는 "트, 트, 트" 하고 혀를 차다가 뭔지 모를 구절을 인용했다. "아이, 아이! 아이! 랄라라! 귀여운 아가씨, 나의 애인이 돼 줄래요? 보라, '그녀의 눈은 음탕한 빛으로 불타올랐다.'" 이어서 그는 당황해하는 소녀의 등에 손 키스를 보냈다.

정말 허풍선이로군, 하고 한스 카스토르프는 생각했다. 세템브리니가 돌연 바람둥이로 변신했다가 다시 험담을 늘어놓기 시작할 때도 그의 이런 생각은 변하지 않았다. 이번에는 주로 베렌스를 겨누었다. 그의 발이 큰 것을 꼬집는가 하면, 뇌결핵에 걸린 왕자에게서 받았다는 그의 고문관 호칭에 대해 비아냥거렸다. 지금도 요양원 주변에서는 이 왕자의 방탕한 생활태도에 대해 소문이 자자한데, 라다만토스는 한 눈을 꾹 감고, 아니 두 눈 다 꾹 감고, 바로 고문관이라는 칭호를 얻었다는 것이다. "그런데 여러분은 베렌스가 여름 시즌이란 것을 고안해 낸 사실을 알고 있나요? 그래요, 다른 자가 아닌 바로 그가 그것을 고안해 냈답니다. 그의 공적에 월계관을 씌워 드려야겠지요. 예전에는 여름이 되면 여간한 충신이 아니면 이 산골에서 견뎌내질 못했었죠. 그래서 '우리의 익살꾼'은 이런 잘못된 상태가 편견의 결과에 지나지 않다는 것을 확고한 혜안으로 인식했던 겁니다."

세템브리니는 계속 지껄였다. 베렌스는 적어도 자신의 요양원에 관한 한 여름 요양이 상당히 권장할 만하며, 그 밖에도 특별히 효과가 있고 필수불가결하다는 학설까지 내세웠다. 게다가 그는 이런 논리를 사람들에게 알리는 법을 알고 있어서, 이를 광고하는 기사를 작성하여 신문에 내보냈다. 그 이후로 겨울과 마찬가지로 여름에도 사업이 잘 되고 있다는 것이다. "천재지요!" 세템브리니가 말했다. "직관, 직관입니다!" 그런 다음 그는 부근의 다른 요양원을 헐뜯으면서 소유자들의 영업 전략을 신랄하게 꼬집었다. 예컨대 카프카라는 의과대 교수가 있다고 했다. 해마다 눈이 녹는 위험한 시기가 되어 많은 환자들이 퇴원하기를 요청하면, 카프카 교수는 급히 1주일 예정으로 여행 계획을 세우고는, 자신이 돌아온 후에 퇴원하기로 약속한다. 그러나 그는 6주일 동안 밖에 머물며 돌아오지 않는다. 그러면 불쌍한 환자들은 애타게 기다리다가, 덧붙여 말하자면, 입원비는 크게 불어난다. 카프카 교수는 피우메까지 왕진 요청을 받지만, 5천 스위스 프랑을 보증해 주지 않으면 가지 않는다. 그러는 사이에 2주일이 지나가고, 이 잘난 의사가 도착한 지 하루 만에 그 환자는 죽고 만다. 잘츠만 박사는 카프카 교수가 주사기를 제대로 소독하지 않아 합병증을 일으키게 했다고 그를 비방한 적도 있다는 것이다. 잘츠만 박사의 말로는 카프카 교수가 환자들이 그의 발걸음 소리를 듣지 못하도록 고무신을 신고 다닌다는 것이다. 하지만 카프카 교수는 오히려 잘츠만 박사를 비난한다. 잘츠만 박사는 환자들에게 '기분을 고조시키는 포도나무의 선물'을 다량으로 먹게 하여 ―이 역시 환자들의 입원료를 불리기 위한 수법이다― 환자들이 파리 떼처럼 많이 죽는데, 그것도 결핵으로 죽는 것이 아니라 알코올성 간경화로 죽는다는 것이다.

세템브리니의 이야기는 이렇게 계속 이어졌다. 한스 카스토르프는 폭포수처럼 쏟아내는 달변의 독설 때문에 진정으로 유쾌하게 웃었다. 이탈리아인의 말솜씨는 사투리라곤 없는 절대적 순수성과 정확성으로 인해 아주 기분 좋게 들렸다. 그의 말들은 활발하게 움직이는 입술에서 갓 만들어진 것처럼 유연하고 산뜻하게 터져 나왔다. 그 역시 자신이 사용하는 신랄하고도 기민한 세련된 어법과 형식, 다시 말해 낱말의 문법적 활용과 변화를 즐기는 것 같았다. 여기에는 분명히 의사를 전달하면서 갖게 되는 유쾌함이 뒤섞여 있었다. 게다가 그의 명석하고 깨어 있는 정신은 잘못 말하는 것을 단 한 번도 용납하지 않는 것 같았다.

"참으로 익살스럽게 말씀하십니다, 세템브리니 씨." 한스 카스토르프가 찬사를 보냈다. "아주 활력적입니다. 그걸 뭐라고 표현해야 할지 잘 모르겠네요."

"조형적이란 말 어때요?" 이탈리아 사람은 이렇게 대꾸하고, 날씨가 서늘한 편인데도 손수건을 꺼내 부채질을 했다. "그게 당신이 찾는 말일 겁니다. 나의 말하는 방식이 조형적이라고 말하고 싶은 거지요. 아니, 잠깐만!" 그가 소리쳤다. "저기 좀 보시오! 저기 우리의 염라대왕이 저기서 걷고 있군요! 대단한 광경입니다!"

산책을 나왔던 세 사람은 이미 길모퉁이를 돌고 있었다. 세템브리니의 말 덕분인지, 내리막길이라서 그런지, 아니면 한스 카스토르프가 생각했듯이 요양원이 그리 멀지 않아서인지, —초행길은 언제나 생각보다 훨씬 더 멀게 느껴지는 법이기 때문이다— 아무튼 돌아올 때는 놀라울 정도로 빨랐다. 세템브리니가 제대로 보았다. 저 아래 요양원 뒤쪽 넓은 공터에서 두 의사가 걷고 있었다. 앞에서는 하얀 가운을 입은 고문관이 목을 내민 채 노를 젓듯이 양손을 흔들며 걷고 있었고, 검은 가운을 입은 크로코프스키 박사가 그의 뒤를 따라가면서 회진을 돌 때 의료 관례상 원장 뒤에 서 있는 것보다 더욱 불만스런 표정으로 주위를 둘러보고 있었다.

"아, 크로코프스키로군!" 세템브리니가 소리쳤다. "저기서 걷고 있는 저 자가 우리 요양원 여자들의 비밀을 다 알고 있지요. 그의 의복의 미묘한 상징성을 잘 살펴보십시오. 그 자신의 전문 분야가 밤의 세계라는 것을 암시하려고 검은 옷을 입고 다니는 것입니다. 저 남자의 머릿속에는 한 가지 생각밖에 없어요, 불결한 생각입니다. 엔지니어 씨, 우리가 저 사람에 대해서는 아직 전혀 이야기하지 않았군요! 저 사람과 인사는 나누었겠지요?"

한스 카스토르프는 고개를 끄덕였다.

"그래, 어떻던가요? 추측이지만 당신 마음에 들었겠죠."

"아직은 잘 모르겠습니다, 세템브리니 씨. 잠깐 만난 것뿐이니까요. 그리고 나는 성급히 판단을 내리지도 않습니다. 나는 사람들을 보면 그러려니 생각하고, 그럼 됐다고 합니다."

"그건 둔감입니다!" 이탈리아인이 힐난하듯 대답했다. "판단을 하세요! 자연은 판단을 하라고 당신에게 눈과 오성을 주었습니다. 당신은 내가 독설가라고 생각하겠지만, 내가 그럴 경우에는 교육적 목적이 없지 않습니다. 우리 인문주의자들이란 모두가 교육자의 혈통을 지니고 있습니다. 여러분, 인문주의와 교육학의 역사적 관계에는 심리학적 관계가 성립되고 있음이 입증됩니다. 인문주의자에게서 교육자의 직분을 빼앗아가서는 안 됩니다. 어느 누구도 그걸 빼앗을 수 없습니다. 인간의 존엄과 아름다움은 오직 그에게만 전승되기 때문입니다. 한때 몽매하고 인간에 적대적인 시기에는 사제가 그걸 맡아 주제넘게 청년들을 지도한 적도 있었습니다. 그 후로는, 여러분, 어떤 새로운 교육자 유형도 나오지 않았습니다. 인문주의 교육에 관한 한, 엔지니어 씨, 나를 반동적이라고 해도 좋습니다. 그러나 원칙적이고 추상적인 의미에서 내 말을 잘 이해하길 바랍니다. 나는 인문주의 교육의 신봉자로 남을 것입니다."

세템브리니는 승강기에서도 계속 이런 식으로 이야기하다가, 사촌들이 3층에서 내리고 나서야 입을 다물었다. 그 자신은 4층까지 가서 내렸다. 요아힘의 말에 따르면 그는 4층의 뒤쪽 작은 방에 거주하고 있었다.

"그는 별로 돈이 없는 모양이지?" 한스 카스토르프는 요아힘을 방까지 바래다주면서 물었다. 요아힘의 방도 그의 방과 아주 흡사한 것 같았다.

요아힘이 대답했다. "그래, 아마 그럴 거야. 혹시 얼마간 있다 해도, 여기에 체류하기 빠듯할 거야. 그의 아버지도 문필가였고, 그의 할아버지도 그랬던 것 같아."

"그래, 그렇군. 그럼 병은 심각한가?" 한스 카스토르프가 물었다.

"내가 아는 바로는 위험하지는 않지만, 고질병이라 자꾸 재발하는 모양이야. 이곳에 들어온 지 벌써 여러 해 되었고, 그 사이에 떠났다가 곧 다시 돌아올 수밖에 없었다고 해."

"처지가 딱하군! 저렇게 일을 하고 싶어 못 견디는데 말이야. 언변이 뛰어나고, 화제를 바꾸는 솜씨도 참 유연해. 아까 그 아가씨에게는 좀 무례했어, 순간적으로 나까지 곤혹스러웠거든. 그러나 나중에 인간 존엄성에 대한 이야기는 정말 멋졌어. 마치 축제 행사에서 연설하는 것 같았어. 너는 저 사람과 자주 어울리나?"

사고가 예리해지다

그러나 요아힘은 하던 일이 있어서 애매하게 대답했다. 그는 탁자에 놓여 있던, 안에 비단을 덧댄 붉은 가죽 주머니에서 작은 체온계를 꺼내어 수은이 든 끝을 입 안에 넣었다. 그 유리 도구를 혀 왼쪽 아래에 넣고서 입에서 비스듬히 위로 세웠다. 그런 다음 옷을 갈아입고, 구두를 신고, 군복 같은 상의를 걸쳤다. 이어서 탁자에서 연필과 아울러 그래프가 그려진 체온표, 나아가 책 한 권, 즉 러시아 문법책을 집어 들었다.— 그가 말했듯이 군 복무에 도움이 될까 기대하며 러시아어를 배우고 있었다. 이렇게 준비를 마친 뒤 그는 발코니에 놓인 접이식 침대에 누워서 낙타털 담요를 발에 살짝 덮었다.

담요는 거의 필요치 않았다. 15분쯤 전부터 구름층이 점점 엷어지고, 해가 구름 사이로 나와서 날씨가 여름날처럼 따뜻하고 눈도 부셨다. 요아힘은 흰 아마포 차양으로 머리를 가렸다. 의자 팔걸이에 부착된 작고 교묘한 장치를 조정하면 차양을 고정시키거나 태양의 위치에 따라 차양의 자리를 바꿀 수 있었다. 한스 카스토르프는 이 발명품에 찬사를 보냈다. 그는 체온 결과를 기다리며 그 사이에 체온을 어떻게 재는지 지켜보았다. 그러면서 발코니 한쪽 구석에 세워 둔 모피 슬리핑백을 살펴보거나(요아힘은 날씨가 추울 때는 그것을 사용했다), 난간에 팔꿈치를 올리고 정원을 내려다보았다. 이제 널찍한 요양 홀은 독서를 하고 글을 쓰거나 잡담하면서 누워 있는 환자들로 가득 차 있었다. 그러나 요양 홀의 내부는 일부만 보여서 의자 다섯 개쯤만 눈에 들어올 뿐이었다.

"체온 재는 데 얼마나 걸리지?" 한스 카스토르프는 이렇게 물으며 고개를 돌렸다.

요아힘은 손가락을 일곱 개 세워 보였다.

"그렇다면 됐겠는데, 7분 말이야!"

요아힘은 머리를 흔들었다. 조금 뒤에 그는 입에서 체온계를 빼서 살펴보고는 말문을 열었다.

"그래, 시간에 주의를 기울이고 지켜보면, 시간은 아주 천천히 흘러가. 하루에 네 번 체온을 재는데, 나는 이때가 즐거워. 왜냐하면 1분이나 7분이라는 시간이 정말 얼마나 되는 것인지 느낄 수 있기 때문이야. 여기서는 1주일이라는 7일이 눈 깜짝할 사이에 지나가 버려."

"너는 '정말'이라고 말하는군. 정말이라고 말하지 마." 한스 카스토르프가 대꾸했다. 한쪽 허벅지를 난간에 올리고 앉은 그의 눈 흰자위에는 붉은 핏발이 서 있었다. "시간에는 결코 정말이라는 말을 쓸 수 없어. 시간이란 길다고 생각하면 길고, 짧다고 생각하면 짧은 거야. 그러나 실제로 얼마나 길고 짧은지는 아무도 몰라." 그는 평소에는 철학적으로 사고하는 습관이 없었는데, 이번에는 그러고 싶은 충동을 느꼈다.

요아힘은 반박했다.

"어째서 그렇다는 거지? 그렇지 않아. 우리는 시간을 계산하고 있잖아. 우리에게는 시계도 있고 달력도 있어. 한 달이 지나간다면, 그건 너뿐만 아니라 나, 우리 모두에게 똑같이 지나가는 거야."

"그럼 잘 들어 봐." 한스 카스토르프는 이렇게 말하고 집게손가락을 자신의 흐릿한 눈 옆에 갖다 댔다. "1분이란 그러니까 네가 체온을 잴 때 네가 생각하는 것과 같은 길이의 시간이라 이거지?"

"1분은 꽤 길어…. 1분이란 초침이 한 바퀴 도는 데 걸리는 시간이야."

"하지만 초침이 한 바퀴 도는 데 필요한 시간은 여러 가지야. 우리의 느낌으로는! 그리고 실제로… 내 말은 실제로 보아." 한스 카스토르프는 같은 말을 되풀이하고는 집게손가락으로 코를 세게 눌러서 코끝이 완전히 옆으로 구부러졌다. "그것은 운동이야, 공간 운동, 그렇지 않나? 잠깐 기다려 봐! 고로 우리는 시간을 공간으로 측정하는 거야. 하지만 이는 공간을 시간으로 측정하려는 거나 마찬가지야. 하지만 그것은 비과학적 인간들이 하는 태도야. 함부르크에서 다보스까지 20시간이 걸려. 그래, 기차를 타면 말이야. 하지만 걸어서 오면 얼마나 걸리겠어? 그런데 생각으로는? 1초도 안 걸려!"

"이런, 대체 왜 그래? 우리가 있는 이곳이 너를 어떻게 하는 건 아니겠지?" 요아힘이 물었다.

"가만히 있어 봐! 나는 오늘따라 머리가 아주 날카롭게 작동해. 시간이란 대체 무엇일까?" 한스 카스토르프는 이렇게 묻고는 코끝을 옆으로 세게 누르자, 코끝이 핏기를 잃고 하얗게 되었다. "나에게 좀 말해 보겠어? 우리는 공간을 우리의 감각 기관으로 지각하지, 시각과 촉각으로 말이야. 좋아, 그러면 시간을 지각하는 기관은 무엇일까? 내게 좀 알려 줄 수 있겠어? 자, 너는 여기에 계속 앉아 있어. 그러나 우리가 어떻게, 엄밀히 말해 아무것도 모르는 대상, 단 하나의 속성도 알지 못하는 무엇인가를 측정하려고 한단 말이야! 우리는 시간이 흘러간다고 말하지. 좋아, 그래서 시간이 흘러간다고 말하는 거야. 하지만 시간을 측정할 수 있으려면… 잠깐! 측정할 수 있기 위해서는 시간이 균등하게 흘러가야 해. 시간이 그렇다고 어디에 쓰여 있지? 우리의 의식으로는 그렇지 않아. 그렇다고 가정하는 것은 다만 질서 때문이지. 우리의 시간 단위는 단지 인습에 불과한 거야. 이렇게 말하는 걸 용서해…."

"좋아." 요아힘이 말했다. "내 체온계의 눈금이 네 줄 위로 올라가 있다는 것도 단지 인습에 불과하다고! 그러나 이 다섯 개의 눈금 때문에 나는 여기서 빈둥거리며 군 복무를 못하고 있어. 이거야말로 구토라도 할 만한 일이야!"

"37.5도인가?"

"그러다가 곧 다시 내려가겠지." 요아힘은 체온표에 온도를 적었다. "어젯밤에는 38도까지 올라갔어, 네가 왔기 때문이야. 방문객이 있으면 다들 체온이 올라가. 하지만 누가 찾아온다는 것은 행복한 일이야."

"이제 나도 가야겠어." 한스 카스토르프가 말했다. "아직 내 머릿속은 시간에 관한 생각으로 꽉 차 있어. 머릿속이 아주 복잡하다니까. 그러나 그걸로 너를 흥분시키고 싶지 않아. 그러면 또 너의 체온이 너무 올라갈 수도 있고 말이야. 모든 생각을 간직해 두었다가 나중에 다시 논의할 기회가 있겠지, 어쩌면 아침 식사를 마친 뒤에. 아침 식사 시간이 되면 나를 부르러 와. 나도 이제 누워서 안정 요양을 할 거야, 아프지는 않지만, 다행히도!" 이렇게 말하고 그는 유리로 된 칸막이벽을 지나 자신의 발코니로 건너갔다. 그곳에도 작은 탁자 옆에 접이식 침대가 길게 펼쳐져 있었다. 그는 깨끗하게 청소된 방에서 『대양 기선』과 진홍색과 녹색 체크무늬의 아름답고 부드러운 담요를 가져와서는 의자에 누웠다.

그도 곧 차양을 펴지 않을 수 없었다. 누웠을 때 따가운 햇살을 견딜 수가 없었다. 하지만 누워 있으니 상당히 편안했고, 이런 사실을 즉시 확인하자 흡족했다.— 이렇게 편안한 긴 의자에 누워 본 기억이 나지 않았다. 전체적인 모양은 약간 구식이었지만, 그것은 취향의 문제일 뿐이었고, 의자 자체는 분명히 새 것이었다. 이 긴 의자는 윤이 나는 적갈색 목재와 면직물 종류의 부드러운 커버가 씌워진 매트리스로 이루어져 있었다. 세 개의 두툼한 쿠션이 들어 있는 매트리스는 발끝에서 등받이 부분까지 위로 펼쳐져 있었다. 그 밖에도 수놓아진 아마포 커버의, 너무 딱딱하지도 너무 부드럽지도 않은 둥근 베개가 끈으로 단단히 묶여 있었다. 이 베개도 특별히 안락한 효과를 주고 있었다. 한스 카스토르프는 넓고 매끄러운 팔걸이에 한쪽 팔을 기댄 채, 심심풀이로 읽어 보려 한 『대양 기선』은 그냥 놔둔 채 눈을 깜박이며 쉬고 있었다. 발코니의 아치를 통해 내다보자 딱딱하고 조라하지만 밝은 햇살이 비치는 바깥 풍경이 액자 속에 든 한 폭의 그림 같았다. 한스 카스토르프는 생각에 잠겨 그곳을 내다보았다. 갑자기 그는 무슨 생각이 떠올라 정적을 깨고 크게 말했다. "첫 번째 아침 식사를 할 때 우리에게 음식을 갖다 준 여자가 난쟁이였지."

"쉿." 요아힘이 입에 손을 갖다 댔다. "조용히 말해. 그래, 여자 난쟁이였지. 그래서?"

"아무것도 아냐. 우리는 아직 그 이야기는 나누지 않았잖아."

얼마 뒤 그는 계속 꿈을 꾸었다. 그가 자리에 누웠을 때는 이미 10시였으니, 어느덧 1시간이 지난 것이다. 1시간은 여느 때와 마찬가지로 길거나 짧지도 않았다. 1시간이 흐르자 집과 정원을 통해 공이 울렸다. 처음에는 멀리서, 그러다가 더 가까이에서, 그런 다음에는 다시 멀리서 울려왔다.

"아침 식사 시간이야." 요아힘이 말했다. 이윽고 그가 자리에서 일어나는 소리가 들렸다.

한스 카스토르프는 이렇게 안정 요양을 마치고, 방으로 들어가서는 약간 몸을 추스렸다. 두 사촌은 복도에서 만나 아래로 내려갔다. 한스 카스토르프가 말했다.

"접이식 침대가 아주 훌륭했어. 대체 어떤 침대지? 여기서 살 수 있다면 하나 사서 함부르크로 가져가고 싶어. 거기에 누우면 마치 천국에 있는 기분이야. 아니면 베렌스가 특별히 주문하여 제작한 것은 아닐까?"

요아힘도 그것은 알지 못했다. 그들은 외투를 벗고 이미 식사가 한창인 식당에 이번으로 두 번째 들어갔다.

식당 안은 순전히 우유 때문에 하얗게 빛나고 있었다. 식탁마다 반 리터쯤은 되는 큰 유리잔이 놓여 있었다.

한스 카스토르프는 다시 재단사와 영국 여자 사이의 식탁 끝에 자리를 잡았다. 그는 첫날 먹은 아침 식사가 아직도 거북했지만 순순히 냅킨을 펴면서 말했다. "이런, 이런, 야단났는걸. 우유는 도저히 못 마시겠어요, 적어도 지금은요. 혹시 흑맥주는 없습니까?" 그는 여자 난쟁이에게 몸을 돌리며 공손하고 부드럽게 물었다. 유감스럽게도 흑맥주는 없었다. 그녀는 쿨름바흐 맥주는 가져올 수 있다고 약속하고는, 정말 그것을 가져왔다. 검고 텁텁하며 갈색 거품이 이는 쿨름바흐는 흑맥주의 대용품으로는 안성맞춤이었다. 한스 카스토르프는 반 리터짜리 큰 유리잔으로 맥주를 시원하게 마셨다. 그는 맥주에 곁들여 토스트에다 차가운 고기 조각을 얹어서 먹었다. 다시 오트밀이 나왔고, 버터와 과일도 풍성하게 차려졌다. 그는 이 음식들을 먹을 수 없어서 눈요기만 하고 있었다. 그러면서 식당에 모인 손님들도 살펴보았다. 이제껏 뭉쳐서 보이던 사람들이 분리되기 시작했다. 이제는 그들 하나하나가 눈에 들어오기 시작했다.

그가 앉은 식탁은 맞은편 상석을 제외하고는 다 차 있었다. 그가 들은 바로는 그 자리에 의사가 앉는다고 했다. 의사들은 시간이 허락하는 한 환자들과 같이 식사를 했으며, 식탁을 차례로 바꾸었다. 이런 연유로 식탁마다 의사가 앉도록 상석을 비워 두고 있었다. 지금은 두 의사 가운데 아무도 식탁에 없었다. 그들은 수술 중이라고 했다. 이때 콧수염을 기른 젊은이가 다시 들어와, 턱을 가슴으로 한번 내리면서 인사를 하고는 수심이 가득 찬 찌푸린 얼굴로 자리에 앉았다. 연한 금발 머리의 마른 아가씨도 자리에 앉아, 마치 먹을 음식은 요구르트뿐이라는 듯 숟가락으로 그것을 떠먹었다. 이번에는 그녀 옆에 작고 쾌활한 노부인이 앉아 말없이 앉아 있는 젊은이에게 러시아어로 말을 걸었다. 그는 우울한 표정으로 그녀를 바라보면서 대답 대신 그냥 고개만 끄덕일 따름이었다. 그러면서 입속에 맛없는 음식이라도 들어 있는 듯한 얼굴을 지어보였다. 그의 맞은편, 노부인의 반대쪽에는 또 다른 아가씨가 자리를 잡고 있었다. 얼굴색이 꽃처럼 피어 있고 가슴이 불룩한 그녀는 예쁜 얼굴이었다. 밤색 머리칼은 보기 좋게 물결치고 있었고, 둥근 갈색 눈은 귀여워 보였으며, 아름다운 손에는 작은 루비 반지를 끼고 있었다. 그녀는 만면에 미소를 띤 채 러시아어, 러시아어로만 말했다. 한스 카스토르프가 귀를 기울여 들어 보니 그녀의 이름은 마루샤였다. 그런데 그녀가 웃고 말할 때마다 요아힘은 엄숙한 표정으로 눈을 내리까는 것을 그는 문득 알아차렸다.

이때 세템브리니가 측면 입구를 통해 모습을 드러냈다. 그는 콧수염을 날리며 식탁 끝에 위치한 자리로 걸어갔는데, 그의 자리는 한스 카스토트프의 자리 앞에서 비스듬한 방향에 위치했다. 그가 자리에 앉을 때, 그의 식탁 동료들이 폭소를 터뜨렸다. 분명 그가 또 무슨 독설을 날린 것 같았다. 한스 카스토르프는 '반폐 클럽'의 회원들도 알아보았다. 멍청한 눈을 가진 헤르미네 클레펠트는 저 건너편 베란다 문 앞의 자기 자리로 걸어가서는, 입술이 두툼한 젊은이에게 인사했다. 그는 앞서 산책길에서 상의를 볼썽사납게 걷어 올렸던 젊은이였다. 상아색 피부의 레비는 뚱뚱하고 주근깨투성이인 일티스의 옆자리, 그러니까 한스 카스토르프의 오른쪽에서 비스듬히 위치한 탁자의 모르는 사람들 사이에 끼어 앉아 있었다.

"저기 네 옆방 사람들이 오고 있어." 요아힘이 몸을 앞으로 숙이며 사촌에게 귀띔해 주었다. 부부가 한스 카스토르프 옆을 바짝 지나가 식당 오른쪽 끝에 있는 '보통 러시아인 석'으로 갔다. 그곳에서는 벌써 한 가족과 못생긴 소년이 대단한 양의 오트밀을 먹어치우고 있었다. 남편은 마른 체격으로 회색 볼이 움푹 들어가 있었다. 그는 갈색 가죽 점퍼를 입었고, 버클이 달린 볼품없는 펠트 장화를 신고 있었다. 흔들거리는 깃털 모자를 쓴, 역시 키가 작고 귀여운 그의 아내는 굽이 높은 러시아제 가죽 장화를 신고서 총총걸음으로 들어왔는데, 지저분한 깃털 목도리를 목에 두르고 있었다. 한스 카스토르프는 평소의 자신과는 달리 가차 없이 부릅뜬 눈으로 러시아인 부부를 쏘아보았다. 그 자신도 이런 행동이 잔인하다고 느꼈다. 하지만 바로 이런 잔인함이 갑자기 자신에게 일말의 만족감을 자아냈다. 그의 눈빛은 탁하면서도 동시에 집요했다. 이 순간 왼쪽 유리문이 첫 번째 아침 식사 때처럼 쾅, 덜커덩 소리를 내며 닫혔지만, 그는 지난번처럼 놀라서 움찔하지 않고 태연하게 얼굴만 찡그렸을 따름이었다. 머리를 그쪽으로 돌리려고 했으나 그러고 싶지 않았고, 그런 수고조차 귀찮게 여겨졌다. 그리하여 누가 대체 문을 아무렇게나 닫는지 이번에도 확인할 수 없게 되었다.

사실은 이랬다. 평소 같으면 그의 심신을 적당히 몽롱하게 해 주던 아침 맥주가 오늘은 젊은이를 거의 무기력하게 하고 마비시켰던 것이다. 그는 마치 이마를 한 대 얻어맞은 기분이 되었다. 눈꺼풀은 납처럼 무거웠고, 예의상 영국여자에게 말을 붙이려 해도 혀가 제대로 말을 듣지 않아 간단한 대화조차 나누기 어려웠다. 눈빛을 다른 곳으로 옮기는 데도 대단한 자제력을 필요로 했으며, 얼굴까지 다시 어제처럼 뜨겁게 달아오르는 것이었다. 그의 뺨은 열기 때문에 부풀어 오른 것 같았고, 호흡 또한 힘들었으며, 심장은 천을 감은 망치처럼 심하게 두근거렸다. 이 모든 상황에도 불구하고 그가 별로 고통스럽게 느끼지 않았다면, 그 이유는 그의 머리가 클로로포름 두 서너 모금을 마신 것 같은 상태에 있었기 때문이다. 크로코프스키 박사가 식탁에 나타나 그의 맞은편 자리에 앉아 오른편 여자들과 러시아로 대화를 나누면서 그를 여러 차례 날카롭게 주시했음에도, 그는 단지 꿈을 꾸듯 몽롱한 상태에 있었다. 이럴 즈음 꽃처럼 활짝 피어 아름다운 마루샤나 요구르트를 떠먹던 말라깽이 같은 젊은 여성들은 수줍은 듯 공손한 자세로 크로코프스키 박사 앞에서 눈을 내리깔고 있었다. 이때 한스 카스토르프는 혀가 제대로 말을 듣지 않았기에, 할 수 없이 조용히 앉아서 나이프와 포크를 더욱 예의 바르게 사용했다. 사촌이 그에게 눈짓을 하며 일어나자, 그도 함께 일어나면서 눈은 어디에 두어야 할지 모르는 채 식탁에 앉은 사람들에게 인사를 했다. 이어서 그는 요아힘의 뒤를 따라 뚜벅뚜벅 걸어서 식당 밖으로 나왔다.

"언제 다시 누워서 안정 요양을 하는 거야?" 한스 카스토르프가 식당을 나오면서 물었다. "내가 보기엔 그것이 여기서는 최고야. 벌써 그 멋진 침대에 다시 눕고 싶어지는 걸. 먼 곳으로 산책할까?"

너무 지나친 말

요아힘이 대답했다. "아니, 나는 멀리 가서는 안 돼. 이 시간에는 늘 조금만 내려가. 다보스 도르프를 지나서 시간이 허락하면 다보스 플라츠까지 내려가지. 상점과 사람들을 구경하고, 물건도 구입하지. 점심 식사까지 한 시간 더 누워 있고, 그런 다음 네 시까지 다시 누워 있을 거니까 전혀 걱정할 것 없어."

그들은 햇살을 받으며 차도로 내려가, 개울과 협궤 철도를 지났다. 골짜기의 오른쪽 경사면으로 높은 산봉우리들이 보였다. 요아힘은 산봉우리들의 명칭을 알려주었다. 그 이름은 각각 '작은 시아호른', '녹색 탑', '도르프베르크'였다. 저 건너 조금 높은 언덕에 담으로 둘러싸인 다보스 도르프의 공동묘지가 나타났는데, 요아힘은 그곳도 마찬가지로 지팡이로 가리켰다. 이윽고 그들은 골짜기 바닥보다 1층 정도 더 높은 곳에 있는 큰길로 나왔다. 이 길은 계단식 경사지를 따라 뻗어 있었다.

그런데 마을이라야 별게 아니었고, 어쨌든 '도르프'라는 이름만 유지할 따름이었다. 요양지가 끊임없이 골짜기 입구 쪽으로 뻗어가면서 마을을 잠식하고 있었다. 게다가 도르프라고 불리는 거주지의 일부는 어느새 다보스 플라츠에 편입되어 서로 구별이 없어져 가고 있었다. 길 양쪽으로는 지붕을 얹은 베란다, 발코니, 요양 홀 등을 충분히 갖춘 호텔과 펜션, 방을 빌려 주는 작은 개인집들이 눈에 띄었다. 여기저기에 신축 건물들이 들어서 있었다. 간간히 건물이 없는 곳도 있어서, 길에서 보면 골짜기 밑에 탁 트인 초원이 펼쳐져 있었다.

한스 카스토르프는 습관화되고 인생의 낙으로서 즐기는 시가에 불을 붙였다. 앞서 맥주를 마셔서 이따금 바라던 향을 어느 정도 느낄 수 있어서 이루 말할 수 없이 흡족했다. 물론 계속 그런 맛을 느낀 것은 아니었고, 시가의 향도 강하지 않았다. 어렴풋이나마 만족감을 맛보려면 모종의 긴장과 노력이 필요했고, 그보다는 텁텁한 가죽 맛이 훨씬 더 심했다. 그렇다고 무기력하게 그만 둘 수도 없어서 한동안 향내를 맡으려고 노력했지만, 향내가 전혀 나지 않거나 그를 조롱하듯이 멀리서 어렴풋이 풍길 뿐이었다. 그는 마침내 지치고 혐오감에 사로잡혀 시가를 집어던졌다. 의식이 몽롱했지만 그는 예의상 대화를 나누어야 한다는 의무감을 느꼈다. 이런 목적으로 앞서 '시간'에 대해 말하려고 했던 훌륭한 이야깃거리를 생각해 내려고 했다. 하지만 시간이라는 까다로운 '복합체'를 모조리 잊었다는 것만 증명한 셈이 되어 버렸다. 어찌 된 일인지 시간에 대한 생각이 그의 머릿속에 조금도 남아 있지 않았다. 그래서 육체에 관한 이야기를 꺼내기 시작했지만, 막상 이런 화젯거리도 이상할 뿐이었다.

"언제 다시 체온을 재는 거야?" 카스토르프가 물었다. "점심 식사 뒤야? 그래, 좋아. 그때가 되면 유기체가 아주 활발하게 움직이니까, 분명히 체온을 재기가 좋을 거야. 베렌스가 내게도 체온을 재보라고 한 것은 농담이었겠지. 그래, 세템브리니도 체온에 대해 말하면서 폭소를 터트렸는데, 정말 터무니없다는 뜻이었겠지. 게다가 나는 체온계도 안 가지고 있거든."

"아니, 그건 아무것도 아니야. 하나 사들이면 되잖아. 여기서는 상점에만 들어가면 거의 어디서나 살 수 있어." 요아힘이 말했다.

"하지만 대체 뭐 하러 그래! 안정 요양이야 나도 좋으니 함께 해도 좋지만, 체온까지 재는 것은 청강생에게는 너무 지나친 것 같아. 그건 이 위의 너희들이 할 일이야. 그런데 웬일일까." 한스 카스토르프는 마치 사랑에 빠진 사람처럼 두 손을 가슴에 대며 말을 계속했다. "왜 이렇게 가슴이 계속 두근거리는지 모르겠어. 마음이 이렇게 진정되지 않아서 아까부터 왜 그럴까 곰곰이 생각해봤어. 이봐, 목전에 특별히 기쁜 일이 있거나 불안할 때, 요컨대 감정의 변화가 일어날 때 가슴이 두근거리는 거 아닐까? 그러나 심장이 아무 이유 없이 제멋대로, 말하자면 스스로 두근거린다면, 그것은 몹시 섬뜩한 느낌이야, 내 말 알아들겠지. 육체가 영혼과 더는 아무 관계도 없다는 듯 제 갈 길을 가는 것 같다니까. 실제로는 죽은 것이 아니라, 전혀 그런 것이 아니라, 활발하게 살아가면서도 어느 정도는 마치 죽은 육체처럼 그렇단 말이야. 죽은 육체에서도 머리카락과 손톱은 자라난다고 해. 그리고 이것 말고도 내가 들은 바로는 그 안에서는 물리적이나 화학적으로 아주 활발한 운동이 일어난다잖아…."

"무슨 표현이 그래," 하면서 요아힘이 신중하게 힐난했다. "활발한 운동이라니!" 이것으로 그는 오늘 아침 '방울 달린 군악기'라고 말했다가 혼난 일에 대해 약간 복수를 한 셈이었다.

"하지만 내 말은 사실이라니까! 아주 활발한 운동이라고! 왜 그 말을 불쾌하게 여기는 거지?" 한스 카스토르프가 따져 물었다. "그리고 그건 지나가는 말에 불과했어. 나는 다만 아무 이유도 없이 심장이 두근거릴 때처럼 육체가 영혼과는 관계없이 자력으로 생명을 유지하면서 우쭐해 한다면, 그건 섬뜩하고 고통스럽다고 말하려 했을 뿐이야. 아무튼 형식적으로라도 우리는 이에 대한 감각, 기쁨이나 불안처럼 그 근거가 되는 감정의 변화를 찾게 돼. 말하자면 이런 것을 통해 심장의 두근거림이 정당화할 수 있을지도 몰라. 적어도 내 경우는 그래. 나야 그저 내 자신에 관해 말할 수밖에 없어서 말이야."

"그래, 알겠어." 요아힘이 한숨을 쉬면서 말했다. "아마 열이 있을 때와 흡사할지도 몰라. 너의 표현을 빌리자면 열이 있을 때에도 무엇보다 '활발한 운동'이 몸을 지배하니까 말이야. 그럴 경우 네 말대로 자기도 모르게 감정 변화의 원인을 찾아보게 될지도 모르지. 이로써 활발한 운동에 나름대로 그럴듯한 의미를 부여할 수 있겠지…. 그러나 우리가 쓸데없이 유쾌하지 못한 이야기를 나누고 있군." 요아힘은 떨리는 목소리로 말하고는 곧 입을 다물었다. 이에 대해 카스토르프는 어깨를 으쓱했을 따름이었다. 그는 어젯밤에도 이런 요아힘의 똑같은 태도를 본 적이 있었다.

그들은 한동안 말없이 걸어갔다. 곧 이어 요아힘이 말문을 열었다.

"그건 그렇고 이곳 사람들을 어떻게 생각해? 우리 식탁 사람들 말이야."

한스 카스토르프는 별로 관심 없는 것 같은 표정을 지어보였다.

"글쎄, 별로 흥미를 끄는 사람은 없어. 다른 식탁에는 좀 더 흥미로운 사람들이 있는 것 같던데. 물론 그것도 그냥 그래. 슈퇴어 부인은 머리를 좀 감아야겠어, 기름기가 많더라고. 그리고 마주르카라던가 뭔가 하는 여자는 좀 멍청해 보여. 웃음을 참느라고 연신 손수건으로 입을 막고 있으니 말이야."

요아힘은 그가 이름을 잘못 말하자 큰 소리로 웃었다.

"마주르카라니 멋진데!" 요아힘이 소리쳤다. "들어봐, 그녀는 마루샤라고 해. 우리 식으로 하면 마리아라는 의미야. 그래, 정말 나사가 하나 빠진 것 같더군. 좀 더 야무지게 행동해야 할 텐데. 사실 병세가 가볍지가 않아."

"그렇게 보이지 않던데." 한스 카스토르프가 말했다. "상태가 좋아 보여. 그런 여자를 보고 누가 가슴이 안 좋다고 생각하겠어." 이렇게 말하며 그는 요아힘과 가볍게 시선을 교환하려고 했다. 하지만 이 순간 그는 햇볕에 그을린 요아힘의 얼굴이 핏기가 사라질 때처럼 얼룩덜룩한 색깔을 띠더니, 입 언저리가 무참하게 일그러지는 것을 보았다. 이런 얼굴을 보고 카스토르프 청년은 깜짝 놀란 채 얼른 화제를 돌리고는, 다른 사람들에 관해 물어 보았다. 그러면서 그는 마루샤와 요아힘의 얼굴 표정을 빨리 잊으려고 애를 썼고, 다행히도 완전히 그렇게 할 수 있었다.

하겐부텐 차를 마시는 영국 여자는 로빈슨 양이었다. 재단사인 줄 알았던 여자는 엥겔하르트 양으로, 쾨니히스베르크의 공립 여자 고등학교 교사였다. 그녀의 말이 그토록 정확한 것도 바로 그 때문이었다. 활달한 노부인에 관해서는 요아힘 자신도 그녀의 이름이나 이곳에 온 지 얼마나 오래 되었는지 알지 못했다. 노부인은 요구르트를 떠먹는 아가씨의 대고모로 이 아가씨와는 1년 내내 같이 살고 있다는 것이었다. 하지만 식탁 동료들 중에 건강이 가장 나쁜 사람은 블루멘콜 박사, 오데사에서 온 레오 블루멘콜이었다. 콧수염을 기르고 수심에 잠겨 불쾌한 표정을 짓고 있는 이 젊은 사내는 벌써 여러 해 동안 이 위에서 지낸다고 했다.

두 사람은 이제 다보스 플라츠 읍내의 보도를 걷고 있었다. 보기에도 국제적인 요양지의 번화가다웠다. 그들은 오가는 요양객들과 만났는데, 젊은 사람들이 대부분이었다. 멋쟁이 남자들은 모자를 쓰지 않고 스포츠 복장을 하고 있었고, 숙녀들도 역시 모자를 쓰지 않고 흰 스커트를 입고 있었다. 그들은 러시아어와 영어로 말하고 있었다. 멋진 쇼윈도가 있는 상점들이 좌우로 줄지어 늘어서 있었다. 한스 카스토르프는 심한 피로감을 강한 호기심으로 억눌러 가면서 눈을 부릅뜨고 신사용품을 파는 상점 앞에 한참 서서 진열품이 유행의 첨단을 달리고 있음을 확인했다.

얼마 뒤에는 지붕으로 덮인 긴 복도가 있는 원형 건물이 나왔는데, 그곳에서는 악단이 음악을 연주하고 있었다. 그것은 요양 호텔이 있었다. 여러 개의 테니스 코트에서는 시합이 벌어지고 있었다. 면도질을 한 다리가 긴 젊은이들이 빳빳하게 줄이 선 플란넬 바지에 고무 운동화를 신고, 팔뚝을 걷어 올린 채 햇볕에 그을린 흰 옷을 입은 아가씨들과 시합하고 있었다. 아가씨들은 이리저리 내달리다가 햇빛 속에서 몸을 곧추 세우고는 새하얀 테니스공을 머리 위 높은 곳에서 때리고 있었다. 손질이 잘된 코트에서는 밀가루 같은 먼지가 뽀얗게 일고 있었다. 두 사촌은 비어 있는 자리에 앉아 시합을 구경하면서 평가를 내리고 있었다.

"넌 여기서 테니스는 안 하고 있나?" 한스 카스토르프가 물었다.

"해서는 안 돼." 요아힘이 대답했다. "우리는 늘 누워 있어야 해. 세템브리니는 언제나 우리가 수평으로 살아간다고 말하지. 우리가 수평인간이라는데, 그의 썰렁한 농담이야. 저기서 운동하는 사람들은 건강하든가, 아니면 해서는 안 되는 것을 무릅쓰고 운동을 하는 거야. 저 사람들은 진지하게 운동을 하는 것이 아니야. 그보다는 스포츠 복장을 하고 싶어서 그러는 거지…. 그리고 여기서는 금지된 것이 많이 있어. 포커와 여기저기 호텔에서도 하고 있는 프티 슈보 놀이 같은 거 말이야. 우리 요양원에서는 그걸 하면 추방당해. 그게 가장 해롭다는 거야. 그러나 몇몇 환자들은 야간 점호가 끝난 뒤 이곳으로 내려와 도박을 하기도 하지. 베렌스에게 고문관 칭호를 준 왕자도 항상 여기 와서 도박을 했다나봐."

한스 카스토르프는 요아힘의 말을 거의 듣고 있지 않았다. 그는 코감기에 걸린 것도 아닌데 코로 숨을 쉴 수가 없어서 입을 벌리고 있었다. 그의 심장은 음악과 엇박자로 고동치고 있어서, 그것이 가슴을 누르는 듯 고통스럽게 느껴졌다. 그는 이렇게 혼란하고 모순되는 감정에 사로잡힌 채 잠에 스르르 빠지려고 하는데, 요아힘이 돌아가자고 재촉했다.

두 사람은 거의 아무 말도 하지 않고 요양원으로 돌아왔다. 한스 카스토르프는 평탄한 길에서 심지어 두서너 번 비틀거리다 넘어질 뻔했다. 이에 대해 그는 머리를 좌우로 흔들면서 서글픈 미소를 지었다. 다리를 저는 수위가 두 사람을 승강기에 태워 그들이 묵고 있는 층까지 바래다주었다. 그들은 34호실 앞에서 "또 만나" 하고 헤어졌다. 카스토르프는 방을 지나 발코니로 나와서는 옷을 입은 채 그대로 긴 의자에 몸을 던졌다. 이어서 처음 자세 그대로 무거운 잠 속으로 빠져들었다. 잠을 자면서도 그는 심장의 빠른 고동 소리를 고통스럽게 느꼈다.

물론 여자지!

얼마나 잤는지 그는 알 수 없었다. 시간이 되자 공이 울렸다. 그러나 그것은 당장 식사하러 오라는 소리가 아니라, 식사할 준비를 환기시키는 소리였다. 한스 카스토르프도 그것을 알고 있었기 때문에 그 금속 소리가 다시 울려 퍼져 서서히 멀어져 갈 때까지 그냥 누운 채로 있었다. 요아힘이 그를 데리러 방에 들어왔을 때, 한스 카스토르프는 옷을 갈아입으려고 했다. 그러나 요아힘이 그것을 더는 허락하지 않았다. 그는 시간을 엄수하지 않는 것을 싫어하고 경멸했다. 그는 식사 시간도 지킬 수 없을 만큼 그렇게 정신이 해이해서야 어떻게 병이 나아 건강한 몸으로 군 복무에 임할 수 있겠느냐고 말했다. 그야 물론 맞는 말이었다. 그래서 한스 카스토르프는 병은 없으나 너무나 졸릴 뿐이라는 사실을 이야기했을 따름이었다. 그는 얼른 손만 씻고 말았다. 그들은 세 번째로 식당을 향해 내려갔다.

양쪽 식당 입구로 손님들이 몰려 들어왔다. 저 건너편에 열려 있는 베란다 문으로도 몰려 들어와 그들 모두는 언제 들어왔느냐는 듯 순식간에 일곱 개의 식탁에 앉았다. 순전히 꿈을 꾸듯 몽롱하게 이성을 거스르는 느낌이었지만, 이것이 적어도 한스 카스토르프가 받은 인상이었다. 하지만 그의 안개가 자욱한 것 같은 머리는 한동안 이 인상을 지워 버릴 수 없었고, 심지어는 이를 어느 정도 마음에 들어 했다. 그는 식사 중에도 여러 차례 이 인상을 마음속으로 되살리고자 노력했고, 매번 그는 착각에 완전히 빠져들 수 있었다. 활달한 노부인은 다시 불명료한 어법으로 비스듬히 마주 앉은 블루멘콜 박사에게 말을 걸었고, 그는 유심히 노부인의 말을 경청했다. 비쩍 마른 그녀의 조카딸은 마침내 요구르트가 아니라, 식당 여종업원이 접시에 가져온 걸쭉한 호두 크림을 먹었는데, 그걸 몇 숟가락 떠먹다가 다시 그만두는 것이었다. 예쁜 마루샤는 오렌지 향내가 나는 손수건을 입에 대고 흘러나오려는 웃음을 연신 참고 있었다.

로빈슨 양은 오늘 아침에도 읽었던 동그랗게 쓰여 있는 편지를 다시 읽고 있었다. 분명히 그녀는 한마디의 독일어도 할 줄 몰랐고, 배울 생각도 없었다. 요아힘은 기사다운 자세로 날씨에 관해 영어로 그녀에게 뭔가 말했는데, 그녀는 망설이며 한마디 대답하고는 다시 입을 다물었다. 스코틀랜드 산 모직 블라우스를 입은 슈퇴어 부인에 관한 한, 그녀는 오늘 오전에 진찰을 받아서 그 결과를 보고하고 있었다. 그녀는 교양 없이 과장스런 제스처를 취하며 윗입술을 말아 올려 토끼 같은 이빨을 드러내 보였다. 오른쪽 윗부분에 잡음이 들리고, 그 밖에도 왼쪽 겨드랑이 아래서도 아직 미세한 소리가 들린다고 호소하면서 '그 늙은이'가 5개월은 더 있어야 한다고 말했다는 것이다. 그녀는 베렌스 고문관을 무식하게도 '그 늙은이'라고 불렀다. 게다가 '그 늙은이'가 오늘 자신의 식탁에 앉지 않는다고 분노를 터뜨렸다. '순회'에 따르면 (그녀는 '순서'를 말하는 모양이었다) 오늘 낮에 자신의 식탁에 앉을 차례인데, '그 늙은이'가 이미 왼쪽 식탁에 앉아 있다는 것이었다.(정말 베렌스 고문관은 왼쪽 식탁에 앉아 접시 앞에 커다란 두 손을 마주잡고 있었다.)

하지만 그럴 수 있다는 것으로, 그곳에는 암스테르담 출신의 뚱뚱한 잘로몬 부인이 앉아 있는데, 그녀는 평일에는 가슴과 어깨가 파인 옷을 입고 식사하러 오며, '그 늙은이'가 그것에 끌리는 게 분명하다는 것이다. 그러면서 슈퇴어 부인은 진찰할 때마다 잘로몬 부인을 마음대로 볼 수 있을 텐데 그러는 것을 이해할 수 없다고 했다. 나중에는 흥분된 어조로 소곤거리며 계속 떠벌였다. 어젯밤 옥상의 공동 요양 홀에서 천장에 있는 전등이 꺼졌는데, 그녀는 그 목적을 '훤히 들여다보고 있다'고 했다. '그 늙은이'는 낌새를 알아차리고 요양원 전체가 다 들릴 정도로 호통을 쳤지만, 이번에도 물론 범인을 찾아내지 못했다. 부카레스트 출신의 미클로지히 대위가 범인이라는 사실은 굳이 대학에서 공부하지 않아도 다 알 수 있는 일이다. 설령 그가 코르셋을 입고 있어도, 여자들과 함께라면 캄캄할수록 더 좋은 법으로, 그는 교양이 조금도 없는 무지한 인간, 그야말로 야수의 본성을 가진 남자라는 것이었다. "그래요, 정말 야수예요." 슈퇴어 부인은 이마와 윗입술에 맺힌 땀방울을 닦으며 숨이 넘어가는 목소리로 여러 번 되풀이했다. 빈에서 온 부름브란트 총영사 부인이 그와 어떤 관계인지를 다보스 '도르프'와 '플라츠'에서는 다 아는 일로, 두 남녀는 이미 은밀한 관계를 넘어섰다. 대위는 때때로 부인이 아직 잠자리에 누워 있는 새벽에 찾아가, 그녀가 화장하는 동안 함께 지내는 것으로는 만족하지 못하고, 지난 화요일에는 새벽 4시에야 비로소 그녀의 방에서 나왔다. 그런데 최근에 기흉 수술에 실패한 19호실의 프란츠 청년을 돌보는 간호사가 마침 부름브란트 부인의 방에서 나오는 그와 마주쳤는데, 간호사가 오히려 당혹스럽고 부끄러운 나머지 방문을 잘못 여는 바람에 불쑥 도르트문트 출신의 파라반트 검사의 방으로 들어갔다는 것이었다. 끝으로 슈퇴어 부인은 오랫동안이나 '화장품 상점'에 대해 지껄이면서, 자신은 저 읍내에 있는 화장품 상점에 가서 물치약을 사온다고 했다. 그러자 요아힘은 접시만 우두커니 내려다보고 있었다.

점심 식사는 요리 솜씨도 매우 훌륭하고 양도 아주 많았다. 영양가가 높은 수프를 포함하여 여섯 가지 요리가 나왔다. 생선 다음에 양념을 곁들인 풍성한 육류가 나왔고, 이어서 특별한 야채 요리와 구운 닭고기가 나왔다. 그 다음으로는 어젯밤의 것보다 맛이 떨어지지 않는 푸딩이 나왔고, 마지막으로는 치즈와 과일이 나왔다. 어느 요리나 두 번씩 제공되었지만 모두 없어졌다. 일곱 식탁에 앉은 사람들은 접시에 음식을 가득 담아 열심히 먹었다. 둥근 지붕 아래에는 사자와 같은 왕성한 식욕이 지배하고 있었다. 이런 식욕이 어딘지 무시무시하고 그야말로 섬뜩한 느낌만 자아내지 않았어도 보기에 사뭇 흐뭇했을지 모른다. 서로 떠들며 빵 덩어리를 던지는 쾌활한 사람들만 이 날 식욕이 왕성한 게 아니었다. 식사 도중에 손으로 턱을 괴고 어딘가를 응시하는 조용하고 우울한 기색의 사람들도 식욕만은 왕성했다. 왼쪽 식탁에는 나이로 보아 학생인 것 같은 미성년의 젊은이가 있었다. 소매가 아주 짧은 옷을 입고 두껍고 둥근 안경을 낀 젊은이는 접시에 쌓여 있는 음식이란 음식은 모두 칼로 조각내어 죽이나 뒤범벅으로 만들어 놓았다. 그런 다음 접시 쪽으로 고개를 숙이고 음식을 게걸스럽게 삼켰다. 그러면서 간간이 눈을 닦기 위해 냅킨으로 안경 안쪽을 문질렀는데, 그가 닦아내는 것이 땀인지 눈물인지 도무지 알 수 없을 지경이었다.

이렇게 성대한 식사가 진행되는 동안 두 가지 사건이 일어나 한스 카스토르프는 최대한 주의를 기울였다. 첫 번째 사건의 경우 생선을 먹을 때 다시 유리문이 쾅 하고 닫힌 것이다. 한스 카스토르프는 분노로 몸을 떨면서 이번에는 반드시 범인을 알아내야겠다고 자신에게 다짐했다. 그는 생각만 한 게 아니라 입 밖에 내뱉었을 정도로 이 일을 심각하게 받아들였다. "알아내고야 말겠어!" 그가 너무 흥분하며 혼잣말을 하는 바람에 로빈슨 양과 여선생도 놀라서 그를 쳐다보았다. 그는 상반신을 왼쪽으로 돌리고 충혈된 눈을 부릅떴다.

식당을 가로질러 걸어가는 사람은 어느 부인이었다. 부인이라기보다는 아가씨일지도 모르는 보통 키의 여성이었다. 그녀는 흰 스웨터와 알록달록한 치마를 입었고, 붉은 금발을 땋아서 머리 둘레에 감고 있었다. 카스토르프가 앉은 자리에서는 그녀의 옆모습만 약간 보일 뿐 잘 보이지 않았다. 들어올 때 요란한 소리와는 이상하게 대조적으로 머리를 약간 앞으로 내민 채 소리를 내지 않고 독특하게 걸음을 옮겼다. 그녀는 베란다 문과 직각으로 놓인 가장 왼편 끝 식탁, 즉 '고급 러시아인 석'으로 향했다. 걸어가면서 한쪽 손은 털 스웨터의 주머니에 넣고, 다른 손은 머리 뒤로 돌려 머리칼을 받치며 어루만졌다. 한스 카스토르프는 그녀의 손을 응시했다. 그는 손에 대해 예민한 감각과 비판적인 안목이 있어서 새로 사람과 인사를 나누면 먼저 그 사람의 손을 주의 깊게 살펴보는 습관이 있었다. 머리칼을 받치고 있는 그녀의 손은 그다지 여성스럽지 않았고, 젊은 카스토르프가 속한 사회의 여성들손처럼 손질이 잘되어 있거나 우아하지도 않았다. 상당히 넓고 손가락이 짧은 손은 여학생의 손처럼 어딘지 소박하고 어린아이 같은 면이 있었다. 손톱은 틀림없이 매니큐어를 칠한 적이 없어 보였고, 되는 대로 깎아서 이 역시 여학생의 손톱 같았다. 손톱 둘레의 피부가 약간 거칠어 보이는 것은 손톱을 깨무는 나쁜 버릇이 있어서 그런 것 같았다. 한스 카스토르프는 그것을 정말 보았다기보다 느낌으로 어렴풋이 인지한 것이었다.— 거리가 제법 떨어져 있었기 때문이다. 이 지각생은 고개를 끄덕여 식탁 동료들에게 인사하고는, 등을 식당 쪽으로 향하고 식탁의 안쪽에 앉았다. 그녀 옆의 상석에는 크로코프스키 박사가 앉아 있었다. 그녀는 여전히 머리칼을 만지작거리며 어깨 너머로 고개를 돌려 사람들을 넘겨다보았다. 바로 이때 한스 카스토르프는 그녀의 광대뼈가 튀어나오고 눈이 가늘다는 것을 얼핏 보고 알아차렸다. 그러자 무언가 또 누군가에 대한 막연한 기억이 그의 마음을 가볍게 스쳐 지났다.

"물론, 여자지!" 하고 한스 카스토르프는 생각했다. 그리고 이번에도 이 말을 입 밖에 내어 중얼거렸기 때문에 여선생 엥겔하르트 양이 그가 내뱉은 말을 알아들었다. 볼품없는 노처녀는 이 말에 흥미를 느끼며 미소를 지었다.

"바로 쇼샤 부인입니다." 그녀가 말했다. "저렇게 제멋대로죠. 하지만 매력이 있어요." 그녀가 입을 열 때마다 항상 그렇듯이, 엥겔하르트 양의 두 뺨은 솜털 아래로 한층 더 발갛게 물들었다.

"프랑스 사람인가요?" 한스 카스토르프가 딱딱한 어조로 물었다.

"아니, 러시아 여자예요." 엥겔하르트가 대답했다. "아마 남편이 프랑스인이거나 프랑스 혈통 아닌가 싶어요, 확실히는 모르지만."

저쪽에 있는 저 사람이 남편이냐고 한스 카스토르프는 여전히 성이 난 얼굴로 물으면서 고급 러시아인 좌석의 어깨가 튀어나온 신사를 가리켰다.

남편은 이곳에 있지 않다고 여선생이 대답했다. 남편은 이곳에 와본 적이 없으며, 여기서는 아무도 남편을 알지 못하다는 것이었다.

"문 좀 제대로 닫으면 좋을 텐데요!" 한스 카스토르프가 말했다. "항상 저렇게 문을 쾅 닫더군요. 정말 무례한 행동입니다."

여선생은 마치 자기가 잘못한 것처럼 송구스러워하며 질책하는 소리를 공손히 미소로 받아들였다. 이런 그녀를 보고 한스 카스토르프도 쇼샤 부인의 이야기를 꺼내지 않았다.

두 번째 사건은 블루멘콜 박사가 잠시 식당을 나갔다가 들어온 일이었다.— 하지만 사건이라고까지 할 것도 없었다. 그의 불쾌해 보이는 얼굴 표정이 갑자기 더욱 일그러지더니, 그는 평소보다 더 근심스런 얼굴로 한곳을 응시하는 것이었다. 그러다가 가만히 의자를 뒤로 밀고는 밖으로 나가 버렸다. 하지만 바로 이때 슈퇴어 부인의 무지한 태도가 여지없이 드러났다. 그녀의 병이 블루멘콜의 병보다 중하지 않다는 천박한 만족감에서 나온 것이겠지만, 블루멘콜이 나가는 것을 보고 반쯤은 동정하고 반쯤은 멸시하는 평을 지껄였다. "참 불쌍하네! 얼마 남지 않았어요. 곧 푸른 하인리히•의 신세를 져야겠군요." 그녀는 눈썹 하나

• 이곳에서 통용되는 은어로 환자가 가래를 토하는 푸른 유리병.

까딱하지 않고 태연하게 무지한 표정을 지으며 '푸른 하인리히'라는 명칭을 입에 담았다. 그녀가 이 말을 하자, 한스 카스토르프는 오싹함과 우스움의 혼합적 감정을 느꼈다. 몇 분 후 그런데 블루멘콜 박사는 몇 분 뒤에 나갔을 때와 마찬가지로 차분한 자세로 돌아와 식사를 계속했다. 블루멘콜 역시 요리마다 가져오는 두 번씩 집어서 말없이 수심에 가득 찬 채 많은 양을 먹었다.

이제 점심 식사가 끝났다. 기민한 시중 덕분으로 —난쟁이 아가씨는 이상하게도 발이 잽싼 여자였다— 식사는 한 시간 정도 걸렸다. 한스 카스토르프는 어떻게 방으로 올라왔는지 자신도 잘 모르지만, 가쁘게 숨을 몰아쉬면서 발코니의 멋진 의자에 다시 누웠다. 점심 식사를 마치고 차를 마실 때까지 지속하는 안정 요양은 하루 중 가장 중요하게 엄수되어야 하는 시간이었기 때문이다. 그는 좌우에서 요아힘과 러시아 부부의 방을 갈라 주는 불투명한 유리 칸막이 사이에 누워서 입으로 호흡하면서 심장이 두근거리는 소리를 들으며 꾸벅꾸벅 졸았다. 그가 손수건으로 코를 푸니 벌겋게 피가 묻어 나왔다. 그는 본래 매사에 걱정이 많고 약간은 예민한 기질이었음에도, 오늘만은 이런 것을 곰곰이 생각해 볼 기력조차 없었다. 그리하여 다시 마리아 만치니에 불을 붙이곤, 맛이야 어떻든 끝까지 다 피웠다. 이 위에서 그에게 얼마나 이상한 일이 벌어지고 있는지를 그는 어지럽고 답답한 마음으로 꿈을 꾸는 기분으로 생각해 보았다. 다른 한편으로 슈퇴어 부인이 무지막지하게 사용했던 그 끔찍한 명칭을 생각하고는, 터져 나오는 웃음을 참지 못해 그의 가슴이 두세 번 거세게 흔들렸다.

알빈 씨

저 아래 정원에는 이따금 뱀 지팡이가 그려진 환상적인 깃발이 미풍에 흔들리고 있었다. 하늘은 다시 온통 흐려졌다. 태양이 사라지자마자, 날씨는 그 즉시 변덕을 부리며 싸늘해졌다. 아래쪽 공동 안정요양 홀은 꽉 찬 것 같았다. 그곳에서 잡담하는 소리와 킥킥거리는 소리가 들려왔다.

"알빈 씨, 제발 부탁이니 칼 좀 치우고 칼집에다 넣으세요. 그러다가 큰일 나겠어요!" 어떤 여자가 높고 떨리는 목소리로 하소연했다. 이윽고 다른 목소리가 끼어들었다.

"알빈 씨, 제발, 우리를 애태우게 하지 말고 그 끔찍한 살인 도구를 우리 눈앞에서 치워버려요!" 그러자 담배를 입에 물고 맨 앞쪽 긴 의자에 앉아 있던 금발의 청년이 불손한 어조로 대답했다.

"듣기 싫은 소리만 하는군요! 내가 칼을 가지고 놀도록 숙녀 분들이 허락해 주세요! 분명하죠, 이건 특히 잘 드는 칼입니다. 캘커타에서 어느 장님 마술사한테서 샀지요. 그자가 이 칼을 삼켰는데, 그런 직후 그의 어린 동자가 오십 보쯤 떨어진 땅에서 이걸 파냈죠. 보시겠어요? 면도칼보다 훨씬 날카롭지요. 칼에 살짝 닿기만 해도 살이 버터처럼 잘린답니다. 잠깐만요, 좀 더 가까이서 보여 드릴게요." 알빈 씨가 긴 의자에서 일어섰다. 그러자 비명소리가 들렸다. "아니, 이번에는 권총을 가져오겠어요!" 알빈 씨가 말했다. "권총이 더 흥미로울 겁니다. 정말 대단한 물건입니다. 관통력이… 방에 가서 가져오죠."

"알빈 씨, 알빈 씨, 제발 그러지 마세요!" 여럿이 비명을 질렀다. 하지만 알빈 씨는 자기 방으로 올라가려고 벌써 안정요양 홀에서 나왔다.

그는 아이처럼 장밋빛 얼굴에 귀 옆에는 약간의 구레나룻을 지닌 건들거리는 새파란 젊은이였다.

"알빈 씨." 한 여자가 뒤에서 소리쳤다. "차라리 외투를 가져와 입으세요. 제발 부탁이니 그렇게 해요. 6주나 폐렴으로 누워 있으면서 덮을 것도 없이 여기에 앉아 담배를 피우다니요! 그건 하느님을 시험하는 짓이에요, 알빈 씨, 내 말 좀 들어요!"

하지만 그는 걸어가며 냉소만 흘릴 뿐 몇 분 뒤에는 권총을 가지고 돌아왔다. 그러자 여자들은 아까보다 더 어리석게 비명을 질렀다. 몇몇은 의자에서 뛰어내리려다 담요에 말려 넘어지기도 했다.

"봐요, 작고 번쩍거린답니다." 알빈 씨가 말했다. "여기를 누르면 탕…." 모두가 놀라 비명을 질렀다. "물론 실탄이 장전되어 있습니다." 알빈 씨는 말을 계속했다. "이 원반 속에 여섯 발이 들었죠. 한발 쏠 때마다 구멍이 하나씩 돌아가지요…. 그런데 내가 이 물건을 장난으로 들고 있는 게 아닙니다." 그는 극적 효과가 줄어들까봐 이렇게 말하고는, 권총을 상의 주머니에 집어넣었다. 이어서 다시 다리를 꼬고 의자에 앉아 새로 꺼낸 담배에 불을 붙였다. "정말 장난이 아닙니다." 그는 거듭 말하면서 입술을 꼭 깨물었다.

"그럼 무엇 때문에, 대체 무엇 때문이에요?" 사람들이 불안하게 떨리는 목소리로 물었다.

"어머 무서워라!" 갑자기 한 여자가 외쳤다. 그러자 알빈 씨는 고개를 끄덕였다.

"이제야 내 말을 알아듣기 시작하네요." 그가 말했다. "사실 내가 권총을 갖고 있는 것도 그것 때문이죠." 그는 폐렴 말기인데도 많은 연기를 흡입했다가 다시 내뿜으며 태연하게 말을 이었다. "나라는 폐물이 이렇게 지내는 게 너무 지겨워서, 내가 공손하게 세상을 떠나는 영광을 누리게 될 그날을 위해 이것을 간직하고 있어요. 아주 간단한 일이죠… 연구를 좀 하다 보니 어떻게 하면 가장 잘 해치울지를 알고 있습니다. ('해치운다'는 말에 다시 비명이 울렸다.) 심장 부분은 배제될 겁니다. 그곳은 쏘기가 쉽지 않으니까요… 나는 단번에 의식을 없애는 쪽을 택할 겁니다. 즉 이 작고 귀여운 이물질을 흥미로운 기관에 갖다 대는 것이죠." 그러면서 알빈 씨는 짧게 깎은 금발머리 부분을 집게손가락으로 가리켰다. "여기에 갖다 대야 합니다." 알빈 씨는 니켈을 입힌 권총을 다시 호주머니에서 꺼내 총구를 자신의 관자놀이에 대고 두드렸다. "여기 동맥 위… 그럼 간단히 해결되죠."

달래고 항변하는 여러 사람들의 목소리로 시끌거렸다. 그 가운데 흐느껴 우는 소리도 들렸다.

"알빈 씨, 알빈 씨, 총을 치우세요. 관자놀이에서 총 좀 치우세요. 볼 수가 없어요! 알빈 씨, 당신은 젊어요, 그러니 곧 건강해지고 살아나서, 사람들의 사랑을 받을 겁니다, 정말입니다! 외투를 입고 누워요, 담요를 덮고 요양하세요! 마사지사가 알코올로 당신 몸을 닦으러 와도 다시는 쫓아내지 말아요! 담배도 그만 피우고요, 알빈 씨. 알았죠, 당신의 생명을 위해 이렇게 당부하는 겁니다. 당신의 젊고 귀중한 생명을 위해서!"

그러나 알빈 씨는 냉담했다.

"아닙니다, 아니에요." 그가 말했다. "나를 내버려둬요, 그게 좋아요. 감사합니다. 나는 아직까지 숙녀의 말을 거부한 적이 없지만, 운명의 수레바퀴를 멈추려 해도 소용없다는 건 당신도 잘 알 겁니다. 나는 여기 온 지 3년이나 되었습니다. 이제는 신물이 나서 더는 어쩔 수 없어요. 나에게 분개할 수 있나요? 병은 낫지 않습니다, 숙녀 여러분. 여기 앉아 있는 나를 보세요, 나의 병은 낫지 않습니다. 베렌스 고문관 자신도 자신의 명예와 체면 때문에라도 숨기지 않습니다. 내 사정이 이러니 약간의 자유나마 허용해 주십시오! 이는 고등학교에서 낙제가 결정되면 더 이상 질문을 받지 않고 아무것도 할 필요가 없는 것과 같습니다. 나는 이제 종국적으로 이런 행복한 상태에 도달한 겁니다. 나는 더 이상 아무것도 할 필요가 없고, 이제는 고려의 대상도 아닙니다. 나는 이 모든 실에 대해 웃습니다. 초콜릿 드시겠어요? 자, 드세요! 아니, 당신은 내 것을 뺏어 가는 게 아닙니다. 내 방에 잔뜩 있거든요. 초콜릿 봉봉이 여덟 상자, 갈라-페터 초콜릿이 다섯 개, 소프트 초콜릿 4파운드가 내 방에 있습니다. 이 모든 것을 내가 폐렴에 걸려 있는 동안 요양원의 숙녀 분들이 보내 주셨습니다."

어디선가 베이스의 음성이 진정하라고 명령조로 말했다. 알빈 씨는 짧게 웃음을 터뜨렸다. 그것은 맥 빠지고 지리멸렬한 웃음이었다. 그러자 안정요양 홀이 조용해졌다. 악몽이나 유령이 홀연히 사라지기라도 한 것처럼 조용해졌다. 그리고 이제까지 한 말들이 침묵 속에서 미묘한 여운을 남기고 있었다. 한스 카스토르프는 그 소리가 완전히 잦아들 때까지 귀를 기울였다. 그에게는 알빈 씨가 멍청이 같다는 생각이 불분명하게 들기도 했지만, 부럽다는 생각이 드는 것도 어찌할 수 없었다. 무엇보다도 학교생활에서 인용한 비유가 그에게 감명을 주었는데, 왜냐하면 그 자신이 고등학교 시절에 낙제한 적이 있었기 때문이다. 그때 맛보았던 다소 수치스럽지만 우스꽝스럽고, 편안하게 내버려진 상태를 그는 아직도 똑똑히 기억하고 있었다. 그도 낙제를 앞둔 마지막 3개월은 포기하고 '그 모든 것에 대해' 웃어넘길 수 있었다. 그의 주의력이 흐릿하고 혼란스러웠기 때문에 이를 정확하게 묘사하기는 어렵다. 그러나 주로 생각나는 것이 있다면 명예는 중요한 장점이지만 치욕도 이에 못지않으며, 오히려 치욕의 장점이 무제한적 특성을 지닌다는 점이다. 자신이 시험 삼아 알빈 씨의 입장이 되어 명예라는 압박에서 완전히 해방되고 영원히 치욕의 무한한 장점을 누릴 수 있다면 이는 어떨지 눈앞에 그려보면서 청년은 달콤하면서도 퇴폐한 감정에 스스로도 깜짝 놀랐다. 그 바람에 그의 심장은 잠시 동안 훨씬 더 빠르게 뛰었다.

악마가 무례한 제안을 하다

이런 와중에 한스 카스토르프는 의식을 잃고 잠에 빠졌다. 왼쪽 유리 칸막이 뒤에서 들려오는 대화 소리에 잠이 깼을 때는 그의 회중시계로 3시 30분이었다. 이 시간에 고문관 없이 회진을 도는 크로코프스키 박사가 그곳에서 무례한 부부와 러시아어로 대화를 나누고 있었다. 박사는 남편의 몸 상태가 어떤지 물어 보면서 체온표를 보여 달라고 했다. 이어서 그는 발코니를 통하지 않고 한스 카스토르프의 방을 우회해 복도로 되돌아 나간 뒤, 요아힘의 방문을 열고 들어갔다. 그는 크로코프스키 박사와 단 둘이 대면하고 싶은 생각이 추호도 없었지만, 이런 식으로 경원당하고 방치되니 어쩐지 좀 모욕당한 기분이었다. 물론 그는 건강하므로 고려의 대상이 아니었다. 이 위의 사람들이 볼 때 영광스럽게도 건강한 사람은 고려의 대상이나 물음의 대상도 아니로구나 하고 그는 생각했다. 그러나 이 때문에 카스토르프는 은근히 불쾌했다.

크로코프스키 박사는 요아힘의 방에 2, 3분 가량 머물렀다가 발코니를 따라 회진을 계속했다. 이때 카스토르프는 그만 일어나서 다과 시간에 갈 준비를 하라고 외치는 요아힘의 말을 들었다. "좋아," 그는 이렇게 말하고 일어났다. 하지만 너무 오래 누워 있어서 어지럼증을 느꼈다. 그리고 불편하게 선잠을 자서 그런지 얼굴이 다시 화끈거리는 동시에 오한이 일었다. 제대로 따뜻하게 덮지 않았던 모양이었다.

그는 눈과 손을 씻고 머리와 옷을 추스르고는 복도에서 요아힘과 만났다.

"알빈 씨가 외치는 소리 들었어?" 계단을 내려가면서 한스 카스토르프가 물었다.

"물론이지." 요아힘이 말했다. "그 사람은 징계를 받아야 돼. 그런 짓거리로 정오의 휴식을 망치고 여자들을 저렇게 흥분시키다니. 공연히 자기 병세만 1주일 정도 되돌려 버리고 말이야. 무모한 반항이야. 하지만 누가 대체 고발하려 하겠어? 게다가 대부분의 사람들은 그런 말투를 재미있다고 환영하고 있어."

"너는 그것을 가능하다고 생각해?" 한스 카스토르프가 물었다. "'간단히 해결된다'는 말이 진심이고, 권총을 갖다 대는 게 가능하다고 생각해?"

"그야, 알 수 없지." 요아힘이 대답했다. "전혀 불가능한 일은 아니야. 이 위에서는 그런 일이 일어나고 있어. 내가 여기 오기 두 달 전에 이곳에 오래 묵었던 어느 대학생이 종합 검진을 받은 뒤 저 건너 숲속에서 목을 매달았지. 내가 이곳에 처음 왔을 때만 해도 그 이야기가 자주 나왔어."

한스 카스토르프는 흥분이 되어 입을 크게 벌렸다.

"그렇군, 나는 이곳에 있다는 것이 기분이 안 좋아." 그가 설명을 했다. "기분이 좋다고는 말할 수 없어. 이곳에 그만 머물고 떠나야 할 것 같아. 그래도 나를 나쁘게 생각하지 않겠지?"

"떠나? 무슨 소리야!" 요아힘이 외쳤다. "터무니없는 소리 그만 해. 도착한 지 얼마나 되었다고. 겨우 하루 지내고 어떻게 판단하느냐 말이야!"

"아니, 아직 하루밖에 안 됐다고? 이 위에서 너희들과 지낸 지가 벌써 오래된 것 같은데."

"시간에 대해 골치를 썩일 생각이면 그만 둬!" 요아힘이 말했다. "오늘 아침에 내 머리를 완전히 혼란스럽게 하더니만."

"아니, 안심해. 다 잊었으니까." 카스토르프가 대꾸했다. "전체 복합 체계를 다 잊어버렸어. 지금은 내 머리가 그렇게 날카롭게 돌지 않아. 그건 다 지나갔나봐… 그러니까 지금 차 마실 시간인가?"

"그래, 그런 다음 오늘 아침에 갔던 벤치까지 다시 산책하기로 하자."

"그러기로 하지. 하지만 세템브리니 씨는 다시 안 만났으면 좋겠어. 너에게 미리 말해두지만, 오늘은 더 이상 고상한 대화에 참여하지 않겠어."

식당에서는 이 시간에 상당히 많은 온갖 음료가 제공되었다. 로빈슨 양은 이번에도 피처럼 붉은 들장미 차를 마셨고, 조카딸은 요구르트를 떠먹고 있었다. 이 외에도 우유, 차, 커피, 초콜릿, 심지어는 고기수프도 나왔다. 풍성한 점심을 먹은 뒤 두 시간 동안 누워 있던 손님들이 사방에서 건포도가 든 커다란 케이크 조각에 버터를 바르느라 열심이었다.

한스 카스토르프는 차를 달라고 해서는 그 속에 비스킷을 담가 먹었고, 잼도 조금 먹었다. 건포도가 든 케이크를 자세히 살폈지만, 그것을 먹는다고 생각만 해도 문자 그대로 진저리가 났다. 일곱 개의 식탁이 있고 둥근 천장이 단조롭게 채색된 식당에서 그는 또다시 자신의 자리에 앉았다. 이번이 네 번째였다. 이어서 얼마 뒤 7시가 되어 저녁 식사 시간에 그는 다섯 번째로 식당에 앉았다. 그 사이에, 얼마 안 되는 짧은 시간에 그는 산비탈 개울가의 벤치까지 산책했다. 이제는 길에 오가는 사람들이 많아서 두 사촌은 자주 인사를 해야만 했다. 그런 뒤 발코니에서 이뤄진 1시간 30분 동안의 안정요양은 순식간에 별 내용도 없이 지나가 버렸다. 이때 카스토르프는 추위를 느끼고 심하게 몸을 떨었다.

그는 저녁 식사를 위해 옷을 깨끗하게 갈아입었다. 식탁에서는 로빈슨 양과 여선생 사이에서 야채수프, 양념이 함께 나오는 구운 고기, 두 조각의 파이를 먹었다. 파이의 내부에는 견과류 반죽, 버터크림, 초콜릿, 과일 잼, 설탕에 절인 아몬드 등이 들어 있었다. 그 밖에도 고급 치즈를 바른 검은 호밀 빵도 먹었다. 이번에도 그는 쿨름바흐 맥주 한 병을 시켰다. 그러나 긴 유리잔으로 절반 정도 마셨을 때, 침대로 가야겠다는 것을 분명하게 의식했다. 머릿속이 윙윙 울리고, 눈꺼풀은 납덩이처럼 무거웠으며, 심장은 작은북처럼 고동쳤다. 머리를 앞으로 숙이고, 작은 루비 반지를 낀 손으로 얼굴을 감추고 있는 예쁜 마루샤가 자신을 비웃는 것 같아 그는 고통스러웠다. 물론 웃음거리가 될 빌미를 안 주려고 무척이나 노력했지만 소용없었다. 슈퇴어 부인이 뭐라고 이야기하거나 주장하는 소리가 마치 아주 멀리서 들리는 것 같았다. 하지만 그녀의 지껄이는 소리가 너무 어처구니없어서 자신이 제대로 듣고 있는 건지 아니면 그녀의 말이 자신의 혼란한 머릿속에서 어처구니없게 들리는 것인지 분간조차 할 수 없었다. 슈퇴어 부인은 생선에 사용하는 소스를 스물여덟 가지나 조리할 수 있다고 설명했다. 그녀의 남편마저도 무슨 말을 하느냐고 면박을 주었지만, 그녀는 자신이 있다는 것이다. 남편은 다음과 같이 말했다는 것이다. "그런 말 하지도 마! 아무도 당신 말을 믿지 않을 거야. 믿는다 해도 우습게 여기고 흘려버릴 거야!" 그럼에도 오늘은 이 말을 한번 함으로써 자신이 스물여덟 가지의 생선소스를 만들 수 있다는 걸 솔직하게 털어놓고자 한다는 것이다. 가련한 한스 카스토르프는 이 말에 경악한 것 같았다. 그는 놀란 나머지 손으로 이마를 짚고는, 입에 든 체스터 치즈를 바른 검은 호밀 빵 한 입을 완전히 씹어서 삼키는 것조차 까맣게 잊고 있었으니 말이다. 사람들이 식탁에서 일어났을 때까지도, 그의 입에는 호밀 빵이 그대로 들어 있었다.

사람들은 곧장 앞쪽 홀로 통하는 왼쪽 유리문, 늘 쾅 하고 닫히던 저 기구한 운명의 유리문을 통해 밖으로 나갔다. 거의 모든 손님들이 이 문을 이용했는데, 식당에서 저녁 식사가 끝나면 인접한 살롱에서 사교모임이 벌어지기 때문이다. 대부분의 환자들이 삼삼오오 무리를 지어 잡담을 하고 있었다. 녹색 식탁보가 씌워진 두 개의 접는 탁자에서는 사람들이 카드놀이에 열중하고 있었다. 한 탁자에서는 도미노, 다른 탁자에서는 브리지를 하고 있었다. 브리지 놀이를 하는 젊은이들 중에는 알빈 씨와 헤르미네 클레펠트도 끼어 있었다. 그런데 첫 번째 살롱에는 광학을 이용한 오락 시설이 몇 개 있었다. 그것은 렌즈를 통해 내부에 설치된 사진을 볼 수 있는 입체감이 나는 요지경이었다. 예를 들어 베니스의 곤돌라 사공이 뻣뻣하게 핏기 없는 모습으로 서 있는 것이 보였다. 두 번째로 거기 달린 바퀴를 가볍게 움직이면 갖가지 빛깔의 별 모양과 당초무늬가 요술처럼 다채롭게 변하는 망원경식 만화경이 있었다. 마지막으로 빙빙 도는 북 같은 통에 활동사진의 필름을 넣고 통 옆에 뚫린 구멍으로 들여다보면, 굴뚝 청소부와 싸움하는 방앗간 주인, 학생을 체벌하는 교사, 줄 위에서 뛰는 줄타기 광대, 민속춤을 추는 농부 부부가 나타났다. 한스 카스토르프는 차가운 손을 무릎에 올리고 이 기구 하나하나를 한참동안 들여다보았다. 그리고 불치의 알빈 씨가 입가에 미소를 띠며 사교가다운 솜씨로 카드를 다루는 브리지 탁자에도 잠시 머물렀다. 한쪽 구석에는 크로코프스키 박사가 슈퇴어 부인, 일티스 부인, 레비 양 같은 여자들에게 반원형으로 둘러싸인 채 활기차고 친근하게 대화를 나누고 있었다.

고급 러시아인 석의 멤버들은 카드놀이 방과 커튼으로만 나누어져 있는 더 작은 살롱으로 들어가 그들만의 친밀한 모임을 형성하고 있었다. 그 방에는 쇼샤 부인 외에도 가슴이 쑥 들어가고 눈이 불거져 나왔으며, 금발 수염을 기른 기운 없는 신사가 있었고, 또한 금귀고리를 달고 짙은 갈색 곱슬머리가 흐트러진, 독특하고 우스운 모습의 소녀도 있었다. 블루멘콜 박사도 이 사람들과 어울리고 있었고, 어깨가 축 처진 두 명의 청년도 함께 있었다. 쇼샤 부인은 흰 레이스 깃이 달린 푸른 옷을 입고 있었다. 그녀는 이 모임의 중심인물로, 얼굴을 카드놀이 방을 향한 채 작은 살롱에서 둥근 탁자를 앞에 두고 소파에 앉아 있었다. 한스 카스토르프는 행실이 단정치 못한 부인을 못마땅한 시선으로 바라보면서 홀로 생각에 잠겼다. 그녀를 보고 있으면 무엇인가 기억나는 것이 있지만 딱히, 뭐라고 말할 수가 없는데 하고 그는 생각했다. 30세쯤의 머리숱이 듬성듬성한 키다리 사내가 갈색의 소형 피아노 앞에서 멘델스존의 〈한여름 밤의 꿈〉에 나오는 '결혼 행진곡'을 세 번 계속 연주했다. 몇 명의 숙녀가 거듭 부탁하자, 그는 한 사람 한 사람의 눈을 말없이 응시하더니 선율이 아름다운 그 곡을 한 번 더 연주하기 시작했다.

"실례합니다만, 건강 상태는 어떻습니까, 엔지니어 씨?" 바지 주머니에 양손을 넣고 손님들 사이를 어슬렁거리던 세템브리니가 한스 카스토르프에게 다가오며 말을 걸었다. 여전히 그는 올이 굵고 두터운 모직 회색 상의에 체크무늬의 밝은 바지를 입고 있었다. 그는 미소 띤 얼굴로 말을 걸었지만, 한스 카스토르프는 휘어진 검은 콧수염을 기르고 날카롭게 조롱하듯 입을 씰룩거리는 그를 보자 썰렁한 느낌이 들었다. 그는 충혈된 눈으로 입을 벌린 채 이탈리아 사람을 멍하니 바라보았다.

"아, 선생이군요." 그가 말했다. "오늘 아침 산책하다 만난 분이시군요. 저 위의 벤치에서 만났었죠… 개울가에서… 물론, 금방 알아보았습니다. 내 말을 믿으시겠죠?" 그는 해서는 안 되는 말인 줄 알면서도 계속했다. "그때 순간적으로 선생을 손풍금장이 같다고 생각했지요… 물론 터무니없는 생각입니다만." 세템브리니의 눈빛이 차가워지며 뭔가 알아내려는 기색을 보이자 그는 덧붙여 말했다. "대단히 어리석은 표현이지요! 나로서도 이해가 전혀 안 되네요, 세상에 내가…."

"당황하실 것 없습니다, 아무 일도 아니니까요." 세템브리니는 젊은이를 잠시 말없이 살펴본 뒤 대답했다. "그런데 하루를 어떻게 보냈나요? 이 흥미로운 장소에 머무른 하루를 말입니다."

"물어봐주시니 감사합니다. 규정대로 지냈지요." 한스 카스토르프가 대답했다 "선생이 즐겨 말하듯이 주로 '수평생활'을 하면서 지냈습니다."

세템브리니는 미소를 지어보였다.

"내가 그런 표현을 썼었나 보네요." 그가 말했다. "그럼 재미있었던가요, 이런 생활 방식이?"

"재미있다고 할 수 있고 지루하다고도 할 수 있습니다." 한스 카스토르프가 대꾸했다. "때때로 그걸 구분하기가 쉽지 않습니다. 나는 전혀 지루하지 않았어요. 여기 이 위에서는 너무나 활발한 운동이 일어나기 때문입니다. 새롭고 특이한 일들을 너무 많이 보고 듣게 되는군요… 하지만 다른 한편으로는 내가 이 위에 온 지 하루가 아니라 벌써 꽤 오랜 시간이 흐른 것처럼 생각됩니다. 내가 이 위에 와서 마치 더 나이가 들고 더 영리해진 것처럼 느껴집니다."

"더 영리하다고요?" 세템브리니는 이렇게 말하며 눈썹을 치켜 올렸다. "묻는 게 실례가 아니라면, 대체 몇 살입니까?"

그러나 이상한 일이었다. 한스 카스토르프는 자신의 나이가 생각나지 않았다! 그는 순간적으로 자신의 나이를 생각해 내려고 갖은 애를 써 보았지만 도무지 알 수가 없었다. 그는 생각할 시간을 얻기 위해 반문을 하고는 그제야 대답했다.

"나이… 나이 말입니까? 아, 네, 스물네 살입니다. 얼마 안 있으면 스물네 살이 됩니다. 죄송하지만, 피곤해서요!" 그가 말했다. "그런데 피곤하다는 말로는 내 상태가 충분히 설명되지 않겠군요. 꿈을 꾸고 있을 때 꿈을 꾼다는 것을 알고는, 꿈에서 깨어나려고 아무리 노력해도 깨어날 수 없다는 것을 아십니까? 내 상태가 바로 그렇습니다. 열이 있는 게 틀림없습니다, 달리는 내 상태를 설명할 수가 없어요. 발이 무릎 위까지 차갑다는 걸 이해하십니까? 그런 표현이 가능하다면 말입니다, 무릎은 물론 발이 아니기 때문에 표현이 좀 이상하군요. 죄송합니다, 내 정신이 극도로 혼란합니다. 이것도 결국은 이상한 일이 아닐 것입니다. 이른 새벽부터 그곳에서… 네, 기흉에서 나오는 휘파람 소리를 들었고, 나중에는 알빈 씨가 소동을 부리며 하는 말을 들었으니 말입니다, 그것도 수평 상태에서. 이제는 나의 오감을 더는 믿을 수 없을 것 같습니다. 그리고 화끈거리는 얼굴이나 차가운 발보다 이것이 더 나를 괴롭히는군요. 솔직히 말씀해 보시죠, 슈퇴어 부인이 28가지 생선 소스를 만들 수 있다는 것을 가능하다고 생각하세요? 내 말은 그녀가 진짜 그것을 만들 수 있는지가 아니라 그녀가 정말 식탁에서 그렇게 주장했는지, 아니면 내게 얼핏 그렇게 들린 것인지, 그걸 알고 싶을 뿐입니다. 슈퇴어 부인이 28가지 소스를 만드느냐 하는 것은 애초에 거론할 필요도 없다고 나는 생각하니까요.

세템브리니는 그의 얼굴을 물끄러미 바라보았다. 그는 한스 카스토르프의 말을 주의 깊게 듣는 것 같지 않았다. 이번에도 세템브리니의 눈동자는 '똑바로 고정되었다'가 초점을 잃고 풀려버리더니, 오늘 아침처럼 세 번 "그래, 그래, 그래요," 그리곤 "봐요, 봐, 봐요"라고 말했다. 그러면서 그는 조롱하는 듯, 생각에 잠긴 듯한 표정을 지으며 첫 글자를 강조하며 말했다.

"스물네 살이라고 했지요?" 다시 그가 물었다.

"아닙니다, 스물여덟입니다!" 한스 카스토르프가 대답했다. "28가지 생선 요리입니다! 일반적인 소스가 아니라 특수한 생선 소스 말입니다. 그건 터무니없지요."

"엔지니어 씨." 세템브리니는 화가 나서 경고라도 하려는 것처럼 말했다. "정신을 똑바로 차려요. 그리고 그런 말도 안 되는 이야기는 그만둬요! 나는 그런 건 전혀 알지도 못하고, 알고 싶지도 않습니다. 스물네 살이라고 그랬지요? 음… 그럼 질문을 하나 더 하거나, 원한다면 좀 거북한 제안을 할까 합니다. 이곳에 머무는 것은 당신에게 이롭지 않은 것 같습니다. 육체적인 것만이 아닙니다, 내 생각이 틀리지 않는다면 정신적으로도 이곳에 있는 것은 당신에게 바람직하지 않습니다. 이곳에서 더 늙어 버리고 싶지 않다면, 단적으로 말해, 오늘 밤에라도 당장 짐을 꾸려, 내일 정기 급행열차로 이곳을 떠나는 것이 어떻겠습니까?"

"나더러 떠나라고요?" 한스 카스토르프가 물었다. "어제 막 도착한 곳을요? 하지만 안 됩니다, 하루 지내고 어떻게 판단할 수 있겠어요!"

그는 이렇게 말하다가 우연히 옆방을 바라보았다. 그곳에는 눈이 가늘고 광대뼈가 튀어나온 쇼샤 부인이 맨 앞쪽에 앉아 있었다. 그녀를 보면 무엇이, 도대체 누가 연상되는 것일까 하고 그는 생각했다. 그러나 피곤한 나머지 몇 번 기억을 더듬었지만 떠오르지 않았다.

"물론 이 위의 분위기에 적응하는 것이 전혀 쉽지 않습니다." 그는 말을 계속했다. "그건 예상할 수 있었습니다. 며칠간 좀 혼란스럽고 얼굴이 화끈거린다고 해서 금방 계획을 포기해버리면 그야말로 부끄러운 일이라고 생각됩니다. 자신이 비겁하게 여겨질 테고, 그 밖에도 이성에 반하는 것 아닐까요, 아니, 선생께서 지난번에 말했듯이…."

갑자기 그는 성급하게 말하며 흥분하여 어깨를 들썩거렸다. 이는 이탈리아 사람으로 하여금 자신의 제안을 스스로 철회시키려는 동작처럼 보였다.

"나는 당신이 말한 이성에 경의를 표합니다." 세템브리니가 대답했다. "그리고 용기에도 경의를 표합니다. 당신의 말은 지당합니다. 거기에는 뭐라고 항변할 말이 없는 것 같습니다. 실제로 여기서도 잘 적응한 여러 사례를 보아 왔습니다. 예컨대 작년에 이곳에 머물렀던 명문가 출신의 크나이퍼 양, 고위 공직자의 딸인 오틸리에 크나이퍼 말입니다. 그녀는 이곳에 1년 6개월 있었는데, 이곳 생활에 훌륭하게 적응하여 건강을 완전히 회복했습니다. 이 위에서도 때때로 건강을 회복하는 사례들이 있습니다. 하지만 그녀는 결단코 이곳을 떠나려 하지 않았습니다. 이곳에 더 머물게 해 달라고 고문관에게 사정사정 했습니다. 집에 돌아갈 수 없고, 돌아가고 싶지도 않고, 여기가 집이다, 여기 있으면 행복하다면서 말입니다. 하지만 마침 환자들이 몰려와서 그녀의 방을 비워 줘야 했기 때문에 그녀의 애원도 소용없었습니다. 요양원에서는 건강하니 퇴원하라고 요구했습니다. 그러자 오틸리에는 고열이 생기고, 체온 곡선이 급상승했습니다. 그런데 그녀가 일반 체온계가 아니라 '침묵의 누이'를 사용하는 것이 발각되었습니다. 당신은 그게 무엇인지 모를 테지요, 그건 눈금이 없는 체온계를 말합니다. 그 바람에 의사가 직접 그녀에게 찾아와 그것에 자를 대고 그녀의 체온을 재보았지요. 막상 재어보니 오틸리에는 36.9도였습니다. 열이 없는 것이었습니다. 그러자 그녀는 호수에 들어가 수영을 했습니다. 그때가 5월 초였기에 몹시 추웠지만, 그렇다고 호수가 얼음장처럼 차지는 않았어요. 정확히 말해 수온은 영상 2−3도 정도였습니다. 그녀는 이런저런 제한을 다 떨쳐내려고 물에 상당히 오래 들어가 있었습니다. 하지만 그 결과는? 아무리 해도 몸이 나빠지지 않았습니다. 그녀는 부모의 위로의 말조차 뿌리치면서 고통스럽게 낙담한 채로 떠났습니다. '저 아래에서 내가 뭘 하겠어요? 여기가 내 고향인데!' 그녀는 이렇게 계속 절규했지요. 그녀가 나중에 어떻게 되었는지는 모르겠습니다. 그런데 당신도 내 말을 귀담아 듣지 않는 것 같군요, 엔지니어 씨? 내 생각이 틀리지 않는다면, 당신은 두 다리로 서 있는 것조차 힘들어 보입니다. 소위님, 여기 사촌을 맡으십시오!" 그는 마침 가까이 다가온 요아힘에게 몸을 돌리며 말했다. "침대로 데리고 가요! 당신 사촌은 이성과 용기를 다 보여주었지만, 오늘 저녁은 자칫하면 쓰러지겠구려!"

"아닙니다, 정말로 나는 이제까지의 대화를 다 이해했습니다." 한스 카스토르프가 단언하듯 말했다. "침묵의 누이란 그러니까 눈금이 전혀 없는 수은주를 말하는 거지요. 보세요, 다 알아들은 거지요!" 그러나 곧 한스 카스토르프는 요아힘과 다른 여러 환자들과 함께 승강기를 타고 올라갔다. 오늘 밤의 모임은 끝나고, 사람들은 뿔뿔이 흩어져 밤의 안정 요양을 위해 홀과 발코니를 찾아갔다. 한스 카스토르프는 요아힘의 방으로 따라 들어갔다. 복도의 바닥에는 야자 무늬의 양탄자가 발밑에서 부드럽게 물결치고 있었지만 그리 불쾌하게 느껴지지는 않았다. 그는 요아힘의 방에서 꽃무늬가 그려진 커다란 팔걸이의자에 앉아서 —이런 의자는 자신의 방에도 있었다— 마리아 만치니에 불을 붙였다. 시가는 아교, 석탄, 그 밖에도 다른 여러 가지 맛이 났지만 본래의 맛만은 나지 않았다. 그래도 그는 시가를 계속 피우며 요아힘이 안정 요양을 하려고 준비하는 모습을 지켜보았다. 요아힘은 군복 같은 실내복을 입은 뒤 낡은 외투를 걸치고는 램프와 러시아어 교본을 가지고 발코니로 나갔다. 거기서 그는 램프에 불을 켜고 긴 접이식 침대에 누운 뒤 체온계를 입에 물었다. 이어서 걸상에 펼쳐 있던 두 장의 커다란 낙타털 담요를 놀라울 만큼 민첩하게 자신의 몸에 말기 시작했다. 한스 카스토르프는 사촌의 능숙한 솜씨를 바라보면서 무척이나 감탄했다. 요아힘은 담요를 한 장씩, 처음에는 왼쪽에서 어깨 아래까지 덮고, 이어서 아래서부터 발을 덮은 다음, 좌우 균형이 잘 맞는 매끈한 꾸러미 모양이 되도록 오른쪽에서 덮었다. 그러자 꾸러미 사이로 머리와 양어깨,

양팔만 드러나 보였다.

"그것 참 잘하네." 카스토르프가 말했다.

"이렇게 하려면 연습이 필요해." 요아힘은 이빨로 온도계를 물면서 대답했다. "너도 배우게 될 거야. 내일은 네가 쓸 담요 몇 장을 꼭 장만해야 해. 아래에서도 사용할 수 있고, 이 위에서도 필수품이니까. 특히 넌 슬리핑백도 없잖아."

"그렇다고 밤에 발코니에서 잘 수는 없어." 카스토르프가 설명했다. "네게 말해두지만 그렇게는 할 수 없어. 그러면 정말 이상할 것 같아. 매사에 한계가 있는 법이지. 그리고 내가 이 위에는 다만 손님으로 왔다는 것을 분명히 해두어야겠어. 나는 잠시 여기 앉아 그저 시가나 피워야겠어. 지금 맛은 형편없지만, 품질 자체는 좋은 것이라는 걸 나는 알아. 오늘은 이것으로 만족해야지. 얼마 안 있으면 9시야. 물론 아직도 9시가 안 됐다는 게 유감인걸. 그러나 9시 30분이면 그럭저럭 잠자리에 들어가도 괜찮다고 할 수 있지."

심한 오한이 그를 엄습했다. 한번 그러더니 잇달아 여러 차례 엄습했다. 한스 카스토르프는 자리에서 벌떡 일어나 현행범을 체포라도 하려는 듯 온도계 앞으로 달려갔다. 온도는 영상 9도였다. 스팀에 손을 대어보니 차가웠다. 8월이라고 해서 스팀을 때지 않는 건 야비한 일이야, 몇 월이냐가 문제가 아니라 기온이 어떠냐가 문제인데, 그리고 나는 지금 개처럼 떨고 있는데, 하면서 그는 잘 알아듣기 어려운 말을 중얼거렸다. 하지만 그의 얼굴은 오히려 뜨겁게 달아올랐다. 그는 다시 앉았다가 일어나 중얼거리며 요아힘에게 담요를 빌려 달라고 부탁했다. 이어서 걸상에 앉아 담요를 펼쳤다. 그는 열기와 오한에 시달리며 자리에 앉아서 맛없는 시가로 고통을 겪었다. 엄청난 비애가 그를 사로잡았다. 지금까지 살면서 이런 기분이 든 것은 처음이었다. "정말 비참하구나!" 그는 중얼거렸다. 하지만 이런 가운데에도 그는 이상하게 기쁨과 희망이라는 자유분방한 감정에 빠져들었다. 그는 혹시 이런 감정이 다시 생기지 않을까 기다리면서 가만히 앉아 있었다. 하지만 그런 감정이 다시는 일어나지 않았고, 다만 비참한 느낌만이 남아 있었다. 그래서 그는 마침내 자리를 털고 일어나 요아힘의 담요를 침대에 던졌다. 그러면서 그는 입술을 비쭉이며 "잘 자!" 그리고 "얼어 죽지 않도록 조심해!," "아침 식사 때 또 나를 데리러 와!" 같은 말을 중얼거린 뒤, 비틀거리며 복도를 지나 그의 방으로 건너갔다.

그는 옷을 벗으며 노래까지 흥얼거렸지만, 그건 결코 즐거워서가 아니었다. 그는 세밀하게 손을 움직여 문화적 의무인 잘 준비를 기계적으로 아무렇게나 끝마쳤다. 아울러 여행용 향수병에서 분홍색 물 치약을 꺼내 유리잔에 부어 입속을 구석구석 양치질을 하고 나서는, 보라색 부드러운 고급 비누로 손을 씻었다. 그러고는 안주머니에 한스 카스토르프의 약어 HC가 수놓인 기다란 고급 삼베 잠옷을 입었다. 그런 다음 자리에 눕고는 불을 껐다. 미국 여자가 임종 때 쓰던 베개 위에 뜨겁고 혼란한 머리를 떨어트렸다.

곧 잠이 들기를 기대했지만 그것은 착각이었다. 얼마 전에는 뜨고 있기가 그토록 힘들던 눈꺼풀이 이제는 감기려 하지 않았으며, 감겼다 싶으면 곧 불안에 떨면서 열리곤 했다. 얼마 전만 해도 아직은 잠자는 시간이 아니라서 그런 거야, 하고 중얼거리고, 그래도 잠이 안 오면 아마 낮에 너무 많이 자서 그렇겠지, 하고 스스로를 달랬다. 그런데 바깥에서는 양탄자를 두드리는 소리가 들려왔다. 그럴 리가 없고 실제로 그렇지 않았다. 그것은 그의 심장이 고동치는 소리였다. 심장의 고동

소리는 신체 밖의 저 멀리서 갈대로 엮은 먼지떨이가 양탄자를 두드리는 소리처럼 들렸다.

방 안은 아직 완전히 캄캄해지지 않았다. 요아힘과 보통 러시아인 좌석에서 식사하는 부부의 발코니에 있는 램프 불빛이 열려 있는 발코니 문을 통해 새어 들어왔던 것이다. 눈을 깜빡거리며 등을 대고 누워 있는 동안, 갑자기 낮에 받은 어떤 인상, 뭔가를 목격하고 놀라서 기분이 야릇해졌으나 곧 잊으려고 했던 하나의 장면이 새삼스레 떠올랐다. 그에게 떠오른 것은 마루샤와 그녀의 육체적인 특성이 화제에 오르자 요아힘의 얼굴에 나타난 표정이었다. 당시에 그의 입술은 참담하게 일그러지고, 햇볕에 그을린 그의 뺨은 반점이 생기며 창백해졌었다. 한스 카스토르프는 그것이 무엇을 의미하는지 잘 이해하고 간파했으며, 그것을 새롭고 심정적으로 깊이 이해하고 간파했기에 그의 심장의 고동 소리도 속도와 강도를 배가하면서 더욱 크게 울렸다. '플라츠'에서 들려오는 세레나데의 가락마저도 심장 뛰는 소리에 덮여 안 들릴 지경이었다.— 저 읍내 호텔에서는 다시 연주회가 열리고 있었다. 균형이 잡혀 지루한 소가극풍의 멜로디가 어둠을 뚫고 이 위로 울려왔다. 그러자 한스 카스토르프는 속삭이듯 휘파람을 불면서(우리는 실제로 속삭이듯 휘파람을 불 수 있다), 깃털 시트 아래 차가운 두 발로 박자를 맞추었다.

물론 이런 상태로는 잠들 수 없었고, 카스토르프도 이제는 잠이 오지 않을 것이라고 느꼈다. 요아힘의 얼굴이 왜 그렇게 하얗게 질렸는가를 새롭게 깊이 이해하자, 세계가 새로워지는 것 같았다. 그리고 기쁨과 희망이라는 자유분방한 감정이 다시 그의 마음 깊은 곳에서 일어났다. 그는 아직도 그 무엇, 뭐라고 대답하기 어려운 그 무엇을 막연히 기다리고 있었다. 그러나 그의 좌우의 이웃들이 야간 안정 요양을 마치고 옥외 수평 상태를 실내 수평 상태로 바꾸기 위해 방 안으로 들어가는 소리를 들었을 때, 옆방의 야만적인 부부도 오늘 밤은 소란을 떨지 않았으면 하는 기대감을 스스로 가져보았다. 그러면서 이렇게 마음속으로 바라 마지않았다. 그러면 조용히 잠들 수 있을 거야, 그들이 오늘 밤은 조용히 지낼 거야, 제발 그래 주기를! 그러나 그들은 그의 바람대로 조용히 하지 않았고, 그 역시도 솔직히 그럴 거라고 생각하지 않았다. 사실을 말하자면, 만일 그들이 조용히 지냈더라면, 그 자신이 먼저 이해할 수 없는 일이라고 생각했을 것이다. 그럼에도 그는 옆방에서 들려오는 소리에 깜짝 놀라서 속으로 "뭐 이런 무지막지한 일이 있나!" 하고 생각했다. "정말 무지막지해! 이런 사람들이 있을까?" 그러는 사이에도 그는 끊임없이 들려오는 지루한 소가극풍의 멜로디에 맞춰서 속삭이듯 휘파람을 불었다.

이러다가 깜빡 잠이 들면서 꿈을 꾸었다. 그러나 이번 꿈에는 도착한 첫 날밤보다 더 얽히고설킨 형상들이 나타났다. 그는 끔찍한 광경에 놀라거나 어수선한 상념을 쫓다가 여러 번 잠에서 깨어났다. 꿈에서 베렌스 고문관은 굽은 다리로 두 팔을 앞으로 뻣뻣이 내민 채 정원의 오솔길을 어슬렁거리고 있었다. 그는 넓은 보폭에 을씨년스러운 걸음걸이로 멀리서 들려오는 행진곡에 맞추어 걷고 있었다. 이제 고문관은 한스 카스토르프 앞에 멈추어 섰다. 그는 알이 두툼하고 둥그런 안경을 끼고 있었는데, 엉뚱한 말을 늘어놓았다. "물론 민간인이죠!" 그는 이렇게 말하며 허락도 구하지 않고 그의 큼직한 손의 검지와 중지로 한스 카스토르프의 눈꺼풀을 뒤집는 것이었다. "내가 첫눈에 알아본 것처럼 성실한 민간인이군요. 하지만 재능이 없지는 않군요. 온몸의 연소를 높이는 재능 말입니다! 이 위의 우리에게서 1, 2년쯤 근무할 만합니다 그려! 자, 이런, 어서 산책을 즐겨요!" 그는 이렇게 외치며 두 개의 거대한 집게손가락을 입에 찔러 넣고는 매우 특이하게도 멋지게 휘파람을 불었다. 그러자 여교사와 로빈슨 양이 왜소해진 모습으로 서로 다른 방향에서 날아와, 식당에서 한스 카스토르프의 좌우에 앉듯이 베렌스의 좌우 어깨에 앉았다. 이런 상태로 베렌스 고문관은 껑충껑충 뛰면서 눈을 닦으려고 냅킨을 꺼내 안경알 뒤로 넣었다.— 닦는 게 땀인지 눈물인지는 알 수 없었다.

다른 꿈속에서 그는 학교 교정에 있는 것 같았다. 그는 여러 해가 지나도록 수업 사이의 휴식 시간을 그 교정에서 보냈다. 그는 함께 교정에 있던 쇼샤 부인에게서 연필을 빌리려는 참이었다. 그녀는 은빛 연필꽂이에 꽂혀 있는 붉은 몽당연필을 그에게 주었다. 그러면서 그녀는 한스 카스토르프에게 매력적인 허스키 목소리로 수업이 끝나면 틀림없이 연필을 돌려달라고 당부했다. 그녀가 광대뼈 위, 회색이 섞인 푸르고 가느다란 눈으로 그를 바라보자, 그는 어떻게든 꿈에서 빠져나오려고 발버둥을 쳤다. 그녀가 누구와 무엇을 그렇게 생생하게 상기시켜 주는 지 이제는 알게 되어서, 그는 이 기억을 꼭 붙잡아두고 싶었다. 그는 서둘러 꿈의 내용을 내일을 위해 꼭 기억하려고 애썼다. 왜냐하면 다시 잠과 꿈에 사로잡히는 자신을 느꼈기 때문이다. 얼마 뒤 다시 꿈속에는 정신분석을 시도하려고 그에게 다가오는 크로코프스키 박사를 피해 달아나는 자신의 모습이 보였다. 한스 카스토르프는 정신분석에 대해 지나치게 터무니없는 두려움을 느끼고 있었다. 그는 박사를 피해 여러 개의 발코니와 유리 칸막이들을 지나 절뚝거리며 도망쳤다. 그는 생명의 위험에도 불구하고 정원으로 뛰어내려서는, 궁지에 몰리자 적

갈색의 깃대에 기어오르려고 했다. 그러다가 추적해 온 박사에게 바지 자락을 붙잡히는 순간, 그는 진땀을 흘리며 잠에서 깨어났다.

한스 카스토르프는 어느 정도 안정을 찾자마자 다시 잠에 빠져 들었다. 꿈의 내용은 다음과 같이 전개되었다. 그는 그의 앞에 서서 미소를 짓는 세템브리니를 어깨로 떠밀어내려고 애를 썼다. 검은 콧수염이 아름다운 곡선을 그리며 치켜 올라간 세템브리니는 우아하지만 냉정하게 조롱하듯 미소를 짓고 있었다. 한스 카스토르프의 심사를 건드리는 것은 바로 그의 미소였다. "방해하지 말아요!" 그는 자신이 이렇게 말하는 것을 꿈결에도 분명히 들었다. "저리 가요! 댁은 손풍금장이에 지나지 않습니다. 나를 방해하지 말아요!" 하지만 세템브리니는 그 자리에서 꿈쩍도 하지 않았다. 한스 카스토르프는 선 채로 이제 어떻게 하면 좋을까 생각에 잠겼다. 이때 전혀 예기치 않게 시간이란 과연 무엇인가에 대한 빼어난 통찰이 문득 그의 뇌리에 떠올랐다. 시간이란 다름 아닌 '침묵의 누이', 눈금이 없는 체온계에 지나지 않는다. 의사를 속이려는 사람들이 사용하는 눈금이 전혀 없는 수은주와 다름없는 것이다. 한스 카스토르프는 이런 깨달음의 내용을 내일 사촌 요아힘에게 알려줘야겠다고 굳게 다짐하면서 잠에서 깨어났다.

이와 같은 모험과 발견을 하는 가운데 밤이 지나갔다. 헤르미네 클레펠트는 물론 알빈 씨와 미클로지히 대위도 꿈속에서 종잡을 수 없는 역할을 담당했다. 미클로지히 대위는 슈퇴어 부인을 입에 물고 달아나려다가 파라반트 검사의 창에 찔렸다. 그러나 어떤 꿈은 하룻밤에 심지어 두 번 반복해서 꾸기도 했다. 두 번 다 똑같은 내용이었다.— 두 번째 꿈은 아침이 밝아올 즈음에 꾸었다. 그가 일곱 개의 식탁이 마련된 식당에 앉았는데, 유리문이 쾅 소리를 내며 닫히는 것이었다. 바로 하얀 스웨터를 입은 쇼샤 부인이 한 손을 주머니에 넣고 다른 손은 뒷머리에 갖다 댄 채 식당으로 들어왔다. 그러나 이 무례한 여자는 고급 러시아인 좌석으로 가지 않고 소리 없이 한스 카스토르프에게 다가와, 말없이 키스를 해달라고 손을 내밀었다. 하지만 그녀는 손등이 아니라 손바닥을 내미는 것으로, 한스 카스토르프는 그녀의 고상하지 못한 손, 손톱 주위의 피부가 거칠고 손가락이 약간 두툼하고 짧은 손에 키스를 해주었다. 그러자 그가 시험 삼아 명예심의 압박에서 해방되었다고 느끼며 수치심의 무한한 즐거움을 누렸을 때, 그의 내부에서 솟구쳐 올랐던 저 방탕한 감미로움의 감정이 다시 머리부터 발끝까지 스며들었다. 이런 감정을 그는 꿈속에서 훨씬 더 강렬하게 다시 느꼈다.

제4장

필수품 구입하기

"이제 이 위에서의 여름은 끝난 거야?" 한스 카스토르프는 사흘째 되던 날 사촌에게 비꼬는 투로 물었다.

날씨가 돌변한 것이다.

청강생이 이 위에서 보낸 둘째 날은 여름날처럼 화창했다. 창끝처럼 불쑥 솟아나온 가문비나무의 가지 위로 하늘이 새파랗게 빛나고 있었고, 골짜기의 마을은 태양의 열기 속에서 반짝이고 있었다. 햇살을 받아 따뜻해 보이는 산중턱의 넓지 않은 목초지에서는 암소들이 이리저리 다니며 풀을 뜯고 있었고, 목에 건 소들의 방울은 주변 대기를 청량한 소리로 가득 채우고 있었다. 숙녀들은 이미 첫 번째 아침 식사 때에 세탁하기 좋은 부드러운 블라우스를 입고 식당에 나타났고, 그 가운데 몇몇은 심지어 구멍이 숭숭 뚫린 소매 바람으로 나오기도 했다. 이런 옷차림이 모두에게 잘 어울린다고는 할 수 없었다. 예를 들어 슈퇴어 부인에게는 이런 의상이 전혀 어울리지 않았다. 그녀의 팔은 해면처럼 생겨서 그런 얇은 의상은 그녀에게 맞지 않았다. 요양원의 신사들도 이런 화창한 날씨에 어울리도록 나름대로 외모에 신경을 썼다. 광택이 나는 재킷과 아마포 양복도 등장했다. 그리고 푸른색 상의에 상앗빛 플란넬 바지를 입은 요아힘 침센의 모습은 완전히 군인 같은 인상을 주고 있었다. 세템브리니에 관한 한, 그마저도 옷을 갈아입고 싶다는 뜻을 거듭 피력했다. "젠장!" 그는 점심을 먹고 사촌들과 읍내로 산책을 나가며 말했다. "햇볕이 참 따갑군요! 좀 더 가벼운 옷을 입어야겠어요." 말은 이렇게 했지만 그는 여전히 넓은 칼라에 길고 두터운 모직 상의와 체크무늬 바지를 입고 다녔다. 아마 옷장에 갖고 있는 옷이 그게 전부인 것 같았다.

그러더니 사흘째 되는 날 천지가 요동치면서 모든 질서가 무너져 버릴 것 같았다. 한스 카스토르프는 자신의 눈을 믿을 수 없었다. 주된 식사인 점심 식사를 마친 뒤 20분쯤 안정 요양을 하고 있는 참이었다. 그런데 태양이 갑자기 숨어 버리고 남동쪽 산등성이 위로 이탄처럼 암갈색을 띤 구름떼가 몰려오더니, 낯선 대기의 성질을 가진 뼛속까지 스며드는 차가운 바람이 불어오는 것이었다. 마치 미지의 얼음지대로부터 불어온 것 같은 바람이 돌연 골짜기를 휩쓸고 지나가자, 기온이 곤두박질치며 떨어지고 주변이 완전히 다른 모습으로 변해버렸다.

"눈이다." 유리 칸막이 뒤에서 요아힘의 목소리가 들려왔다.

"눈이 어떻다고?" 한스 카스토르프가 물었다. "지금 눈이 올 거라는 말을 하려는 건 아니겠지?"

"틀림없어." 요아힘이 대답했다. "우리는 이런 바람을 잘 알고 있어. 이런 바람이 불어오면 썰매길이 생겨."

"터무니없는 소리!" 한스 카스토르프가 말했다. "지금은 8월 초잖아."

그러나 이곳 사정에 밝은 요아힘의 말이 옳았다. 얼마 뒤 계속 천둥이 치더니 엄청난 눈보라가 휘몰아치기 시작했다. 눈보라가 너무 두텁게 쏟아져 내려서 사방이 하얀 안개로 둘러싸인 것 같았고, 마을과 골짜기가 거의 보이지 않았다.

오후 내내 눈이 계속 쏟아져 내렸다. 중앙난방이 가동되기 시작했다. 요아힘은 슬리핑백에 들어가 요양하는 데 문제가 없었지만, 한스 카스토르프는 추위를 피해 방안으로 들어가 의자를 따뜻한 스팀 옆으로 밀어놓고는 연신 고개를 흔들며 엄청난 눈발이 쏟아져 내리는 밖을 내다보고 있었다. 다음날 아침에는 더 이상 눈은 내리지 않았다. 바깥 기온도 몇 도 상승했지만, 눈은 1피트나 높게 쌓여 있었다. 한스 카스토르프의 눈앞에는 놀랍게도 완전히 겨울로 변한 풍경이 펼쳐져 있었다. 스팀이 다시 들어오지 않았다. 실내 온도는 영상 6도였다.

"이제 너희의 여름은 끝난 거야?" 한스 카스토르프가 사촌에게 한층 더 신랄하게 비꼬며 물었다.

"그렇다고는 할 수 없어." 요아힘이 실제 상황을 대답해 주었다. "누가 알랴만, 곧 여름 같은 화창한 날씨가 찾아오게 될 거야. 9월에도 그런 날씨가 가능해. 하지만 여기서는 계절이 정확하게 구분된다고 할 수 없어. 말하자면 계절이 서로 뒤섞여 있어서 달력대로 되는 게 아니야. 겨울에도 종종 햇볕이 너무 강해 산책을 하다보면 땀이 나서 상의를 벗기도 하니까 말이야. 그리고 여름에도 네가 지금 보는 그대로야. 여름인데 가끔 눈이 내려서 모든 것을 뒤죽박죽으로 만들어 버리지. 1월에도 눈이 오고, 5월에도 적지 않게 눈이 내려. 그리고 8월에도 네가 보듯이 눈이 내려. 대체로 말해 눈이 안 오는 달이 없다고 할 수 있지. 이렇게 말하면 틀림없어. 단적으로 말해, 겨울 같은 날씨, 여름 같은 날씨,

봄 같은 날씨, 가을 같은 날씨는 있지만, 이 위의 우리에게 명확한 4계절은 없는 셈이야."

"그것 참 멋진 혼란이군." 한스 카스토르프가 말했다. 그는 안정 요양을 위한 담요를 사려고 덧신에다 겨울 외투를 입고 사촌과 함께 읍내로 내려갔다. 이런 날씨에는 여행용 모포만으로는 견딜 수 없다는 게 분명했기 때문이다. 그는 슬리핑백을 사는 게 어떨까 하고 잠시 생각했지만 곧 그만두고 말았다. 그는 이런 생각을 했다는 사실에 움찔했다.

"아니, 아니지. 담요만 사기로 해!" 카스토르프가 말했다. "그건 저 아래에서도 사용할 수 있지, 어디서나 담요는 갖고 있으니까 그리 특별하거나 놀라운 일이 아니야. 그러나 슬리핑백은 좀 특별한 거야. 내가 슬리핑백을 장만하면, 나도 이곳에 눌러 앉아 너희의 일원이라도 되는 것 같잖아…. 요컨대, 몇 주일 묵는데 슬리핑백까지 구입할 필요는 없을 것 같다는 말이야."

요아힘도 이 말에 찬성했다. 그래서 두 사람은 영국인 구역의 물건이 많은 꽤 큰 상점에서 요아힘이 가진 것과 같은 그런 낙타털 담요 두 장을 샀다. 특별히 길이가 길고 폭도 넓은 아늑하고 감촉이 부드러운 자연색 그대로의 직물이었다. 그들은 국제 요양원 베르크호프 34호실로 즉시 보내 달라고 부탁했다. 한스 카스토트프는 그것을 당장 오늘 오후부터 처음으로 사용해 볼 생각이었다.

물론 이때는 두 번째 아침 식사 후의 시간이었다. 이 시간을 택한 이유는 다른 시간에는 일정상 읍내로 내려올 기회가 없었기 때문이다. 지금은 비가 내리고 있었고, 길거리의 눈은 녹아서 걸을 때마다 죽처럼 튀어 올랐다. 돌아오는 길에 두 사람은 모자는 쓰지 않았으나 우산을 쓰고 마찬가지로 요양원으로 향하는 세템브리니와 만났다. 이 이탈리아 사람의 얼굴은 노란 것처럼 보였고, 우울한 표정을 짓고 있었다. 그는 자신이 추위와 습기로 몹시 고통을 당한 것에 대하여 깨끗하고 잘 다듬어진 언어로 불평을 늘어놓았다. "적어도 스팀은 넣어 줘야지! 그러나 이 비열한 권력자들은 눈이 그치자마자 스팀을 꺼 버렸어. 이건 모든 이성을 조롱하는 어리석은 규칙이야!" 그런데 한스 카스토르프가 적절한 실내 온도가 요양 원칙에 속하며, 환자들이 따뜻함에 익숙해지는 것을 예방하려는 조치일 거라고 이의를 제기하자, 세템브리니는 아주 격렬하게 조롱하며 대꾸했다. "그거야 실제로 요양 원칙 맞지요. 숭고한 신성불가침의 원칙!" 그는 한스 카스토르프가 원칙이라는 것에 대해 아주 적절한 어조, 말하자면 존중하다 못해 비굴한 어조로 말하고 있다는 것이다. 다만 눈에 두드러지는 것은 —전적으로 좋은 의미에서 눈에 두드러지는 것이라 할지라도— 자신들의 경제적인 이해관계와 정확히 일치하는 것에만 이 권력자들이 무조건적인 숭배를 보내는 반면, 그렇지 않은 것에 대해서는 한 눈을 슬며시 감아 버리는 경향이 있다는 것이다. 사촌들이 웃는 동안 세템브리니는 자신이 갈망하는 따뜻함과 관련하여 고인이 된 아버지 이야기를 꺼냈다.

"나의 아버지는…," 그는 느릿한 어조로 열광한 듯 말했다. "아주 섬세한 분이었습니다. 영혼과 육체 어느 면에서도 민감하셨죠! 아버지는 겨울이 되면 아담하고 따뜻한 서재를 얼마나 사랑하셨는지 모릅니다. 진심으로 사랑했지요. 난로를 빨갛게 타오르도록 함으로써 항상 20도를 유지하게 했습니다. 춥고 습기 찬 날이나 차디찬 북풍이 불어올 때면, 집 현관에서 아버지의 서재로 들어가면 따뜻함이 부드러운 외투처럼 어깨를 감싸 주었고, 눈에는 행복한 눈물이 고이곤 했답니다. 서재는 책과 원고로 꽉 차 있었는데, 그 중에는 대단히 귀중한 것도 있었습니다. 아버지는 정신적 보물들 사이에서 푸른 플란넬로 된 잠옷을 입고 좁은 연단에 서서 문학에 헌신하셨습니다. 단아한 모습의 아버지는 나보다 머리 한 개는 작았습니다. 상상해 보십시오! 관자놀이와 코 부근에 무성한 다발로 내려온 회색 머리칼, 길고 우아했죠. 여러분, 그분은 참으로 훌륭한 라틴어 문학자였습니다! 당대의 최고 학자로서 몇 안 되는 이탈리아 문학의 전문가이자 누구와도 비길 수 없는 라틴어 문장가였고, 보카치오의 바람대로 이상적인 문학가였습니다… 아버지와 대화를 나누려고 멀리서 학자들이 찾아왔습니다. 어떤 학자는 하파란다, 어떤 학자는 크라카우에서 찾아왔습니다. 그들은 아버지에게 경의를 표하기 위해 바로 우리의 고향 도시 파도바를 찾아 왔습니다. 아버지는 품위를 지키면서도 친절한 태도로 이 사람들을 맞이했습니다. 아버지는 또한 탁월한 작가여서 여가 시간에는 우아하기 그지없는 토스카나 방언의 산문체로 소설을 썼습니다. 말하자면 아버지는 아름다운 언어의 대가였습니다." 세템브리니는 모국어의 음절을 혀로 천천히 녹이는 동시에, 머리를 좌우로 흔들며 한껏 언어의 맛을 향유하듯 말했다. "아버지는 베르길리우스의 예를 따라 작은 정원을 만드셨습니다."

그는 말을 계속했다. "그리고 그분이 말하는 것은 건전하고 아름다웠습니다. 하지만 서재는 항상 따뜻해야 했습니다. 그렇지 않으면 당신을 추위에 떨게 한다고 화를 내며 눈물을 흘렸을지도 모릅니다. 그러니 한번 상상해 보십시오, 엔지니어 씨와 소위님. 이런 아버지의 아들인 내가 한여름에 추위에 떨면서 굴욕적인 인상들이 계속 영혼을 괴롭히는 이 저주스럽고 야만적인 장소에서 고난을 견뎌야 하겠습니까! 아, 이건 정말 가혹한 일입니다! 우리를 둘러싸고 있는 자들이 대체 어떤 유형의 인간들입니까! 이 어리석은 악마의 종, 고문관과 크로코프스키.” 세템브리니는 자신의 혀라도 깨물어 짓뭉개 버리겠다는 듯이 강한 어조로 말했다. “크로코프스키, 이 파렴치한 고해신부는 나를 미워합니다. 나의 인간 존엄성이 승려 같은 그의 괴상한 태도에 희생되는 것을 거부하기 때문입니다. 그리고 나의 식탁에는… 내가 같이 식사하도록 되어 있는 식탁에는 어떤 부류들이 있는지요! 내 오른쪽에는 할레 출신의 마그누스라는 맥주 양조업자가 앉는데, 그의 콧수염은 건초 다발을 닮았지요. 그는 ‘나에게 문학 같은 이야기는 말아 주세요!’라고 말합니다. ‘문학이 뭘 줍니까? 아름다운 품성이라고요! 아름다운 품성으로 내가 뭘 하겠습니까! 나는 실용적 인간이어서, 생활에서 아름다운 품성 따위는 거의 본 적이 없지요.’ 이것이 그가 문학에 대해 갖고 있는 생각입니다. 아름다운 품성을… 이럴 수가 있다니! 그의 맞은편에 앉은 그의 부인은 단백질을 잃어가면서 점점 더 둔감해지고 있습니다. 그것 참 서글픈 일입니다.”

요아힘과 한스 카스토르프는 서로가 의견을 나눈 것은 아니었지만, 세템브리니의 언사에 대해 같은 느낌을 갖고 있었다. 두 사람은 그의 말이 비탄에 젖어 있고 불쾌할 정도로 선동적이지만, 대담하고 신랄한 반항에 있어서는 물론 재미있고 유익하다고까지 생각했다. 한스 카스토르프는 ‘건초 다발’이나 ‘아름다운 품성’ 또는 세템브리니가 이를 말할 때 보여준 우스울 만큼 절망적인 태도를 생각하며 활짝 웃어보였다. 그런 다음 한스 카스토르프는 말했다.

“그렇죠, 이런 시설에는 여러 부류의 사람이 섞여들기 마련이겠죠. 이곳에서는 식탁 옆자리에 앉는 사람을 스스로 선택할 수 없습니다. 스스로 선택할 수 있다면 어떻게 될지 모르겠습니다만. 아무튼 우리 식탁에도 그런 여자, 그러니까 슈퇴어 부인이라는 여자가 있습니다. 그녀를 알고 계시죠? 지독하게 교양이 없어요. 그 여자가 마구 지껄여대면 어디에 시선을 두어야 할지 모를 때가 가끔 있습니다. 그렇게 떠들면서도 체온이 높고, 기운이 하나도 없다고 하소연합니다. 그런 걸 보면 병이 결코 가벼운 상태는 결코 아닌 것 같습니다. 그런데 이게 너무 이상합니다, 아프고 어리석다는 것 말입니다. 나의 표현이 옳은지는 모르겠지만, 어리석으면서 아프다는 것이 정말 특이한 느낌이 듭니다. 이런 상태가 함께 한다면, 그거야말로 세상에서 가장 비참한 일이라 하겠습니다. 이런 사람에게 어떤 표정을 지어야 할지 도무지 모르겠습니다. 환자에게는 성실하고 존중하는 마음으로 대해야 한다고 생각하니까요. 이런 말을 해도 된다면, 병은 어느 정도 존중할 만한 어떤 것입니다. 하지만 멍청하게도 조수라는 뜻의 '파물루스'를 '포물루스'로 '화장품 가게'를 '화장실 가게'로 말하며 오류를 범하면 울어야 할지 웃어야 할지 정말 모르겠습니다. 이는 인간 감정의 곤혹스런 상황이며, 너무나 참담하여 할 말이 없을 지경입니다. 어리석음과 병은 서로 조화를 이룰 수 없고, 서로 어울리지 않는다고 생각합니다. 우리는 이 두 가지를 결부시켜 생각하는 데 익숙하지 않습니다. 사람들은 어리석으면 건강하고 평범해야 한다고 생각하고, 병은 우리를 섬세하고 현명하며 특수하게 만든다고 생각합니다. 사람들은 대체로 이렇게 생각하죠. 그렇지 않습니까? 내가 좀 말이 많았나 보군요." 그는 말을 끝냈다. "우연히 그만 이런 이야기를 하게 되었네요." 그는 머쓱해하는 표정을 지었다.

요아힘도 조금 당황했다. 세템브리니는 눈썹을 치켜 올리며 아무 말도 하지 않았다. 그는 예의상 끝까지 듣고 있었다는 듯한 태도를 취했다. 실제로 세템브리니는 자신이 공박하기도 전에 한스 카스토르프를 일찌감치 손들게 하려고 노리고 있었다.

"이것 참, 엔지니어 씨, 당신이 이렇게 철학적인 재능을 보여주실 줄은 전혀 생각도 못했습니다 그려! 당신의 이론을 따른다면 당신은 보기보다 건강하지 못하겠군요. 당신에게는 분명히 지적 재능이 엿보이니까요. 그러나 실례의 말씀이지만 당신의 이론을 따를 수 없습니다. 나는 그런 이론을 부정할 뿐만 아니라 그것에 대해 적대적 입장에 있음을 말씀드립니다. 보시다시피 나는 정신적인 문제에 있어서는 좀 관대하지 못합니다. 그래서 당신이 전개한 것과 같은 반박할 만한 견해를 듣고 그냥 넘기기보다는 꼼꼼쟁이라고 비난을 받더라도 그쪽을 택한답니다."

"그러나, 세템브리니 씨…."

"먼저 내 말을 들어 보시오. 당신이 무슨 말을 하려는지 알고 있습니다. 당신은 그리 진지하게 한 말이 아니라는 거죠. 당신이 주장하는 견해는 곧 당신 생각을 말하는 것이 아니라 공중에 떠도는 여러 가지 가능한 견해들 가운데 하나를 잡아서 가벼운 마음으로 한번 실험해 본 것뿐이라고요. 당신의 나이에는 그럴 수 있는 일이지요. 남성적인 결단력이 아직 많이 부족하고, 한동안 갖가지 관점을 실험해 보고 싶은 연령에는 말입니다. 바로 실험 채택이지요." 세템브리니는 채택의 '채'를 이탈리아 방언으로 부드럽게 발음했다. "좋은 말씀입니다. 나를 당혹스럽게 하는 것은 당신의 실험이 바로 이러한 방향으로 움직일지도 모른다는 사실입니다. 이것이 단순히 우연만은 아닐 것입니다. 지금 곧 제지하지 않으면 성격적인 것으로 굳어질 경향이 당신의 마음에 있을까 싶어서 나는 우려가 됩니다. 그래서 나는 당신의 생각을 교정해 주어야겠다는 의무를 느낍니다. 당신은 병과 어리석음이 결합되는 것을 이 세상에서 가장 비참하다고 말했습니다. 나도 그 말에는 동감입니다. 나 역시 소모성 질환을 앓는 멍청이보다는 총명한 환자가 더 좋습니다. 그러나 당신이 병과 어리석음의 결합을 어느 정도 양식상의 오류, 자연에서 발생하는 도착적 취미, 당신이 즐겨 표현하듯이 인간 감정에 대한 딜레마로 고찰할 때, 바로 나의 항변이 시작되는 것입니다. 당신이 병을 무엇인가 아주 고귀한 것 —앞서 당신이 말했듯이— 무엇인가 존중할 만한 것으로 간주하고, 그것이 어리석음과 결코 조화를 이룰 수 없다고 생각할 때, 이에 대해 나는 항변하는 겁니다. 이 역시 마찬가지로 당신의 표현이었습니다. 나는 그렇지 않다고 말하는 바입니다! 병은 결코 고귀한 것이 아니며, 결코 존경할 만한 것도 아닙니다. 이런 견해 자체가 병이거나, 또는 병으로 인도합니다. 내가 당신의 혐오감을 가장 확실하게 불러일으키는 방법이 있습니다. 그것은 바로 당신의 이런 견해가 진부하고 추한 것이라고 당신에게 말하는 것입니다. 그와 같은 견해는 인간적인 것에 대한 이념이 만화경으로 타락하고 전락한 시대, 그러니까 미신이 성행하여 속죄가 필요하던 시대에서 생겨난 것으로, 조화와 건강이 의심스럽고 악마적인 것으로 간주되는 데 반해 병약한 것이 당시에는 천국으로 들어가는 입장권으로 여겨지던 공포의 암흑시대에서 연원합니다. 그럼에도 이성과 계몽은 인류의 영혼에 깃들어 있던 어두운 그림자를 쫓아버렸습니다. 아니, 아직 완전히 쫓아내지는 못해서 오늘날에도 그림자들과 싸움을 하는 형국입니다. 하지만 이 싸움은 바로 일입니다, 엔지니어 씨, 지상의 일, 이 세계를 위한 일, 인류의 영광과 이익을 위한 일인 것입니다. 그리고 이성과 계몽이라는 두 힘은 이 싸움에서 나날이 새롭게 단련되어 언젠가는 인간을 완전히 해방시키고, 진보와 문명의 길 위에서 점점 더 밝고 부드럽고 순수한 광명으로 이끌어줄 겁니다."

세상에 이럴 수가! 한스 카스토르프는 놀랍기도 부끄럽기도 하다고 생각했다. '이야말로 아리아가 아닌가! 내 말이 어땠기에 이런 거창한 연설이 터져 나온 것일까? 그런데 좀 삭막하게 여겨진다. 말끝마다 항상 일이라니. 이곳과는 어울리지도 않는데 말끝마다 일이라니.' 이렇게 생각하며 그는 세템브리니에게 말했다.

"아주 훌륭하십니다. 세템브리니 씨. 선생의 말씀은 정말 들을 가치가 있습니다. 내 생각으로는 이보다 더 조형적으로 표현할 수 없을 것 같습니다."

"반동의 경향." 세템브리니는 지나가는 사람의 머리 위로 자신의 우산을 치켜들며 말을 계속했다. "저 음산하고 고통스럽던 시대의 견해에 정신적으로 되돌아가려는 경향이란, 엔지니어 씨, 그게 바로 병인 것입니다. 이에 대해서는 전부터 충분히 연구되어 왔습니다. 학문은 미학, 심리학 및 정치학의 언어로 거기에다 여러 이름을 붙이고 있습니다. 이런 학술적 표현은 그리 중요치 않으며 당신도 알고 싶지 않을 것입니다. 하지만 정신생활에 있어서는 모든 게 서로 관계하고 있고, 서로가 인과 관계를 맺고 있지요. 악마에게 새끼손가락을 내밀면 손을 모두 빼앗아가고, 사람까지 빼앗아 간다지요… 또 그 반대로 건전한 원리는 언제나 건전한 것을 낳으므로, 어떤 것을 처음에 내놓든 상관없습니다. 그러므로 병이란 어리석음과 그런대로 양립하기에는 무엇인가 고상하고, 무엇인가 존중할 만한 것이 전혀 아니라는 것을 새겨두시기 바랍니다. 오히려 병은 굴욕을 의미합니다. 그렇습니다, 이념을 손상시키는 인간의 고통스러운 굴욕을 의미합니다. 개개의 경우에는 위로를 하고 소중히 하는 것도 좋겠지만, 정신적으로 존경하는 것은 잘못입니다. ―이 점을 새겨두십시오.― 그것은 잘못이며 모든 정신적 오류의 시작입니다. 당신이 언급한 그 부인, 이름을 기억하는 것은 단념하겠습니다만, 슈퇴어 부인이라고요? 말씀 고맙습니다. 아무튼 이 우스운 부인은 내가 볼 때 당신이 말했듯이 인간적 감정을 깊은 딜레마에 빠뜨리는 경우는 아닌 것 같습니다. 병들고 어리석다, 그건 진실로 비참함 그 자체입니다. 그 문제는 간단합니다. 연민과 멸시의 대상에 불과할 따름입니다. 엔지니어 씨, 어떻게 할 수 없는 딜레마, 즉 비극이란 자연이 고귀하고 생의지로 충만한 정신을 삶에 무용한 육체와 결합시키며 인격의 조화를 깨뜨리거나 처음부터 불가능하게 할 경우에 일어납니다. 엔지니어 씨, 또는 소위님, 여러분은 레오파르디라는 시인을 아십니까? 우리나라의 불행한 시인으로, 꼽추에다가 병약했습니다. 그는 본래 위대한 영혼의 소유자이지만 비참한 육체로 말미암아 항상 모욕을 당하고 조롱거리가 되었습니다. 그의 영혼의 탄식은 가슴을 쥐어짜게 할 만큼 애절합니다. 좀 들어 보십시오!"

세템브리니는 아름다운 음절을 혀로 녹이고, 머리를 이리저리 흔들면서 가끔 눈을 감고는 이탈리아어로 시구를 낭송하기 시작했다. 그의 동반자들이 이탈리아어를 하나도 이해하지 못한다는 것에는 전혀 개의치 않았다. 그는 자신의 기억력과 발음을 스스로 뽐내면서 듣는 사람들에게도 이런 자신을 인정을 받는 것이 중요한 것 같았다. 그는 낭송을 마치고 말했다.

"그러나 여러분은 이해를 못하고 있군요. 고통의 의미를 파악하지 못하고 듣고 있습니다. 여러분, 이것만은 느껴 보십시오. 꼽추 시인 레오파르디는 무엇보다도 여성의 사랑을 받아 보지 못했습니다. 이로 인해 그는 영혼의 위축을 조절하는 능력을 상실하게 되었습니다. 찬란한 명성과 덕성도 그 빛을 잃고, 자연은 그에게 사악한 것으로 여겨졌습니다. 사실 자연은 사악합니다, 어리석고 사악합니다. 이 점에서 나는 그와 견해가 같습니다. 그리하여 그는 절망합니다. 말로 표현하기가 꺼림칙하지만, 그는 과학과 진보에 절망한 것입니다! 이것이 바로 비극입니다, 엔지니어 양반. 이것이야말로 당신이 말한 인간적 감정에 대한 딜레마입니다. 하지만 앞서 언급한 부인은 이러한 경우가 아닙니다. 나는 그녀의 이름을 알기 위해 내 기억력을 번거롭게 하는 것을 거부합니다. 병을 통해 인간의 '정신화'가 이루어질 수 있다는 말 따위는 하지 마십시오, 부디 그런 말은 하지 마십시오! 육체가 없는 영혼은 영혼이 없는 육체와 마찬가지로 비인간적이고 끔찍합니다. 물론 전자는 흔치 않은 예외적 경우이고, 후자가 보통이지요. 대체로 무성하게 자라나 온갖 중대사와 생명을 독차지하고 천박하기 이를 데 없이 스스로 해방되는 것이 육체입니다. 환자로 살아가는 인간은 단지 육체에 불과합니다. 그것은 인간성에 반하는 것이며, 굴욕적입니다. 대부분의 경우 이런 인간은 썩은 고기보다 나을 게 전혀 없습니다."

"이것 참 재미있네." 요아힘이 갑자기 몸을 굽히더니 앞에 가던 사촌을 보며 말문을 열었다. 한스 카스토트프는 세템브리니의 다른 쪽 옆에서 걷고 있었다. "너도 얼마 전에 아주 비슷한 말을 했잖아."

"그랬던가?" 카스토르프가 대답했다 "그래, 나도 이와 비슷한 생각을 했을지도 모르지."

세템브리니는 말없이 몇 발짝 걸어갔다가 말했다.

"그렇다면 더 좋은 일이지요, 여러분. 그래요, 그런 생각을 했다면 더 좋은 일이고말고요. 두 분에게 어떤 독창적인 철학을 강의하려는 의도는 아니었습니다. 그건 나의 직분이 아니니까요. 우리의 엔지니어가 이미 이와 같은 생각을 피력했다면, 이는 그에게 정신적인 것을 즐기는 경향이 있고, 재능 있는 청년이 그렇듯이 가능한 관점들을 잠정적으로 실험해 보려는 것이라는 나의 추측을 입증해 줍니다. 재능 있는 청년이란 아무것도 안 적혀 있는 백지상태가 아니라, 옳든 그르든 오히려 공감의 잉크로 이미 빼곡하게 적혀 있는 종이와도 같습니다. 이때 교육자의 할 일은 옳은 것을 단호하게 발전시키고, 잘못된 것이 싹트려 하면 적절히 시정하여 영원히 그 뿌리를 제거해 버리는 것입니다. 그런데 필요한 물건들은 구입하셨나요?" 세템브리니는 태도를 바꾸어 가벼운 어조로 말했다.

"뭐 살 게 없어서, 저 그러니까…." 한스 카스토르프가 우물쭈물 대답했다.

"제 사촌은 담요 몇 장 장만했지요." 요아힘이 무심코 대꾸했다.

"안정 요양을 위해서죠. 매섭게 추워서요. 몇 주 동안은 요양을 해야 하니까요." 한스 카스토르프는 웃으면서 말하고는 땅바닥을 내려다보았다.

"아, 담요 말이지요, 안정 요양용으로." 세템브리니가 말했다. "그래, 그렇지, 그래요. 그럼, 그럼, 그럼요. 정말 실험 채택이군요!" 그는 이탈리아식 발음으로 같은 말을 되풀이했다. 그들은 다리를 저는 문지기의 인사를 받으며 요양원으로 들어가서는 헤어졌다. 세템브리니는 홀에서 휴게실로 꺾어져 들어갔다. 스스로 말했듯이 그는 식사 전에 신문을 읽는다고 했다. 두 번째의 안정 요양은 살짝 빼먹을 모양이었다.

"대단하군!" 카스토르프는 요아힘과 함께 승강기를 타고 가면서 말했다. "정말 교육자야. 그도 얼마 전에 이미 자신에게 그런 피가 흐른다고 말했지. 그 사람 앞에서는 말을 너무 많이 하지 않도록 조심해야겠어. 그랬다간 장황한 설교를 듣게 될 테니 말이야. 그러나 그의 말재

주는 정말 들어볼 만해. 말마디 하나하나가 그의 입에서 동그랗게 말려서 맛좋게 튀어나와. 나는 그의 말을 들으면 언제나 갓 구운 빵이 생각나.”

요아힘이 웃음을 터뜨렸다.

“그에게는 그런 말을 하지 마. 그의 말을 듣고 빵을 연상한다는 것을 알게 되면 실망할 거야.”

“그렇게 생각해? 아니, 꼭 그런 것은 아닌 것 같아. 그의 설교를 듣고 있으면 그의 목적은 설교가 아니라는 인상을 항상 받게 돼. 그건 이차적인 것 같고, 말을 튀게 하고 둥글게 굴리는 것 자체가 중요한 목적인 것처럼 보여. 고무공처럼 유연하게 발음하는 것 말이야… 그래서 우리가 그 점에 주목한다고 해서 그가 불쾌하게 여기지는 않을 거야. 맥주양조업자 마그누스가 ‘아름다운 품성’을 운운한다면 그건 좀 웃기는 일이지. 그러나 문학의 본질이 무엇인지를 세템브리니 씨는 말했어야 했어. 나는 공연히 흠을 잡힐까봐 물어 보고 싶지 않았어. 나야 문학이라는 걸 잘 모르고, 지금까지 문학자를 만난 적도 없었지. 하지만 문학에서 아름다운 품성이 중요한 문제가 아니라면, 아름다운 말은 중요하겠지. 세템브리니 씨와 함께 있으면 그런 인상을 받게 돼. 그가 어떤 어휘를 사용하는지 보라고! 전혀 거리낌 없이 ‘덕성’이라는 말을 사용하잖아. 너도 알잖아! 나는 이제까지 그런 말을 입에 담아본 적이 한 번도 없었어. 학창시절 교과서에 덕성이란 말이 있었어도 우리는 그냥 ‘용감함’ 정도로만 이해했었지. 솔직히 말해서 내 몸이 좀 오므라드는 것 같았어. 그리고 그가 추워서 못살겠다, 베렌스는 악인이다 하면서 혹평을 하면 나도 좀 짜증이 나. 심지어는 단백질 지수가 떨어진다고 마그누스 부인을 뭐라고 하질 않나, 아무튼 매사에 불평불만이거든. 그는 반항자야, 그를 보고 첫눈에 알아차렸지. 그는 현존하는 모든 것을 허물기라도 하려는 태도야. 항상 좀 안하무인 같은 그의 태도에 나로서는 어쩔 도리가 없어."

요아힘이 신중하게 말했다. "너는 그렇게 말하지만, 내가 볼 때 안하무인 같다기보다는 반대로 무엇인가 자부심 같은 것도 있어. 그는 자존심을 중시하고, 또 일반적으로 사람들을 소중히 여기는 사람이야. 나는 그런 점이 마음에 들고, 내 눈에는 그것이 품위 있어 보여."

"그 점에 있어서는 네 말이 맞아." 한스 카스토르프가 말했다. "그에게는 심지어 엄격한 면도 있어. 그와 함께 있으면 종종 불편해질 때가 있는데, 아마도 그에게 감시를 받고 있다는 느낌이 들기 때문일 거야. 하지만 이런 내 말이 그에 대한 나쁜 평가는 절대로 아니야. 나는 늘 감시를 받는다는 느낌을 가지고 있어. 내가 안정 요양을 위한 담요를 산 것에 대해 그는 동의하는 것 같지 않았어. 그것이 싫어서 어떻게든 저지하려는 것 같았거든. 너는 어떻게 생각해?"

"그렇지는 않아." 요아힘은 놀라워하며 신중하게 말했다. "어떻게 그럴 수 있겠어. 나는 그렇게 생각하지는 않아." 그런 다음 그는 입에 체온계를 물고 슬리핑백과 꾸러미를 들고 안정 요양에 들어갔다. 반면에 카스토르프는 점심 식사를 위해 즉시 몸을 씻고 옷을 갈아입기 시작했다. 점심 식사까지는 한 시간도 채 남지 않았다.

시간감각에 대한 소견

한스 카스토르프가 점심 식사를 마치고 올라와 보니 방 의자에 담요가 든 소포가 놓여 있었다. 그는 처음으로 이날 담요를 사용해 보았다. 숙련된 요아힘이 이 위의 모든 사람들이 사용하고 신참도 누구나 빨리 습득해야 하는 담요를 펴고 덮는 기술을 가르쳐 주었다. 두 장의 담요를 한 장씩 긴 접이식 침대 위에 펴서는 발끝의 담요가 바닥으로 넉넉하게 드리워지게 한다. 이어서 다시 의자에 앉아 안쪽 담요를 몸에 덮기 시작하는데, 우선 세로로 어깨 아래까지 덮은 다음 아래로부터 발을 덮는다. 이때 앉은 채로 허리를 굽혀서 담요의 접힌 양 끝을 잡아야 한다. 다음에는 반대쪽에서 되풀이하는데, 되도록 매끈하고 균형 있게 하려면 접힌 담요의 두 끝을 세로선에 잘 맞추어야 한다. 그런 뒤에는 같은 방법으로 바깥쪽 담요를 덮는다.— 이 조작방법은 좀 더 어렵다. 미숙한 초보자 한스 카스토르프는 몸을 구부렸다가 다시 쭉 펴면서 사촌이 가르쳐 주는 방법을 연습하느라 적잖게 애를 먹었다. 요아힘의 말로는 두셋의 노련한 사람들만이 단 세 번의 동작으로 두 장의 담요를 동시에 펴서 몸에 덮을 수 있다는 것으로, 하지만 이는 아주 드문 일이고, 사람들의 부러움을 받는 기술이라고 했다. 이런 기술을 보이려면 장기간의 연습뿐만 아니라 소질도 타고나야 한다는 것이었다. 이 말을 듣고 카스토르프는 연습으로 인해 아픈 등을 뒤로 젖히며 껄껄 웃었다. 요아힘은 무엇이 그렇게 우스운지 처음에는 이해하지 못하고 사촌을 이상하다는 듯 바라보고 있다가, 그 역시 곧 웃음을 터트렸다.

한스 카스토르프가 푹신하고 둥근 베개에 머리를 얹고, 연습에 지쳐 둥근 통처럼 긴 의자에 눕자 요아힘이 말했다. "자, 됐어. 이제 영하 20도의 추위에도 끄떡없을 거야." 이렇게 말한 뒤 그도 담요를 덮고 누우려고 유리 칸막이 뒤쪽으로 걸어갔다.

한스 카스토르프는 영하 20도의 추위를 믿을 수 없었는데, 지금도 지독하게 추웠기 때문이다. 그는 나무로 된 아치 너머로 당장이라도 눈이 내릴 것 같고, 보슬비라도 내릴 것 같은 저 바깥의 축축한 날씨를 보고 있는 동안 추워서 덜덜 떨었다. 이렇게 축축한 날씨에도 불구하고 그의 뺨은 마치 더운 방에 있는 것처럼 화끈거리는 것이 참으로 이상한 일이었다. 게다가 담요 덮는 연습으로 우습게도 녹초가 되어 『대양 기선』을 눈으로 보자마자 정말이지 두 손이 부르르 떨렸다. 사실 그는 몸이 아주 건강하다고는 할 수 없었다. 베렌스가 지적한 대로 악성 빈혈이었기 때문에 그는 추위를 잘 타는 편이었다. 하지만 이런 불쾌감도 편안한 잠자리, 긴 의자의 분석할 수 없는 거의 신비로운 특성 덕분에 완화되었다. 카스토르프는 처음 시험을 해 보았을 때부터 대단히 만족스러웠는데, 이제 자리에 누울 때마다 행복감이 더해졌다. 쿠션이 좋아서인지 등받이의 적당한 기울기 때문인지, 팔걸이의 높이와 넓이가 알맞아서인지, 또는 목덜미를 받쳐 주는 베개가 편안해서인지는 몰라도, 요컨대 사지를 편안히 하는 데에는 이 훌륭한 접이식 긴 의자보다 더 인간의 신체를 배려하는 것은 없었다. 그리하여 카스토르프는 자신만을 위한 평화로운 두 시간이 주어져 있다는 사실에 마음속으로 흡족했다. 그는 이 위에 손님으로 왔을 뿐이지만, 요양원의 내부 규칙으로 신성시되는 이 중요한 안정 요양은 자신에게도 적합한 제도라고 느꼈다. 그는 천성적으로 인내심이 강하여 아무 일도 하지 않고 오래 견딜 수 있었으며, 우리가 기억하고 있듯이 분주하게 활동하느라 뭔가 망각하거나 힘을 낭비하고 일에 쫓기지 않아도 되는 자유로운 시간을 사랑했다. 4시는 케이크와 잼을 곁들여 차를 마시는 시간이었다. 그런 다음 야외를 조금 산책하고는 다시 의자에서 휴식을 취한 후 7시에 저녁 식사를 하게 된다. 이 시간에는 식사뿐만 아니라 즐겁게 기다릴 수 있는 모종의 긴장과 구경거리가 준비되어 있다. 사람들은 식후에는 이리저리 돌아다니며 입체 요지경, 만화경식 망원경, 영사 기구 따위를 들여다보았다. 한스 카스토르프가 벌써 이 위의 생활에 이른바 '익숙해졌다'고 말하기에는 너무 이른 감이 있지만, 그는 벌써 하루 일정을 환하게 꿰고 있었다.

근본적으로 낯선 장소에 적응하며 살아간다는 것, 설령 힘들어도 그것에 순응하고 익숙해진다는 것, 거의 이런 것 자체만을 위해서나 그것을 특정한 목적으로 삼아서 가까스로 이에 성공하자마자, 또는 그런 뒤에 곧 다시 이를 포기하고 이전의 상태로 되돌아가는 것은 매우 독특한 일이다. 우리는 이런 것을 삶의 주요 관계에서 휴식이나 막간으로서, 특히 '휴양'의 목적으로 삽입해 넣는다. 즉, 유기체란 조금도 변함없이 단조로운 생활을 하는 것에 물들고 무기력해지며 무감각해질 위험이 있거나, 이미 그러기 시작하는 경우 이를 쇄신하고 변혁하지 않으면 안 된다. 그러나 오랜 동안 정체된 상태를 폐기하지 않을 때 유기체가 이처럼 무기력해지고 무감각해지는 이유는 어디에 있을까? 그것은 생활의 요구로 인해 정신적으로나 육체적으로 피곤해지고 마모되어서 그렇다기보다는(이런 경우 간단한 휴식이 회복의 수단이 되기 때문이다), 오히려 영적인 어떤 것, 즉 시간의 체험에 기인한다. 그런데 시간의 체험은 어떤 일이 계속 반복됨으로써 약화될 위험에 처할 수 있지만, 그것은 생활감정 자체와 너무 밀접한 관계를 맺고 있어서, 한쪽이 약화되면 다른 한쪽도 심각하게 손상을 입을 수밖에 없는 것이다. 지루함의 본질에 대해서는 여러 가지로 잘못된 생각이 만연해 있다. 대체로 생활의 내용이 재미있고 신기한 경우 시간이 '마구 흘러간다', 즉 시간이 짧아진다고 생각하는 반면, 단조롭고 내용이 공허하면 시간의 흐름이 지연되고 더디다고 생각한다.

이것이 반드시 옳다고는 할 수 없다. 내용의 공허함과 단조로움은 순간과 시간의 흐름을 연장시키고 '지루하게' 하지만, 아주 큰 시간 단위나 가장 큰 시간 단위를 짧게 하고, 심지어 무(無)의 상태로까지 사라지게 한다. 이와는 반대로 풍부하고 재미있는 내용은 시간과 나날을 짧게 하고 훌쩍 지나가게 하지만, 시간 단위를 크게 하여 생각해 보면 시간의 흐름에 폭과 무게, 부피를 수여함으로써 사건이 풍부한 세월은 바람에 불려 날아갈 것 같은 빈약하고 공허하고 가벼운 세월보다 훨씬 더 천천히 지나간다. 따라서 우리가 지루하다고 부르는 것은 생활의 단조로움으로 인한 시간의 병적인 단축인 것으로, 많은 시간 양까지도 단조로운 생활이 연속되는 경우에는 심장을 놀라게 할 정도로 바짝 오그라든다. 하루가 똑같은 나날의 연속이라면, 그 모든 나날도 하루와 같다. 그리고 하루가 늘 똑같은 모습이라면 가장 긴 삶의 시간조차도 아주 짧은 것으로 체험되고, 부지중에 흘러가 버릴 수도 있다. 습관이란 시간 감각이 잠들어 버리거나 시들해지는 것을 의미한다. 젊은 시절이 천천히 지나가는 것으로 체험되고, 그 뒤의 세월은 점점 더 빠르고 속절없이 흘러간다면, 이 또한 습관에 기인하는 것이다. 습관을 바꾸거나 새로운 생활에 적응하는 것이 우리의 삶을 유지하고, 우리의 시간 감각을 신선하게 하며, 그것을 갱신하고 강화하고 더디게 함으로써 우리의 생활 감정을 새롭게 하는 유일한 방법임을 우리는 알고 있다. 이것이 장소와 대기를 바꾸고 온천 여행을 하는 목적인 것으로, 기분 전환과 여러 가지 사건들도 이런 목적에 한몫을 한다. 새로운 체류지에서의 처음 며칠들, 6일에서 8일 정도의 처음 며칠은 싱싱하고 힘차고 활기차게 진행된다. 그러다가 그곳 생활에 '익숙해짐'에 따라서 점점 시간이 눈에 띄게 단축된다. 삶에 매달리거나, 더 정확히 말해 삶에 매달리고 싶어 하는 사람은 날들이 다시 가벼워져서 재빨리 지나가기 시작하는 사실을 알아차리며 깜짝 놀랄지도 모른다. 예컨대 4주간의 마지막 주는 두려울 정도로 빨리 지나가 버린다. 물론 시간 감각의 새로워진 영향은 한동안의 여행이 끝난 후에도 효력을 미치며, 규칙적인 생활로 돌아간 뒤에도 계속해서 효과를 발휘한다. 기분 전환을 마치고 집에서 보내는 처음 며칠은 여행에서와 마찬가지로 다시 새로워지고 활기차고 싱싱하게 느껴지지만, 그러나 이것도 며칠간만 지속될 뿐이다. 일반적으로 우리는 여행에서보다 일상생활에 더 빨리 생활에 익숙해지기 때문이다. 나이가 들어가면서 시간 감각이 이미 무뎌졌거나, 또는 –본래부터 약한 생활력의 표시이지만– 전혀 발달되지 않았다면, 시간 감각은 순식간에 다시 잠들어 버리며, 하루만 지나도 벌써 집을 떠나지 않았던 것처럼 여겨지고, 여행이 하룻밤의 꿈처럼 생각된다.

시간에 대한 소견을 여기에 끼워 넣은 데에는 이유가 있다. 한스 카스토르프는 이와 유사한 시간 감각을 느끼며 며칠 뒤 사촌에게 다음과 같이 말했기 때문이다(그는 말하면서 사촌을 충혈이 된 눈으로 바라보았다).

"낯선 곳에 오면 처음에 시간이 길게 느껴지는 것이 이상해. 그러니까… 물론 내가 지루하다는 말은 아니야. 반대로 나는 왕처럼 즐기고 있다고 말할 수 있지. 하지만 돌이켜보면, 요컨대 회고해 보면, 내가 이 위에 얼마나 있었는지, 그게 얼마나 되는지 모르겠다는 생각이 들고, 그게 이해가 안 돼. 내가 언제 이곳에 도착했고 얼마나 있었는지 잘 모르겠어. 전에 네가 나한테 '내려가!'라고 말한 거 기억나? 나는 그때가 아주 먼 옛날의 일처럼 여겨져. 그건 계산이나 오성과는 전혀 관계가 없고, 순전히 감정의 문제야. '여기 온 지 벌써 두 달이나 된 것 같아'라고 내가 말한다면 물론 어리석은 말이 되겠지. 그건 터무니없는 말이겠지. 그래도 '아주 오래되었다'라고는 말할 수 있을 것 같아."

"그렇겠네." 요아힘이 체온계를 입에 문 채 대답했다. "나도 덕분에 잘 지내고 있어. 네가 이곳에 온 이래로 나는 어느 정도 너에게 매달리고 있으니까." 요아힘이 별다른 설명 없이 아주 간단하게 말하자 한스 카스토르프는 피식 웃었다.

프랑스어로 대화를 시도하다

아니, 아직도 그는 이곳 생활에 익숙해졌다고 할 수 없었다. 며칠 만에 이곳 생활의 특이한 점을 모두 알아낸다는 것은 불가능했다. 그가 스스로에게 말했듯이 (요아힘에게도 말했지만) 3주가 다 지나가도 알아내지 못할 것이다. '이 위 사람들'의 독특한 분위기에 그의 유기체가 적응하는 점에서도 아직은 불가능했다. 이곳에 적응하는 것이 그에게는 힘들고 매우 까다로운 것처럼 여겨졌고, 이 일이 도무지 잘될 것 같지 않았다.

이 위에서 평소의 하루는 명확하게 구분되고 면밀하게 짜여 있었고, 따라서 톱니바퀴처럼 이루어지는 생활에 순응하기만 하면 빨리 보조를 맞추어 익숙해질 수 있었다. 그렇지만 시간 단위가 1주일이나 그 이상이 되는 경우에는 평소의 하루도 주기적인 변화를 겪지 않을 수 없었다. 이런 변화들은 처음에 어떤 변화가 일어나고 다음에 다른 변화가 반복되어 일어나는 식으로 일어났다. 일상적으로 접하는 사물들과 얼굴들의 개별 현상에 관해서도 한스 카스토르프는 순차적으로 하나씩

배워가야 했고, 눈으로 본 것을 좀 더 상세히 파악하고 젊은이다운 감수성으로 새로운 것을 받아들여야 했다.

예를 들어 그가 이곳에 도착한 첫날 저녁에 그의 눈에 띄었던, 복도의 문 앞에 놓여 있던 목이 짧고 배가 불룩한 용기에는 산소가 들어 있다고 요아힘이 설명해 주었다. 그 속에는 순수한 산소가 들어 있는데 한 병에 6프랑이었다. 그 활성 가스는 임종 환자에게 마지막 불꽃을 피워 주고 힘을 지탱해 주기 위한 목적으로 사용되었다. 환자는 그것을 호스로 들이마셨다. 문 앞에 그런 병이 놓여 있는 방에는 임종 환자, 또는 베렌스가 말했듯이 '위독한 환자'가 누워 있었다. 한스 카스토르프가 언젠가 2층에서 그를 만났을 때 그렇게 표현한 바 있었다. 당시에 고문관은 하얀 가운을 입고 푸르스름한 뺨으로 복도를 따라 걸었고, 한스 카스토르프는 그를 따라 계단을 올라가는 중이었다.

"이런, 무관심한 관객이로군요!" 베렌스가 말했다. "어떻게 지내십니까? 우리가 당신 마음에 드십니까? 영광입니다, 영광. 그래요, 우리의 여름 시즌은 이만하면 훌륭합니다. 이 정도 되기까지 이럭저럭 비용도 좀 들었지요. 하지만 당신이 우리와 겨울을 함께할 수 없어서 유감입니다. 그런데 이곳에 8주일만 있을 거라고 했던가요? 아, 3주였나요? 너무 짧군요. 옷 갈아입을 시간도 안 되겠어요. 그거야 뭐, 원하시는 대로죠. 그래도 겨울을 같이 보내지 못해 유감입니다. 왜냐하면 이곳에 오는 호사스런 호텔 손님들." 그는 농담을 하려는 듯 이상한 어법으로 말했다. "저 아래 플라츠에 있는 국제적인 호텔 손님들은 겨울이 되어야 오는데 이 사람들을 보는 게 좋지요, 당신의 교양에도 뭔가 도움이 될 겁니다. 발에 널빤지를 달고 뛰어다니는 걸 보면 가관입니다. 그리고 여자들, 여자들 말입니다! 극락조처럼 알록달록하고 정말 매력적이지요. 이제 나는 그만 위독한 환자에게 가 보아야겠습니다." 그가 말했다. "여기 27호실로 말입니다. 마지막 단계랍니다. 가운데로 나가야지요. 어제와 오늘만 해도 산소병을 다섯 다스나 들이켰습니다. 대식가지요. 하지만 정오까지는 조상들에게로 갈 겁니다. 자, 로이터 씨." 그는 27호실로 들어가면서 말했다. "우리 한 병 더 따는 게 어떨까요…." 문이 닫히자 그의 말이 사라졌다. 그러나 한스 카스토르프는 방 뒤쪽 침대의 베개 위에 있는 얼굴, 턱수염이 별로 없는 젊은이의 밀랍처럼 창백한 옆얼굴을 들여다보았다. 그는 큰 눈동자를 천천히 굴리며 문 쪽을 바라보았다.

한스 카스토르프는 이렇게 하여 생전 처음으로 위독한 환자를 볼 수 있었다. 당시에 그의 부모뿐만 아니라 할아버지도 그가 보지 못하는 사이에 돌아가셨기 때문이다. 베개 위로 턱수염이 자욱한 젊은이의 얼굴 모습은 얼마나 비장했던가! 그가 천천히 문 쪽으로 시선을 돌렸을 때 그의 커다란 두 눈은 얼마나 의미심장하던가! 카스토르프는 얼핏 눈에 들어온 광경에 마음이 완전히 빼앗긴 채 계단으로 걸음을 옮기는 동안, 자신도 모르게 위독한 환자처럼 눈을 크게 뜨고 느릿하고 의미심장한 눈빛을 만들어 보려고 했다. 그러다가 그는 문을 열고 나와 어느새 계단 입구에서 자신 앞으로 지나가는 여자에게도 이런 눈빛을 지어보였다. 그는 처음에는 그 여자가 쇼샤 부인이라는 사실을 알아채지 못했다. 쇼샤 부인은 청년의 그런 눈빛을 보고 가볍게 미소를 짓고는, 뒤로 땋은 머리를 손으로 떠받치며 얼굴을 앞으로 내밀고 그의 앞에서 조용히 유연한 동작으로 계단을 내려갔다.

그는 처음 며칠 동안은 알고 지내는 사람이 별로 없었고, 그 뒤로도 오랫동안 마찬가지였다. 그러기에는 하루의 일정이 안 좋은 편이었다. 더구나 한스 카스토르프의 성격도 내성적이어서 스스로를 손님이자 베렌스 원장이 말했듯이 '무관심한 관객'으로 느꼈다. 그랬기에 대체로 요아힘과 대화를 나누며 지내는 것으로 만족스럽게 여겼다. 물론 복도에서 마주치는 간호사는 사촌들에게 관심이 많았기에 전부터 그녀와 간혹 잡담을 나누던 요아힘이 한스 카스토르프를 그녀에게 소개해 주었다. 귀 뒤로 코안경 줄을 맨 그녀는 대화를 나눌 때면 말 몇 마디 하면서 과장된 동작이 더 많았다. 그녀를 좀 더 면밀히 살펴보았을 때 이곳에서의 지루한 생활이 견디기 어려운 나머지 제 정신이 아닌 것 같았다. 그녀는 대화를 끝내는 것을 병적으로 두려워하는 모습이 역력하여 그녀에게서 벗어나는 게 아주 힘들었다. 두 젊은이가 서둘러 말을 끝내며 눈짓으로 가려는 표정을 짓자마자 그녀는 절망적인 미소를 지으며 그들에게 매달렸기 때문에, 그들은 동정심이 생겨서 그녀 곁에서 있을 수밖에 없었다. 그녀는 법률가인 아버지와 의사인 사촌에 대해 길고 장황하게 이야기했는데, 그럼으로써 자신을 돋보이게 하고 자신이 교양 있는 사회계층 출신임을 알리려고 했다. 그녀가 돌보고 있는 저 문 뒤의 환자에 관한 한, 그는 코부르크의 인형공장 사장의 아들로 이름이 로트바인이라고 했다. 그런데 최근 그 독일 청년에게 장까지 균이 퍼졌으며, 이는 두 분 사촌도 충분히 상상할 수 있듯이 모든 관계자들에게 참으로 가혹한 일이라는 것이다. 특히 학구적인 가문 출신에 상류계층의 고상한 감각을 소유한 사람이라면 더욱 가혹한 일이며, 더구나 잠시도 자신은 자리를 비울 수 없다고 했다. 최근에는 가루 치약을 사려고 잠깐 외출했다가 돌아와 보니, 환자가 침대에 앉아서 맛이 진한 흑맥주 한 잔, 살라미 소시지 한 개, 검은 빵 한 조각과 오이 한 개를 놓고 있었다. 참으로 기가 막힌 광경이 아닌가! 고향의 이 모든 진미

들은 가족들이 환자의 원기를 회복하도록 보내 준 것들이었다. 그러나 다음 날 그는 물론 살아 있다기보다는 거의 죽어 있었다. 스스로가 죽음을 재촉한 행위였다. 하지만 그것은 환자에게만 해방을 의미하며, 그녀에게는 아니다.— 여기서는 베르타라고 불리지만 본명은 알프레다 쉴트크네히트이다. 왜냐하면 자신은 다소 병이 진행된 상태에 있는 다른 환자를 살펴봐야 하기 때문이다. 여기서든 또는 다른 요양원에 가든, 이렇게 지내는 것이 자신에게 열려 있는 길이며, 다른 전망은 없다는 것이었다.

한스 카스토르프는 분명히 힘든 직업이긴 하지만 보람 있는 일이 아니겠느냐고 말했다.

이에 대해 그녀는 물론 보람된 일이긴 하지만, 아주 힘들다고 대답했다.

그러면 로트바인의 쾌유를 빈다고 말하고 두 사촌은 그 자리를 떠나려고 했다.

하지만 그녀는 말과 눈빛으로 두 사람을 붙들고 늘어졌다. 죽자 사자 매달리는 그녀의 모습이 너무 안쓰럽게 보이고, 그녀에게 시간을 허락하지 않는 것이 잔인한 것 같아서 두 젊은이는 조금 더 붙잡혀 있을 수밖에 없었다.

"환자는 자고 있어요!" 그녀가 말했다. "그러니 내가 없어도 괜찮아요. 그래서 잠깐 복도에 나온 겁니다." 이렇게 말한 뒤 베렌스 고문관에 대해 불평을 늘어놓기 시작했다. 그가 자신을 다루는 태도며, 자신의 출신은 고려함이 없이 함부로 대한다며 언성을 높였다. 반면에 크로코프스키 박사를 훨씬 더 높게 평가했다. 그는 인정이 있다는 것이었다. 그런 다음에는 다시 아버지와 사촌 이야기를 늘어놓기 시작했다. 그녀의 머리에는 그것 외에 다른 것은 들어 있지 않은 것 같았다. 이제 두 사람이 가려고 하자 그녀는 갑자기 목소리를 높이고 거의 울듯이 소리치기 시작하면서 사촌들을 조금 더 붙잡아 두려고 안간힘을 썼지만 소용없었다. 마침내 두 사람은 그녀에게서 간신히 빠져나올 수 있었다. 그러나 간호사는 한동안 상체를 앞으로 굽히고 마치 눈으로 두 사람을 되돌아오게 하려는 듯 흡인력 있는 눈으로 두 사람의 뒷모습을 바라보았다. 이윽고 그녀의 가슴에서 한숨 소리가 튀어나오더니 환자가 있는 방으로 되돌아가는 것이었다.

그 밖에 한스 카스토르프가 요즘 알게 된 사람은 검은 머리에 안색이 창백한 멕시코 여자뿐이었다. 그가 정원에서 본 적이 있었던 그녀는 '둘 다'라고 불리고 있었다. 실제로 카스토르프도 별명이 되어 버린 슬픈 낱말을 직접 그녀의 입으로 듣게 되었다. 하지만 그는 마음의 준비가 되어 있었으므로 이 말을 듣고도 훌륭한 자세를 유지할 수 있었고, 이에 대해 본인 스스로도 만족스러웠다. 두 사촌은 그녀와 정문 앞에서 마주쳤다. 이때는 첫 번째 아침 식사를 마치고 규정된 아침 산책에 나서려던 참이었다. 그녀는 검은색 캐시미어 천으로 몸을 두르고 구부러진 무릎으로 그 부근에서 이리저리 불안하게 성큼성큼 거닐고 있었다. 슬픔으로 여의고 큰 입을 가진 늙어 가는 그녀의 얼굴은 희끗한 은발을 감싸고 턱 아래로 묶여 있는 검은 면사포와 대조적으로 창백한 빛을 내고 있었다. 평소처럼 모자를 쓰지 않은 요아힘은 허리를 굽히고 그녀에게 인사했다. 그러자 그녀는 상대를 바라보며 좁은 이마에 난 주름을 깊게 하면서 천천히 답례했다. 그녀는 서 있다가 처음 보는 얼굴을 발견하고는 머리를 가볍게 끄덕이며 두 사람이 다가오는 것을 기다렸다. 낯선 얼굴이 그녀의 운명을 알고 있다면 그 운명에 대한 견해를 들어보는 것을 필수적인 일로 여기고 있음에 틀림없었다. 요아힘은 그녀에게 사촌을 소개했다. 그녀는 몸을 두른 검은 천 사이로 손을 내밀고 고개를 끄덕이며 그를 바라보았다. 그녀의 여위고 누런 손은 힘줄이 튀어나와 있었고, 여러 개의 반지들을 끼고 있었다. 그리고 늘 하던 버릇이 입에서 튀어 나왔다.

"둘 다입니다, 신사 양반." 그녀가 말했다. "둘 다라고요…."

"네, 알고 있습니다, 부인." 한스 카스토르프는 낮은 톤의 프랑스어로 대답했다. "나는 매우 유감스럽게 생각하고 있습니다."

새까만 그녀의 눈동자 아래로 축 늘어진 피부는 그가 한 번도 본 적이 없을 만큼 크고 무겁게 처져 있었다. 그녀에게서 시들어 버린 체취가 희미하게 풍겨왔다. 그는 차분하고 엄숙한 기분이 들었다.

"고마워요." 그녀는 코를 골 때 내는 소리를 내며 말했다. 그녀의 이런 발음은 상심어린 그녀의 모습과 이상하게 잘 어울렸다. 그녀는 커다란 입 언저리를 비극적으로 내려뜨리고 있었다. 이어서 그녀는 몸에 걸친 천 아래로 손을 넣고는, 머리를 수그린 채 다시 거닐기 시작했다. 한스 카스토르프는 산책을 계속하면서 말문을 열었다.

"봤지, 나는 괜찮아. 그녀에게 처신을 아주 잘 한 거야. 나는 이런 사람들과 잘 지내는 것 같아, 천성적으로 잘 지내는 법을 알고 있어. 너도 그렇게 생각하지 않니? 왜 그런지는 잘 모르겠는데, 대체로 나는 명랑한 사람들보다는 슬픈 사람들과 잘 지내는 것 같아. 아마 내가 일찍 부모님을 여의고 고아로 자라서 그런 것 같아. 엄숙하고 슬프거나 죽음이 닥쳐오는 곳에 있어도 나는 그렇게 우울하거나 놀라지 않아. 그런 곳이 떠들썩한 장소에 있을 때보다 더 내게 어울리고 편안하게 느껴지거든. 그런 곳이 내게는 덜 부담스러운 거야. 최근에는 이런 생각이 들었어. 이곳 여자들이 죽음이나 그것과 관련되는 모든 것을 두려워하며 벌벌 떤다거나, 반면에 이곳 관리자들이 여자들에게 죽음의 모습을 보이지 않으려고 걱정하면서 임종 시의 영성체를 그들이 식사할 때 들여온다는 것도 어리석다고 말이야. 쳇, 그건 어리석은 짓이야. 너는 관을 보는 게 좋지 않아? 나는 아주 좋아하거든. 나는 관이 텅 비어 있을 때는 아주 아름다운 가구라고 생각해. 그러나 누가 그 안에 들어 있다면, 내 눈에는 아주 장엄하게 보여. 장례식은 무엇인가 교화적인 면이 있지. 나는 사람이 약간이라도 정신적으로 교화되려면 벌써부터 교회에 가지 말고 장례식에 가야 한다고 가끔 생각한 적이 있었어. 사람들은 검은 예복을 입고 모자를 손에 벗어 들고는 관을 바라보면서 엄숙하고 경건한 태도를 취하지. 아무도 평소처럼 쓸데없는 농담도 하지 않는다고. 나는 사람들이 좀 경건해지면 좋겠어. 나는 목사가 되었어야 하는 건 아닐까 가끔 자문도 해 보았지. 어쨌든 그것이 나에게 어울리지 않는 것도 아닌 것 같아… .참 아까 내가 프랑스어로 말할 때 실수하지는 않았나?"

"아니." 요아힘이 대답했다. "'나는 매우 유감스럽게 생각합니다'는 아주 적절했어."

음악이 정치적으로 의심스럽다니!

오늘은 주기적인 변화가 일어나는 첫 번째 일요일이었다. — 테라스에서 2주마다 열리는 환자를 위한 음악회 날이었다. 따라서 이번 일요일은 2주일을 표시하는 일요일인 것으로, 한스 카스토르프는 두 번째

주의 중간쯤에 이곳에 온 셈이었다. 그가 화요일에 이곳에 왔으니까 오늘은 그로부터 다섯 번째 되는 날이었다. 기온이 갑자기 뚝 떨어져 겨울로 돌아간 것 같더니 이 날은 다시 따뜻한 봄날 같았다. 밝고 푸른 하늘에는 새털구름이 가볍게 떠 있었고, 다시 계절의 질서에 따라 여름의 초록을 되찾은 산비탈과 골짜기에는 따사로운 햇살이 비치고 있었다. 동시에 얼마 전에 내린 눈은 어느새 녹아 사라지고 없었다.

요양원 사람들 누구나 일요일에 경의를 표하고 특별한 날이 되게 하려고 노력하는 모습이 뚜렷하게 엿보였다. 요양원측과 손님들이 이 날을 위해 서로 돕고 있었다. 아침에 차 마시는 시간부터 초콜릿 등이 뿌려진 구운 과자가 나왔다. 자리마다 야생 패랭이와 심지어 알프스 들장미 여러 송이가 꽂혀 있는 유리잔이 놓였다. 신사들은 이런 꽃들을 옷깃 단추 구멍에 꽂고 있었다(도르트문트 출신의 파라반트 검사는 점들이 알록달록한 조끼에 검은 연미복 차림이었다). 여자들의 화려한 의상도 축제의 분위기를 풍겼다. 쇼샤 부인은 아침 식사 때 소매가 넓고 가느다란 레이스가 달린 아침 실내복을 입고 나타났다. 그녀는 쾅 소리가 나도록 유리문을 닫고는, 먼저 정면으로 서서 홀 쪽으로 우아한 자태를 보인 뒤 자신의 식탁으로 살금살금 걸어갔다. 그녀의 실내복이 너무나 아름다워서 한스 카스토르프의 옆자리 쾨니히스베르크 출신의 여선생은 그 모습에 감동을 받아 어쩔 줄 몰랐다. 심지어 보통 러시아인 좌석의 야만적인 부부도 안식일을 고려했는지 남자는 가죽 외투 대신에 일종의 짧은 프록코트를 입었고, 펠트 구두 대신 가죽 구두로 바꿔 신었다. 여자는 물론 오늘도 정갈하지 못한 깃털 목도리를 둘렀지만, 그 아래쪽에는 주름 장식이 달린 녹색 실크 블라우스를 입었다. 한스 카스토르프는 두 사람이 눈에 보이자 눈살을 찌푸렸고, 여기 온 뒤로 자주 그랬듯이 얼굴색이 벌겋게 변했다.

두 번째 아침 식사가 끝난 직후 테라스에서 환자들을 위한 음악이 연주되기 시작했다. 온갖 금관악기 및 목관악기 연주자들이 그곳에 와서 거의 점심때까지 경음악과 장중한 음악을 교대로 연주했다. 연주회가 열리는 동안은 안정 요양을 의무적으로 하지 않아도 되었다. 몇몇 사람들은 자신의 발코니에서 귀의 향연을 즐기기도 했고, 정원의 홀에도 서너 개의 의자에 환자들이 앉아 있었다. 그러나 대다수의 손님들은 지붕이 달린 테라스의 작고 흰 의자에 앉아 있었다. 반면에 의자에 앉는 것을 거창하게 여기는 젊고 발랄한 사람들은 정원으로 내려가는 돌층계를 차지하고 앉아서 웃고 즐기고 있었다. 이들 젊은 남녀 환자들은 한스 카스토르프도 이미 이름을 알거나 안면이 있는 사람들이었다. 헤르미네 클레펠트와 알빈 씨 같은 사람이 거기에 속했다. 알빈 씨는 꽃무늬가 그려진 커다란 초콜릿 상자를 주변 사람들에게 주면서 모두에게 먹게 했지만, 정작 자신은 그것을 먹지 않고 아버지처럼 의젓한 표정을 지으며 금장식 파이프로 담배를 피우고 있었다. 나아가 '반폐 클럽'의 입술이 두툼한 젊은이, 상아색 피부의 비쩍 마른 레비 양, 그 밖에 라스무센이라는 흐릿한 금발의 젊은이도 있었는데, 그는 손목에 힘을 뺀 채 양손을 지느러미 모양으로 가슴 높이에 올려놓고 있었다. 암스테르담 출신의 풍만한 몸매의 잘로몬 부인도 붉은 옷을 입고 젊은 사람들 사이에 끼여 있었다. 〈한여름 밤의 꿈〉을 연주하던 연한 머리칼의 키가 큰 남자는 양팔로 뾰족한 무릎을 감싸고 그녀 뒤에 앉아서, 그녀의 갈색 목덜미를 우울한 눈빛으로 계속 바라보고 있었다. 그리스 출신의 붉은 머리 아가씨, 맥처럼 생긴 얼굴의 국적 불명 아가씨, 도수 높은 안경을 낀 대식가 소년, 다른 15 내지 16세쯤 되어 보이는 소년이 있었다. 단안경을 낀 소년은 기침을 할 때마다 작은 손가락을 입에다 갖다 대곤 했는데, 소금 숟가락 모양의 손톱은 길게 자라 있었다. 소년은 모자라다는 것이 현저하게 나타나 있었다. 그 밖에 다른 사람들도 많이 와 있었다.

손톱이 긴 소년은 여기 올 때는 별로 아프지 않았고, 열도 없었으며 의사인 아버지가 예방을 위해서 이곳에 보냈다고 요아힘이 나지막하게 설명해 주었다. 베렌스는 3개월쯤 머물도록 판정을 내렸는데, 4개월이 지난 지금 37.8도 내지 38도까지 올라가 정말 환자가 되었다고 했다. 그러나 너무 제멋대로 지내고 있어서 뺨이라도 때리고 싶다고 요아힘이 덧붙였다.

두 사촌은 다른 식탁과 좀 떨어진 작은 식탁에 따로 앉아 있었다. 한스 카스토르프가 아침 식사 때 가져온 흑맥주를 마시며 시가를 피웠기 때문이다. 때때로 본래의 시가 맛이 약간 나곤 했다. 맥주와 늘 그를 자극하는 음악에 몽롱해져서 그는 입을 벌리고 머리를 옆으로 기울인 채 충혈된 눈으로 주변의 태평한 요양환자들을 둘러보았다. 이 모든 사람들이 내면적으로 막기 어려운 붕괴상태에 처해 있으며, 대부분이 미열이 있다는 사실은 그의 의식에 전혀 지장을 주는 것이 아니라, 그와는 반대로 매사에 특별한 집중력을 높이고 어떤 정신적 매력까지 부여하는 것이었다.

어떤 사람들은 식탁에 앉아 거품이 이는 레몬수를 마시고 있었고, 또 어떤 사람들은 옥외 계단에서 사진을 찍고 있었다. 그런가 하면 거기서 우표를 교환하는 사람들도 있었다. 붉은 머리의 그리스 아가씨는 스케치북에 라스무센 씨를 그렸지만, 그림을 그에게 보여 주지 않으려고 틈새가 벌어진 넓은 치아로 웃으며 몸을 이리저리 돌리는 바람에 그가 그녀에게서 스케치북을 빼앗는 데 오랜 시간이 걸렸다. 헤르미네 클레펠트는 눈을 반만 뜨고 계단에 앉아 돌돌 말아 쥔 신문으로 음악에 박자를 맞추고 있었고, 그 사이에 알빈 씨는 들꽃 몇 개를 모아 그녀의 블라우스에 꽂아 주었다. 입술이 두툼한 젊은이는 잘로몬 부인의 발치에 앉아 고개를 돌리고 그녀와 대화를 나누었고, 머리숱이 적은 피아니스트는 그녀의 등 뒤에서 그녀의 목덜미를 계속해서 바라보고 있었다.

의사들도 이곳으로 나와서 요양환자들 사이에 끼어들었다. 베렌스 고문관은 하얀 가운, 크로코프스키 박사는 검은 가운을 입고서 줄지어 선 식탁을 따라 지나갔다. 베렌스 고문관은 거의 모든 식탁에 유쾌하게 농담을 던져서 그가 지나갈 때마다 웃음바다를 만들었다. 의사들이 젊은이들이 있는 돌계단으로 내려가자, 거기 있던 몇몇 아가씨들이 야릇한 미소를 던지며 크로코프스키 박사 주위로 우르르 몰려들었다. 그러는 동안 고문관은 일요일을 기념하여 남자들에게 구두끈 매는 묘기를 보여 주었다. 그는 자신의 엄청 큰 발을 계단에 올려놓고 구두끈을 풀었다. 특별한 기술을 발휘하여 구두끈을 한 손으로 쥐고는 다른 손의 도움을 받지 않고 숙련된 솜씨로 끈을 열십자로 매자 모두가 놀라서 탄성을 질렀고, 몇몇 남자들이 흉내를 내보았으나 도저히 따라 할 수 없었다.

나중에 세템브리니도 테라스에 모습을 드러냈다. 그는 산책용 지팡이를 짚으며 식당에서 나왔는데, 오늘도 두툼한 모직 상의에 누르스름한 바지를 입고 있었다. 그는 우아하지만 냉정하고 비판적인 표정을 지으며 주위를 둘러보고는 사촌들의 식탁으로 다가왔다. 그는 "아, 브라보!" 하고 외치면서 합석해도 되겠느냐고 물었다.

그러면서 말문을 열기 시작했다. "맥주와 담배, 그리고 음악. 이거라면 우리가 당신들의 조국을 다 가지고 있는 셈이죠! 엔지니어 씨, 당신은 민족의 분위기를 이해하는 모양이군요. 가장 당신다워 보여서 나도 즐겁습니다. 당신의 조화로운 상태를 나도 좀 함께 합시다!"

한스 카스토르프는 정신이 번쩍 들었다. 이탈리아 사람을 보자마자 그는 경각심부터 들었지만 이렇게 말했다. "연주회에 늦으셨군요, 세템브리니 씨. 곧 끝날 텐데요. 음악을 좋아하지 않으십니까?"

"명령에 따르는 것은 좋아하지 않습니다." 세템브리니가 대꾸했다. "주간 행사로 듣는 것은 좋아하지 않습니다. 약국 냄새가 나고, 위생상의 이유로 상부에서 억지로 배당하는 음악은 싫어합니다. 나는 나의 자유, 아니면 우리 같은 사람에게 남아 있는 약간의 자유와 인간의 존엄을 소중히 여기고 있답니다. 당신이 대체로 우리에게서 청강생으로 있듯이, 나는 이런 행사에 청강생으로 참석합니다. 나는 15분 정도 있다가 다시 나의 길을 갑니다. 이것이 나에게 독립이라는 환상을 부여해 줍니다. 나는 그것이 환상 이상이라고는 말하지 않겠습니다. 그러나 그것이 나에게 어떤 만족감을 준다면 더 이상 무엇이 필요하겠습니까! 당신 사촌과는 경우가 좀 다릅니다. 이런 것도 그에게는 근무이지요. 안 그런가요, 소위님, 당신은 이것도 근무에 속한다고 생각하지요. 아, 나는 알고 있습니다. 당신은 노예 상태에서도 자존심을 지키는 수법을 터득하고 있어요. 수법이 참 그럴 듯합니다. 모든 유럽 사람이 다 그런 수법을 터득하고 있는 것은 아니지요. 음악이요? 내가 음악의 '애호가'인지를 물었지요? 그런데 당신이 '애호가'라고 말한다면, (한스 카스토르프는 그런 말을 했는지 전혀 기억이 나지 않았다) 그 표현을 선택한 것은 나쁘지 않네요, 어감이 부드럽고 경쾌하니까요. 좋습니다, 동의합니다. 그래요, 나는 음악 애호가입니다. 그렇다고 해서 내가 음악을 특별히 존중한다고 말하는 것은 아닙니다. 이를테면 정신을 전달하는 매개자, 진보의 도구요 찬란한 쟁기인 '말'을 존중하고 사랑하는 것만큼은 아닙니다… 음악… 음악은 모호한 것, 의심스러운 것, 무책임하고 냉담한 것입니다. 어쩌면 당신은 명료한 것이라고 이의를 제기할지 모르겠습니다. 그러나 자연도 명료할 수 있고, 개울물도 명료할 수 있습니다. 그런데 그것이 우리에게 무슨 소용인가요? 그건 참다운 명료성이 아니라, 몽상적이고 무의미하고 아무 책임도 지지 않는 명료성, 요컨대 일관성이 없는 명료성입니다. 음악은 그 자체에 머물며 안정하도록 유혹하기 때문에 위험하기도 합니다. 음악을 대범한 행위로 가정해봅시다. 좋습니다! 그러면 우리의 감정은 불타오를 것입니다. 하지만 그게 아닙니다. 중요한 것은 이성을 불타오르게 해야 합니다! 음악은 마치 운동 자체인 것처럼 보입니다. 그렇지만 나는 음악에 정적주의와 같은 어떤 것이 내재한다는 의구심을 가지고 있습니다. 극단적으로 말하자면 나는 음악에 정치적 거부감을 품고 있습니다."

그러자 한스 카스토르프는 무릎을 치면서 이런 말은 살아오는 동안 들어본 적이 없다고 소리치지 않을 수 없었다.

"그렇지만 깊이 생각해 보세요!" 세템브리니는 미소 지으며 말했다. "음악은 감동의 최종적 수단으로서 더할 나위 없이 훌륭합니다. 음악이 그 효과를 위하여 정신을 모범적인 것으로 내세운다면, 밀고나가고 끌어올리는 음악의 힘은 엄청난 것입니다. 그러나 문학이 음악에 선행되어야 합니다. 음악만으로는 세상을 앞으로 끌고 가지 못합니다. 음악만으로는 위험합니다. 엔지니어인 당신에게는 음악이 무조건 위험합니다. 처음부터 나는 당신의 얼굴 표정을 보고 그것을 알아차렸습니다."

"이런, 내 얼굴을 그렇게 보시면 안 됩니다, 세템브리니 씨. 이 위의 공기가 나에게 얼마나 힘든지 모르실 겁니다. 이곳에 적응하기가 생각보다 더 힘들게 생각됩니다."

"착각하는 것 아닐까요."

"아니, 어째서죠! 내가 얼마나 피곤하고, 열도 얼마나 계속 나는지 아무도 모를 겁니다."

"그래도 요양원 측이 연주회를 열어 주는 것을 감사하게 여겨야 할 것 같습니다." 요아힘이 신중하게 말했다. "선생은 사안을 더 높은 관점에서 바라보고 있습니다. 말하자면 작가의 관점에서 말입니다. 그 점에 대해서는 반대할 생각이 없습니다. 그러나 이런 약간의 음악이라도 들을 수 있는 것에 대해서는 감사하게 생각해야 합니다. 나는 음악을 잘 모릅니다만, 여기서 연주되는 작품도 그리 대단하지는 않습니다. 고전 음악도 현대 음악도 아니며, 취주악에 불과합니다. 그런데도 기분 전환이 되어서 기분이 좋습니다. 또한 몇 시간을 아주 훌륭하게 채워 주고 있습니다. 시간을 몇 개로 내분하여 각각의 시간을 채워 줌으로써 무언가 내용을 갖게 해 줍니다. 반면에 평소에는 한 시간, 며칠, 몇 주가 지겹게도 똑같습니다. 그렇습니다, 지금 연주되는 가볍게 들을 수 있는 음악은 아마도 7분간 계속되겠지만, 그 자체로 뭔가 의미가 있습니다, 안 그렇습니까, 7분이라는 것이 시작과 끝이 있고, 다른 것과 달리 두드러지기 때문에 어느 정도 유지되어 왔고, 그래서 뜻밖에도 전체적으로 구태의연한 것에 빠지지 않고 있지요. 그 밖에도 이 7분은 곡의 음형을 통하여 여러 개로 나누어져 있고, 그 음형은 다시 박자로 나누어져 있습니다. 그래서 늘 무엇인가 시작되어 매 순간이 우리가 신뢰할 수 있는 어떤 의미를 얻게 되는데, 반면에 그렇지 않다면… 제대로 말한 것인지는 잘 모르겠지만…."

"브라보!" 세템브리니가 소리쳤다. "브라보, 소위님! 당신은 음악의 본질에 있어서 의심의 여지가 없는 윤리적 순간을 잘 표현하고 있습니다. 다시 말해 음악은 아주 독특하게 생동적인 분할법을 통하여 시간의 흐름에 일깨움과 정신, 고귀성을 부여합니다. 음악은 시간을 일깨워 줍니다, 우리가 시간을 가장 섬세하게 향유하도록 일깨워 주는 것입니다. 음악은 일깨워 주는 역할을 합니다… 이럴 때만 음악은 윤리적입니다. 예술은 일깨워 주는 한 윤리적입니다. 그러나 음악이 정반대의 작용도 한다면 어떨까요? 음악이 의식을 마비시키고, 잠들게 하며, 행동과 진보를 가로막는 역할을 한다면 말입니다. 음악은 그런 역할도 할 수 있습니다. 음악은 근본적으로 아편의 작용으로도 이해될 수 있습니다. 악마의 작용 말입니다, 여러분! 아편이 악마와 같은 까닭은 그것이 무감각, 집착, 활동불능, 노예적인 정체를 만들어내기 때문입니다. 음악에는 좀 의심스런 구석이 있습니다, 여러분. 음악은 이중적이라고 나는 믿습니다. 음악을 정치적으로 수상하다고 말하더라도 내 말이 크게 벗어난 것은 아닐 것입니다."

세템브리니는 이런 식으로 계속 말했다. 한스 카스토르프도 그의 말을 경청했지만, 세템브리니의 말을 제대로 따라갈 수 없었다. 그 이유는 무엇보다 피곤하기도 하고, 또한 저 아래 돌계단에서 홍겨운 젊은이들 사이에 한바탕 왁자지껄하는 소리가 들려와 정신이 산만해졌기 때문이다. 그가 제대로 본 것이었을까, 아니면 대체 어떻게 된 것이었을까? 맥의 얼굴을 닮은 아가씨가 단안경을 낀 소년의 운동복 바지 무릎 밴드에 단추를 달아주려고 정신을 쏟고 있었다! 단추를 꿰매주면서 그녀는 천식 때문에 숨을 가쁘게 몰아쉬고 있었고, 반면에 소년은 기침을 하면서 소금 숟가락 같은 손톱을 연신 입에 갖다 대고 있었다! 그들은 둘 다 환자였으나, 그럼에도 이런 모습은 이 위의 젊은이들 사이에서 벌어지는 특이한 이성 교제의 양식을 입증해 주고 있었다. 이즈음 폴카 음악이 연주되고 있었다.

히 페

이렇게 연주회가 개최되는 일요일은 특별한 날이었다. 이 외에도 일요일 오후에는 여러 그룹의 손님들이 마차를 탄다는 점에서도 특이했다. 여러 대의 쌍두마차가 차를 마신 뒤 커브 길을 올라와 마차를 부른 손님들을 태워 가기 위해 정문 앞에 서 있었다. 러시아인들이 주로 마차를 부른 것은 러시아 사람들, 대체로 러시아 여자들이었다.

"러시아 사람들은 늘 마차를 타고 산책을 나가." 요아힘이 한스 카스토르프에게 말했다. 두 사람은 정문 앞에 나란히 서서 출발 광경을 흥미롭게 지켜보았다. "이제 그들은 클라바델이나 호수, 플뤼엘라 계곡이나 클로스터스로 갈 거야. 너도 흥미가 있으면 이곳에 있는 동안 한번 가보지 그래. 하지만 당분간은 여기 적응하느라 할 일이 많아서 다른 것은 하기가 쉽지 않겠지."

한스 카스토르프도 사촌의 말에 동의했다. 그는 담배 한 대를 입에 물고 두 손은 바지 주머니에 넣고 있었다. 그러면서 작고 쾌활한 러시아 노부인이 그녀의 비쩍 마른 조카딸과 다른 두 여자와 함께 마차에 자리를 잡는 모습을 지켜보았다. 다른 두 여자는 바로 마루샤와 쇼샤 부인이었다. 쇼샤 부인은 등에 끈이 달린 얇은 야외용 외투를 입고 있었지만 모자는 쓰지 않았다. 그녀는 마차 앞쪽의 노부인 옆에 앉았고,

두 소녀는 나란히 뒷좌석에 앉았다. 네 여자는 모두 흥에 겨워서 흡사 뼈마디가 없는 언어를 사용하듯이 쉬지 않고 입을 놀렸다. 그들은 지붕이 낮아 앉기가 불편한 마차와 대고모가 음식으로 가져온 러시아 케이크에 대해 이야기하면서 웃음을 터뜨렸다. 대고모는 솜과 종이쪽으로 채워진 나무 상자를 꺼내어 벌써 먹어 보라고 권하고 있었다. 한스 카스토르프는 쇼샤 부인의 불분명한 목소리를 분간하여 관심 있게 듣고 있었다. 이 단정치 못한 여자를 볼 때마다 늘 그랬듯이 이번에도 그녀가 누구와 닮았다는 생각이 강하게 들었다. 그는 한동안 그녀가 누구와 닮았는지 기억하려고 애썼는데 마침 지난번 꿈속에서 나타났었다. 그러나 마루샤의 웃음소리, 입을 가린 손수건 위로 드러나는 어린아이 같은 둥근 갈색 눈, 안으로 병이 꽤나 깊숙이 진전된 그녀의 불룩한 가슴을 대하자 그는 최근에 본 적 있었던 무엇인가 다른 충격적인 일을 떠올렸다. 그래서 그는 머리를 돌리지 않고 조심스럽게 요아힘을 곁눈질했다. 다행히도 요아힘은 지난번처럼 얼굴에 반점이 보이지 않았고, 입술도 애처롭게 일그러져 있지 않았다. 그렇지만 그는 군인이라고 부르기 어려운 자세와 눈짓으로 마르샤를 바라보고 있었다. 오히려 그는 우울하고 넋을 잃은 것처럼 보여서 민간인이라고 해야 옳을 것 같았다. 이때 그가 정신을 차리고 한스 카스토르프를 흘끔 바라보았다. 그러자 카스토르프는 얼른 시선을 돌리고 짐짓 허공을 바라보는 척했다. 이 순간 그는 자신의 심장이 두방망이질 치는 것을 느꼈다. 언젠가 여기서 그랬던 것처럼 특별한 아무 이유 없이 저절로 그러는 것이었다.

이날 일요일은 식사 시간을 제외하고는 별다른 것이 없었다. 평소처럼 식사가 풍성하게 차려졌지만 적어도 요리의 맛이 한층 고급스러웠다. (점심으로는 게와 반으로 자른 버찌 장식에 소스를 뿌린 닭고기가 나왔고,

설탕으로 엮은 바구니에 얼린 케이크, 이어서 신선한 파인애플도 나왔다.) 저녁때 맥주를 마신 한스 카스토르프는 훨씬 더 심한 피로와 오한을 느꼈고, 며칠 전보다 사지가 더 무거운 것 같았다. 그는 9시경에 벌써 사촌에게 잘 자라고 인사를 하고, 깃털 담요를 급히 턱까지 끌어올리고는 마치 죽은 사람처럼 잠에 빠져들었다.

다음날, 그러니까 청강생이 이 위에서 맞이한 첫 번째 월요일에 정기적으로 반복되는 특별한 일과가 찾아왔다. 그것은 크로코프스키 박사가 '베르크호프'의 위독한 환자가 아닌, 독일어를 이해하는 모든 성인들에게 식당에서 2주마다 행하는 강연이었다. 한스 카스토르프가 사촌에게 들은 바와 같이 크로코프스키 박사는 〈병을 일으키는 힘으로서의 사랑〉이라는 일반적 제목 하에서 이와 유사한 일련의 연속강의, 흥미로운 과학적 강연을 열었다. 교육적 성격의 이 강연은 두 번째 아침식사를 마친 후에 거행되었다. 재차 요아힘의 말에 따르면 여기에 빠지는 것은 허용되지 않았고, 빠지게 되면 적어도 상당히 따가운 눈총을 받아야 한다는 것이었다. 이런 연유로 그 누구보다 독일어에 능통한 세템브리니가 이 강연에 참석치 않았을 뿐만 아니라 형편없이 과소평가 했다는 것은 불손하기 짝이 없는 일로 여겨졌다. 한스 카스토르프의 경우, 그는 무엇보다도 예의상, 하지만 다음으로는 숨길 수 없는 호기심 때문에 강연에 참석하기로 즉시 마음먹었다. 하지만 이에 앞서 뭔가 일이 꼬여서 큰 실수를 저질렀다. 혼자서 꽤 멀리 산책을 나갔다가 뜻밖에 나쁜 일이 생기게 된 것이다.

"이제 내 말 잘 들어 봐!" 이 말이 아침에 요아힘이 그의 방에 들어왔을 때 꺼낸 첫 마디였다. "이렇게 계속하지 못하겠어. 이제는 수평 생활이 지겨워. 이러다가 혈액마저 잠들어 버리겠어. 너는 물론 환자니까

다르겠지. 그러니 너를 유혹할 생각은 전혀 없어. 아침 식사를 마친 뒤 정식으로 산책다운 산책을 해봐야겠어. 네가 나쁘게 생각하지 않는다면, 몇 시간 동안 닥치는 대로 무작정 가보려고 해. 아침 식사 때 간단한 음식을 주머니에 찔러 넣고 어디든 내 맘대로 가 볼 생각이야. 내가 다른 사람이 되어 돌아올지 두고 봐야겠어."

"그거 좋은 생각이야!" 요아힘은 그의 욕구와 의도가 진지한 것을 보고 말했다. "하지만 충고하는데 무리하지는 마. 여기는 집과는 다른 곳이니까. 그리고 강연에는 늦지 않도록 해!"

사실 한스 카스토르프가 이런 계획을 생각하게 된 것은 신체적인 이유뿐만 아니라 다른 이유도 있었다. 그의 머리가 뜨거워지고 입맛이 없고, 심장이 제멋대로 두근거리는 현상은 이곳 날씨에 적응하기 어려워서라기보다는, 오히려 옆방의 러시아인 부부의 무례함, 식사 중에 병들고 멍청한 슈퇴어 부인이 지껄이는 말, 매일 복도에서 들리는 아마추어 기수의 맥 빠진 기침 소리, 알빈 씨의 언동, 병든 젊은이들의 이성 교제에서 받은 인상, 마루샤를 바라볼 때의 요아힘의 얼굴 표정, 그 밖에 이런저런 유사한 일들을 보고 듣기 때문이라고 생각되었다. 그는 베르크호프의 영향권에서 벗어나 야외에서 심호흡을 하면서 마음껏 움직여 보는 것이 좋을 것이며, 그리하여 저녁에 피곤하여 돌아오면 적어도 무엇 때문에 피곤한지 알 수 있을 거라고 생각했던 것이다. 한스 카스토르프는 아침 식사를 마친 후 요아힘의 요양근무를 고려하여 배수로 옆 벤치까지 산책을 한 후 그와 헤어졌다. 그런 다음 지팡이를 흔들며 차로를 따라 내려가면서 발길 가는 대로 산책을 시작했다.

날은 차고 구름이 덮인 아침 8시 30분쯤 되었다. 그는 계획했던 대로 맑은 아침 공기를 깊이 들이마셨다. 그것은 가볍게 흘러 들어오는 상쾌하고 가벼운 공기로, 축축한 냄새나 짙은 성분도 없고 뭔가 기억할 만한 것도 없었다. 그는 개울과 협궤 선로를 지나 폭이 일정치 않은 도로로 나왔다. 이어서 다시 그 길을 벗어나 풀밭 속의 좁은 오솔길로 접어들었다. 이 오솔길은 한동안 평지로 이어지다가 오른쪽의 비탈길을 꽤 가파르게 올라갔다. 한스 카스토르프는 올라가는 것이 즐겁고 가슴이 확 트이는 것 같아, 지팡이의 끝으로 모자를 이마에서 밀어 젖혔다. 그런 다음 조금 올라가 뒤를 돌아보고는 멀리 기차를 타고 지나온 호수의 수면을 바라보면서 노래를 부르기 시작했다.

그는 대학생 가요집 내지 운동 가요집에 들어 있는 대중적이고 감상적인 갖가지 노래 중에서 다음과 같은 구절이 떠올라 노래를 불렀다.

시인이여, 사랑과 포도주를 찬미하라,
하지만 미덕은 더 자주 찬미하라.

그는 처음에는 나지막하게 중얼거리듯 노래하다가 점차 큰 소리로 힘껏 노래했다. 그의 바리톤은 안정감이 없었으나 오늘은 그것까지 멋지다고 생각하며 자신의 노래에 점점 더 감동을 받았다. 음이 너무 높은 경우에는 가성까지 내면서 음정을 바꾸었는데, 이런 목소리마저 아름답게 여겨졌다. 가사가 기억나지 않으면 멜로디에 무의미한 음절과 낱말을 넣어 불렀고, 성악가 같은 입 모양을 만들어 화려한 구개음을 공중으로 날렸다. 그러다가 나중에는 가사와 음정도 마음대로 창작해서는 심지어 오페라 가수처럼 팔을 흔들며 자신의 자작곡을 신나게 노래했다. 비탈길을 오르며 노래하는 것이 너무 힘들어 얼마 안 가 호흡이 가빠지고 점점 더 숨이 막혔다. 그러나 노래의 아름다움을 위하는 이상주의에 따라 힘든 것을 견디며 종종 헐떡이면서까지 최후의 힘을 다했다. 드디어 숨이 막힌 나머지 눈이 캄캄해지고 눈앞에 불꽃같은 것이 번쩍이고 맥박도 빨라지면서 그는 굵은 소나무 밑에 주저앉고 말았다. 이렇게 계속 기분이 고양되다가 갑자기 곤두박질치면서 절망에 가까운 비애가 찾아드는 것이었다.

이럭저럭 안정을 되찾아 산책을 계속하려고 일어섰으나 목이 심하게 떨렸다. 새파랗게 젊은 나이에 한스 로렌츠 카스토르프 할아버지가 예전에 그랬던 것처럼 머리가 몹시 흔들렸다. 그는 이런 현상이 일어나자 돌아가신 할아버지가 문득 그리워져서, 떨림을 불쾌하게 느끼지 않고 할아버지가 위엄 있게 턱을 바짝 당겨 세우던 모습을 흉내 내어 보았다. 과거에 할아버지가 머리가 떨리는 것을 억제하려고 턱을 당기셨는데, 당시에 그것이 어린 소년에게 좋은 인상으로 다가왔었다.

그는 꼬불꼬불한 길을 따라 계속 올라갔다. 암소의 방울 소리에 이끌려 가보았더니 소떼가 있었다. 소떼는 지붕을 돌로 눌러 놓은 통나무집 근처에서 풀을 뜯고 있었다. 수염을 기른 두 사내가 도끼를 어깨에 메고 다가오다가 그의 앞에서 서로 헤어졌다. "자, 그럼 안녕. 고마웠네!" 한 사나이가 다른 사나이에게 낮은 구개음으로 말했다. 사내는 도끼를 다른 어깨에 둘러메고는 길이 없는 가문비나무 사이로 사박사박 소리를 내면서 계곡 쪽으로 걸어서 내려가기 시작했다. "자, 그럼 안녕. 고맙네!"라는 소리가 고요한 가운데 기묘하게 울려 퍼졌다. 그 소리가 올라오면서 노래하다가 몽롱해진 한스 카스토르프의 의식을 꿈길처럼 어루만져 주었다. 그는 산골 사람의 후두(喉頭)에서 나오는 장중하고 거친 사투리를 흉내 내려고 노력하면서 그 소리를 나직하게 발음해 보았다. 그리고 나무의 마지막 경계선까지 가 보려고 하면서 고산지대의 오두막을 지나 조금 더 올라갔지만 시계를 보고는 모험을 중단했다.

그는 왼쪽의 오솔길로 접어들어 마을을 향해 걸었다. 그 길은 평탄하게 이어지다가 곧 내리막길로 변했다. 그는 울창한 침엽수림으로 들어와 나무들 사이를 걸었다. 무릎이 아까보다 더 이상하게 떨려서 조심스럽게 걸었지만, 그는 다시 노래를 부르기 시작했다. 그러나 숲을 빠져나오자 눈앞에 펼쳐진 수려한 경관, 잘 짜인 평화롭고 웅장한 그림처럼 마음에 친숙하게 다가오는 경관에 그는 깜짝 놀라 멈추어 섰다.

평탄하고 돌바닥으로 이루어진 계곡물이 오른쪽 언덕에서 내려오면서 테라스 모양으로 자리 잡은 바위를 향해 거품을 내뿜으며 쏟아지다가, 계곡을 향해 졸졸 더 작은 소리를 내며 계속 흘러갔다. 부근에는 단순한 장식의 난간으로 된 판자 다리가 그림처럼 계곡 양쪽으로 걸려 있었다. 바닥은 무성하게 뒤덮은 관목 같은 식물의 종처럼 생긴 꽃들로 푸른색을 띠었다. 거대하고 균형 잡힌 울창한 가문비나무들이 언덕과 골짜기의 바닥에 따로 떨어져 있거나 무리를 지어 있었다. 그 가운데 한 그루의 가문비나무가 계곡 옆 산비탈에 비스듬하게 뿌리를 박고는 기괴하고 이상한 형상으로 우뚝 솟아 있었다. 이 아름답고 한적한 곳에는 졸졸 흐르는 물소리만 들려왔다. 한스 카스토르프는 개울물 맞은편에 휴식용 벤치가 있는 것을 보았다.

그는 작은 판자 다리를 건넜다. 이어서 폭포와 물거품이 일렁이는 모습을 즐기고, 목가적으로 조용히 흐르고 단조롭지만 내적으로 변화를 일으키는 물소리에 귀를 기울이기 위해 벤치에 앉았다. 한스 카스토르프는 음악만큼이나 졸졸 흐르는 개울물을 좋아했다. 아니, 어쩌면 물소리를 더 좋아할 수도 있었다. 그러나 그가 벤치에 편안하게 앉자마자 갑자기 코피가 터지는 바람에 옷을 더럽히고 말았다. 피가 계속 나오며 멎지 않아서, 그는 벤치와 개울물 사이를 오가며 손수건을 빨고 물을 짜서 코 위에 얹고는 다시 벤치에 드러누웠다. 이렇게 하는 데 30분쯤 시간을 허비했다. 마침내 피가 멎었는데도 그는 그대로 조용히 누워 있었다. 양손을 머리 뒤로 깍지 끼우고 무릎을 높이 올린 채, 두 눈을 감고 물소리에 귀를 기울였다. 피를 많이 흘려서 기분이 안 좋았다기보다는 오히려 마음이 진정되고 이상하게 활력이 떨어진 상태에 빠졌다. 그는 숨을 내쉬고 나서도 새로운 공기를 들이마실 필요성을 오랫동안 느끼지 못했다. 이 때문에 조용히 몸을 누인 채 심장이 연속해서 뛰도록 가만히 있다가 얼마 뒤에야 건성으로 느릿하게 공기를 들이마셨다.

이때 그는 갑자기 꿈을 꾸면서 옛날의 상황으로 옮겨져 들어간 것을 알았다. 그것은 최근에 받은 인상들에 따라 형성된 꿈의 원형이었다. 그는 이런 꿈을 며칠 전에도 꾼 적이 있었다. 그러나 시간과 공간이 사라져 버릴 정도로 그 꿈이 강렬하고 생생하게 재현되어서, 그는 당시의 장소와 시간 속에 그대로 들어가 있었다. 이 때문에 이 위의 개울물 옆 벤치에는 생명 없는 육체가 누워 있고, 반면에 실제의 한스 카스토르프는 멀리 과거의 시간과 환경 속에 들어가 있는 것처럼 여겨질 지경이었다. 이는 지극히 단순하지만 모험적이고 가슴을 흥분시키는 상황이 아닐 수 없었다.

당시에 한스 카스토르프는 반바지 차림의 13세 소년으로 김나지움 4학년•이었다. 그는 교정에서 대략 비슷한 나이의 다른 학년인 소년과 대화를 나누고 있었다. 그가 꽤나 마음먹고 시작한 이 대화는 실제

• 우리나라로 치면 중학교 2학년 정도.

적이고 너무 제한된 주제로 인해 아주 짧게 끝날 수밖에 없었지만, 그럼에도 그를 하늘로 날아갈 듯 기쁘게 해 주었다. 둘 사이의 대화는 마지막 수업과 그 전 수업 사이의 휴식 시간, 즉 한스 카스토르프 시간표로는 역사 수업과 미술 수업 사이의 휴식시간이었다. 바닥에 붉은 벽돌이 깔린 교정은 두 개의 출입문이 나 있는 얇은 판자로 된 담에 의해 거리와 분리되어 있었다. 교정에는 학생들이 열을 지어 오가거나 무리를 지어 서 있었다. 어떤 학생들은 학교 건물의 매끄러운 벽면 돌출부에 반쯤 기대어 앉아 있었다. 교정은 학생들의 떠드는 소리로 시끄러웠다. 테가 넓은 모자를 쓴 어느 교사는 학생들의 움직임을 지켜보면서 햄을 넣은 빵을 먹고 있었다.

한스 카스토르프와 대화를 나눈 소년은 성은 히페, 이름은 프리비슬라프였다. 특이한 점이 있다면 이름의 '리'를 '쉬'처럼 하여 발음함으로써 '프쉬비슬라프'로 불리는 것이었다. 그런데 이 색다른 이름은 결코 평범하다고 할 수 없고 틀림없이 뭔가 이질적인 그의 외모와 잘 어울렸다. 히페의 아버지는 역사학자로 고등학교 교사였다. 히페는 누구나 다 아는 모범생이었고, 나이는 거의 비슷했지만 한스 카스토르프보다 1학년 위로 메클렌부르크 출신이었다. 외모로 볼 때 히페는 분명히 옛날에 서로 다른 인종의 피가 섞인 혼혈의 자손으로, 게르만족의 혈통에 벤트계의 슬라브족 피가 섞였거나 또는 그 반대일 수도 있었다. 그는 금발이었고, 둥근 이마 위로 머리를 아주 짧게 깎고 있었다. 그러나 그의 눈동자는 청회색 내지 회청색으로, 뭔가 불명료하고 애매하여 먼 산의 색깔 같았다. 가느다란 눈은 특이했는데, 엄밀히 말해 약간 비스듬히 치켜 올라가 있었다. 눈 바로 밑에는 광대뼈가 튀어나와 강한 인상을 주었다. 이와 같은 용모는 히페의 경우 전혀 보기 싫은 것이 아니라 오히려 아주 매력적이었지만, 친구들에게 '키르키스인'이라는 별명을 얻기에 충분했다. 히페는 긴 바지에 목을 덮고 등에는 벨트가 달린 푸른 재킷을 입고 있었다. 그의 옷깃에는 두피에서 떨어진 비듬이 군데군데 묻어 있곤 했다.

사실 그는 이미 오래전부터 프리비슬라프를 주목해 왔다. 교정에 모여 있는 면식이 있거나 없는 많은 학생들 중에서도 오직 그를 선택하여 그에게 관심을 갖고 눈으로 그를 쫓아다녔으니, 한스 카스토르프는 그를 흠모했다고 말할 수도 있으리라. 어쨌든 각별한 관심을 갖고 그를 지켜보면서 등하교 길에 학급 친구들과 함께 가는 프리비슬라프를 관찰하고, 웃으며 말하는 모습을 보고, 편안하고 듣기 좋으면서도 약간 허스키한 그의 목소리를 멀리서 듣고 분간해 내는 것을 기쁨으로 여겼다. 예컨대 그의 이교도적인 이름, 그가 모범생이라는 사실(하지만 이는 그리 중요한 것이 아니었다), 또는 끝으로 키르키스인의 눈, ―얼핏 곁눈질해서 보게 되면 이따금 시선이 풀리면서 밤의 어렴풋한 빛으로 흐려지는 눈,― 이런 것으로는 그의 히페에 대한 관심을 충분히 설명할 수는 없었다. 한스 카스토트프는 자신의 감정을 정신적으로 정당화하는 것에는 거의 신경 쓰지 않았고, 부득이한 경우 이런 감정을 뭐라고 해야 할지에 대해서는 더 더욱 신경 쓰지 않았다. 그는 히페와 잘 '알고 지내는' 사이가 아니었으므로 우정이라는 말도 있을 수 없었다. 그러나 첫째로 이런 감정을 말로 표현할 수 있다는 생각을 해본 적이 없기 때문에 어떤 명칭을 붙일 필요가 전혀 없었다. 이런 것에 명칭을 붙이는 것이 적합하지 않았고, 그러고 싶은 생각도 없었다. 그리고 두 번째로 명칭을 붙인다는 것은 비평하는 것이 아니라 규정하는 것, 즉 이미 기지의 익숙한 것에 끌어넣는 것을 의미한다. 한스 카스토르프는 자신이 지닌 내적 재산을 이렇게 규정하고 끌어넣는 일만은 하지 말아야 한다고 자신도 모르는 사이에 확신하고 있었다.

그러나 이유가 좋든 나쁘든, 아무튼 이름을 붙이고 전달하는 것과는 거리가 먼 이 감정은 강한 생명력을 갖고 있었다. 한스 카스토르프는 이미 거의 1년 전부터 남몰래 이런 감정을 품고 있었는데, ―언제부터 이런 감정이 생겼는지는 정확히 알 수 없지만 약 1년 전부터― 그 나이에 1년이라는 기간이 얼마나 큰 시간 단위인가를 생각한다면 적어도 그의 성격이 성실하고 꾸준하다는 것을 말해주고 있었다. 성격은 모두 양면성을 갖고 있지만, 유감스럽게도 성격의 특성을 나타내는 명칭에는 좋은 의미에서든 나쁜 의미에서든 일반적으로 도덕적 판단이 내포되어 있는 법이다. 한스 카스토르프의 '성실성'은 그가 이를 자랑스럽게 생각하지도 않았으며 가치평가를 떠나 있었지만 그의 심성이 상당히 묵묵하고 느리고 끈기 있다는 점, 즉 기본 정서가 보수적이라는 점에 그 본질이 있었다. 이런 까닭에 그는 현재 존속되고 있는 어떤 상태나 삶의 관계가 오래 지속될수록 더 가치 있는 것으로 보았다. 게다가 그는 현재 상태나 제도가 무한히 지속되리라고 믿는 경향이 있었다. 그는 바로 이런 틀 안에 머물고 있었고, 이를 존중하여 변화를 바라지 않았다. 이런 기질 때문에 그는 프리비슬라프 히페에 대한 은밀하고 멀리서 바라보는 관계에 마음속으로 익숙해져서는, 근본적으로 이를 평생 변함없는 제도 같은 것으로 간주했다. 그는 히페와의 관계에서 일어나는 감정의 움직임을 사랑했고, 오늘도 그를 만날 수 있을까, 그가 바로 자기 옆을 지나갈 것인가, 행여나 자신을 쳐다볼 것인가 하면서 생겨나는 긴장을 사랑했다. 그리고 자신만의 비밀이 선사해 주는 조용하고 부드러운 실현의 기쁨, 심지어 이로 인해 뒤따를 수 있는 실망까지도 사랑했다. 그가 가장 실망하는 때는 히페가 '결석'하는 날이었다. 그러면 교정은 썰렁해지고, 그날은 모든 즐거움을 잃었지만, 다음날에 거는 희망은 그나마 남아 있었다.

이런 상태가 1년쯤 계속되다가 마침내 저 모험적인 정점에 도달하게 되었다. 물론 그 후에도 한스 카스토르프의 쉽게 바꾸지 않는 보수적 성실성 덕분에 이 관계는 1년 더 지속되다가 종래는 끝나 버렸다. 그러나 그는 과거에 자신을 히페와 연결해 준 끈을 알아차리지 못했듯이, 그 끈이 느슨해지고 풀어진 것도 알아채지 못했다. 히페 역시 아버지가 전근을 가자 학교와 도시에서 모습을 감추어 버렸다. 얼마 후 한스 카스토르프는 이를 거의 주의하지 않았다. 이전에 벌써 그를 잊어버린 것이다. 이렇게 해서 '키르키스인'의 모습은 부지중에 안개 속에서 그의 삶으로 들어와 조금씩 명료성과 구체적 모습을 더해 가서는 교정에서 바로 눈앞의 실물로 생생하게 서 있다가, 다시 서서히 멀어져 가면서 작별의 아픔도 없이 안개 속으로 다시 사라져 버렸다고 말할 수 있다.

그러나 지금 벤치 위의 한스 카스토르프가 대담하고도 모험적인 과거의 상황으로 되돌아간 것을 알게 된 순간, 프리비슬라프 히페와의 실제 대화는 다음과 같이 이루어졌다. 미술 시간이 시작될 무렵 한스 카스토르프는 연필을 가져오지 않은 것을 알게 되었다. 그의 동급생들은 모두 각자의 연필이 필요했다. 다른 학급에 이런저런 친구들이 있어서 연필을 빌릴 수는 있었지만, 그는 프리비슬라프가 누구보다 가까운 친구처럼 여겨졌다. 오랫동안 조용히 비밀스럽게 관계를 맺어 온 그가 자신과 가장 가깝다고 생각되었던 것이다. 그리하여 그는 마음이 둥둥 뜬 상태로 이 기회를 —그는 그것을 기회라고 불렀다— 이용해 그에게 연필을 빌려야겠다고 결심했다. 히페를 정말로 잘 아는 것이 아니기 때문에 이것이 아주 이상한 행동이 되리라는 사실을 그는 상관하지 않았다. 설령 상관했다고 해도 특이하고 모험적인 행동에 이끌려 그런 것은 아예 걱정하지 않았다. 마침내 그는 벽돌이 깔린 혼잡한 교정의 프리비슬라프 히페 앞에 서서 정말로 말을 걸었다.

"미안하지만, 연필 좀 빌려 줄 수 있겠니?"

그러자 프리비슬라프는 광대뼈 위의 키르키스인의 눈으로 그를 바라보더니, 놀란 기색도 없이, 아니면 놀란 기색을 보이지 않고 듣기 좋은 허스키 목소리로 대답했다.

"좋아. 하지만 수업이 끝나면 꼭 돌려줘야 해." 그러고는 호주머니에서 연필을 꺼냈다. 그것은 은으로 도금한 연필이었다. 거기 붙은 고리를 위로 밀면 금속 덮개에서 붉은색 연필이 나오게 되어 있었다. 둘이서 연필 위로 몸을 굽히고 있는 동안, 히페는 연필의 간단한 구조를 설명해 주었다.

"그러나 부러지지 않도록 조심해!" 히페가 덧붙여 말했다.

히페는 무슨 생각을 했을까? 마치 한스 카스토르프가 연필을 안돌려주는 것은 아닐까, 또는 연필을 아무렇게나 다루지 않을까 걱정하는 말투였다.

둘은 서로 빙그레 웃으면서 바라보았으나 더 할 말이 없었기에 처음에는 어깨를, 다음에는 등을 돌리고 서로 헤어졌다.

그것이 다였다. 그러나 한스 카스토르프는 프리비슬라프의 연필로 그림을 그린 미술 시간만큼 기뻤던 적은 그 동안 없었다. 게다가 나중에 연필 주인에게 연필을 되돌려줄 즐거움이 남아 있었다. 그것은 연필을 빌린 일로부터 자연스럽고 당연하게 생겨난 순전한 덤이었다. 그는 실례를 무릅쓰고 연필을 조금 뾰족하게 깎아서, 서너 개의 연필 부스러기를 책상 서랍 안에 거의 1년간 보관해 두었다. — 누군가가 그 부스러기를 보았다 해도 그것에 얼마나 소중한 의미가 담겨 있는지 아무도 짐작하지 못했을 것이다. 게다가 연필을 돌려주는 일도 그의 뜻에 완전히 부합되도록 아주 간단하게 끝났다. 이에 대해 심지어 특별히 뿌듯한 생각까지 들었다. 히페와 다정하게 말을 나누었다는 것만으로도 그는 몽롱하고 짜릿한 느낌이었다.

"자, 여기 있어. 아주 고마웠어." 한스 카스토르프가 말했다.

그런데 프리비슬라프는 아무 말도 하지 않고 연필의 기계 장치를 흘끔 살펴보고는 연필을 호주머니에 집어넣었다.

이런 일이 있은 뒤 둘은 한 번도 대화를 나눈 적이 없었지만, 그나마 한 번의 대화도 한스 카스토르프의 모험심 덕분에 있을 수 있었다.

이윽고 그는 몽롱한 꿈에 놀라 눈을 번쩍 떴다. '아, 꿈을 꾸었구나!' 하고 그는 생각했다. '그래, 프리비슬라프였어. 오랫동안 그를 생각하지 않았구나. 연필 부스러기는 어떻게 되었을까? 그걸 넣어둔 책상은 티나펠 종조부 집 다락방에 있을 거야. 부스러기는 아직도 왼편 아래쪽 작은 서랍 깊숙이 들어 있겠지. 그것을 꺼낸 적이 없었어. 버려야겠다고 생각할 만큼 주의하지도 않았어. 그래, 그건 바로 프리비슬라프였어, 틀림없어. 그를 이렇게 뚜렷하게 다시 볼 줄은 정말 상상도 못했는데. 그가 이 위의 여자와 닮았다니 얼마나 신기한 일인가! 히페 때문에 내가 그녀에게 그토록 관심이 있는 걸까? 아니면 그녀 때문에 내가 히페에게 그토록 관심이 있었던 것일까? 말도 안 돼! 정말 터무니없어! 그건 그렇고 빨리 돌아가야겠는걸.' 하지만 그는 뭔가를 생각하고 기억하려 하면서 계속 누워 있었다. 그러다가 그는 몸을 일으켰다. "자. 그럼 잘 가게, 고맙네!" 이렇게 말하고 미소를 짓는 동안 그의 눈가에 눈물이 촉촉하게 젖었다. 그는 출발하려고 모자와 지팡이를 손에 쥐었으나 다시 주저앉고 말았다. 무릎이 말을 듣지 않는다는 것을 알아차렸다. '이런 큰일이군' 하고 그는 생각했다. '제 시간에 못가겠어! 강연을 들으려면 11시 정각에 식당에 도착해야 하는데. 이곳에서의 산책은 멋지긴 하지만 힘든 점도 있는 것 같아. 그래, 그래, 그렇다고 여기서 계속 이러고 있을 순 없지. 오래 누워 있어서 다리가 좀 마비가 된 것뿐이겠지. 몸을 움직이면 곧 나아질 거야.' 그는 다시 발을 디디고 서 보았는데, 이번에는 충분히 힘을 모았기 때문에 일어설 수 있었다.

아무튼 자신만만하게 출발했던 것에 비하면 돌아가는 길은 처량했다. 얼굴이 갑자기 창백해지고, 이마에서 식은땀이 흘러 내렸으며, 심장이 불규칙하게 뛰어 호흡이 곤란해져서 여러 번 길가에서 휴식을 취해야 했다. 이렇게 꼬불꼬불한 길을 그는 힘들여 간신히 내려왔다. 그러나 막상 요양지 호텔 근처의 골짜기에 도달했을 때, '베르크호프'까지의 먼 길을 자신의 힘으로는 도저히 갈 수 없다는 것을 분명히 깨달았다. 그곳에는 전차도 없고 빌릴 마차도 보이지 않아서 그는 '도르프'로 빈 상자를 싣고 가는 짐마차의 마부에게 태워 달라고 부탁했다. 그는 마부와 등을 맞대고 다리를 마차 아래로 내려뜨린 채, 행인들의 호기심 어린 시선을 받으며 흔들거리는 마차에서 고개를 숙이고 반쯤 잠이 들었다. 그 사이에 마부는 마차를 몰아 철도 건널목 가까이 다가갔고, 거기서 그는 마차에서 내려왔다. 그는 얼마인지 세지도 않고 돈을 건넨 뒤 서둘러 커브 길을 올라갔다.

문 앞에서 프랑스인 수위가 말했다. "어서 가세요, 손님! 크로코프스키 박사의 강연이 벌써 시작되었습니다." 한스 카스토르프는 모자와 지팡이를 옷걸이에 던지듯이 얼른 걸었다. 그런 다음 혀를 살짝 깨물며 약간 열려 있는 유리문을 지나 식당으로 허둥지둥, 그러나 신중한 자세로 들어갔다. 식당에는 요양원 환자들이 열을 지어 자리에 앉아 있었고, 오른쪽의 좁은 곳에 프록코트 차림의 크로코프스키 박사가 덮개 위에 유리 물병이 놓인 탁자에 서서 강연을 하고 있었다.

정신분석

다행히도 문 가까이의 구석에 자리 하나가 비어 있는 것이 눈에 들어왔다. 그는 살그머니 옆으로 걸어가 자리에 앉고는, 마치 오래전에 와 있었다는 표정으로 앉아 있었다. 크로코프스키 박사의 입술에 주목하던 청중은 그에게 거의 신경을 쓰지 않았다. 그의 모습이 끔찍했기 때문에 그것은 잘된 일이었다. 그의 얼굴은 아마처럼 창백하고 양복은 피로 얼룩져 있어서 그는 방금 사람을 죽이고 온 살인범 같았다. 그가 자리에 앉자 바로 앞에 앉은 부인이 고개를 돌려 가느다란 눈으로 그를 자세히 살펴보았는데, 그 여자는 쇼샤 부인이었다. 그는 이 여자가 바로 쇼샤 부인이라는 것을 알아차리고 화가 치밀어 올랐다. '이거야말로 기구한 운명이 아닌가! 이래서야 어떻게 안정을 찾을 수 있겠는가? 여기 조용히 앉아 몸을 좀 회복하려고 생각했는데, 그녀가 바로 코앞에 앉아 있다니… 만일 오늘 같은 사정만 아니었더라면 꽤나 기뻐했을 텐데, 이렇게 피곤하고 녹초가 돼서야 그게 무슨 소용이란 말인가? 심장에 새로운 부담만 주어 강연 내내 줄곧 숨도 잘 못 쉴 텐데.'

그녀는 프리비슬라프와 똑같은 눈으로 그를 쳐다보았고, 그의 얼굴과 옷에 묻은 핏자국을 바라보았다. 그것도 문을 쾅 닫을 때의 방자함에 걸맞게 상당히 불손하고 뻔뻔스럽게 바라보는 것이었다. 이런 그녀의 태도는 얼마나 불량한가! 그녀는 등을 꼿꼿이 세우고 고개를 신사 쪽으로 돌린 채 입술 끝으로 조용히 말하는 고향의 숙녀들과는 달라도 사뭇 달랐다. 쇼샤 부인은 맥이 풀린 듯 축 늘어진 자세로 앉아 있었다. 등은 둥글게 말고 어깨와 머리를 앞으로 내밀고 있어서, 하얀 블라우스 사이로 목 부근의 척추 뼈가 돌출해 보였다. 프리비슬라프도 머리를 그녀처럼 앞으로 내밀고 있었다. 그렇지만 그는 행동거지가 바른 모범생이었다. (그래서 한스 카스토르프가 그에게서 연필을 빌린 것은 물론 아니었다.) 반면에 쇼샤 부인의 태만한 자세, 문을 쾅 닫는 버릇, 뻔뻔스런 시선은 병과 관계가 있음이 분명하고 명백해 보였다. 그렇다, 그녀의 자세에는 저 명예롭지 못한 방종, 그러나 알빈 씨가 찬양하던 바로 방종으로 인한 무한정한 특전이 표출되어 있었다.

쇼샤 부인의 주름이 잡힌 등을 보고 있는 동안, 한스 카스토르프의 상념은 혼란에 빠져 어지러운 몽상으로 변했다. 이 때문에 크로코프스키 박사의 묵직한 바리톤과 부드럽게 혀를 굴리는 '알(r)' 발음이 아득히 먼 꿈결에서 들려오는 것 같았다. 하지만 실내의 고요함, 숨죽이고 경청하는 주변 사람들의 진지한 분위기가 그에게도 영향을 미쳤는지 그는 미몽에서 퍼뜩 깨어났다. 그는 주위를 둘러보았다…. 그의 옆에는 머리숱이 적은 피아니스트가 머리를 약간 젖히고 팔짱을 낀 채, 입을 쩍 벌리고 강연을 듣고 있었다. 저 건너편에는 여선생 엥겔하르트 양이 욕망 어린 시선으로 솜털이 난 양쪽 뺨을 붉히고 있었다. 한스 카스토르프는 다른 여자들의 얼굴에도 열기가 배어 있음을 확인했다. 알빈 씨의 옆자리에 앉은 잘로몬 부인의 얼굴, 단백질이 빠져나가는 맥주

양조업자의 아내인 마그누스 부인의 얼굴에도 열기가 배어 있었다. 한참 뒤쪽에 앉은 슈퇴어 부인이 교양 없이 열광하는 모습은 너무 딱해서 못 보아 줄 지경이었다. 한편 등받이에 기댄 채 눈을 반쯤 감고 손바닥을 무릎에 얹고 있는 상앗빛 얼굴의 레비 양은, 가슴이 심장의 박동에 맞추어 거세게 부풀어 올랐다가 가라앉지 않았더라면, 완전히 죽은 여자처럼 보였을 것이다. 이런 그녀를 보고 한스 카스토르프는 옛날에 인형 전시실에서 본 적이 있는 가슴에 태엽 장치가 달린 밀랍 인형이 생각났다. 다른 몇몇 사람은 듣기 민망하다는 듯 오목한 손을 귓바퀴에 갖다 대거나, 아니면 손을 귀 쪽으로 반쯤 올려서 적어도 갖다 대는 체하고 있었다. 그들은 강연에 주목한 나머지 손동작 중간에 그냥 굳어 버린 듯했다. 얼굴이 햇볕에 그을리고, 활력이 넘쳐 보이는 파라반트 검사는 말을 잘 듣기 위해 심지어는 집게손가락으로 한쪽 귀를 털고는, 크로코프스키 박사의 열변에 귀를 기울였다.

크로코프스키 박사의 연설 내용은 대체 어떤 것이었을까? 그는 어떤 사상 체계를 전개하고 있었던 것일까? 한스 카스토르프는 강연의 흐름을 좇아가려고 정신을 집중했지만, 강연의 첫 부분을 듣지 않았고 쇼샤 부인의 주름 잡힌 등에 정신이 팔려 놓친 부분이 많았기 때문에 내용이 쉽게 이해되지 않았다. 박사는 힘을 이야기하고 있었다. 힘이란 그러니까… 짧게 말해 그는 사랑의 힘에 관해 논하고 있었다. 당연한 일이었다! 이 주제는 연속 강연의 일반적 제목으로 나와 있었다. 게다가 이것이 그의 전문 분야인데 이것 말고 대체 무슨 말을 하겠는가. 그는 평소에 선박의 연동장치 같은 것들만 들어보아서 갑자기 사랑에 대한 강연을 듣게 되니 좀 이상한 기분이 들었다. 매우 수줍고 비밀스런 속성을 지닌 주제를 환한 대낮에 신사숙녀들 앞에서 거론하다니 어쩔 셈이란 말인가? 크로코프스키 박사는 이 주제를 여러 가지가 혼합된 표현 방식으로 설명해 나갔다. 어느 때는 시적이면서도 현학적으로, 또 어느 때는 냉철하게 학술적으로, 그러면서도 노래하듯 가벼운 어조로 강연했다. 바로 이런 이유로 여자들은 뺨이 붉게 물들었고 남자들은 귀를 흔들었겠지만, 젊은 한스 카스토르프에게는 이런 강연 방식이 다소 무질서하다는 기분이 들었다. 특히 연사는 '사랑'이라는 말을 계속 조금은 다른 의미로 사용했기 때문에, 그가 말하는 사랑이 어떤 것인지, 다시 말해 그것이 경건한 사랑을 의미하는지 또는 정열적-육욕적 사랑을 의미하는지 잘 이해하기 어려웠다.— 이로 인해 그는 약간의 뱃멀미 하는 느낌마저 들었다.

이제까지 살아오면서 한스 카스토르프는 오늘 이곳에서처럼 사랑이라는 낱말을 이렇게 연달아 말하는 것을 들은 적이 없었다. 정말 그래서 곰곰이 생각해 보니 그가 직접 그런 말을 했거나 남이 그런 말 하는 것을 들은 적도 없는 것 같았다. 잘못된 생각일지 모르지만, 아무튼 그는 그 낱말을 그렇게 자주 반복해서는 안 될 것 같다고 생각했다. 게다가 사랑(Liebe)이라는 낱말 가운데에 얇은 모음이 들어가고 혀와 입술을 사용해 발음하는 한 음절 반의 이 외설스런 낱말이 그에게는 계속해서 무척이나 거슬렸다. 그는 이 낱말에서 물을 탄 우유와 같은 것, 무엇인가 희뿌연 것, 김이 빠진 것이 연상되었다. 무엇보다 그 모든 강력한 힘, 정확히 말해 크로코프스키 박사가 사랑에 관해 지극히 훌륭하게 표현한 힘찬 내용과 비교해 보면, 사랑이란 낱말은 더더욱 멀건 죽 같다는 생각이 들었다. 아무리 심한 표현을 할지라도 크로코프스키 박사처럼 그렇게 말하면, 사람들이 홀에서 달아나지 않는다는 것은 분명한 사실이었기 때문이다. 일반적으로 알려져 있어도 흔히 침묵에 싸여 있는 사실에 대해 그는 열광적인 어조로 청중을 사로잡는 정도로는 결코 만족하지 않았다. 그는 가차 없이 환상을 파괴하고, 철저히 인식을 존중했다. 그는 은발 노인의 권위와 연약한 어린이의 천사와 같은 순수성에 대한 감상적 믿음을 인정하지 않았다. 그런데 오늘도 여전히 그는 프록코트에 부드러운 칼라를 하고, 회색 양말에 가죽 샌들을 신고 있어서 한스 카스토르프는 다소 놀라기는 했지만, 이를 통해 그가 원칙주의자요 이상주의자라는 인상을 그에게 심어주었다.

크로코프스키 박사는 자기 앞에 놓인 책과 묶지 않은 원고지를 손에 들고는 각종 실례와 일화를 들어가며 자신의 주장을 뒷받침하고, 나아가 시구절도 여러 번 인용하면서 사랑의 놀랄만한 형태에 관해 언급했다. 그는 사랑이라는 현상과 거기 내재된 전능한 힘의 놀랍고도 고통스럽고 무시무시한 변형에 대해 설명해 나갔다. 그는 모든 자연충동 가운데 사랑이야말로 가장 불안정하고 위험한 충동이며, 근본적으로 오류와 치유할 수 없는 도착상태에 빠져드는 경향이 있다고 말했다. 그것은 이상한 일이 아니다. 왜냐하면 이런 강력한 충동은 단일한 것이 아니라 본성적으로 여러 가지가 결합된 것으로, 사실 충동이라는 것도 전체로 보면 정당하지만, 따로 떼어 놓으면 순전히 도착들로 이루어져 있다. 크로코프스키 박사의 설명은 계속되었다. 그러나 개별적 구성요소가 도착되어 있다고 해서 전체가 도착되어 있다고 결론짓는 것은 잘못이므로, 전체의 정당성은 아닐지라도 그 일부가 개별적으로 도착되어 있다고 주장하는 것도 당연히 틀렸다고 할 수는 없다. 이는 논리의 필연적인 요구이므로 청중들이 꼭 유념할 사항이라고 그는 말했다. 그것은 영혼의 저항이자 조정방법, 단정하고 질서정연한 본능이라는 것이다. 이에 대해 그는 하마터면 시민적 기질의 본능이라고 말할 뻔했다. 이 조정하고 억제하는 효과가 도착된 요소들을 정상적이고 유용한 전체로 융합하는 것이다. 더구나 이는 빈번하게 일어나는 환영할 만한 과정이지만, 그 결과는 (크로코프스키 박사는 좀 경멸조로 덧붙였다) 의사나 사상가와는 아무 상관이 없는 일이다. 반면에 다른 경우에는 이 과정이 성공을 거두지 못한다. 성공을 거두고 싶어 하지도 않으며 성공을 거두어서도 안 된다.

그런데 이것이 더 고상하고 영적으로 값진 경우가 아니라고 누가 말할 수 있겠는가? 크로코프스키 박사는 이렇게 반문했다. 이럴 경우 두 가지 힘의 그룹, 즉 사랑의 충동과 이에 적대적인 힘은 특히 수치심과 혐오감이라는 비상하고 시민적-통상적 한계를 넘어서는 긴장과 열정을 내포하고 있기 때문에, 영혼의 밑바닥에서 벌어지는 이 양자의 투쟁은 잘못된 충동을 제한하거나 보호하고 도덕적으로 순화시키는 것을 방해한다. 이에 따라 일상의 조화와 착실한 애정 생활이 어려워진다. 순결의 힘과 사랑의 힘이 서로 충돌한다면, -바로 이것이 문제의 관건이지만- 그 결과는 어떻게 될까? 겉으로 보기엔 순결의 승리로 끝나는 것처럼 보인다. 두려움, 단정함, 도덕적 혐오, 순결을 지키려는 안간힘 등이 사랑을 억눌러 어둠 속으로 몰아넣고 사랑의 요구를 기껏해야 부분적으로만 허용할 뿐, 그 요구가 훨씬 다양하고 힘차게 의식의 현장으로 나와서 활동하는 것을 허용하지 않는다. 그러므로 순결의 승리는 외견상의 승리이거나 엄청난 희생이 따르는 피러스•의 승리이다. 왜냐하면 사랑의 명령은 억제하거나 억압할 수 있는 것이 아니며, 억

• 고대 그리스의 작은 왕국 에피루스의 왕. 그는 전쟁에 이겼지만 이에 따른 희생이 너무 커서 나라가 힘을 잃게 된다.

압된 사랑은 죽은 게 아니라 살아남아서 영혼의 어둡고 은밀한 곳에서 욕구 실현의 기회를 계속 노리고, 순결의 억압을 계속 배척하여 식별할 수 없는 다른 모습으로 다시 나타난다… 그렇다면 금지되고 억압된 사랑이 다시 나타날 때 쓰고 있는 가면과 겉모습은 대체 어떤 것일까? 크로코프스키 박사는 이렇게 물어보고 진정으로 답을 바란다는 듯 좌중을 빙 둘러보았다. 그렇다, 그는 벌써 많은 이야기를 한 뒤였으나 이에 대한 대답도 스스로 해야만 했다. 그 외에는 아무도 이를 아는 사람이 없었지만, 이에 대해서도 그는 분명히 의식하고 있는 눈치였다. 이를 그의 얼굴에서 알아차릴 수 있었다. 이글거리는 그의 두 눈, 밀랍같이 창백한 얼굴색, 검은 수염을 하고 회색 털양말에 수도사의 가죽 샌들을 신은 그는 스스로가 말한 순결과 정열 사이의 투쟁을 직접 구현하는 인물처럼 보였다. 다른 청중들과 함께 억압된 사랑이 어떤 모습으로 다시 나타날까에 대한 대답을 잔뜩 긴장하여 기다리고 있던 한스 카스토르프의 인상에는 적어도 그러했다. 여자들은 거의 숨을 죽이고 있었다. 파라반트 검사는 결정적인 순간에 귓구멍이 막혀 못 듣는 일이 없도록 다시 한 번 급히 귀를 툭툭 털었다. 크로코프스키 박사는 말했다. "병의 모습으로 나타납니다! 병의 증상은 가면을 쓴 사랑의 활동이며 모든 병은 모습을 바꾼 사랑입니다!"

모두가 그 말을 충분히 이해할 수는 없었지만, 이제 물음에 대한 답은 알게 되었다. 한숨 소리가 홀 안에 울려 퍼졌고, 크로코프스키 박사가 계속 자신의 논지를 전개하는 동안 파라반트 검사는 의미심장한 동의의 표시로 고개를 끄덕였다. 한스 카스토르프는 나름대로 방금 청취한 내용을 생각해 보고, 그것이 이해가 되는지 숙고하기 위해 고개를 숙였다. 그러나 이런 사고 과정에 익숙하지 않은데다가 힘겨운 산책으로 정신력이 떨어지며 주의가 산만해졌다. 더욱이 쇼샤 부인의 등과 그의 눈앞에서 땋은 뒷머리를 손으로 받치기 위해 뒤로 돌려서 치켜 올리고 있는 팔 때문에 강연에 집중할 수가 없었다.

이렇게 바로 눈앞에서 그녀의 손을 본다는 것은 가슴을 죄는 일이었다. 그러나 원하든 원치 않든 그 손을 볼 수밖에 없는 상황이었고, 이제 손에 드러나 있는 모든 결점과 인간성을 마치 확대경으로 들여다보듯 살필 수밖에 없었다. 그런데 그녀의 손은 전혀 우아한 면이 없었고 손톱이 들쭉날쭉 깎인 여학생의 짤막한 손 같았다. 바깥쪽 손가락 마디 부근의 손톱이 아주 깨끗할지도 확실치 않았고, 손톱 주위의 피부가 거친 것으로 보아 의심할 바 없이 손톱을 물어뜯는 버릇이 있었다. 한스 카스토르프의 입술은 찌푸려져 있었지만, 눈은 쇼샤 부인의 손에 머물러 있었다. 이때 사랑에 맞서는 시민의 윤리적 저항에 대해 크로코프스키 박사가 말한 것이 그의 의식 속에서 모호하고 희미하게 떠올랐다. 머리 뒤로 부드럽게 휘감긴 팔, 거의 맨살이나 마찬가지인 이 팔은 소매의 천이 블라우스의 그것보다 더 가벼운 망사였기 때문에 더 아름다워 보였다. 이 얄팍한 망사로 인해 팔은 모종의 향긋한 변용을 일으켰던 것으로, 만일 아무것도 걸치지 않았더라면 이런 운치를 보이지 않았을 것이다. 팔은 부드러우면서도 통통했다. 오히려 차가운 느낌마저 들었다. 이런 팔을 보고 시민적 저항 따위를 운운할 수는 없을 것 같았다.

한스 카스토르프는 쇼샤 부인의 팔에 시선을 고정한 채 상상에 빠졌다. 여자들은 옷을 이렇게 입는구나! 여자들은 목덜미와 가슴 여기저기를 드러내고, 속이 훤히 비치는 망사로 팔을 미화하나 보다… 세계 어디서나 여자들은 우리의 동경어린 욕망을 자아내도록 이렇게 한다. 그래, 삶은 아름답다! 여자들이 유혹적으로 옷을 입는다는 것은 자명한 이치이고, 바로 이런 자명한 사실로 인해 삶은 아름다운 것이다. 이는 너무나 당연한 일이 아닌가, 어디서나 흔히 일어나고 인정받는 일로써, 우리는 이에 대해 새삼스레 다시 생각하거나 의식할 필요도 없이 선뜻 받아들여야 하는 것이다. 그러나 다른 한편으로 한스 카스토르프는 삶을 올바르게 즐기기 위해서는 이런 점을 고려해야 한다고 속으로 생각했다. 그것이 우리를 행복하게 하는 관습, 근본적으로 거의 동화처럼 아름다운 관습이라는 것을 새롭게 환기할 필요가 있다고 여겼다. 여자들이 동화에서처럼 우리를 행복하게 해 주는 의복을 입고서도 예의범절에 어긋나지 않는 것은 어떤 목적을 위해서다. 그것은 다음 세대와 인류의 번식에 관계되는 문제인 것이다. 하지만 여자가 몸에 병이 있어서 어머니로서의 구실을 할 수 없다면 어쩔 것인가? 대체 어떻게 할 것인가? 그렇다면 병든 여자가 남자들로 하여금 자신의 육체, 그것도 병든 육체에 호기심을 갖도록 망사 소매를 걸치는 것이 의미가 있는 것일까? 이는 분명 아무 의미가 없으며 부적절한 것으로 간주하고 거부하는 것이 당연한 일이다. 남자가 병든 여자에 관심을 품는 것은 전혀 이성적이지 않기 때문이다… 그렇다면 이런 일은 예전에 프리비슬라프 히페에게 은밀하게 관심을 품었던 것과는 어떤 차이가 있을까? 이런 비교는 어리석고, 그 일을 떠올리는 것 자체가 좀 곤혹스러웠다. 그러나 히페에 대한 추억은 그가 의도적으로 불러들인 것이 아니라 문득 떠오른 일이었다. 그런데 이 순간 그의 꿈꾸듯이 계속되던 상상은 그만 멈추어 버렸다. 크로코프스키 박사가 돌연 목청을 높이는 바람에 놀라서 그를 주목하게 된 것이 주요 원인이었다. 정말이지 탁자 뒤에서 두 팔을 벌린 채 머리를 비스듬히 기울이고 서 있는 그의 모습은 물론 프록코트 차림이었지만 마치 십자가에 못 박힌 예수처럼 보였다!

크로코프스키 박사는 강연이 끝날 때쯤 정신분석에 대해 대대적인 광고를 하면서 두 팔을 벌리고 모두들 자기에게 오라고 촉구했는데, 이는 예수를 연상시켰다. 그는 '너희들 수고하고 짐 진 자들아!'라는 성경 구절을 빗대어 '자기에게 오라'고 말하고 있었다. 게다가 그는 모두들 예외 없이 수고하고 짐 진 자들이라는 자신의 정신분석학적 확신에 추호의 의심도 없었다. 그는 은폐된 고통, 수치심과 번민, 구원에 대한 정신분석의 영향에 관해 말했다. 그는 무의식의 규명을 찬양했고, 병이 의식화된 열정으로 다시 변화할 수 있음을 가르쳤으며, 믿음을 권유하면서 병의 치유를 약속했다. 그는 양팔을 내리고 머리를 다시 세운 뒤 강연에 사용한 인쇄물들을 주워 모았다. 이어서 마치 학교 선생님처럼 꾸러미를 왼손으로 어깨에 걸쳐 메고는 머리를 꼿꼿이 세우고 회랑을 지나 사라졌다.

그러자 모든 청중들이 자리에서 일어나 의자를 밀치고는 박사가 빠져나간 출구를 향해 천천히 움직이기 시작했다. 청중들은 마치 피리 부는 사람의 뒤를 따르는 쥐떼처럼 사방에서 머뭇거리다가 자신들도 모르게 모두가 홀린 듯 출구를 향해 우르르 몰려드는 광경을 연출해 보였다. 한스 카스토르프는 의자의 팔걸이에 손을 얹고 사람들의 흐름 속에 조용히 서 있었다. 그러면서 '나는 이곳에 손님으로 왔을 뿐이야' 하고 생각했다. '나는 건강하니까 다행히도 관찰 대상이 아니야. 그리고 다음 번 강연에는 여기에 다시는 오지 않겠어.' 그는 쇼샤 부인이 머리를 앞으로 내밀고 살그머니 걸어 나가는 것을 보았다. 그녀도 정신분석을 받을까? 이렇게 생각하니 그의 심장이 두근거리기 시작했다. 그러다 보니 요아힘이 의자들 사이를 헤치고 자신에게 다가오는 것을 미처 알아차리지 못했다. 사촌이 말을 걸자 그는 놀라서 움찔했다.

"그래도 마지막 순간에 제대로 왔군 그래." 요아힘이 말했다. "멀리 다녀왔나? 산책은 어땠어?"

"응, 좋았어." 한스 카스토르프가 대답했다. "상당히 멀리까지 갔었지. 하지만 솔직히 말해서 기대한 것만큼 좋지는 않았어. 때가 너무 이른 건지 아니면 잘못 맞추었는지 모르겠어. 당분간은 멀리 산책하러 가지 않을 거야."

요아힘은 강연이 마음에 들었는지는 묻지 않았고, 한스 카스토르프도 이에 대해 의견을 표명하지 않았다. 그들은 암묵적인 합의라도 본 것처럼 나중에도 강연에 대해서는 일언반구 없었다.

의심과 숙고

화요일은 그러므로 우리의 주인공이 이 위에 온 지 꼭 일주일이 되는 날이었다. 그런데 아침 산책에서 돌아와 보니 방에 계산서가 와 있었다. 그것은 그의 첫 번째 주일 계산서로, 깔끔하게 작성된 회계 문서였다. 녹색 봉투에 든 그 문서는 위쪽에 그림(베르그호프 건물이 멋지게 인쇄되어 있다)이 새겨져 있었고, 왼쪽 옆에는 안내서의 발췌문이 좁은 칸에 적혀 있었다. 안내서에는 '최신 원리에 따른 정신치료요법'이라는 조항도 격자체(膈字體)로 기록되어 있었다. 달필로 기입된 금액은 정확히 180프랑이었다. 내역을 보게 되면 식비와 진료비가 12프랑, 방값이 하루에 8프랑, 나아가 입원비의 항목에 20프랑, 방 소독에 10프랑이었고, 그 밖에 세탁비와 맥주 값, 도착 첫날밤에 마신 포도주 값 등이 합산되어 있었다.

한스 카스토르프는 요아힘과 같이 합계를 검토해 보고 이의를 제기할 것이 없다고 생각하며 덧붙였다. "나는 의사의 치료를 받을 필요가 없잖아. 하지만 진료야 내가 안 받은 것이고, 식대에 포함되어 있으니 그걸 공제해 달라고 요구할 수도 없지. 그거야 어쩔 수 없지 않겠어? 하지만 그들은 소독으로 폭리를 취하고 있어, 미국 여자를 소독하는 데 H_2CO가 10프랑이나 들 수는 없는 거야. 그래도 전반적으로 비싸다기보다는 싸다고 생각되는 걸. 서비스를 감안한다면 말이야." 그들은 두 번째 아침 식사를 하기 전에 계산을 하려고 '관리소'로 갔다.

관리소는 1층에 있었다. 홀 건너편의 소지품 보관소, 취사장 및 조리실을 지나 복도를 따라가면 관리소 문이 나오는데, 도기로 만들어진 간판이 붙어 있어서 그곳이 관리소라는 것을 금방 알 수 있었다. 한스 카스토트프는 그곳에서 요양원 경영의 영업적인 중심부를 흥미롭게 들여다 볼 수 있었다. 그곳은 작지만 사무실의 체제를 그런대로 갖추고 있었다. 타이피스트 여직원이 일하고 있었고, 남자 직원 셋이 책상 앞에 몸을 구부리고 있었다. 바로 옆방에는 직급이 더 높아 보이는 관리소장이나 관리부장 같은 신사가 방 한가운데 놓여 있는 둥근 모양의 책상에서 일하다가 고객이 들어오자 안경알 너머로 사무적인 시선으로 차갑게 훑어볼 뿐이었다. 창구에서 직원이 돈을 받고 영수증을 발행하며 입금 업무를 마치는 동안, 두 사촌은 관청이나 관공서에 대해 존중하는 독일 청년답게 진지하고 겸손하며 공손한 자세로 조용히 서 있었다. 하지만 그들은 거기서 나와 아침 식사를 하러 가는 도중에 베르크호프 요양원의 제도에 관해 몇 마디 나누었다. 그러자 오래 머물며 이곳 사정에 밝은 요아힘이 사촌의 질문에 대답해 주었다.

베렌스 고문관은 일견하여 요양원의 주인이나 소유자처럼 보이지만 그렇지 않았다. 그의 상부와 배후에는 어느 정도까지는 사무실이라는 형태로만 나타나는 눈에 보이지 않는 세력들이 있었다. 감사위원회와 주식회사가 그것으로, 요아힘의 믿을 만한 주장에 따르면 의사에게 지급하는 고액의 월급과 지극히 자유스러운 경영 원칙에도 불구하고 매년 주주에게 고율의 배당금을 지불할 수 있어서, 이곳의 주식을 소유하는 것은 나쁘지 않아 보였다. 그러므로 고문관은 독립적인 경영자가 아니라 단순히 대리인, 중요한 역할 담당자, 고위층의 일원에 지나지 않았다. 그는 물론 최고 간부였고 전체의 심장이라 할 수 있었으며, 의사의 수장으로서 경영 부문에는 일체 신경을 안 써도 상관없었지만 그렇다고 경영 업무에서 배제된 것은 아니었고, 전체 조직에 결정적인 영향력을 행사했다. 다들 알고 있듯이 고문관은 독일의 북서쪽 태생으로서 자신의 의도와 인생 설계와는 달리 몇 년 전에 현재의 지위에 올랐다고 한다. 그는 벌써 오래전에 이곳 '도르프'의 묘지에 묻힌 그의 아내 때문에 이 위로 올라오게 되었다. 다보스 도르프의 그림 같은 묘지는 저 위 오른쪽 산비탈, 골짜기 입구의 훨씬 안쪽에 있었다. 고문관의 사택 벽마다 걸린 사진이나 베렌스가 직접 그린 유화 초상화를 놓고 판단해 볼 때, 베렌스 부인은 눈이 아주 크고 허약 체질이긴 했지만 매우 사랑스런 여자임에 틀림없었다. 두 부부는 아들과 딸 하나씩을 두었으나 더위를 못 견디는 체질 때문에 이 지역으로 올라오게 되었으나 몇 달 만에 체력이 완전히 고갈되고 소진되었다. 소문에 의하면 아내를 지극히 사랑한 베렌스는 극심한 충격으로 잠시 우울증에 빠지고 사람이 좀 이상해져서는, 사람들의 눈에 띌 만큼 거리에서 낄낄거리고 별난 짓을 하면서 혼자 중얼거리곤 했다는 것이다.

이때부터 그는 본래의 생활권으로 돌아가지 않고 이곳에 그대로 남았다. 그가 아내의 무덤을 떠나고 싶지 않았기 때문에 여기 머물게 되었다는 것만은 확실하다. 그러나 어쩌면 이보다는 덜 감상적인 이유가 결정적이었는지도 모른다. 즉 그 자신도 좀 폐가 좋지 않아서 자신의 의학적 판단에 따라 그냥 이곳에 속하기로 한 것이다. 따라서 그는 자신이 감독해야 하는 환자들과 고난을 함께 하는 동지요 의사의 일원으로 여기 정착하게 되었다. 건강한 사람, 병과 무관한 자유로운 입장에서 병과 싸우는 것이 아니라 스스로 병의 징후를 지닌 환자의 입장에서 이곳에 머무르게 된 것이다. 이는 특이한 경우이긴 하지만 개별 사례가 전혀 없는 것도 아니어서 의심의 여지없이 장단점이 있었다. 의사가 환자와 동료라는 사실은 틀림없이 환영할 만한 일이며, 고통을 겪어본 자만이 고통을 겪는 사람들의 지도자와 구세주가 될 수 있다는 것은 경청할 만하다. 그러나 스스로가 어떤 힘에 예속되어 있는 자가 도대체 그 힘을 제대로 지배할 수 있을까? 자신도 지배를 받는 자가 다른 자들을 해방시킬 수 있을까? 병을 앓는 의사는 우리의 소박한 감정으로는 모순이며 문제적 현상이다. 행여나 병에 대한 의사의 정신적 지식은 경험에 따른 지식을 통해 풍부해지고 윤리적으로 강화된다기보다는 오히려 흐려지고 혼란한 것은 아닐까? 그는 병을 분명한 적대관계에서 보는 것이 아니며, 관점 또한 흐릿해서 어느 쪽인지가 분명치 않다. 병의 세계에 속한 자가 과연 다른 사람을 치료하거나 보호함에 있어서 만이라도 건강한 사람과 같은 의미에서 관심이 있을까 하는 문제는 분명히 신중하게 생각할 필요가 있다.

한스 카스토르프는 '베르크호프' 요양원과 원장에 관해 요아힘과 대화를 나누면서 이런 의문점과 숙고에 관해 나름대로 몇 마디 견해를 피력했다. 하지만 요아힘은 베렌스 고문관이 지금까지도 환자인지는 잘 모르겠다고 말했다. 어쩌면 오래전에 벌써 병이 나았을지도 모른다는 것이다. 베렌스가 이곳에서 치료를 시작한 지는 오래되었다. 그가 한동안 직접 병원을 차려 운영했을 때에는 기흉에 대한 전문의사로서뿐만 아니라 청진을 잘하는 의사로도 명성을 날렸다고 한다. 그러다가 베르크호프 요양원에서 자신의 위치를 확고히 하고, 10년 전부터는 요양원과 일심동체의 관계에 있게 되었다. 그는 건물 저 뒤편, 북서쪽 날개 건물의 끝에서 살고 있었다(크로코프스키 박사는 거기서 멀지 않은 곳에 살았다). 그리고 저 옛 귀족 출신의 숙녀, 세템브리니가 조롱한 바 있고 한스 카스토르프는 지금까지 잠깐 본 적밖에 없는 수간호사가 홀아비의 간단한 살림살이를 관리하고 있었다. 이제 베렌스는 혼자 지내고 있는데, 왜냐하면 아들은 독일의 대학에서 공부하고 있고, 딸은 이미 결혼했기 때문이다. 딸은 변호사의 아내가 되어 스위스의 프랑스어 지역에 거주하고 있었다. 베렌스의 아들은 방학이 되면 가끔 아버지를 보기 위해 이곳을 방문했다. 요아힘에 따르면 그가 이곳에 체류하는 동안 아들이 여러 차례 방문했다고 한다. 아들이 올 때마다 요양원의 여자들은 흥분하여 체온이 상승하고, 질투심 때문에 안정 홀에서 옥신각신 말다툼이 벌어지며, 크로코프스키 박사의 특별 진찰시간에는 환자가 더 많이 몰려든다는 것이었다.

조수 크로코프스키 박사는 개인 진료를 위해 자신의 방을 제공 받았다. 커다란 진찰실, 실험실, 수술실, 뢴트겐실과 마찬가지로 그 방은 요양원의 빛이 잘 드는 지하층에 위치해 있었다. 지하층이라고 부르는 이유는 1층에서 그곳으로 가는 돌계단이 정말 지하실로 내려가는 것 같은 상상을 자아내었기 때문이다. 하지만 이는 완전히 착각에 의한 작용이었다. 첫째로 1층이 상당히 높은 곳에 위치하고 있었고, 둘째로 요양원 건물은 경사가 급한 산비탈에 세워져 있었으며, 저 '지하실'의 방들은 앞쪽으로 정원과 골짜기를 향해 있었기 때문이다. 이런 사정을 알게 되면 계단이라는 인상과 의미는 어느 정도 지워지고 사라진다. 1층에서 돌계단을 통해 내려가면 마치 지상에서 지하로 가는 것 같았지만, 내려가도 계속 지상에 있거나 아니면 지상에서 단 몇 발짝 내려갔을 뿐이었다. 한스 카스토르프는 어느 날 오후 마사지 전문 치료사에게 체중을 재러 가는 사촌을 따라 그 지역으로 함께 '내려가면서' 이런 착각을 즐긴 적이 있었다. 그곳도 병원처럼 밝고 깨끗했다. 모든 것이 하얀색 일색이어서 하얀 래커가 칠해진 문들이 반짝 빛나고 있었다. 제도용 핀으로 명함을 꽂아 놓은 크로코프스키 박사의 응접실 문도 하얗게 칠해져 있었다. 그의 응접실 문은 복도의 높이에서 특별히 두 계단 정도 내려간 곳에 있어서, 응접실 내부는 골방 같은 인상을 주고 있었다. 복도 끝에 있는 이 문은 계단의 오른쪽에 위치해 있었다. 한스 카스토르프는 요아힘을 기다리면서 복도에서 오가는 동안 특히 그 문을 주시하고 있었다. 마침 그는 문에서 누군가가 나오는 것을 보게 되었다. 문에서 나온 사람은 얼마 전에 이곳에 온 여자로서, 그는 아직 그녀의 이름을 모르는 상태였다. 작고 귀여운 그 여자는 이마에 고수머리가 드리워져 있었고, 귀에는 금귀고리를 달고 있었다. 그녀는 허리를 굽히고 계단을 올라가면서 한 손으로 치마를 꼭 잡고는, 반지 낀 다른 작은 손으로는 손수건을 입에 대고 있었다. 그러다가 허리를 펴면서 놀라서 질린 것 같은 큰 눈으로 허공을 응시하는 것이었다. 속치마가 스치는 소리가 나도록 계단 쪽으로 잔걸음을 빨리 옮기던 그녀는 무슨 생각이 들었는지 갑자기 발걸음을 멈추고 서 있다가, 여전히 허리를 굽힌 채 손수건을 입에서 떼지 않고 다시 빠르게 계단 위에서 사라져 버렸다.

그녀가 문을 열고 나온 방 안은 하얀 복도 쪽보다 훨씬 더 어두웠다. 이 아래 위치한 진료 공간들의 밝은 빛은 분명히 여기까지는 미치지 않는 것 같았다. 크로코프스키 박사의 정신분석을 위한 별실은 어스름한 여명의 분위기로 가득 차 있음을 한스 카스토르프는 이제야 알아차렸다.

식탁에서의 대화

홀로 산책을 감행했을 때 할아버지처럼 머리가 떨렸었는데, 각양각색의 사람들이 모인 식당에서 식사를 할 때도 같은 일이 일어나 젊은 한스 카스토르프는 상당히 당혹스러웠다.― 식사 중에도 거의 규칙적으로 이런 일이 일어났지만 막을 수 없었고 감추기도 쉬운 일이 아니었다. 턱을 위엄 있게 끌어당겨 꼿꼿이 세워보았지만 계속할 수가 없어서 그는 다양한 방법을 찾아내어 약점을 감추려고 애썼다. 예를 들어 그는 좌우로 말을 걸어 될 수 있으면 머리를 움직였고, 아니면 수프 숟가락을 입에 가져갈 때에도 왼쪽 아래팔로 식탁을 꾹 누르면서 안정된 자세를 유지했으며, 식사를 멈추는 사이에는 식탁 위에 팔꿈치를 세워서 손으로 머리를 떠받치는 자세를 취했다. 이는 자신의 눈으로 보아도 예의에 어긋나는 행동이었지만, 격식 없이 자유분방하게 지내는 환자들의 세계에서 만큼은 용인될 수도 있었다. 그러나 이 모든 자세는 성가시기 이를 데 없고, 다른 때 같으면 긴장감 및 볼거리 때문에 즐거울 수도 있었던 식사 시간도 지금은 참으로 괴로울 따름이었다.

그러나 한스 카스토르프 자신도 잘 알고 있듯이 그가 어떻게든 버텨 내려는 이 수치스런 현상은 육체적 이유인 이곳 공기와 적응 노력 때문만이 아니라, 긴장감 및 볼거리와 직접 연관되어 있는 내적 흥분 때문이기도 했다.

쇼샤 부인은 거의 늘 식사 시간에 늦게 왔다. 그녀가 올 때까지 한스 카스토르프는 자리에 앉아도 항상 긴장의 연속이었는데, 그녀의 입장과 동시에 들려오는 유리문 닫히는 소리를 기다렸기 때문이다. 주기적으로 그래 왔듯이 그 소리만 들리면 그는 화들짝 놀라서 얼굴이 싸늘해질 것이라는 것을 알고 있었다. 처음에는 매번 화가 나서 고개를 그쪽으로 돌리고, 이 칠칠치 못한 지각생이 고급 러시아인 식탁에 가서 앉을 때까지 성난 눈을 부라리곤 했었다. 그것으로도 분노를 삭이지 못해 그녀를 향해 질책과 비난의 소리를 이빨 사이로 중얼중얼 퍼부었다. 이제 그는 단념하여 아예 머리를 접시로 잔뜩 숙이고, 입술을 지그시 깨물거나 의도적으로 딴청을 피우며 외면해 버렸다. 이유인즉 그는 더 이상 화를 낼 자격이 없는 것 같았고, 자신 역시 비난에서 자유롭지 못할 뿐만 아니라 그 불쾌한 일에 공범자처럼 주변 사람들에 대해 공동 책임이 있는 것처럼 여겨졌기 때문이다. 단적으로 말해 스스로 부끄러운 생각이 들었던 것으로, 쇼샤 부인에게가 아니라 주변 사람들에게 스스로 부끄러움을 느꼈던 것이다. 하지만 부끄러워할 필요가 없었는지 모른다. 쇼샤 부인의 무례함이나 한스 카스토르프의 수치심에 대해 그의 오른쪽에 앉은 여선생 엥겔하르트 양을 제외하고는 식당에서 그 누구도 우려하는 사람이 없었기 때문이다.

이 가엾은 여자는 문이 쾅 닫힐 때 한스 카스토르프가 민감하게 반응하는 것을 보고는 청년이 러시아인 부인에 대해 모종의 감정을 품었으며, 나아가 감정의 관계가 성립된다면 감정의 성격이 어떤 것인지는 별로 중요치 않다는 것도 알아차렸다. 그리고 결국은 무관심을 가장하는 태도는 —그것도 연기 연습을 한 적이 없고 소질도 부족하여 서투르게 가장하는 태도는— 감정을 약화시키는 것이 아니라 오히려 강화시켜서 더 높은 관계의 국면을 의미한다는 것도 알아채고 있었다. 자신의 외모에 자신도 없고 희망도 없는 엥겔하르트 양은 쇼샤 부인에 대해 무아경에 빠져 정신없이 계속 말을 늘어놓았다. 그런데 이상한 일이었다. 한스 카스토르프는 그녀의 선동적인 언행의 의도를 당장은 아니지만 차차 속속들이 이해하고 간파하면서 심지어 혐오감마저 들었지만, 그럼에도 순순히 그녀의 말에 영향을 받고 동화되는 척했기 때문이다.

"아이쿠!" 노처녀가 말했다. "저 여자예요. 누가 들어왔는지 쳐다볼 필요도 없어요. 물론, 저 여자가 걸어가고 있는데, 걸어가는 모습이 얼마나 매력적인지 모르겠어요. 마치 우유 접시로 살금살금 기어가는 새끼 고양이 같네요! 당신이 나처럼 자유롭고 편안하게 그녀를 바라볼 수 있도록 자리를 바꿔 드릴 수 있어요. 당신이 매번 그녀 쪽으로 고개를 돌리고 싶어 하지 않는 이유도 난 잘 안다니까요. 그녀가 이런 걸 눈치채면 얼마나 제 멋대로 상상할까 모르겠네요. 지금 사람들에게 인사를 하고 있어요. 당신도 한번 보셔야 할 텐데. 그녀를 보고 있으면 생기가 나요. 지금처럼 미소 지으며 말할 때면 한쪽 뺨에 조그만 보조개가 생기지요. 그러나 항상은 아니고 자신이 원할 때만 생긴다고요. 그래요, 정말 귀염둥이처럼 사랑스럽고, 응석받이 같은 여자예요. 그래서 저렇게 칠칠치 못한 거지요. 원하든 아니든 이런 여자를 사랑하지 않을 수 없겠죠. 칠칠치 못한 태도에 화가 나도 그게 더 큰 매력으로 작용하죠. 화가 나도 사랑하지 않을 수 없다는 것은 행복한 일이예요."

이렇게 여선생은 손으로 입을 가리고 다른 사람들이 듣지 못하도록 속삭였다. 그러나 반면에 솜털이 난 노처녀의 뺨이 홍조를 띠는 것은 그녀의 체온이 정상보다 높다는 것을 상기시켰다. 노처녀의 선정적인 수다는 가련한 한스 카스토르프의 골수와 혈관까지 파고들어 그를 자극했다. 쇼샤 부인이 매혹적이라는 사실을 그가 제삼자에게 확인받고 싶어진 것은 그가 누군가에게 기대고 싶어서였다. 그 밖에도 그는 이성과 양심 때문에 방해를 받는 감정에 온전히 빠져들 수 있도록 외부에서 자극을 받기를 마음속으로 원했다.

그러나 한스 카스토르프는 이 대화를 통해 자세한 내용은 별로 알아내지 못했다. 엥겔하르트 양이 아무리 알려주고 싶어도 쇼샤 부인에 관해서는 아는 게 없었으며, 이 점에서는 요양원의 그 누구와도 다를 게 없었다. 그녀는 쇼샤 부인을 잘 몰랐고, 잘 알고 지낸다고 자랑할 처지도 아니었다. 그녀가 한스 카스토르프에게 자랑할 수 있었던 유일한 것은 자신의 집이 쾨니히스베르크에 ―그러니까 러시아 국경에서 그리 멀지 않은 곳에― 있으며, 러시아 말 몇 마디를 할 수 있다는 정도였다. 이렇게 희박한 특징이었지만 한스 카스토르프는 거기서 쇼샤 부인과의 먼 개인적인 관계를 찾아보려고 했다.

한스 카스토르프가 말했다. "그녀는 반지를 끼고 있지 않더군요. 내가 보기엔 결혼반지를 끼지 않았어요. 대체 어찌된 일인가요? 그녀가 결혼했다고 말하지 않았나요?"

여선생은 궁지에 몰린 것처럼 당황해 하며 무엇인가 말을 해야겠다고 생각했다. 쇼샤 부인에 관한 한 그녀는 한스 카스토르프에게 뭔가 해줘야 한다는 의무감을 가지고 있었다.

"그런 걸 너무 엄밀히 생각하면 안 됩니다." 그녀가 말했다. "결혼한 것만은 확실합니다. 그 점은 의심의 여지가 없어요. 흔히 외국 아가씨들은 나이를 좀 먹으면 뽐내기 위해 마담이라고 부르는 모양입니다만, 우리가 다 알 듯이 그녀는 러시아 어딘가에 정말 남편이 있어요. 본래 그녀에게는 프랑스 이름이 아니라 아노프나 아니면 우코프로 끝나는 러시아 이름이 있어요. 그 이름을 알고 있었는데, 그만 잊어버렸어요. 알고 싶다면 알아볼 수 있어요. 이름을 아는 사람이 여기에도 몇 사람은 있을 겁니다. 반지 말인가요? 끼고 있지 않아요, 내 눈에도 그것이 눈에 띄었어요. 글쎄요, 어쩌면 반지가 잘 안 어울려서 그런지도 모르겠고, 반지를 끼면 손이 넓어 보여서 그런지도 모르죠. 아니면 결혼반지를 끼는 것을 고루하다고 생각하는지도 모르죠, 반들거리는 고리 따위는 말입니다.… 시장바구니만 없다뿐이지 그걸 끼고 있으면 뭐… 아니, 그걸 끼기에는 너무 활달한가 보네요. 내가 알기로도 러시아 여자들은 모두가 본래 저렇게 자유롭고 활달한 면이 있어요. 게다가 반지에는 무엇인가 거절하고 냉랭하게 만드는 특징이 있지요. 예속의 상징 같아서 여자를 곧장 수녀 같은 느낌으로 만드니까요. '나를 건드리지 마세요'라는 꽃말을 가진 봉선화처럼 만들어 버리지요. 그러니 쇼샤 부인이 그런 것을 싫어해도 나는 이상하게 생각하지 않아요. 한창 꽃을 피우는 나이의 매력적인 부인이잖아요… 아마 그녀와 악수하는 그 어떤 신사에게도 자신이 혼인 관계에 묶여 있음을 느끼게 할 이유나 기분도 들지 않을 거예요."

맙소사, 여선생이 이렇게 열성적이라니! 한스 카스토르프는 깜짝 놀라 그녀의 얼굴을 쳐다보았지만, 그녀는 아주 당황해하면서도 그의 시선을 피하지는 않았다. 이어서 두 사람은 한동안 말없이 있으며 숨을 돌렸다. 한스 카스토르프는 음식을 먹으며 머리의 떨림을 억누르고 있었다. 마침내 그가 말문을 열었다.

"그럼 남편은요? 그는 아내 걱정도 하지 않나요? 남편은 이 위에 한 번도 찾아오지 않았나요? 대체 뭐 하는 사람인데요?"

"공무원입니다. 아주 오지에 있는 다게스탄의 행정 관료라고 합니다. 알다시피 코카서스 산맥 너머 동쪽에 있지요. 거기로 파견되었답니다. 아니, 하지만 앞서 말했듯이 이 위에서 그를 본 사람은 아직 아무도 없어요. 그녀가 이곳에 다시 온 지 벌써 3개월이나 되었는데 말입니다."

"그럼 그녀가 이곳에 온 게 처음이 아닌가요?"

"네, 벌써 세 번째죠. 그 사이에는 이곳과 유사한 다른 곳에 있었나 봐요. 반대로 그녀가 가끔 남편을 찾아갑니다, 자주는 아니고 1년에 한 번 잠시 동안이요. 두 부부는 별거를 한다고 말할 수 있지요. 그녀가 가끔 남편을 찾아가는 거지요."

"그야, 여자가 아프니까…."

"확실히 그녀는 환자지요. 하지만 그리 심하지는 않아요. 언제나 요양원에 머물며 남편과 떨어져 살아야 할 정도로 심각하게 아프지는 않은 것 같아요. 그녀가 여기 있는 데는 뭔가 또 다른 이유가 있는 게 분명해요. 일반적으로 여기 사람들은 다들 다른 이유가 있을 거라고 생각한답니다. 코카서스 산맥 너머 황량한 오지인 다게스탄이 마음에 안 드는지도 몰라요. 그러니 이상한 일도 아닐 수 있어요. 하지만 그녀가 남편과 함께 있기 싫다면, 남편에게도 약간은 책임이 있는 거예요. 그는 프랑스 이름을 사용하지만, 어쨌든 그는 러시아 공무원이죠. 러시아 공무원은 거친 족속이지요, 틀림없어요. 언젠가 한번 러시아 공무원을 본 적이 있는데, 그는 벌건 얼굴에 쇠붙이처럼 거무스레한 턱수염을 기르고 있더군요… 그들은 지나치게 뇌물을 좋아하고, 다음으로는 모두가 독주인 보드카를 즐겨 마시지요. 그들은 예의상 약간의 먹을 음식, 예컨대 소스에 절인 버섯 몇 개나 철갑상어 한 조각을 주문하고는, 그것을 안주 삼아 보드카를 마십니다. 정말 엄청나게 마셔 놓고는 가볍게 한 잔 했다고 말하지요."

"당신은 모든 것을 남편 탓으로 돌리고 있군요." 한스 카스토르프가 말했다. "둘이서 함께 잘 살아가지 못한다면, 그것은 그녀 탓일지도 모르지요. 공평하게 평가해야죠. 그 여자를 보면, 또 문을 쾅 닫는 무례함을 보고 있으면 말입니다… 그녀가 천사로 생각되지는 않습니다. 이런 내 말을 기분 나쁘게 생각하지 마세요. 나는 그녀를 도무지 신뢰할 수가 없어요. 그런데도 당신은 편파적으로 그녀를 무조건 편들기만 하고 있어요."

가끔 그의 말투는 이렇게 자신의 본성과는 딴판으로 교활했다. 그는 쇼샤 부인에 대한 그녀의 열광이 실제로는 어떤 것인지 뻔히 알고 있으면서도 모르는 체하면서 오히려 그녀의 열광적 태도가 그녀만의 우스꽝스런 속단이라는 식으로 말했다. 이렇게 해서 홀가분해진 한스 카스토르프는 냉정하고도 유머러스한 거리를 취하며 노처녀를 놀려줄 수 있었다. 무엇보다 그는 자신의 조력자인 그녀가 이런 넉살좋은 비꼼을 수긍하고 받아들일 것이라고 확신했기 때문에 거리낌이 없었다.

"좋은 아침입니다!" 그가 말했다. "잘 주무셨나요? 당신의 아름다운 '민카'• 꿈은 꾸셨겠지요. 아니, 그녀 이야기만 나오면 금방 얼굴이 붉어지네요! 그녀한테 홀딱 빠졌나보네요, 내 말을 부인하지 않으시겠죠!"

• 쇼샤 부인을 빗대어 부른 별명. 곧 나오지만 '쇼샤'는 성이고, '클라브디아'가 이름이다.

여선생은 정말 얼굴이 발갛게 달아올라 찻잔으로 고개를 깊이 숙이고는 왼쪽 입술 언저리로 이렇게 속삭였다.

"이런, 나빠요. 카스토르프 씨! 이렇게 넌지시 놀리며 나를 당황하게 만들다니 점잖지 못하군요. 우리가 그녀를 노리고 있다는 걸 모두가 알아채겠어요. 당신의 말이 내 얼굴을 붉게 한다는 것까지요."

식탁 옆자리에 앉은 두 남녀가 하는 짓은 이상했다. 두 사람 다 그들이 이중 삼중으로 속임수를 쓴다는 사실을 알고 있었다. 한스 카스토르프는 쇼샤 부인에 관해 이야기할 목적으로 쇼샤 부인을 내세워 여선생을 놀렸던 것인데, 그러다 보니 노처녀와 시시덕거리며 불건전하고 미묘한 만족감을 맛보게 되었다. 그런데 여선생 쪽에서 그를 상대해준 까닭은 이렇게 추론해 볼 수 있을 것이다. 첫째, 둘을 연결시켜 주기 위해서였고, 다음으로 그녀는 어쩌면 정말 쇼샤 부인에게 홀딱 빠져서 한스의 환심을 사려고 했으며, 끝으로 그녀는 그에게 놀림을 받고 얼굴이 붉어지는 것을 가엾게도 즐긴 것이다. 두 사람은 이런 입장에 처한 자신이나 상대방에 대해 알고 있었고, 둘 다 상대방이 이런 사실을 눈치 채고 있다는 것도 알고 있었다. 이 관계는 여러 모로 뒤얽히고 깨끗하지 못했다. 물론 한스는 매사에 뒤얽히고 깨끗하지 못한 관계를 대체로 혐오했고, 이 경우에도 혐오감이 들었지만, 이렇게 흐릿한 구석을 계속 철벅거리고 다녔다. 그러면서 그는 이 위에 손님으로 왔을 뿐이니 곧 떠날 거라고 자신을 달래며 합리화했다. 그는 짐짓 냉정한 척하면서 '칠칠치 못한' 부인의 외모를 세세히 평가하면서 앞에서 보면 옆에서 보는 것보다 분명히 더 젊고 예쁠 것이라고 단언했다. 그리고 양미간은 서로 멀리 떨어져 있고, 자세는 고칠 점이 많으며, 이에 비해 두 팔은 아름답고 '부드러운 형태'를 가졌다고 말했다. 그는 이렇게 말하는 가운데에도 머리가 떨리는 것을 감추려고 애썼으나 여선생이 자신의 헛된 노력을 눈치 채고 있음을 알았을 뿐만 아니라, 그녀의 머리도 마찬가지로 떨리는 것을 감지하고는 참기 어려운 반감을 느꼈다. 그가 쇼샤 부인을 '아름다운 민카'라고 표현한 것도 책략이자 교묘하게 꾸민 교활한 언행이었다. 이렇게 함으로써 계속 질문을 할 수 있었기 때문이다.

"내가 민카라고 말한 그 여자의 진짜 이름은 뭔가요. 내가 묻는 것은 성이 아니라 이름입니다. 당신처럼 그녀에게 홀딱 빠졌다면 이름은 당연히 알고 있겠지요."

여선생은 잠시 생각하는 표정을 지었다.

"잠깐만요, 알고 있어요." 그녀가 말했다. "알고 있었죠. 타트야나가 아닌가? 아니야, 그게 아니었어. 나타샤도 아니고. 나타샤 쇼샤? 아니야, 그런 이름이 아니었는데. 아, 알았어요! 아브도트야나. 카트옌카나 니노츄카는 분명히 아니고. 그것 참 이렇게 기억이 안 나다니. 당신이 정 알고 싶다면 다른 사람에게 물어보겠어요. 그럼 쉽게 알아낼 수 있어요."

다음날 그녀는 정말로 이름을 알아 왔다. 점심 식사 때 유리문이 쾅 하고 닫힐 때 그에게 이야기해 주었다. 쇼샤 부인의 이름은 클라브디아였다.

한스 카스토르프는 그 이름을 처음에는 알아듣지 못했다. 그는 이름을 다시 들어보고, 철자를 확인한 다음에야 알 수 있었다. 그는 충혈된 눈을 쇼샤 부인에게 돌리고는, 그녀에게 시험이라도 해보려는 듯 이름을 여러 차례 중얼거렸다.

그가 여선생에게 말했다. "클라브디아. 좋군요, 괜찮은 이름인 것 같아요, 아주 잘 어울려요." 그는 은밀한 지식을 얻게 된 기쁨을 감추지 못하고 이때부터는 쇼샤 부인을 '클라브디아'라고만 불렀다. "당신의 클라브디아가 빵을 돌돌 말고 있군요. 우아한 모습은 아니네요."

"누가 그렇게 하느냐가 중요한 거죠." 여교사가 대답했다. "클라브디아에게는 어울려요."

그렇다, 일곱 개의 식탁이 늘어선 식당에서의 식사는 한스 카스토르프에게 대단한 자극을 주었다. 식사가 끝나면 섭섭했지만, 2시간이나 2시간 30분 뒤에는 다시 이곳에 앉을 거라는 생각에 위안이 되었다. 그가 다시 여기 앉으면, 여기서 일어선 적이 없이 계속 앉아 있었던 것 같다는 생각이 들었다. 식사와 식사 사이에는 무엇이 있었을까? 아무 일도 없었다. 개울물로 또는 영국인 거주 지역으로 가볍게 산책을 하고 의자에서 약간 안정을 취했다. 이렇게 보낸 시간은 심각하게 중단된 시간이나 힘든 장애의 시간도 아니었다. 만일 쉽게 무시하거나 간과할 수 없는 힘든 일이나 걱정거리가 있었더라면 사정은 좀 달랐을지도 모른다. 그렇지만 영리하게 계산되고 행복하게 짜인 베르크호프 생활에서 그런 것은 생각할 수 없었다. 한스 카스토르프는 공동으로 하는 식사를 끝내고 자리에서 일어서면 다음 식사를 즐거운 마음으로 기다릴 수 있었다. '즐거운 마음'이란 병든 클라브디아 쇼샤 부인과 다시 식당에서 만나서 그녀를 바라볼 수 있다는 일종의 기대감을 뜻했다. 이 낱말이 그에게는 너무 가볍고 만족스럽거나 단순하고 평범한 것을 의미하는 것이 아니었다. 어쩌면 독자들은 한스 카스토르프의 인품과 내면생활로 보아 만족스럽고 평범하다는 표현이 그에게 어울리고 적절하다고 여길지 모르겠다. 그러나 이성과 양심을 지닌 젊은이가 쇼샤 부인 가까이에서 그녀를 바라보는 것을 그냥 '즐거워'만 하지는 않았다는 사실을 기억하자. 우리는 이런 사실을 알고 있기에 그가 만일 이런 말을 들었다면 어깨를 으쓱하면서 물리쳤을 것으로 확신한다.

그렇다, 그는 뭔가 미심쩍은 표현에 대해서는 자존심을 세웠다. 이는 하나의 개별 사례에 지나지 않지만 언급할 만한 가치가 있다. 그는 열기로 상기된 뺨을 한 채로 여기저기 어슬렁거렸고, 콧노래도 흥얼거렸는데, 그가 음악적 분위기에 민감한 상태에 있었기 때문이다. 언제 어디선지 모르지만 언젠가 사교모임이나 자선 음악회에서 작은 소프라노 음성으로 들었던 것이 문득 떠올라 그 노래를 흥얼거렸다. 의미는 별로 없어도 감미로운 곡을 부르기 시작했다.

얼마나 내 가슴을 부드럽게 어루만지나
종종 그대의 말 한마디

이어서 그는 다음 가사를 덧붙여 부르려고 했다.

그대 입술에서 흘러나온 말이
내 가슴으로 스며드네!

하지만 그는 돌연 어깨를 으쓱하면서 '우스꽝스러워'라고 말했다. 그는 이 감미로운 곡을 저속하고 유치하게 생각되어 부르다 말고 그만두었다. 좀 우울한 기분도 들었으나 냉정하게 뿌리치고 말았다. 흔히들 말하듯이 저 아래 평지의 건강한 아가씨에게 정당하고 떳떳하고 당당하게 자신의 '마음'을 '바치고', 자신의 정당하고 당당하고 이성적이며 근본적으로 만족스런 느낌에 자신을 바치는 젊은이라면 이런 감상적인 노래를 흡족하고 기분 좋게 생각할지도 모른다. 반면에 한스 카스토르프와 쇼샤 부인의 관계에는 —'관계'라는 말은 그가 사용한 것이며, 우리와는 무관하다— 이런 노래가 전혀 어울리지 않았다. 그는 안정 요양을 위한 긴 의자에 누워 이 노래에 대해 '어리석다!'라고 미적 판단을 내리고는, 코를 찡긋하며 노래를 중도에 그만두고 말았다. 물론 이 노래 대신 부를 만한 적당한 노래도 생각나지 않았다.

하지만 그가 침대에 누워 고요 속에서 —요양원 규정에 따라 낮잠을 자는 안정 요양 시간 동안 베르크호프를 전역에 찾아드는 고요 속에서 — 귀에 들릴 만큼 빨리 고동치는 심장, 신체 부위로서의 심장에 주의를 기울이면서도 한 가지만은 그래도 만족스러웠다. 즉, 심장은 이 위에 온 뒤부터 늘 그랬듯이 끈질기고 집요하게 두근거렸으나 이제 그는 처음 며칠과는 달리 이를 그리 못마땅하게 생각하지 않았다. 이제 와서는 그 누구도 심장이 저절로 이유도 없이, 영혼과 아무 관련도 없이 두근거린다고는 말할 수 없었다. 이런 연관성이 한스 카스토르프에게도 적용될 수 있거나 또는 연결시키는 것이 어렵지 않았다. 다시 말해 감정의 동요를 느끼기 시작하면서 육체적 활동 역시 자연스럽게 고조되었던 것이다. 그는 쇼샤 부인만 생각하면 —실제로 그녀를 생각했다 — 감정이 동요되면서 심장이 거세게 두근거리는 것을 느꼈다.

커져가는 불안,
두 분의 할아버지와 황혼녘의 뱃놀이에 관하여

날씨는 몹시 좋지 않았다. 이런 점에서 한스 카스토르프가 이 지역에 잠시 체류하는 것은 운이 좋지 않다고 할 수 있었다. 눈이 오는 것은 아니었지만, 하루 종일 비가 억수로 퍼부었고, 짙은 안개가 골짜기를 휘감았다. 날씨가 너무 추워서 식당에 난방을 해야 할 지경이었는데, 우습게도 반갑지 않은 뇌우까지 찾아와 천둥 번개로 사방이 요란스러웠다.

이때 요아힘이 말했다. "유감이군. 아침 식사를 하고 샤츠알프에나 한번 가 보려고 했는데. 하지만 안 되겠어. 네가 머무는 마지막 주는 날씨가 좋아야 할 텐데."

그러나 한스 카스토르프는 날씨에 개의치 않는다는 듯 대답했다.

"괜찮아. 어디 가고 싶어서 안달이 난 건 아니니까. 전에도 나 혼자 멀리 갔다가 혼이 났었잖아. 특별한 기분 전환 없이 그저 하루를 이럭저럭 보내는 게 가장 좋은 휴양이야. 장기 체류자들에게는 물론 기분 전환이 필요하겠지. 하지만 3주 예정으로 온 나에게 기분전환이 뭐 필요하겠어."

실제로 그랬다. 그는 이곳에서 지루함이 없이 충만한 느낌이었다. 희망을 갖는다 해도 그것의 실현과 좌절은 이곳에서의 문제이지, 샤츠알프에 가고 안 가고의 문제는 아니었다. 그를 괴롭히는 것은 지루함이 아니었다. 반대로 예정된 체류 기간이 곧 끝나간다는 것이 두려워지기 시작했다. 두 번째 주도 금방 지나가서, 곧 예정된 일수의 3분의 2가 곧 지나갈 판이었다. 세 번째 주가 시작되었다 싶으면 짐 꾸릴 일을 생각해야 했다. 처음에는 그토록 생생하던 시간 감각이 어느덧 사라져버리고, 매일이 재빨리 지나가기 시작했다. 하루하루는 그때마다 늘 새로운 기대로 길어지고 남모르는 체험으로 부풀어 올랐지만, 그 하루는 쏜살같이 흘러갔다…. 그렇다, 시간이란 수수께끼 같아서 그 실체를 밝히기가 정말 어렵다!

한스 카스토르프의 나날을 힘들게도 하고 빨리 지나가게도 한 저 은밀한 체험을 여기서 더 자세히 설명할 필요가 있을까? 그러나 이 체험은 누구나가 알고 있는 것이어서, 그것이 감각적으로 별것 아니라는 점에서 흔히 할 수 있는 체험이었다. '내 가슴을 얼마나 부드럽게 어루만지나'라는 감상적인 노래가 알맞을 것 같은 보다 이성적이고 전망이 있는 경우에도 달리 전개될 수는 없었을 것이다.

쇼샤 부인이 어떤 수상한 식탁에서 자기 식탁 쪽으로 드리워진 실을 전혀 눈치 채지 못했을 리가 없었다. 그리고 이런 사실을 그녀가 조금이라도, 아니 되도록 많이 알아채 달라는 것이 고삐가 풀린 방식이긴 하지만 한스 카스토르프의 의도였다. 우리가 이를 '고삐가 풀렸다'고 부르는 것은 그 자신도 그것의 비이성적인 면을 충분히 알고 있었기 때문이다. 하지만 지금처럼 누군가에게 빠져 있는, 또는 빠져 들어가기 시작한 자는, 그것이 매우 무의미하고 비상식적이라 할지라도 상대방이 자신의 상태를 알아주기를 바라는 법이다. 그게 사람 마음이 아닐까.

쇼샤 부인은 우연이었는지 아니면 감응작용 때문이었는지는 몰라도 식사 중에 그가 앉은 식탁 쪽을 두세 번 돌아보았는데, 그때마다 그의 시선과 마주쳤다. 네 번째는 의도적으로 그의 식탁 쪽을 건너다보았고, 이번에도 그의 시선과 마주쳤다. 다섯 번째는 그녀의 눈이 청년의 눈을 따라잡을 수가 없었다. 그는 마침 눈을 돌려 다른 곳을 보고 있었기 때문이다. 하지만 그녀가 자신을 보고 있음을 금방 알아차리고 얼른 그녀 쪽으로 시선을 돌리자, 그녀는 미소를 지으며 눈을 다른 곳으로 돌리는 것이었다. 이 미소를 보고 그는 의혹과 환희로 가득 찼다. 그녀가 그를 어린아이로 여겼다면 그것은 착각이었다. 그는 여성적인 세련성을 음미하는 것이 중요했다. 여섯 번째로 그녀가 자기 쪽을 바라

본다는 것을 예감하고 깨닫자 그는 대고모와 수다를 떨려고 그의 식탁으로 건너온 여드름투성이의 여자를 노려보면서 아주 불쾌한 표정을 지어보였다. 저 건너의 키르키스인의 시선이 그에게서 떠났음을 확신할 때까지 그는 2, 3분 동안 계속 그러고 있었다. 이는 쇼샤 부인이 이런 모습을 보거나 꼭 보아주었으면 하는 놀라운 연기인 것으로, 실은 그녀가 한스 카스토르프를 세련되고 자제력 있는 사람으로 보아달라는 행위였다….

이런 일도 있었다. 음식이 나오는 사이에 무심코 쇼샤 부인이 고개를 돌려 식당을 둘러보았다. 마침 한스가 지켜보고 있다가 두 사람의 시선이 마주쳤다. 둘이 서로를 바라보다가 그녀의 냅킨이 무릎에서 바닥으로 미끄러져 떨어지려고 했다. ―환자인 그녀는 애매한 태도로 바라보면서 냉소를 흘렸고, 한스 카스토르프는 흥분하여 그녀에게서 조금도 시선을 떼지 않았다(그것도 그는 이를 악물고 눈도 깜빡 거리지 않았다). 그러자 쇼샤 부인이 신경질적으로 깜짝 놀라서 냅킨을 붙잡으려고 했는데, 이런 행동이 그의 사지에도 전달되어 그는 몸을 반쯤 일으켜 세우고는 자신도 모르게 그녀를 도우려고 8미터나 떨어진 곳으로 식탁들 사이를 돌아 뛰어갈 자세를 취했다. 냅킨이 바닥에 떨어지면 무슨 큰일이라도 날 것처럼 말이다. 바닥에 막 떨어지려는 순간에 그녀는 간신히 냅킨을 집을 수 있었다. 그녀는 몸을 구부린 자세로 바닥에 몸을 비스듬히 하고 냅킨의 끝을 집어 들었다. 그녀는 사소한 일로 허둥지둥한 사실에 분명히 짜증어린 표정으로 얼굴을 찡그리면서 이 모든 일을 그의 탓으로 돌리려는 듯 다시 한 번 그를 바라보았다. 하지만 그가 몸을 일으켜 세운 채 눈썹을 치켜 올리고 있는 모습을 보자 그녀는 미소를 지으며 눈을 돌렸다.

이 사건에 대해 한스 카스토르프는 기쁨을 감추지 못하고 속으로 환호성을 질렀다. 하지만 반격이 만만치 않았다. 쇼샤 부인은 꼬박 이틀 동안, 그러니까 열 번의 식사가 계속되는 동안 식당을 둘러보지 않았고 들어올 때면 사람들을 훑어보며 자신을 '과시하던' 버릇도 중단하게 되었다. 이는 그에게 괴로운 일이었다. 그러나 이 중단 행위도 분명히 그와 관련이 있었기 때문에 부정적 형태이긴 하지만 아직도 관계가 명백히 성립되고 있었고, 이 정도면 충분하다고 할 수 있었다.

이곳에서는 같은 식탁에 앉지 않는 사람들과는 친해지기가 결코 쉽지 않다는 요아힘의 말이 옳다는 것을 그 역시 알게 되었다. 저녁 식사 뒤 한 시간 가량은 정규적인 사교 모임 같은 것이 있었지만, 그것도 20분으로 줄어드는 경우가 잦았다. 이 날도 쇼샤 부인은 예외 없이 그녀의 식탁 동료들인 가슴이 움푹 들어간 신사, 유머가 많은 곱슬머리 아가씨, 조용한 블루멘콜 박사, 어깨가 처진 청년들과 함께 고급 러시아인 전용인 작은 방 뒤쪽에 앉아 있었다. 그런데 요아힘은 밤의 안정요양 시간이 줄어들지 않도록 빨리 자리를 뜨자고 계속 재촉했다. 그가 직접 언급하지는 않았지만 뭔가 자신만의 건강관리 때문인 것 같았는데, 한스 카스토르프는 이를 알아차리고 존중했다. 우리는 그가 '고삐 풀렸다'고 비난을 가한 적이 있었다. 하지만 그의 소망이 어떤 것이든 간에 그는 쇼샤 부인과 사교적 친분관계를 맺으려고 노력하지는 않았으며, 오히려 그 반대 상황에 근본적으로 동의하고 있었다. 서로 시선이 마주침으로써 조성된 한스와 쇼샤 부인 사이의 불명료한 긴장관계는 사회적 성격과는 상관이 없었다. 이 관계는 어떤 책임도 질 것이 없었고, 책임을 질 필요도 없었다. 그는 이런 관계에 대하여 상당히 사회적 거부감을 지니고 있었기 때문이다. 그는 자신의 심장이 고동치는 원인을 클라브디아 때문이라고 설명하려 했지만, 이 사실은 한스 로렌츠 카스토르프의 손자에게는 충분한 것이 전혀 아니었다. 즉, 심장이 고동친다는 사실 정도로 남편과 별거하고, 손가락에 결혼반지도 끼지 않고 이곳저곳 요양원을 전전하고, 무례하게 행동하고, 문을 요란하게 닫고, 빵을 돌돌 말고, 분명히 손가락을 깨무는 이 외국 여자와 저 비밀스런 관계를 넘어서서 실제적 관계를 맺는다는 것은 결코 있을 수 없다는 그의 확신을 흔들 수는 없었다. 더구나 쇼샤 부인과 자신의 존재 사이에는 넘기 어려운 심연이 가로놓여 있어서, 자신도 인정하는 어떤 비판을 당했을 때 이를 견디기 어려울 것이라고 그는 생각했다. 한스 카스토르프가 개인적으로는 어떤 자부심 같은 것을 갖고 있지 않았다는 점은 현명한 일이었다. 그러나 조상 대대로 내려오는 넓은 의미의 자부심은 그의 이마에 배어 있었고, 다소 졸린 것처럼 바라보는 두 눈에도 담겨 있었다. 그가 쇼샤 부인이라는 존재와 그녀의 행실을 눈으로 보면서 스스로 벗어날 수 없었고 벗어나려 하지도 않았던 우월감은 바로 이런 자부심에서 나온 것이었다. 그런데 이상하게도 이 넓은 의미의 우월감을 특히 강하게 아마도 처음으로 의식하게 된 것은 어느 날 쇼샤 부인이 독일어로 말하는 것을 들었을 때였다. 그녀가 그날 식후에 스웨터 주머니에 두 손을 넣고 서서 안정요양 홀의 동료인 것처럼 보이는 다른 여자 환자와 대화를 나누는 것을 한스가 마침 옆을 지나다가 들었던 것이다. 그녀는 한스의 모국어인 독일어로 그것도 아주 매력적으로 대화를 나누고 있었고, 이 때문에 그는 갑자기 이제까지 의식하지 못하던 자부심을 느꼈다. 물론 귀엽게 독일어를 더듬거리는 모습에 전신이 황홀해져서는 자부심 따위는 사라져도 상관없을 것 같았다.

한마디로 말해 한스 카스토르프는 이곳 고지의 사람들 가운데 품행이 단정치 못한 부인과의 은밀한 관계를 이성의 법정에서는 —그 자신의 이성적 양심의 법정에서는— 인정될 수 없는 휴가 중의 모험이라고 생각했다. 이렇게 생각하는 주된 이유는 쇼샤 부인이 환자로서 기력이 없고 열이 있으며 벌레에 파먹힌 육체를 가지고 있었기 때문은 아니었다. 그보다는 모든 정황이 그녀의 존재 전체에 의심스런 구석과 밀접한 관련이 있으며, 또한 한스의 조심하고 거리를 두려는 감정과도 깊은 관련이 있었기 때문이다…. 그랬다, 실제로 한스 카스토르프는 그녀와 사귈 생각이 없었다. 여기서 일어난 사건은 다른 일에 따라서, 그러니까 1주일 반쯤 지나 튠더 빌름스 회사에 입사해 연수를 받으면, 좋든 나쁘든 종적도 없이 사라지고 말 것이다.

물론 당분간은 병을 앓는 여자와의 관계에서 생겨난 감정의 움직임, 긴장, 충족감과 실망감을 이곳 체류의 본질적 의미와 내용으로 간주하고 전념하기 시작하여, 그것이 어떻게 진척되느냐에 따라서 그의 기분이 전적으로 좌우될 정도였다. 주변 여건은 이런 감정을 조장하기에 더없이 좋았는데, 왜냐하면 이곳 사람들은 확고하고 일정한 하루 일과에 따라 제한된 공간에서 함께 살아가기 때문이었다. 쇼샤 부인은 다른 층인 2층에 거주하고 있었지만, (한스 카스토르프가 여교사에게 들은 바에 따르면 쇼샤 부인은 공동 안정요양 홀, 즉 미클로지히 대위가 최근에 불을 껐던 옥상에 위치한 안정요양 홀에서 요양을 하고 있었다) 하루 다섯 번의 식사 때뿐만 아니라 아침부터 저녁까지 오다가다 서로 마주칠 가능성, 아니 마주칠 수밖에 없는 상황이 얼마든지 있었다. 그리고 이 좁은 공간에서 우연히 마주칠 기회가 잦다는 것이 좀 가슴 죄는 일이긴 했지만, 근심하고 걱정한다고 해서 장래가 보장되는 것이 아닌 것처럼 한스 카스토르프는 이것도 다른 일처럼 잘된 일이라고 생각했다.

그는 심지어 행운이 더 잘 찾아오도록 약간은 분위기를 바꾸고, 앞뒤를 계산하고 세심하게 숙고했다. 쇼샤 부인이 상습적으로 식탁에 늦게 나타나기 때문에, 그 역시 도중에 서로 마주칠 수 있도록 늦장을 부렸다. 그는 요아힘이 자신을 데려가려고 방에 들어와도 꾸물거리면서 옷매무새를 고치고, 곧 따라갈 테니 먼저 가라고 말했다. 그는 상황을 보아가며 직감에 따라 기다리다가 이때다 싶은 순간이 되면 2층 계단으로 급히 내려갔다. 거기서 그는 연이어 내려가는 계단을 이용하지 않고 복도의 거의 끝까지 가서는, 그가 이미 잘 알고 있던 7호실 가까운 다른 계단으로 내려갔다. 복도를 따라 이 계단에서 저 계단으로 가다 보면 요컨대 마주칠 기회가 있었던 것이다. 언제라도 눈여겨본 그 문이 열릴 수 있었다. 그리고 그런 일이 실제로 반복적으로 일어났다. 쇼샤 부인이 문을 요란하게 닫고, 정작 본인은 소리 없이 걸어 나와 계단으로 살금살금 내려갔다. 그러면 그녀는 그의 앞을 걸어가면서 머리칼을 손으로 떠받치곤 했다. 아니면 한스 카스토르프가 그녀 앞을 걸어가면서 그녀의 시선을 등으로 느끼기도 했다. 그럴 때면 그는 팔다리를 그녀의 손에 잡힌 것 같고 등줄기에 개미가 기어가는 듯한 기분이 들었지만, 그녀 앞에서 의연한 모습을 보이고 싶어서 그녀가 뒤에 있는 것을 전혀 모르는 체했다. 그는 혼자서 힘차게 살아가는 양 행동했다. 예컨대 두 손을 상의 주머니에 찌르고, 아무 이유 없이 어깨를 흔들거나 공연히 힘껏 헛기침을 했으며, 동시에 주먹으로 가슴을 치기도 했다. 이 모든 행동은 자신이 어떤 것에도 얽매이지 않는다는 것을 나타내려는 것이었다.

그는 이런 교활한 행동을 두 번 더 했다. 그는 이미 식탁에 앉은 뒤 양손으로 호주머니를 뒤적이며 당황하고 화난 목소리로 말했다. "이런, 손수건을 깜빡 잊었군! 또 한 번 저 위에 갔다 와야겠어." 그러면서 그는 클라브디아와 서로 마주치기 위해 되돌아갔다. 이는 그녀의 뒤나 앞에서 걸어갈 때와는 달리 좀 더 위험하면서 그만큼 더 짜릿한 쾌감을 주었다. 처음 이런 행동을 취했을 때 그녀는 약간 떨어진 상태에서 염치없고 뻔뻔스럽게 그를 위에서 아래로 훑어보았지만, 정작 가까이 다가와서는 냉정하게 외면하며 지나쳐 버렸다. 이로써 서로 마주친 결과는 그리 높게 평가받을 수 없게 되고 말았다. 그러나 두 번째는 그녀가 그를 쳐다보았다. 멀리서 뿐만 아니라 지나가는 동안 내내 그를 쳐다보았다. 그를 뚫어져라 쳐다보았고, 심지어 어딘지 우울한 눈빛으로 바라보면서 그를 앞질러 지나갈 때는 그를 향해 고개를 돌리기도 했다.— 그녀의 눈빛이 가련한 한스 카스토르프의 골수와 뼛속까지 파고드는 것 같았다. 그렇다고 우리가 그를 가련하게 생각할 필요는 없는데, 왜냐하면 이는 그가 바라던 것이고, 그 모든 것을 스스로가 실행에 옮긴 것이기 때문이다. 그러나 그녀를 만나면 그는 아찔해져서 정신을 차릴 수 없었다. 모든 일이 다 지나가고 나서야 비로소 그는 무슨 일이 벌어졌는지 제대로 파악할 수 있었다. 그는 이제껏 쇼샤 부인의 얼굴을 이렇게 가까이서 본 적이 없었다. 그는 바로 눈앞에서 그녀의 얼굴을 속속들이 살펴볼 수 있었다. 땋아 감아 올린 약간 금속 빛 붉은색이 감도는 금발과 거기서 삐져나온 짧은 솜털 하나까지 그는 분간할 수 있었다. 자신의 얼굴과 그녀의 얼굴 사이에는 손 몇 뼘 정도의 공간밖에 없었다. 그녀의 얼굴은 기이한 모습이지만 그에게는 오래전부터 친숙했으며, 이 세상의 어떤 것보다 더 그의 마음에 들었다. 그녀의 얼굴은 이국적이고 개성적이었으며(외국인만이 우리에게는 개성적으로 보인다), 얼굴의 특징과 비율이 쉽게 파악되지 않는 한 이를 규명해 볼 필요가 있는 북방적 이국성과 신비로움을 지니고 있었다. 이 얼굴에서 가장 결정적인 것은 광대뼈 부위가 눈에 띄게 튀어나온 점이었다. 이 때문에 기이하게 살짝 들어가고 서로 멀리 떨어진 두 눈은 약간 비스듬히 치켜 올라가 있었고, 뺨 역시 부드럽게 안으로 들어가 있었다. 이 오목하게 들어간 부분이 또한 간접적으로 옆의 입술을 아주 풍만하고 도톰한 모양을 만들어내고 있었다. 그렇지만 무엇보다 특이한 것은 바로 그녀의 두 눈이었다. 한스 카스토르프가 보았을 때 가늘고 매혹적으로 생긴 키르키스인의 눈, 먼 산의 색깔처럼 회청색이나 청회색을 띠는 눈은 간혹 곁눈질할 때는 보는 것이 아니라 녹아내리며 희미하고 어두운 색으로 완전히 흐려졌다. 바로 앞에서 그를 조금은 우수에 잠겨 빤히 바라보던 클라브디아의 눈은 위치, 색깔, 표정에 있어서 프리비슬라프 히페의 눈을 놀라울 정도로 현저히 닮아 있는 것이 아닌가! '닮았다'는 말은 결코 적절한 낱말이 아니었다. 그것은 똑같은 눈이었다. 그리고 얼굴 위쪽의 넓이, 납작한 코, 붉은 빛이 감도는 하얀 피부에 이르기까지 모든 것, 게다가 건강한 볼 색깔까지도 ―이 위의 사람들이 다 그렇듯이 쇼샤 부인의 경우 볼이 건강한 모습처럼 그을린 것은 야외에서의 안정요양의 결과에 지나지 않았다― 프리비슬라프와 정말 꼭 닮아 있었다. 예컨대 교정에서 그들이 서로 옆을 지나갈 때 프리비슬라프가 이와 똑같은 눈으로 그를 쳐다보곤 했었다.

이는 어떤 의미로든 충격적이었다. 한스 카스토르프는 그녀와 만나 감동을 받기도 했으나, 동시에 점점 커지는 일말의 불안감, 이 좁은 공간에서 우연히 마주칠 기회가 잦아서 가슴 죄던 것과 같은 종류의 흥분을 느꼈다. 이미 오래전에 잊은 프리비슬라프가 이 위에서 쇼샤 부인의 모습으로 다시 나타나 키르키스인의 눈으로 그를 바라보았다는 사실에 그는 —행복한 의미에서든 불행한 의미에서든— 피할 수도 달아날 수도 없는 그 어떤 막다른 상황을 느낄 수밖에 없었다. 이로 인해 희망에 부풀기도 하지만 동시에 두렵고 위협적인 기분마저 들어서, 젊은 한스 카스토르프는 절실한 도움의 필요성까지 느꼈다. 그는 주위를 둘러보고, 도움이나 충고, 정신적 후원을 받을 만한 데를 살펴보고 찾아야겠다는 막연하고 본능적인 움직임이 마음속에서 일어났다. 그리하여 그는 자신에게 도움이 될 만한 여러 사람들을 차례차례 생각해 보았다.

그의 곁에는 무엇보다 착하고 성실한 요아힘이 있었다. 그의 눈은 최근 몇 달 동안 슬픈 빛을 띠고 있었고, 간혹 반항적으로 두 어깨를 심하게 으쓱해 보이곤 했다. 전에는 결코 이런 적이 없었다. 요아힘은 슈퇴어 부인이 어리석고 뻔뻔스런 얼굴로 '푸른 하인리히'라고 부르곤 하던 유리병을 호주머니에 넣고 다녔다. 한스는 이 말을 들을 때마다 마음속으로 경악을 금치 못했다. 그렇다, 이곳을 떠나서 '평지' 또는 '저지'에서 자신이 염원하는 군 복무를 하기 위해 베렌스 고문관을 귀찮게 하고 괴롭히는 착실한 요아힘이 여기에 있었다. 이곳 사람들은 건강한 사람들의 세상을 나지막하지만 분명한 어조로 멸시하듯 '평지' 또는 '저지'라고 불렀다. 요아힘은 더 빨리 자신이 바라는 상태에 도달하고, 이곳 사람들이 함부로 낭비하는 시간을 절약하기 위해 일단 요양의 의무를 최대한 양심적으로 해나갔다. 이는 빠른 치유를 위해서였으나, 한스 카스토르프가 간혹 느끼기에 어느 정도는 요양 의무 그 자체를 위해서라는 것 또한 의문의 여지가 없었다. 결국 요양 의무도 요아힘에게는 일종의 군 복무였고, 의무 수행도 군무 수행과 같았기 때문이다. 이에 따라 요아힘은 저녁에 벌써 15분만 지나면 사교 모임에서 빠져나와 요양 업무에 돌입했는데, 이는 여러 모로 바람직했다. 그럴 것이 그의 시간 엄수가 한스 카스토르프의 민간인 의식에 상당히 도움이 되었기 때문이다. 만일 그렇지 않았더라면 그는 어떤 의미나 전망도 없이 러시아 사람들의 작은 별실을 기웃거리며 오랫동안 사교 모임에 끼여 있었을 것이다. 그러나 요아힘이 저녁의 사교 모임 시간을 줄이려고 그렇게 서두르며 재촉한 이유는 그가 말은 안 하지만 다른 데 있었고, 한스도 이런 정황을 정확히 이해하고 있었다. 그는 요아힘의 얼굴이 여기저기 푸른 반점이 생기며 창백해지고, 그의 입이 어느 순간 애처롭게 일그러지는 이유를 정확히 알고 있었다. 언제나 웃고 즐거워하며 아름다운 손가락에 루비 반지를 낀 마루샤, 오렌지 향내를 풍기며 벌레 먹은 풍만한 가슴을 지닌 마루샤도 대체로 그 사교 모임에 참석했기 때문이다. 이런 상태에 너무 무섭도록 이끌렸기에 오히려 그가 거기서 달아나려 한다는 것을 한스 카스토르프는 잘 알고 있었다. 오렌지 향내 나는 손수건을 든 마루샤가 하루에도 다섯 번이나 그들과 같은 식탁에 앉기 때문에 요아힘도 한스 자신보다 더 밀폐되고 답답한 상황에 처해 있는 것일까? 아무튼 요아힘은 자신의 문제에 시달리고 있어서 그의 존재가 한스 카스토르프에게 심적으로 도움이 될 것 같지 않았다. 요아힘이 저녁마다 사교 모임에서 달아나는 것은 성실해 보이기는 했지만 한스의 마음을 조금도 진정시켜 주지 못했다. 그리고 성실하게 요양 의무를 다하는 모범적인 태도와 그에게 전수해 주는 숙련된 지도 방법에도 어느 순간에는 우려할 만한 점이 있는 것처럼 느껴지기도 했다.

한스 카스토르프는 이 위에 온 지 아직 2주일이 안 되었지만 더 오래 있었던 것처럼 여겨졌다. 요아힘이 그의 곁에서 열심히 지키고 있는 이 위 사람들의 일과가 그의 눈에도 신성하고 자명하며 절대적인 것으로 보이기 시작했고, 그러다 보니 저 아래 평지 사람들의 생활이 이 위의 시각에서 보면 거의 이상하고 이색적인 것처럼 느껴졌다. 추운 날 안정요양을 할 때 좌우로 균형 잡힌 꾸러미, 그를 완벽한 미라로 만드는 두 장의 담요를 취급하는 것에도 익숙해졌고, 담요를 규정대로 몸에 두르는 솜씨와 기술도 거의 요아힘의 수준에 가까워졌다. 저 아래 평지에서는 이런 기술과 규정을 아는 사람이 전혀 없다는 것을 생각하니 오히려 이상할 정도였다. 그렇다, 정말 이상한 일이었다. 그러나 이를 이상하게 생각하는 자신이 이상해져서는, 정신적으로 충고와 지원의 말이라도 들을 수 있을까 하며 그를 이리저리 둘러보게 하던 불안감이 새롭게 커져 가는 것이었다.

한스 카스토르프는 베렌스 고문관이 무료로 들려준 충고, 이 위에서 환자와 똑같은 생활을 하고 심지어 체온까지 재라고 한 충고를 생각하지 않을 수 없었다. 그리고 이런 충고를 큰 소리로 웃어넘기며 〈마술피리〉에 나오는 한 구절을 인용한 세템브리니를 생각하지 않을 수 없었다. 그렇다, 그는 이 두 사람 역시 자신에게 도움이 되지 않을까 한번 생각해 보았다. 베렌스 고문관은 흰머리가 성성한 그의 아버지와 비슷한 연배였고, 게다가 요양원의 원장이자 최고의 권위자였다. 젊은 한스 카스토르프가 불안한 심정으로 찾으려고 갈망했던 것은 바로 아버지와 같은 권위였다. 그렇지만 자식과 같은 신뢰심을 가지고 베렌스를 생각해 보려고 해도 그게 되지 않았다. 그는 이곳에 사랑하는 아내를 묻고 그로 인한 슬픔으로 한동안 이상한 태도를 보였다. 그 이후 차마 아내의 무덤을 떠나지 못하여, 그리고 가슴에도 약간 이상이 생겨 이곳에 눌러 살게 되었다. 이런 일들은 다 지나간 일에 지나지 않을까? 그는 이제는 건강하여 환자들을 빠른 시일 내에 평지로 돌려보내 근무할 수 있도록 회복시키고자 진심으로 생각하는 것일까? 그의 뺨은 언제나 파랗고, 사실 정상 체온을 넘어서는 것처럼 보였다. 하지만 이것도 착각에 의한 것일지 모르고, 얼굴색이 그런 것은 단지 이곳의 공기 탓일지도 모를 일이었다. 한스 카스토르프 자신도 체온을 재지 않고 판단한 것이지만 열이 없는데도 매일같이 얼굴이 화끈거리는 것을 느꼈다. 그러나 베렌스 고문관이 말하는 것을 들으면 몸에 열이 있지 않을까 생각될 때도 가끔 있었다. 그의 말투는 어딘가 이상한 점이 있었다. 말투는 경쾌하고 명랑하며 다정했지만 어딘지 엉뚱하고 기묘한 데가 있었다. 그의 파란 뺨과 아내를 아직도 그리워하여 울고 있는 것처럼 눈물에 젖은 그의 눈을 고려한다면 특히 더 그랬다. 한스 카스토르프는 세템브리니가 고문관의 '우울증'과 '악습'에 관해 말한 것을 문득 떠올리면서, 그를 일컬어 '혼란된 영혼'이라고 칭한 것도 기억해 냈다. 그것은 악의적인 발언이자 허풍스런 표현일 수도 있었다. 그럼에도 도와줄 사람으로 베렌스 고문관을 생각하는 것은 그리 신통치 않다고 생각했다.

물론 늘 반대편에 서는 사람, 허풍선이이자 자칭 '인문주의자'인 세템브리니가 있다. 병과 어리석음의 결합을 모순이며 인간 감정의 딜레마라고 표현한 한스 카스토르프를 그는 거창한 웅변조로 꾸짖은 바 있었다. 그렇다면 이 인물은 어떨까? 그를 생각하는 것은 도움이 될까? 한스 카스토르프는 이 위에 온 이후 밤이면 여러 차례 꾸게 된 아주 생생한 꿈들을 다시 떠올려 보았다. 꿈속에서 그는 멋지게 말려 올라간 콧수염 아래로 빈정거리는 이 이탈리아 사람의 섬세하고 냉정한 미소에 화가 나서 그를 손풍금장이라고 비난하며 이곳에서 방해가 된다며 밀어 내려고 했다. 그러나 그것은 꿈속에서의 일이고, 깨어 있을 때는 꿈속에서처럼 자기 멋대로 행동할 수 없었다. 깨어서는 사정이 좀 다를 것 같았다. 그가 비록 감상적이고 말이 많기는 하지만 반항의식과 비판정신으로 무장된 세템브리니라는 존재를 마음속으로 생각해 보는 것도 나쁜 일은 아니었다. 그 자신도 교육자로 자처하면서 사람들에게 감화를 주고 싶어 하는 것이 분명했다. 그리고 젊은 한스 카스토르프도 감화받기를 진심으로 원했다. 물론 세템브리니가 최근에 진지하게 제안했듯이 그가 짐을 꾸리고 일정을 앞당겨 일찍 돌아갈 필요까지는 없었다.

'실험채택'이라고 한스 카스토르프는 혼자 미소 지으며 생각했다. 그는 인문주의자라고 자처할 수는 없어도 그 정도의 라틴어는 충분히 알아들을 수 있었다. 이렇게 그는 세템브리니를 주목하면서 산 중턱의 벤치로 적당히 요양을 위한 산책을 나갈 때나, 플라츠로 내려가다가 우연히 마주치는 경우 그가 하는 말에 기꺼이 귀를 기울여 열심히 경청했다. 그 밖에도 그의 말을 들을 수 있는 좋은 기회가 있었는데, 예를 들어 줄무늬 바지를 입은 세템브리니가 식후에 자리에서 가장 먼저 일어나, 입에 이쑤시개를 물고 일곱 개의 식탁이 있는 식당을 어슬렁거리며 지나가 온갖 규정과 관습을 무시한 채 사촌들의 식탁에서 뭘 좀 간섭하려고 다가올 때였다. 그는 우아한 자세로 두 발을 꼬고 서서는, 이쑤시개를 입에 문 채 온갖 제스처를 써 가며 이야기를 늘어놓았다. 또는 의자를 끌어당겨 어느 때는 한스 카스토르프와 여선생 사이의 자리에 앉았고, 또 어느 때는 한스 카스토르프와 로빈슨 양 사이의 구석 자리에 앉아서, 그 자신은 먹지 않고 온 것 같은 후식을 아홉 명의 식탁 동료들이 먹고 있는 모습을 지켜보았다.

"이 고상한 자리에 좀 앉으렵니다." 그는 사촌들과는 악수를 나누고, 다른 사람들에게는 머리를 숙여 인사했다. "저 건너편의 맥주 양조업자 말입니다만… 그 사람 부인의 절망적인 용모에 관해서는 아무 말 않겠습니다. 하지만 저 마그누스는 방금 민족심리학에 관해 연설을 했지요. 그 말을 들어 보시겠습니까? '우리가 사랑하는 독일은 하나의 커다란 군영(軍營)입니다, 확실합니다. 그러나 그 이면에는 유용한 것이 많답니다. 그리고 나는 우리의 강건함을 다른 민족의 예의바른 태도와 바꿀 생각이 없습니다. 앞뒤로 사기를 당한다면 예의바름이 내게 무슨 소용이 있겠습니까?' 그는 이런 식으로 말합니다. 나는 참을 수가 없었습니다. 게다가 내 맞은편에는 볼이 묘지의 장미처럼 빨간 지벤뷰르겐 출신의 가련한 노처녀가 앉아 있습니다. 그녀는 아무도 모르고, 알고 싶지도 않은 그녀의 '형부' 이야기를 끊임없이 늘어놓는 답니다. 한마디로 나는 더 이상 있을 수가 없어서 슬그머니 빠져나온 것입니다."

슈퇴어 부인이 한마디 했다. "군기를 들고 피신했다는 말이군요. 그럴 수 있겠네요."

"바로 그겁니다." 세템브리니가 외쳤다. "군기입니다! 여기에는 다른 바람이 불고 있네요. 의심의 여지없이 제대로 찾아왔군요. 요컨대 나는 군기를 들고 피신한 셈이죠. 이렇게 멋진 말을 할 수 있다니! 건강 상태는 요즘 좀 어떠신지요, 슈퇴어 부인?"

슈퇴어 부인이 고상한 체하는 모습은 가관이었다. "세상에, 언제나 똑같아요, 선생님도 아시다시피 말입니다. 2보 전진했다가 3보 후퇴하는 꼴이랍니다. 5개월이나 이곳에 꼭 참고 머무르는데, 늙은이가 오더니 6개월을 더 있으라는 겁니다. 아, 이거야 말로 탄탈로스의 고통•입니다. 겨우 밀고 또 밀어 꼭대기까지 올라왔나 싶었더니…."

• 그리스 신화에 나오는 왕으로 그는 신들에게 잘못을 저질러 저승에서도 영원한 굶주림과 갈증으로 고통을 받는다.

"아, 그것 참 멋진 일입니다! 불쌍한 탄탈로스에게 드디어 약간의 기분 전환을 허용하시다니요! 당신은 그에게 갈증 대신 그 유명한 대리석을 한번 굴리게 하십시오! 그거야말로 진정한 박애라고 부를 수 있습니다. 하지만 부인, 요즈음 당신에게 신비한 일이 일어난다고요. 이중분신, 몸에 숨어 있는 또 하나의 신체라… 나는 지금까지 그런 걸 믿은 적이 없습니다만, 이런 일이 부인에게 일어났다니 그거 참 알 수가 없군요."

"선생님은 나를 놀리시려나 보네요."

"천만에요! 당치도 않습니다! 부인 존재의 어두운 면에 대해 나를 안심시켜 주십시오. 그런 다음에 놀리고 안 놀리고를 이야기해 봅시다! 나는 어젯밤 9시 반에서 10시 사이에 정원을 좀 거닐었습니다. 그러면서 발코니를 둘러보았습니다. 부인의 발코니에 전등불이 어둠 속에서 빛나고 있더군요. 부인은 의무, 이성 및 규정에 따라 안정요양을 하고 있었던 셈이죠. 그걸 보고 나는 속으로 이렇게 중얼거렸습니다. '저기에 우리의 아름다운 환자가 누워 있다. 그리고 하루 빨리 슈퇴어 씨의 팔에 안기기 위해 충실히 규정을 지키고 있구나.' 하지만 바로 몇 분 전에 내가 무슨 말을 들었는지 아십니까? 같은 시각에 부인을 시네마토그라포(세템브리니는 이 말을 이탈리아어 식으로 발음하며 넷째 음절에 강세를 주었다)에서, 그러니까 요양 호텔의 아케이드 영화관에서 영화를 보고 그런 다음 제과점에서 달콤한 포도주와 크림과자를 들고 계셨다더군요. 그것도…."

그러자 슈퇴어 부인은 어깨를 돌리고는 냅킨으로 입을 가리며 까르르 웃었다. 그러더니 교활하게도 친한 체하며 요아힘 침센과 말없이 앉아 있는 블루멘콜 박사의 옆구리를 팔꿈치로 찌르고, 눈을 깜박이며 온갖 방식으로 어리석기 짝이 없는 자기 기만적 행위를 하는 것이었다. 그녀는 밤이면 감시의 눈을 속이기 위해 스탠드를 발코니에 갖다 놓고는, 몰래 방을 빠져나가 저 아래 영국인 거주 구역에서 기분전환을 하곤 했다. 칸슈타트의 남편은 그녀를 기다리고 있는데 말이다. 물론 슈퇴어 부인이 이런 행동을 하는 유일한 환자는 아니었다.

세템브리니는 말을 계속했다. "게다가 이 크림과자를 누구와 함께 맛보았을까요? 부카레스트 출신의 미클로지히 대위와 함께라고 하더군요! 그는 코르셋을 차고 다닌다고 들었습니다! 하지만 세상에, 여기서 그까짓 것이 뭐가 중요하겠습니까! 간절히 묻겠습니다만, 부인, 어디 계셨습니까? 부인에겐 분신이 있어요! 어쨌든 당신은 잠들어 있었습니다. 당신 존재의 세속적 부분은 외롭게 안정 요양을 하는 동안, 다른 영적 부분은 미클로지히 대위와 함께 크림과자를 맛있게 드셨습니다."

이 말을 듣고 슈퇴어 부인은 간지러워 못 견디겠다는 듯 몸을 비비 꼬며 일어섰다.

세템브리니가 말했다. "그 반대를 더 좋아할지 모르겠군요. 크림과자는 혼자 드시고, 안정 요양은 미클로지히 대위와 함께 한다면 어떨지…."

"히히히…."

"여러분은 어젯밤 일을 아십니까?" 이탈리아 사람이 느닷없이 물었다. "누군가를 데려갔습니다. 악마가. 아니, 사실은 그의 어머니가 데려갔습니다. 실행력 있는 부인이라서 내 마음에 들었습니다. 젊은 슈네만, 저 앞쪽 클레펠트 양의 식탁에 앉았던 안톤 슈네만을 데려갔습니다. 보십시오, 그 자리가 비어 있지요. 얼마 안 있어 그 자리가 채워질 테니 걱정은 하지 않습니다. 하지만 안톤은 그걸 생각도 하기 전에 폭풍우에 휘말려 삽시간에 떠났습니다. 그는 이곳에 1년 반 동안 있었습니다. 열여섯의 나이에 말입니다. 사실 그에게 또 6개월이 부가되었던 것입니다. 그런데 무슨 일이 일어났는지 아세요? 누가 슈네만 부인에게 말을 흘렸는지 모르겠지만, 아무튼 부인은 아들이 술을 마시는 등 행실이 좋지 않은 낌새를 알아차린 겁니다. 노부인은 예고도 없이 불시에 나타났습니다. 나보다 머리 세 개 정도는 큰 부인은 백발에다 성미가 불같았습니다. 그녀는 아들의 뺨을 여러 차례 올려붙이곤 멱살을 잡아 기차에 태워 버렸답니다. '망하려면 저 아래에서도 망할 수 있어.' 그녀는 이렇게 말하고 집으로 떠났습니다."

세템브리니가 너무 우스꽝스럽게 이야기해서 그의 말을 듣는 주변 사람들은 모두 웃음을 터트렸다. 그는 이 위에 사는 사람들의 공동생활에 대해서는 비판적이고 냉소적인 태도를 취했지만, 최근에 벌어지는 일들에 훤하여 모르는 게 없었다. 그는 사람들의 이름을 알고 있었고, 새로 온 사람들의 신상도 대략 파악하고 있었다. 그는 어제 이런 저런 남자 또는 여자 환자가 갈비뼈 절개 수술을 받았음을 알려 주었고, 가을부터는 체온이 38.5도가 넘는 환자는 더 이상 받지 않을 거라는 사실을 정통한 소식통으로부터 들어 알고 있었다. 그의 말에 따르면 어젯밤에는 미틸레네 출신인 카파트술리아스 부인의 강아지가 여주인 탁자의 전기 등화신호 버튼에 앉는 바람에 사람들이 달려오고 떠들썩한 소동이 벌어졌는데, 특히 카파트술리아스 부인이 혼자가 아니라 프리드리히스하겐 출신의 뒤스트문트 판사 시보와 함께 있어서 더욱 시끄러웠다는 것이었다. 이 이야기를 듣고 평소에는 조용한 블루멘콜 박사조차 웃음을 흘리지 않을 수 없었고, 귀여운 마루샤는 오렌지 향내가 나는 손수건을 입에 대고 거의 숨이 넘어갈 듯 깔깔 웃었다. 슈퇴어 부인은 날카롭게 비명을 지르며 양손으로 왼쪽 가슴을 눌렀다.

로도비코 세템브리니는 자기 자신과 자신의 출신에 대해서 두 사촌에게 이야기했다. 산책 도중이나 저녁의 사교 모임 때, 또는 점심 식사 뒤 대다수의 사람들이 식당을 떠나서 셋만 식탁에 남게 되었을 때, 여종업원이 식당을 치우고 한스 카스토르프가 3주째가 되어서야 비로소 맛이 약간 나기 시작한 마리아 만치니를 피우는 동안, 그는 이런저런 이야기를 그들에게 들려주었다. 카스토르프는 이 이탈리아 사람의 말을 곰곰이 새겨들을수록 낯설기도 했으나, 특이하고 새로운 세계를 열어주는 그의 이야기를 기꺼이 감화되려는 자세로 경청했다.

세템브리니는 밀라노에서 변호사이자 무엇보다 대단한 애국자였던 할아버지에 관해 이야기했다. 할아버지는 정치적인 선동가이자 웅변가, 잡지 기고가로 활동했는데, 손자처럼 반항적 인물이긴 했지만 더 담대하고 용감하게 행동했다. 손자인 로도비코가 스스로 신랄하게 자조했듯이, 자신은 국제 요양원 베르크호프에서의 생활과 일에 대하여 비난하고, 조롱어린 비판을 가하고, 아름답고 활동적인 인간성이라는 이름으로 항변하는 것이 고작이었던 데 반해, 할아버지는 여러 정권들에게 영향력을 행사하고, 당시 삼분오열 되어 있던 조국을 암울한 노예 상태로 속박했던 오스트리아와의 신성동맹에 반기를 들고 음모를 획책했던바, 그는 이탈리아 전역에 흩어져 있던 비밀 결사의 열렬한 회원이었다. "쉿, 그분은 카르보나리• 당원이셨죠." 이 사실을 발설하면 지금도 위험할 수 있다는 듯 세템브리니는 갑자기 목소리를 낮추었다.

• 19세기 초 이탈리아에서 자유와 독립을 내세우고 활동한 비밀결사, 본래는 숯 굽는 사람이라는 뜻.

단적으로 말해 손자의 설명을 들어보면 할아버지 주세페 세템브리니는 두 사촌에게는 암중으로 활동하는 정열적이고 선동적인 존재, 모든 사건의 주모자요 모반자로 비쳐졌다. 그들은 예의상 주의를 기울여 그의 말을 열심히 듣고는 있었지만, 불신하고 혐오하는 표정, 반감이 묻어나는 표정을 얼굴에서 완전히 지울 수는 없었다. 여기에는 물론 특수한 사정이 전제되어 있었다. 즉, 두 젊은이가 들은 이야기는 오래전의 일, 거의 100년이 지나 역사가 되어버린 옛 이야기였기 때문이다. 그럼에도 이야기의 본질은 충분히 수긍이 갈 만한 내용이었다. 설령 그들이 세템브리니의 할아버지와 인간적으로 직접 접촉하려는 생각은 추호도 없어도, 자유를 얻으려는 처절한 갈망과 폭정에 항거하는 그의 불굴의 정신은 그들에게 근본적으로 친밀하게 와 닿았다. 게다가 그의 선동성과 반항정신은 통일과 자유를 갈망하는 뜨거운 조국애와 결부되어 있었다. 그렇다, 그의 혁명적 활동은 이 존경할 만한 정신적 결합의 산물이자 발로였으나, 이런 선동성과 애국심의 결합이 사촌들에게는 꽤나 이상하게 생각되었다. 왜냐하면 그들은 조국에 대한 사랑을 보수적인 질서의식과 동일시하는 데 익숙해 있었기 때문이다. 그럼에도 불구하고 두 젊은이는 당시에 이탈리아에서 모반이란 시민적 덕목과 같은 의미로 통용되었고, 충실한 분별의 자세는 공공에 대한 나태한 무관심과 동일시 될 수도 있었다는 것을 스스로 인정하지 않을 수 없었다.

그러므로 로도비코 세템브리니의 할아버지는 이탈리아의 애국자였을 뿐만 아니라 자유를 갈망하는 온 민족의 형제이자 공동 투쟁가였다. 토리노에서 감행한 모종의 습격 및 국가전복 시도가 좌절된 이후부터 말과 행동으로 참여한 이 투쟁가는 제후 메테르니히의 추격자를 가까스로 따돌렸으며, 망명 기간을 이용하여 스페인에서는 헌법 제정을 위해, 그리스에서는 그리스 민족의 독립을 위해 투쟁하고 피를 흘렸다. 바로 이 그리스에서 로도비코의 아버지가 탄생한 것이다. 이로 인해 그는 이렇게 위대한 인문주의자이자 고전주의의 뿌리인 고대의 애호자가 되었다. 게다가 아버지는 독일 혈통의 어머니로부터 태어났다. 주세페 할아버지는 스위스에서 독일 아가씨와 결혼했으며, 그 후 파란 많은 생활을 계속 함께 해 나갔다. 할아버지는 그 뒤 10년간이나 해외에서 망명생활을 하다가 나중에 조국으로 돌아와 밀라노에서 변호사로 활동했지만, 연설과 글, 시와 산문으로 자유 획득과 통일된 공화국의 건설을 국민에게 촉구하는 것을 포기하지 않았다. 나아가 열정적이고 확고한 도약을 겨냥하는 혁명적 강령을 기초하고, 해방된 민족이 공공의 행복을 위하여 단결해야 할 것을 수려한 문체로 선언했다. 손자인 로도비코의 말 가운데 젊은 한스에게 특별한 인상을 심어 준 것이 있었다. 그것은 할아버지인 주세페 세템브리니가 평생 동안 오로지 검은 상복만을 입고 동포들 앞에 나타났다는 사실이다. 할아버지는 평소에 자신을 일컬어 비참한 노예 상태에서 목숨을 연명해 가는 조국 이탈리아를 위해 상복을 입는 자라고 말했다고 한다.

한스 카스토르프는 이 말을 듣고, 이제까지 벌써 여러 번 비교해 본 바와 같이 자신의 할아버지를 생각하지 않을 수 없었다. 손자인 그가 기억하고 있는 한에서는 그의 할아버지도 마찬가지로 언제나 검은 의복을 입고 있었으나, 그의 할아버지는 이 이탈리아의 할아버지와는 전혀 다른 의미에서 검은 의복을 입고 다녔다. 근본적으로 흘러간 시대에 속하는 인물인 한스 로렌츠 카스토르프는 구식 의복을 입음으로써 자신은 현 시대에는 맞지 않는다는 것을 암시하면서 임시방편으로 시대에 순응했으며, 죽을 때에 비로소 그의 본질에 걸맞은 모습으로 (접시 모양의 주름 잡힌 옷을 입고) 장엄하게 되돌아갔다. 이렇게 보면 두 분은 정말 현저하게 다른 종류의 할아버지들이 아니었던가! 한스 카스토르프는 시선을 고정하고 조심스레 머리를 흔들며 깊이 생각에 잠겼다. 그의 이런 태도는 한편으로 주세페 세템브리니에 대한 경탄의 표시로도 보이고, 다른 한편으로는 그를 낯설게 생각하여 거부하는 표시로도 볼 수 있었다. 더구나 그는 자신에게 이질적인 것을 비난하는 것을 삼가하고, 양자를 비교, 확인하는 것으로 그쳤다. 그는 한스 로렌츠 할아버지의 갸름한 얼굴이 홀에서 엷은 금색의 둥근 세례반, 즉 정지해 있으면서도 변화하는 것 같은 전래품(傳來品)을 들여다보며 생각에 잠기던 모습을 기억에 떠올렸다. 당시에 할아버지는 입술을 둥글게 오므리고 계셨는데, 이는 둔탁하고 경건한 소리인 '우어'*라는 접두어를 발음하기 위한 것으로, 이 '우어'라는 소리는 공손하게 허리를 앞으로 굽히고 걸음을 조심스레 옮겨야 하는 신성한 장소를 연상시켰다. 이와 동시에 한스는 다른 할아버지인 주세페 세템브리니를 떠올렸다. 그가 3색기를 팔에 끼고, 군도를 휘두르며, 우울한 눈빛으로 맹세하듯 하늘을 쳐다보면서, 자유 투사 대열의 선두에 서서 전제정치의 진지로 진격하는 광경을 눈에 그려 보았다.

한스 카스토르프는 두 분 할아버지에게 나름대로 멋지고 존경할 만한 점이 있다고 생각하면서 개인적으로 또는 어떤 식으로든 한쪽 편만 드는 것 같아 그럴수록 더 한층 공정해지려고 노력했다. 양쪽의 사정은 달랐다. 왜냐하면 세템브리니의 할아버지는 정치적인 권리를 획득

* 제2장 〈세례반〉 참조.

하기 위해 싸운 반면에, 자신의 할아버지나 선조들은 본래부터 모든 권리를 누리고 있다가, 400년이 지나면서 폭력과 변명을 일삼는 천민들에게 그 권리를 빼앗겼기 때문이다. 북쪽과 남쪽의 두 분 할아버지는 언제나 검은 옷을 입고 다녔는데, 양편 다 자신과 잘못된 현 시대 사이에 엄격하게 거리를 두려는 목적을 지니고 있었다. 그러나 한편은 자신의 본질에 속하는 과거와 죽음에 경의를 표하기 위해 경건한 마음으로 검은 옷을 입었다. 이에 반해 다른 편은 경건성에 적대적인 진보에 경의를 표하기 위해 검은 옷을 입고 반역을 꾀했던 것이다. 이 두 할아버지는 두 개의 반대 세계 또는 반대 방향이라고 한스 카스토르프는 생각했다. 그리고 세템브리니가 이야기하는 동안 자신이 흡사 이 두 세계 사이에 위치해 있는 것 같았다. 그는 한편으로 한쪽 세계를 바라보다가, 이어서 다른 세계를 바라보면서 전에도 언젠가 이런 경험을 해본 것 같다고 생각했다. 몇 년 전 늦여름에 홀슈타인 호수에서 혼자 해질 무렵 뱃놀이를 하던 기억이 떠올랐다. 저녁 7시쯤으로 해는 벌써 저물었고, 동쪽에는 거의 만월에 가까운 달이 호반의 무성한 숲 위에 떠올라 있었다. 한스가 잔잔한 수면을 노 저어 가는 동안 혼란스럽고 몽환적인 상황이 하늘에서 10분가량 지속되었다. 서쪽 하늘은 아직 낮으로, 유리처럼 차고 선명한 낮의 빛이 지배하고 있는 반면, 고개를 동쪽으로 향하면 그곳도 마찬가지로 지극히 신비스런 광경, 축축한 안개에 싸인 달밤이 전개되고 있었다. 이런 기묘한 광경이 꼭 15분간 지속되다가 주변은 달밤으로 바뀌었는데, 그 사이에 한스는 황홀감에 사로잡혀 눈부시고 어지러운 눈을 이쪽에서 저쪽, 낮의 세계에서 밤의 세계로, 밤의 세계에서 다시 낮의 세계로 옮기곤 했다. 그는 이런 두 세계의 광경을 떠올리지 않을 수 없었다.

세템브리니 변호사는 이런 생활 태도와 다방면에 걸친 활동 탓으로 훌륭한 법률학자는 되지 못했을 거라고 그는 생각해 보았다. 그러나 손자의 확신에 따르면 할아버지는 어려서부터 죽는 날까지 법의 보편적 원칙을 충실히 지키고자 전력을 다했다고 한다. 한스 카스토르프는 지금 사실 머리가 멍해져 있었고 여섯 가지가 나오는 베르크호프 식사 탓으로 유기체가 활발하게 움직이고 있었음에도, 세템브리니가 법의 이러한 원칙을 '자유와 진보의 원천'이라고 명명한 의미를 이해하려고 노력했다. 한스 카스토르프는 이제까지 진보의 의미를 19세기에 일어난 기중기 장치의 발전 같은 것으로 이해했다. 그리고 그는 세템브리니가 그의 할아버지처럼 그런 것을 경시하지 않는다는 것을 알고 있었다. 이 이탈리아 사람은 독일에서 화약을 발명함으로써 봉건 시대의 갑옷을 고물로 만들어 버렸고, 인쇄술을 발전시켰다는 점에서 두 사촌의 조국인 독일에 대해 경의를 표했다. 인쇄술로 말미암아 이념의 민주적 보급, 다시 말해 민주주의 이념의 보급이 가능해졌기 때문이다. 그러므로 그는 이런 관점에서 과거가 문제되는 한 독일에 칭찬을 아끼지 않았다. 하지만 다른 민족들이 아직 미신과 노예 상태에 허덕이는 동안 처음으로 계몽, 교양 및 자유의 깃발을 휘날린 자신의 조국에 당연히 월계관이 씌워져야 한다고 그는 말했다. 전에 산중턱의 벤치에서 사촌들을 처음 만났을 때 그랬듯이, 그가 한스 카스토르프의 전문 분야인 공학과 교통에 커다란 경의를 표했다면, 그것은 공학과 교통을 중시해서가 아니라, 이런 것이 인간의 도덕적 완성에 대해 갖고 있는 의의를 중시했기 때문이다. 그는 공학과 교통에 기꺼이 이런 의의를 부여한다고 선언했다. 세템브리니에 따르면 공학은 갈수록 자연을 차례차례 정복하여 상호 연결을 시도하고, 도로망과 전신망을 완성하고, 기후의 차이를 극복하면서 여러 민족을 서로 가까이 접근시키고, 민족 상호 간의 친목을 촉진하고, 이들 사이에 인간적 화해의 길을 열어 서로의 편견을 타파하고, 마침내 인류의 보편적 통합을 실현하는 데 있어 가장 신뢰할 수 있는 수단으로 입증된다는 것이다. 또한 인류는 암흑, 공포와 증오에서 출발했지만, 공감, 내적인 광명, 선과 행복이라는 최종 목표를 향하여 전진하는 빛나는 도정에 있는 것으로, 이 도정에서 공학이 가장 유효한 수단이라는 것이다.

그러나 그는 이렇게 말하면서 한스 카스토르프가 이제까지 서로 동떨어져 있다고 생각해 온 두 개의 범주를 한데 묶어서 파악했다. "그것은 바로 공학과 윤리입니다!"라고 그는 강조했다. 이어서 그는 평등과 결합의 원칙을 처음으로 표명한 기독교의 구세주에 관해 진지하게 언급한 다음, 인쇄술의 발달로 이 원칙이 크게 보급되었다가 급기야는 프랑스 대혁명에 의해 법으로까지 상정되었다고 말했다. 세템브리니가 아주 명쾌하면서도 웅변조의 말로 설명했지만, 젊은 카스토르프는 왠지 모르게 이 모든 것이 정말 혼란스럽기 짝이 없다는 기분이 들었다. 세템브리니에 의하면 자신의 할아버지가 평생 단 한 번, 그것도 장년기에 접어들 무렵 진심으로 행복함을 느꼈는데, 파리에서 7월 혁명이 일어났을 때라고 했다. 당시 할아버지는 전 인류가 언젠가는 파리에서 일어난 3일간의 혁명을 천지창조의 6일간과 똑같은 것으로 생각할 날이 올 것이라고 큰 소리로 공언했다는 것이다. 이 말을 듣고 한스 카스토르프는 놀라움을 금치 못하고 손으로 탁자를 치고 말았다. 파리 시민들이 새로운 국가 체제를 마련한 저 1830년 여름 3일간을 조물주가 육지와 물을 가르고 영원한 하늘의 별과 꽃, 나무, 새, 물고기 및 모든 생명을 창조한 6일간과 똑같은 것으로 생각한다는 것은 너무 심하다는 생각이 들었다. 그는 나중에 사촌 요아힘과 단둘이 있을 때 세템브리니의 그 말이 너무 심하고 불쾌하기까지 하다고 언성을 높였다.

그러나 그는 시도해 보는 것은 즐거운 일이라는 말 그대로의 의미에서 무엇이든 선의로 감화를 받아보려고 노력했다. 이렇게 해서 그는 세템브리니의 논리와는 대립되는 자신의 경건성과 취향이 제기하는 항변을 억눌렀다. 자신에게는 모독으로 여겨지는 것조차 대담함으로 불릴 수 있으며, 자신에게 진부한 느낌이 드는 것조차 적어도 당시 이탈리아에서는 대범하고 고결한 정신의 충일로 간주될 수 있으리라 생각했다. 예컨대 세템브리니 할아버지가 바리케이드를 '민중의 옥좌'라고 부르고 선언했다면, '시민의 창을 인류의 제단에 바친다'는 말도 그 시대의 핵심적 표현일 수 있었다.

한스 카스토르프는 자신이 세템브리니의 말에 귀를 기울이는 이유를 확실히는 아니지만 알 것 같았다. 내일이나 모레쯤이면 날개를 펴고 익숙한 질서 속으로 되돌아가게 될 것이라는 의식이 생겨나면서 휴가 중에 생긴 어떤 인상도 손상 받지 않고 그대로 받아들이려는 여행자와 청강생의 홀가분한 마음이 작용한 것이 사실이었다. 하지만 그 외에도 의무감 같은 것, 양심의 명령 같은 것, 더 자세히 말해 양심의 가책 같은 것이 지시하고 경고함으로써 그는 이탈리아 사람의 말에 귀를 기울이게 되었다. 다리를 꼬고 앉아 마리아 만치니를 피울 때나 또는 셋이서 영국인 거주 구역에서 베르크호프로 올라오면서 말이다.

세템브리니의 논리와 표현에 따르면 두 가지 원칙이 세계를 둘러싸고 투쟁을 벌이고 있었다. 권력과 정의, 전제정치와 자유, 미신과 지식, 보존의 원칙과 끓어오르는 운동의 원칙인 진보의 원칙이 그것으로, 하나는 아시아적 원칙이고 다른 하나는 유럽적 원칙이라고 부를 수 있었다. 유럽은 반란, 비판과 변혁운동의 땅인 데 반해, 아시아 대륙은 정지 상태, 행동성 없는 고요를 구체화하기 때문이다. 두 세력 가운데 어느 쪽이 결국 승리할 것인가는 의심의 여지가 없었다.— 계몽과 합리적 완성의 세력이 승리할 것은 불 보듯 뻔했다. 계몽의 도정에서 휴머니즘적 사고가 늘 새로운 민족의 마음을 사로잡았고, 점점 더 유럽 대륙을 지배하면서 아시아로 영향력을 떨치기 시작했기 때문이다. 그러나 휴머니즘적 사고가 완전한 승리를 거두기에는 아직도 요원하다고 할 수 있다. 진정으로 18세기나 1789년의 혁명을 경험한 유럽의 여러 나라들에서조차도 전제 군주제와 종교가 와해되는 날이 오기까지는 광명을 얻은 나라들의 훌륭한 의도가 바탕이 되어야 함은 물론이거니와 그들의 위대하고 고결한 노력이 동반되지 않으면 안 될 것이다. 그럼에도 불구하고 그날은 올 것이라고 세템브리니는 말하면서 콧수염 아래로 우아하게 미소를 지었다. 그날이 비둘기의 발로 오지 않으면 독수리의 날개를 타고 찾아와 이성과 과학, 정의를 기치로 내걸고 보편적 동포주의라는 아침노을로서 밝아올 것이다. 개인적으로 주세페 할아버지의 불구대천의 원수였던 군주와 내각의 저 파렴치한 세 번의 동맹과는 정반대로, 그날이 오면 시민적 민주주의라는 신성동맹, 한마디로 세계공화국이 실현될 것이다. 그러나 이 최종목표에 도달하기 위해서는 무엇보다 아시아적이고 노예적인 보존의 원칙, 그 저항의 중심이자 요체인 빈의 이념을 깨트릴 필요가 있다. 그러므로 한편으로는 과거의 일에 복수하기 위해, 다른 한편으로는 지구상에 정의와 행복이 구현되도록 오스트리아를 쳐부수고 멸망시키는 것이 중요하다.

한스 카스토르프는 세템브리니가 듣기 좋은 목소리로 쏟아 내는 이런 논리의 최종 방향과 결론에 이제 더는 흥미가 없었고, 마음에 들지 않았다. 그렇다, 그런 논리가 반복될 때마다 개인적으로나 민족적으로 욕을 먹는 것 같아 불쾌하고 곤혹스러웠다. 요아힘 침센은 말이 없었지만, 이탈리아 사람이 이런 쪽으로 화제를 돌릴 때마다 사촌은 눈썹을 찡그리고 머리를 돌리며 더는 그의 말을 듣지 않았다. 그는 요양할 시간이 되었다고 주의를 주거나 화제를 다른 것으로 돌리려고 했다. 한스 카스토르프도 옆길로 빠진 이야기를 계속 주목해서 듣고 싶지 않았다. 지금과 같은 이야기는 양심의 명령이 실험적으로 감화를 받도록 권고하는 경계선을 분명히 넘고 있었다. 그러나 양심의 명령이 너무 강하게 느껴질 때면, 세템브리니가 함께 앉아 있거나 야외에서 서로 만나게 되었을 때 오히려 한스 카스토르프 스스로가 먼저 그의 생각을 들려달라고 부탁하기도 했다.

세템브리니는 이와 같은 이념과 이상, 불굴의 의지가 그의 가문의 전통이라고 언급했다. 3대에 걸친 그들은 각자 나름의 방식대로 이런 이념에 인생과 정신력을 바쳤기 때문이다. 물론 그의 아버지는 주세페 할아버지처럼 정치적 선동가나 자유의 투사가 아니라 연단 앞에 서 있는 조용하고 온유한 학자이자 인문주의자였지만, 아버지 역시 이런 점에서는 할아버지에 뒤지지 않았다고 한다. 그렇다면 인문주의자란 대체 무엇인가? 그것은 바로 인간에 대한 사랑이며, 그 이상도 이하도 아니다. 그리고 이 때문에 인문주의는 정치이기도 하고, 인간의 이념을 모독하고 더럽히는 모든 것에 대한 반항이기도 하다. 인문주의가 형식을 지나치게 중시한다고 비난을 받아왔지만, 아름다운 형식을 소중히 여기는 것도 오로지 인간의 존엄성 때문이라는 것이다. 이런 면이 인간을 혐오하고 미신을 전파했을 뿐만 아니라 치욕적인 무형식의 오류에 빠졌던 중세와는 두드러진 차이를 보인다. 그리고 처음부터 인문주의는 인간의 문제와 현세적 이해관계, 사상의 자유와 삶의 기쁨을 옹호해 왔으며, 천국은 바보들에게나 맡기는 것이 지당하다고 생각해 왔다. 프로메테우스! 그가 최초의 인문주의자였다. 프로메테우스야말로 카르두치가 바로 찬가에서 찬미한 악마와 동일하다…. 아, 볼로냐의 이 나이 지긋한 교회 적대자가 낭만주의자들의 기독교적 감상성을 날카롭게 꼬집고 욕하는 소리를 사촌들이 들었더라면! 만초니•의 성가들에 대한 비판은 또 어땠던가! 그가 낭만주의를 그림자 문학 내지 달빛 문학이라고 조롱하고, 이를 '창백한 천상의 창백한 수녀 루나'에 비유하지 않았던가! 참으로 이 얼마나 흥미로운 야유인가! 이어서 세템브리니는 카르두치가 단테를 어떻게 해석했는지도 들려주고 싶다고 했다. 카르두치는 금욕과 현세 부정에 반대하여 혁명적이고 세계 개혁적인 실행력을 옹호했던 단테를 깨어 있는 대도시의 시민으로서 찬양했다. 이 유인즉 시인 단테는 병약하고 신비로운 그림자 같은 베아트리체에게 '우아하고 경건한 여성'이라는 표현을 바친 것이 아니라, 오히려 시에서 현세적 인식과 실천적 삶의 노동 원리를 구현하고 있는 아내 베아트리체에게 그것을 바쳤기 때문이다.

이렇게 한스 카스토르프는 단테에 관해서도 가장 정통한 근거를 통하여 이것저것 들을 수 있었다. 이야기의 중개자가 허풍선이라는 것을 고려하여 전적으로 신뢰한 것은 아니지만, 아무튼 단테가 깨어 있는 대도시 시민이었다는 점은 경청할 만했다. 그는 세템브리니가 자신에 관해 이야기하는 것에 계속 귀를 기울였다. 그의 설명에 따르면 직

• 알레산드로 만초니(1738–94)는 이탈리아 낭만주의를 대표하는 시인이자 극작가로 가톨릭과 관련된 작품들을 많이 남겼다.

계 조상인 할아버지의 국가 시민적 경향과 아버지의 인문주의적 경향이 손자인 로도비코에게서 결합되어 자신도 문학가 내지 자유로운 문필가가 된 것이라고 설명했다. 문학이란 인문주의와 정치의 결합에 지나지 않으며, 이에 따라 인문주의가 이미 정치이고, 정치가 인문주의가 될 때 문학이 한층 더 자연스럽게 완성된다는 것이다. 이 대목에서 한스 카스토르프는 귀를 더 가까이 기울이며 올바르게 이해하려고 노력했다. 왜냐하면 이렇게 함으로써 맥주 양조업자 마그누스의 무지함을 제대로 알 수 있을 것 같았고, 또한 문학이 '아름다운 품성' 같은 것과는 아주 다르다는 것도 이해할 수 있었기 때문이다. 세템브리니는 사촌들에게 브루네토 씨, 그러니까 1250년경 피렌체 시의 서기로 미덕과 악덕에 관한 책을 쓴 브루네토 라티니라는 이름을 들어본 적이 있는지 물었다. 이 대가는 피렌체 시민들에게 먼저 우아한 태도를 알려주고, 말하는 법과 정치의 규칙에 따라 공화국을 이끌어 가는 기술을 가르쳤다는 것이다. "여러분, 바로 이런 것입니다!" 세템브리니가 소리쳤다. "바로 이런 것입니다!" 그러면서 그는 '말'과 말의 예찬에 관해, 그가 인간성의 승리라고 부른 웅변의 예찬에 관해 말했다. 말이란 인간의 명예이고, 이 말만이 우리의 삶을 인간답게 해 주기 때문이라고 했다. 인문주의뿐만 아니라 ―인간성 일반, 즉 일체의 인간 존엄성, 인간 존중 및 인간의 자기 존중은 말, 문학과 연관되어 있다― 정치도 문학과 연관되어 있으며, 더 나아가 정치는 인간성과 문학의 동맹 및 통합에서 생겨난다. (나중에 한스는 그의 사촌에게 이렇게 말했다. "너도 들었겠지, 문학에서 중요한 것은 아름다운 말이라는 걸 들었겠지? 나는 그렇다는 걸 즉시 알아차렸어.") 그럴 것이 아름다운 말은 아름다운 행동을 낳기 때문이다. 세템브리니는 말을 이어갔다. "여러분의 나라에도 200년 전에 말을 아주 잘하는 노시인이 있었지요. 그는 아름다운 필체를 중시했는데, 아름다운 필체가 아름다운 문체를 낳는다고 생각했기 때문입니다. 그는 한 걸음 더 나아가 아름다운 문체가 아름다운 행위를 낳는다고 말해야 했을 것입니다." 아름답게 쓰는 것은 아름답게 생각하는 것과 거의 다를 바 없다. 그리고 거기서 아름다운 행위도 멀리 있는 것이 아니다. 바른 풍습과 윤리적 완전성은 문학정신에서, 인간존중의 정신에서 나오는 것이며, 인간성과 정치의 정신도 이와 동일하다. 그렇다, 이 모든 것이 하나이며, 똑같은 힘과 이념인 것으로, 우리는 이를 하나의 이름으로 요약할 수 있다. 그 이름이 무엇인가? 그 이름은 친숙한 음절로 이루어져 있는데, 그러나 두 사촌은 이제까지 그 음절의 의미와 위엄을 제대로 이해한 적이 한 번도 없었다. 그것은 바로 문명이었다! 세템브리니는 이 말을 입 밖에 내면서 마치 건배를 외치는 사람처럼 작고 노란 오른손을 치켜들었다.

청년 한스 카스토르프는 이 모든 이야기를 경청할 만하다고 생각했다. 물론 아무 구속 없이 시험 삼아 듣는 것이었지만, 그래도 어쨌든 경청할 만하다고 생각했다. 그리고 이러한 의미에서 요아힘 침센에게도 이에 대해 언급했지만, 그는 막 체온계를 입에 문 상태여서 뭐라고 중얼거리기만 할 뿐이었다. 그런 뒤에도 숫자를 읽고 체온표에 기입하느라 바빠서 세템브리니의 견해에 대해 대답할 여유가 없었다. 우리가 말했듯이 한스 카스토르프는 선의로 지식을 받아들이고, 시험 삼아 자신의 마음을 열어놓았다. 이 결과 무엇보다 깨어 있는 사람이 몽매하게 꿈을 꾸는 사람보다 나은 점이 많다는 것이 밝혀진 셈이었다. — 꿈을 꾸는 사람으로서 카스토르프는 벌써 여러 차례 세템브리니의 얼굴을 들여다보며 '손풍금장이'라고 욕하고는, '여기 있으면 방해가 됩니다'라고 하면서 전력을 다해 그를 밀쳐 내려고 한 적이 있었다. 반면에 깨어 있는 사람으로서는 정중한 태도로 주의 깊게 그의 말을 경청하며, 공정하게 균형을 잡으려 하면서 스승의 논리와 설명에 반항심이 일어나도 이를 억누르려고 애썼다. 그의 마음속 깊은 곳에서 뭔지 모를 반항심이 꿈틀거린 것을 부인할 수 없었기 때문이다. 이와 같은 반항심은 예전부터 본래 마음속에 잠복해 있었다. 그러나 이제 그 반항심은 현재 상황에서 특별히 생겨나, 이 위의 사람들 사이에서 간접적으로 얻는 체험과 남모르게 생긴 체험에서 비롯된 것이었다.

인간이란 무엇이며, 인간의 양심이란 얼마나 쉽게 자신을 속이는가! 인간은 의무의 목소리를 내면서도 열정을 허락하는 소리에 대해서는 또 얼마나 능숙하게 다가가는가! 한스 카스토르프는 의무감에서 그리고 공정과 균형을 기하기 위해 세템브리니의 말을 경청했으며, 이성, 공화국, 아름다운 문체에 대한 그의 관점에 감화될 차비를 갖추고 이를 좋은 의도로 수용하고 음미해왔다. 하지만 그럴수록 그는 나중에 자신의 생각과 꿈을 이와는 다른 방향, 반대되는 방향으로 자유롭게 나아가도 괜찮겠다고 생각하게 되었다. 그렇다, 우리가 그에게 품은 모든 의혹이나 우리가 얻게 된 모든 통찰을 솔직하게 털어놓자면, 그가 세템브리니의 말을 경청한 것은 어쩌면 자신의 양심으로부터 본래는 도저히 발급받을 수 없었던 어떤 면허증을 얻으려는 목적 때문이었는지도 모르겠다. 그렇다면 애국심, 인간의 존엄성, 아름다운 문학 따위와는 다른 반대쪽, 한스 카스토르프가 자신의 의도와 행동을 이제 다시 그쪽으로 돌려도 좋겠다고 생각한 쪽에는 과연 무엇이 또는 누가 있었던 것일까? 그쪽에는… 나태하고, 폐에 침윤이 생기고, 키르키스인의 눈을 가진 클라브디아 쇼샤가 있었다. 한스 카스토르프가 그녀를 생각하자,

(그런데 '생각하다'는 말은 그녀에게 내적으로 쏟은 열정에 비하면 지나치게 억제된 표현이다) 그는 다시 저 홀슈타인 호수에서 조각배에 앉은 채 서쪽 물기슭의 유리같이 밝은 빛의 광경에서 방향을 돌려, 눈이 부셔 현혹된 상태로 동쪽 하늘의 안개에 싸인 달밤을 바라보는 기분이었다.

체온계

한스 카스토르프가 이곳에 도착한 날이 화요일이었기에, 그의 1주일은 화요일에서 시작되어 화요일에 끝났다. 그가 두 번째 주에 대한 계산서를 사무실에서 처리한 것도 벌써 며칠 전 일이었다. 약 160프랑의 계산서는 그의 판단으로는 저렴하고 싼 편이었다. 요양원 체류에서 돈으로 따질 수 없는 것들은 전혀 계산에 들어가지 않았기 때문이다. 요양원 측에서 마음만 먹으면 계산에 넣을 수 있는 몇몇 행사들, 예컨대 2주일마다 한 번씩 열리는 요양 음악회나 크로코프스키 박사의 강연도 계산에 들어가지 않았다. 본래의 향응과 숙박을 위한 서비스, 쾌적한 방이나 하루 다섯 번 제공되는 거창한 식사는 계산에는 포함되었지만 가격은 저렴한 편이었다.

"많은 액수가 아니야, 오히려 싼 걸. 이곳에서 너무 많은 값을 부른다고 불평하면 안 돼." 청강생이 오래 거주한 사촌에게 말했다. "그러니까 한 달에 대략 방값과 식비로 650프랑이 필요한데, 거기에는 이미 의사의 진료비도 포함되어 있어. 좋아, 네가 품위를 지키고, 친절한 사람들에게 보답하려고 한 달에 팁을 30프랑 낸다고 가정해보자. 그래야 680프랑이야. 좋아. 너는 잡비와 수수료도 있다고 말하고 싶겠지. 음료

수, 화장, 시가를 위한 비용도 있겠지. 기분이 내키면 밖으로 소풍도 가야겠지, 마차로. 때로는 신발이나 의복에도 비용이 들겠고. 좋아, 하지만 그래도 기껏해야 한 달에 1천 프랑은 넘지 않겠지! 800마르크도 안 돼! 1년에는 도합 1만 마르크가 안 되는 거야. 결코 그 이상은 아니야. 그 정도만 내면 살 수 있을 것 같은데."

"암산 실력이 대단한 걸." 요아힘이 말했다. "네가 그 방면에 뛰어난 줄은 몰랐어. 게다가 1년 계산을 그렇게 빨리 하다니 정말 대단해. 이 위에 와서 벌써 뭔가 확실히 배운 모양이야. 그런데 계산을 너무 높게 잡았어. 나는 시가를 피우지 않고, 여기서는 의복도 맞추지 않으려고 해. 네 생각은 고마워!"

"그럼 계산이 너무 지나친가 보군." 한스 카스토르프는 약간 당황해하며 말했다. 그러나 사촌의 계산서에 시가와 새로운 의복 값을 포함한 것은 그럴 수 있다 치더라도, 그의 기민한 암산 실력에 관한 한, 그것은 자신의 타고난 재능에 대한 눈속임이자 착각에 지나지 않았다. 모든 면에서 그렇듯이 이 점에서도 그는 오히려 느리고 둔한 편이었다. 이번 경우에 그는 즉석에서 암산한 것이 아니라 미리 준비한 결과, 그것도 미리 글로 써둔 결과였다. 즉 한스 카스토르프는 어느 날 저녁 안정 요양을 하는 동안 (모두가 그렇게 하듯이 그는 저녁에 바깥에 나가서 누워 있었다) 갑자기 어떤 생각이 떠올라 요양용 긴 의자에서 일어나 방에 가서 연필과 종이를 가져왔다. 그가 종이에 써가며 계산해 보니 사촌이나 다른 사람들이 이곳에서 1년 동안 체류하려면 통틀어 1만 2천 프랑이 필요하다는 결과가 나왔고, 또한 자신의 경우도 심심풀이로 계산해 보니 1년 수입이 18000-19000 프랑쯤은 된다고 할 때, 이 정도면 그가 이 위에서 살아가는 데 경제적으로 충분하다는 결과가 분명하게 나왔다.

요컨대 그는 사흘 전에 두 번째 계산서를 치르면서 감사하다는 인사와 함께 영수증을 받았던 것으로, 이는 그가 이 위에서 체류하기로 예정한 3주의 마지막 주에 접어들었음을 의미했다. 다음 일요일에는 2주일마다 반복되는 요양 음악회에 다시 참가할 터이고, 역시 2주마다 돌아오는 크로코프스키 박사의 강연회에도 참가하게 될 것이다.— 그는 이렇게 중얼거리며 사촌에게도 말했다. 그러나 화요일이나 수요일이면 그가 이곳을 떠날 것이고, 라다만토스에게 또 여러 달 선고를 받은 불쌍한 요아힘은 다시 혼자 남게 될 터였다. 점점 더 가까워지는 한스 카스토르프의 출발이 화제에 오를 때마다 요아힘의 온화하고 검은 두 눈이 애처롭게 흐려지는 것이었다. 맙소사, 이 휴가 기간은 대체 어디로 가버렸나! 흘러가듯 날아가듯 훌쩍 지나가 버렸다. 정말 어떻게 이렇게 빨리 지나가 버렸는지 알 수가 없었다. 두 사람이 함께 지내기로 한 21일은 처음에는 헤아릴 수 없이 긴 시일이었는데 어느새 사나흘밖에 남지 않게 되었고, 아주 짧은 일자만 남은 것이다. 물론 밤과 낮이라는 평일의 두 가지 정기적인 변화로 말미암아 어느 정도 무게가 더해지기는 하겠지만, 벌써 그의 머리는 짐을 꾸리고 작별하는 생각으로 가득 차 있었다.

이 위에 도착하자마자 모두가 그에게 말했듯이 3주일이란 이 위에서는 없는 것이나 마찬가지였다. 여기서는 최소의 시간 단위가 1개월이라고 세템브리니가 말했었다. 따라서 한스 카스토르프의 체류는 최소 단위에도 미치지 못했기에 체류라 할 수 없었고, 베렌스 고문관의 표현대로 잠시 들르는 것에 불과했다. 이곳에서 시간이 이렇게 성급히 지나가는 것은 혹시 전신의 연소 작용이 활발해져서 그런 것은 아닐까?

이렇게 시간이 빨리 지나간다는 것은 앞으로 5개월은 더 있어야 하는 요아힘에게는 위안이 되는 일이었다. 5개월로 그의 체류가 정말 끝난다면 그랬다. 그러나 이 3주일 동안 두 사람은 시간에 좀 더 신경을 쓰면서 지냈어야 했다. 예컨대 검온하는 동안 규정된 7분을 그렇게나 의미심장하게 생각했듯이 말이다… 한스 카스토르프는 얼마 안 있으면 친한 말벗을 잃게 된다는 슬픔을 두 눈으로 드러내고 있는 사촌에게 진심어린 동정심을 느꼈다. 게다가 그 자신은 다시 평지에 내려가 여러 민족을 연결해 주는 교통공학 분야에서 활동하는 반면, 가련한 사촌은 자신이 떠난 자리에 계속 홀로 남아 있어야 한다고 생각하니 깊은 연민을 느끼지 않을 수 없었다. 어느 순간에는 뜨거운 연민과 가슴이 찢어질 것 같은 고통을 느끼며, 과연 자신이 이런 기분으로 요아힘을 이 위에 혼자 놔두고 갈 수 있을까 하고 심각하게 반문해 보기도 했다. 그리하여 간혹 이런 연민의 정이 솟아나 가슴이 타들어가는 것 같았다. 이런 연유로 그 자신이 먼저 작별에 대하여 점점 더 말할 수 없게 되었다고 할 수 있다. 간혹 이에 대해 이야기를 꺼내는 사람은 오히려 요아힘이었다. 우리가 말한 바와 같이 한스 카스토르프는 타고난 착한 심성과 섬세한 감정을 지니고 있어서 최종 순간까지 작별에 대해서는 생각도 하고 싶지 않았다.

요아힘이 그에게 말했다. "적어도 네가 이곳에 와서 휴양이 되고, 저 아래로 내려갔을 때 원기가 회복되었다는 것을 느낄 수 있었으면 좋겠어."

한스 카스토르프가 대답했다. "그래, 모두에게 네 안부를 전할게. 그리고 늦어도 5개월 안으로는 돌아온다고 전해 주겠어. 휴양 말인가? 이렇게 짧은 시간에 휴양이고 뭐고 할 게 있겠어? 아무튼 그렇다고 해 두지. 기간은 짧았지만 결국 휴양이 어느 정도 된 것만은 틀림없으니까. 물론 이 위에서 여러 가지로 신기한 인상은 좋았어. 모든 면에서 색다르고, 매우 자극적인 인상이었지만, 정신과 육체에는 힘든 점도 있었어. 이런 인상을 완전히 떨쳐 버리고 이곳에 적응했다고는 생각되지 않아. 일단 익숙해져야 휴양이고 뭐고 가능할 텐데 말이야. 다행히도 시가 마리아는 며칠 전부터 다시 옛날 맛이 나기 시작했어. 그러나 손수건에는 아직도 가끔 붉은 피가 묻어 나오고, 가슴이 공연히 두근거리고 얼굴이 기분 나쁘게 화끈거리는 현상은 끝까지 사라지지 않을 것 같아. 아니, 아니야, 여기 생활에 적응했다는 말은 내 경우에는 맞지 않아. 어떻게 그렇게 짧은 시간에 적응할 수 있겠어. 여기에 적응하면서 여러 인상에 익숙해지려면 좀 더 오래 있어야겠지. 그래야 휴양도 되고, 몸에 단백질도 붙게 될 테지. 유감이야. 내가 '유감'이라고 말하는 것은 이곳에 좀 더 오래 묵을 계획을 하지 않았던 것이 결정적으로 잘못이기 때문이야. 시간이야 어떤 식으로든 결국은 조정이 가능한데 말이야. 평지의 고향집에 가게 되면 무엇보다도 여행에서 돌아온 피로를 풀기 위해 3주 정도는 푹 자야겠어. 그만큼 지쳤다는 생각이 가끔 들거든. 그런데 이제는 코감기까지 겹쳐서 짜증이 나."

아무래도 한스 카스토르프는 심한 코감기를 얻어 평지에 내려가야 할 모양이었다. 그는 안정 요양을 하다가 감기에 걸린 것 같은데, 이 역시 추측이지만 야간에 안정 요양을 하다가 그렇게 된 것 같았다. 습하고 추운 날씨에도 불구하고 그는 약 1주일 전부터 야간에 안정 요양을 해왔던 것이다. 이런 날씨는 그가 출발하기 전까지 더는 나아질 기미가 보이지 않았다. 하지만 이런 정도의 날씨라면 나쁘다고는 할 수 없다는 것을 그는 이곳에 와서 경험했었다. 이 위에서는 도대체 나쁜 날씨라는 개념이 없었다. 사람들은 날씨 따위는 두려워하지 않았고, 주의를 거의 기울이지도 않았다. 한스 카스토르프도 젊은이답게 쉽게 깨우치고 자신이 처한 환경의 일반적 사고와 관습에 기꺼이 적응하려고 하면서 그 역시도 이 위의 사람들처럼 날씨에 무관심해지기 시작했다. 주전자로 쏟아 붓는 것처럼 비가 억수로 쏟아져도 이 때문에 습기가 많다고 생각하지 않을 정도였다. 실제로 습도가 아주 높았다. 사람들은 더운 방 안에 있을 때나 포도주를 많이 마셨을 때처럼 계속 머리가 뜨거웠다. 그러나 지독한 추위가 닥쳐오면, 추위를 피해 방 안으로 들어가 보아야 그다지 이로울 것이 없었다. 눈이 오지 않으면 스팀을 때지 않기 때문이다. 방안에 앉아 있는 것이 겨울 외투를 입고 두 장의 낙타털 담요를 정교한 솜씨로 두르고 발코니에 누워 있는 것보다 결코 더 쾌적하지 않았다. 아니, 정반대로 발코니에 누워 있는 것이 비교할 수 없을 만큼 더 쾌적했다. 솔직하게 판단하자면, 이것이 한스 카스토르프가 기억하기에 이제까지 경험한 생활 상태 가운데 가장 매력적이었다. 문필가이자 카르보나리 당원인 세템브리니가 이를 악의적 의미로 깎아내려 '수평적' 생활 상태라고 불렀어도 그랬다. 특히 밤에 탁자 옆에서 작은 램프가 빛을 내는데 따뜻하게 담요를 덮은 채, 다시 맛이 나기 시작한 시가를 입에 물고 요양원의 접이식 침대가 주는 규정하기 힘든 장점을 향유하면서, 물론 코끝이 얼음장처럼 차가울지라도 벌겋게 언 손으로 책을 −이번에도 『대양 기선』이었다− 쥘 때면, 그는 안정 요양의 시간이 매력적이라고 생각했다. 이럴 때면 그는 발코니의 아치 너머로 이쪽은 분산되고 저쪽은 한데 모여 있는 불빛으로 어른거리는 어두운 골짜기를 내다보곤 했었다. 그곳에서는 거의 매일 저녁 적어도 1시간 동안 유쾌하고 부드럽고 친숙한 멜로디의 음향이 흘러나왔다. 오페라 〈카르멘〉, 〈투루바두르〉 또는 〈마탄의 사수〉에 나오는 발췌곡에서 시작하여 화음이 좋고 활기찬 왈츠 나왔고, 듣고만 있어도 머리를 좌우로 흔들게 하는 행진곡이 나온 다음, 이어서 흥겨운 마주르카가 나왔다. 마주르카? 그래, 작은 루비 반지를 낀 아가씨 이름이 마루샤였지. 그런데 이웃 발코니, 두꺼운 우윳빛 유리 칸막이 뒤에는 요아힘이 누워 있었다. 때때로 두 사촌은 다른 수평 생활자들을 고려하여 조심스럽게 대화를 나누곤 했다. 요아힘은 음악에는 취미가 없고 야간 연주회를 즐길 줄도 몰랐지만, 한스와 마찬가지로 발코니 생활을 즐거워했다. 유감이지만 그는 음악을 감상하는 대신 아마 러시아 문법책을 읽고 있었을 것이다. 하지만 한스 카스토르프는 『대양 기선』을 담요에 내려놓고 음악에 몰입했다. 그는 음악적 본질의 투명한 깊이를 기분 좋게 감상하면서 개성 및 정취가 넘치는 멜로디에 고취되어 마음 깊이 만족감에 젖었다. 그러면서 음악에 대한 세템브리니의 발언, 즉 음악이 정치적으로 수상하다는 말을 떠올리면서 적대감만 생기는 것을 느꼈다. 음악에 대한 그의 발언은 실제로 주세페 할아버지가 프랑스의 7월 혁명을 천지창조의 6일과 비교한 것보다 그다지 나을 게 없었다.

요아힘은 한스 카스토르프처럼 음악을 즐길 줄 몰랐고, 시가의 구수한 맛도 알지 못했다. 그 외에는 그 역시 발코니에 편안하고 평화롭게 누워 있었다. 하루가 끝나면, 이것으로 하루 일과가 다 종결되는 것이다. 그러면 누구에게도 더 이상 오늘은 아무 일도 일어나지 않을 것이고, 어떤 충격적인 일도 벌어지지 않을 것이며, 심장 근육에도 무리한 일이 없을 것이라는 확신을 가질 수 있었다. 그러나 이와 동시에 이곳처럼 협소한 세계에서는 매사가 규칙적으로 잘 굴러갈 것이라는 개연성에서 볼 때, 내일도 다시 오늘처럼 새로 시작하리라는 확신을 가질 수 있었다. 그리고 이 이중의 확실성과 안정성은 한스 카스토르프에게 대단히 쾌적한 기분을 부여했다. 이는 음악과 다시 맛이 돌아온 시가와 아울러 야간의 안정 요양을 정말 행복한 생활 상태로 만들어 주는 역할을 하고 있었다.

그러나 이 모든 여건에도 불구하고 이곳의 청강생이자 유약한 신참은 안정 요양을 하다가 (아니면 그럴 곳이 없었다) 그만 감기에 된통 걸리고 말았다. 심한 코감기가 갈수록 악화되는 것 같았고, 코감기가 앞이마까지 들어앉아 머리를 짓눌렀으며, 목젖이 따끔거리고 아팠다. 공기도 평소처럼 자연스럽게 정해진 통로로 들어오는 것이 아니라 차갑게 밀고 들어와 발작적인 기침을 멈추지 않도록 끊임없이 자극했다. 그의 목소리도 하룻밤 사이에 둔탁한 음을 내면서 마치 독주에 타 버린 것처럼 저음을 내고 있었다. 그 자신의 말에 따르면 그는 숨도 쉬지 못할 만큼 목이 메말라서 몇 번이나 잠에서 깨어 일어났으며, 그 바람에 밤새 눈 한번 붙이지 못했다.

요아힘이 말했다. “그것 참 짜증나고 골치 아픈 일이군. 너도 알아두어야 하겠지만 여기서 감기 따위는 받아주질 않아, 인정하질 않는다니까. 공기가 건조한 곳에서는 감기에 걸리지 않는다는 게 공식적인 입장이야. 그리고 감기에 걸렸다고 하면, 그런 환자는 베렌스한테 푸대접만 받을 거야. 하기야 네 경우는 좀 다르니까 감기 걸릴 권리도 있지만 말이야. 코감기를 완전히 근절해버리면 좋을 텐데. 평지라면 쉽게 치료할 수 있겠지만, 여기서는, 글쎄 그것에 관심이나 기울여 줄지 의심스러워. 여기서는 감기에 걸리지 않아야 해, 아무도 그런 걸 걱정하지 않거든. 이건 옛날 명언이지만, 너는 이제 유종의 미를 거두기 위해 이런 걸 경험하는 거야. 내가 여기 왔을 때 어떤 여자가 있었지. 그녀는

1주일 내내 귀를 틀어막고 고통을 호소했어. 결국 베렌스도 그것을 보게 되었고, 이렇게 말했지. '진정하세요. 결핵은 아니니까요.' 그것으로 끝이냐. 그래, 어떻게 될 건지는 두고 봐야지. 내일 아침에 마사지사가 오면 내가 말해 보겠어. 그게 일의 순서야. 그리고 그가 이 사실을 알리게 되면, 아마 너를 위해 뭔가 해줄 거야."

요아힘이 말한 대로 일이 이루어졌다. 금요일에 한스 카스토르프가 아침 산책에서 돌아왔을 때 벌써 누가 그의 방문을 두드렸다. '수간호사'로 불리는 밀렌동크 양과 개인적으로 알게 되는 기회가 생겼다. 이제까지 그는 업무상 분주한 이 여자를 늘 멀리서만 보아 왔다. 그녀가 병실에서 나와 복도를 가로질러 맞은편 병실로 들어가거나 또는 식당에 잠깐 나타나 시끄럽게 떠드는 모습을 본 적은 있었다. 이제 그가 감기에 걸리는 바람에 그녀가 직접 그를 찾아온 것이다. 그녀는 비쩍 마른 손으로 그의 방문을 똑똑 두드리고는 방주인이 미처 들어오라는 말도 하기 전에 안으로 들어왔다. 그녀는 문지방에 선 채로 다시 한 번 뒤돌아보며 방 번호를 확인했다.

"34호실이군요." 그녀는 언성을 높여 큰 소리로 말했다. "맞네요. 감기에 걸렸다면서요?" 그녀는 처음에는 프랑스어, 그 다음에는 영어와 러시아어, 마지막에 독일어로 말했다. "어느 나라 말로 해야 하나요? 독일어군요. 아, 젊은 침센을 찾아온 분이죠, 그렇군요. 나는 수술실에 들어가야 해요. 클로로포름으로 마취할 환자가 있는데, 그는 콩 샐러드를 먹었어요. 도무지 사방에 눈을 뗄 수가 없다니까요… 그런데 세상에나, 여기서 감기씩이나 걸렸다고요?"

한스 카스토르프는 옛 귀족 출신이라는 이 여자의 말투에 당황했다. 그녀는 말을 아무렇게나 급하게 내뱉었다. 그러면서 그녀는 우리 안의 맹수처럼 불안하게 빙빙 돌며 무엇인가 찾는 듯 코를 벌름거리며 머리를 좌우로 흔들었다. 이윽고 주근깨가 난 오른손을 가볍게 쥐고 엄지손가락은 위로 세우고는 손목을 흔들며 '빨리, 빨리, 빨리요! 내가 하는 말을 듣고 있지만 말고, 무슨 말 좀 하세요, 난 가봐야 하니까요!'라고 말하려는 것 같았다. 40대로 보이는 그녀는 체격이 빈약하고 볼품이 없었다. 그녀는 벨트가 달린 흰 가운을 입었는데, 가슴에는 석류석 십자가가 달려 있었다. 간호사 모자 밑으로는 붉고 숱이 적은 머리카락이 빠져나와 있었고, 물처럼 파란 눈은 충혈된 채 불안하게 두리번거렸다. 게다가 한쪽 눈에는 쓸데없이 크게 자란 다래끼가 달려 있었다. 들창코 아래로 보이는 입은 개구리 같았고, 비스듬히 튀어나온 아랫입술은 말할 때마다 삽처럼 움직였다. 한스 카스토르프는 이런 그녀를 겸손하고 끈기 있고 사람을 신뢰하는 태도로 친절하게 바라보았다.

"대체 어떤 감기인데요, 네?" 수간호사가 다시 물었다. 그러면서 그녀는 두 눈으로 날카롭게 쳐다보려고 했지만 뜻대로 되지 않고 빗나가고 말았다. "우리는 그런 감기를 좋아하지 않아요. 감기에 자주 걸리나요? 당신의 사촌도 그렇게 자주 감기에 걸리죠? 몇 살이나 되었나요? 스물네 살이라고요? 그렇게 안 보이는데요. 그런데 당신은 이 위에 와서 감기에 걸렸단 말이지요? 여기서는 누구도 '감기'에 관해서는 말하지 않아요. 이거 보세요, 그건 저 아래 세상에서나 떠드는 헛소리랍니다. (그녀가 아랫입술을 삽처럼 만들며 '헛소리'라고 말했을 때, 그 낱말은 소름끼치도록 기괴한 소리를 냈다.) 환상적인 기관지염에 걸렸군요, 그건 나도 인정합니다, 눈을 보면 알 수 있지요. (왜 이렇게 이상한 짓을 하는지 모르지만, 그녀는 다시 그를 날카롭게 노려보려고 했으나 뜻대로 되지 않았다.) 하지만 감기는 추위 때문에 걸리는 게 아니라, 마음이 느슨해질 때 찾아오는 감염 때문에 걸립니다. 그리고 이때에도 무해한 감염이냐, 또는 덜 무해한 감염이냐가 문제될 뿐이고, 다른 모든 것은 헛소리랍니다. (소름끼치는 '헛소리'라는 말이 입 밖에 튀어나오는 것이었다!) 마음이 느슨해서 생긴 당신의 감염은 무해한 쪽일 것 같습니다." 이렇게 말하며 그녀가 톡 튀어나온 다래끼가 난 눈으로 쳐다보자, 그는 어찌할 바를 몰랐다. "여기 아무런 해가 없는 살균제가 있습니다. 아마 효과가 있을 겁니다." 그녀는 허리띠에 매달린 검은 가죽 주머니에서 작은 봉지를 꺼내 탁자에 올려놓았다. 그것은 포르마민트였다. "그런데 정말 얼굴이 상기된 것처럼 보이네요, 마치 열이라도 있는 것처럼." 그러면서 그녀는 계속 그의 얼굴을 똑바로 쳐다보려고 했지만, 매번 옆으로 빗나갔다. "열은 재어 보셨나요?" 그는 아니라고 대답했다. "왜 안 재봤어요?" 그녀는 이렇게 물으며 아랫입술을 허공으로 비스듬히 내밀었다.

그는 말없이 서 있었다. 이 선량한 남자는 아직 젊었고, 뭐가 뭔지 몰라 우두커니 벤치 앞에 서 있는 어린 학생처럼 대답도 하지 못했다.

"검온을 해본 적이 전혀 없나요?"

"아니오, 수간호사님, 열이 있을 때는 합니다."

"이보세요, 검온을 하는 것은 무엇보다도 열이 있는지 보기 위해서입니다. 그럼 지금 당신 생각에 열이 없다는 말인가요?"

"잘 모르겠어요, 수간호사님. 제대로 분간할 수 없습니다. 벌써 이 위에 도착할 때부터 몸이 약간 뜨겁기도 하고 떨리기도 했어요."

"아, 그래요. 그럼 체온계는 어디 있나요?"

"체온계가 없습니다, 수간호사님. 뭐 하러 갖겠어요, 나는 이곳을 방문했을 따름이고, 건강하니까요."

"헛소리! 그럼 건강해서 나를 불렀다는 말인가요?"

"아니오." 그는 공손하게 웃었다. "그게 아니고 조금…."

"감기에 걸렸단 말이지요. 우리도 그런 감기는 자주 걸려요. 자, 여기요!" 그녀는 이렇게 말하더니 다시 가방을 뒤적거려 검은색과 붉은색의 긴 가죽 주머니 두 개를 꺼내 탁자 위에 올려놓았다. "이것은 3프랑 50이고, 저것은 5프랑입니다. 물론 5프랑짜리가 더 좋아요. 잘 다루면 평생 쓸 수도 있지요."

그는 미소를 지으며 탁자에서 붉은 주머니를 집어 들고는 열어 보았다. 장신구처럼 예쁜 유리 기구는 크기에 꼭 맞는 오목한 붉은 빌로도 쿠션 속에 들어 있었다. 도를 가리키는 눈금은 붉은 선으로, 분을 가리키는 눈금은 검은 선으로 표시되어 있었다. 숫자는 붉은 색깔로 되어 있었고, 점점 가늘어 지는 아랫부분은 거울처럼 반짝이는 수은으로 채워져 있었다. 수은주는 포유동물의 표준 체온보다 훨씬 깊고 낮은 쪽에 있었다.

한스 카스토르프는 자신의 위신에 무엇이 어울리는지 알고 있었다.

"이걸로 하겠습니다." 그는 검은 주머니는 쳐다보지도 않고 말했다. "여기 5프랑짜리로 하겠어요. 지금 당장 계산을…."

"좋아요!" 수간호사가 개구리 울음소리를 냈다. "중요한 물건에는 인색해서는 안 되지요! 하지만 서두를 필요 없어요, 계산서에 올라갑니다. 이리 줘 봐요, 먼저 체온계의 숫자를 내려놓아야 해요, 저 아래까지요. 이렇게." 그녀는 그의 손에서 체온계를 받아 공중으로 여러 차례 흔들고는 수은주를 한참 아래, 35도 이하로 내려놓았다. "곧 올라간답니다, 살살 올라간다니까요. 수은말에요!" 그녀가 말했다. "자, 여기 물건을 받으세요! 사용 방법은 알고 있겠지요? 소중한 혀 밑에 넣고 7분간, 하루에 네 번입니다. 그리고 그 값진 입술을 꼭 다물고 있어야 해요. 이

보세요, 그럼 안녕히! 좋은 결과가 있기를 바랍니다!" 이렇게 말하고 그녀는 방에서 나갔다.

허리를 굽혀 인사한 한스 카스토르프는 탁자 옆에 서서 그녀가 사라진 문을 쳐다보다가, 그녀가 남겨놓은 체온계를 바라보았다. '저 여자가 밀렌동크 수간호사구나' 하고 그는 생각했다. '세템브리니는 저 여자를 좋아하지 않지. 그녀에게 불쾌한 점들이 있는 게 사실이야. 다래끼가 보기 흉하지만, 그게 늘 있는 것은 아니겠지. 하지만 왜 나를 늘 '이보세요'라고 부르며 철자 중간에 S는 왜 넣는 거지? 그건 무례하고 괴상한 말인데. 그녀는 방금 내게 체온계를 팔았는데, 체온계 몇 개를 늘 주머니에 넣고 다니는 모양이군. 여기서는 어떤 상점에를 가도 체온계가 있다고 하던데, 설마 이런 곳엔 없겠지 싶은 곳에도 있다고 요아힘이 말했었지. 하지만 사러 가느라고 애쓸 필요가 없어, 저절로 내 품에 떨어졌으니.' 그는 예쁜 기구를 주머니에서 꺼내 살펴보다가 그것을 손에 쥐고 불안하게 방안을 거닐었다. 그의 심장이 빠르고 거세게 고동쳤다. 그는 고개를 돌려 열려 있는 발코니 문을 바라보다가, 요아힘을 찾아가려고 방문을 향해 걸어갔다. 그러나 가던 걸음을 멈추고 자신의 목소리가 얼마나 둔탁한지 검사해 보려고 헛기침을 하면서 다시 탁자 옆에 서 있었다. 이어서 그는 기침을 해 보았다. "그래, 열이 있는지 좀 봐야겠어." 이렇게 말하고 그는 재빨리 체온계를 입 안으로 가져가 수은주 끝을 혀 밑에 넣었다. 체온계를 두 입술 사이에 비스듬히 위쪽으로 세우고는 바깥 공기가 들어오지 않도록 입을 꼭 다물었다. 그런 다음 손목시계를 보니 9시 36분이었다. 그는 7분이 지나가기를 기다리기 시작했다.

'1초라도 지나면 안 되고, 덜 있어서도 안 되지' 하고 그는 생각했다.

'나야 체온을 올리거나 내리지 않으니까 믿어도 좋지. 세템브리니가 이야기했던 오틸리에 크나이퍼처럼 나야 뭐 체온계를 '침묵의 누이'로 바꿔치기 할 필요가 없으니까 말이야.' 그는 혀로 기구를 누르면서 방안을 이리저리 거닐었다.

시간은 기어가듯이 느리게 지나가고, 그에게는 7분이 무한정 길게 여겨졌다. 자칫 정확한 시간을 놓쳐 버리는 게 아닌가 걱정되어 시계바늘을 보니 겨우 2분 30초가 지났을 뿐이었다. 그는 이런저런 짓을 하며 기다렸다. 물건들을 집어 들었다 다시 내려놓고, 사촌이 알아차리지 못하도록 살짝 발코니로 나가 그 어떤 형상이든 어느새 자신과 너무나 친숙해진 깊은 골짜기의 풍경을 바라보았다. 뿔 모양의 봉우리, 산등선과 암벽들, 등이 마을을 향해 비스듬히 내려가 있고 황량한 목장의 초지가 그 측면을 뒤덮고 있는 왼쪽의 브레멘뷜 절벽, 마찬가지로 이름까지도 익숙해진 오른쪽 산봉우리들, 이곳 발코니에서 보면 남쪽에서 골짜기를 막고 있는 것처럼 보이는 알타인 암벽을 바라보았다. 또한 계단식 정원에 만들어진 길과 화단, 동굴, 전나무를 내려다보았고, 요양을 하고 있는 안정 요양 홀에서 들려오는 속삭이는 소리에 귀를 기울였다. 그는 방으로 돌아오면서 입안의 체온계 위치를 바꾸려고 했다. 그런 다음 다시 팔을 앞으로 내밀어 소매를 걷어 올리고는 얼굴 앞으로 팔을 굽혀서 시계를 보았다. 이것저것 애를 쓰며 온갖 짓을 다 했는데도 겨우 6분이 경과했을 뿐이었다. 그러나 그 뒤 방 중앙에 서서 꿈이라도 꾸는 것 같은 기분으로 멍하니 생각에 잠겨 있는 동안 나머지 1분이 고양이 걸음으로 살짝 지나가 버렸고, 그가 다시 팔을 올렸을 때는 체온계를 빼야 할 시간이 어느새 지나가 버렸다. 시간은 오히려 약간 넘어버려 8분 하고도 3분의 1에 멈추어 있었다. 그래서 그는 해로울 것도 없고 결과는 어차피 마찬가지이니 별일 아니야 하고 생각하면서 체온계를 입에서 빼어 당황한 눈으로 눈금을 내려다보았다.

체온계의 눈금을 그는 금방 읽을 수 없었다. 수은의 광택이 납작하고 둥근 유리 외벽의 반사광과 하나가 되어 수은주가 어느 때는 아주 높이 올라간 것 같고, 또 어느 때는 아무것도 보이지 않는 것 같았다. 그는 체온계를 눈 가까이에 대고 이리저리 돌려 보았지만 아무것도 보이지 않았다. 마침내 적당한 각도가 되자 다행히도 수은주의 모습이 뚜렷해져서, 그는 눈금을 확인하고는 급히 기억 속에 담아 두었다. 정말로 수은은 길게, 아주 길게 퍼져 있었다. 그러니까 수은주는 상당히 높은 곳까지 올라가 정상 체온의 한계를 넘어 분선 몇 개만큼 더 올라가 있었다. 한스 카스토르프의 체온은 37.6도였다.

이제 겨우 오전 10시와 10시 30분 사이인데 37.6도 —이건 너무 지나쳤고, 그렇다면 문제가 있는 '체온'이었다. 마음이 느슨해질 때 찾아오는 감염 결과로 생겨난 열이었고, 이젠 어떠한 종류의 감염인가가 문제될 뿐이었다. 37.6도— 요아힘도 이보다 높지 않았고, 중환자나 위독한 환자라서 병상을 지켜야 하는 사람을 제외하고는 아무도 이보다 더 높지 않았다. 기흉 증상이 있는 클레펠트나 쇼샤 부인도 이 정도는 아니었다. 물론 그의 경우 진짜 열은 아니고 평지에서 말하는 코감기로 인한 열에 불과했다. 그러나 이를 정확히 차별하고 구분할 수는 없었다. 한스 카스토르프는 감기에 걸리면서 비로소 이렇게 체온이 높아졌다고는 생각하지 않았다. 아무튼 그는 처음에 베렌스 고문관이 체온을 재어 보라고 권고할 때 당장 체온을 재보지 않은 것이 유감이었다. 그의 충고가 아주 이성적이었음이 이제야 밝혀진 것이다. 반면에 세템브리니가 이를 조롱하면서 허공에 대고 웃음을 터뜨린 것은 완전히 잘못

된 행동이었다. ―그런데도 세템브리니는 공화국과 아름다운 문체 따위를 운운했었다. 카스토르프는 체온계의 수은주가 유리의 반사로 보이지 않게 될 때마다 체온계를 이리저리 돌리며 거듭 수은주의 눈금을 살펴보았다. 체온계의 눈금은 여전히 37.6도였다. 그것도 아침부터!

그의 행동거지가 꽤나 불안했다. 그는 체온계를 손에 쥔 채 방안을 이리저리 몇 번 돌아다녔다. 그러면서도 체온계를 수직으로 들고 있으면 수은주에 충격을 주어 장애가 생길까봐 그것을 수평으로 유지했다. 그는 체온계를 조심스럽게 가져가 세면대에 내려놓고는, 일단 겨울 외투와 담요를 가지고 안정 요양에 들어갔다. 그는 앉아서 요아힘에게 배운 대로 두 장의 담요를 먼저 좌우에서, 다음에는 아래서부터 한 장씩 익숙한 솜씨로 몸에 둘렀다. 이어서 그는 다음 두 번째 아침 식사시간이 되어 요아힘이 데리러 오기를 기다리며 조용히 누워 있었다. 때때로 그는 누운 채 미소를 짓기도 했는데, 이는 마치 누군가에게 미소 짓는 것처럼 보였다. 가끔은 가슴이 답답하고 떨리면서 부풀어 오르는 느낌이었다. 그러다가 염증이라도 있는지 가슴에서 기침이 나왔다.

11시를 알리는 징 소리가 울리자 아침 식사에 함께 가려고 찾아온 요아힘은 그가 아직 침대에 누워 있는 것을 발견했다.

"왜 그래?" 그는 의자 옆으로 걸어오면서 놀란 표정으로 물었다.

한스 카스토르프는 한참 동안 아무 말 없이 앞만 바라보다가 대답했다.

"그래, 최신 뉴스는 내가 체온이 높다는 거야."

"그게 도대체 무슨 소리야?" 요아힘이 반문했다. "열이 있다고 느끼는 거야?"

한스 카스토르프는 이번에도 잠시 가만히 있다가 힘없이 대답했다.

"전부터 열이 있다고 느꼈어. 오래전부터. 그러나 이제는 그런 주관적 느낌이 아니라 정확히 확인할 필요가 있어. 체온을 재어 봤거든."

"체온을 재어 봤다고?! 무엇으로?" 요아힘이 깜짝 놀라 소리쳤다.

"물론 체온계로 쟀지." 한스 카스토르프는 냉소하듯이 단호하게 대답했다. "수간호사한테 하나 샀지. 그 여자가 왜 내게 '이보세요'라고 부르는지 도무지 모르겠어. 그건 옳은 표현이 아니야. 그러나 아주 좋은 체온계를 눈 깜짝 할 사이에 팔고 갔어. 체온이 어떤지 확인하고 싶으면 세면대 안에 있으니 가봐. 약간 미열이야."

요아힘은 몸을 돌려 방으로 갔다가, 다시 나와서는 머뭇거리며 말했다.

"그래, 정말 37도 5와 2분의 1부네."

"그럼 좀 내려갔군!" 카스토르프는 급히 대답했다. "아까는 37.6도였거든."

"오전임을 감안하면 미열이라고 할 수 없어." 요아힘이 말했다. "참 멋진 선물이군!" 그는 이렇게 말하고, 양팔은 허리에 대고 머리는 숙인 채 마치 '멋진 선물'을 대하듯이 사촌의 긴 의자 옆에 서 있었다. "어쨌든 침대에 누워 있어야겠어."

한스 카스토르프는 이에 대답을 준비해 두고 있었다.

"나는 이해가 안 가, 37.6도인 내가 왜 침대에 누워 있어야 하는지 말이야. 너나 다른 많은 사람들은 체온이 높아도 이곳에서 모두 자유롭게 돌아다니잖아."

"그러나 그건 다른 문제야." 요아힘이 말했다. "너의 경우는 급성이고 유해한 것이 아니야. 코감기 열에 불과하니까."

"첫째는 말이야." 한스 카스토르프는 첫째, 둘째 하면서 조목조목 따지기까지 하는 것이었다. "나는 이해가 안 돼. 왜 무해한 열로는 —그런 게 있다는 것은 인정해— 침대를 지켜야 하고, 해로운 열이 있으면 돌아다녀도 되는지 말이야. 그리고 둘째로 말하고 싶은 것은 나는 전부터 열이 있었고, 코감기에 걸렸다고 새삼 열이 올라간 것은 아니야, 내 소견으로는 그래. 37.6도는 똑같은 37.6도야. 너희들이 이리저리 다닐 수 있다면 나도 그렇게 할 수 있는 거잖아."

이에 대해 요아힘이 반박했다. "그러나 나도 이곳에 처음 도착했을 때 4주간이나 누워 있어야 했어. 그리고 침대에 누워 있어도 열이 사라지지 않는다는 것을 알고서야 비로소 일어날 수 있었어."

한스 카스토르프는 빙그레 미소를 지었다.

"그래서?" 그가 물었다. "네 경우와는 사정이 다르다고 생각하는데, 안 그래? 너의 논리는 모순에 빠져 있어. 처음에는 다르다고 하고 이번에는 같다고 하니 말이야. 그거야말로 헛소리지…."

요아힘은 발꿈치로 몸을 한 바퀴 돌렸다. 그리고 다시 사촌 쪽으로 얼굴을 돌렸을 때 햇볕에 그을린 그의 얼굴이 한층 더 검게 그을려 있었다.

"아니야." 그가 말했다. "나는 같다고 하는 게 아니야. 너야말로 혼란에 빠졌어. 내 말은 네가 심한 감기에 걸렸다는 것뿐이야. 그건 너의 목소리를 들어 보면 알 수 있어, 빨리 감기가 나으려면 누워 있는 게 좋을 거야. 다음 주에는 집으로 돌아갈 거니까 말이야. 하지만 네가 그러고 싶지 않으면, 그러니까 네가 누워 있고 싶지 않다면, 그렇게 하지 않아도 상관없어. 내가 너에게 명령하는 것은 아니잖아. 어쨌든 우리 아침 식사 하러 가야지. 어서 가자고, 벌써 늦었어!"

"맞아! 서둘러야지!" 한스 카스토르프는 이렇게 말하고 담요를 던지고 일어섰다. 그는 방으로 들어와 브러시로 머리를 빗는 동안, 요아힘은 또 한 번 세면대 위의 체온계를 들여다보았고, 한스 카스토르프는 멀리서 그 모습을 바라보았다. 두 사람은 말없이 방을 나와 다시 식당의 자신들 자리에 가서 앉았다. 식당 안은 이 시간에 늘 그런 것처럼 사방에 놓인 우유로 말미암아 하얗게 빛나고 있었다.

난쟁이 아가씨가 카스토르프를 위해 쿨름바흐 맥주를 가지고 왔을 때, 그는 진지한 얼굴로 사양했다. 그는 오늘은 맥주를 마시고 싶지 않다, 아무것도 마시지 않겠다, 아니, 고맙지만 됐어요, 그저 물 한 모금만 마시겠다고 했다. 그의 말이 주변의 이목을 끌었다. 왜 그러지? 그거 참 이상한 일이네! 왜 맥주를 안 마시겠다는 거야? 체온이 좀 높아서 안 마신다고 한스 카스토르프는 퉁명스럽게 내뱉었다. "37.6도로, 미열입니다."

그러자 모두가 집게손가락으로 그를 가리키며 그를 위협하는 시늉을 했다. 정말 기묘한 광경이었다. 모두가 장난꾸러기가 되어 머리를 갸우뚱하고, 한쪽 눈을 찡긋하며 귓전에서 집게손가락을 흔들어 댔다. 마치 순진한 척 가장하던 사람이 불손하고 야릇한 짓을 하다가 들키기라도 한 것처럼 그랬다. "어머나, 댁도 원." 여선생이 말문을 열었다. "깔끔한 얘기도 다 들어보네요, 뜻밖이네요. 어디 두고 볼 거예요." 그녀는 미소를 지으며 위협하는 시늉을 했는데, 뺨에 난 솜털이 발갛게 물들었다. "어머나, 이런," 슈퇴어 부인도 한마디 하면서 짧고 붉은 손가락을 코 옆에 대고 위협하는 시늉을 했다. "이곳을 방문한 손님께서 열불•이 난다네요. 이제 우리와 같군요, 진짜 동지예요. 멋져요!" 식

• 슈퇴어 부인은 Temperatur(열, 체온)이라는 낱말을 Tempus(시제)로 완전히 잘못 사용하였음.

탁 위쪽 끝의 대고모조차도 이 소식을 듣자 장난스럽고 교활하게 그를 위협하는 시늉을 했다. 이때까지 그를 거의 거들떠보지도 않던 귀여운 마루샤도 그를 향해 허리를 굽히고 입술에 오렌지 향내가 나는 손수건을 댄 채, 위협하는 시늉을 하며 동그란 갈색 눈으로 바라보았다. 슈퇴어 부인에게 이 소식을 들은 블루멘콜 박사도 물론 한스 카스토르프의 얼굴을 외면한 채 다른 사람들과 같은 시늉을 해보였다. 오로지 로빈슨 양만은 무관심한 태도로 평소처럼 생각에 잠겨 있었다. 요아힘은 단정한 얼굴로 눈을 아래로 깔고 있었다.

한스 카스토르프는 이렇게 많은 놀림을 받고 기분이 좋아져 잘못 전해진 사실을 겸손하게 교정해야겠다고 생각했다. "아니, 아닙니다. 잘못 생각하고 계십니다. 나의 경우는 전혀 유해한 것이 아닙니다. 보시다시피 코감기거든요. 눈물이 나고, 가슴이 좀 답답하며, 밤새 기침이 나서 기분이 좀 언짢을 뿐입니다." 그러나 주변 사람들은 그의 변명은 들으려 하지 않았다. 그들은 웃고 손짓을 하면서 이렇게 외쳤다. "그래요, 그래, 속임수이자 핑계고, 코감기 열이란 걸 알고 있어요. 우리는 다 알고 있어요!" 이어서 그들은 한스 카스토르프에게 즉시 진찰을 받도록 이구동성으로 권고했다. 그들은 감기 얘기로 활기를 띠어, 아침 식사를 하는 동안 일곱 개의 식탁 가운데 이 식탁이 가장 떠들썩했다. 특히 슈퇴어 부인은 거의 정신 나간 여자처럼 지껄여대며 기침의 쾌감에 대해 떠벌였다. 이렇게 하는 가운데 목을 감싼 주름장식 위의 고집스런 그녀의 얼굴이 벌겋게 달아올랐고, 뺨은 사방에 잘게 금이 새겨져 있었다. 슈퇴어 부인에 따르면, 처음에는 가슴속이 간지러워지다가 점점 더 심해져, 자신도 그 자극에 응하기 위해 경련을 하고 참기도 하다가 숨을 깊이 들이쉬는 기분은 말할 수 없이 즐겁고 짜릿하다는 것이었다. 재채기를 할 때도 이와 유사한 즐거움을 느낀다고 했다. 재채기를 하고 싶은 마음이 강렬해져서 더는 참을 수 없게 되면, 황홀한 표정을 지으며 두세 번 격렬하게 숨을 내쉬었다가 들이키고는, 행복한 분출의 기쁨에 잠겨서 세상사를 다 잊어버리게 된다는 것이다. 간혹 이런 일이 두세 번 연이어 찾아오기도 한다. 이것이야말로 공짜로 즐길 수 있는 인생의 즐거움이다. 또 다른 예가 있는데, 봄에 동상이 걸린 부위를 긁을 때 비슷한 일이 생긴다. 그곳이 살살 간지러워 피가 나도록 박박 긁으면 분노와 동시에 쾌감이 생긴다. 이럴 때 우연히 거울을 들여다보면, 악마의 찡그린 얼굴이 비친다는 것이었다.

교양이 없는 슈퇴어 부인이 이처럼 소름끼칠 정도로 상세히 말하는 동안, 풍성하지만 시간이 짧은 중간 식사를 끝낸 두 사촌은 저 아래 다보스 플라츠까지 두 번째 아침 산책을 떠났다. 요아힘은 산책 도중에도 생각에 잠겨 있었고, 한스 카스토르프는 코감기 때문에 신음을 흘리며 녹이 슨 듯 카랑카랑하게 헛기침을 했다. 돌아오는 길에 요아힘이 말문을 열었다.

"제안할 게 하나 있어. 오늘이 금요일이잖아. 나는 내일 식사 후에 매달 있는 정기 검진을 받아. 종합 검진은 아니지만 베렌스는 나를 약간 타진해 보고, 크로코프스키는 나에게 몇 가지 주의 사항을 일러 주지. 이번 기회에 함께 가서 얼른 진찰을 받아보자고. 그거야 간단한 일이지, 고향 집에 돌아가면 하이데킨트 선생에게 왕진을 부탁할 테니 말이야. 하지만 이곳에도 전문의가 둘씩이나 있는데, 네가 돌아다니며 어디가 문제가 있는지, 얼마나 심각한지, 누워 있는 게 더 나은지 아닌지 하는 것도 모르고 있을 순 없잖아."

"좋아." 한스 카스토르프가 말했다. "너의 말대로 하겠어. 물론 그렇게 하겠어. 그리고 진찰하는 것을 직접 보는 것도 내겐 흥미로운 일이니까."

이렇게 둘은 합의를 보았다. 그리고 그들이 위로 올라가 요양원 현관 앞에 도착했을 때, 우연히 베렌스 고문관과 마주쳐, 좋은 기회를 놓치지 않고 그 자리에서 당장에 그들의 관심을 피력했다.

키가 크고 목덜미가 두툼한 베렌스 고문관은 빳빳한 모자를 젖혀 쓰고는, 입에 시가를 문 채 파리한 볼에 촉촉이 젖은 눈을 하고서 현관에서 나왔다. 그가 설명했듯이 그는 방금 수술을 마친 뒤 개인적으로 환자를 왕진하러 읍내로 가려는 참이라고 그가 설명했는데, 이런 그의 모습은 아주 활기차 보였다.

"식사 잘 하셨어요, 여러분!" 그가 말했다. "오늘도 산책 중인가요? 세상은 멋졌겠지요? 나는 메스와 수술 톱으로 엄청난 결투를 마치고 가는 길입니다. 아시다시피 늑골 절개는 대단한 일입니다. 전에는 환자의 50퍼센트가 수술대 위에서 사망하곤 했지요. 이제는 사정이 훨씬 나아졌지만, 그래도 수술 도중에 죽는 환자를 일찌감치 덮어야 할 때가 종종 있습니다. 그런데 오늘 수술한 환자는 재미를 아는 사람이라서 그런지, 마지막까지 꿋꿋하게 잘 버텨내더군요. 세상에 인간의 흉곽이란 것도 별것 아니랍니다. 연한 부분, 그건 맞지 않아요, 말하자면 관념을 살짝 모호하게 합니다. 그런데 여러분은? 무엇을 하며 소중한 시간을 보내고 계십니까? 두 분이서 보내는 시간이 즐거우시겠죠, 교활한 침센 선배께서는 어떠세요? 그런데 행복한 여행자께서는 왜 울상인가요?" 그는 갑자기 한스 카스토르프 쪽으로 몸을 돌리며 말했다. "여기서 공공연히 우는 것은 금지되어 있습니다. 요양원 규칙에 따라 금지 사항입니다. 그러면 모든 환자가 그럴 수 있으니까요."

한스 카스토르프가 대답했다. "코감기 때문입니다, 고문관님. 어떻게 해서 이렇게 되었는지 알 수 없지만, 이상한 감기에 걸렸습니다. 기침도 나고, 가슴도 답답합니다."

"그래요?" 베렌스가 말했다. "그렇다면 분별 있는 의사의 진찰을 받아 보셔야지요."

두 사람은 웃었다. 요아힘은 발뒤꿈치를 가지런히 모으면서 대답했다.

"그럴 생각입니다, 고문관님. 저는 내일 진찰이 있습니다. 그때 제 사촌도 진찰을 받게 해주시면 어떨까 말씀드리려고 했습니다. 화요일에 떠날 수 있을지 알고 싶어서요."

"좋아요!" 베렌스가 말했다. "좋아요! 기꺼이 그래야지요! 진작 한번 진찰을 해드렸어야 했지요. 그러나 물론 강요할 일은 아닙니다. 그럼 내일 2시에, 여물통을 비우는 대로요!"

"열도 좀 있어서 진찰을 받으려는 겁니다." 한스 카스토르프는 자신의 상태를 말했다.

"그것 참!" 베렌스가 소리쳤다. "새로운 증상이라도 내게 설명하려고요? 내 얼굴에는 눈이 없다고 생각합니까?" 그러면서 그는 자신의 커다란 집게손가락으로 핏발이 서고 푸르스름하게 눈물이 흐르는 두 눈동자를 가리켰다. "그런데 도대체 몇 도나 됩니까?"

한스 카스토르프는 겸손한 태도로 숫자를 말했다.

"오전에 말인가요? 음, 나쁘지 않아요. 처음치고는 재능이 없지 않군요. 자, 그럼 내일 2시에 두 분이 함께 오세요! 내게는 영광입니다. 영양 섭취 잘 하세요!" 베렌스 고문관은 노를 젓듯이 손을 흔들며 굽은 다리로 경사진 길을 터벅터벅 내려가기 시작했다. 그의 뒤로 시가 연기가 깃발처럼 휘날리고 있었다.

"이제 너의 바람대로 예약이 된 셈이네." 한스 카스토르프가 말했다. "이보다 더 잘 될 수는 없을 거야, 이로써 나도 예약을 했고 말이야. 그는 나에게 감초 즙이나 기관지에 좋은 차 이상은 처방을 안 해줄 것 같아. 하지만 나처럼 느끼는 사람이라면 의사에게 약간의 격려를 받는 것도 즐거운 일이야. 그런데 왜 그렇게 항상 말을 거칠게 하는 거야! 처음에는 재미있었지만 길어지니까 싫더라고. '영양 섭취 잘 하세요!'• 대체 그게 무슨 말인지 모르겠어. '식사 잘 하세요!'도 아니고 말이야. '식사'는 이른바 '일용할 양식'처럼 시적인 표현이라서 '축복받는'과는 서로 어울리지. 반면에 '영양 섭취'는 순수 생리학적 현상이라서 거기에 축복의 의미를 넣는다는 것은 조롱조의 말이야. 게다가 그가 흡연하는 것도 보기가 좋지 않아. 흡연은 그에게 좋지 않고, 그를 우울하게 한다는 것을 나는 알고 있지. 그래서 좀 걱정스럽고 말이야. 세템브리니는 그가 쾌활한 척한다고 말하지. 아무튼 세템브리니가 일종의 비평가이자 판단력이 있는 사람이라는 것은 부정할 수 없어. 판단력을 길러서 모든 것을 있는 그대로 받아들여서는 안 된다고 내게 충고한 그의 말은 아주 옳아. 그러나 이따금 판단력, 비판, 정당한 분노 등으로 시작하다가, 판단력과는 전혀 관계가 없는 다른 것이 거기에 끼어들거든. 그러면 도덕적 엄격성은 사라져 버리고, 공화국과 아름다운 문체 따위의 말도 생뚱맞다는 생각만 들게 돼."

한스 카스토르프는 뭔지 알 수 없는 말을 중얼거리고 있었고, 그 스스로도 무슨 말을 하는지 분명하게 알지 못하는 것처럼 보였다. 요아

• 원문을 직역하면 '축복받는 영양 섭취를 하세요!' 또는 '복된 영양 섭취를 하세요!'이다.

힘은 사촌의 얼굴을 옆으로만 보면서 "이만 들어가" 하고 말했다. 두 사람은 각자 방으로 들어갔다가 발코니로 나갔다.

"몇 도야?" 요아힘은 한스가 다시 체온계를 사용했는지 보지는 못했지만 잠시 후에 목소리를 낮추며 물었다. 그러자 카스토르프가 무관심한 어조로 대답했다.

"달라진 게 없어."

사실 그는 방에 들어가자마자 오늘 아침에 구입한 멋진 체온계를 세면대에서 집어 들고, 더 이상 필요가 없어진 37.6도라는 눈금을 위아래로 흔들어 지워버렸다. 그런 다음 체온계를 시가처럼 입에 물고는 완전히 노인처럼 느긋하게 안정 요양에 들어갔다. 그러나 훨씬 더 높으리라는 기대와는 달리, 체온계를 8분이나 혀 밑에 놓아두었어도 수은주는 37.6도 이상은 올라가지 않았다. 아침보다 더 높지는 않았지만 열이 있는 것은 분명했다. 식사 후에는 어슴푸레 빛나는 수은주가 37.7도로 올라갔고, 낮에 신기한 일에 흥분하고 난 저녁에는 37.5도를 유지했으며, 다음날 이른 아침에는 37도까지 내려갔다가 점심 무렵이 되어서야 다시 어제의 체온에 이르렀다. 이런 결과를 보이며 다음날 점심시간이 찾아왔고, 점심식사를 마친 뒤에는 약속된 진찰 시간이 다가왔다.

한스 카스토르프는 나중에 쇼샤 부인이 이날 점심 식사에 큰 단추와 가장자리에 주머니가 달린 금빛 스웨터를 입었다는 사실을 문득 기억에 떠올렸다. 아무튼 그녀가 입은 옷은 한스 카스토르프에게 새로운 것이었다. 그녀는 늘 그렇듯이 늦게 들어와서는 카스토르프가 잘 아는 방식으로 홀 안의 모든 사람들에게 앞모습을 선보였다. 그런 다음 매일 다섯 번 언제나 그러듯이 자신의 식탁으로 미끄러져 가서는, 부드러운 동작으로 자리에 앉아 담소를 하며 식사를 하기 시작했다. 카스토르프는 비스듬히 중간 식탁 끝에 앉은 세템브리니의 등 너머로 고급 러시아인 석을 넘겨다보았다. 물론 식사 때마다 매일 그래왔지만, 이번에는 특히 주의를 기울여 그녀가 말하면서 머리를 움직이는 모습을 바라보면서 새삼스럽게 둥그런 목덜미의 선과 느슨한 등의 모양새를 살폈다. 쇼샤 부인은 점심 식사를 하는 동안 한 번도 식당을 둘러보지 않았다. 그러나 후식이 끝나고, 보통 러시아인 좌석이 있는 식당 오른편 좁은 벽에 걸린 커다란 추시계가 2시를 치자, 한스 카스토르프의 마음을 뒤흔들어 놓는 기이한 일이 벌어졌다. 시계가 한 번, 두 번 땡땡 치면서 2시를 알리자, 우아한 부인은 천천히 머리와 상체를 약간 돌린 뒤 어깨 너머로 분명하면서도 노골적으로 한스 카스토르프의 식탁을 바라보는 것이었다. 그것도 막연히 그의 식탁 쪽이 아니라 의심의 여지없이 사적인 관심을 보이며 그를 쳐다보았다. 꼭 다문 입술 언저리의 미소와 가느다란 프리비슬라프의 눈은 마치 이렇게 말하려는 것 같았다. '자, 지금인데, 시간이 되었잖아. 가려고?' (아직 '당신'이라고 입으로 말한 적은 없지만, 눈을 보면 친숙하게 '너'라고 말하는 것 같았기 때문이다.) 이런 돌발적인 사건이 한스 카스토르프의 마음속 깊은 곳을 뒤흔들고 놀라게 했다. 그는 자신의 눈을 거의 믿을 수 없어, 처음에는 멍하니 쇼샤 부인의 얼굴을 바라보다가, 눈을 들어 이마와 머리카락을 훑어본 다음 허공을 응시했다. 혹시 쇼샤 부인은 그가 2시에 진찰을 받도록 되어 있다는 사실을 아는 것일까? 마치 그런 것처럼 보였다. 그러나 거의 있을 수 없는 일이었다. 그는 실상 몇 분 전만 해도 감기가 많이 좋아졌으니 진찰을 받을 필요가 없을 것 같다고 요아힘을 통해 고문관에게 알리는 게 어떨까 망설이고 있었고, 이렇게 보면 그녀가 이 사실을 알 리가 없었다. 그런데 그녀의 질문하는 듯 다가서는 미소를 대하자 이런 생각은 뒷전으로 완전히 사라지고, 그렇게 하는 것이 번거롭고 재미없게만 여겨지는 것이었다. 이 사이에 요아힘은 이미 말아둔 냅킨을 식탁에 내려놓은 뒤 사촌에게 눈썹을 찡긋하며 신호를 보내고, 주변 사람들에게 허리를 굽혀 인사하고 식탁을 떠났다. 한스 카스토르프는 겉보기에는 힘차게 걸었지만 마음속으로는 비틀거리고 있었다. 마치 그녀의 눈초리와 미소가 아직까지 자신에게 머물러 있는 것 같다고 느끼면서 사촌을 따라 식당을 나왔다.

둘은 어제 오전부터 오늘 있을 진찰에 대해 한마디도 하지 않았고, 지금도 말없이 걸어갔다. 약속한 시간이 이미 지났기 때문에 요아힘은 서둘러 걸었다. 베렌스는 시간엄수를 중요하게 여기는 사람이었다. 그들은 식당을 나와 1층 복도를 따라가다가 '관리실'을 지나, 밀랍으로 닦은 리놀륨을 깔아놓은 깨끗한 계단을 통해 지하로 내려갔다. 요아힘이 진찰실의 입구에 있는 문을 두드렸다. 계단을 다 내려가면 바로 맞은편에 자기로 된 간판이 있고 그것을 통해 그곳이 진찰실임을 알 수 있었다.

"들어와요!" 하고 베렌스는 첫 음절에 강세를 주어 소리쳤다.

그는 가운을 입고 오른손에 든 검은 청진기로 허벅지를 두드리면서 진찰실 한가운데 서 있었다.

"서둘러요, 서둘러." 그는 이렇게 말하며 촉촉이 젖은 눈으로 벽시계를 가리켰다. "시간을 엄수하기 바랍니다, 여러분들! 우리는 귀하들만을 위한 의사가 아닙니다."

창 앞의 이중으로 된 책상에는 크로코프스키 박사가 앉아 있었다. 그의 얼굴은 광택이 나는 검은 진찰복과 대비되어 더욱 창백해 보였다. 그는 책상에 팔꿈치를 괸 채 한쪽 손으로는 펜을 쥐고, 다른 손으로는 수염이 난 턱에 대고는, 진료 카드로 보이는 서류를 앞에 놓고 있었다. 그는 들어오는 사촌들을 조수의 입장에서 대하는 것뿐이라는 무표정한 얼굴로 맞이했다.

요아힘이 지각에 대해 사과하자, 고문관은 "그럼 품행 기록부를 가져오시오"라고 말하면서 체온표를 받아 들고 살펴보았다. 그러는 사이에 요아힘은 서둘러 상의를 벗어서 문 옆의 옷걸이에 걸었다. 아무도 한스 카스토르프에 대해서는 관심을 갖지 않았다. 그는 한동안 선 채로 견학하다가, 유리 물병이 놓인 조그만 탁자 부근의 팔걸이에 술이 달린 고풍스런 안락의자에 앉았다. 벽 쪽에는 두꺼운 의학 서적들과 서류철들이 들어 찬 책장이 세워져 있었다. 그 밖에 가구로는 높낮이를 조절할 수 있는 의료용 긴 의자가 밀랍을 입힌 하얀 천으로 덮여 있었고, 그 의자의 머리를 얹는 베개 부분은 종이로 씌워 있었다.

요아힘은 하루에 다섯 번씩 검온한 결과를 성실하게 주간 체온표에 기입해 왔는데, 베렌스 고문관은 그가 가져온 체온표를 넘기며 말했다. "콤마 7, 콤마 9, 콤마 8. 여전히 약간 취해 있어요, 침센 씨. 요즘 들어 ('요즘'은 4주 전을 말한다.) 더 안정적이 되었다고 주장할 수 없겠군요. 해독이 안 됐어요, 해독이. 물론 오늘 내일 당장 좋아지는 것은 아니죠. 우리가 요술을 부릴 수도 없고."

요아힘은 이 위에 온 지 하루 이틀이 아니라고 항변할 수도 있었지만, 그저 고개를 끄덕이며 어깨를 으쓱해 보였다.

"언제나 날카로운 소리를 내던 오른쪽 폐문의 통증은 대체 어떤가요? 나아졌나요? 그럼, 이리 와 보세요! 타진 좀 해 보겠습니다." 이윽고 청진이 시작되었다.

베렌스 고문관은 다리를 벌리고 몸을 뒤로 젖힌 채, 청진기를 옆구리에 끼고 먼저 요아힘의 오른쪽 어깨 위를 타진했다. 그는 오른손의 굵은 중지로 두드리고 왼손은 받침대로 사용하면서 손목을 움직여 가며 타진했다. 그런 다음 어깻죽지 아래쪽으로 내려가, 등의 중간과 아래 부분을 옆으로 움직이며 타진했는데, 이것에 익숙해진 요아힘은 스스로 팔을 들어 겨드랑이 아래도 타진하게 했다. 계속해서 꼭 같은 일이 왼쪽에서도 되풀이되고, 이 일이 끝나자 고문관은 "뒤로 돌아요!"라고 명령을 내리고는 가슴 부위의 타진에 들어갔다. 그는 목 아래 쇄골 부근에서 시작하여 가슴 위아래를 처음에는 오른쪽에서, 그 다음에는 왼쪽에서 타진했다. 타진이 완전히 끝나자 이번에는 청진으로 넘어가, 청진기를 귀에 끼고 요아힘의 가슴과 등을 청진하면서, 앞서 타진한 곳을 구석구석 똑같이 청진했다. 그사이에 요아힘은 깊이 숨을 들이쉬고 내쉬면서, 올바른 청진을 위해 나오지 않는 기침을 억지로 해야만 했다. 이것이 무척이나 힘들어 보였는데, 왜냐하면 그는 힘들어서 숨을 헐떡거렸고, 눈에서는 눈물까지 흘러 나왔기 때문이다. 베렌스는 요아힘의 몸에서 청진한 모든 내용을 조수에게 책상 너머로 짧고 확실하게 전달해 주었다. 한스 카스토르프는 이 광경을 보면서 양복점에서 재단하는 과정을 떠올리지 않을 수 없었다. 말끔하게 차려입은 재단사가 손님의 허리와 팔다리 여기저기를 일정한 순서에 따라 줄자로 재면서, 옆에 몸을 구부리고 있는 조수에게 그 치수를 펜으로 받아 적게 하는 광경이 떠올랐던 것이다. "짧은 음," "단축 음" 하면서 베렌스 고문관은 조수에게 받아 적도록 했다. 그는 "폐포음(肺胞音)"이라고 말한 뒤 다시 한 번 "폐포음"(이는 분명히 양호하다는 말이었다) 하고 말했다. 그러다가 "거친 음" 하고 말하며 얼굴을 찡그렸다. "매우 거친 음," "잡음." 크로코프스키 박사는 마치 재단사가 불러 주는 숫자를 받아 적는 종업원처럼 이 모든 내용을 기입했다.

한스 카스토르프는 고개를 옆으로 비스듬히 기울이고 생각에 잠긴 채 요아힘의 상체를 관찰하면서 일련의 과정을 지켜보았다. 그가 숨을 몰아쉴 때마다 긴장하여 움푹 들어간 배 위로 그의 갈빗대가 (다행히도 그는 갈빗대를 갖고 있었다) 뚜렷이 드러났다. 갈색의 날씬한 상체를 지닌 이 젊은이는 가슴팍과 억센 팔에 검은 털이 나 있었고, 한쪽 손목에는 금팔찌를 차고 있었다. 카스토르프는 잠시 생각에 빠졌다. '저 팔은 체조 선수의 팔이야, 요아힘은 늘 체조를 즐겨 해왔지만, 나는 그런 건 전혀 하질 않았지, 이런 점이 그가 군인이 되고 싶어 한 것과 관련이 있어. 그는 항상 좋은 신체를 가꾸는 데 나보다 더 관심을 기울였지, 다른 방식으로 말이야. 나는 언제나 민간인이었고, 그래서 나에게는 따뜻한 목욕을 하거나 좋은 음식을 먹고 마시는 것이 더 중요했지만, 그에게는 남성적인 요구와 업적이 더 중요했지. 그런데 이제 그의 육체는 병으로 인해 아주 다른 방식으로 부각되면서, 병에도 불구하고 나름대로 그럴싸한 모습을 드러내고 있다니까. 그는 약간 취해 있었고, 해독이 되어 건강한 몸이 될 것 같지도 않아, 불쌍한 요아힘은 평지에 돌아가 군인이 되고 싶어 하는데 말이야. 저것 좀 봐, 책에나 나올 만큼 건장한 육체를 가졌어. 털만 제외하면 벨베데레의 아폴로 상•과도 비교할 수 있겠어. 그러나 안으로는 병들어 있고, 겉으로는 병 때문에 열이 있어. 병은 인간을 훨씬 더 육체적으로, 아니 단순한 육체로 만들어 버리는 것 같아…' 이런 생각을 하다가 그는 화들짝 놀랐다. 그는 급히 요아힘의 벌거벗은 상체에서 눈을 돌리고, 그의 검고 부드러운 큰 눈, 억

• 바티칸 궁전에 있는 아폴로 조각상.

지로 숨을 쉬고 기침을 하느라고 눈물이 글썽해진 그의 두 눈을 올려다보았다. 반면에 요아힘은 진찰 동안 슬픈 표정을 지으며 카스토르프의 어깨 너머 허공을 물끄러미 응시했다.

그러는 사이에 베렌스 고문관의 진찰이 끝났다.

"이제 됐어요, 침센 씨." 그가 말했다. "모든 게 정상에 가깝습니다. 다음번에는 (4주 후에는) 확실히 전체적으로 좀 더 호전될 겁니다."

"고문관님, 얼마나 오래 더…."

"또 재촉하는 겁니까? 이렇게 얼큰히 취한 상태로는 사람을 들볶을 수 없습니다! 얼마 전에도 내가 반년이라고 말했지요. 그때부터 얼마나 지났는지 새로 계산해 보세요. 하지만 그건 최소한의 기간으로 생각해야 합니다. 어차피 여기서도 이럭저럭 지낼 수 있잖습니까. 예의도 좀 있어야지요. 이곳은 감옥이 아니고… 시베리아의 탄광도 아니란 말입니다! 아니면 우리에게 그와 유사한 점이 있다는 것인가요? 좋아요, 침센 씨! 물러가세요! 자, 다음 분!" 그는 이렇게 외치면서 허공을 쳐다보았다. 그러면서 팔을 쭉 뻗어 청진기를 크로코프스키 박사에게 건네주었다. 그러자 박사는 일어서서 그것을 받아 들고는 조수로서 요아힘을 추후로 검진하기 시작했다.

한스 카스토르프 역시 자리에서 벌떡 일어났다. 그는 다리를 넓게 벌리고 입을 연 채 생각에 잠겨 있는 것처럼 보이는 고문관에게서 눈을 떼지 않은 채 진단 준비를 서두르기 시작했다. 급히 서두르다 보니 소매에 주름 장식이 있는 점무늬 셔츠가 머리에서 잘 벗겨지지 않았다. 얼마 뒤 그는 금발에 하얀 피부의 가는 체격을 드러내고 베렌스 앞에 섰다. 그는 요아힘 침센보다 더 민간인 같은 모습이었다.

하지만 고문관은 여전히 생각에 잠긴 채 그를 그냥 내버려 두고 있었다. 크로코프스키 박사가 다시 자리에 앉고 요아힘이 옷을 입기 시작하자, 그제야 베렌스는 자신을 바라보고 있는 대기자에게 관심을 보였다.

"아, 그렇지, 당신 차례였지!" 그는 이렇게 말하며 한스 카스토르프의 팔 위쪽을 큼직한 손으로 잡은 뒤, 그의 몸을 약간 뒤로 밀치고는 자세히 살피기 시작했다. 베렌스는 그의 얼굴은 쳐다보지 않고 몸만 바라보았으며, 어떤 물건을 돌리듯이 몸을 돌린 다음 등도 자세히 살펴보았다. "흠, 자, 그럼 어떤 소리가 나는지 한번 들어 봅시다." 그런 다음 요아힘 때와 마찬가지로 타진을 시작했다.

그는 요아힘에게 했던 것과 똑같은 부위를 타진하고, 몇 군데는 여러 차례 다시 타진했다. 베렌스는 왼쪽 상부의 쇄골 부분과 그 아래쪽을 번갈아가며 비교할 목적으로 한동안 타진했다.

"들립니까?" 그는 타진하면서 크로코프스키 박사를 향해 물었다. 다섯 걸음 정도 떨어진 책상의 크로코프스키 박사는 고개를 끄덕여 들린다고 알렸다. 그러나 그가 턱을 가슴 쪽으로 너무 숙이는 바람에, 수염 끝이 위로 구부러질 지경이었다.

"깊게 숨을 쉬세요! 기침하세요!" 고문관은 다시 청진기를 손에 쥐고 큰소리로 명령했다. 한스 카스토르프는 청진하는 동안 8분 내지 10분 정도 열심히 숨을 들이쉬고 기침을 하기도 했다. 의사는 그 동안 한마디도 하지 않고, 청진기를 이쪽저쪽 갖다 대며, 앞서 타진에서 오래 머물렀던 부위를 더 자세히 청진을 반복했다. 그런 다음 청진기를 겨드랑이에 끼고, 두 손으로 뒷짐을 진 채 자신과 한스 카스토르프 사이의 바닥을 내려다보았다.

"그렇지, 카스토르프 씨" 하며 그가 말문을 열었다. 그가 이 청년을 성으로만 부르는 것은 이번이 처음이었다. "상태는 내가 짐작했던 것과 대체로 일치합니다. 카스토르프 씨, 사실 나는 당신을 눈여겨보았다고 할 수 있지요, 처음부터, 그러니까 당신을 알게 되는 과분한 영광을 누리게 된 때부터 말이지요. 그리고 당신은 은연중에 이곳에 속하는 사람이고, 머지않아 그걸 인식하게 될 거라고 상당히 자신 있게 추측하고 있었습니다. 이미 여러 사례가 있었습니다. 처음에는 재미삼아 이곳에 올라와서 콧대를 세우며 주위를 둘러보다가, 어느 날 이런 방관적이고 호기심어린 태도를 완전히 버리고 이곳에 좀 더 체류하는 것이 현명하지 않을까 —'현명하지 않을까' 정도가 아니지요, 이 점을 잘 이해해 주십시오— 하고 깨닫는 사례가 왕왕 있답니다."

한스 카스토르프는 안색이 변했다. 요아힘은 바지 멜빵의 단추를 채우려다 멈추고는 제 자리에 서서 귀를 기울였다.

"당신에게는 이처럼 훌륭하고 호감이 가는 사촌이 있어요." 고문관은 발가락과 발꿈치를 세워 몸을 흔드는 동시에, 고개를 돌려서 요아힘을 가리키며 말을 계속했다. "이 사람도 전에 아픈 적이 있었다고 말할 날이 있기를 바랍니다. 하지만 그렇게 되더라도 전에 아팠던 것은 변함없는 사실이겠죠, 당신의 친사촌 말입니다. 이는 어느 철학자가 말하듯이 선험적인 면을 보여주는 것입니다. 당신의 경우에도 뭐랄까 선천성 체질 같은 것이 있다고나 할까요, 카스토르프 씨."

"우리는 서로 이종 사촌일 뿐입니다, 고문관님."

"이런, 뭐라고요? 사촌 사이를 부인하려는 것은 아니겠지요. 이종 사촌이든 친사촌이든, 서로 혈연관계가 성립되지요. 어느 쪽이라고요?"

"네, 어머니 쪽입니다, 고문관님. 사촌은 외삼촌의 아들입니다."

"어머니는 건강하신가요?"

"아니, 돌아가셨어요. 어릴 때 돌아가셨지요."

"그럼, 무슨 병으로 돌아가셨죠?"

"혈전증으로요, 고문관님."

"혈전증이라고요? 오래간만에 들어 보는 말이군요. 그럼 아버님은?"

"폐렴으로 돌아가셨어요." 한스 카스토르프가 말했다. "그리고 할아버지도요." 그는 이렇게 덧붙였다.

"할아버지도 그래요? 자, 조상 이야기는 이만 됐습니다. 이제 당신에 관해 말하자면 늘 심한 빈혈이 있어 보이던데, 안 그런가요? 육체적 노동이나 정신적 노동을 하고 나면 쉽게 피로해지지 않던가요? 그렇지요? 그리고 심장이 자주 두근거리고? 최근에는 처음 그렇다고요? 알겠어요, 물론 이곳에서는 자칫하면 기관지염에 걸리기 쉽지요. 당신은 전에 이미 병을 앓은 것을 알고 있나요?"

"내가요?"

"그래요, 지금 당신에 관해 말하고 있는 겁니다. 이 차이점을 알겠습니까?" 이렇게 말하고 고문관은 그의 가슴 왼쪽 상부와 그 아래를 번갈아 두드렸다.

"여기가 저쪽보다 조금 더 탁하게 들립니다." 한스 카스토르프가 말했다.

"아주 좋아요. 전문의사가 되어도 좋을 만합니다. 의학용어로 그건 바로 탁음입니다. 탁음은 이미 석회화되어 버린 옛 흉터에서 나오는 소리입니다. 카스토르프 씨, 당신은 전부터 환자입니다. 그러나 당신이 그걸 몰랐다 해도 질책 받을 일은 아닙니다. 조기 진단이 어렵기 때문입니다. 평지에서 활동하는 우리 동료들에게는 어렵습니다. 우리가 그들보다 더 예민한 귀를 가지고 있다는 말은 아닙니다. 물론 몇 가지 특별한 수련을 하고는 있습니다만. 그러나 이곳의 공기가 우리의 청각을 돕고 있답니다, 아시겠어요, 이 위의 희박하고 건조한 공기가 말입니다."

"네, 그렇겠군요." 한스 카스토르프가 말했다.

"좋아요, 카스토르프 씨. 그럼 이제 내 말을 잘 들어요, 젊은 분. 이제 당신에게 도움이 될 만한 충고 몇 마디 하겠습니다. 당신의 병이 이 정도라면, 그러니까 저 안의 바람 주머니가 탁음과 흉터, 석회성 이물질 정도의 문제로 끝난다면, 나는 당신을 고향으로 보내고 더 이상 걱정하지 않겠어요, 아시겠습니까? 그러나 사정이 이렇고 진찰 결과도 이렇게 나왔습니다. 게다가 이 위에 와 있는 형편이니 이곳에 머무는 것이 어떨까 합니다. 고향에 돌아가 봐야 소용없습니다, 한스 카스토르프 씨. 당신은 결국 이곳으로 다시 돌아와야 하니까요."

카스토르프는 피가 다시 심장으로 역류하면서 마구 고동치는 느낌이었다. 요아힘은 여전히 뒷단추에 손을 댄 채로 눈을 내리깔고 제 자리에 서 있었다.

베렌스 고문관이 덧붙여 말했다. "왜냐하면 탁음 외에도 왼쪽 위로 벌써 거의 잡음에 가까운 거친 소리가 나고 있는데, 이것은 의심의 여지없이 새로운 환부로 보이기 때문입니다. 아직 연화병소(軟化病巢)라고 말하려는 것은 아니지만, 그것은 분명히 침윤된 부위입니다. 당신이 저 아래로 내려가 계속 활동하다면, 어쨌든 폐엽(肺葉) 전체가 곧 쓸모없게 될지도 모릅니다."

한스 카스토르프는 얼어붙은 듯 자리에 서 있었다. 그의 입술 주변이 이상하게 경련을 일으켰고, 명치 부근의 심장이 빠르게 고동치고 있었다. 그는 요아힘을 건너다보았지만 차마 그의 눈과 마주칠 수가 없었다. 그래서 그는 다시 푸르스름한 뺨, 마찬가지로 파랗게 눈물이 촉축한 눈, 한쪽으로 치솟은 콧수염을 하고 있는 고문관의 얼굴을 바라보았다.

베렌스가 말을 계속했다. "객관적인 확증으로 체온을 들 수 있습니다. 오전 10시에 37.6도라는 체온은 소리를 들어본 결과와 상당히 일치합니다."

"나는 단지 카타르로 인한 열이라고만 생각했습니다." 한스가 말했다.

"카타르라고요?" 고문관이 반문했다. "그건 어떻게 해서 생기는 걸까요? 그걸 이야기해 드리죠, 카스토르프 씨. 잘 들어 보세요. 내가 알고 있는 한 당신은 뇌에 주름이 아주 많은 것 같습니다. 그런데 이곳 공기는 병을 낫게 하는 데 좋아요, 그렇게 생각하지요? 사실 그래요. 하지만 이곳 공기는 병에 걸리게 하는 데도 좋습니다, 알겠습니까? 공기가 우선 병을 촉발하고, 몸에 혁명적 변화를 일으켜 잠재하고 있는 병을 분출하도록 합니다. 이런 병의 분출이, 기분 나빠하지 마십시오, 바로 당신의 카타르인 것입니다. 당신이 평지에 있을 때부터 벌써 열이 있었는지는 모르겠지만, 아무튼 이 위에 온 첫날부터 열이 있었고, 그건 카타르 때문에 생긴 것이 아닙니다. 이것이 나의 견해입니다."

"네, 나도 사실 그렇게 생각합니다." 한스 카스토르프가 대답했다.

"이 위에 도착하자마자 좀 취한 상태가 되었을 겁니다." 고문관은 힘을 주어 말했다. "그건 박테리아에 의해 생성되는 가용성 독소입니다. 그것이 중추신경 체계에 영향을 미쳐 취하게 만드는 겁니다, 아시겠지요. 그러면 뺨이 벌겋게 됩니다. 이제 우선 침대에 들어가도록 하세요, 카스토르프 씨. 2, 3주 동안 침대에서 안정을 취한 뒤 깬 상태가 되는지 봐야겠습니다. 그 이상의 문제는 나중에 생각합시다. 우리는 당신의 아름다운 체내의 사진을 찍을 겁니다. 자신의 내부를 들여다보는 것도 흥미로울 겁니다. 하지만 동시에 말해 둘 게 있는데, 당신과 같은 경우는 오늘 내일에 낫는 병이 아닙니다. 광고에 나오는 성공적인 이야기나 기적 같은 치료를 믿어서는 안 됩니다. 일단은 당신이 사촌보다 더 나은 환자가 될 것 같다는 생각이 듭니다. 저기 있는 장군보다 환자로서의 재능이 더 많으니까요. 사촌은 눈금이 두세 개만 내려도 당장 이곳을 떠나려고 난리입니다. 그는 '쉬어' 하는 구령을 '차렷' 하는 구령보다 좋지 않게 여기는 것 같습니다! 조용히 쉬는 것이 시민의 첫 번째 의무이며, 성급함은 해가 될 뿐입니다. 나를 실망시키지 마세요, 카스토르프 씨, 부디 내가 사람을 잘못 본 것이 아니었으면 합니다! 그럼 그만 쉼터로 가십시오!"

이것으로 베렌스 고문관은 상담을 마쳤다. 그는 일과가 바빠서 그런지 다음 진찰까지의 휴식 시간 동안 서류를 정리하려고 책상에 가서 앉았다. 그러자 크로코프스키 박사가 자리에서 일어나 한스 카스토르프에게 다가왔다. 그는 머리를 비스듬히 뒤로 젖히며 한 손을 젊은 카스토르프의 어깨에 얹고는, 다른 손으로 그의 오른손을 잡고 흔들었다. 그러면서 입을 크게 벌리며 미소를 짓는 바람에 수염 사이로 누런 이빨이 들여다보였다.

제5장

영원한 수프와 갑작스런 광채

여기서 독자가 너무 놀라지 않도록 이야기를 끌어나가는 화자 자신이 대신 놀라는 것이 좋을 만한 현상이 있는데, 그것은 시간이다. 한스 카스토르프가 이 위의 사람들과 함께 지낸 첫 3주일(그는 이번 체류 기간을 인간적인 기대에 따라 한여름의 21일로 제한했다)에 관한 보고는 우리 자신이 어느 정도는 적절한 것으로 예상한 시간과 공간의 폭으로 이루어졌다. 반면에 이곳에서 보낸 그 다음 3주일은 처음 3주일의 보고에 필요했던 지면과 종이, 시간, 날짜만큼 그렇게 많은 행들, 말과 순간들을 요구하지 않게 될 것이다. 우리가 곧 알게 되겠지만, 다음 3주일은 우리의 시야에서 눈 깜짝할 사이에 지나가고 사라져 버리게 된다.

그러므로 이런 현상이 독자들에게 이상하게 비쳐질 수도 있을 테지만, 실은 순리적인 것이며 이야기하기와 듣기의 법칙에도 일치한다. 왜냐하면 예기치 않은 운명의 장난으로 꼼짝없이 이 위에 머물게 된 젊은 주인공 한스 카스토르프와 마찬가지로 시간이 우리에게 길어지거나 짧아지고, 또 우리의 체험에서 볼 때 시간의 폭이 넓어지거나 줄어드는 것은 순리적이며 이야기하기와 듣기의 법칙에도 일치하기 때문이다. 그리고 시간의 불가사의한 점을 고려하여 우리가 여기서 주인공과 더불어 경험하는 기묘한 일들과는 전혀 다른 놀라운 사건과 현상을 독자에게 미리 환기시키는 것이 유익할지도 모르겠다. 우리가 환자로서 침대에 누워 보내는 일련의 날들이 아무리 길다 해도 그것이 얼마나 빨리 지나가 버리는가를 모든 독자가 상기한다면 지금은 그것으로 충분하다. 똑같은 나날이 언제나 반복되지만, 언제나 똑같다고 해서 '반복'이라는 표현은 근본적으로 그리 옳은 것은 아니다. 그보다는 오히려 단조로움이나 정지된 현재,* 또는 영원이라고 말해야 할 것이다. 어제 너에게 정오의 수프가 나왔던 것처럼 오늘 똑같은 정오의 수프가 나오고, 내일도 똑같은 수프가 나올 것이다. 그리고 그와 같은 순간마다 너는 시간의 불가사의한 숨결을 느끼게 된다. ―그것이 어떻게, 어디서 오는지는 알지 못한다. 수프가 나오는 것을 보면서 너는 현기증을 느끼게 되고, 시간의 형태가 희미해지면서 서로 구분이 없어진다. 그리하여 존재의 진정한 형식으로 드러나는 것은 너에게 영원히 수프가 나오는 영원한 현재이다. 그러나 영원과 관련하여 지루하다고 말하는 것은 큰 모순일 것이다. 특히 우리의 주인공과 함께하는 동안에 우리는 이런 모순을 피하고자 한다.

한스 카스토르프는 당시에 세계 최고의 권위자인 베렌스 고문관의 지시에 따라 토요일 오후부터 침대에 누워서 지내게 되었다. 그는 가

* 토마스 만의 시간 개념에 있어서 자주 사용되는 용어로 독일어는 das stehende Jetzt, 라틴어는 nunc stans이다.

슴 부분의 주머니에 이니셜이 적힌 잠옷을 입고 양손을 머리 뒤에 포갠 채, 미국인 여자 외에도 다른 여러 사람이 죽었을 깨끗하고 흰 침대에 누워 있었다. 자신의 이상한 처지를 곰곰이 생각하면서 코감기로 흐릿해진 단순하고 푸른 눈으로 천장을 올려다보고 있었다. 만일 코감기에 걸리지 않았더라면, 그의 눈이 해맑고 밝고 명료한 눈빛이었을지는 알 수 없었다. 그럴 것이 그가 아무리 소박한 청년일지라도, 그의 현재 내적인 심정은 그렇게 소박하기는커녕 몹시 흐릿하고 혼란하고 불분명하고 의심스러웠기 때문이다. 이렇게 침대에 누워 있으면 미칠 듯이 내부에서 솟구치는 승리의 웃음이 이내 가슴을 뒤흔들었고, 이제까지 전혀 알지 못하던 방종한 기쁨과 희망으로 심장이 멎어 버릴 것처럼 고통스러웠다. 그러다가는 금방 공포와 불안 때문에 그의 얼굴은 다시 창백해지고, 심장이 빠르게 뛰면서 갈빗대를 마구 두드렸는데, 그것은 다름 아닌 양심의 고동이었다.

요아힘은 첫날에는 그를 조용히 내버려 두고 할 말이 있어도 일체 피했다. 두어 번 병실에 조심스럽게 들어와 보고는 누워 있는 환자에게 고개를 끄덕여 보이고, 무엇인가 필요한 것이 없는지 자상하게 물어보았다. 더구나 무슨 말이든 피하고 싶은 사촌의 심정을 이해하고 존중하는 것이 이런 일을 경험한 요아힘에게는 그리 어려운 일이 아니었다. 그는 자신이 한스 카스토르프보다 훨씬 더 괴로운 처지라고 생각하고 있었다.

그러나 일요일 오전에 전처럼 혼자서 아침 산책을 마치고 돌아온 요아힘은 지금 당장 필요한 일에 대해 사촌과 상의하는 것을 더는 미루지 않았다. 그는 사촌의 침대 곁에 서서 한숨을 쉬며 말했다.

"그래, 걱정한들 무슨 소용이겠어, 이제는 뭔가 조치를 취해야지. 집에서 너를 기다리고 있잖아."

"아직은 아니야." 한스 카스토르프가 대답했다.

"그래, 하지만 며칠 지나 수요일이나 목요일이 되면 기다리겠지."

그러자 카스토르프가 다시 대꾸했다. "아니, 오늘 내일 하며 기다리는 것은 아니야. 그들은 내가 돌아올 때까지 날짜를 세면서 나를 기다릴 만큼 한가하지 않아. 내가 돌아가면, 그래 그런가보다 할 거야. 티나펠 외종조부는 '돌아왔구나!' 할 거고, 야메스 외삼촌은 '그래, 잘 다녀왔니?' 하겠지. 그리고 내가 돌아가지 않아도 오래 지나서야 그걸 깨닫게 될 거야. 그건 분명해. 물론 이곳 일을 곧 알려줘야만 하겠지…."

"너도 알겠지." 요아힘은 이렇게 말하며 다시 한숨을 쉬었다. "이 일로 내 마음이 얼마나 불편한지! 이제 어떡해야 하나? 물론 나는 책임 같은 것을 느끼고 있어. 너는 나를 문병하러 이곳에 왔잖아. 내가 너를 이 위로 불러들여 꼭 잡아둔 셈이야. 언제나 다시 빠져 나가 직장에 다닐 수 있을지 아무도 몰라. 그걸 생각하면 내 마음이 너무 아프다는 걸 알아줬으면 좋겠어."

"그만!" 한스 카스토르프는 아직도 두 손을 머리 뒤로 포갠 채 말했다. "왜 그렇게 머리를 싸매고 번민하는 거야? 그럴 것 없어. 내가 문병하러 여기 왔다고? 물론 그렇기도 하지만, 무엇보다 하이데킨트 박사의 지시로 결국은 휴양하러 온 거지. 그런데 하이데킨트 박사와 우리 모두가 생각했던 것 이상으로 내게 휴양이 필요하다는 사실이 이제 밝혀진 것뿐이야. 이곳에 잠깐 다니러 왔다가 상황이 달라진 예는 내가 처음도 아니고 말이야. 예컨대 '둘 다'의 둘째 아들을 생각해 봐. 그리고 그는 나와는 완전히 달리 너무 비참했잖아. 그가 아직 살아 있는지, 어쩌면 우리가 식사하는 동안 어디로 실려 나갔는지 모르지만 말이야. 내가 몸이 좀 안 좋다는 것은 나에게도 뜻밖이야. 이제까지처럼 여기에 손님으로서가 아니라, 너희와 같은 환자의 한 사람으로 느끼도록 해야겠지. 그리고 나로서도 그렇게 놀라운 일만은 아니야. 이제껏 내 몸이 아주 건강하다고 느낀 적은 한 번도 없었기 때문이야. 그리고 부모님이 그렇게 일찍 돌아가신 것을 생각하면, 건강을 바라는 게 이상한 거지! 지금이야 거의 다 나아가지만, 너에게도 약간의 결함이 있다는 것을 우리 모두 속일 수는 없어. 그러니까 우리의 혈통에 조금은 허약한 점이 있는지도 몰라, 적어도 베렌스는 그런 말을 했었잖아. 아무튼 나는 어제부터 이렇게 누워서 과연 그동안 어떤 기분으로 지냈는지 곰곰이 생각해 보았지. 뭔가 전반적인 것, 그러니까 인생에 대해 그리고 그 요구에 대해 어떤 자세로 살아 왔는지 말이야. 나의 본성에는 뭔가 진지한 성향과 거칠고 시끄러운 것을 혐오하는 경향이 언제나 공존해 있었지. 우리 둘이 이 점에 대해 얼마 전에 대화를 나눈 적도 있었잖아. 그런데 가끔은 슬프고 엄숙한 것에 대한 관심이 있어서 그런지 성직자가 되고 싶기도 해. 이를테면 관을 덮는 검은 천이라든가, 너도 알다시피 은으로 된 십자가, 아울러 '평화롭게 쉬소서'라는 기도문, 나는 이런 것이 정말 마음에 들어. '만세' 따위의 요란한 구호보다 훨씬 더 공감이 간단 말이야. 이 모든 것이 나 자신에게 결함이 있고, 처음부터 병과 친숙해서 그런 것 같다는 생각이 들거든. 이번 기회에 알게 된 사실이지. 그렇다면 내가 여기에 올라와 진찰을 받게 된 것이 오히려 운이 좋다고 말할 수 있지. 그러니 너는 조금도 자책할 필요가 없어. 너도 들었잖아. 내가 평지에서 한동안 이런 몸으로 생활했더라면, 나의 폐엽이 전혀 쓸모없게 되었을지도 모른다는 것 말이야."

"그야 모를 일이지!" 요아힘이 말했다. "그건 결코 알 수 없는 일이야!

전에도 이미 너에게 흉터가 있었다지만 아무도 모르는 사이에 저절로 치유되었고, 그래서 지금은 별것 아닌 탁음만 좀 들리는 것뿐이야. 지금 네가 가지고 있다는 침윤된 부분도, 네가 우연히 내가 있는 이곳에 올라오지 않았더라면 아마 저절로 사라져 버렸을지도 몰라. 아무도 그건 알 수 없어!"

"그래. 아무도 그건 알 수 없는 일이지" 하고 한스 카스토르프가 대답했다. "그래서 최악의 경우를 미리 예측할 필요도 없는 거야. 예컨대 내가 이곳에 얼마나 머물지에 대해서도 말이야. 너는 내가 언제 이곳을 빠져나가 조선소에 들어가게 될지 아무도 모른다고 했지만, 그건 비관적인 의미에서 한 말이잖아. 나는 그 말이 너무 성급하다고 생각해. 사실 어떻게 될지 알 수 없잖아. 베렌스는 기한을 말하지 않았지만, 그는 신중한 사람이라서 예언자의 흉내를 내지 않은 거야. 아직 뢴트겐 투시와 촬영을 하지 않았어, 그걸 하고 나서야 몸 상태가 객관적으로 확실하게 밝혀질 거야. 그때 가서 이렇다 할 사항이 밝혀질 것인지, 또는 그 전에 열이 내려가 너희와 작별하게 될지 누가 알겠어. 나는 자세한 사정도 모르면서 지레 아는 척하면서 집에다가 큰일이나 난 듯이 떠들어댈 필요는 없다고 생각해. 사정을 보아 가며 편지를 써도 충분해. 일어나 앉으면 이 만년필로 내가 직접 쓰면 되는 거야. 심한 감기로 열이 있고, 지금은 침대에 누워 있어서 당분간 집에 갈 수 없다고 말이야. 다음 일이야 그때 가서 생각하면 되는 거지."

"좋아, 그럼 당분간은 그렇게 해. 그리고 다른 일이 있는데 그것도 좀 기다리자고."

"다른 일이라니?"

"원 참, 이렇게 생각이 없다니! 너는 여행용 가방 하나만 들고 3주일 예정으로 이곳에 왔어. 그러니 속옷, 셔츠나 바지, 겨울옷 등도 필요하잖아. 그리고 신발도 더 필요할 테고. 결국 돈도 보내 달라고 해야겠지."

"만일" 하고 한스 카스토르프가 말했다. 이 모든 게 필요하다면 그래야지."

"좋아, 기다려 보기로 하지. 그러나 우리가…, 아니야." 요아힘은 이렇게 말하고는 방안을 이리저리 오갔다. "착각은 하지 말자! 내가 이곳에 오래 있어서 사정을 잘 알아. 베렌스가 소음에 가까운 거친 부위가 있다고 말한다면… 그러나 어쨌든 지켜보자!"

이번에는 이 정도로 대화가 끝났다. 우선 평범한 나날의 1주일과 2주일의 변화(연주회)가 정확하게 찾아왔다. 한스 카스토르프는 이런 처지에 있으면서도 그 변화에 참석했다. 직접 참석하여 즐긴 것은 아니었지만, 요아힘이 그를 찾아와 15분 동안 침대 모서리에 앉아서 알려준 소식을 통하여 이야기를 전해 들었다.

일요일 아침에 그의 식사를 담은 쟁반에는 작은 꽃병이 장식되어 있었고, 그날 조리되어 나온 쿠키도 빠짐없이 준비되어 있었다. 그런 뒤 식당 아래편 정원과 테라스가 활기를 띠면서 트럼펫과 콧소리 비슷한 클라리넷의 연주와 함께 2주일마다 열리는 일요일 연주회가 시작되었다. 요아힘은 사촌의 방에 찾아와 발코니로 나가는 문을 열어 놓고 음악을 들었다. 한편 한스 카스토르프는 침대에서 반쯤 일어나 머리를 옆으로 기울인 채 들려오는 화음에 귀를 기울였다. 그의 눈은 음악에 대한 애정과 경건한 빛을 띠며 흐려져 있었다. 그러면서 음악을 '정치적으로 의심스럽다'고 말한 세템브리니의 허풍스런 말을 생각하면서 속으로 어깨를 으쓱하지 않을 수 없었다.

그런데 앞서 말한 바와 같이 그는 이날 벌어진 일들의 동향과 행사에 대해 요아힘으로부터 소식을 들었다. 그는 일요일에 누가 화려한 복장을 하고 왔는지, 누가 레이스 달린 실내복이나 그와 유사한 것을 입고 왔는지, (실내복을 입기에는 너무 추웠다) 또 오후에 마차 드라이브를 한 사람이 있었는지도 (실제로 '반폐 클럽' 회원들이 클라바델로 산책을 나갔다는 것이다) 물어 보았다. 그리고 월요일에는 요아힘이 크로코프스키 박사의 강연을 듣고 돌아와 정오의 안정 요양에 들어가기 전에 들렀을 때, 그는 사촌에게 박사의 강연 내용을 들려달라고 부탁했다. 그러자 요아힘은 입을 잘 안 열면서 강연에 대해 이야기하기를 꺼려했다.—지난번 강연에 대해서도 두 사람은 대화를 나누지 않았었다. 그런데도 한스 카스토르프는 자세한 내용을 들려달라고 고집을 부렸다. "나는 이곳에 누워 있지만 돈은 전부 내고 있어. 그러니 나도 제공되는 것은 뭐든 좀 누려야겠어." 그는 2주일 전에 혼자서 산책을 나갔다가 안 좋았던 월요일의 기억을 떠올리고는, 그의 신체에 혁명적인 작용을 하여 조용히 잠복해 있던 병을 촉발시킨 원인이 바로 그 산책일 것이라며 자신의 짐작을 요아힘에게 언급했다.

그러더니 그는 갑자기 목청을 높였다. "그런데 산책하다 만난 사람들이 말하는 것을 들으니까, 평범한 서민들인데 품위가 있고 위엄이 있어. 때로는 시처럼 들리더라니까. '그럼, 안녕히, 고마웠네!'" 그는 나무꾼의 말투를 흉내 내면서 이렇게 따라 했다. "이런 작별의 말을 숲속에서 들었는데, 평생 잊지 못할 거야. 그런 말투는 다른 인상이나 추억과 연결되면서 평생 귓가에 남아 있을 것 같아. 그런데 말이야, 크로코프스키 박사는 이번에도 '사랑'에 대해 말했나?" 그는 이렇게 물으며 사랑이라는 말을 할 때 안면을 찌푸렸다.

"당연하잖아." 요아힘이 말했다. "그것 말고 무슨 이야기를 하겠어. 그게 그의 주제인걸."

"오늘은 대체 어떤 말을 했는데?"

"아, 뭐 특별한 것은 없었어. 지난번에 그가 말하는 것을 들었으니 너도 알 것 같은데."

"그래도 새로운 이야기는 없었어?"

"뭐 별로… 그래, 오늘 들려준 것은 순수 화학 강연이었어." 요아힘은 잠시 망설이다가 강연 내용을 이야기하기 시작했다. 크로코프스키 박사는 일종의 중독에 관해 언급하면서 '이럴 때' 유기체의 자기 중독이 일어난다는 거야. 즉, 몸속에 퍼져 있는, 아직 알려지지 않은 어떤 물질이 분해되면서 중독이 일어난다. 그리고 이러한 분해과정의 산물이 어떤 척수 중추 신경계에 도취 작용을 일으키는데, 그것은 모르핀이나 코카인 등 낯선 독소를 습관적으로 복용할 때 생기는 현상과 다르지 않다는 것이지.

"그래서 뺨이 얼얼해지는 거군!" 한스 카스토르프가 말했다. "그것 봐, 들을 만한 강연이잖아. 그 사람은 모르는 게 없어. 지식을 숟가락으로 떠먹었나 봐. 두고 봐, 그 사람이 어느 날 너의 몸 전체에 퍼져 있는 알려지지 않은 물질을 찾아낼 테니까. 그리고 중추 신경에 도취작용을 일으키는 가용성 독소를 만들어낼 거야. 그러면 그는 사람들을 특수한 방식으로 취하게 만들 수 있지. 어쩌면 옛날에도 그런 것이 가능했는지 몰라. 그의 말을 들어 보면 옛날 설화집에서 말하는 사랑의 묘약이나 그런 것에 관한 이야기가 참말일 수도 있다는 생각이 들어… 벌써 가려고?"

"응." 요아힘이 대답했다 "나는 무조건 좀 누워야겠어. 어제부터 체온이 올라가기 시작했거든. 너의 일이 나에게 좀 압박감을 주었나봐."

이런 식으로 일요일과 월요일이 지나갔다. 이렇게 한스 카스토르프에게 '헛간' 체류의 사흘째가 밝았는데, 이날은 아무 특징 없는 평범한 화요일이었다. 그러나 화요일은 그가 이 위에 도착한 날이었으므로, 이제 이곳에 온 지 꼭 3주일이 된 셈이었다. 그래서 그는 집에 편지를 써서 적어도 외삼촌들에게는 대충 자신의 최근 사정을 알려야만 할 것 같았다. 그는 깃털 이불을 등에 대고 요양원의 편지지에다 자신의 출발이 예정과는 달리 연기되었다고 썼다. 그는 열 감기로 누워 있는데, 베렌스 고문관은 너무 양심적인 사람이라서 그런지 이를 가볍게 처리하려 하지 않는다. 감기가 편지 쓰는 당사자의 체질과 관련이 있다고 보기 때문이다. 그럴 것이 원장은 처음 만났을 때 이미 심한 빈혈이 있는 것을 알아챘기 때문이다. 요컨대 권위자의 입장에서 볼 때 휴양기간을 충분한 것으로 보지 않는 것 같으며, 차후의 일은 되도록 빨리 알려 주겠다. 한스 카스토르프는 이렇게 편지를 쓰면서 이 정도면 괜찮겠지 하고 생각했다. 여기에는 덧붙일 말도 없고, 어쨌든 한동안은 문제가 없을 것이라고 생각했다. 그는 편지를 요양원 사환에게 주었고, 사환은 우편함에 넣어 시간이 지체되지 않도록 직접 다음 정기 열차 편으로 보냈다.

이렇게 하자 우리의 모험가는 많은 것이 정리된 것 같았다. 기침과 코감기로 머리가 멍해져 고통스럽기는 했지만, 홀가분한 기분으로 하루를 기대하면서 보냈다. 그가 보내는 하루는 작은 부분으로 다양하게 나누어져 있어도 아주 단조로워서 재미있지도 지루하지도 않은 항상 똑같은 평범한 나날이었다. 아침에는 마사지사가 힘차게 문을 두드리며 방으로 들어왔다. 투르헤어라는 이름을 가진 근육질 사내는 셔츠의 소매를 걷어 올리면 팔뚝에 혈관이 튀어나왔고, 말을 할 때면 목에서 컬컬한 목소리가 나왔다. 그는 모든 환자들과 마찬가지로 한스 카스토르프를 방 번호로 부르고는, 알코올로 그의 몸을 닦아 주었다. 그가 나가고 난 뒤 얼마 안 되어 요아힘이 운동복 차림으로 나타나 그에게 아침 인사를 했다. 요아힘은 사촌의 아침 7시의 체온을 묻고는 자신의 체온을 알려 주었다. 그가 아래로 내려가 아침 식사를 하는 동안, 카스토르프는 깃털 이불을 등에 대고 생활의 변화로 말미암아 왕성해진 식욕으로 아침을 먹었다. 이 시간이면 식당을 지나 침대에 누워 지내는 환자와 위독한 환자를 회진하러 다니는 의사들이 잰 걸음으로 아주 사무적으로 급히 들이닥쳐도 그는 태연하게 반응했다. 그는 통조림 과일을 입에 가득 채우고 '잘' 잤다고 보고했다. 고문관이 중앙에 놓인 탁자 위에 주먹을 짚고 그 위에 있는 체온표를 검토할 때면, 그는 찻잔 너머로 그를 지켜보다가 의사들이 물러가면서 인사를 해도 담담하게 천천히 응수했다. 의사들이 나가면 그는 담배에 불을 붙이고 언제 나갔는지도 모르는 사이에 아침 산책을 하고 돌아오는 사촌의 모습을 바라보았다. 두 사촌은 다시 이런저런 이야기를 주고받았다. 그런데 두 번째 아침 식사 때까지의 시간은 ―요아힘은 그사이에 안정 요양을 했다― 머릿속이 텅 빈 바보나 정신적으로 빈약한 사람조차도 지루함을 느끼지 못할 만큼 너무 짧았다. 반면에 한스 카스토르프는 이 위에 온 첫 3주일 동안의 인상에 대해 곱씹어볼 것이 많았고, 그의 현재의 처지와 앞으로 어떻게 될 것인가에 대해서도 마음속으로 생각할 것이 많았다. 그러다 보니 요양원 도서관에서 빌려와 탁자 위에 놓아둔 두 권짜리 두툼한 그림 잡지는 거의 들여다볼 틈이 없었다.

요아힘이 다보스 플라츠로 두 번째 산책을 다녀오는 데도 앞서와 마찬가지로 한 시간쯤 걸렸다. 산책을 마친 뒤 요아힘은 다시 한스 카스토르프의 방에 들러 침대 옆에 한동안 서 있거나 앉은 채 산책 중에 눈에 띈 것들에 대해 이야기를 하고는 정오의 안정 요양에 들어갔다. 얼마나 걸렸을까? 이것도 다시 한 시간쯤 걸렸다! 양손을 뒷머리에 포개고 잠시 천장을 쳐다보며 어떤 생각에 골몰하다보면 어느새 공이 울렸다. 침대에 누워 지내는 사람과 위독한 환자를 제외하고는 모두 식사할 준비를 하라고 재촉하는 소리였다.

요아힘이 식사하러 나가면 병실에는 '정오의 수프'가 운반되어 왔다. 나온 음식에 비하면 정오의 수프라는 이름은 단지 상징적일 뿐이었다. 한스 카스토르프에게는 환자식이 나오지 않았기 때문이다. 무슨 이유로 환자식을 받아야 하겠는가? 그의 상태로는 결코 환자식이나 절식을 받을 필요가 없었다. 그는 침대에 누워 있지만, 지불할 돈은 모두 지불하고 있었다. 그리고 정지된 현재의 시간에 그에게 운반되어 온 것은 '정오의 수프'가 아니라 한 가지도 빠지지 않은 베르크호프 식당의 여섯 가지 정식이었다. 평일에도 음식이 풍성했지만, 일요일에는 유럽의 각국 요리에 정통한 주방장이 요양원의 고급스런 호텔식 주방에서 준비한 호화로운 진수성찬이 나왔다. 침대에 누워 지내는 환자 담당의 식당 아가씨가 니켈로 도금한 오목한 뚜껑이 달린 커다란 냄비에 식사를 한스 카스토르프에게 가져왔다. 그녀는 병원에서 사용하는 식탁, 즉 다리 하나로 균형을 잡고 서 있는 기적의 식탁을 침대 위로 비스듬히 그의 앞으로 밀었고, 그러면 그는 마술 식탁•에 앉은 재단사의 아들처럼 식사를 즐겼다.

• 음식을 차려라 하고 주문을 외우면 음식이 차려지는 식탁.

그가 식사를 마치자마자, 요아힘도 식당에서 돌아와 자신의 발코니로 갔다. 베르크호프 요양원이 안정 요양의 고요 속에 잠길 때면 대략 2시 30분이 되었다. 아직 2시 30분까지는 안 되고, 정확히 말하면 2시 15분쯤 되었다고 할 수 있었다. 그러나 시간 계산을 넉넉하게 하는 경우, 예컨대 여행길에 올라 장시간 기차 여행을 하거나 그 밖에 시간을 보내고 메우는 일에 온갖 노력과 힘을 쏟으며 공허하게 기다리는 상태에서는 완전한 단위가 아닌 이런 여분의 15분은 계산에 포함되지 않고 무시되기 십상이다. 2시가 지난 15분 ㅡ그것은 2시 30분으로 통용될 수 있다. 그러면 벌써 3이라는 숫자가 작용을 하고 있으므로 3시라고 해도 정말 상관없을지 모른다. 30분이라는 시간은 3시에서 4시까지의 서막으로 이해되어 마음속에서 제거되어 버린다. 바로 시간을 넉넉하게 계산하는 상황에서는 시간이 이런 식으로 처리되는 것이다. 그리고 이렇게 하여 정오의 안정 요양 시간도 결국 다시 1시간으로 축소되어 버렸다. 더구나 그 1시간도 끝이 줄어들고 잘려나가 마치 생략 부호처럼 처리되었다. 그 생략 부호를 대신하여 찾아오는 사람이 크로코프스키 박사였다.

그렇다, 크로코프스키 박사는 오후 회진 시간에 한스 카스토르프를 더 이상 빠트리지 않게 되었다. 그는 이제 회진 대상자로 포함되면서 더는 손님도 환자도 아닌 인물이 아니라 정식으로 환자가 되었다. 그는 환자로서 질문을 받았고, 따로 취급받지 않게 되었다. 그동안 이방인 취급을 받으면 그럴 때마다 조금은 은근히 화가 나기도 했었다. 크로코프스키 박사가 처음으로 한스 카스토르프의 방에 출현한 것은 월요일이었다. '출현하다'라고 표현하는 이유는 그것이 괴상하고 심지어는 좀 무서운 인상을 표현하는 데 적합한 말로서, 당시에 한스 카스토르프는 이런 인상을 물리칠 수가 없었기 때문이다. 그가 누워서 반쯤 졸거나 살짝 잠이 들었는데, 조수가 병실 문을 열고 들어오는 것이 아니라 바깥쪽에서 그를 향해 걸어오는 것을 보고 깜짝 놀랐다. 그는 복도를 통해서가 아니라 발코니를 따라 회진하다가 열려 있는 발코니 문으로 들어오는 바람에, 그가 마치 하늘에서 내려온 것 같은 착각을 지울 수가 없었던 것이다. 아무튼 시간의 생략 부호를 대신하는 크로코프스키 박사는 검은 머리에 창백한 얼굴, 넓은 어깨와 건장한 모습으로 한스의 침대 앞에 서 있었다. 그가 미소를 지을 때면 수염 사이로 단단하고 누런 이빨이 들여다보였다.

"나를 보고 꽤나 놀란 모양이군요, 카스토르프 씨." 그는 바리톤의 부드러운 음성으로 길고 느릿하게 점잔을 빼면서 입천장소리 r을 외국인처럼 발음했다. 그렇지만 그는 혀를 굴리지 않고 위쪽 앞니 바로 뒤를 혀로 한 번만 치면서 r 소리를 만들어냈다. "내가 이제 당신 방에 찾아와 건강상태를 점검한다면, 그건 나의 즐거운 의무 이행일 따름입니다. 당신과 우리의 관계가 새로운 국면에 접어들어 하룻밤 사이에 손님에서 동지가 되었습니다. (동지라는 말이 한스 카스토르프를 좀 불안하게 했다.) 이렇게 될 줄이야 누가 알았겠습니까!" 크로코프스키 박사는 동지답게 농담까지 건넸다. "내가 당신을 처음 만나 인사를 나누던 그날 저녁에는 누가 이런 날을 생각이나 했겠습니까. 나의 잘못된 견해에 ―당시에는 잘못된 견해였지요― 대하여 당신은 완전히 건강하다고 반박을 하던 그날 저녁 말입니다. 나는 당시에 의심스럽다고 말한 것으로 기억합니다만, 그러나 나는 그런 의미에서 한 말은 절대로 아니었습니다! 나는 스스로의 능력 이상으로 통찰력이 있다고 자처하려는 것은 아니었고, 또 당시에는 침윤된 부분 같은 것은 생각하지도 않았습니다. 나는 다른 의미, 그러니까 좀 더 일반적이고 철학적으로 말한 것뿐이었지요. 나는 '인간'과 '완전한 건강'이 과연 서로 어울리는 개념인지 의심을 표현한 겁니다. 하지만 진찰 결과가 나온 현재에도 같은 생각입니다. 나의 존경하는 원장 선생님과는 달리 이 침윤된 자리는…." 이렇게 말하면서 그는 손가락 끝으로 한스 카스토르프의 어깨를 가볍게 어루만졌다. "나의 중요한 관심사가 아닙니다. 그건 나에게 2차적 현상입니다. 유기체적인 것은 언제나 2차적…."

한스 카스토르프는 놀라서 몸을 움찔거렸다.

"그러므로 내가 볼 때 당신의 카타르는 3차적인 현상입니다." 크로코프스키 박사는 아주 가벼운 어조로 덧붙여 말했다. "그럼 그것은 어떤 것일까요? 나의 관점으로는 그런 정도는 침대에 누워 있으면 금방 나을 겁니다. 오늘 검온은 어땠습니까?" 이때부터 조수의 방문은 그럭저럭 도움이 되는 일반 회진의 성격을 띠게 되었고, 그것은 그 다음 날과 다음 주에도 지속적으로 이루어졌다. 크로코프스키 박사는 3시 45분이나 이보다 조금 전에 발코니를 통해 방으로 들어와 씩씩하고 명랑하게 인사를 하곤 했다. 그는 의사로서 아주 간단하게 질문하고는 짧고 개인적인 잡담을 나누기도 하고, 동지답게 농담을 던지기도 했다. 이 모든 것에 의심스런 구석이 없는 것은 아니었지만, 이것도 도를 넘지만 않으면 결국 거기에 익숙해지는 법이어서, 카스토르프는 크로코프스키 박사가 정기적으로 나타나는 것에 더는 반감을 품지 않게 되었다. 이런 일은 이제 항상 반복되는 평일의 일과에 속했고, 정오의 안정 요양 시간에 생략부호를 찍게 되었다.

크로코프스키 박사가 발코니 문으로 되돌아 나갈 때면 4시가 되었고, —갑자기 의식하지 못하는 사이에 늦은 오후가 되었다— 그러다가 어느새 저녁 무렵이 다가오곤 했다. 아래 식당과 34호실에서 차를 마시는 동안 5시가 가까워졌고, 요아힘이 세 번째 산책에서 돌아와 사촌의 방을 찾아올 무렵이면 6시가 되었다. 그래서 저녁 식사 때까지의 안정 요양은 약간 너그럽게 계산하면 다시 1시간으로 줄어들었다. 그것은 머릿속으로 어떤 생각을 하거나, 탁자에 세계 화보집이라도 가지고 있는 사람에게는 장난하듯 간단히 치워버릴 수 있는 시간 양이었다.

요아힘은 저녁 식사를 위해 사촌과 헤어졌다. 한스 카스토르프에게는 식사가 방으로 직접 운반되어 들어왔다. 골짜기는 벌써 그늘에 덮여 있었고, 한스가 식사하는 동안 하얀 실내는 눈에 띄게 어두워졌다. 그는 식사를 끝낸 뒤에도 새털 이불에 몸을 기대고, 다 먹은 저 마술 식탁 앞에 앉아 빠르게 저무는 황혼, 어제도 그제도 1주일 전에도 거의 변함이 없는 오늘의 황혼을 바라보았다. 얼마 전만 해도 아침인 것 같았는데 벌써 저녁이 되었다. 잘게 나누어지고 인위적으로 지루함이 없도록 만들어진 하루는 그에게서 문자 그대로 산산 조각나고 사라져 버렸다. 그는 이에 대해 놀라면서도 기분 좋은 느낌을 가졌고, 때로는 어쨌든 명상적인 분위기에 사로잡혔다. 그의 연배에 이런 것에 두려움을 갖는다는 것은 아직 생소했기 때문이다. 그는 '언제나 똑같은' 것을 바라보고 있는 것 같았다.

한스 카스토르프가 침대에 누워 지낸 지 10일 아니면 12일이 되었을 어느 날 해질 무렵, 그러니까 요아힘이 저녁 식사와 사교 모임에서 아직 돌아오지 않았을 때, 방문을 두드리는 소리가 들려왔다. 카스토르프는 이상하게 생각하며 들어오라고 하자 로도비코 세템브리니가 문지방에 서 있었고, 이와 동시에 방 안이 갑자기 눈부시게 밝아지는 것이었다. 방문자가 들어오면서 문이 채 닫히기도 전에 먼저 천장의 등을 켰기 때문이다. 그러자 하얗게 칠해진 천장과 가구가 빛을 반사하였고, 실내는 순식간에 어른어른 떨리면서 밝은 빛으로 가득 찼다.

이 이탈리아인은 요즈음 한스 카스토르프가 요양객들 가운데 요아힘을 통해 명확히 안부를 물어 본 유일한 인물이었다. 그렇지 않아도 요아힘은 사촌의 침대 끝에 앉거나 그의 옆에 서자마자 —하루에 열 번쯤 이렇게 했다— 요양원의 하루 일과에서 벌어지는 자질구레한 일과 변화들에 대해 10분 정도는 보고하곤 했다. 그런데 카스토르프의 질문은 좀 더 일반적이고 비개인적인 성격의 것들이었다. 홀로 있는 자의 호기심은 예컨대 새로 온 손님이 있는지, 또는 친밀한 인물 중에 이곳을 퇴원한 사람이 있는지를 알고 싶어 했다. 새로 온 사람은 있을 때 그는 만족스러워 하는 것 같았다. '신참' 하나가 왔는데, 젊은 남자인 그는 얼굴이 창백하고 뺨이 쑥 들어가 있었다. 그는 사촌들 식탁의 바로 오른쪽에 있는 상앗빛의 레비와 일티스 부인의 식탁에 자리를 얻었다. 이제 카스토르프는 곧 그를 직접 볼 수 있을 것이다. "그렇다면 이곳을 퇴원한 사람이 아무도 없다는 거야?" 하고 한스가 물었다. 요아힘은 눈을 내리깔고 그런 사람은 없다고 짧게 말했다. 이런 질문이 반복되자 요아힘은 마침내 다소 짜증 섞인 목소리로 자신이 아는 한 퇴원한 사람은 아무도 없으며, 이곳에서는 그렇게 쉽게 퇴원하는 일은 없다고 단호하게 말했다. 그럼에도 그는 이런 질문에 여러 차례, 사실 이틀에 한 번쯤은 대답해야만 했다.

세템브리니에 관한 한, 한스 카스토르프는 개인적 관심사에 따라 그의 안부를 요아힘에게 물어 보면서 세템브리니가 '이에 대해 뭐라고 말했는지' 알고 싶어 했다. 그러자 요아힘이 반문했다. "뭐에 대해?" 한스 카스토르프가 말했다. "내가 이렇게 병에 걸려 누워 있는 것 말이야."

실제로 세템브리니는 몇 마디 안 되지만 자신의 생각을 피력했다고 한다. 그는 한스 카스토르프가 안 보이자 바로 요아힘에게 다가와 손님의 소재에 대해 물으면서, 카스토르프가 이곳을 떠났다는 대답을 들으려니 하고 있었다. 요아힘의 설명에 그는 두 마디의 이탈리아 말로 대답했다. 먼저 그는 '에코'라고 말했고, 다음에는 '포베레토'라고 말했다. 이 말의 의미는 '이런'과 '불쌍해라'였다. 두 청년의 짧은 이탈리아어 지식으로도 이 말의 뜻을 이해할 수는 있었다. "어째서 불쌍하다는 거야?" 한스 카스토르프가 말했다 "그 자신도 인문주의와 정치로 이루어진 문학을 운운하지만 이 위에 틀어박혀 현세의 실생활에 도움을 별로 주지 못하면서 말이야. 그러면서 위에서 내려다보듯 나를 동정해서는 안 되지. 그래도 내가 그보다는 더 일찍 평지로 가게 될 텐데."

이제 바로 그 세템브리니가 갑자기 환해진 방에 서 있었다. 팔꿈치를 괸 채 문 쪽을 바라보던 한스 카스토르프는 눈동자를 깜박거리다가 그의 정체를 알아채고는 얼굴을 붉혔다. 언제나 그렇듯이 세템브리니는 다소 낡은 칼라에 깃이 커다란 두터운 상의와 줄무늬 바지를 입고 있었다. 그는 식사를 마치고 오는 길이었기에 습관대로 입술 사이에 이쑤시개를 물고 있었다. 콧수염이 멋지게 치켜 올라간 그의 입가는 전부터 알고 있듯이 우아하고 냉정하며 비판적인 미소를 머금고 있었다.

"안녕하십니까, 엔지니어 양반! 이렇게 찾아와도 괜찮겠지요? 내가 보기엔 환한 빛이 필요할 것 같아서요. 내 마음대로 이러는 걸 용서하십시오!" 그는 이렇게 말하며 조그만 손을 빠르게 천장의 전등을 향해 치켜 올렸다. "명상 중인 모양이군요. 방해할 생각은 아니랍니다. 당신의 경우에 생각에 잠기곤 하는 경향은 내게 충분히 이해가 됩니다. 그리고 이야기를 나눌 사촌이 있으니 나 같은 사람은 분명히 필요 없겠지요. 그렇기는 해도 우리는 이렇게 좁은 공간에서 인간 대 인간으로 서로 관심을 주고받으며 한데 어울려 살아가고 있지요. 정신적이며 가슴에서 우러나는 관심을 갖고서 말입니다… 당신을 보지 못한 지 1주일은 족히 되는 것 같습니다. 저 아래 레펙토리움•에 당신의 자리가 비어 있는 것을 보고 당신이 이곳을 떠났다고 생각했답니다. 소위님이 나의 낙관적인 생각을, 흠, 무례하게 들릴지 모르겠지만, 그리 좋지 않은 쪽으로 바로잡아 주었습니다. 그건 그렇고 몸은 어떤가요? 어떻게 지내십니까? 기분은 어때요? 너무 의기소침한 것은 아니겠지요?"

"아, 세템브리니 씨! 찾아와 주셔서 감사합니다. 하, 하, 레펙토리움이라고요? 방금 위트 있는 말씀을 하셨습니다. 자, 의자에 앉으세요. 조금도 방해되지 않습니다. 나는 이렇게 누워서 생각에 잠겨 있었거든요. 아니, 생각에 잠긴다는 말은 지나친 말입니다. 나는 그저 게을러서 전등불도 안 켜고 있었던 겁니다. 정말 고맙습니다. 주관적인 생각입니다만 내가 볼 땐 정상이나 마찬가지입니다. 침대에 가만히 누워 지내다 보니 코감기는 거의 다 없어졌지만, 그건 의학적으로는 부차적인 현상이라고 합니다. 체온은 여전히 정상이 아니라서 때로는 37.5도가, 때로는 37.7도가 되기도 합니다. 이런 점은 요즘도 변하지 않습니다."

"정기적으로 체온은 재고 있나요?"

"네, 하루에 여섯 번이요. 이 위에 있는 모든 사람들처럼 말입니다. 하하, 용서하세요, 선생께서 우리의 식당을 레펙토리움이라고 부른 것에 대해 웃지 않을 수가 없군요. 수도원에서 식당을 그렇게 부르지 않

• 성당이나 수도원의 식당.

나요? 여기도 정말 그런 점이 있네요. 나는 아직 수도원에 가 본적은 없지만, 이곳과 유사할 거라는 생각이 듭니다. 나는 벌써 '규칙'도 꿰고 앉아서 그걸 아주 엄밀하게 준수하고 있습니다."

"경건한 수도사 같군요. 수도사 훈련도 끝났으니 서원(誓願)도 마친 셈입니다. 정말 축하합니다. 게다가 당신은 벌써 '우리의 식당'이라고 말했습니다. 그러고 보니 당신의 남성적 품위를 떨어뜨리려는 것은 아닙니다만, 당신은 수도사보다는 오히려 젊은 수녀를 떠올리게 합니다. 머리칼을 막 잘라 버린, 순교자의 커다란 눈을 가진 그리스도의 순결한 신부 말입니다. 나는 전에 때때로 그런 어린 양을 볼 때마다… 어떤 감상적인 느낌을 금할 수 없었습니다. 아, 그래, 그래요, 당신의 사촌이 모두 이야기해 주었습니다. 그러니까 떠나기 바로 직전에 진찰을 받았다고요."

"그때 열이 있었지요. 하지만 세템브리니 씨, 그 정도의 감기라면 평지에서는 주치의에게 갔었을 겁니다. 그런데 전문의가 둘이나 있는 이 계통에서는 알아주는 곳에 와 있으니, 진찰을 안 받는다면 우스운 일이지요."

"그렇군요, 무슨 말인지 알겠습니다. 그러니까 당신은 의사가 시키기도 전에 검온을 했단 말이군요. 물론 그렇게 하라고 권고를 받았겠지요. 체온계를 밀렌동크가 찔러 주던가요?"

"찔러 주다니요? 필요성이 있어서 그녀에게서 하나 구입했습니다."

"알겠습니다. 논박할 것이 없는 거래였군요. 그런데 원장은 몇 달을 선고했나요? 이런, 언젠가 당신에게 이미 이런 질문을 한 적이 있었지요! 기억나세요? 당신이 처음 도착했을 때였죠. 당시에는 아주 자신 있게 대답했지요."

"물론 아직도 기억이 납니다, 세템브리니 씨. 그러고 나서 나는 새로운 경험을 많이 했지만, 그때 일이 오늘 일처럼 기억에 생생합니다. 당시에 즉시 선생께서 즐거워하며 베렌스 고문관을 저승사자, 그렇지 라다메스… 아니, 그게 아니라…."

"라다만토스? 그렇게 불렀는지도 모르겠네요. 나는 그때그때 머리에서 떠오르는 것을 모두 기억하지는 못합니다."

"라다만토스입니다. 그렇습니다! 미노스와 라다만토스! 카르두치에 대해서도 이야기해 주셨지요."

"실례지만, 카르두치 이야기는 하지 말았으면 좋겠습니다. 지금 이 순간 당신이 그 이름을 거론하는 것은 너무 어울리지 않아요!"

한스 카스토르프가 웃으며 대답했다. "뭐, 좋습니다. 하지만 나는 선생을 통해 그에 대해 많은 것을 배웠습니다. 그래요, 당시에 나는 아무것도 모르고 선생에게 3주 예정으로 왔다고 대답했는데, 달리 뭐라고 말해야 할지 몰랐습니다. 그때 클레펠트가 기흉으로 휘파람 소리를 내며 인사하고 지나가는 바람에 나는 좀 정신이 없었어요. 하지만 그때 벌써 열이 좀 있다고 느꼈답니다. 이곳 공기가 병을 막는 데 좋을 뿐만 아니라 병에 걸리게 하는 데도 좋기 때문이지요. 때로는 이곳 공기가 병을 촉발시키기도 하지요. 병이 치료되려면 이런 것도 결국은 필요한지 모르겠습니다."

"그것 참 그럴싸한 가설이군요. 베렌스 고문관이 지난해에 있었던 독일계 러시아 여자 이야기도 하던가요? 아니, 지지난해 이곳에 5개월간 있었던 여자 말입니다. 아니라고요? 당신에게 그 이야기를 해주었어야 했습니다. 그녀는 사랑스러운 부인으로, 독일계 러시아 혈통을 지닌 결혼한 젊은 엄마였으며, 동쪽에서 이곳으로 왔지요. 그녀는 임파성

체질에 빈혈이 있었고, 뭔가 좀 더 심각한 병까지 있었습니다. 그런데 그녀는 여기서 1개월 동안 지내곤 몸 상태가 좋지 않다고 베렌스에게 하소연했습니다. 그의 대답은 참으라는 것뿐이었습니다! 2개월이 지나갔는데도 몸이 나아지지 않고 더 나빠진다고 그녀는 계속 주장했습니다. 그런데도 몸 상태가 어떤지는 오직 의사만이 판단할 수 있는 것이고, 그녀는 자신의 느낌만을 진술할 수 있다는 것이었지요. 그리고 그건 별것 아니라는 겁니다. 그녀의 폐는 만족할 만한 상태라는 겁니다. 그래서 그녀는 아무 말도 하지 않고 요양만 했는데, 매주 체중이 감소했지요. 4개월째에 진찰을 받다가 기절까지 하고 맙니다. 베렌스는 괜찮다고 설명하면서 그녀의 폐는 아주 만족할 만한 상태라는 겁니다. 하지만 5개월째에 더는 걸을 수도 없게 되자 그녀는 동쪽의 남편에게 편지를 썼습니다. 베렌스는 그녀의 남편에게 편지를 받았습니다. 편지 겉봉에는 힘찬 필체로 '친히 전함'과 '긴급'이라는 글이 적혀 있었습니다. 나도 이 눈으로 직접 그것을 보았습니다. 그제야 베렌스는 그녀가 이곳 기후에 맞지 않는 것 같다고 말하며 어깨를 으쓱했지요. 그녀는 제정신이 아니었습니다. 좀 더 빨리 말해 주었어야 하지 않느냐고 큰 소리로 외쳤습니다. 자신은 처음부터 그렇게 느꼈는데, 그러다가 완전히 몸을 망쳐 버렸다고 말했습니다… 그녀가 부디 동쪽의 남편에게 가서 다시 원기를 되찾았기를 바랍니다."

"대단하십니다! 어떻게 이야기를 이렇게 멋지게 하십니까, 세템브리니 씨. 말씀이 정말 조형적입니다. '침묵의 누이'라는 체온계를 받고는 호수에 들어가 목욕을 했다는 그 아가씨 이야기를 생각하면, 나는 지금도 종종 혼자서 웃곤 합니다. 그래요, 별일이 다 있다니까요. 확실히 배움에는 끝이 없는 것 같습니다. 나 자신으로 말하면 완전히 무지한 상태입니다. 고문관은 내게서 사소한 문제를 발견했다고 합니다. 나 자신도 모르는 사이에 앓았던 부위를 그가 타진하는 소리를 직접 들었습니다. 그런데 이번에는 그 부근에서 신선한 소리가 들린다는 겁니다. 하하, 이럴 때 '신선한'이라는 특이한 말을 사용하다니요. 그러나 지금까지는 청각상의 진단만 했지요. 진단다운 진단은 내가 다시 자리에서 일어나 뢴트겐 투시와 사진 촬영을 한 뒤에야 비로소 확실해질 겁니다. 그러면 정확한 결과를 알게 될 테지요."

"그렇게 생각합니까? 뢴트겐 사진 원판에 종종 얼룩이 나타나, 그것이 단순한 그림자에 불과한데도 이를 폐 공동(空洞)으로 여긴다거나, 또는 무엇인가가 있는데도 원판에는 간혹 얼룩이 나타나지 않는 것을 아십니까? 정말이지, 사진 원판이란 게 그렇습니다! 이곳에 어떤 젊은 화폐 연구가가 있었는데, 그는 몸에 열이 있었지요. 그리고 그에게 열이 있었기 때문에 사진 원판에 폐 공동이 뚜렷하게 보였습니다. 심지어 거기서 소리까지 들린다는 것이었습니다! 그래서 그는 폐결핵 치료를 받았는데, 이로 인해 그는 사망했습니다. 부검 결과 폐에는 아무 이상이 없었고, 구균인가 하는 것 때문에 사망한 사실이 밝혀졌습니다."

"아니, 들어 보세요, 세템브리니 씨. 벌써부터 무슨 부검 이야기라니요! 아직 나는 그런 정도까지는 진척된 건 아닐 텐데요."

"엔지니어 양반, 당신은 장난꾸러기로군요."

"그런데 선생께서는 골수에 젖은 비평가이자 회의주의자입니다, 정말 그래요! 정확한 과학조차 믿지 않으십니다. 선생의 사진 원판에는 얼룩이 보이나요?"

"네, 얼룩이 몇 개 나타나지요."

"그런데 정말 좀 아프신가요?" 한스 카스토르프가 물었다.

"네, 유감스럽게도 상당히 아픕니다." 세템브리니는 이렇게 응답하고는 머리를 내려뜨렸다. 그는 기침을 하면서 말을 잠시 중단했다. 카스토르프는 편안히 침대에 누운 채 말이 없는 손님을 올려다보았다. 그는 아주 간단한 질문 두 개로 세템브리니의 모든 것, 공화국이니 아름다운 문체까지도 반박하고 그로 하여금 아무 말도 못하도록 만든 것 아닌가 생각했다. 침묵이 흘렀으나 카스토르프는 자기 쪽에서 대화를 재개하기 위해 어떤 행동도 취하지 않았다.

잠시 후 세템브리니가 미소를 지으며 다시 고개를 들어 물었다.

"이제 이야기 좀 해 보시죠, 엔지니어 씨. 가족들은 어떻게 소식을 받았나요?"

"어떤 소식 말인가요? 출발이 지연된다는 소식 말인가요? 아, 내 가족은, 고향의 내 가족은 외가 쪽의 세 분입니다. 외종조부와, 내게는 외삼촌이 되는 두 분말입니다. 그분들 외에는 가족이 없어요. 나는 아주 어렸을 때 양친을 다 여의고 고아가 되었어요. 그분들에게 소식을 전했느냐고요? 그분들은 아직 자세히 모릅니다. 나 자신도 잘 모르니까요. 처음에 내가 누워 지내야 했을 때, 심한 감기에 걸려서 떠날 수 없다고 편지를 했지요. 그리고 어제, 그동안 시일이 좀 지났기에 또 한 번 편지를 보냈습니다. 베렌스 고문관이 카타르로 인해 내 가슴 상태를 주목하게 되었고, 분명한 결과가 나올 때까지는 이곳에 좀 더 체류할 것을 촉구했다고 썼습니다. 이에 대해 그분들은 의학적 권고를 조용히 지켜볼 겁니다."

"그럼 직장은 어떻게 되나요? 곧 실무 단계에 들어갈 예정이라고 들었습니다만."

"아직은 실습 단계였지요. 조선소에는 피치 못할 사정으로 당분간 가지 못한다고 알렸습니다. 그로 인해 조선소가 어려움에 처하는 일은 없을 겁니다. 그들은 실습사원이 없어도 얼마든지 꾸려 나갈 수 있지요."

"아주 좋습니다! 이런 면으로 보면 모든 것이 잘 해결되었군요. 전반적으로 냉정하게 말입니다. 독일인들은 정말이지 냉정하지 않습니까? 물론 정력적이기도 하고요."

"네, 그래요. 정력적, 네, 아주 정력적이지요." 한스 카스토르프가 대답했다. 그는 멀리 떨어진 고향사람들의 생활 정서를 음미해 보고, 상대방이 그들의 특징을 제대로 파악하고 있다고 생각했다. "냉정하고 정력적이지요, 정말 그렇습니다."

"그렇다면 말입니다." 세템브리니가 말을 계속했다. "당신이 이곳에 더 오래 머물게 되면, 우리도 당신의 외종조부님을 언젠가는 뵙게 되겠군요. 틀림없이 당신을 살펴보려고 이곳에 오실 겁니다."

"당치도 않습니다!" 카스토르프가 언성을 높였다. "절대로 그런 일은 없습니다! 열 필의 말이 마차를 끌어도 이곳에는 아닙니다! 종조부는 심각한 뇌졸중의 위험이 있어요. 그분은 거의 목이 없을 만큼 비만입니다. 무엇보다 그분에게는 정상적인 기압이 필요합니다. 여기 오게 되면 동쪽에서 온 부인 이상으로 상태가 나빠질 테고, 정말 큰일이 날 겁니다."

"그거 유감이군요. 그러니까 심각한 뇌졸중이라? 그럼 냉정함과 정력도 다 소용이 없겠지요. 당신의 종조부님은 부자겠지요? 당신도 부자일 테고요? 당신네들은 다 부자더군요."

한스 카스토르프는 세템브리니가 문필가답게 정의하는 소리를 들으며 미소를 지었다. 그리고 그는 편안하게 누운 자세로 멀리 떨어진 고향을 눈앞에 그려 보았다. 그는 고향을 떠올리면서 사심 없이 판단해 보려고 노력했다. 이렇게 하는 데에는 거리가 멀다는 사실이 오히려 그에게 도움이 되었다. 그는 공정을 기하려는 자세를 가지고 대답했다.

"부자입니다, 그렇습니다. 하지만 그렇지 않은 경우도 있습니다. 부자가 아니면 사정이 그만큼 더 어려워집니다. 나요? 나야 백만장자는 아니지만, 나의 재산은 안전하게 투자되어 있어서 독립적으로 살아가기엔 충분합니다. 저에 관해서는 그만하지요. 저 아래에서 살아가려면 부자여야 한다, 이렇게 말한다면 아마 난 그 견해에 동의했을 겁니다. 부자가 아니거나, 부자가 더는 아니라면… 그것은 정말 서글픈 일이죠! '그 사람? 그 사람 아직 돈이 있나?' 하고 사람들은 묻습니다. 그렇게 말하거나, 그런 표정을 짓습니다. 나는 그런 소리를 종종 들어보았고, 그런 말이 나에게 강한 인상을 심어준 것 같습니다. 그런 것에 익숙해 있었지만, 그것이 나에게 특이하게 생각된 것이 분명합니다. 그렇지 않았다면 그것이 나에게 강한 인상을 심어주지 않았을 겁니다. 선생께서는 어떻게 생각하세요? 예컨대 인문주의자인 선생께는 우리나라가 마음에 들지 않을 거라고 생각합니다. 그곳 출신인 나까지도 이제 와서 생각해 보면 종종 지나치다는 생각이 들곤 합니다. 나야 개인적으로 저 아래에서 고통을 겪어보지 않았지만 말입니다. 식사 때 최고급 포도주를 대접하지 못하는 집에는 찾아가지 않고, 또한 그 집 딸들과는 혼례도 치르지 않습니다. 우리나라 사람들은 그런 사람들입니다. 여기에 이렇게 누워 고향을 생각해 보니 심하다는 생각이 듭니다. 좀 전에 어떤 표현을 쓰셨지요? 냉정하다 그리고? 정력적이라 그랬지요! 좋습니다, 하지만 그건 무슨 뜻일까요? 그건 무뚝뚝하고 냉정하다는 뜻입니다. 그리고 무뚝뚝하고 냉정하다는 것은 무슨 뜻입니까? 그건 잔인하다는 뜻이지요. 저 아래의 공기는 잔인하고 가혹합니다. 이렇게 누워서 고향을 생각하니 두렵기도 하군요.”

세템브리니는 그의 말을 들으며 고개를 끄덕였다. 한스 카스토르프가 잠시 냉정한 평가를 끝내고 말없이 있는 동안에도 그는 연신 고개를 끄덕였다. 얼마 후 세템브리니는 심호흡을 하고나서 말문을 열었다.

“독일 사회 내에서 삶의 본질로서의 잔인함이 지닌 특수한 현상형식을 나는 왈가불가하고 싶지 않습니다. 마찬가지로 잔인하다는 비난은 상당히 감상적인 면이 있는 것 같습니다. 만일 당신이 지금 그곳에 있다면 그런 비난은 하지 않을 것입니다. 자칫하면 스스로가 우스워질 수가 있으니까요. 당신은 어울리지 않습니다, 삶을 기피하는 사람들에게나 비난할 권리를 맡기는 게 정당합니다. 당신이 지금 그런 비난을 제기한다는 것은 어떤 소외에 관해 증언하는 것입니다. 나는 그런 소외가 커지는 것을 보고 싶지 않습니다. 삶이 잔인하다고 자주 비난하는 사람은 삶에서, 자신이 태어난 삶의 형식에서 아주 쉽게 사라져 버리기 때문입니다. 엔지니어 씨, ‘삶에서 사라진다’는 말이 무슨 뜻인지 알겠습니까? 나는 그것을 알고 있습니다. 여기서는 날마다 그걸 봅니다. 이곳에 올라오는 젊은 사람은 (이곳에 올라오는 사람들은 거의 젊은이들뿐입니다) 늦어도 6개월만 지나면 쓸데없이 시시덕거리는 일과 체온 외에는 머릿속에 다른 생각이 없게 됩니다. 그리고 늦어도 1년만 지나면 다른 생각은 전혀 하지 않게 됩니다. 다른 생각은 ‘잔인한’ 것으로 또는 더 엄밀히 표현하여 잘못되고 무지한 것으로 느끼게 됩니다. 당신은 이야기를 좋아하니 내가 해드릴 수 있습니다. 이곳에 11개월 지내며 나와 알고 지내던 사람의 이야기인데, 그는 어머니의 아들이자 한 여인의 남편이었습니다. 그는 당신보다 나이가 약간 위든지 아니면 좀 더 위였는지 모르겠습니다. 의사는 그가 많이 호전된 것으로 생각하고 시험 삼아 사랑하는 사람들의 품으로 돌려보냈지요. 그를 기다리는 사람은 당신처럼 삼촌이 아니라 어머니와 아내였습니다. 그는 집에서 하루 종일 체온계를 입에 물고 누워 지내며 다른 것은 아랑곳하지 않았습니다. 그는 이렇게 말했지요. '그걸 몰라서 그래요. 그것을 알려면 저 위에서 살아 보아야 해요. 여기 평지에는 기본 개념이 없어요.' 급기야 어머니는 그를 다시 돌려보내기로 결정했습니다. '다시 올라가도록 하렴. 더 이상 우리도 너를 어떻게 할 수가 없구나.' 그리하여 그는 다시 이곳으로 올라왔습니다. 말하자면 '고향'으로 되돌아온 것입니다. 당신도 알다시피 여기에 한번 살아 본 사람은 이곳을 '고향'이라고 부르지요. 그는 평지에서 자신의 젊은 아내에게 완전히 소외를 당한 것입니다. 그녀에게는 소위 '기본개념'이라는 것이 없었고, 그래서 결국 그녀는 그것을 포기했습니다. 그녀는 남편이 고향에서 '기본개념'을 서로 이해하는 동지를 만나 거기서 계속 지내게 될 것이라고 생각했던 겁니다."

한스 카스토르프는 반쯤은 건성으로 듣고 있는 것 같았다. 그는 여전히 하얀 방의 밝은 불빛을 응시하면서 먼 곳에 대한 상념에 빠져 있었다. 얼마 지나서야 그는 웃으면서 다시 말문을 열었다.

"이곳을 고향이라고 불렀다고요? 말씀처럼 정말 감상적인 면이 있군요. 그래요, 이야기들을 아주 많이 알고 계시는군요. 방금까지 나는 우리가 이야기했던 냉정함과 잔인함에 대해 계속 생각했습니다. 요즘 들어 나는 여러 가지 측면에서 숙고해 보았습니다. 아시다시피 저 아래 평지 사람들의 사고방식에 본질적으로 순응하려면 얼굴이 꽤나 두꺼워야만 합니다. '그 사람 아직 돈이 있나?'와 같은 질문, 그럴 때마다 지어보이는 표정에 순응하려면 말입니다. 나는 비록 인문주의자는 아니지만, 그런 것을 자연스럽게 생각한 적은 한 번도 없었습니다. 게다가 이제 와서 생각해 보니, 그런 것이 내게는 늘 이질적이었습니다. 그것이 내게 자연스럽지 않았던 것은 병에 대한 나의 무의식적인 성향과 관계가 있었던 것 아닌가 생각됩니다. 정말이지 나는 옛날에 앓았던 환부에서 들리는 소리를 직접 들었고, 이제 베렌스는 새롭게 생겨난 가벼운 증상을 발견했습니다. 이는 내게 깜짝 놀랄 만한 사건이었지만, 나는 이를 근본적으로 이상하게 생각하지 않았습니다. 내 몸이 바위처럼 단단하다고 느낀 적이 한 번도 없었으니까요. 더구나 나의 부모님은 일찍 돌아가셨지요. 나는 어릴 때부터 부모님이 없는 고아였습니다."

세템브리니는 머리와 어깨, 두 손을 동시에 움직이면서 쾌활하고 우아하게 '자, 그래서? 그 다음은 무슨 말을 하시렵니까?' 하고 물어보는 동작을 취했다.

한스 카스토르프가 말했다. "선생은 문필가이자 문학가입니다. 그러니 이런 점을 잘 이해하고, 또한 나 같은 사정의 인간이 그렇게 둔감하지 않다는 것, 세상 사람들의 잔인함을 아주 당연한 것으로 받아들일 수 없다는 사실을 통찰할 겁니다. 즉, 이리저리 돌아다니며 웃고, 돈을 벌고, 배부르게 먹는 세상 사람들의 잔인함 말입니다. 내가 올바로 말했는지 모르겠습니다만…."

세템브리니는 허리를 구부리며 말했다. "당신이 하려는 말인즉, 일찍부터 죽음과 계속 접촉한 사람은 무분별한 세상 사람들의 냉혹함과 조야함에 대해, 다시 말해 그들의 냉소주의에 대해 민감해지고 화가 난다, 바로 이 말이지요."

"바로 그겁니다!" 한스 카스토르프는 진심으로 감격하여 외쳤다. "내 생각을 조금도 틀림없이 완벽하게 표현했습니다. 세템브리니 씨, 죽음과의 접촉! 나는 알고 있었습니다, 선생은 문학가니까…."

세템브리니는 머리를 옆으로 갸우뚱하고 눈을 감으면서 그를 향해 손을 내밀었다. 이는 자신의 말을 더 들어 달라며 제지하고 부탁하는 아주 멋지고 부드러운 제스처였다. 그는 카스토르프가 벌써 말을 멈추고 이제 어떤 일이 일어날까 약간 당황하면서 기다리고 있는데도, 몇 초 동안이나 이런 제스처를 취하고 있었다. 마침내 그는 자신의 검은 눈을 —손풍금장이의 눈을— 다시 뜨면서 말을 이었다.

"들어 보십시오, 내 말을 들어 보십시오, 엔지니어 씨, 부디 마음에 새겨 두기 바랍니다. 죽음에 대해 유일하게 건강하고 고귀한 방식은, —강조하고자 합니다만— 게다가 유일하게 종교적인 방식은, 죽음을 삶의 일부분, 그 부속물, 신성한 조건으로 파악하고 느끼는 것입니다. 그러나 건강하고, 고귀하고, 합리적이고, 종교적인 것과는 반대라고 할 수 있는 죽음을 정신적으로 어떻게 해서든 삶에서 분리하여 대립시키거나, 심지어는 역겹게도 삶의 등가물로까지 높이려고 해서는 안 됩니다. 고대인들은 죽은 자들의 석관을 삶과 생식의 상징으로뿐만 아니라 외설적인 상징으로 장식했습니다. 고대인의 종교심에서 볼 때 성스러운 것이란 번번이 외설적인 것과 같았습니다. 그들은 죽음을 존중할 줄 알았던 것입니다. 죽음은 삶의 요람이자 갱신의 모태로서 존경할 만한 것이었습니다. 삶과 분리해 놓고 보면 죽음은 유령이요 추악한 모습, 더욱 사악한 어떤 것이 되고 맙니다. 왜냐하면 독립적으로 볼 때 정신적 힘으로서의 죽음은 지극히 방종한 힘이며, 그 힘의 사악한 매력은 의심의 여지없이 대단히 크지만 그 힘에 공감하는 것은 마찬가지로 의심의 여지없이 인간 정신의 끔찍한 오류를 의미하기 때문입니다."

이렇게 말하고 세템브리니는 말을 멈췄다. 그는 이렇게 자신의 논리를 전개해놓고는 입을 꽉 다물었다. 그는 흥미를 돋우기 위해 말한 것이 아니었고 진지했는데, 상대방에게 말할 기회나 반론을 제기할 기회도 주지 않고, 끝에 가서 목소리를 낮추며 마침표를 찍어 버렸다. 그는 입을 꽉 다물고, 양손을 무릎에 얹은 채 체크무늬 바지를 입은 한쪽 다리를 다른 쪽 다리 위에 포갰다. 그러면서 허공에 떠 있는 발을 엄숙한 눈빛으로 주시하면서 가볍게 흔들어댔다.

한스 카스토르프도 덩달아 침묵했다. 그는 깃털 이불에 앉아서 머리를 벽 쪽으로 향한 채, 손가락 끝으로 누빈 이불을 가볍게 두드리고 있었다. 그는 설교와 훈계를 받고 꾸지람까지 받은 것처럼 느껴졌다. 침묵으로 일관하는 그의 태도에는 상당히 어린애 같은 고집스러움이 엿보였다. 그리하여 얼마동안 대화가 지속되지 않았다.

마침내 세템브리니가 다시 고개를 들고 미소 지으며 말했다. "엔지니어 씨, 기억나십니까? 우리는 언젠가도 이와 비슷한 토론을 한 적이 있었지요. 그때도 오늘과 비슷했다고 할 수 있겠지요? 당시에 우리는 병과 어리석음에 관해 대화를 나누었습니다. 산책하던 도중이었다고 생각됩니다만, 당신은 이 두 가지의 결합을 모순이라고 설명했습니다. 그것도 병을 존중하는 의미에서 말입니다. 나는 그런 병에 대한 존중을 인간 이념을 모독하는 음울한 사고라고 지칭했습니다. 다행히도 당신은 나의 항변에 대해 신중히 생각해 보려는 것 같았지요. 우리는 젊은이들의 중립성과 우유부단, 선택의 자유, 여러 가능성을 실험해 보려는 성향에 관해서도 이야기를 나누었지요. 그리고 이런 실험을 최종적이고 삶에서 결정적인 선택으로 보아서는 안 되고, 그렇게 볼 필요도 없다고 했었습니다. 그럼 이제 차후에…." 이렇게 말하고 세템브리니는 미소를 지으며 의자에서 자세를 앞으로 굽혔다. 그런 다음 두 발을 바닥에 나란히 갖다 대고 양손을 무릎 사이에 포갠 채, 머리도 마찬가지로 약간 비스듬히 앞으로 내밀었다. "차후에도 당신이 연습과 실험을 할 때 내가 약간의 도움을 주면 어떻겠습니까? 당신이 위험한 사고에 빠질 염려가 있을 때, 내가 당신에게 교정의 역할을 해도 되겠습니까?" 이렇게 말하는 그의 목소리가 가볍게 떨리고 있었다.

"물론입니다, 세템브리니 씨." 한스 카스토르프는 회의적이고 반쯤은 반항적인 거부감을 얼른 거둬들였다. 그는 이불을 두드리다가 그만두면서 갑자기 상냥하게 손님 쪽으로 얼굴을 돌렸다.

"그렇게 해주시면 대단히 감사하겠습니다만… 묻고 싶은 것은 내가 과연… 요컨대 내가 그럴 만한…."

"완전히 무료입니다." 세템브리니 씨는 일어나면서 베렌스의 말을 인용했다. "인색하게 굴 수야 없지요." 그들은 껄껄 웃었다. 이때 바깥의 이중문이 열리는 소리가 들리고, 바로 다음 순간 안쪽 문이 열렸다. 나타난 사람은 저녁 모임에서 돌아온 요아힘이었다. 그는 이탈리아 사람이 있는 것을 보자 카스토르프가 앞서 그랬던 것처럼 얼굴을 붉혔고, 그 바람에 검게 그을린 얼굴이 한층 더 검붉어졌다.

"아, 손님이 오셨네." 요아힘이 말했다. "마침 잘 됐어. 나는 잡혀 있었지 뭐야. 그들이 브리지 한판 하자는 거야. 겉으로만 브리지라고 부르지만 말이야." 그는 머리를 흔들며 "그런데 결국은 그게 아니었어, 5마르크를 따기는 했지만 말이야."

"네가 그런 악습에 물들지만 않으면 괜찮겠지." 한스 카스토르프가 말했다. "음, 나도 그동안 세템브리니 씨 덕분에 아주 즐겁게 시간을 보냈지… 그런데 즐겁게 보냈다는 말이 꼭 맞는 표현은 아니야. 어쨌거나 너희의 가짜 브리지에는 어울리는 표현이겠지. 그러나 세템브리니 씨가 나의 시간을 의미심장하게 채워 주셨지… 착실한 사람이라면 이곳을 빠져나가려고 전력을 다해야 할 텐데, 이젠 너까지도 가짜 브리지 판에 끼어들고 있잖아. 하지만 나는 계속 이곳에 머물 수 있도록 오랫동안 열이 떨어지지 않았으면 좋겠다고 마음속으로 소망할 정도야. 그래야 세템브리니 씨의 말에 자주 귀를 기울이고 서로 대화를 나누며 뭔가 배울 수 있거든. 결국은 나도 침묵의 누이를 사용하여 속임수라도 써야겠어."

"거듭 말하지만 당신은 장난꾸러기입니다, 엔지니어 씨." 이탈리아 사람이 말했다. 그는 아주 정중하게 인사를 하고는 물러갔다. 사촌과 둘만 남게 된 한스 카스토르프는 크게 한숨을 내쉬었다.

"대단한 교육자라니까!" 하고 카스토르프가 말했다. "인문주의적 교육자라는 것을 인정할 수밖에 없다니까. 이야기와 추상적인 형태를 번갈아 섞어 가며 계속 사람을 교정하려고 한단 말이야. 그와 대화를 나누고 있으면 논리가 정연해지는 것을 느끼게 돼. 이런 대화를 나누거나 이런 문제에 대해 이해라도 할 수 있을 줄은 상상도 하지 못했어. 그리고 내가 저 아래 평지에서 그를 만났더라면, 아마 나는 그가 하는 말을 이해하지 못했을 거야."

이 시간에는 요아힘은 항상 사촌의 방에 한동안 머물렀다. 이 때문에 그는 밤의 안정 요양시간을 30분이나 45분가량 소비했다. 때때로 둘은 식탁에서 체스를 두기도 했다. 요아힘이 아랫마을에서 한 벌 가지고 온 것이다. 나중에 요아힘이 슬리핑백과 꾸러미를 들고 체온계를 입에 문 채 자신의 발코니로 나가면, 한스 카스토르프도 마지막으로 체온을 쟀다. 그 동안 깜깜한 골짜기의 가까운 곳 또는 더 먼 곳으로부터 경쾌한 음악이 울려왔다. 밤10시에 안정 요양이 끝날 때쯤이면, 요아힘과 보통 러시아인 좌석의 부부도 안정 요양을 끝내는 소리가 들렸다. 그러면 카스토르프도 옆으로 누워 잠을 청했다.

밤은 한나절보다 지내기가 힘들었다. 체온이 이상하여 잠을 이루지 못하는 건지, 낮에 주로 수평생활을 계속하여 잠자고 싶은 기분이나 기력이 떨어져서 그런지는 몰라도, 한스 카스토르프는 종종 몇 시간 동안이나 잠을 이루지 못한 채 눈을 뜨고 뒤척일 때가 많았다. 그 대신 선잠을 자는 동안에는 깨어나서 기억해 낼 수 있을 만큼 변화에 찬 아주 생생한 꿈을 꾸곤 했다. 그리고 낮은 다양하게 구분되고 분할되어 짧게 느껴졌지만, 밤에는 흘러가는 시간이 단일한 형태로 용해되고 있어서 이 역시 짧게 느껴졌다. 그러나 아침이 가까워지면서 방 안이 서서히 밝아지며 모습을 드러내고, 주위의 것이 보이게 되어 모습을 드러내는 것을 지켜보고, 바깥에서 새로운 날이 흐리거나 활짝 갠 상태로 밝아오는 것을 바라보는 것도 재미가 있었다. 그리하여 미처 깨닫기도 전에 마사지사가 힘차게 문을 두드리며 하루 일과가 시작되는 것을 알리는 순간이 찾아왔다.

한스 카스토르프는 여행을 떠날 때 달력을 가져오지 않았기 때문에 날짜를 언제나 정확하게 알지 못했다. 그래서 사촌에게 가끔 물어 보기도 했지만, 사촌도 사실 이런 점에 있어서는 매번 확실하지 않았다. 그래도 일요일이 어느 정도 근거가 되었다. 특히 카스토르프가 오늘처럼 보낸 두 번째 일요일, 연주회가 열리는 두 번째 일요일이 대략 근거를 마련해 주었다. 이에 따르면 9월도 어느덧 상당히 지나서 벌써 중순에 가까워지고 있었다. 바깥 골짜기에서는 한스 카스토르프가 눕고 난 뒤 그때까지 계속되던 음산하고 추운 날씨가 물러가고 한여름처럼 맑은 날씨가 찾아왔는데, 이런 날씨가 계속 이어지는 바람에 요아힘은 매일 아침 카스토르프의 방에 하얀 바지 차림으로 나타났다. 이런 좋은 날씨에 매일 누워만 있어야 한다는 것은 카스토르프의 영혼이나 젊은 근육을 위해 실로 아쉽고 유감스러운 일이었다. 심지어 언젠가 그는 이런 식으로 누워서 소일하는 것을 '치욕'이라고 나직한 목소리로 말한 적이 있었다. 그러나 자유롭게 돌아다녀도 지금처럼 누워서 지내는 것보다 그리 나을 것도 없을 것이라고 스스로를 달래곤 했는데, 사실 이곳에서 많이 움직이는 것은 경험상 위험하다는 것을 그는 잘 알고 있었기 때문이다. 차라리 발코니의 문을 활짝 열어 놓으면, 저 바깥의 따스한 온기를 어느 정도는 맛볼 수 있었다.

그러나 그에게 부과된 실내에서의 칩거 생활이 끝날 무렵이 되자 다시 날씨가 급변했다. 하룻밤 사이에 안개가 끼고 추워졌으며, 골짜기는 축축한 눈보라에 싸였고, 방안 공기는 난방이 들어와 건조해졌다. 그리하여 의사들이 아침 회진을 돌던 어느 날 한스 카스토르프는 베렌스 고문관에게 오늘로 이곳에 누운 지 3주일이 되었다는 것을 상기시키고 이제는 일어나게 해달라고 간청했다.

"이럴 수가, 벌써 끝내겠다고요?" 베렌스가 말했다. "어디 기록 좀 봅시다. 정말이네요, 맞습니다. 맙소사, 어느새 시일이 이렇게 되었군요. 하지만 그 사이에 당신에게 그리 많은 변화가 생기지는 않았어요. 뭐라고요, 어제는 정상이었다고요? 그렇군요, 오후 6시 검온까지는 말입니다. 자, 카스토르프 씨, 그렇다면 나도 붙잡아 둘 생각은 없으니 당신을 인간 사회로 돌려보내도록 하겠어요. 일어나서 어디든 다니도록 하세요! 물론 주어진 한계와 정도를 넘어서는 안 됩니다. 이제 곧 당신의 내부 초상화를 찍도록 합시다. 메모해 두세요!" 그는 밖으로 나가면서 크로코프스키 박사에게 메모를 하라고 말했다. 그러면서 그는 자신의 큼직한 엄지손가락을 들어 어깨 너머의 한스를 가리키며 눈물이 고인

푸르고 충혈된 눈으로 조수를 바라보았다. 이렇게 해서 카스토르프는 이른바 '헛간'을 떠나게 되었다.

그는 외투 깃을 높이 세우고 고무신을 신고서 사촌을 따라 다시 처음으로 폭포수 근처의 벤치까지 산책을 했다. 그는 산책 도중에 미리 정했던 3주일이 경과되었음을 알리지 않았더라면 고문관이 자신을 얼마나 오랫동안 눕혀 놓았을까 하는 의문을 제기했다. 그러자 요아힘이 우울한 눈빛을 지어 보였다. 그는 마치 "아" 하고 절망의 한숨을 내쉬듯 입을 벌리고, 허공을 향해 기약할 수 없을 것이라는 동작을 취해보였다.

"맙소사, 보인다!"

한스 카스토르프가 밀렌동크 수간호사로부터 뢴트겐 촬영실로 오라는 통보를 받기까지는 1주일이 걸렸다. 그는 서두르고 싶지 않았다. '베르크호프'의 사람들, 의사와 직원들은 항상 분주했으며, 할 일을 가득 달고 다니는 것 같았다. 며칠 전에는 새로운 손님들이 이 위에 도착했다. 안에 내의도 없이 검은 블라우스를 입고 있는 긴 머리의 러시아 대학생 두 명, 세템브리니의 식탁에 앉도록 배정된 네덜란드인 부부, 끔찍한 천식 발작으로 식탁 동료들을 공포에 몰아넣은 멕시코 출신의 곱사등이가 이곳에 새로 온 손님들이었다. 곱사등이는 발작이 일어나면 남자든 여자든 할 것 없이 긴 손으로 옆 사람을 붙잡고 나사를 조이듯 꽉 매달리는 바람에, 깜짝 놀라 저항하는 사람들과 도움을 청하는 사람들을 공포로 몰아넣었다. 이만 각설하고, 겨울 시즌은 10월에서야 시작되었지만 식당은 거의 만원이었다. 그리고 한스 카스토르프 정도의 가벼운 증상과 병의 등급은 특별한 대우를 요구할 권리가 거의 없었다. 예컨대 슈퇴어 부인이 아무리 어리석고 교양이 없다고 해도 그보다는 증세가 훨씬 더 심각한 것은 의심할 나위가 없었고, 블루멘콜 박사와는 전혀 비교의 대상조차 되지 않았다. 한스 카스토르프의 경우에 겸손하게 뒤로 물러나 있지 않는다면 등급과 차이에 대한 감각이 없다고 해야 할 것이다. 특히 이런 차별 의식이야말로 베르크호프의 정신에 속했다. 증세가 가벼운 환자는 그리 주목을 받지 못했는데, 그는 주변 사람들의 대화에서 종종 이런 점을 느낄 수 있었다. 이곳에서 통용되는 척도에 따라 증세가 가벼운 환자는 사소하게 취급을 당하거나 관심을 끌지 못했다. 그것도 증세가 심하거나 중환자들에게서뿐만 아니라 증세가 '가벼운' 환자들에게도 무시를 당했다. 이렇게 함으로써 증세가 가벼운 환자들은 자기 멸시의 태도를 드러내는 것이었지만, 이곳의 척도에 따름으로써 더 높은 자존심을 지키는 셈이었다. 인간의 심리가 이렇게 미묘했다.

이곳의 환자들은 서로를 다음과 같은 방식으로 평가하곤 했다. "아, 그 사람! 전혀 아픈 곳이 없어요. 이곳에 있을 권리도 거의 없다고 해야겠지요. 폐에 공동(空洞) 하나 없으니까요…." 이것이 베르크호프의 정신이었고, 특수한 의미에서는 귀족의 정신이었다. 선천적으로 법이나 질서라면 뭐든지 존중하는 한스 카스토르르프는 이런 정신에도 경의를 표했다. 고장이 다르면 풍습도 다르다는 말이 있다. 여행자가 여행지의 풍습이나 가치를 비웃는다면 자신의 교양 없음을 드러내는 행위일 것이다. 그리고 고장에 따라 각기 이런저런 독특한 특성이 있기 마련이다. 카스토르프는 심지어 요아힘에 대해서도 그 어떤 존경과 관심을 보이고 있었다. 이는 요아힘이 자신보다 이곳에 더 오래 있었고, 이 세계의 안내자 역할을 했기 때문이라기보다는, 그가 의심의 여지없이 자신보다 병이 더 '심각한' 상태였기 때문이다. 사정이 이러했기에 이곳 환자들은 가급적 자신을 중환자로 보이려 하고, 자신의 병세를 과장하여 귀족층에 들어가거나 거기에 더 가까이 가려는 경향을 보이는 것은 상당히 이해가 되는 일이었다. 카스토르프 역시 식사 중에 질문을 받으면 자신의 체온을 실제보다 몇 눈금 더 높여서 말했고, 이로 인해 주변 사람들에게 매우 영악한 친구라고 손가락질을 받으면 그는 흐뭇한 느낌을 받지 않을 수 없었다. 그러나 체온을 약간 과장한다 해도 실제로 그는 낮은 등급의 환자에 지나지 않았고, 따라서 인내하고 자중하는 것이 그에게 어울리는 태도였다.

이곳에서의 첫 3주간의 생활 방식이 그랬듯이 그는 요아힘 곁에서 이미 나날이 똑같고 친숙하며 규칙적인 생활을 다시 받아들였다. 그리하여 이를 받아들인 첫날부터 마치 한 번도 중단된 적이 없었던 것처럼 틀에 짜인 생활이 시작되었다. 실상 이런 중단은 없었던 거나 마찬가지여서, 그는 식탁에 처음으로 다시 나타났을 때 이를 분명하게 느낄 수 있었다. 물론 이런 첫 식사에 대해 아주 특별하고 의도적인 중요성을 부여하는 요아힘은 자상하게도 사촌의 자리에 몇 송이의 꽃을 갖다 놓았으나, 식탁 동료들의 인사는 그리 떠들썩하지 않았다. 3주일 만에 다시 만난 것이나 3시간 전에 헤어지고 다시 만났을 때나 본질적으로 차이가 없었다. 이는 소박하고 정감 있는 한스 카스토르프에 대한 무관심 때문이거나 자신들의 문제, 즉 환자의 주요 관심사인 신체에 정신을 쏟고 있었기 때문이라기보다는 카스토르프가 나타나지 않은 3주의 기간을 그들은 별로 의식하지 않았기 때문이다. 이런 연유로 해서 그는 수월하게 그들과 한데 어울릴 수 있었다. 그는 마치 어제 이 자리에 마지막으로 앉았다는 듯이 여선생과 로빈슨 양의 사이, 식탁 끝에 위치한 자리에 앉았다.

그의 식탁 동료들조차 그의 칩거 생활의 종식에 대해 그리 소란을 떨지 않았으니, 더 먼 곳의 식탁 사람들이야 이에 대해 무슨 소리를 했겠는가? 다른 곳에서는 문자 그대로 아무도 주의를 기울이지 않았다. 하지만 세템브리니만은 예외였다. 그는 식사가 끝나자 다가와서 익살스런 표정으로 다정하게 인사를 했다. 물론 한스 카스토르프는 또 하나의 예외를 상정해보았으나, 우리는 그 생각이 맞았는지는 지금은 미결로 놓아둘 수밖에 없다. 그는 클라브디아 쇼샤가 자신의 재등장을 눈치 챘을 거라고 스스로 단정했다. 그는 그녀가 평소처럼 뒤늦게 나타나서는 유리문을 꽝 소리가 나도록 닫은 뒤에 실눈으로 자신을 쳐다보아 서로가 눈을 마주쳤으며, 3주 전에 그가 진찰을 받으러 가기 전에 그랬듯이 그녀가 자리에 앉자마자 또 한 번 어깨 너머로 미소를 지으며 자신을 뒤돌아보았다고 생각했다. 이런 그녀의 행동은 숨김이 없고 노골적이어서, —그 자신뿐만 아니라 다른 손님들과 관련해서도 노골적이어서— 그는 이에 대해 황홀한 기분이 되어야 할지 아니면 경멸의 표시로 보고 화를 내야 할지 갈피를 잡을 수 없었다. 어쨌든 그의 심장은 그녀의 매혹적인 눈빛을 받고 오그라드는 것 같았다. 그의 눈과 마주친 그녀의 눈빛은 이 여자 환자와 자신이 서로 모르는 사이가 아니라는 것을 등골이 오싹할 정도로 무섭고 도취적인 방식으로 입증하고 있었으며, 모르는 척하는 태도에 대해서도 형벌을 가하는 것 같았다. 한스 카스토르프는 가슴 졸이며 이 순간을 기다렸기 때문에, 유리문이 쾅 소리를 냈을 때 그의 심장은 거의 고통스러울 정도로 오그라들었다.

여기서 쇼샤 부인에 대한 그의 태도에 대하여 추가되어야 할 사실이 있다. 한스 카스토르프는 고급 러시아인 좌석에 앉은 여자 환자와의 내적 관계, 살랑거리며 가볍게 걸어 다니는 중키의 여성, 키르키스인의 눈을 가진 여성에 대한 그의 관능과 겸허한 정신의 관심을 칩거 생활 도중에도 계속 강하게 키워왔다. 간단히 말해 그에게서 이른바 '연정'(이 낱말은 저 '아래' 평지에서 사용되는 말이다. "내 마음은 기이하게 두근거린다"와 같은 유행가 가사가 여기서도 어떤 식으로든 적용될 만한 감정을 불러일으키지만, 아무튼 일단은 이렇게 표현해 본다)이 그간 더욱 깊어져 있었던 것이다. 그가 새벽녘에 눈을 뜨고 조금씩 빛이 새들어오는 방안을 바라보고 있을 때나, 저녁에 짙어 가는 황혼을 바라보고 있을 때, 그녀의 모습이 눈앞에 떠오르곤 했다.(세템브리니가 갑자기 그의 방에 들어와 불을 켰을 때도, 그녀의 모습이 눈앞에 선명하게 떠올라서 그 인문주의자를 보고는 얼굴을 붉혔던 것이다.) 그는 잘게 나누어진 하루의 매 순간마다 그녀의 입술, 광대뼈, 그의 영혼을 파고드는 그녀의 눈과 색깔, 눈의 형태 및 위치, 느슨한 등, 머리의 자세, 블라우스의 목 부분 사이로 드러난 목뼈, 얇은 망사로 인해 더욱 육감적으로 보이는 팔을 생각했다. 이로 인해 그는 누워 지내면서도 시간을 그리 힘들지 않게 보낼 수 있었는데, 우리가 이에 대해 침묵했다면 아마 이런 이유 때문일 것이다. 즉, 그녀의 모습과 얼굴을 떠올리며 깜짝 놀랄 만한 행복감이 섞여 있는 그의 양심의 가책에 우리 역시 공감했기 때문일 것이다. 그렇다, 그가 맛보는 행복감은 놀라움과 충격, 모호하고 무제한적이며 완전히 모험적인 것을 향해 일탈하려는 희망, 뭐라고 이름 붙일 수 없는 기쁨과 불안의 감정과 복잡하게 연결되어 있었다. 그러나 이것이 청년의 심장을 ―본질적이고 육체적인 의미에서 그의 심장을― 가끔은 너무나 거세게 억누르는 바람에 그는 한손은 심장 근처에 갖다 대고, 다른 한손은 이마에 얹고는 (눈 위를 가리고 안 보려는 듯이) 중얼거렸다.

"맙소사!"

왜냐하면 그의 머릿속에는 너무 지나칠 만큼 감미롭게 그려진 그녀의 모습과 얼굴에 대한 상념들 또는 어렴풋한 영상들이 어른거리고 있었기 때문이다. 그것은 쇼샤 부인의 방종과 무분별한 태도, 그녀의 병적 상태, 병으로 인한 육체의 고양과 강조, 의사의 말에 따르면 이제 한스 카스토르프 자신도 참여하게 된 육체의 문제와 연관되어 있었다. 카스토르프는 마치 두 남녀가 사회적 존재가 아니어서 서로 대화를 나눌 필요조차 없다는 듯이 쇼샤 부인이 뒤를 돌아보며 미소를 흘림으로써 오히려 그들이 서로 아는 사이라는 것을 넌지시 알려준 그 모험적인 자유를 다시 한 번 상상했다…. 그가 깜짝 놀란 것도 바로 자신이 참여하게 된 이런 육체에 대한 관심 때문이었다. 전에도 물론 이와 비슷한 일이 있었다. 그가 진찰실에서 요아힘의 상체를 바라보다가 얼른 사촌의 두 눈을 쳐다보았을 때도 지금처럼 깜짝 놀란 적이 있었다. 그러나 여기에는 틀림없이 차이점이 있었다. 당시에는 그가 사촌에 대한 동정심과 염려 때문에 놀랐다면, 지금은 전혀 다른 성질의 것이 작용하고 있었다.

이제 베르크호프에서의 생활, 순조롭고 규칙적으로 잘 짜인 좁은 무대에서의 생활은 똑같은 일상을 반복하고 있었다. 한스 카스토르프는 뢴트겐 촬영 기일을 기다리면서 선량한 요아힘과 하루 종일 똑같이 행동하며 이 위에서의 생활을 함께 해나갔다. 함께 살아가는 사촌이 옆에 있다는 것이 젊은 카스토르프에게는 참으로 다행이었다. 설령 그가 병에 걸려서 함께 하고는 있지만, 그에게는 군인다운 성실함이 많았기에 더욱 좋았다. 물론 요아힘 자신은 이를 알아차리지 못했지만, 성실성을 바탕으로 그는 요양 근무에 만족하려는 참이었고, 그러다 보니 베르크호프에서의 요양 근무가 흡사 평지에서의 의무수행 대용물 내지 본말이 전도된 직업처럼 되어 버렸다. 한스 카스토르프는 이를 제대로 파악하지 못할 만큼 어리석지는 않았다. 그는 자신의 민간인 기질을 제어하고 억제하는 사촌의 영향력을 충분히 느끼고 있었다.— 게다가 이런 이웃관계, 사촌의 모범적 태도와 감독이 있었기에 그는 일탈 행위와 맹목적인 모험을 자제할 수 있었다. 그럴 것이 그는 착실한 요아힘이 둥근 갈색 눈, 작은 루비, 거의 병적으로 터져 나오는 웃음, 겉보기에 잘 발달된 가슴을 지닌 마루샤에게서 날마다 풍겨 나오는 오렌지 향수의 분위기를 견뎌 내는 것을 잘 보아 왔기 때문이다. 한스 카스토르프는 요아힘이 이성과 명예심을 바탕으로 이런 묘한 분위기의 영향력을 꺼리고 피한다는 것을 잘 알고 있었다. 그리고 이런 면이 그로 하여금 어느 정도 자제심과 질서를 유지하는 데 도움을 주었으며, 나아가 키르키스인의 눈을 가진 환자에게서 말하자면 '연필 빌리는 행위'를 하지 못하도록 가로막았다. 모든 경험에 비추어 볼 때 규율이 엄격한 사촌이 없었더라면, 아마도 한스 카스토르프는 자제심을 잃었을지도 모를 일이었다.

요아힘은 잘 웃는 마루샤에 대해 한 번도 말한 적이 없었고, 그래서 한스 카스토르프도 사촌과 클라브디아 쇼샤에 대해 이야기를 나눌 수가 없었다. 카스토르프는 식탁에서 자신의 오른쪽 옆자리에 앉은 여선생과 남의 눈을 피해가며 살며시 대화를 나누곤 했다. 그럴 때면 이 노처녀가 나긋나긋한 여자 환자에 넋을 잃고 빠져 있는 것을 놀려 대어 그녀가 얼굴을 붉히게 만들고는, 자신은 짐짓 할아버지가 턱을 위엄 있게 꼿꼿이 세우는 흉내를 내었다. 그는 쇼샤 부인의 개인적인 신상, 출신, 남편, 나이, 병의 증세에 관해 새롭고 뭔가 특별한 사항을 알려 달라고 치근거렸다. 쇼샤 부인에게 자녀가 있는지에 대해서도 그는 알고 싶어 했으나 자녀는 없었다. 이런 여자에게 아이가 있으면 어떡하겠는가? 아마 그녀는 아이를 갖지 않으려고 했을 것이다. 다른 한편으로 보더라도 아이가 어떻게 있겠는가? 한스 카스토르프는 그럴 것이라고 생각하지 않을 수 없었다. 요컨대 아이를 갖기에는 너무 늦었을 거라고 그는 아주 객관적으로 추측해 보았다. 때때로 옆에서 보면 그녀의 얼굴은 좀 날카롭게 각이 지어 보였다. 서른은 넘었을 것 같은데? 엥겔하르트 양은 말도 안 된다고 반박했다. 서른이라고? 아무리 나이가 많아도 스물일곱밖에 되지 않았다는 것이다. 그리고 그녀의 옆모습에 관해서도 여선생은 그런 말은 하지도 말라고 했다. 클라브디아의 옆모습은 물론 홍미롭게 생겼고 건강한 여자의 얼굴은 아닐지라도 아주 부드러운 젊음과 매력을 지니고 있다고 말했다. 게다가 엥겔하르트 양은 카스토르프를 골려주려고 하던 말을 끊지 않고 다음처럼 자신이 알고 있는 사항을 덧붙였다. 즉 쇼샤 부인은 가끔 플라츠에 사는 러시아 남자의 방문을 받는데, 오후에 그 남자를 자신의 방으로 맞아들인다는 것이다.

이 말은 상대의 의중을 꿰뚫었다. 아무리 내색을 하지 않으려고 노력해도 한스 카스토르프의 얼굴은 일그러졌다.그녀의 말에 대해 그가 '그럴 리가'나 '믿기지 않는데'와 같은 말로 속마음을 드러냈지만, 그의 이런 말투는 매우 어정쩡했다. 처음에 카스토르프는 그 러시아 남자가 출현한 것에 대해 겉으로는 가볍게 어깨를 으쓱하는 척했으나 그것이 잘 안 되어 입술을 씰룩거리며 계속 그 남자 이야기로 되돌아왔다. 젊은 편인가요? 사람들에게 들은 바로는 젊고 잘생겼노라고 여교사는 대답했는데, 그녀가 직접 본 것은 아니어서 뭐라고 판단할 수 없었기 때문이었다. 환자인가요? 환자라고 해도 증세가 가벼울 거예요! 그가 값싼 러시아인 식탁의 부부보다 더 많은 속옷을 입기를 바란다고 한스 카스토르프는 조롱조로 말했다. 이에 대해 엥겔하르트는 그를 계속 골려 주려고 그것은 자신도 보증하겠다고 설명했다. 그러자 그는 이 문제는 꼭 관여해야 할 사안임을 시인하고는, 그녀의 방에 들락거리는 이 러시아 남자가 어떤 사람인지 알아봐 달라고 진지하게 부탁했다. 그러나 그녀는 며칠 뒤 그 남자에 대한 소식을 가져온 것이 아니라 완전히 새로운 어떤 이야깃거리를 알아 가지고 왔다.

그녀는 클라브디아가 초상화의 모델 노릇을 하고 있다는 소식을 전했다. 그러면서 카스토르프도 그 사실을 알고 있느냐고 물어 보았다. 그가 모른다면 자신은 가장 확실한 소식통으로부터 이 사실을 알게 되었으므로 이에 대해 확신해도 좋다는 것이다. 꽤 오래전부터 그녀는 이곳에서 자신의 초상화를 그리도록 누군가의 모델이 되고 있다는 것이다. 그런데 누구의 모델이냐? 고문관의 모델! 그녀는 초상화의 모델로서 거의 날마다 고문관 베렌스의 자택에 모습을 나타낸다는 것이다.

이 소식은 이전 소식보다 한스 카스토르프에게 한층 더 큰 충격을 주었다. 이에 대해 그는 썰렁한 농담만 계속 지껄였다. 물론 그게 그래요, 고문관이 유화를 그린다는 것은 익히 잘 알려져 있지요. 댁이 뭐라고 말하든 그거야 금지된 일이 아니지요, 누구든지 그렇게 말할 수 있으니까요. 그런데 왜 홀아비인 고문관의 집에서 그럴까요? 적어도 밀렌동크 양 정도는 그림을 그릴 때 참석하지 않을까? 하지만 그녀에게는 그럴 시간이 없다고 여교사가 말했다. 그러자 한스 카스토르프는 "고문관도 수간호사보다 더 시간이 없을 텐데요" 하며 엄숙한 표정으로 말했다. 그는 이것으로 이 일에 대하여 최종적 결론을 내린 것 같았으나 그게 아니었다. 그는 여기서 그만 두는 게 아니라 좀 더 상세하고 포괄적인 내용을 알기 위해 끊임없이 질문을 퍼붓는 것이었다. 예컨대 초상화의 크기는 어느 정도인가, 머리까지 그린 그림인가 또는 무릎까지 그린 그림인가, 얼마 동안 모델로 앉아 있는가에 대해서도 물어보았다. 반면에 이번에도 엥겔하르트 양은 이런 개별적 내용에 대해서는 도움을 줄 수 없었으므로 다음번에 더 알아 와서 결과를 알려 주겠노라고 그를 달랠 수밖에 없었다.

이 소식을 접하고 한스 카스토르프의 체온은 37.7도로 올라갔다. 쇼샤 부인이 받는 방문보다 그녀가 찾아가는 방문이 훨씬 더 그를 고통스럽고 불안하게 했다. 쇼샤 부인 자신의 사생활 자체만으로도 그 내용과는 상관없이 그에게 고통과 불안을 안겨 주기 시작했는데, 그 내용에 대한 애매모호한 얘기가 귀에 들어오자 고통과 불안이 한층 더 심해지지 않을 수 없었던 것이다! 물론 러시아인 방문자와 쇼샤 부인의 관계가 대체로 더 냉정하고 순수한 성격이라고 할 수 있을 것 같았다. 그러나 얼마 전부터 한스 카스토르프는 냉정함과 순수성이라는 것을 쓸데없는 헛소리로 여기게 되었다.— 그가 어떻게 유화를 그리면서 활달하게 말하는 홀아비와 눈을 가늘게 뜨고 살랑살랑 교태를 부리는 젊은 부인 사이의 관계를 다른 어떤 것으로 볼 수 있으며, 어떻게 그걸 인정할 수 있었겠는가. 고문관이 모델을 선택하면서 드러낸 취향이 자신의 취향과 일치했기 때문에 그들 사이에 성립되는 냉정한 관계라는 것을 도저히 믿을 수가 없었고, 따라서 고문관의 푸르스름한 뺨과 붉게 핏발이 선 눈을 떠올려 보아도 그의 마음이 별로 진정되지 않았다.

한스 카스토르프가 최근 며칠 사이에 우연히 직접 목격한 사실 역시 다른 방식으로 이루어지긴 하였으나 그의 취향을 재차 확인시켜 주는 것이었다. 요아힘과 자신의 식탁 좌측, 그러니까 옆으로 유리문 바로 가까이에 있는 잘로몬 부인과 식사를 많이 먹는 학생의 식탁에 카스토르프가 들은 바로는 만하임에서 온 환자가 있었다. 그는 서른 살가량의 모발이 적고 충치가 여러 개 있는 소심한 사람으로, 말을 할 때면 우물쭈물 머뭇거렸다. 저녁 모임에서 때때로 피아노를 치는 그는 대체로 〈한여름 밤의 꿈〉에 나오는 〈결혼 행진곡〉을 연주하곤 했다. 이 위의 사람들이 대체로 그렇듯이 그가 신앙심이 매우 돈독하다고 하는 소리를 카스토르프도 들어 알고 있었다. 일요일마다 그는 저 아래 플라츠에 내려가 예배를 보고, 안정요양 중에는 표지에 성배나 종려나무 가지가 그려진 기도서들을 읽는다고 했다. 그런데 어느 날 한스 카스토르프는 이 사내가 자신이 바라보는 곳과 똑같은 곳으로 눈길을 보내고 있다는 사실을 알아차리게 되었다. 그는 쇼샤 부인이라는 나긋나긋한 여성에게 눈길을 보내고 있는 것으로, 부끄러운 눈초리지만 뻔뻔할 만큼 집요하게 그녀를 쳐다보았다. 한스 카스토르프는 이런 장면을 목격한 뒤로는 이를 재삼재사 확인하지 않을 수 없었다. 카스토르프는 그가 저녁에 오락실에서 손님들 사이에 끼여 저 건너 작은 방의 소파에 앉아 같은 식탁의 양털 머리의 타마라(유머러스한 아가씨의 이름)와 블루멘콜 박사, 그리고 볼이 움푹하고 어깨가 축 늘어진 신사와 잡담을 나누는 부인, 병을 앓고는 있지만 사랑스러운 부인의 모습을 우울하게 넋을 잃고 바라보는 것을 보았다. 한스 카스토르프는 그가 방향을 바꾸고 사방을 배회하다가 다시 천천히 눈동자를 옆으로 돌리고 윗입술을 가련하게 치켜 올리고는 어깨 너머로 부인 쪽을 향해 고개를 돌리는 것을 살펴보았다. 유리문이 쾅 닫히고 쇼샤 부인이 자기 자리로 사뿐사

뿐 걸어가면 그의 얼굴색이 변하면서 시선을 내리깔았다가, 다시 눈을 치켜 올려 탐욕스럽게 그녀를 바라보는 것을 살펴보았다. 그리고 이 가련한 남자가 출구와 고급 러시아인석 사이에 서서 쇼샤 부인이 옆을 지나가게 하고는, 자신을 거들떠보지도 않는 부인을 바로 가까이에서 슬픔에 가득 찬 눈으로 정신없이 쳐다보는 모습을 카스토르프는 여러 차례 목격했다.

만하임 출신 남자의 가련한 열망의 눈빛이 연령과 신분, 지위에 있어서 자신보다 우위에 있는 베렌스 고문관과 클라브디아 쇼샤의 사적인 교제만큼 그의 마음을 불안하게 하지는 않았어도, 이와 같은 사실을 알게 된 것은 젊은 카스토르프에게는 적지 않은 압박감으로 작용했다. 클라브디아는 만하임 출신의 남자를 전혀 안중에 두지 않았다. 만일 그랬더라면 카스토르프의 예민해진 감각이 이를 알아차렸을 것이며, 따라서 이 경우에는 그의 마음속에서 감지되는 질투의 날카로운 가시는 돋아나지 않았다. 하지만 그는 외부로 드러날 때에 맛보는 도취와 열정의 온갖 감정을 맛보았는데, 그것은 혐오감과 공감이 섞인 너무나도 이상야릇한 감정이었다. 그러나 본래의 이야기 줄거리로 돌아가려면, 이 모든 감정의 움직임을 규명하고 분석할 수는 없다. 아무튼 만하임 출신 남자를 목격함으로써 불쌍한 한스 카스토르프가 치러야 했던 고통은 그의 상황으로는 한꺼번에 감당하기에는 너무 과도한 것이었다.

이렇게 한스 카스토르프가 뢴트겐 검사를 할 때까지 1주일이 지나갔다. 그는 어느새 1주일이 흐른 사실도 모르고 있었다. 하지만 어느 날 첫 번째 아침 식사 때 수간호사(그녀는 또 다시 다래끼가 나 있었는데, 저번 것과는 같은 종류의 것이 아닌 것 같았다. 그녀의 보기 흉한 다래끼는 해가 되지는 않지만 그녀의 체질과 관계 있는 것이 분명했다)를 통하여 오후에 촬영실로 오라는 전갈을 받았다. 이때는 벌써 1주일이 지난 시점이었다. 카스토르프는 차를 마시기 30분 전에 사촌과 함께 가야 했다. 요아힘 역시 이 기회에 다시 흉곽 사진을 찍게 되었는데, 지난번 사진은 너무 오래되었기 때문이다.

이 날 두 사람은 오후의 안정 요양시간을 30분 정도 단축하고, 시계가 세 시 반을 알리자 돌층계를 따라 지하층으로 내려가 진료실과 뢴트겐 촬영실 사이의 조그만 대기실에 함께 앉아 있었다. 이런 일이 전혀 새롭지 않은 요아힘은 아주 침착하게 앉아 있었지만, 지금까지 자신의 유기체 내부를 들여다본 적이 없는 한스 카스토르프는 호기심을 이기지 못해 약간 열이 오르고 있었다. 그들만 여기에 있는 것이 아니라 다른 손님도 몇 명 와 있었다. 두 사람이 들어왔을 때, 그들은 벌써 대기실에 앉아 찢어진 그림 잡지를 무릎에 얹은 채 차례를 기다리고 있었다. 이 손님들 가운데에는 세템브리니의 식탁에서 식사를 하는 몸집이 거대한 젊은 스웨덴인도 있었다. 그가 4월에 이곳에 도착했을 때, 요양원에서 그를 받아들이지 않으려고 할 정도로 심하게 아팠다고 한다. 하지만 80파운드나 살이 붙은 이 젊은이는 이제 완치되어 곧 퇴원을 앞두고 있었다. 그 밖에도 보통 러시아인 식탁에 앉는 부인이 한 명 있었는데, 자신도 빈약해 보이는 부인은 더욱 빈약하게 보이는 자샤라는 이름의 아들, 코가 길고 못생긴 소년과 함께 있었다. 이 사람들은 사촌들보다 더 오랫동안 대기실에서 기다리고 있었다. 그들은 분명히 사촌들보다 대기 순서가 앞서 있었으나, 옆의 뢴트겐 검사실에서 일이 지연되는 것 같았다. 그러다 보니 차는 식어 있었다.

검사실에서는 사람들이 바쁘게 움직였다. 그곳에서 고문관의 목소리가 들려왔다. 뢴트겐 검사실 문이 열린 것은 세 시 반이거나 그보다 좀 더 지나서였다. 여기 지하층에서 일하는 뢴트겐 전문 조수가 문을 열어 주었다. 행운아인 스웨덴의 거인이 먼저 입장했다. 그의 앞에서 검사를 마친 사람은 다른 출구로 나간 것이 분명했다. 이제 일이 더 빨리 진행되었다. 10분쯤 지나자 벌써 이제는 완치되어 이 요양소의 보증인 역할을 하고 있는 스웨덴 젊은이가 뚜벅뚜벅 힘차게 복도를 지나가는 소리가 들렸다. 그리고 러시아인 부인이 자샤를 데리고 안으로 들어갔다. 한스 카스토르프는 스웨덴 젊은이가 들어갔을 때와 마찬가지로 이번에도 뢴트겐 검사실 내부의 반쯤 어슴푸레한 분위기, 즉 인위적인 조명이 지배하고 있음을 알아차렸다. 다른 한편으로 크로코프스키 박사의 사진 분석실도 어슴푸레한 분위기도 마찬가지였다. 창문은 커튼으로 차단되어 있었고, 몇 개의 전등이 켜져 있었다. 자샤와 그의 어머니가 입장하고 한스 카스토르프가 그들의 뒷모습을 바라보는 동안, 바로 그때 복도 문이 열리고는 다음 순번의 환자가 대기실에 들어섰다. 검사가 지체되는 바람에 벌써 대기실로 들어서게 된 환자는 바로 쇼샤 부인이었다.

아담한 대기실 안에 갑자기 나타난 사람은 클라브디아 쇼사였다. 한스 카스토르프는 쇼샤 부인이라는 것을 알아보고 놀라서 눈을 치켜떴다. 그러자 얼굴에서 핏기가 사라지고 아래턱이 축 늘어지며 입이 막 벌어지려는 것을 그는 뚜렷이 느꼈다. 클라브디아의 출현은 이렇게 우연하고도 뜻밖에 이루어졌다. 이렇게 우연히 그녀가 사촌들과 좁은 대기실에 함께 있게 된 것이다. 요아힘은 재빨리 카스토르프를 쳐다보고는 눈을 아래로 내리깔았을 뿐만 아니라, 이미 탁자에 내려두었던 잡지를 다시 집어 들어서는 그것으로 자신의 얼굴을 가렸다. 카스토르프는 사촌처럼 행동할 결단력이 없었다. 그의 얼굴은 창백해졌다가 다시 빨개졌고, 심장이 돌연 두방망이질 쳤다.

쇼샤 부인은 검사실로 통하는 문 옆의 엉성하고 기형적으로 생긴 팔걸이가 달린 작고 둥그스름한 안락의자에 자리를 잡았다. 그러면서 몸을 뒤로 기댄 채 다리를 가볍게 포개고 허공을 응시했는데, 사람들이 자신을 주목한다는 것을 의식하고는 프리비슬라프처럼 생긴 눈의 시선을 신경질적으로 옆으로 돌리며 약간 곁눈질로 바라보았다. 그녀는 하얀 스웨터에 푸른 치마를 입고 있었고, 도서관에서 대출받은 것으로 보이는 책 한 권을 무릎에 올려놓은 채 신발 밑창으로 가볍게 대기실 바닥을 두드리고 있었다.

이어서 1분 30초쯤 지나자 그녀는 벌써 자세를 바꾸고 주위를 둘러보았다. 그리고 어디로 가서 누구한테 문의해야 할지 모르겠다는 표정으로 일어서서는 말을 하기 시작했다. 그녀는 무엇인가를 물었는데, 막상 아무것도 하지 않고 자리에 앉아 있던 카스토르프가 아니라 화보 잡지에 열중해 있었던 것처럼 보였던 요아힘에게 물었다. 그녀는 입술로 말을 만들고는, 하얀 목에서 소리를 냈다. 그것은 깊숙하지는 않지만 조금 날카롭고 듣기 좋게 쉰 목소리, 카스토르프가 오래전부터 알고 있었고, 한 번은 심지어 가까이에서 들은 적이 있었던 목소리였다. 예전에 프리비슬라프는 이런 목소리로 자신에게 "좋아. 하지만 수업이 끝나면 꼭 내게 그걸 돌려줘야 해." 하고 말했었다. 물론 당시에는 좀 더 유연하면서도 확고한 어조였지만, 지금은 그 말이 약간 질질 끌리며 퍼져 나왔다. 말하고 있는 부인에게는 본래 그렇게 말할 권리가 없었고, 단지 그 말을 빌린 것뿐이었기 때문이다. 한스 카스토르프는 전에도 일종의 우월감을 가지고 그녀가 독일어로 말하는 것을 들어본 적이 있었다. 하지만 그런 우월감에는 황홀한 굴종 같은 것이 뒤섞여 있었다. 쇼샤 부인은 한 손은 스웨터 주머니에 넣고 다른 한 손은 뒷머리를 만지며 물었다.

"실례지만 댁의 예약 시간은 몇 시죠?"

요아힘은 사촌을 힐끔 쳐다보고는, 앉은 채로 발뒤꿈치를 모아 붙이며 대답했다.

"세 시 반입니다."

그녀가 다시 말했다.

"나는 45분이에요. 대체 무슨 일인가요? 곧 네 시가 되는데요. 사람들이 방금 들어갔나 보지요?"

"네, 두 사람." 요아힘이 대답했다. "우리보다 순서가 앞선 사람들입니다. 검사가 지연되고 있습니다. 모두가 30분씩 뒤로 밀린 것 같습니다."

"그거 참 기분이 좋지 않군요." 그녀는 이렇게 말하며 신경질적으로 머리카락을 어루만졌다.

"아니, 우리는 벌써 거의 30분이나 기다리고 있답니다." 요아힘이 대꾸했다.

이렇게 서로가 이야기를 주고받는 동안, 한스 카스토르프는 이 대화를 꿈속에서 듣는 것 같았다. 요아힘과 쇼샤 부인의 대화 내용은 물론 상황이야 전혀 다르겠지만 자신에게 기회가 주어졌더라도 거의 마찬가지였을 것이다. 그러나 '아니'라는 요아힘의 대답은 한스 카스토르프에게 모욕감을 주었고 심지어 뻔뻔스럽게 들렸다. 전후 사정을 고려해 볼 때 이 말이 그에게는 적어도 이질감을 줄 정도로 냉정하게 들렸다. 하지만 종래에는 요아힘이 그렇게 말했어도 지나친 것은 아니었다. 요아힘은 그녀와 대화를 나누면서 카스토르프의 면전에서 보란 듯이 '아니'라는 말로 멋지게 응수한 것이었다. ― 돌이켜보면 이는 한스 카스토르프 자신이 여기 도착하여 이곳에 얼마나 체류할 것인지 질문을 받았을 때, 요아힘과 세템브리니 앞에서 우쭐거린 것과도 비슷했다. 그녀는 요아힘이 화보 잡지로 얼굴을 가리고 있는데도 노련하게 그에게 말을 건 것이었다. 확실히 요아힘이 이곳에 한스 카스토르프보다 오래 있었고, 좀 더 오랫동안 그녀와 안면이 있었기 때문이다. 그렇지만 여기에는 다른 이유도 있었다. 그들의 경우에는 윤리적으로 거리를 둔 교제, 대화 상대자로서의 교제가 적당하며, 둘 사이에는 야성적이고 깊숙한 측면, 두렵고 비밀스러운 요소가 전혀 없었기 때문이다. 만약에 루비 반지를 끼고 오렌지 향수 냄새를 풍기는 어떤 갈색 눈의 아가씨가 사촌들과 함께 이곳에서 기다리고 있었다면, 한스 카스토르프 역시 '아니'라고 말했을 것이다. 왜냐하면 그녀와는 떳떳하고 순수한 관계에 있기 때문이다. '물론입니다, 오히려 언짢군요, 아가씨!' 그러면 이렇게 말하며 양복 안주머니에서 손수건을 꺼내 코를 풀기라도 했을 것이다. '조금만 참으세요. 우리도 마찬가지 상태입니다.' 요아힘은 사촌이 아무렇지도 않게 대충 이렇게 말하는 것에 놀라워했겠지만 그렇다고 자신이 그 대신에 말하는 것을 진심으로 바라지는 않았을 것이다. 그렇다, 한스 카스토르프도 사촌이 지금처럼 쇼샤 부인과 대화를 나누게 되었지만 그에게 질투심을 품지는 않았다. 그는 그녀가 사촌에게 말을 건 것에 동의하고 있었다. 그녀는 상황을 고려하여 그런 행동을 한 것이었고, 이렇게 하여 그녀가 이런 상황을 의식하고 있음을 고백한 셈이었다. 그의 가슴은 두방망이질치기 시작했다.

쇼샤 부인은 요아힘한테 냉정한 대우를 받은 후에 대기실 안을 좀 걸어 볼까 했지만 그럴 공간이 없었다. 심지어 한스 카스토르프는 동료 환자를 이렇게 대하는 선량한 요아힘에게 가벼운 적대감마저 가졌지만, 마음의 충격을 받은 가운데서도 이러한 적대감에 미소 짓지 않을 수 없었다. 그래서 클라브디아도 탁자의 화보 잡지를 집어 들고 볼품없는 팔걸이가 달린 안락의자로 돌아갔다. 한스 카스토르프는 자리에 앉아 그녀를 바라보면서 턱을 당기는 할아버지 흉내를 냈는데, 그 모습이 정말 우스꽝스러울 정도로 노인과 닮아 보였다. 쇼샤 부인은 이번에도 다리를 포개고 있어서 그녀의 무릎, 그러니까 그녀의 푸른 모직 치마 밑의 다리 전체의 날씬한 선이 훤히 드러나 보였다. 중키에 불과한 그녀는 한스 카스토르프가 볼 때 체격은 아주 적당하고 알맞았지만 다리는 비교적 길고 허리도 굵지 않았다. 그녀는 몸을 뒤로 젖히지 않고 앞으로 굽힌 채 팔짱을 낀 양팔을 포갠 다리의 허벅지에 얹고는 등을 둥그렇게 굽히고 양 어깨를 앞으로 떨어뜨렸기 때문에 목덜미가 훤히 드러나 보였다. 그렇다, 몸에 꽉 끼는 스웨터 때문에 등뼈까지 눈에 보일 정도였다. 그리고 마루샤의 가슴처럼 불룩하고 풍만하게 발달하지는 않은 작고 소녀 같은 그녀의 양쪽 가슴은 꽉 눌려 밋밋하게 보였다. 그녀도 뢴트겐 사진을 찍기 위해 이곳 대기실에서 기다리고 있다는 생각이 한스 카스토르프에게 불현듯 떠올랐다. 고문관은 그녀의 초상화를 그렸다. 그는 그녀의 겉모습을 유화로 캔버스에 재현했는데, 이번에는 어스름한 가운데 그녀의 내부 모습이 드러나게 하는 빛을 그녀에게 비출 것이다. 카스토르프는 이런 상상을 할 때는 신중하고 단정한 태도를 취하는 것이 좋겠다고 생각하여 엄숙하게 찡그린 표정으로 얼굴을 옆으로 돌렸다.

대기실에서 세 사람이 같이 있은 시간은 그리 오래되지 않았다. 검사실에서는 자샤와 그의 어머니에게 많은 시간을 할애하지 않았고, 늦어진 시간을 만회하려고 서두르고 있었다. 흰 가운을 입은 기사가 다시 문을 열자, 요아힘은 일어나면서 화보를 탁자에 도로 탁 내려놓았다. 카스토르프는 사촌을 따라 문 쪽으로 가면서도 속으로 주저하는 마음이 없었던 것은 아니었다. 예의바르게 쇼샤 부인에게 말을 걸어 그녀보고 먼저 들어가라고 하고 싶은 기사도적인 양보심이 그의 마음속에서 끓어올랐다. 만약 말을 했다면 그는 아마 프랑스어로 했을지도 모른다. 그래서 그는 급히 어휘와 문장 구조를 찾아보았다. 하지만 그는 이러한 예의바름이 이곳에서도 통용되는지, 정해진 순서가 기사도적인 태도보다 더 우선되는 건 아닌지 알 수 없었다. 요아힘은 이를 알고 있음이 틀림없었다. 한스 카스토르프는 간절한 눈길을 보내며 그를 움직여 보려고 했지만 그는 눈앞의 숙녀에게 순서를 양보할 기색을 보이지 않아서, 사촌을 따라 쇼샤 부인 곁을 지나 문을 통과해 검사실로 들어갔다. 그녀는 등을 구부린 자세로 그냥 그를 흘낏 쳐다볼 뿐이었다.

그는 뒤에 남기고 온 아까부터의 1분간의 모험에 정신이 팔려 있었기 때문에 촬영실에 발을 들여놓고서도 자신의 마음을 즉각 그곳으로 돌릴 수 없었다. 그의 눈에는 인위적으로 만든 어스름한 분위기에서 아무것도, 아니 대강밖에 보이지 않았다. 쇼샤 부인의 "대체 무슨 일인가요… 사람들이 방금 들어갔나 보지요… 아이, 이러면 어떡해요…." 하는 기분 좋게 흐려지는 음성이 귓전에 남아 감미로운 자극제가 되어 등줄기를 타고 흘러내리며 그를 전율케 했다. 그는 모직 치마 밑의 무릎이 훤히 드러난 모습을 보았고, 땋은 머리에서 헐렁하게 풀어져 나와 굽어진 목덜미에 드리워져 있던 불그스름한 금발 아래에 뼈가 드러난 것도 보았다. 다시 그의 등줄기에 전율이 흘렀다. 방안으로 들어온 사촌들에게서 몸을 돌린 베렌스 고문관이 책장인지 서가인지 모를 구조물 앞에 서서 팔을 뻗은 채 거무스름한 원판을 천장의 흐릿한 불빛에 대고 살펴보는 모습이 눈에 들어왔다. 이들은 그의 옆을 지나 더 깊이 안으로 들어갔는데, 조수는 이들을 검사할 준비를 하려고 두 사람을 앞질러 갔다. 방 안에서는 독특한 냄새가 났고, 김이 빠진 오존 같은 냄새가 진동했다. 검은 휘장이 드리워진 창들 사이로 툭 튀어나온 구조물이 촬영실을 크기가 같지 않게 두 부분으로 나누고 있었다. 물리학 기구들, 오목 렌즈, 배전반(配電盤), 곧추 서 있는 측정 기구들이 눈에 들어왔고, 굴릴 수 있는 대 위에 놓인 카메라 모양의 상자, 열을 지어 벽에 가지런히 놓인 유리로 된 투명한 슬라이드 필름이 보였다. 그래서 그는 사진사의 아틀리에나 암실, 또는 발명가의 작업실이나 마녀의 실험실에 들어와 있는 듯한 기분이 들었다.

요아힘은 얼른 상반신을 벗기 시작했다. 흰 가운을 입은 뚱뚱하고 비교적 젊은 이 지역 출신의 뺨이 붉은 조수는 한스 카스토르프에게도 똑같이 옷을 벗을 것을 지시했다. 검사가 빨리 끝나 곧 그의 차례가 된다는 것이다. 한스 카스토르프가 조끼를 벗는 동안 베렌스는 그때까지 서 있던 작은 칸막이 방에서 더 넓은 방으로 넘어왔다.

고문관이 말문을 열었다. "이런! 우리의 쌍둥이 형제들이군요. 카스토르와 폴리데우케스•… 부디 비명을 지르지 말아 주세요! 잠시 기다려요, 당장 두 분 다 촬영해 드리겠습니다. 카스토르프 씨, 당신은 우리에게 자신의 내부를 공개하는 것이 불안하지요? 안심하십시오, 아주 미학적으로 멋지게 진행된답니다. 여기 나의 개인 화실에는 처음 오셨

• 제우스와 레다 사이에 낳은 쌍둥이 형제.

겠죠?" 이렇게 말하며 고문관은 카스토르프의 팔을 붙잡고 컴컴한 유리판들이 줄 지어 서 있는 벽 앞으로 이끌고 가서는 그 뒤에서 탁 소리를 내며 불을 켰다. 그러자 유리판들이 밝아지면서 상이 나타났다. 카스토르프는 인간의 사지를 보았다. 손과 발, 무릎 연골, 허벅지 및 종아리, 팔과 골반 등이 나타나는 것이었다. 그러나 인체의 이런 부분들의 둥그스름한 살아 있는 형태는 안개가 낀 것처럼 윤곽이 희미해서 분명하고 자세하고 선명하게 드러나 있는 핵심, 즉 뼈를 안개처럼 파르스름한 빛으로 흐릿하게 둘러싸고 있었다.

"매우 흥미롭습니다." 한스 카스토르프가 말했다.

"물론 흥미롭지요!" 고문관이 대꾸했다. "젊은 사람들에게 유익한 시청각 교육이지요. 광선을 통한 해부, 아시겠어요, 새 시대의 승리입니다. 저것은 여성의 팔인데, 말끔한 형태를 보고 알 수 있지요. 연인과 밀회할 때 그 팔로 누군가를 포옹할 겁니다, 아시겠어요." 그는 웃었는데, 이럴 때면 윗입술이 짧게 다듬은 수염과 함께 한쪽으로 치켜 올라갔다. 상들은 사라졌다. 카스토르프는 요아힘의 흉곽 촬영이 준비되고 있는 옆쪽으로 고개를 돌렸다.

뢴트겐 촬영은 고문관이 처음에 서 있던 측면의 반대편 구조물 앞에서 이루어졌다. 요아힘은 일종의 구둣가게 걸상 같은 곳에 앉아서 앞에 놓인 판에 가슴을 꼭 대고는, 양팔로 그것을 감싸 안았다. 조수는 몸을 어루만져 그의 자세를 고쳐 주면서 요아힘의 어깨를 계속 앞쪽으로 밀고는 등을 주물렀다. 이어서 그는 카메라 뒤로 가서는 어느 사진사처럼 사진이 잘나오는지 보기 위해 허리를 굽히고 양 다리를 넓게 벌린 채 만족감을 나타냈다. 그리고 옆으로 움직이는 요아힘에게 숨을 깊이 들이쉬게 하고는 일이 다 끝날 때까지 숨을 멈추고 있으라고 주의를 주었다. 요아힘은 둥근 등을 쭉 펼치다가 동작을 멈추었다. 이 순간 조수가 배전반에서 필요한 조작을 실시했다. 그러자 물질을 투시하기 위해 필요한 엄청난 힘이 2초 동안 작동했다. 한스 카스토르프는 과거에 들었던 말을 떠올리면서 이와 같은 투시를 위해 수천 볼트나 수만 볼트의 전력이 흐른다고 생각했다. 의도대로 전기가 연결되자마자 그 힘이 옆길로 빠져 나가려고 하면서 쾅 하고 총 소리 같은 게 들리면서 방전이 되었고, 계량기에서는 파란 빛이 번쩍하면서 굉음이 들렸다. 긴 번갯불이 뿌지직 소리를 내면서 벽을 따라 달렸다. 어디선가 붉은빛이 눈동자처럼 조용히 위협하듯 실내를 들여다보았고, 요아힘의 등 뒤에 있는 플라스크 병이 녹색으로 가득 찼다. 이윽고 모든 것이 조용해지더니 빛의 기이한 움직임이 사라졌고, 그제야 요아힘은 참았던 숨을 내 쉬었다. 뢴트겐 촬영이 끝난 것이다.

"다음 피고!" 베렌스는 이렇게 외치며 카스토르프를 팔꿈치로 밀었다. "피곤한 척 말고 이리 와요! 무료 견본을 받으시오, 카스토르프 씨. 그러면 자녀나 손자들에게도 당신 가슴의 비밀을 영상으로 벽에 비쳐 볼 수 있습니다!"

요아힘이 물러났다. 기사는 사진의 판을 바꾸었다. 베렌스 고문관은 신참에게 앉는 법과 자세를 직접 가르쳐 주었다. "껴안으세요!" 그가 말했다. "판을 껴안으세요! 그것을 다른 어떤 것이라고 상상해도 좋습니다! 그리고 가슴을 그곳에 붙이고 행복한 느낌을 즐기십시오! 좋습니다. 숨을 들이쉬어요. 멈추십시오!" 그가 명령을 내렸다. "자. 준비!" 한스 카스토르프는 폐에 공기를 가득 채운 채 눈을 껌벅거리며 기다렸다. 그의 뒤에서 방전이 시작되면서, 우지끈 뚝딱 쾅 하고는 다시 잠잠해졌다. 대물렌즈가 그의 내부를 들여다본 것이다.

카스토르프는 자신의 몸에 광선이 뚫고 지나갔다는 느낌이 전혀 없었지만 자신에게 일어난 일로 인해 혼란스럽고 멍한 기분으로 걸상에서 내려왔다. “좋았습니다.” 고문관이 말했다. “이제 우리가 직접 눈으로 보도록 합시다.” 요아힘은 익숙할 대로 익숙해 있어서 다음 검사 장소로 이동해서는 구조가 복잡한 기구를 뒤로 하고 출입구 가까이의 어떤 삼각대 옆에 서 있었다. 그 기구의 등 높이에 물이 반쯤 찬 증류기가 달려 있고, 앞쪽으로 가슴 높이에는 틀에 넣어진 차광판이 도르래에 걸려 있었다. 카스토르프 왼쪽의 배전반과 기구들 사이에는 종 모양의 붉은 램프가 솟아 있었다. 고문관은 걸려 있는 차광판 앞에서 걸상에 걸터앉아 램프에 불을 켰다. 천장의 불이 꺼지고 루비 빛깔의 조명만 방안을 밝혀 주고 있었다. 그런 다음 고문관이 이 불마저 손을 가볍게 움직여 꺼 버리자, 실험실 안의 사람들은 짙은 적막에 휩싸이게 되었다.

“먼저 눈이 어둠에 익숙해져야 합니다.” 어둠 속에서 고문관이 이렇게 말하는 소리가 들렸다. “우리가 원하는 것을 보려면 먼저 고양이처럼 동공을 아주 크게 해야 합니다. 아시다시피 우리의 보통 눈으로는 당장에 제대로 볼 수 있는 것이 아니지요. 제대로 보려면 환한 상으로 이루어진 대낮을 먼저 감각에서 없애버려야 합니다.”

“정말 그렇겠네요.” 고문관의 어깨 뒤에 서 있던 한스 카스토르프가 이렇게 말하며 눈을 뜨고 있든 감고 있든 밤처럼 캄캄하기에 아예 두 눈을 질끈 감아 버렸다. “무엇인가를 보기 위해서는 일단 눈을 어둠으로 닦아내야 한다 이 말이군요. 맞는 말입니다. 심지어 나는 이런 것, 그러니까 말하자면 말없이 기도를 하면서 미리 조금은 마음을 가다듬는 것이 좋고 또한 올바르다고 생각합니다. 여기 서서 두 눈을 감고 있으니 졸음이 올 것처럼 느껴지며 기분이 좋습니다. 그런데 여기서 나는 게 무슨 냄새인가요?"

"산소입니다." 고문관이 말했다. "공중에서 맡고 있는 것은 산소의 냄새입니다. 실내에서 방전을 한 결과로 대기에 생기게 된 산물이랍니다, 이해하시겠지요. 자, 이제 눈을 떠요!" 그가 말했다. "자, 이제 주문을 시작하겠습니다." 그의 말에 따라서 카스토르프는 급히 눈을 떴다.

손잡이를 움직이는 소리가 들렸다. 모터가 돌아가면서 허공으로 날카로운 소리가 울려 퍼졌다. 하지만 다시 손잡이를 만져서 조절하자 일정한 움직임으로 제어가 되었다. 바닥이 규칙적으로 진동했다. 붉은 빛이 길게 수직으로 이어지며 조용히 위협하듯 이쪽을 바라보고 있었다. 어디선가 번갯불이 일어나며 피시식 소리를 냈다. 이윽고 천천히 우윳빛을 내며 밝아 오는 창문처럼 형광판의 창백한 사각형이 어둠 속에서 떠올랐다. 그 앞에서 베렌스 고문관이 구둣가게의 걸상 같은 곳에 걸터앉아 허벅지를 넓게 벌리고 두 주먹을 그 위에 놓은 채 인간의 내부 유기체를 보여 주는 판에 뭉툭한 코를 바짝 대고 있었다.

"보입니까, 젊은 양반?" 그가 물었다. 카스토르프는 그의 어깨 너머로 허리를 굽히고 살펴보고 있었다. 그러나 전에 진찰을 받을 때처럼 부드럽고 슬프게 보고 있을 요아힘의 눈이 있다고 짐작되는 쪽을 향하여 어둠 속에서 또 한 번 머리를 들고는 물어보았다.

"봐도 되겠어?"

"그럼, 괜찮아." 요아힘이 어둠 속에서 흔쾌히 허락했다. 그리고 카스토르프는 바닥이 진동하고 번갯불이 피식거리고 모토가 소란하게 작동하는 가운데 허리를 굽히고 청백색의 유리판에 비친 요아힘 침센의 앙상한 백골을 들여다보았다. 가슴뼈가 척추와 맞닿아 어둡고 우글

쭈글한 기둥처럼 보였고, 앞쪽의 늑골은 더 창백하게 보이는 등뼈와 교차되어 있었다. 위쪽에는 쇄골이 활 모양으로 양쪽으로 갈라져 있었고, 살 모양의 연하고 흐릿한 덮개 속에서 어깨뼈와 요아힘의 팔 위쪽 뼈의 시작 부분이 앙상하면서도 날카로운 모습으로 드러나 보였다. 흉곽은 밝아 보였으나 혈관과 어두운 반점, 검게 주름이 잡힌 부분은 구분이 되어 있었다.

"사진이 선명합니다." 고문관이 말했다. "몸이 단정하게 말라 있어요, 군인다운 젊음을 보여줍니다. 나는 여기서 뚱보의 내부를 검사한 적이 있었죠. 그런데 빛이 통과하지 못해 거의 아무것도 식별할 수 없었습니다. 그런 지방층을 통과할 수 있는 광선을 발견해야 식별할 수 있겠지요. 반면에 이번 경우는 선명하게 보입니다. 횡격막이 보이죠?" 그는 이렇게 말하고 저 아래 유리판 속에서 올라갔다 내려갔다 하고 있는 어두운 활 모양을 손가락으로 가리켰다. "이 왼쪽에 혹처럼 돌출한 부분이 보입니까? 그것은 환자가 열다섯 살 때 앓은 늑막염의 흔적입니다. 깊이 숨을 들이 쉬세요!" 그는 요아힘에게 지시했다. "더 깊이, 더 깊이 숨을 들이쉬세요!" 그러자 요아힘의 횡격막이 떨며 최대한 높이 올라가서, 위쪽에 있는 폐 부분이 환하게 모습을 드러냈지만, 고문관은 그 정도로 만족하지 않고 말을 이었다. "아직 불충분합니다! 폐문 림프선이 보입니까? 유착 부분은? 여기 폐 공동이 보입니까? 그를 취하게 하는 독소가 여기서 나오는 것입니다." 하지만 한스 카스토르프의 관심은 무엇인가 자루 같고 흉측한 동물 같은 것, 중앙 줄기 뒤에 어둡게 보이고 관찰자가 볼 때 대부분 오른쪽에 있는 것에 온통 빠져 있었다. 그것은 조금은 헤엄쳐 다니는 해파리처럼 규칙적으로 팽창했다 축소되곤 했다.

"그의 심장이 보입니까?" 고문관은 또 한 번 허벅지에서 커다란 손을 떼고는 고동치고 있는 축 늘어진 물체를 가리키면서 물었다. 맙소사, 그것은 심장이었다. 한스 카스토르프가 본 것은 명예를 존중하는 요아힘의 심장이 아닌가!

"네 심장을 보고 있어!" 카스토르프가 나직한 목소리로 말했다.

그러자 요아힘은 "괜찮아" 하고 다시 대답했다. 그는 저 위쪽 어둠 속에서 미소를 짓고 있는 것 같았다. 그러나 고문관은 두 사람에게 감상적인 말을 나누지 말고 조용히 하라고 주의를 주었다. 고문관은 가슴 내부의 반점과 선들, 검은 주름을 살피고 있었다. 이때 함께 엿보는 한스 카스토르프도 요아힘의 무덤 속의 모습과 해골, 즉 앙상한 골격과 비쩍 마른 죽음의 기념물을 열심히 관찰하고 있었다. 그에게 경건한 마음과 공포가 동시에 밀려들었다. "그렇습니다, 그래요, 보입니다!" 그는 여러 차례 이렇게 말했다. 예전에 그는 티나펠 쪽의 친척으로 오래전에 고인이 된 어떤 부인의 이야기를 들은 적이 있었다. 그녀는 어떤 음울한 재능을 타고났거나 지니고 있었고, 그 재능을 겸허하게 받아들이고 있었다. 그런데 그 재능의 본질은 곧 죽을 사람이 그녀의 눈에는 해골로 보인다는 점이었다. 이제 카스토르프의 눈에도 요아힘은 물론 물리적-광학적 과학의 도움과 실행에 의한 것이지만 그렇게 보였다. 하지만 그는 엄연히 요아힘의 동의를 얻고 본 것이기에 대수로운 문제는 아니었고, 모든 일은 제대로 진행된 것이었다. 그럼에도 그는 저 투시력을 지닌 부인의 운명에 내재된 우울한 심정을 이해할 수 있을 것 같았다. 그는 자신이 본 것 또는 자신이 보았다는 사실로부터 큰 충격을 받았다. 벌어진 일들이 과연 올바른 것인지, 주변이 진동하고 피시식 소리가 나는 어둠 속에서 이런 장면을 보아도 되는 것인지 하는 의

구심이 엄습했다. 그의 마음속에는 신중치 못하다는 느낌과 감동적이고 경건한 감정이 한데 뒤섞여 있었다.

그러나 몇 분 뒤 그 자신은 번갯불 속에서 곤욕을 치루는 동안 요아힘은 옷을 다시 집어 들고 입고 있었다. 고문관은 또 한 번 우윳빛의 판을 통해 이번에는 한스 카스토르프의 내부를 들여다보았다. 고문관의 중얼거리는 말, 간간이 내뱉는 투덜거림과 말투로 미루어 검사 결과가 그의 기대와 일치하는 것 같았다. 이윽고 그는 친절하게도 환자가 형광판을 통해 자신의 손을 보게 허락했다. 왜냐하면 환자가 간절히 부탁했기 때문이다. 그리하여 한스 카스토르프는 자신이 보고 싶어 했던 것, 하지만 본래는 인간이 보도록 되어 있지 않은 것, 또한 자신이 보리라고는 생각지도 못했던 것을 보고야 말았다. 그는 자신의 무덤 속 모습을 보았다. 그는 빛의 힘으로 나중에 자신의 몸이 분해된 모습을 미리 보았던 것이다. 자신이 달고 다니는 살이 분해되고 소멸하여 희미한 안개가 되어 사라져 버렸고, 거기서 가지런히 나누어져 뻗어 있는 오른손 뼈마디의 위쪽 무명지에는 할아버지한테서 물려받은 인장 반지가 검고 헐혈하게 들떠 있었다. 인간이 자신의 몸에 장식하는 이 딱딱한 현세의 물건은 살이 녹아 없어지면 자유롭게 되었다가 이어서 다른 살에 넘어가 한동안 그 살이 자신을 끼고 다니게 하는 법이다. 그는 저 앞서 세상을 떠난 티나펠 영사의 눈처럼 날카롭고 예견하는 눈으로 자신의 육체와 친숙한 몸의 일부를 바라보면서 생전 처음으로 자신도 죽으리라는 사실을 깨달았다. 그러면서 그는 자신이 음악을 들을 때면 늘 하던 표정을 지어보였다. 그는 상당히 멍하고 졸리면서도 경건한 표정으로 입을 벌린 채 머리를 어깨 쪽으로 기울였다. 이때 고문관이 말문을 열었다.

"섬뜩하지요, 안 그래요? 그래요, 섬뜩한 기운을 부인할 수 없지요."

그런 다음 그는 작동 기구들을 정지시켰다. 바닥이 조용해졌고, 빛의 현상이 사라졌으며, 마법의 유리판은 다시 어둠에 싸였다. 이어서 천장의 불이 들어왔다. 한스 카스토르프 역시 옷을 입는 동안, 베렌스는 이 젊은이들이 의학에 문외한이라는 점을 고려하여 자신이 본 것에 대해 몇 가지를 설명해 주었다. 특히 한스 카스토르프에 관한 한, 과학이라는 명예에 부합하듯이 뢴트겐의 시각적 검진 결과가 청진의 소견과 완전히 일치한다는 것이었다. 옛날의 환부뿐만 아니라 새로 생긴 환부도 볼 수가 있었으며, '줄', 그러니까 '매듭진 줄'이 기관지에서 폐기관의 상당히 깊은 곳까지 뻗어 들어가 있다는 것이다. 앞서 말했듯이 슬라이드 필름을 건네받으면 나중에 그가 그것을 직접 찾아볼 수 있을 거라고 베렌스가 말했다. 그러니 안정을 취하면서 인내하고, 규율을 지키고, 검온하고, 먹고, 누워서 기다리며 차를 마시라는 것이다. 베렌스는 사촌들에게서 등을 돌렸다. 사촌들 역시 검사실을 나왔다. 요아힘의 뒤를 따라가던 카스토르프가 어깨 너머로 바라보았다. 쇼샤 부인이 기사에게 이끌려 뢴트겐 검사실로 들어가고 있었다.

자 유

한스 카스토르프 청년에게는 대체 어떤 생각이 들었을까? 의심이 여지없이 명백하게 이 위의 사람들과 보낸 7주가 이를테면 마치 단 1주일에 불과한 것처럼 생각되었을까? 아니면 반대로 그가 실제로 이곳에 살았던 날짜보다 훨씬 더 오래 있은 것처럼 생각되었을까? 카스토르프는 이에 대해 자기 스스로에게 묻기도 하고, 요아힘에게 물어 보기도 했지만 어떤 결론을 내릴 수가 없었다. 어쩌면 두 경우가 다 맞는지도 몰랐다. 돌이켜보면 이곳에서 보낸 시간이 부자연스러울 정도로 짧거나 길게 생각되기도 했지만, 실제로 보낸 시간처럼 생각되지는 않았다.— 실제로 보낸 시간이란 말조차도 시간이란 자연 현상이며, 그것이 현실 개념과 연결될 수 있다는 전제에서만 가능하다.

아무튼 10월도 코앞에 다가오고 있고, 매일 매일이 금방 10월이 될 것만 같았다. 그것을 계산하는 일은 카스토르프에게 어려운 일이 아니었다. 게다가 그는 동료 환자들이 다가오는 계절에 관해 이야기를 나누는 것을 들을 수 있었다. "닷새 지나면 다시 초하루가 된다는 것을 알고 있어요?" 카스토르프는 헤르미네 클레펠트 양이 함께 어울리는 두 젊은 대학생, 라스무센과 입술이 두툼한 겐저에게 말하는 것을 들었다. 그들은 점심 식사가 끝난 뒤 아직 식탁들 사이에 음식 냄새가 배어 있는 식당에 둘러서서 안정 요양을 하러 가는 것에는 게을리 하면서 잡담을 나누고 있었다. "10월 1일이요. 관리실의 달력에서 봤어요. 이 유람지에서 두 번째 보내는 10월달이에요. 좋아요, 여름은 지나가 버렸어요, 여름이 있었다면 말이죠. 정말이지 대체로 우리가 인생에 속은 것처럼 여름에 속은 거예요." 그리고 그녀는 한쪽만 남은 폐로 한숨을 쉬고는 멍청하게 흐려진 눈으로 천장을 바라보면서 머리를 흔들었다. "기운을 차리세요, 라스무센 씨!" 그녀는 아래로 늘어진 동료의 어깨를 두드리며 말했다 "재미있는 말도 좀 해봐요!" 그러자 라스무센이 대답했다. "아는 게 별로 없어요! 재미있는 말이 나올 것 같지도 않거니와 나는 늘 너무 피곤해요." 라스무센은 두 손을 지느러미처럼 가슴에 갖다 댔다. "개도 바라지 않을 거예요. 이런 식으로는 더 오래 살고 싶지 않을 겁니다." 겐저가 입속말로 우물거렸다.

세템브리니도 이쑤시개를 입에 물고 근처에 서 있다가 밖으로 나오면서 한스 카스토르프에게 말을 걸었다.

"그들의 말을 그대로 믿지 말아요, 엔지니어 양반! 그들이 뭐라고 투덜대더라도 결코 믿지 말아요! 그들은 다들 여기서 아주 편안하게 지내면서도 예외 없이 투덜대고 있어요. 저렇게 게으른 생활을 하면서도 주변의 동정을 구하거나 독설을 내뱉고, 빈정거리고 냉소를 던질 권리가 있다고 생각한단 말입니다! '이 유람지에서!' 어쩌면 여기가 유람지가 아닐까요? 나는 여기가 유람지라고 생각하고 있습니다. 그것도 낱말의 가장 의심스런 의미에서 말입니다! '속았다고' 그녀가 말했습니다. '이 유람지에서 인생에 속았다고.' 그러나 저 아가씨를 평지로 돌려보내 봅시다. 그러면 그녀는 평지에서의 생활도 참지 못하고 하루 빨리 이곳에 올라오고 싶어 할 겁니다. 아, 그렇습니다, 빈정거림! 당신은 이곳에서 유행하는 빈정거림에 대해 경계를 해야 합니다. 엔지니어 양반! 이런 정신적 태도에 대해 경계해야 합니다! 빈정거림이 솔직하고 고전적인 수사법이 아니고, 게다가 건전한 감성에 잠시라도 오해의 여지를 남긴다면, 빈정거림은 방종이 되고, 문명의 장애가 되며, 침체와 광신, 악덕과의 불결한 사랑 놀음이 됩니다. 우리가 살고 있는 이 분위기는 이런 늪지대 식물이 번성하는 데 분명히 아주 적합합니다. 따라서 내 말을 당신이 잘 이해하기를 바라지만, 그러면서도 그것이 잘 될지 걱정이 되기도 합니다."

정말이지 이 이탈리아인의 말은 한스 카스토르프가 7주일 전에 평지에서 들었다면 횡설수설하는 소리에 불과했겠지만, 이 위에 7주일이나 있었기에 그의 정신은 그 말의 뜻을 이해할 수 있게 되었다. 그것도 아직 머리로 이해한다는 의미이지 어쩌면 더 중요할지 모르는 공감을 갖는다는 의미는 아니었다. 카스토르프는 두 사람 사이에 불편한 일이 있었음에도 세템브리니가 지금처럼 끊임없이 말을 해 주고, 계속 가르치면서 경거함으로써 자신에게 영향을 끼치려고 하는 것을 내심 기쁘게 여기지 않을 수 없었다. 하지만 이제 그의 이해력도 증진되어 적어도 어느 정도까지는 그의 말을 비판하고, 찬성을 보류하기에 이르렀다. '이것 보게' 하고 그는 생각했다. '빈정거림에 관해서도 음악에 관해서 말할 때와 아주 비슷하게 말하고 있네. 빈정거림이 솔직하고 고전적인 교육수단이기를 중지하는 순간에 대해서 〈정치적으로 의심스럽다〉는 말만 안 할 뿐이야. 그러나 내가 끼어들어 한마디 해도 된다면, 한순간이라도 오해의 여지가 없는 빈정거림이란 대체 어떤 빈정거림인지 묻지 않을 수가 없어. 이 따위 빈정거림은 무미건조한 선생 타입의 빈정거림일 것 같아!' 배움을 쌓아 나가는 젊은이란 이렇게 배은망덕한 것이다. 이런 젊은이는 선물을 받고도 그 선물에 대해 불평을 늘어놓는 법이다.

여하튼 자신의 반감을 말로 표현하는 것은 너무 모험적이라고 생각했는지도 모른다. 그는 자신의 이의 제기를 헤르미네 클레펠트에 대한 세템브리니의 비판으로 제한했다. 그의 판단이 부당하게 느껴졌거나 또는 특정한 이유로 그렇게 느껴지기를 바랐기 때문이다.

"그러나 그 아가씨는 병을 앓고 있습니다!" 한스 카스토르프가 말했다. "그녀는 정말로 중병을 앓고 있으니 절망하는 것도 무리는 아닙니다. 도대체 저런 아가씨에게서 무엇을 바랍니까?"

"병과 절망이라. 그것도 종종 방종의 한 형태에 지나지 않습니다." 세템브리니가 말했다.

'그렇다면 레오파르디는 어떠한가.' 카스토르프는 생각했다. '과학과 진보에 공공연히 절망했다고 하는 레오파르디는? 그러면 학교 선생 같은 당신 자신은? 당신 자신도 병을 앓아 이 위로 여러 번 왔으니, 카르두치가 이런 사람에게 기뻐하지는 않을 것 같은데.' 카스토르프는 이렇게 생각하다가 소리를 내어 말했다.

"선생은 좋은 사람입니다. 하지만 선생은 그 아가씨가 언제 죽을지 모르는데, 그녀에 대해 방종하다고 합니다. 이것은 좀 더 자세한 설명이 필요합니다. 병이 종종 방종의 결과라고 말씀하신다면 그럴 것 같기도 합니다만…."

"아주 분명합니다." 세템브리니가 카스토르프의 말에 끼어들었다. "정말로 내가 그렇다고 주장한다면 인정하겠습니까?"

"또는 병이 방종의 구실로 이용된다고 말씀하신다면, 네, 그것 또한 납득이 갑니다만."

"그것 참 대단히 감사합니다!"

"그러나 병이 방종의 한 형태라고요? 즉 방종에서 생긴 게 아니라 방종 그 자체라고요? 그것이야말로 역설입니다!"

"아, 이봐요, 엔지니어 양반, 오해는 말아 주세요! 나는 역설을 경멸하고 증오하기까지 합니다! 내가 빈정거림에 대해 비난한 모든 것을 역설에 대해서도 비난할 수 있지요, 오히려 그 이상입니다! 역설은 정적주의(靜寂主義)의 독이 든 꽃이자 퇴폐한 정신의 광채이자 방종의 극치라 할 수 있습니다! 그런데 당신은 분명히 다시금 병을 옹호하고 있군요."

"아닙니다, 나는 선생이 하는 말씀에 흥미를 느끼고 있습니다. 크로코프스키 박사가 월요일에 들려주는 강연을 여러 모로 생각나게 합니다.

박사도 강연에서 유기체의 병을 이차적 현상으로 설명하고 있습니다."

"아주 순수한 이상주의자는 아니군요."

"그의 어떤 점이 마음에 들지 않습니까?"

'방금 말씀드린 것 말입니다."

"선생은 정신분석에 대해 좋지 않게 생각합니까?"

"항상 그런 것은 아닙니다. 아주 나쁘기도 하고 아주 좋기도 하여 양면성이 있다고 생각합니다, 엔지니어 양반."

"그건 어떤 의미입니까?"

"정신분석은 계몽과 문명의 도구로는 훌륭한 것입니다. 그것이 우매한 확신을 뒤흔들거나 자연의 편견을 해소하고, 권위를 뒤엎는 경우에는 훌륭한 것입니다. 다시 말해 해방시키고, 순화하며 교화하여 노예가 자유를 획득하도록 해줄 때는 훌륭합니다. 반면에 정신분석이 행동을 방해하고, 생명을 잉태할 능력이 없어 오히려 생명의 근원을 손상시키는 경우 아주 나쁜 것입니다. 정신분석은 아주 역겨운 것일 수도 있습니다, 죽음처럼 말입니다. 그것은 어쩌면 근본적으로 죽음에 속하는 것일지도 모릅니다. 무덤과 그것을 추악하게 해부하는 것과 흡사하다고나 할까요…."

'잘도 으르렁거리네, 사자처럼.' 한스 카스토르프는 세템브리니가 교훈적인 이야기를 할 때 대체로 그러듯이 사자를 연상하지 않을 수 없었다. 하지만 그는 이렇게 생각만 했을 뿐 입으로는 다음과 같이 말했을 따름이었다.

"우리는 최근에 지하실에서 광선에 의한 해부를 실행했습니다. 베렌스는 우리에게 뢴트겐을 투시하면서 그렇게 불렀습니다."

"그래요, 당신은 벌써 그 단계에까지 이르렀습니까? 그래서요?"

"나는 내 손의 뼈마디를 보았습니다." 한스 카스토르프는 그것을 보았을 때의 기분을 되살리려고 하면서 말했다. "선생도 그것을 본 적이 있습니까?"

"아니오, 나는 내 뼈마디 따위에는 전혀 관심이 없습니다. 그래서 의사의 진단은요?"

"그는 줄을, 매듭이 있는 줄을 보았답니다."

"악마의 종놈 같으니."

"당신은 언젠가도 베렌스 고문관을 그렇게 불렀습니다. 그건 무슨 뜻인가요?"

"그것이 꼭 맞는 명칭이라고 믿어도 좋습니다!"

"아닙니다, 그건 부당합니다, 세템브리니 씨! 그 사람에게 약점이 있다는 것은 인정합니다. 그 사람이 말하는 투를 한참 듣고 있으면 나도 불쾌해지니까요. 그 사람의 말투에는 가끔 부자연스러운 것을 느낍니다. 이 위에서 부인을 잃었다는 큰 슬픔을 지니고 있다는 점을 생각하면 더욱 그렇습니다. 그러나 그는 어느 모로 보나 존경할 만한 훌륭한 사람이고 괴로움을 겪고 있는 인류의 은인입니다! 나는 얼마 전에 이판사판으로 늑골 절개수술을 끝마치고 나오는 그와 만난 적이 있었습니다. 그 사람이 그토록 힘들고 유익한 일을 마치고 나오는 것을 보고 나는 대단한 감명을 받았습니다. 그는 수술에는 전문가입니다. 그 사람은 아직 흥분이 가시지 않은 얼굴로 시가를 피워 물고 있었는데, 그건 수술을 끝낸 보답 같은 것이겠지요. 그 사람이 부러웠습니다."

"좋은 말입니다. 그런데 당신에게 내려진 형량은?"

"특정한 기간은 말하지 않았습니다."

"나쁘지는 않군요. 그럼 이제 가서 누웁시다, 엔지니어 양반. 각자의 자리로 돌아가도록 합시다."

두 사람은 34호실 앞에서 헤어졌다.

"이제 옥상으로 올라가세요, 세템브리니 씨. 혼자서 안정 요양을 하는 것보다 여러 사람이 함께 하는 게 더 즐겁겠지요. 서로 대화를 나눕니까? 안정 요양을 함께 하는 사람들은 재미있는 사람들입니까?"

"아, 파르티아인과 스키타이인 뿐입니다!"

"러시아 사람들인가요?"

"네, 러시아 여자들도 있습니다." 세템브리니가 이렇게 말할 때 입언저리가 팽팽해졌다. "자, 그럼 잘 가시오, 엔지니어 양반!"

그것은 뭔가 저의가 있는 말이었다. 그건 틀림없었다. 한스 카스토르프는 혼란한 마음이 된 채 자신의 방으로 들어갔다. 세템브리니는 카스토르프의 현재 상태를 알고 있는 것일까? 아마 그는 교육자답게 낌새를 차리고 카스토르프의 눈이 움직이는 방향을 추적했을 것이다. 카스토르프는 그 이탈리아인에게 분노를 느꼈다. 자제하지 못하고 쓸데없는 것을 물어본 자신에게 화가 났다. 그는 안정 요양에 가지고 갈 펜과 종이를 찾으면서도 —이제는 주저할 수 없어서 고향에 세 번째 편지를 써야 했다— 여전히 화를 가라앉히지 못하고 있었다. 자신은 길거리에서 아가씨들에게 추파를 던지는 주제에 자신과는 아무 관계도 없는 남의 일에 참견하는 이 말 많은 허풍선이에 대해 입속으로 투덜거렸다. 그리고 이제는 편지를 쓸 기분마저도 사라져 버렸다. 이 손풍금장이가 아까 은연중에 던진 말 때문에 기분을 완전히 잡쳐 버렸던 것이다. 그러나 어쨌든 겨울옷 없이는 지낼 수가 없었다. 돈, 속옷, 신발이 필요했고, 여름 3주일뿐만 아니라 아직 기한은 확실히 알 수 없지만, 아무튼 겨울의 일부분, 아니 이 위에 사는 우리들의 개념과 시간관념으로 볼 때 겨울철 내내 체재하게 될 것을 처음부터 알았더라면 가져왔을 모든 것이 필요했다. 이런 것을 적어도 가능성이라는 의미로서도 집에 알려야 했다. 이번에는 저 아래 세상에 사는 사람들에게 있는 그대로를 모두 알리는 것이 필요했고, 자신에게나 그들에게 계속 속이고 있을 수만은 없는 일이었다.

이런 생각을 하면서 그는 전에 요아힘이 여러 차례 하는 것을 본 적이 있던 기술을 따라 안정 요양을 위한 침대에 누웠다. 그런 다음 두 무릎을 세운 채 그 위에 여행용 가방을 올려놓고는, 만년필로 책상 서랍에 준비되어 있는 요양원의 편지지에 편지를 썼다. 그는 두 명의 외삼촌 가운데 자신과 가장 친한 야메스 티나펠에게 편지를 쓰고, 영사인 종조부에게 편지 내용을 전해줄 것을 부탁했다. 그는 언짢은 돌발사건, 하지만 사실이 되어 버릴 수 있는 우려에 대해 진술하면서 의사의 소견에 따라 겨울의 일부, 어쩌면 겨울 내내 이 위에서 보내야 할지도 모른다고 썼는데, 왜냐하면 자신의 경우에는 종종 요란하게 진행되는 증세보다 더 까다로울 수 가 있어서 단호히 조치를 취해 제때에 확실하게 예방하는 것이 중요하기 때문이라는 것이다. 이런 관점에서 볼 때 이번에 우연히 이곳에 올라와 진찰을 받게 된 것이 다행스러운 일이고 은혜로운 일이다. 그렇지 않았더라면 자신의 상태에 대해 오랫동안 모르고 있다가 어쩌면 나중에는 심각한 지경에 이르렀음을 알게 되었을지도 모르기 때문이다. 예상되는 요양 기간에 관한 한 겨울을 꼬박 넘기게 될지도 모르고, 요아힘보다 더 일찍 평지로 돌아갈 수 없게 될지라도 놀라지 말아 달라. 이곳의 시간 개념은 평상시의 온천 여행이나 요양 여행 때의 시간 개념과는 다르다. 말하자면 이곳에서는 달이 가장 작은 시간 단위이며, 개별적으로는 달이라는 단위도 전혀 역할을 하지 못한다고 덧붙였다.

날씨는 차가웠다. 그는 외투를 입은 채 이불 속으로 들어가 벌겋게 달아 오른 손으로 편지를 썼다. 간혹 이성적이고 설득력 있는 문장들이 쓰여 있는 종이로부터 눈을 들어 이제 친숙해져서 거의 보지 않는 풍경, 오늘은 출구가 유리처럼 투명하고 창백한 산봉우리로 막혀 있는 길게 뻗은 골짜기를 바라보았다. 골짜기의 바닥에는 때때로 햇빛을 받아 반짝거리는 농가들이 보였고, 한쪽에는 울창한 숲과 다른 한쪽에는 암소의 방울 소리가 들려오는 산비탈이 보였다. 그는 점점 더 경쾌하게 글을 써나갔다. 그러자 어째서 자신이 편지 쓰기를 두려워했는지 도무지 이해할 수 없었다. 편지를 쓰면서 그는 자신의 표명보다 더 분명한 것은 없으며, 집에서도 당연히 완전히 자신의 생각에 동의할 것이라고 생각했다. 자신과 같은 계층과 생활 형편에 있는 젊은이는 어떤 것이 권장할 만한 것으로 입증되면 그렇게 하는 것이 관례이며, 특별히 자신과 같은 사람을 위해 준비된 편의시설을 이용하는 게 일반적이었다. 또한 그렇게 하는 게 적절했다. 만일 그가 귀향을 한다고 해도, 가족들이 그에게서 자초지종을 듣게 되면 다시 이 위로 돌려보냈을 것이다. 그는 자신에게 필요한 것을 보내 줄 것과 끝으로 필요한 돈을 정기적으로 보내 달라고 부탁했다. 한 달에 800마르크면 모든 것을 충당할 수 있다고 썼다.

그가 서명을 함으로써 편지 쓰는 일을 끝냈다. 집에 보낸 이 세 번째 편지는 한동안 편지를 안 써도 될 만큼 충분했다. 저 아래 평지의 시간 개념이 아니라 이 위에서의 시간 개념으로 말이다. 이 편지는 한스 카스토르프에게 자유를 보장해 주었다. 그가 사용한 자유라는 말은 마음속으로 음절을 만들어 본 것에 지나지 않았고 실제로 표명한 것은 아니었다. 그렇지만 그는 이곳에 체류하는 동안 자유라는 말을 배우게 되었듯이 가장 광범위한 의미로 사용한 것이었다. 물론 세템브리니가 이 말에 덧붙이던 의미와는 별로 상관이 없었다. 이와 동시에 이미 경험한 공포와 흥분의 물결이 그를 덮쳤고, 그가 한숨을 내쉬자 그의 가슴이 떨리기 시작했다.

편지를 쓰느라 머리에 피가 몰렸는지 그의 뺨이 뜨겁게 달아올랐다. 이 기회에 조그만 전기스탠드가 놓여 있는 탁자에서 체온계를 꺼내 체온을 재어 보았다. 체온은 37.8도까지 올라가 있었다.

'보이죠?' 카스토르프가 중얼거렸다. 그리고 그는 추신을 덧붙였다. "편지를 쓰는 게 힘이 들었습니다. 그 바람에 체온이 37.8도로 올라갔어요. 이러니 당분간은 안정을 취해야 되겠다는 생각이 듭니다. 자주 편지를 못 드려도 부디 용서해 주시기 바랍니다." 그런 다음 그는 자리에 누워 형광판 뒤에서 그랬던 것처럼 손바닥을 밖으로 향한 채 하늘을 향해 손을 들어올렸다. 그러나 하늘빛은 손의 모양을 바꾸지 못했다. 오히려 밝은 빛 앞에서 손 모양이 더 어둡고 불투명해졌으며, 손의 가장 바깥 쪽 윤곽만이 불그스레하게 투명한 모습을 나타냈다. 이 손은 그가 보면서 씻고 사용하곤 하는 살아 있는 손이었고, 얼마 전에 형광판에서 본 낯선 뼈마디는 아니었다. 그가 당시에 뚜렷하게 보았던 분석적인 무덤은 다시 닫혀 있었다.

수은주의 변덕

10월도 늘 새로운 달이 찾아오듯이 시작되었다. 시작은 그 자체로는 완전히 겸손하고 조용한 시작이며, 그야말로 표시나 신호도 없이 슬그머니 들어온다. 따라서 꼼꼼하게 눈여겨보지 않으면 그것은 주의에서 쉽게 사라져 버린다. 시간에는 사실 눈금이 없고, 새로운 달이나 해가 시작될 때 뇌우가 치거나 트럼펫이 울리는 것도 아니다. 하지만 새로운 세기가 시작될 때 총을 쏘거나 종을 치는 것도 인간뿐이다.

한스 카스토르프의 경우 그가 맞이한 10월 1일은 9월 30일과 마찬가지로 춥고 음산했으며, 다음 며칠도 같은 나날의 연속이었다. 안정 요양을 할 때에는 밤뿐만 아니라 낮에도 겨울 외투와 두 장의 낙타털 담요가 필요했다. 뺨은 마른 채 상기되었지만 책을 들고 있는 손가락은 축축하고 뻣뻣했다. 요아힘은 슬리핑백을 사용하고 싶은 유혹에 사로잡혔지만, 때 이르게 나쁜 버릇이 들까봐 이를 그만두고 말았다.

그러나 며칠이 지나자 10월 초와 중순 사이에 모든 것이 변했다. 뒤늦게 다시 여름이 찾아와 놀라울 정도로 화창한 날씨가 계속되었다. 한스 카스토르프는 이 지역의 10월을 찬미하는 이야기를 들은 적이 있었는데, 그게 공연한 소리가 아니었다. 2주일 반 동안 산과 골짜기에 화창한 하늘이 펼쳐지더니 날이 갈수록 더욱 하늘이 청명해졌다. 더구나 새파란 하늘로부터 햇살이 너무나 따갑게 내리쬐는 바람에 이곳 사람들 모두가 이미 벗어던진 가장 가벼운 여름옷인 모슬린 옷과 아마포 바지를 다시 꺼내 입으려고 하였다. 독창적인 장치인 구멍이 여러 개 뚫린 쐐기로 접이식 침대의 팔걸이에 고정시킨, 손잡이가 없는 범포(帆布) 차양조차도 한낮의 작열하는 햇빛을 막기에는 충분하지 않았다.

“여기서 이렇게 좋은 날씨를 맞이하게 되다니 참 즐거워.” 한스 카스토르프가 사촌에게 말했다. “우리는 가끔 지독하게 나쁜 날씨를 겪어보기도 했었잖아. 그런데 어느덧 겨울이 가고 좋은 계절이 오기라도 할 것 같단 말이야.” 그의 말이 옳았다. 참된 실상을 암시해 주는 몇몇 특징들이 나타났지만, 그렇다고 그것이 그다지 두드러지지는 않았다. 저 아래 플라츠 읍내에서 간신히 생명을 이어 가며, 일찍이 힘을 잃고 나뭇잎이 다 떨어져 버린 두세 그루의 단풍나무를 제외하면 이곳에는 주위의 풍경에 계절의 인상을 불러일으킬 만한 활엽수가 없었다. 가을답게 벌거숭이의 모습을 보이고 있는 것은 부드러운 침엽을 넓은 잎사귀처럼 떨어뜨리고 있는 암수가 동체인 오리나무뿐이었다. 그 밖에 이 부근의 나무들은 위로 치솟은 것이나 아래로 수그린 것도 경계가 모호하고 1년 내내 눈보라치는 이곳의 겨울 날씨에 잘 견디는 상록의 침엽수였다. 따가운 뙤약볕에도 불구하고 숲을 여러 층으로 나누고 있는 적갈색의 색조만이 깊어 가는 가을을 알려주고 있었다. 물론 자세히 관찰해 보면 들꽃도 마찬가지로 소리 없이 계절을 알려 주고 있었다. 한스 카스토르프가 이 위에 처음 왔을 때 비탈을 장식하고 있던 난초와 비슷한 야생 난초와 관목 모양을 하고 있는 매발톱 꽃나무는 더 이상 보이지 않았고, 야생 패랭이꽃도 자취를 감추었다. 용담이나 줄기가 짧은 콜히쿰만은 아직 남아서 표면이 덥게 느껴지는 대기 어딘가에 냉기가 흐른다는 것을 알려 주고 있었으며, 이 냉기는 피부가 그을린 채 안정 요양을 하고 있는 청년의 뼛속까지 오한이 열병 환자를 습격하듯 갑자기 싸늘한 기운을 느끼게 하였다.

그리하여 한스 카스토르프는 시간 관리자가 시간의 흐름에 주의를 기울이면서 시간의 단위를 분할하거나 셈하고 그것에 이름을 부여하는 저 규칙적인 일을 하지 않았다. 그는 10월이 살며시 찾아온 사실을 등한시했던 것이다. 다만 10월의 감촉만을 느꼈고, 내부와 저변에 은밀한 냉기를 감춘 뙤약볕의 열기만을 느꼈을 뿐이다. 이처럼 경험해 보지 못한 강렬한 느낌에 사로잡혀서 그는 이를 요리와 비교해 보고 싶은 마음이 생겼다. 그가 요아힘에게 표현한 바에 따르면, 그 느낌은 뜨거운 달걀 거품 밑에 아이스크림을 넣어둔 '오믈렛 엉 쉬르프리즈'를 생각나게 했다. 그는 종종 그런 말을 했는데, 피부는 뜨거운데 오한을 느끼는 사람처럼 성급하고도 거침없이 흥분된 목소리로 말했다. 물론 그러다가도 간간히 혼자만의 생각에 잠긴 것은 아니었으나 침묵을 지켰다. 왜냐하면 그의 주의력은 외부를 향해 있었지만, 한 가지에 집중해 있었고, 따라서 나머지 것은 사람이든 사물이든 그의 두뇌에서 생성된 안개로 희미해져 있었기 때문이다. 아마 이 안개를 그것에 둘러싸인 자신과 마찬가지로 베렌스 고문관과 크로코프스키 박사도 의심할 나위 없이 가용성 독소의 산물이라고 말했을 것이다. 하지만 이를 분명히 의식하면서도 그는 도취에서 깨어나기 힘든 것 같았다. 아니 깨어나려는 소망조차 전혀 품지 않는 것 같았다.

그럴 것이 도취란 취하는 것 자체가 목적이며, 거기서 깨어나는 것보다 싫고 혐오스런 것은 없기 때문이다. 도취는 이를 진정시키려는 느낌에 대항하여 자신의 견해를 주장하며, 도취 상태를 유지하기 위해 이런 느낌을 허락하지 않는다. 전에 한스 카스토르프는 쇼샤 부인의 옆모습이 마음에 들지 않을 만큼 약간은 날카롭고 나이가 들어 보여서 이를 직접 말로 표현한 적이 있었다. 그 뒤로 어떠했는가? 그는 그녀의 옆모습을 보는 것을 의도적으로 회피하여 멀리서든 가까이서든 우연히 그녀의 옆모습을 보게 되는 일이 있으면 문자 그대로 눈을 감아 버렸다. 그것은 그에게 고통스러웠다. 왜 그랬을까? 그의 이성은 이런 기회를 즐겁게 인지하여 효과를 발휘해야 했을 것이다! 그러나 요구가 너무 지나친 것 아닐까… 이처럼 화창한 날씨가 계속되는 가운데 쇼샤 부인이 따뜻한 날씨에 입는 흰 레이스가 달린 실내복을 입고 두 번째 아침 식사에 다시 나타났을 때, 카스토르프는 황홀감에 사로잡혀 얼굴이 백지장처럼 창백해졌다. 그 옷은 쇼샤 부인을 지극히 매력적으로 보이게 하였다. 그녀는 뒤늦게 나타나 문을 쾅 닫고는, 미소를 지은 뒤 두 팔을 서로 다른 높이로 가볍게 올리며 홀을 향해 뚜벅뚜벅 걸어갔다. 그러나 그가 황홀해진 것은 그녀의 모습이 아름답게 보여서가 아니었다. 그보다는 그녀의 방종한 태도로 말미암아 머릿속의 달콤한 안개가 더욱 자욱해지고, 스스로 원한 도취 상태가 그 목적에 따라 몽롱해지면서 정당화되고 조장되었기 때문이었다. 로도비코 세템브리니와 같은 사고방식을 가진 평가자라면 이처럼 선의지가 부족한 것을 보고 곧바로 방종이나 '방종의 한 형태'라고 말했을 것이다. 한스 카스토르프는 때때로 세템브리니가 '병과 낙담'에 대해 언급한 문필가적인 문구, 그가 이해할 수 없다고 생각했거나 의구심을 보였던 문구를 생각하곤 했다. 카스토르프는 클라브디아 쇼샤, 그녀의 축 늘어진 등, 앞으로 내민 머리를 바라보았다. 그는 그녀가 아무 이유나 구실도 없이, 오로지 질서의식과 예의가 부족하기 때문에 계속해서 식당에 늦게 나타나는 것을 바라보았다. 그녀는 바로 이런 기본적인 소양이 부족하기 때문에 자신이 드나드는 문을 매번 쾅 닫고, 빵을 둥글게 뭉치며, 때로는 손톱 끝을 씹는 것을 그는 보았던 것이다. 그러자 불현듯 그의 마음속에서는 다음과 같은 말없는 예감이 솟아올랐다. 즉, 그녀가 병을 앓고 있다면 —그리고 이 위에 그토록 자주 오가며 오랫동안 살아야만 했던 것을 생각할 때 그녀가 희망이 없을 정도로 중병을 앓고 있는 것이 분명하지만— 그녀의 병은 전적으로 그렇지는 않더라도 대부분은 도덕적 결함에 속할지도 모른다. 그것도 사실 세템브리니가 말한 바와 같이 그녀의 병은 '방종'의 원인이나 결과가 아니라 바로 방종과 같은 것일지도 모른다. 카스토르프는 인문주의자가 안정 요양을 함께 해야 하는 '파르티아인과 스키타이'을 언급하면서 보여주던 경멸의 거동을 기억에 떠올렸다. 그것은 자연스럽고 노골적인, 설명조차 필요 없는 경멸과 거부의 태도였다. 카스토르프는 이런 태도가 어떤 것인지 예전부터 잘 알고 있었는지도 모른다. 그 자신은 식탁에 바른 자세로 앉아 문을 쾅 닫는 것을 마음속 깊이 증오하고, 손톱을 깨무는 일은 한 번도 해본 적이 없으며(그에게는 마리아 만치니가 있었기에 그럴 필요가 없었지), 쇼샤 부인의 무례함에 심한 반감을 가졌을 때부터, 그리고 눈이 가느다란 러시아 여자가 독일어로 말하는 것을 들으려고 하면서 일종의 우월감을 떨쳐버릴 수 없었을 때부터 그랬는지 모른다.

그러나 이제 한스 카스토르프는 내면의 변화로 인하여 이런 감정을 거의 포기하게 되었고, 오히려 그의 분노의 대상은 '파르티아인과 스키타이인'에 대해 오만하게 언급한 이탈리아인이었다. 이렇게 말한다고 해서 그가 '값싼' 러시아인 식탁의 사람들, 예컨대 지나치게 머리칼이 덥수룩하고 셔츠도 입지 않은 채 자리에 앉아서 외국어라곤 전혀 구사할 줄 모르고 끊임없이 낯설고 투박한 러시아어로 논쟁하던 대학생들을 딱히 염두에 둔 것은 결코 아니었다. 이에 대해 베렌스 고문관은 최근에 뼈가 없는 것처럼 흐느적거리는 러시아어의 성격이 갈빗대가 없는 흉곽을 연상시킨다고 말한 바 있었다. 이 사람들의 풍습이 인문주의자에게 어쩌면 활력에 있어서 거리감을 일으킬 수는 있을 것 같았다. 이 사람들은 음식을 칼로 찍어 먹었고, 화장실을 다시는 회복이 불가능할 정도로 더럽혔다. 세템브리니는 이들 동아리 중에서 의과대학 본과 대학생이 라틴어를 전혀 모르더라고 주장하면서 예를 들어 그는 바쿰(Vacuum, 진공)이 무슨 뜻인지도 모르더라는 것이다. 그리고 카스토르프 자신의 일상적 경험으로 미루어 32호실의 부부는 아침에 마사지를 하러 찾아오는 마사지 담당자를 침대에 나란히 누운 채 맞이한다고 슈퇴어 부인이 식탁에서 한 말이 거짓말은 아닌 것 같았다.

그러나 이 모든 말이 전부 사실일지라도 '특별석'과 '보통석'을 뚜렷이 구분하는 데에는 이유가 없지 않았다. 한스 카스토르프는 이 두 식탁의 사람들을 파르티아인과 스키타이인이라는 이름으로 오만하고 냉정하게 —자신도 열이 있고 취기가 있으면서도 냉정하게— 구분지어 말하는 공화국과 아름다운 문체의 그 어떤 선전가에 대해서는 그저 어깨만 으쓱하며 넘겨버리자고 스스로에게 다짐했다. 어째서 세템브리니가 그렇게 말했는지를 카스토르프 청년은 충분히 이해하고 있었고, 점차 쇼샤 부인의 병과 그녀의 〈방종한 태도〉와의 관계를 이해하기 시작했다. 그러나 사정은 그가 언젠가 요아힘에게 말한 것과 다르지 않았다. 즉, 이를 대하는 사람은 처음에는 불쾌함과 거리감을 느끼는 정도이지만, 갑자기 '판단력과는 전혀 상관없는 아주 다른 것이 섞여들어' 엄격한 예절 따위는 사라져 버린다. 이럴 때면 공화주의자의 웅변조로 행하는 교육적 영향은 아무 효과도 없게 된다. 하지만 실로 로도비코 세템브리니가 말하는 의미에서도 물음을 제기하건대, 인간의 판단력을 마비시키거나 제압하고, 인간에게서 판단할 수 있는 권리를 빼앗거나 또는 오히려 무모한 황홀경에 빠져 이 권리를 포기하도록 결정짓는 미심쩍은 일은 대체 무엇이란 말인가? 우리는 그 명칭을 묻는 게 아니다. 왜냐하면 명칭은 누구나 다 알고 있기 때문이다. 우리가 묻는 것은 그것의 도덕적 성향이다. 그리고 솔직히 말해서 우리는 이에 대해 자신 있는 답변을 기대하는 것은 아니다. 한스 카스토르프의 경우에는 판단하는 것을 중지하게 되었을 뿐만 아니라 그의 마음에 드는 생활 형식을 스스로 시험해 보려는 정도로 도덕적 성향이 느슨해졌다. 요컨대 그는 식탁에서 등을 구부정하게 늘어뜨리고 앉아서는, 그런 자세가 골반 근육의 부담을 현저하게 경감시켜준다는 사실을 알게 되었다. 또 출입하는 문을 조심스럽게 닫지 않고 쾅 소리가 나게 닫아 보면서 이것도 역시 쉽고 편하다는 사실을 알게 되었다. 그것은 어깨를 으쓱하는 것과도 같은 기분이었다. 요아힘 역시 카스토르프가 이곳에 처음 왔을 때 역에서 어깨를 으쓱하며 그를 맞이했었고, 그 이후로 그는 이 위의 사람들에게서 어깨를 으쓱하는 모습을 자주 발견하곤 했었다.

단적으로 말해 우리의 여행자인 한스 카스토르프는 클라브디아 쇼샤에게 홀딱 반했다. 이 말이 불러일으킬 오해에 대해서는 충분히 예방해 놓았다고 생각하기 때문에 또 다시 이 말을 사용한다. 따라서 카스토르프의 연정의 본질을 결정하는 것은 저 노래의 정신인 다정하고 정겨운 애수의 감정은 아니었다. 오히려 그것은 이러한 연정 중에서 아주 모험적이고 방랑아적인 변종인 것으로, 열병 환자의 용태나 고산지대의 10월처럼 오한과 열기가 뒤섞인 상태였다. 그리고 그 양극단을 연결해 줄 수 있는 정서적인 매개물은 결여되어 있었다. 그의 연정은 한편으로는 청년의 얼굴을 창백하게 하고 그의 표정을 일그러지게 하는 직접적인 대상, 그러니까 쇼샤 부인의 무릎, 다리의 선, 등, 목덜미, 자그만 가슴을 양쪽에서 누르고 있는 팔, 한마디로 말해 그녀의 방종하고 흥분해 있는 육체, 병 때문에 한껏 강조되고 또 한번 육체적 성격이 강화된 육체로 향해졌다. 그런데 다른 한편으로 이 연정은 지극히 일시적이고 아득한 어떤 것, 하나의 상념, 아니 하나의 꿈이었다. 무의식적이긴 하지만 분명하게 제기된 질문에 대해 공허한 침묵만을 대답으로 갖게 된 젊은이가 꾸었던 끔찍하고 무한히 유혹적인 꿈이었다. 누구나 그러하듯 여기서 이야기를 진행하면서 우리의 사적인 생각을 밝힐 수 있는 권리를 우리는 요구하는 바이다. 카스토르프가 삶의 의미와 목적에 관해 시간의 깊은 심연으로부터 그의 단순한 영혼을 만족시킬 만한 그 어떤 방향을 찾았더라면, 본래 이 위의 사람들 곁에 체류하기로 한 기간을 분명히 현재의 이 시점까지 연장하지는 않았을 거라고 우리는 추측한다.

그런데 이와 같은 상황을 맞이하여 어떤 곳, 어느 상황에서도 누릴 수 있는 온갖 고통과 기쁨을 그에게 안겨준 것은 바로 연정이었다. 사랑의 고통이란 너무나 통렬한 법이다. 모든 고통이 다 그렇듯이 사랑의 고통에는 불명예스러운 요소가 들어 있으며, 그 고통은 신경 계통에도 충격을 주어 호흡을 방해하고 성인이 된 사내로 하여금 쓰라린 눈물도 흘리게 할 수 있다. 기쁨에 관해서도 올바르게 말해 다반사로 찾아왔다. 그것은 눈에 띄지 않는 동기로부터 생겨난 것이지만, 고통 못지않게 강렬한 것이었다. 베르크호프의 하루는 거의 매순간 그런 기쁨을 가져오곤 했다. 예컨대 식당에 발을 들여놓는 순간 한스 카스토르프는 꿈에 그리던 대상이 그의 등 뒤에서 따라오는 것을 깨닫는다. 애초에 그 결과는 빤하고 지극히 단순하지만, 동시에 눈물을 흘리게 할 만큼 내적으로 희열을 자아낸다. 그의 눈동자와 그녀의 청회색 눈동자가 가까이에서 서로 마주치면, 그녀의 약간은 아시아적으로 가느다란 눈 모양과 생김새에 그는 뼛속까지 황홀해진다. 그럴 때마다 그는 정신이 나가곤 하지만, 정신없는 상태에서도 그녀가 먼저 문으로 들어가도록 양보하면서 옆으로 비켜선다. 그러면 그녀는 엷은 미소를 띠며 소곤거리듯이 "메르시" 하며 감사의 뜻을 표하며 그의 신사로서의 예절을 받아들이곤, 그의 옆을 지나서 문으로 들어간다. 그는 옆을 스쳐 지나간 여인의 향내를 맡으며 서로 마주쳤다는 사실, 그리고 그녀가 "메르시"라고 소곤거리며 말해준 것에 대한 기쁨에 취해 멍청한 모습으로 서 있다. 이윽고 그는 그녀의 뒤를 따라 비틀거리며 오른쪽에 있는 자신의 탁자로 걸어가서는 자리에 주저앉고는 저쪽에서도 마찬가지로 클라브디아가 자리에 앉으며 자신을 향해 고개를 돌리는 것을 바라본다. 그녀가 문에서 자신을 만난 것에 대해 곰곰이 생각하는 표정을 짓는다는 상상에 빠진다. 오, 믿을 수 없는 모험이여! 오, 환호, 승리, 무한한 기쁨! 그렇다, 한스 카스토르프는 저 아래 평지에서 어느 건강한 아가씨를 만나 공개적인 방식으로 화목하면서도 기대감을 가지고 저 노래의 의미로 '자신의 마음을 바쳤더라도' 이렇게 환상적인 만족감을 선사하는 희열을 맛보지는 못했을 것이다. 이 모든 상황을 지켜보면서 솜털이 난 얼굴을 붉히는 여교사에게 그는 열기에 들떠 쾌활하게 인사를 건넨다. 이어서 그가 로빈슨 양에게 영어로 무의미한 말을 지껄이면, 황홀경과는 거리가 먼 여교사는 뒤로 펄쩍 물러나며 기겁을 한 눈초리로 그를 훑어보는 것이다.

언젠가 한번은 저녁 식사 때 일몰의 불그스레한 광채가 러시아인 특석을 비추고 있었다. 베란다 문과 식당 창문에는 커튼이 드리워져 있었으나, 어딘가에 틈이 벌어져 있었다. 그곳으로 붉은 광채가 서늘하지만 눈부신 빛으로 들어와서는 바로 쇼샤 부인의 얼굴 쪽으로 떨어지는 바람에 그녀는 오른편의 가슴 부분이 쏙 들어간 동향인과 대화를 하면서 손으로는 눈부신 햇빛을 가리지 않으면 안 되었다. 그렇게 하는 것은 성가신 일이지만, 힘든 일은 아니었다. 어느 누구도 이에 신경 쓰지 않았고, 당사자인 쇼샤 부인도 어쩌면 이런 불편을 전혀 의식하지 못했을지도 모른다. 그러나 한스 카스토르프는 이런 광경을 홀 너머로 지켜보고 있었다. 그 역시 한동안 지켜보고 있다가 사태를 살펴보고는 햇빛이 들어오는 길을 눈으로 추적해서는 통로를 알아냈다. 그 통로는 저 뒤 오른쪽 베란다 문과 러시아인 보통석 사이의 구석에 있는 아치형 창문으로, 그것은 쇼샤 부인의 자리와 카스토르프의 자리로부터 거의 같은 거리에 있었다.

그는 결단을 내렸다. 그는 냅킨을 손에 들고 말없이 자리에서 일어섰다. 이어서 홀을 지나 식탁 사이를 비스듬히 가로 질러 걸어가서는, 저 뒤 크림색 양쪽 커튼을 잘 포개어 덮었다. 그런 다음 석양의 붉은 빛이 차단되어 쇼샤 부인이 해방된 것을 어깨 너머로 확인하고는 별일 아니라는 듯 태연히 자신의 자리로 되돌아왔다. 그는 어느 누구도 햇빛 가릴 생각을 하지 않기에 필요한 일을 한 주의 깊은 청년이었다. 그가 한 일에 주의를 기울이는 사람은 거의 없었지만, 쇼샤 부인은 즉시 불편이 해소된 것을 느끼고 뒤를 돌아보았다. 카스토르프가 다시 자리에 돌아가 앉은 다음 자신이 있는 쪽을 바라볼 때까지 그녀는 계속 같은 자세를 유지하고 있었다. 그런 다음 그녀는 머리를 숙이기보다는 앞으로 내밀며 놀란 것 같으면서도 화사한 미소를 지으며 감사의 뜻을 전했다. 그도 머리를 숙여 답례를 보냈다. 그의 심장은 멎어 버려 도대체 뛰지 않는 것 같았다. 이 모든 일이 지나간 한참 뒤에야 비로소 그의 심장이 고동치기 시작했다. 그리고 그제야 그는 요아힘이 시선을 조용히 접시로 향하고 있는 것을 알아차렸다. 슈퇴어 부인이 블루멘콜 박사의 옆구리를 찌르고는 웃음을 참으며 자신의 식탁과 다른 식탁에서 이 일을 눈치 챈 사람이 있는지 사방을 기웃거리는 것을 나중에 가서야 그도 확실하게 깨닫게 되었다.

우리는 일상적인 일들을 묘사하고 있다. 그러나 이런 일상사도 특이한 환경에서 일어나면 특이한 것이 된다. 두 남녀 사이에는 〈긴장〉이 생겼다가 기분 좋게 해소되곤 했다. 또는 두 남녀 사이라고 말할 수 없을지라도 (쇼샤 부인이 어느 정도로 이것을 느꼈는지 우리는 그냥 놔두려고 하기 때문이다) 카스토르프의 환상과 감정으로는 그러하였다. 최근에 날씨가 화창하여 요양객 대부분은 점심 식사가 끝난 뒤 식당 앞 베란다로 나와 15분가량 무리를 지어 햇볕을 쬐었다. 그럴 때면 14일마다 돌아오는 일요일의 관악기 연주회 때와 마찬가지의 광경이 전개되었다. 할 일 없이 고기와 달콤한 과자로 지나치게 배를 채웠고, 미열이 있는 젊은이들이 잡담을 나누고 수다를 떨며 추파를 던지기도 했다. 암스테르담에서 온 잘로몬 부인이 난간에 앉아 있었는데, 한편에서는 입술이 두툼한 겐저가 다른 편에서는 몸집이 큰 스웨덴인이 그녀를 무릎으로 죄고 있었다. 스웨덴인은 완쾌했지만 조금 더 요양을 하기 위해 한동안 여기서 더 머무르고 있었다. 일티스 부인은 흡사 미망인처럼 보였다. 왜냐하면 그녀는 근자에 '애인'과 어울리는 것을 즐기고 있었기 때문이다. 그런데 애인이라는 남자는 수심이 가득하고 보잘것없는 모습을 하고 있었다. 이 남자와 어울리면서도 그녀는 다른 한편으로 매부리코를 하고 콧수염에 포마드를 바르고 가슴이 떡 벌어졌으며 매서운 눈을 하고 있는 미클로지히 대위의 구애도 받아들이는 것을 서슴지 않았다.

안정 요양 홀에는 국적이 각기 다른 부인들이 있었다. 그 가운데는 10월 1일에 처음으로 이곳에 나타나, 카스토르프가 아직 이름을 잘 모르는 새로 온 여자들도 있었다. 이 여자들 틈에 알빈 씨 타입의 신사들이 있었다. 그 밖에 단안경을 낀 17세가량의 소년, 그리고 장밋빛 얼굴을 하고 우표 교환에 광적으로 열광하는 안경을 낀 젊은 네덜란드인이 있었다. 또한 머리에 포마드를 바르고 갸름한 눈매를 가진 그리스인 여러 명이 있었는데, 그들은 식사 때에는 남의 음식에까지 손을 대는 나쁜 버릇을 가지고 있었다. 그리고 항상 둘이서 함께 붙어 다니며 '막스와 모리츠'라고 호명되던 두 사람은 위대한 탈옥자로 간주되었다. 그런가 하면 곱사등이 멕시코인은 여기서 오가는 말을 하나도 알아듣지 못해 귀머거리 같은 얼굴을 하고 있었다. 그는 사진기의 삼각대를 기묘한 솜씨로 민첩하게 테라스에서 이리저리 끌고 다니면서 계속 사진을 찍어 댔다. 고문관도 가끔 그곳에 나타나 구두끈 매는 자신의 재주를 보여 주기도 했다. 만하임 출신의 어느 독실한 종교인은 홀로 어딘가 사람들 틈에 끼어서 슬픔이 묻어나는 눈초리로 카스토르프가 보기에도 역겨울 만큼 몰래 어느 한곳을 훔쳐보곤 하였다.

이제 이런 저런 예를 가지고 앞서 말한 〈긴장과 긴장 해소〉로 화제를 돌린다면, 이런 기회에 한스 카스토르프는 벽 옆에 있는 래커 칠을 한 정원 의자에 앉아 싫은데도 억지로 끌려 나온 요아힘을 상대로 환담을 나누었다. 한편 그의 앞에는 쇼샤 부인이 그녀의 식탁 동료들과 함께 담배를 피우며 난간에 기대어 서 있었다. 그는 그녀를 위해, 그러니까 그녀에게 자신의 말을 들려주기 위해 대화를 나누고 있었던 것이다. 그녀는 그에게 등을 돌리고 있었다. … 보다시피 우리는 여기서 어떤 특정한 경우를 주목하고 있다. 카스토르프는 열심히 대화를 나누는 상대자로 사촌뿐인 것에는 만족스럽지 않아서 고의적으로 어떤 사람과 가까이 지냈다. 누구였을까? 바로 헤르미네 클레펠트였다. 그는 이 젊은 여성에게 우연인 것처럼 말을 걸고는 자신과 요아힘을 그녀에게 소개했다. 이어서 래커 칠을 한 의자를 그녀에게도 끌고 와서는 셋이서 더욱 열을 올려 신나게 떠들었다. 그는 이곳에 와서 어느 날 아침 처음으로 아침 산책을 하던 날 그녀 때문에 얼마나 놀랐는지 아느냐고 물어 보았다. 그렇다, 당시에 그를 위해 그렇게 가슴이 시원하도록 환영 인사로 휘파람 소리를 낸 것이 그녀였던 것이다! 그리고 솔직하게 고백하지만 그녀는 자신의 목적을 100퍼센트 달성한 데 반해, 그는 곤봉으로 머리를 얻어맞은 것처럼 충격을 받았고, 이는 사촌인 요아힘에게 물어 보면 증명되는 일이다. 하, 하, 기흉으로 휘파람 소리를 내어 아무 죄도 없는 산책객을 놀라게 하다니요! 카스토르프는 이런 행동을 나쁜 짓이며 유죄가 되는 남용으로 칭하면서 이에 대해 분개했노라고 말했다. … 이때 요아힘은 자신이 이용 도구가 되고 있음을 의식하고는 눈을 내리깔았다. 클레펠트도 카스토르프의 맹목적이고 불안하게 움직이는 눈초리에서 자신이 목적을 위한 수단으로만 이용되고 있다는 굴욕감을 점차 갖게 되었는데, 그럼에도 한스 카스토르프는 성난 얼굴을 하기도 하고, 과장된 표정을 짓거나 말을 꾸며 대고, 듣기 좋은 목소리를 내기도 함으로써 마침내 자신의 목적을 이루었다. 쇼샤 부인은 유난히 눈에 띄게 떠들어대는 사람에게 고개를 돌려 그의 얼굴을 쳐다보았다. 하지만 이는 단지 일순간의 일이었다. 프리비슬라프와 같은 그녀의 눈은 다리를 포개고 앉아 있는 남자의 몸을 재빨리 훑어 내려서 노란 구두를 잠시 바라보더니 거의 경멸처럼 보이는 눈빛, 아니 바로 경멸의 눈빛을 던지며 고의로 냉담한 표정을 지어보였다. 이어서 그녀는 나른하게, 어쩌면 알기 어려운 미소를 머금으며 눈길을 돌리는 것이었다.

실로 호되게, 너무나 호되게 서리를 맞은 불행한 사건이 아닌가! 한스 카스토르프는 한동안 열에 들뜬 사람처럼 계속 떠들어 댔지만 그의 구두를 내려다보던 눈길이 머릿속에 명확하게 떠오르자 나오던 말이 멈추면서 비탄에 빠져 버렸다. 그러자 클레펠트는 지루해지고 모욕을 당한 것 같아서 자리를 떠 버렸다. 요아힘도 결국은 다소 흥분된 목소리로 이제는 안정 요양을 하러 가자고 말했다. 상심한 카스토르프는 핏기 없는 입술로 그러자고 대답했다.

한스 카스토르프는 이 사건으로 말미암아 이틀 동안이나 몹시 괴로워했다. 이 이틀 동안 화끈거리는 상처를 가라앉혀 주는 일은 일어나지 않았기 때문이다. 어째서 그녀는 그런 눈초리를 보냈단 말인가? 삼위일체의 신의 이름을 걸고 묻건대 어째서 그런 멸시의 눈초리를 보냈을까? 그를 아무것도 아닌 일에 열을 올리기 좋아하는 평지의 건강한 멍청이로 보았을까? 말하자면 평지의 순진무구한 사람처럼 이리저리 돌아다니며 킬킬거리고, 배나 가득 채우고 돈이나 버는 평범한 녀석 — 명예의 지루한 특전만을 생각하는 인생의 모범생으로 보는 것은 아닐까? 그는 그녀의 영역과는 무관한, 3주일 예정으로 이곳에 찾아온 불확실한 청강생에 지나지 않는단 말인가? 그에게도 침윤된 부분을 가지고 입문 선서를 하지 않았던가? 그도 이제는 편입되고 소속을 갖게 되어 이 위의 사람들의 일원이며, 2개월이 넘는 경력을 갖고 있고, 어젯밤에도 수은이 다시 37.8도까지 올라가지 않았던가? … 그러나 바로 그것이었다, 그것이 그의 고민을 더욱 크게 해주었다! 수은이 더는 올라가지 않았던 것이다! 이틀 동안 지독하게 의기소침한 상태에 빠짐으로써 한스 카스토르프의 체질이 냉각되고 냉정해지고 이완되었으며, 이로 인해 너무나 부끄럽게도 평열을 거의 넘지 않는 낮은 체온의 결과가 생겨났다. 그리고 아무리 걱정하고 비통해 할지라도 자신이 클라브디아라는 존재와 그녀의 본질로부터 점점 더 멀어져 갈 뿐이라는 사실을 알게 된 것이 그에게는 끔찍한 일이었다.

하지만 사흘째 되는 날 부드러운 구원의 손길이 찾아왔다. 이른 아침에 그 손길이 찾아들었다. 맑고 상쾌하고 화창한 가을날 아침이었는데, 풀밭은 온통 은회색의 식물로 덮여 있었다. 청명한 하늘에는 태양과 기울기 시작한 달이 거의 같은 높이에 걸려 있었다. 두 사촌은 아름다운 가을날에 경의를 표하기 위하여 아침 산책을 규정된 도정보다 약간 더 연장하여 수로 옆 벤치가 있는 숲속 길을 더 멀리 가볼 작정으로 평소보다 일찍 일어났다. 요아힘이 자신의 체온 곡선도 마찬가지로 내려가기 시작한 것을 기쁘게 생각하고 이런 기분전환의 특별한 제안을 내놓았고, 이에 대해 한스 카스토르프도 반대하지 않았다. "우리는 회복되었어." 그가 말했다. "이젠 평지에 내려가도 좋을 만큼 충분히 열이 없어지고 해독도 되었어. 그러니 망아지처럼 펄쩍 펄쩍 뛰며 돌아다니지 못할 이유가 어디 있어." 그래서 두 사람은 모자를 쓰지 않고 — 이 위의 사람들이 모자 없이 걷는 습관에 대하여 처음에는 그들의 습관을 따르지 않고 평지의 생활양식과 예의범절을 확실하게 지켰던 한스 카스토르프도 선서식을 치른 이후로는 이 위의 관습에 그냥 순응하고 말았다— 지팡이를 준비하여 길을 떠났다. 하지만 그들이 황토길의 오르막 부분을 미처 다 오르기도 전의 일이었다. 그들은 언젠가 신참인 카스토르프가 당시에 기흉 회원들을 만났던 곳에 왔을 때에 조금 떨어진 앞에서 쇼샤 부인이 천천히 올라가는 것을 보았다. 흰 스웨터와 흰 플란넬 스커트, 심지어 구두까지도 흰색으로 신은 쇼샤 부인이 아침 햇살을 받아 불그스레해진 머리칼을 하고서 앞서 가고 있었다. 엄밀히 말해 카스토르프가 그녀라는 것을 알아차렸고, 요아힘은 동반자에게 억지로 끌려가는 것 같은 불쾌한 기분으로 비로소 사태를 깨달았다.—

처음에는 카스토르프가 갑자기 발걸음을 멈추고 거의 멈춰 서는 것 같더니, 다음에는 갑자기 재촉하듯 빨리 걸어가는 것이었다. 요아힘은 이렇게 재촉 받는 것을 도저히 참을 수 없어서 화를 냈다. 그의 호흡이 짧고 급해지더니 그는 곧 잔기침을 해 댔다. 하지만 목적이 뚜렷한 카스토르프는 모든 기관이 활발하게 움직이기 시작하는지 요아힘의 상태 따위는 별로 걱정하지 않았다. 이제 사태를 알아차린 요아힘은 말없이 눈썹을 찌푸리기는 했지만 사촌을 혼자 앞에 가게 할 수 없어 얼른 그를 따라갔다.

아름다운 아침을 맞이하여 카스토르프 청년은 생동감을 찾을 것 같았다. 또한 지난 이틀 동안 침체된 상태에서 원기가 슬며시 회복되고 있었고, 이제는 자신에게 드리워진 장애가 무너질 때가 되었다는 확신이 뇌리를 번쩍 스쳐지나갔다. 그래서 그는 숨을 헐떡이며 그러잖아도 저항감을 느끼는 요아힘을 끌어 잡아당기며 성큼성큼 걸었다. 이렇게 해서 그들은 오른쪽으로 수풀이 우거진 언덕을 따라 나 있는, 평평해지는 길이 꺾어지기 직전에 쇼샤 부인을 거의 따라잡았다. 그러자 카스토르프는 뒤쫓느라 흐트러진 상태에서 그의 계획을 실행하지 않도록 보행 속도를 늦추었다. 그리고 구부러진 길 너머 비탈과 절벽 사이, 나뭇가지 사이로 햇빛이 쏟아지는 파랗게 물든 가문비나무 숲속에서 모종의 계획이 진행되었다. 카스토르프가 요아힘의 왼쪽에서 사랑스러운 여자 환자를 앞지르면서 씩씩한 발걸음으로 그녀 곁을 지나가는 놀라운 일이 일어났다. 그리고 그가 그녀의 오른쪽 옆을 지나는 순간 모자를 안 쓴 머리로 인사를 하면서 나직한 목소리로 정중하게(말할 것도 없이 아주 정중하게) "좋은 아침입니다"라고 인사를 해서는 그녀로부터 대답을 얻어 냈다. 이에 대해 그녀는 별로 놀라지 않고 상냥하게 머리를 숙이며 독일말로 인사를 하고는 눈웃음을 쳤다.— 이 모든 것은 그의 구두를 쳐다보던 눈초리와는 다른 어떤 것, 무엇인가 심원하고 행복감을 선사하는 어떤 것이었다. 그것은 행운이요 사태의 호전, 전례 없고 거의 이해하기 어려운 최상의 호전이었다. 바로 그것은 구원이었다.

주체할 수 없는 기쁨에 눈이 멀어서 그녀의 인사, 말마디, 미소를 간직한 채 한스 카스토르프는 이용을 당한 요아힘 옆에서 날아가듯이 앞으로 급히 걸음을 옮겼고, 요아힘은 사촌에게서 고개를 돌려 물끄러미 산비탈을 내려다보았다. 그것은 요아힘에게 타격, 상당히 뻔뻔스런 타격으로써, 요아힘의 눈에는 심지어 배신이나 간계와 같은 어떤 것이라는 사실도 카스토르프는 아주 잘 알고 있었다. 하지만 전혀 면식이 없는 사람에게 연필을 빌려 달라고 간청한 것은 아니다.— 오히려 몇 개월 동안 같은 지붕 밑에 살고 있는 부인 옆을 모르는 체 인사도 하지 않고 지나친다면 이것야말로 무례한 짓이 될 것이다. 그리고 최근에는 클라브디아와 대기실에서 대화를 나누기까지 하지 않았던가? 이 때문에 요아힘도 그냥 잠자코 있을 수밖에 없었다. 그러나 카스토르프는 명예를 존중하는 요아힘이 왜 아무 말도 하지 않고 얼굴을 돌리고 걸어가는지 그 이유를 잘 알고 있었다. 그러면서도 그 자신은 성공을 거둔 모험에 너무 흥분하고 즐거워서 어찌할 바를 몰라 했다. 예컨대 누군가가 평지에서 공공연히 희망에 부풀어, 아주 만족스럽게 건강한 처녀에게 '자신의 마음을 바쳐' 큰 성공을 이루었다 해도 이보다 더 행복할 수는 없었을 것이다. 그렇다, 카스토르프가 기회를 엿보다가 빼앗고 확보한 작은 성공보다 더 행복할 수 없을 것이다. 그래서 그는 잠시 후 사촌의 어깨를 툭 치며 말문을 열었다.

"이봐, 어떻게 된 거야? 이렇게 날씨가 좋은데 말이야! 나중에 요양

전문 호텔에 내려가 보자고. 그곳에 가면 아마 음악을 연주하고 있을 거야! 〈카르멘〉 중에 '이 가슴에 깊이 숨겨져 있는 꽃, 보라, 저 아침의 꽃'을 연주할지도 몰라. 무슨 걱정거리라도 있는 거야?"

"아니, 전혀." 요아힘이 말했다. "그런데 너는 열이 심한 것 같은데. 내려간 열이 다시 올라오는 모양이야."

실제로 열이 다시 올라오고 있었다. 한스 카스토르프에게서 유기체의 굴욕적인 침체 현상은 그가 클라브디아 쇼샤와 나눈 인사로 말미암아 사라져 버렸다. 아주 엄밀히 말하면 그는 이를 의식하고 만족스럽게 여겼다. 그렇다, 요아힘의 말이 들어맞았고, 수은주가 다시 올라간 것이다! 카스토르프가 산책에서 돌아와 검온을 해 보니 수은은 대략 38도까지 올라갔다.

백과사전

한스 카스토르프는 세템브리니 씨의 넌지시 비꼬는 말에 화를 내기는 했어도— 그가 이를 이상하게 생각할 이유가 없었고, 교육자답게 무엇인가 낌새를 맡고 알아내려는 인문주의자를 탓할 권리도 없었다. 그가 현재 어떤 상태에 있는지는 장님도 알아챘을 것이다. 그 자신도 이를 전혀 숨기려 하지 않았고, 고결하고 고상하면서도 단순한 성품 때문에 이를 감출 수 없었다. 말하자면 이것이 그의 장점이기도 한데, 이 점에서 쇼샤 부인에게 빠져 있는 만하임 출신의 머리숱이 적은 사내의 몰래 엿보는 음험한 본성과는 확연히 구별되었다. 우리는 기억을 되살려 거듭 말하고자 한다. 지금 카스토르프와 같은 상태에 처해 있는 인간에게는 대체로 자신을 솔직히 드러내려는 충동과 욕구, 고백과 자백의 본능, 맹목적인 자기도취, 세계를 자기 자신으로 채우려는 열렬한 증세가 내재해 있었다. — 이런 사태에는 의미, 이성, 희망이 거의 없다는 것이 분명한 만큼 우리처럼 냉정한 사람들에게는 더욱 낯설게 여겨지기 마련이다.

어째서 이런 사람들이 자신을 드러내지 않고는 못 배기는가 말로 표현하기는 어렵다. 이렇게 하지 않고서는 견디지 못하는 것처럼 보인다. 이와 관련하여 판단력을 가진 사람이 언급한 바와 같이 대체로 두 가지 사실만을 의식하는 베르크호프와 같은 사회, 즉 첫째도 체온이고 둘째도 체온뿐인 사회에서는 더욱 그러하다. 예를 들어 빈에서 온 부름브란트 총영사 부인은 미클로지히 대위의 열기로 들뜬 바람기를 누구로 대신 메울 것이지, 완쾌한 스웨덴의 거인 또는 도르트문트 출신의 파라반트 검사로 메울 것인지, 아니면 동시에 두 사람으로 메울 것인지 하는 문제로 생각에 잠긴다. 그럴 수 있는 것이 파라반트 검사와 암스테르담 출신의 잘로몬 부인 사이에 몇 달 동안이나 맺어온 애정 관계는 두 사람의 원만한 합의에 따라 그만두게 되었고, 따라서 잘로몬 부인은 자기 연령의 취향에 따라 더 젊은 대학생들에게 방향을 돌려 클레펠트 양의 식탁에 앉는 입술이 두툼한 갠저를 그녀의 날개 안에 품게 되었기 때문이다. 또는 관청식 용어이긴 하지만 매우 실감나는 슈퇴어 부인의 표현을 빌리자면 잘로몬 부인은 그를 '자신의 품안에 잡아넣었기' 때문이다. 이는 확실하고 주지의 사실이었기 때문에 검사는 결국 총영사 부인 일로 스웨덴의 거인과 결투를 하거나 타협을 하거나 선택할 여지가 있었다.

따라서 베르크호프 사회, 특히 열이 있는 젊은이들 사이에서 일어나는 이런 복잡한 사건들에는 유리 칸막이를 지나 난간을 따라가는 발코니의 통로가 틀림없이 중요한 역할을 하고 있었다. 사람들은 이런 사건을 늘 머릿속에 의식하고 있었고, 그것이 이곳 생활환경의 중요한 구성요소를 이루고 있었다. 그러나 이것만으로 여기서 발생하는 문제가 제대로 표현된 것은 아니다. 한스 카스토르프는 이에 대해 독특한 인상을 받았다. 즉 세계 어디에서나 진지한 태도나 농담으로 중요하게 여겨지는 근본 문제가 이곳 베르크호프에서는 강조되고 가치와 의미를 띠게 되어 더욱 중요해지며, 따라서 그 근본 문제는 완전히 새로운 모습, 무섭다고 할 수는 없으나 새로운 느낌을 주기 때문에 사람을 깜짝 놀라게 할 정도의 새로운 모습으로 나타나는 것이었다. 우리는 이렇게 말하면서도 표정을 바꾸면서 다음과 같은 점을 덧붙여 말하는 바이다. 즉, 우리가 지금까지 의심스런 남녀관계에 대해 가벼운 농담조로 말했다면, 그것은 애정이라는 것이 종종 벌어지는 경우처럼 여기서도 은밀하기 때문이며, 사태가 가볍거나 재미있어서 그런 것은 아니라고 해야 할 것이다. 게다가 우리가 현재 있는 이 위의 지역에서는 실제로 다른 어떤 곳보다 더욱 그렇다고 할 수 있다. 한스 카스토르프는 기꺼이 이 농담의 대상이 되는 그 근본문제에 대해 어느 정도는 이해한다고 믿고 있었고, 그렇게 믿어도 틀린 것이 아니었다. 하지만 그는 평지에서는 그것을 제대로 이해하지 못했으며, 그야말로 백지장만큼이나 무지한 상태에 있었음을 깨달았다. 반면에 우리가 여러 번 그 성격에 대해 암시하려고 노력한 경험, 그리고 어떤 순간 카스토르프로 하여금 "이런 세상에나" 하고 놀라서 외치게 한 개인적 경험 덕분에 그는 이루 말할 수 없이 모험적이고 형용할 수 없는 어떤 것의 상승하는 분위기, 다시 말해 이 위의 사람들 사이에 벌어지는 남녀관계가 일반적으로 또는 개인적으로 띠고 있는 분위기를 느끼고 이해할 수 있는 능력을 갖게 되었다.

물론 이 위에서도 이런 것을 가지고 농담을 주고받지 않는 것은 아니었으나 여기서는 그 태도가 저 아래에서보다 훨씬 더 부적절한 인상을 지녔다. 또한 남녀관계는 이빨을 덜덜 떨게 하고 숨을 가쁘게 하는 어떤 특징을 가지고 있었고, 이 때문에 그것은 깊숙이 감추어진 곤경, 아니면 오히려 감출 수 없는 곤경을 뚜렷하게 드러내려는 수단으로서 너무나 분명한 특징을 보여주고 있었다. 한스 카스토르프는 전에 한번 처음으로 마루샤의 몸매에 관해 평지에서처럼 악의 없이 장난삼아 말했을 때, 요아힘의 얼굴에 얼룩이 생기며 창백해지던 것을 떠올렸다. 그는 자신이 쇼샤 부인의 얼굴에 석양이 비치는 것을 가리기 위해 커튼을 내렸을 때 자신의 얼굴도 창백해졌던 것을 떠올렸다. 그리고 그때를 전후하여 여러 기회에 그는 다른 사람들의 얼굴들도 제각기 변했다는 사실을 기억에 떠올렸다. 이럴 때면 대체로 두 사람의 얼굴이 동시에 변했다. 예를 들어 잘로몬 부인과 겐저 청년의 얼굴이 그랬는데, 이 무렵부터 슈퇴어 부인은 두 사람의 관계를 상투적으로 표현하기 시작했다. 이제 우리는 카스토르프가 이런 일들을 떠올리면서 이런 상황에서는 자신의 속내를 '드러내지' 않는 것이 어려울 뿐만 아니라 드러내지 않으려고 노력해 보아도 별로 소용이 없다는 점을 이해했노라고 말하는 바이다. 다른 말로 표현하건대 카스토르프가 자신의 감정을 억제하고 자신의 상태를 굳이 숨길 필요가 없다고 생각했다면, 그것은 그의 성격이 고결하고 진솔했기 때문이기도 하지만 이와 같은 주변 분위기에 상당한 영향을 받았다고 할 수 있다.

한스 카스토르프가 이곳에 처음 왔을 때 요아힘은 즉시 이곳 사람들과 교제하는 것이 쉽지 않다고 말한 바 있었다. 그 주된 이유는 두 사촌이 요양원 사회에서 한 파트로서 작은 그룹을 이루고 있기 때문이며, 군인다운 성품의 요아힘은 빠른 치유 외에는 아무것도 생각하는 것이 없어서 고통의 동반자들과 좀 더 가까이 접촉을 갖고 교제하는 것을 원칙적으로 꺼려했기 때문이다. 이처럼 교제하는 데 어려움이 없었더라면 아마 카스토르프는 자신의 감정을 솔직하고 자유롭게 드러낼 기회를 더 많이 갖고 이를 더욱 활용했을 것이다. 어쨌든 요아힘은 어느 날 저녁 살롱 모임이 열리는 동안 카스토르프가 헤르미네 클레펠트, 그녀의 식탁 동료인 겐저와 라스무센, 그리고 네 번째로 단안경을 쓰고 손톱을 길게 기른 소년과 함께 서 있는 현장을 목격할 수 있었다. 그가 눈을 번뜩이며 감동한 목소리로 쇼샤 부인의 기이하고 이국적인 얼굴 모습에 대해 즉흥 연설을 하는 동안, 주위의 청중들은 서로 눈길을 교환하고 옆구리를 찌르며 낄낄거렸다.

이는 요아힘에게는 곤혹스러운 일이었다. 그러나 정작 여홍거리를 만들어내는 당사자는 무덤덤하게 자신의 감정 상태를 드러내고 있었다. 그는 이런 감정 상태가 주목받지 못하고 숨겨져 있으면 자신의 권리를 행사하지 못하는 것이라고 생각하는 것 같았다. 이에 대해 사람들이 대체로 이해해 줄 것이라고 그는 확신하는 모양이었다. 그런 것에 뒤섞여 있는 뭇사람들의 고소해하는 심보를 그는 감수했다. 식사가 시작되어 유리문이 쾅 하고 닫히면, 그의 식탁 동료들뿐만 아니라 곧 인접한 옆의 식탁 사람들까지도 그를 응시하면서 그의 얼굴이 창백해지거나 붉어지는 광경을 즐겼다. 그런데 그는 이런 일마저도 만족스러워했는지 모른다. 이유인즉 그가 뭇사람들의 주목거리가 되면서 그의 도취가 외부로부터 인정받고 확인되어 그의 관심사를 촉발하고, 그의 모호하고 비이성적인 희망을 고취시키는 데 적합하다고 여기는 것처럼 보였기 때문이다. 게다가 이로 인해 그는 심지어 행복감까지 느끼고 있었다. 사랑에 눈이 먼 그를 보려고 문자 그대로 사람들이 몰려오기까지 하는 것이었다. 예컨대 식사가 끝난 뒤 테라스에서 또는 일요일에 우편물이 방으로 배달되지 않아 요양객들이 직접 우편물을 받으려고 오후에 수위실 앞에 갈 때에 그런 일이 벌어졌다. 그곳에 가면 사랑에 흠뻑 취해서 황홀해 하는 젊은이가 온갖 볼거리를 제공해준다는 것을 사람들이 잘 알고 있었다. 그곳에는 으레 슈퇴어 부인, 엥겔하르트 양, 클레펠트와 희한한 동물인 맥과 닮은 얼굴을 한 그녀의 여자 친구, 불치병에 걸린 알빈 씨, 손톱을 길게 기른 젊은이, 그 외에도 이런 저런 환자들이 입을 꽉 다물고 코로 숨을 몰아쉬며 선 채로 그를 지켜보았다. 카스토르프는 이곳에 온 바로 첫날 저녁에 그랬던 것처럼 볼이 붉게 상기된 채, 아마추어 기수의 기침 소리를 들었을 때처럼 눈을 번뜩이고 열렬히 미소를 지으며 어떤 특정한 방향을 멍청하게 바라보고 있었다.

이런 상태에서 세템브리니 씨가 한스 카스토르프에게 다가와 말을 걸고 안부를 물어 보아 준 것은 정말 고마운 일이었으나, 정작 카스토르프가 그의 인간애를 중시하는 편견 없는 태도를 감사하게 받아들였는지는 의심스러웠다. 어느 일요일 오후 현관에서 벌어진 일이었다. 수위실 앞에는 손님들이 몰려들어 우편물을 받으려고 손을 내밀고 있었다. 이때 요아힘도 수위실 앞에 나와 있었다. 카스토르프는 뒤로 물러선 채 앞서 기술한 것과 같은 상태로 클라브디아 쇼샤와 눈을 마주치기를 바라고 있었다. 그녀는 자신의 식탁 동료들과 수위실 근처에 서서 사람들이 좀 덜 붐비기를 기다리고 있었다. 이 무렵은 요양객들이 서로 뒤엉키는 시간으로 기회의 시간이기도 했으며, 이 때문에 카스토르프 청년은 이 시간을 좋아하고 기대감을 갖곤 했다. 1주일 전에도 그는 창구에서 쇼샤 부인과 거의 몸이 밀착할 만큼 가까운 거리에 있었고, 그 와중에 그녀가 그를 약간 떠밀게 되자 그녀는 얼른 고개를 돌려 그에게 "죄송해요"라고 프랑스어로 말한 바 있었다. 이에 대해 그는 축복받은 열기의 얼얼한 힘을 빌어서 재빨리 프랑스어로 대답할 수 있었다.

"천만에요, 부인!"

일요일 오후마다 확실히 바깥 현관에서 우편물 배달이 있다는 것은 얼마나 멋진 삶의 은총인가 하고 한스 카스토르프는 생각했다. 그는 이 시간이 다시 돌아오기를 기다리면서 1주일을 보낸다고 할 수 있었다. 기다린다는 것은 앞질러 간다는 것을 의미한다. 그것은 시간과 현재를 선물로서가 아니라 장애물로만 느끼고, 그 고유한 가치를 인정하지 않고 무시하며, 그것을 마음속에서 뛰어넘어 버리는 것이다. 기다림이란 흔히 지루한 것이라고 말한다. 그러나 시간을 그 자체를 위해 보내거나 이용하지 않을 때, 그리하여 기다림이 긴 시간을 집어삼킬 때, 기다림은 지루하기도 하지만 오히려 매우 짧은 성격을 지니게 된다. 기다리기만 하는 사람은 소화 기관이 음식물을 영양가로 바꾸지 않고 대량으로 걸러 보내는 대식가와 같다고 말할 수 있다. 더 나아가 우리는 소화되지 않은 음식물이 인간을 더 강하게 하지 못하는 것처럼, 기다리기만 하고 지낸 시간은 인간을 늙게 만들지 않는다고 말할 수 있을 것이다. 물론 순전히 기다리기만 하는 것은 실제로는 있을 수 없겠지만 말이다.

그러므로 1주일이 삼켜지고, 여전히 1주일 전의 시간이 계속되기라도 하듯이 일요일 오후의 우편물 받는 시간이 다시 찾아왔다. 그 시간은 흥미진진하게 계속되면서 기회를 만들어 주었고, 매 순간 쇼샤 부인과 사회적인 관계를 맺도록 가능성을 지니고 또한 제공해 주었다. 한스 카스토르프는 이런 가능성에 심장이 죄어들고 답답함을 느꼈지만, 그 가능성을 실제 행위로 옮기지는 않았다. 그에게는 이를 가로막는 장애가 있었는데, 하나는 군인과 관련된 장애요 다른 하나는 민간인과 관련된 장애였다. 다시 말해 한편으로는 근엄한 요아힘의 존재와 카스토르프 자신의 명예와 의무와 관련된 장애였고, 다른 한편으로는 클라브디아 쇼샤에 대한 사회적 관계, 예컨대 '댁'이라고 부르고 고개를 끄덕여 인사하고, 되도록이면 프랑스어로 말하여 예의를 지키는 그런 관계에 근거한 장애였다.— 하지만 이와 같은 관계란 필요치 않고, 바람직하거나 합당한 것도 아닐 것이다. … 카스토르프는 예전에 프리비슬라프 히페가 교정에서 말하며 웃었듯이 쇼샤 부인이 웃으며 말하는 모습을 서서 지켜보았다. 이럴 때면 그녀는 입을 꽤나 크게 벌려 웃었고, 광대뼈 위에 비스듬하게 자리 잡은 회청색 눈은 실처럼 가늘어졌다. 그것은 조금도 '아름다운' 모습은 아니었다. 그래도 그것이 그녀 본연의 모습인 것으로, 사랑에 빠지면 도덕적 측면에서 이성적 판단을 올바르게 내리지 못하듯이 미적인 측면에서도 이성적 판단을 올바르게 내리지 못하는 법이다.

"당신도 마찬가지로 서류를 기다리나 보지요, 엔지니어 양반?"

이렇게 말을 걸어오는 자는 오로지 하나, 한 명의 훼방꾼밖에는 없었다. 카스토르프가 움찔하면서 고개를 돌리자 세템브리니가 미소를 지으며 서 있었다. 그것은 우아한 인문주의자의 미소로써, 전에도 그는 개울가 벤치 옆에서 신참과 처음 대면할 때 이런 미소를 지으며 인사한 적이 있었다. 이런 그를 보자 카스토르프는 당시와 마찬가지로 겸연쩍은 얼굴을 지어보였다. 물론 꿈속에서는 종종 이 〈손풍금장이〉를 “여기 계시면 방해가 됩니다”라고 말하며 밀어 내려고 했었다. 그러나 깨어 있을 때의 그의 태도는 훨씬 온순했다. 이런 미소를 보고 그는 겸연쩍고 냉정한 기분이 되었을 뿐만 아니라 마침 잘 왔다는 고마운 생각이 들기도 했다. 그는 세템브리니의 물음에 대답했다.

“서류라니요, 세템브리니 씨. 나는 그런데 외교 사절이 아닙니다. 어쩌면 우리들 가운데 한 사람에게 우편엽서가 왔는지도 모르겠습니다. 사촌이 지금 막 찾고 있습니다.”

“나는 벌써 저 앞의 절름발이 녀석에게서 작은 우편물을 받았습니다.” 세템브리니는 이렇게 말하면서 늘 입고 다니는 성긴 나사 상의의 옆 주머니에 손을 가져갔다. “흥미 있는 물건이지요, 문학적으로나 사회적으로 영향력이 있는 물건이라는 것을 부인할 수 없답니다. 백과사전 작업에 관한 일인데, 어느 인문주의 기관이 나를 인정하여 그 작업에 참여해 달라는 겁니다. … 요컨대 멋진 일이지요.” 세템브리니 씨는 잠시 말을 멈추다가 다시 말문을 열었다. “그런데 당신 일은 어떤지요? 당신은 어떻습니까? 예컨대 적응과정은 어떻게 되어 가는지요? 그래 봐야 당신은 우리들 곁에 오래 남아 있지는 않을 것이고, 이런 물음도 다시는 제기되지 않을 테니까요.”

“감사합니다, 세템브리니 씨. 문제는 여전히 쉽지가 않습니다. 이곳을 떠나는 마지막 날까지도 그럴지 모르겠습니다. 내가 이곳에 도착하자마자 사촌이 말을 했습니다만, 적응을 전혀 못하는 사람도 꽤 있다더군요. 그러나 적응이 안 되는 것에라도 적응해야겠지요.”

“복잡한 과정이겠군요.” 이탈리아인이 웃으며 말했다. “특이한 동화 방식이네요. 물론 젊은이는 못할 것이 없겠습니다만. 젊은이는 적응하지는 못해도, 뿌리는 내리는 법이죠."

"그리고 이곳이 시베리아 광산은 결코 아니니까요."

"그렇군요. 아, 당신은 동방을 비유의 대상으로 삼는 것을 좋아하는 모양입니다. 아주 잘 이해할 수 있는 일입니다. 아시아가 우리를 집어삼키려고 하니까요. 어디를 보아도 타타르인의 얼굴뿐입니다." 이어서 세템브리니 씨는 어깨 너머로 조심스럽게 고개를 돌려 살펴보았다. "칭기즈칸." 그가 말을 이었다. "초원의 늑대의 눈, 설원의 눈과 보드카, 학정, 요새와 러시아 정교. 여기 이 현관에 지혜의 신 팔라스 아테나를 위해 제단을 세우는 것이 좋겠습니다. 아시아의 침략을 방어한다는 의미에서 말입니다. 보십시오, 저 앞에서 셔츠도 입지 않은 어떤 이반 이바노비치가 파라반트 검사와 다투고 있습니다. 서로 우편물을 먼저 받으려고 순서를 다투고 있단 말입니다. 누가 옳은지는 모르지만, 내 느낌으로는 검사가 여신의 보호를 받고 있는 것 같습니다. 그는 멍청하기는 해도 최소한 라틴어는 이해합니다."

한스 카스토르프는 웃었다. 반면에 세템브리니는 그렇게 웃는 일이 없었다. 그가 진심으로 활짝 웃는 모습은 전혀 상상할 수 없었다. 그는 입가를 살짝 찡긋거릴 뿐 웃음을 밖으로 내놓는 법이 없었다. 그는 웃고 있는 한스 카스토르프를 바라보며 물었다.

"슬라이드 필름, 그건 받았나요?"

"그걸 받았지요!" 카스토르프는 중요한 일이라는 듯 확인했다. "얼마 전에 받았지요. 여기 있습니다." 그러면서 그는 상의 안주머니에 손을 집어넣었다.

"아, 지갑에 넣어 가지고 다니는군요. 말하자면 여권이나 회원증 같은 신분증처럼. 아주 좋습니다. 어디, 좀 보여 주세요." 이어서 그는 검은 종이테이프로 테를 두른 작은 유리판을 왼손 엄지와 집게손가락으로 집어서는 햇빛을 향해 놓았는데, 이는 이 위에서 자주 볼 수 있는 아주 일상적인 동작이었다. 그는 검은 사진을 자세히 들여다보면서 까만 눈동자가 반짝이는 얼굴을 약간 찌푸렸다. 하지만 이것이 단지 사진을 더 자세히 보기 위해서인지 또는 다른 이유가 있어서 그런 것인지는 분명치 않았다.

"그래요, 그래." 이렇게 말한 다음 다시 말을 이었다. "자, 당신의 신분증을 받으십시오. 잘 보았습니다." 그는 약간 고개를 돌리고 자신의 팔 너머 옆쪽으로 유리판을 주인에게 되돌려주었다.

"가닥들은 보셨나요?" 카스토르프가 물었다. "그리고 매듭들도요?"

세템브리니가 말을 질질 끌면서 대답했다. "당신은 알 것입니다, 내가 이런 물건의 가치를 어떻게 생각하는지. 저 내부의 얼룩과 어둠이 전반적으로 생리학적 현상이란 것도 아실 겁니다. 나는 당신의 사진과 대략 비슷하게 보이는 사진을 수없이 보아 왔습니다. 그리고 그것이 정말 '증명서'가 될 수 있는 것인지 아닌지는 어느 정도 판단하는 사람의 임의적인 결정에 달려 있습니다. 내가 문외한으로서 이야기하는 것이지만, 나름대로는 어쨌든 오랜 세월 경험한 문외한으로서 말하는 겁니다."

"그렇다면 선생님 자신의 증명서는 내 것보다 더 나빠 보입니까?"

"네, 좀 더 나쁘지요. 게다가 우리의 전문가 의사들도 이런 장난감만으로는 진단을 내리지 않는 것으로 알고 있습니다. 그런데 이제 당신은 우리들 곁에서 겨울을 날 작정인가요?"

"네, 아마도… 나는 사촌과 함께 다시 저 아래로 내려가야겠다는 생각에 적응하기 시작했습니다."

"적응이 안 되는 것에라도 적응하겠다, 이 말이군요. 아주 재치 있게 표현했습니다. 필요한 물건은 모두 준비했기를 바랍니다. 그런데 따뜻한 옷가지와 튼튼한 구두는 준비가 되었나요?"

"모두, 모두 다 구비했습니다, 세템브리니 씨. 친척들에게 알렸더니 가정부가 모든 것을 급송화물로 발송했습니다. 이제는 견딜 수 있겠습니다."

"그 말을 들으니 안심이 되는군요. 그러나 잠깐, 슬리핑백도 필요합니다. 모피로 된 슬리핑백 말입니다. 왜 그런지 잘 알아야 합니다! 이런 늦여름 날씨는 믿을 수가 없답니다. 한 순간에 엄동설한이 될 수도 있으니까요. 어쩌면 이곳에서 혹독하게 추운 겨울 몇 달을 보내게 될지도 모릅니다."

"네, 안정 요양을 위한 슬리핑백 말씀이군요." 카스토르프가 대답했다. "그것도 꼭 필요한 품목이겠지요. 나도 며칠 내로 사촌과 함께 읍내로 가서 하나 사야겠다고 얼핏 생각하고 있었습니다. 나중에 가서야 다시 필요할 일은 없겠지만, 어쨌든 4개월 내지 6개월 동안은 도움이 되겠지요."

"도움이 되지요, 암 되고말고요, 엔지니어 양반!" 세템브리니는 카스토르프 청년에게 바짝 다가와서 나지막하게 말했다. "여기서 몇 개월씩이나 허송세월을 보내는 게 얼마나 끔찍한지 모르십니까? 끔찍한 까닭은 허송세월을 보내는 것이 부자연스럽고 당신의 본성에도 맞지 않기 때문이며, 또한 그것이 젊은 연령의 적응능력에만 의존하고 있기 때문입니다. 아, 젊은이는 얼마나 적응능력이 대단한가! 이처럼 적응능력이 대단한 젊은이는 교육자를 절망하게 만듭니다. 젊은이는 무엇보다도 나쁜 일에 금방 적응하려는 태세를 갖추고 있기 때문입니다. 젊은 양반, 이곳 공기에 배어 있는 말을 하지 말고, 유럽적 생활양식에 적합한 말을 하십시오! 이곳에는 무엇보다도 아시아적인 공기가 만연해 있습니다. 모스크바 계 몽골인 유형이 우글거리는 데에는 다 이유가 있는 겁니다! 이런 혈통의 인간들은…." 이렇게 말하고 세템브리니 씨는 턱으로 어깨 너머 뒤를 가리켜 보였다. "저들에게 마음을 향해서는 안 됩니다, 저들의 사고방식에 감염되지 마십시오. 저들의 본성에 맞서 오히려 본인이 지닌 본성, 좀 더 고상한 본성을 내세우십시오. 서구의 아들, 신성한 서구의 아들— 본성과 출신으로 볼 때 문명의 아들인 당신에게 신성한 것, 예컨대 시간을 신성하게 여기십시오! 이 관대함, 이 시간 소비의 야만적 악습은 아시아적 방식입니다. 아시아의 자식들이 이곳을 기분 좋게 느끼는 것도 그 때문일지 모릅니다. 러시아인이 '4시간'이라고 하면 우리 서구인이 '1시간'이라고 하는 말과 거의 다르지 않다는 것을 깨닫지 못하셨나요? 그들의 시간에 관한 무관심이 그들 나라의 황량한 넓은 대지와 관련이 있다는 것은 쉽게 생각할 수 있습니다. 공간이 많은 곳에서는 시간도 많은 법입니다. 그러므로 그들은 시간을 갖고 기다릴 수 있는 민족입니다. 우리 유럽인에게는 불가능한 일입니다. 우리의 고상하고도 섬세하게 분할된 대륙에 공간이 부족한 것처럼 우리에게는 시간도 부족합니다. 우리는 시간이든 공간이든 엄밀히 관리하고, 이용하고 활용해야 할 임무를 갖고 있습니다, 엔지니어 양반! 문명의 중심이자 발화점이요 사상으로 불붙은 도가니인 우리의 대도시들을 상징으로 간주하십시오! 도시에서 땅값이 오르고, 공간의 낭비가 불가능해짐에 따라 그곳의 시간도 갈수록 더 소중해진다는 것을 명심하십시오. 현재의 시간을 충실히 보내라! 대도시의 위대한 시인 호라티우스는 이렇게 노래했습니다. 시간이란 신들의 선물인바, 인간에게 이용하도록 빌려준 것입니다. 인류의 진보를 위하여 이용하도록 말입니다, 엔지니어 양반."

'인류의 진보'라는 이 마지막 독일어 낱말은 지중해 연안 태생인 그에게는 발음하기가 무척 어려울 수도 있었을 텐데, 세템브리니 씨는 기분 좋은 방식으로 명확하고 또렷하게 -어쩌면 이렇게도 말할 수 있는데- 조형적으로 귓가에 잘 들리도록 발음했다. 한스 카스토르프는 훈계조의 가르침을 받는 학생처럼 어색하고 당황해서 짧게 머리를 숙인 채 달리 대답하지 않았다. 그가 뭐라고 대꾸한단 말인가? 세템브리니가 다른 모든 손님들한테 등을 돌리고 거의 속삭이듯 그에게 은밀히 행하는 개인적인 훈계는 너무 교훈적이고 비사회적이며, 거의 대화라고 할 수 없는 성격을 띠었기 때문에 이에 대해 찬성을 표하는 행동조차도 허락될 수 없을 것 같았다. 선생님의 가르침에 '정말 훌륭한 말씀입니다'라고 대답하는 학생은 없기 때문이다. 카스토르프는 전에는 이렇게 대답하기도 했는데, 이는 어느 정도 상호 간에 균형적인 관계를 잃지 않기 위함이었다. 그러나 이 인문주의자가 이렇게 열심히 교육자적인 태도로 말한 적은 한 번도 없었고, 그래서 그는 훈계를 묵묵히 듣는 수밖에 없었다. 이런저런 도덕적인 가르침을 듣는 초등학생처럼 아무 생각 없이 듣고 있었다.

게다가 세템브리니는 말을 하지 않을 때에도 생각이 활동을 멈추지 않는 것 같았다. 세템브리니가 계속 그의 코앞에 바짝 서 있었기 때문에 그는 심지어 몸을 뒤로 약간 젖히고 있었다. 그러자 세템브리니는 생각에 잠긴 듯 흐릿한 눈동자로 청년의 얼굴을 똑바로 응시하는 것이었다.

"괴로워하고 있군요, 엔지니어 양반!" 그는 말을 계속했다. "길 잃은 사람처럼 괴로워하고 있습니다. 그것을 모를 사람이 누가 있겠습니까? 하지만 고통스러워하는 당신의 태도도 유럽적인 태도여야 합니다. 유약하고 병약한 기질이기 때문에 이곳에 환자를 잔뜩 보내는 동방의 태도여서는 안 됩니다. … 연민과 엄청난 인내심, 이것이 고통을 대하는 저들의 방식입니다. 그것은 우리의 방식, 당신의 방식일 수는 없으며 그래서도 안 됩니다. 우리는 방금 내 우편물에 관해 말했었지요. 보십시오, 이곳은… 아니면 더 좋은 곳으로… 따라오세요! 이곳에서는 보여드릴 수가 없어요. 우리는 뒤로 물러나 저 건너편으로 들어갑시다. 봉투를 열고 보여 줄게 있어요. 자, 따라와요!" 세템브리니는 몸을 돌려 현관에서 나가 인접한 바로 옆의 연회실로 카스토르프를 데리고 갔다. 글을 쓰거나 독서를 하도록 되어 가구가 비치되어 있는 연회실은 텅 비어 있었다. 밝고 둥근 천장 아래쪽으로 참나무 판자로 된 벽과 책장이 보였고, 걸상들이 늘어선 한가운데 탁자에는 신문철이 놓여 있었으며, 오목하게 들어간 아치형의 창 아래에는 글을 쓰는 공간이 있었다. 세템브리니는 어느 창문 가까이 다가갔고, 카스토르프는 그의 뒤를 따라갔다. 문은 열려 있었다.

"이 서류 말입니다." 이탈리아인은 성긴 나사 양복의 도드라진 옆 주머니에서 서류 꾸러미, 이미 뜯어진 두툼한 서류 봉투를 재빨리 끄집어내서, 그 안에 들어 있는 한 통의 편지 외에도 여러 가지 인쇄물을 카스토르프의 눈앞에서 손가락으로 가리키며 말을 이어갔다. "이 서류에는 프랑스어로 '진보의 조직화를 위한 국제 연맹'이라고 인쇄되어 있습니다. 연맹의 지부가 있는 루가노에서 내게 발송한 것입니다. 내게 연맹의 원칙과 목표에 대해 묻고 싶겠죠? 나는 그것을 당신에게 두 가지 말로 대답하겠습니다. 진보의 조직화를 위한 연맹은 다윈의 진화론으로부터 인류의 가장 내적인 자연적 소명이 자기완성이라는 철학적 관점을 도출해 내고 있습니다. 나아가 이런 관점으로부터 연맹은 자신의 자연적 소명을 충족시키려 하는 모든 사람의 의무는 인류의 진보에 적극 동참하는 것이라는 결론을 내리고 있습니다. 많은 사람들이 이 연맹의 호소에 부응하고 있습니다. 프랑스, 이탈리아, 스페인, 터키는 물론이고 독일에도 많은 회원이 있습니다. 나 역시 회원 명부에 등록되는 영광을 얻었습니다. 인간 유기체를 즉각 완성시킬 수 있는 모든 가능성을 포괄하는 대규모의 고안된 개혁 프로그램이 학술적으로 준비되어 있습니다. 우리 인류의 건강문제가 연구되고 있고, 공업화가 가속화되면서 의심의 여지없이 동반되는 개탄스러운 부작용, 즉 인류의 퇴화방지를 위한 온갖 방법이 검토되고 있습니다. 더 나아가서 연맹은 국민을 위한 대학의 설립, 효율적인 모든 사회적 개선을 통한 계급투쟁의 극복, 끝으로 국제법의 개진을 통한 민족투쟁과 전쟁의 제거를 추진하고 있습니다. 보다시피 연맹의 노력은 포괄적이며 높은 기상을 가지고 있습니다. 여러 개의 국제적 잡지가 연맹의 활동을 입증하고 있습니다. – 이 잡지들은 서너 개의 세계 언어로 문화 인류의 진보적 발전에 대해 몹시 고무되어 보고하는 월간지들입니다. 토론의 밤과 일요축제를 개최하여 인류의 진보적 이상의 의미에서 계몽과 교화활동을 하는 수많은 현지 단체가 여러 나라에 설립되었습니다. 무엇보다도 연맹은 모든 나라의 진보 정당에 물적인 도움을 주기 위해 열심히 노력하고 있습니다. … 내 말을 듣고 있나요, 엔지니어 양반?”

“물론입니다!” 한스 카스토르프는 허둥대며 급히 대답했다. 그는 이렇게 대답하면서 화들짝 놀랐지만 다행히도 간신히 두 발로 버티고 서 있는 사람 같다는 느낌이 들었다.

세템브리니는 흐뭇해하는 것 같았다.

"이 모든 것이 새로운 이야기라 깜짝 놀랐으리라 생각되는데 어떠십니까?"

"네, 솔직히 말해서 이런 이야기는 처음입니다. … 이런 노력을 기울인다는 이야기 말입니다."

"만일 당신은" 하고 세템브리니가 나직이 소리쳤다. "만일 당신이 이런 말을 좀 더 일찍 들었더라면! 하지만 지금도 늦지는 않을 겁니다. 자, 이 인쇄물 말인데요, 무엇을 다룬 것인지 알고 싶지 않습니까? 계속 들어 보세요! 지난봄에 연맹 총회가 바르셀로나에서 성대하게 열렸습니다. 아시다시피 이 도시는 정치적 진보 이념과 특별히 깊은 관계가 있는 곳입니다. 회의는 연회와 축제 속에 1주일 동안 계속되었습니다. 아, 나도 그곳에 정말 가고 싶었습니다, 회의에 참가하고 싶은 소망이 간절했습니다. 그러나 저 악당 같은 고문관이 그러면 죽을 수가 있다고 위협하면서 가는 것을 막았습니다. 그러니 어쩔 수가 없지요, 나는 죽음이 두려워서 가지 못한 것입니다. 당신도 생각할 수 있겠지만, 좋지 못한 건강이 나를 이렇게 놀리는 것에 대해 나는 절망했습니다. 우리의 유기체적인 부분, 동물적인 부분으로 말미암아 이성에 봉사하는 것을 방해받을 때보다 더 비통한 것은 없습니다. 그러나 루가노 지부에서 보내온 이 잡지를 받아 보니 만족감이 그만큼 더 큰 것 같습니다. 이 내용이 궁금하지 않으세요? 물론 그럴 것이라고 믿습니다! 그 요지를 간단하게 말씀드리겠습니다. '진보의 조직화를 위한 연맹'은 그 임무가 인류의 행복을 증진하는 데 있다는 진리를 깊이 마음에 새기고 있습니다. 다른 말로 하면 연맹의 임무는 목적성이 뚜렷한 사회활동을 통해 인류의 고통을 퇴치하고 종래에는 이를 완전히 없애는 데 있습니다. 나아가 연맹은 이 지고한 임무가 완전한 국가의 완성을 최종 목표로 하는 사회과학의 도움으로만 해결될 수 있다는 진리 또한 마음에 깊이 새기고 있습니다. 그러므로 연맹은 바르셀로나에서 '고통 사회학'이라는 제목 하에 인간의 고통을 모든 등급과 항목에 따라 면밀하고도 철저하고 체계적으로 다루는 여러 권짜리 전집을 출간하기로 결의하였습니다. 당신은 내게 항변할지 모르겠습니다. 등급, 항목, 체계 따위가 무슨 소용이냐고 말입니다! 그러면 나는 당신에게 정리와 분류야말로 극복의 시초이며, 무엇보다 무서운 것은 정체가 분명치 않은 적이라고 대답하겠습니다. 우리는 인류를 공포와 인내의 우둔함이라는 원시 단계로부터 끌어내 뚜렷한 목적의식이 있는 행동의 단계로 인도해야 합니다. 효과가 없다면 그 원인을 먼저 인식한 다음 제거하도록 계몽해야 합니다. 그리고 개인의 거의 모든 고통은 사회 유기체의 질환에서 비롯된다는 것을 일깨워야 합니다. 좋습니다! 이것이 '사회 병리학'이 의도하는 바입니다. 백과사전 크기의 약 20권짜리 전집에서 우리는 생각해 낼 수 있는 인간의 온갖 고통을 종류별로 열거하고 다룰 것입니다. 극히 개인적이고 사적인 고통으로부터 커다란 집단적 갈등, 즉 계급의 적대감과 국제적 충돌에서 발생하는 고뇌에 이르기까지 말입니다. 단적으로 말해 사회 병리학은 다양하게 혼합되고 결합되어 인간의 모든 고통을 구성하는 화학적 원소를 밝혀낼 것입니다. 그리고 인류의 존엄과 행복을 지침으로 하여 고통의 원인을 제거하는 데 적절하다고 여겨지는 수단과 방책을 어떻게 해서든 인류에게 제공해 줄 겁니다. 유럽 학계의 저명한 전문가들, 예컨대 의사, 경제학자, 심리학자들이 이 고통 백과사전 편찬에 일조함으로써 루가노의 편찬 본부는 원고들이 모이는 수집 장소가 될 겁니다. 당신의 눈을 보니 그렇다면 내가 어떤 역할을 맡았는지 묻고 있는 것 같군요. 내 말을 끝까지 들어 보도록 하세요! 이 방대한 작업은 문학이 인간의 고통을 대상으로 삼는 한 아름다운 정신인 문학도 소홀히 하지 않을 것입니다. 이 때문에 문학에도 한 권이 예정되어 있습니다. 그 책에서는 고통에 시달리는 사람을 위로하고 가르치려는 목적에 따라 모든 개별적 갈등을 다루는 세계 문학의 걸작들을 집대성하고 간결하게 분석하는 내용이 들어갈 예정입니다. 그리고 그것이 당신이 보는 이 편지에서 당신의 충실한 하인인 나에게 맡기는 임무입니다."

"무슨 말씀을 그렇게 하십니까, 세템브리니 씨! 하지만 진심으로 축하합니다! 그거 참 대단한 일을 위임받았군요. 그 일은 내가 보기에 선생에게 제격입니다. 연맹이 선생을 그 일의 적격자로 생각했다는 것은 전혀 이상할 게 없습니다. 그리고 선생이 이제 인간의 고통을 완전히 없애는 데 일조할 수 있다니 얼마나 기쁜 일입니까!"

"그것은 방대한 작업입니다." 세템브리니는 곰곰이 생각에 잠긴 채 말했다. "이를 위해서는 다방면에 걸쳐 살펴보고 책을 많이 읽을 필요가 있습니다. 특히." 그는 할 일이 너무 많아 어찌 해야 할지 모르겠다는 듯한 눈빛으로 말을 이어갔다. "특히 문학은 거의 언제나 고통을 대상으로 해왔고, 이류 삼류의 작품들도 어떤 형태로든 고통을 다루고 있습니다. 그러나 그런 것은 문제가 아니며, 아니 그런 만큼 더 좋다고 할 수 있습니다! 내가 맡은 임무가 광범위한 것이긴 하지만, 이런 역겨운 곳에 체류하고 있으면서도 이럭저럭 해치울 수 있는 작업입니다. 물론 이 작업을 이 위에서 끝내고 싶지는 않습니다만. 이런 작업은 이를테면." 그는 다시 한스 카스토르프에게 더 가까이 다가와 거의 속삭이듯이 목소리를 낮추어 말을 이었다. "이런 작업은 자연이 당신에게 부과하는 의무라고는 말할 수 없습니다, 엔지니어 양반. 내가 말하려는 것이 바로 이것이며, 나는 당신에게 이 점을 환기시키고 싶었습니다. 당신은 내가 당신의 직업을 얼마나 높게 평가하는지 알 것입니다. 그러나 그 직업은 정신적인 것이 아니라 실용적인 것이므로 당신은 나와는 달리 저 아래 세상에서만 그 일을 수행할 수 있습니다. 당신은 저기 낮은 지대에서만 유럽인이 될 수 있고, 거기서 당신은 당신의 방식으로 고통과 적극적으로 싸울 수 있고 진보를 촉진할 수 있으며, 시간을 이용할 수 있습니다. 내가 나 자신에게 부과된 과제에 대해 이야기했던 것은 당신에게 이를 상기시키고, 당신으로 하여금 제 정신을 차려서 탁한 분위기의 영향으로 분명히 혼란스러워지기 시작하는 당신의 관념을 교정하기 위함이었습니다. 나는 당신에게 간절히 촉구합니다. 자존심을 지키세요! 자부심을 가지고 이질적인 것에 빠져들지 마세요! 이런 수렁, 마녀 키르케*의 섬을 떠나십시오, 당신은 이 섬에서 무사히 지낸 오디세이가 아닙니다. 그렇지 않으면 당신은 네 다리로 기어 다니게 될 것입니다. 당신의 팔이 벌써 앞발로 변하려고 합니다. 곧 당신은 꿀꿀거리기 시작할 겁니다. 당신을 잘 지키십시오!"

이 인문주의자는 나직하게 주의를 주면서 머리를 격렬하게 흔들었다. 그는 두 눈을 내리깔고 아미를 찡그리며 잠시 침묵을 지켰다. 카스토르프는 이제껏 그래왔듯이 그리고 지금도 그래볼까 생각하면서 농담조로 회피하는 대답을 하려고 했지만 차마 그럴 수 없었다. 그 역시 눈꺼풀을 내리깔고 가만히 서 있었다. 그런 다음 그는 어깨를 치켜 올리며 마찬가지로 나직하게 말했다.

* 호머의 서사시 오디세이에 나오는 마녀.

"내가 어떻게 해야 할까요?"

"방금 말한 그대로입니다."

"그 말은 이곳을 떠나라는 뜻입니까?"

세템브리니는 아무 말이 없었다.

"내가 집으로 돌아가야 한다는 말인가요?"

"당신이 온 첫날밤 바로 그렇게 충고했지요, 엔지니어 양반."

"그렇습니다, 당시에는 나도 그럴 여유가 있었습니다. 그저 이곳 공기가 나에게 조금 맞지 않는다고 해서 곧장 계획을 포기하는 것은 사리에 맞지 않는다고 생각했지만 말입니다. 하지만 그 이후로 사정이 달라졌습니다. 그 이후로 진찰도 받았고 그 결과 베렌스 고문관은 나에게 아주 단호하게 말했습니다. 즉, 고향에 돌아가도 소용이 없다, 짧은 기간 내에 다시 돌아오게 될 것이며, 내가 저 아래에서 이런 상태로 계속 활동하면 폐엽이 완전히 엉망이 될지도 모른다고 말입니다.

"나는 이제 당신이 주머니에 신분증을 가지고 있다는 것을 압니다."

"네, 하지만 그것을 비꼬시는군요. … 물론 제대로 된 아이러니, 일순간도 오해의 여지가 없으며 직설적이고 고전적인 웅변술로 말입니다. 보다시피 나는 하시는 말뜻을 알아채고 있습니다. 그러나 내게 이런 사진이 있고 또한 뢴트겐 촬영 결과와 고문관의 진단이 나온 뒤에도 고향으로 돌아가라고 말씀하시는데, 이에 대해 대체 책임을 질 수 있습니까?"

세템브리니는 잠시 망설였다. 그러더니 그는 몸을 꼿꼿이 세우고, 두 눈을 활짝 뜬 연후에 카스토르프를 검은 눈으로 뚫어지게 바라보았다. 이어서 연극적으로 효과를 자아내는 억양으로 대답했다.

"네, 엔지니어 양반, 내가 책임을 지겠습니다."

그러자 카스토르프도 긴장하는 태도를 취했다. 그는 발뒤꿈치를 가지런히 모으고 마찬가지로 세템브리니의 눈을 똑바로 쳐다보았다. 이번에는 한판 싸움이라도 벌어질 태세였다. 한스 카스토르프는 남자답게 맞섰다. 주위 사람들의 영향이 그를 '강하게 해 주었다.' 여기에는 교육자가 있고, 저 바깥에는 눈이 가느다란 부인이 있는 것이다. 그는 자신이 한 말에 대해 사과 한마디 하지 않았고, '나를 나무라지 말아주세요'라고 덧붙이지도 않은 채 이렇게 대답했다.

"그렇다면 선생은 다른 사람보다는 자신에게 신중한 것입니다! 선생은 가지 말라는 의사의 반대를 받아들인 채 바르셀로나의 진보 회의에 가지 않았습니다. 죽음이 두려워서 여기에 머물러 있는 것입니다."

이 말에 의해서 세템브리니의 자세가 의심할 바 없이 어느 정도 무너졌다. 그는 씁쓸한 미소를 지어보이며 대답했다.

"당신의 논리는 궤변에 가깝지만, 재치 있는 대답은 평가할 만합니다. 나는 이곳에서 자주 벌어지는 지긋지긋한 경쟁이 혐오스러워 말하고 싶지 않습니다만, 그렇지 않다면 내가 당신보다 훨씬 중환자라고 대답하겠습니다. 유감스럽게도 나는 실제로 중환자라서 내가 언젠가 다시 이곳을 떠나 저 아래 세계로 돌아갈 수 있다는 희망을 갖는다 해도 그것은 인위적이고 약간은 자신을 속이며 살아가는 행위에 불과합니다. 그 희망을 유지하고 살아가는 것이 완전히 추접스런 것으로 증명되는 순간 나는 이 요양원에서 등을 돌려 어느 골짜기에 있는 하숙집에서 여생을 보낼 겁니다. 그것은 서글픈 일이겠지만, 나의 작업 영역이 가장 자유롭고 정신적인 것이기 때문에 호흡이 붙어 있는 마지막 날까지 나는 인류를 위해 봉사하고 병의 풍조에 맞서기를 주저하지 않을 것입니다. 이런 관계에 따라 우리 둘 사이에 차이점이 있다는 사실에 대해 이미 당신에게 주의를 환기시킨 바 있습니다. 엔지니어 양반, 당신은 이곳에서 자신의 더 나은 본성을 보여줄 수 있는 사람이며, 나는 우리가 처음 만난 순간부터 당신에게서 그 점을 알아보았습니다. 당신은 내가 바르셀로나로 떠나지 않은 것을 비난하고 있습니다. 나는 선불리 나 자신을 망치지 않기 위하여 떠나지 말라는 의사의 말에 굴복했습니다. 그러나 나는 가장 강력한 유보 조건에 따라서, 다시 말해 나의 가련한 육체의 명령과 맞서 나의 정신이 가장 당당하고도 고통스러운 항의에 따라서 그렇게 했던 것입니다. 당신은 이곳 권력자들의 규정을 따르면서도 당신 내부에 이런 저항의 정신이 불타고 있는지 묻고 싶습니다. 당신이 그토록 순순히 복종하고 있는 것은 오히려 육체와 그것의 나쁜 성향에 기인하는 것은 아닐까요."

"세템브리니 씨는 왜 육체를 언짢게 생각합니까?" 한스 카스토르프는 재빨리 그의 말을 가로막고는, 흰자위에 붉은 핏줄이 나 있는 푸른 눈을 크게 뜨고 그를 쳐다보았다. 그는 자신의 무모한 행동에 현기증이 나는 것 같았고, 다른 사람에게도 그런 모습이 나타났다. '내가 무슨 말을 하는 것이지?' 하고 그는 생각했다. '끔찍한 일이 되겠는걸. 그러나 일단 이 사람과 다툼은 시작된 것이고, 어찌 됐든 끝까지 할 말은 해야겠지. 물론 그가 이기겠지만 아무래도 상관없어. 어쨌든 나도 거기서 얻는 수확이 있을 테니까. 나는 그를 흥분하게 만들 거야.' 그는 다시 좀 더 강한 어조로 항변했다.

"선생은 인문주의자이지요? 어째서 육체를 나쁘게 말하는 겁니까?"

세템브리니는 이번에는 당황하지 않고 자신 있게 미소를 지어보였다.

"그럼 당신은 왜 정신분석을 언짢게 생각합니까?" 그는 머리를 갸우뚱하며 카스토르프가 한 말을 인용하여 말했다 "당신은 정신분석을 나쁘게 생각하나요라는 물음에 나는 항상 대답할 준비가 되어 있습니다, 엔지니어 양반." 그는 고개를 숙이고 손을 바닥 쪽으로 향해 인사하는 동작을 하면서 말했다. "특히 당신의 항변에 정신이 깃들어 있을 때, 그럴 때 당신은 퍽 고상하게 응수하고 있습니다. 그렇습니다, 나는 인문주의자입니다. 틀림없습니다. 당신은 나에게서 금욕적인 경향은 결코 찾아내지는 못할 것입니다. 나는 형태, 아름다움, 자유, 쾌활함과 향락을 긍정하고 존중하며 사랑하는 것처럼 육체를 긍정하고 존중하며 사랑합니다. 감상적인 세계도피에 반대해 〈세속〉, 삶의 이해관계를 옹호하고, 낭만주의에 반대해 고전주의를 옹호하는 것처럼 말입니다. 나의 입장은 명료하다고 생각합니다. 그러나 내가 최고로 긍정하는 것, 최고이자 최후로 경의를 표하고 사랑을 바치는 하나의 힘, 하나의 원칙이 있습니다. 그 힘, 그 원칙은 정신입니다. 나는 '영혼'이라고 불리는 그 어떤 미심쩍은 월광의 망령이나 유령, 육체의 역할이 다 끝난 것으로 보는 것을 대단히 혐오스럽게 생각하지만, 육체와 정신의 대립적 관계에서 육체란 사악하고 악마적인 원칙을 의미합니다. 왜냐하면 육체는 자연이고, 자연은 ―정신이나 이성과 대립하는 관계에서는 거듭 말하지만!― 사악하기 때문입니다. 자연은 신비롭고 사악합니다. 앞서 '당신은 인문주의자지요!'라고 했지요. 물론 그렇습니다. 나는 프로메테우스가 그랬듯이 인간의 친구, 인류와 그 고귀함의 친구이기 때문입니다. 이 고귀함이란 그러나 정신, 이성에 깃들어 있습니다. 그러므로 당신이 기독교적인 몽매주의(蒙昧主義)라고 비난해도 전혀 소용이 없습니다."

한스 카스토르프는 이에 항변하는 태도를 보였다.

"당신은…." 이렇게 말하며 세템브리니는 자신의 주장을 고집스럽게

밀고 나갔다. "당신은 누군가가 인문주의의 고귀함을 자랑스럽게 여기면서 정신이 어느 날 육체, 자연에 구속되는 것을 굴욕이나 치욕으로 느꼈다고 해서 이를 비난해 봐야 아무 소용이 없습니다. 당신은 플라톤에 심취한 플로티노스가 육체를 가진 것이 수치스럽다고 말한 것을 아십니까?" 세템브리니가 이렇게 묻고는 아주 진지하게 대답을 요구하는 바람에 한스 카스토르프는 자신은 그 말을 처음 들어 본다고 자백하지 않을 수 없었다.

"플로티노스의 제자인 포르피리오스가 이 말을 후세에 알렸습니다. 사실 터무니없는 말입니다. 하지만 터무니없는 표명, 그것은 정신적으로 존경할 만합니다. 정신이 자연에 맞서 자신의 존엄성을 주장하려고 하고, 자연의 억압에 항거하는 행위를 터무니없다고 비난하는 것보다 근본적으로 더 가련한 것은 없습니다. 당신은 리스본의 지진에 대해 들어 본 적이 있습니까?"

"아니오. 지진이요? 나는 여기서 신문을 보지 않습니다."

"내 말을 오해하고 있군요. 곁들여 말합니다만 이곳에서 언론의 동향을 게을리 한다는 것은 —이곳의 특징이지만— 참으로 유감스런 일입니다. 그건 그렇고 아무튼 당신은 내 말을 오해하고 있습니다. 내가 말하는 자연의 사건은 현재의 일이 아니고 지금으로부터 약 150년 전에 일어났습니다."

"아, 그렇습니다, 그래요, 맞습니다! 괴테가 그 당시 밤중에 바이마르의 침실에서 하인에게 했다는 말을 읽은 적이 있습니다."

"아, 그 이야기를 하려는 게 아닙니다." 세템브리니는 두 눈을 감고 갈색의 작은 손을 허공에 저으면서 그의 말을 가로막았다. "게다가 당신은 두 가지 자연의 재앙을 혼동하고 있습니다. 당신이 말하는 것은 메시나의 지진입니다. 반면에 나는 1755년에 리스본을 엄습한 지진을 말하는 것입니다."

"죄송합니다."

"그때 볼테르는 격렬히 항거했습니다."

"그게, 뭐라고요? 격렬히 항거했다고요?"

"그는 반항했습니다. 그는 잔인한 운명과 사실을 받아들이지 않고, 그것에 억압당하는 것을 거부했습니다. 그는 번창하고 있는 도시의 4분의 3과 수천 명을 희생시킨 자연의 이런 엄청난 횡포와 맞서 정신과 이성의 이름으로 항거했습니다. 놀랍습니까? 미소를 짓고 있습니까? 놀라워하는 거야 있을 수 있습니다만, 미소를 짓고 있다면 내게 야단맞을 일입니다! 볼테르의 태도는 하늘을 향해 화살을 쏘았던 저 옛날 갈리아인의 진정한 후손으로서의 행동입니다. 보십시오, 엔지니어 양반, 바로 이것이 자연에 대한 정신의 적개심이자 자랑스러운 불신, 자연과 자연이 지닌 사악하고 반이성적 힘에 대한 비판의 품격 높은 권리 주장입니다. 그럴 것이 자연은 힘이며, 반면에 자연의 힘을 받아들여 그것과 타협하는 것은 노예적인 태도이기 때문입니다. 명심하십시오, 내면에서 자연의 힘과 타협한다는 건 노예적인 태도입니다. 하지만 인도주의란 육체 속에서 단호하게 사악하고 적대적인 원칙을 보려는 태도를 취하면서도 전혀 모순에 빠지지 않고, 기독교적인 위선의 함정에도 결코 걸려들지 않습니다. 당신이 발견했다고 말하는 모순은 근본적으로 늘 같은 것입니다. '정신 분석을 왜 언짢게 생각합니까?' 대답은 간단합니다. 정신분석이 가르침, 해방 및 진보의 문제를 다룬다면 그것은 좋은 일입니다. 그러나 정신분석에 무덤의 썩은 냄새가 달라붙어 있으면 좋지 않습니다. 육체의 경우도 이와 다를 것이 없습니다. 육체의 해방과 아름다움, 감각의 자유, 행복, 즐거움이 문제시 된다면 육체를 존중하고 보호해야 합니다. 그러나 육체가 둔감과 나태의 원칙으로서 빛을 향하는 움직임을 방해할 때는 육체를 경멸해야 합니다. 더욱이 육체가 병과 죽음의 원칙을 대변하고, 육체의 특수한 정신이 도착의 정신, 부패 및 육욕이나 치욕의 정신인 한에는 이를 혐오해야 합니다."

세템브리니는 카스토르프의 바로 코앞에 서서는 '합니다'라는 마지막 말을 거의 억양도 낮추지 않은 채 급히 내뱉으며 이야기를 마쳤다. 한스 카스토르프에게 구원자가 다가왔기 때문이다. 요아힘이 두 장의 엽서를 들고 독서실로 들어오자, 문필가는 하던 말을 급히 중단하고는, 민첩하게 표정을 친근하고 부드럽게 바꾸었다. 문필가 선생의 이런 인상을 그의 제자도 —제자로 불러도 좋을지는 모르겠지만— 놓치지 않았다.

"이런, 소위님! 사촌을 찾아다닌 모양이군요. 죄송합니다! 우리는 대화를 나누고 있었습니다. 내 말이 틀리지 않는다면 심지어 약간의 언쟁까지 벌였답니다. 당신의 사촌 말입니다, 험담이나 늘어놓는 고약스런 수다쟁이는 아니군요. 막상 논쟁이 벌어지면 보통 위험한 상대가 아니라니까요."

후마니오라*

한스 카스토르프와 요아힘 침센은 점심을 마치고 하얀 바지와 파란

* Humaniora는 고전 연구 등을 통하여 보다 인간다운 길을 추구한다는 의미의 라틴어.

상의를 입고 정원 의자에 앉아 있었다. 이날도 경탄할 만큼 멋진 10월의 어느 하루가 시작되었다. 날씨는 덥지만 공기가 상쾌하고, 화창하고 구름 한 점 없이 맑은 날이었다. 골짜기 위로는 남국처럼 짙푸른 하늘이 펼쳐져 있었다. 여러 갈래의 길 사이로 농가가 들어선 평평한 목초지는 아직 밝은 녹색을 띠고 있었고, 잡림이 우거진 비탈에서는 암소의 방울 소리가 들려왔다. 그것은 금속성의 평화롭고 단조로우면서도 음악적인 리듬을 지니고 있어서, 조용하고 엷은 허공을 아무 방해도 받지 않고 선명하게 울려와 고지대에 감돌고 있는 축제 분위기를 훨씬 더 심화시켜 주었다.

두 사촌은 어린 전나무가 원을 그리며 심어진 정원 끝의 벤치에 앉아 있었다.— 그 자리는 베르크호프 일대의 골짜기보다 50미터 가량 더 높은, 울타리로 둘러싸인 지대의 북서쪽 가장자리에 위치하고 있었다. 그들은 아무 말도 나누지 않았다. 한스 카스토르프는 담배를 피우고 있었다. 그는 내심 요아힘에게 불만을 가지고 있었다. 요아힘이 식사 후 안정요양을 하기 전에 베란다에서의 모임에 참석하지 않고, 원하지도 않는 자신을 조용한 이 정원으로 가자고 고집을 부렸기 때문이다. 이는 요아힘의 독단적인 태도였다. 엄밀히 말해 둘은 한 몸에 머리가 둘인 샴쌍둥이가 아니었고, 따라서 취향이 다르면 서로 떨어질 수 있었다.

한스 카스토르프가 여기에 있는 것은 요아힘의 길동무가 되기 위한 것이 아니라 그 자신이 환자였기 때문이다. 이런 의미에서 그는 골이 나서 입을 삐죽거리고 있었고, 그나마 마리아 만치니가 있었기에 현 상태를 견딜 수 있었다. 카스토르프는 재킷 옆 주머니에 두 손을 찔러 넣고, 갈색 구두를 신은 두 발을 쭉 뻗고는, 이제 타들어 가기 시작한 엷은 회색의 긴 시가를 입술 한가운데에 피워 물고 있었다. 그는 시가의 뭉툭한 끝에서 아직 재를 털어내지 않아서, 그것이 약간 아래로 매달려 있었다. 그는 배불리 식사를 마친 뒤 이제야 완전히 다시 풍부해지기 시작한 시가의 향내를 즐겼다. 이 위에서의 그의 적응은 적응하지 못하던 것에 적응하는 과정에 불과할지도 모른다. 하지만 그의 위장의 화학반응이나 건조하여 피를 흘리곤 하던 코 점막 신경에 관한 한 결국은 적응이 끝난 게 분명했다. 부지불식간에 그리고 그가 진행 상황을 알아차리지도 못하는 사이에, 세월이 흘러 65일 내지 70일이 경과하면서 그의 전체 유기체의 쾌감은 훌륭하게 제조된 식물성 자극제와 마취제에 의해서 다시 회복되었던 것이다. 그는 다시 돌아온 신체의 능력에 대해 기뻐했다. 도덕적 만족감이 생리적 쾌감을 강화시켜 주었다. 병상에 누워 있는 동안 이곳에 가져온 200개비의 담배도 그는 절약하게 되었고, 덕분에 담배는 아직 많이 남아 있었다. 그러나 속옷과 겨울옷, 동시에 여유분으로 500개의 브레멘 산 시가도 샬렌에서 발송하도록 했다. 시가가 들어 있는 래커 칠을 한 예쁜 상자에는 지구의와 많은 메달, 깃발이 펄럭이는 전시회장 그림이 금박으로 장식되어 있었다.

사촌 둘이서 벤치에 앉아 있는데, 베렌스 고문관이 정원으로 들어왔다. 그는 오늘 식당에서 환자들과 함께 점심을 먹었다. 얼마 전에 잘로몬 부인의 식탁에서 접시 앞에 커다란 두 손을 모으고 앉아 있는 그의 모습이 보였었다. 식사를 끝낸 뒤 그는 아마도 테라스에 잠시 머물며 그의 특유의 어조로 떠들어댔을 것이며, 그러다가 십중팔구는 아직 그의 묘기를 보지 못한 사람들을 위해 구두끈 묶는 기술을 실행해 보였을 것이다. 그리고 이제야 그는 자갈길을 따라 천천히 이곳으로 다가오는 참이었다. 그는 가운을 안 걸친 채 체크무늬의 연미복을 입고 중산모를 눌러쓰고 있었다. 그도 역시 아주 검은색 시가를 입에 물고 커다랗고 하얀 연기구름을 내뿜으며 다가왔다. 푸르스름하게 상기된 볼, 뭉툭한 코, 촉촉하게 젖은 푸른 눈, 치켜 올라간 콧수염이 인상적인 그의 얼굴과 머리 부위는 살짝 구부러진 장신의 체구와 커다란 손발에 비해 작은 편이었다. 신경이 예민한 베렌스 고문관은 두 사촌을 보고는 깜짝 놀라는 모습이 역력했다. 앞으로 곧장 걸어가다가 사촌들과 마주치게 되자 약간 당황해하면서 멈춰 섰다. 그는 보통 때처럼 상투적인 말투를 써가며 쾌활하게 인사했다. "이봐요, 안녕하시오, 티모테우스!" 이때 두 사촌이 원장에게 존중의 표시로 자리에서 일어나려고 하자, 그는 그대로 앉아 있도록 만류하면서 의사로서 신진대사를 축복하는 말을 했다.

"됐어요, 됐어요. 나 같은 사람에게 격식을 차릴 것 없어요. 내게는 과분해요, 두 분 다 환자니까요. 그럴 필요 없습니다. 그대로 계셔도 괜찮습니다."

이어서 그는 커다란 오른손의 검지와 중지 사이에 시가를 들고서 이들 앞에 멈춰 섰다.

"그 시가 맛은 어떤가요, 카스토르프 씨? 어디 좀 볼까요, 나는 담배에 관한 한 전문가이자 애연가랍니다. 잿빛 색깔이 좋아 보이네요. 이 갈색 미녀는 대체 어떤 담배인가요?"

"마리아 만치니라고 하는데, 식후에 피는 브레멘 산 잎담배입니다, 고문관님. 값이 싸서 거저나 다름없어요. 순수한 색깔을 가진 것이 19페니히인데, 그래도 이런 가격으로는 어디서도 맛볼 수 없는 향기를 지녔답니다. 수마트라 하바나의 잎으로, 보시다시피 담배나무의 아랫잎이랍니다. 나는 이것을 아주 즐겨 피우고 있습니다. 중간 혼합의 방식으로 향기가 아주 진하지만, 혀끝에 오는 감촉은 부드럽습니다. 재를 털지 않고 놔두어도 좋아서 나는 기껏해야 두 번밖에 재를 털지 않습니다. 물론 약간 맛이 다른 것이 있기는 하지만, 제조할 때 특히 철저히 검사를 하는 것 같습니다. 정말 마리아의 고유한 맛은 아주 신뢰할 수 있으며, 공기도 완전히 고르게 순환합니다. 한 대 드릴까요?"

"고맙습니다. 우리 바꿔 피워볼 수 있겠습니다." 카스토르프와 베렌스 고문관은 자신들의 담뱃갑을 꺼냈다.

"품질이 좋습니다." 고문관은 자신의 제품을 건네면서 말했다. "곧 알게 되겠지만, 특별한 맛이 나고 활력적이며, 힘이 있습니다. 성 펠릭스 브라질이라고 하는데, 나는 줄곧 이 맛을 즐겨왔습니다. 이걸 피우면 온갖 걱정이 사라지고, 소주처럼 독한 맛이 납니다. 그리고 뒷맛이 좀 독특합니다. 성관계 때에는 부디 자제하기를 권합니다. 연이어 불을 붙이면 정력이 좋아도 배겨내질 못하게 되지요. 그러나 하루 종일 수증기 같은 것을 피우느니 차라리 진짜배기 한 대 피우는 게 낫습니다."

두 사람은 서로 교환한 선물을 손가락 사이에 끼워 돌리며, 날씬한 시가의 몸통을 전문가다운 안목으로 면밀히 살펴보았다. 카스토르프가 받은 시가의 가장자리는 좀 부풀어 있고 평행으로 비스듬히 엽맥(葉脈)이 있으며, 여기저기 작은 통풍구가 있었다. 그 부근의 불룩한 맥관(脈管)은 마치 맥박 치는 것 같았고, 약간 울퉁불퉁한 표면은 인간의 피부를 느끼게 했다. 표면과 모서리에 빛이 비치는 정도에 따라서 유기체처럼 살아 있는 기분이 들었다. 이때 카스토르프는 자신의 생각을 말했다.

"이 시가는 이처럼 생명이 있는 것 같군요. 진짜 호흡을 하는 거지요. 전에 고향에서 나는 마리아에 습기가 차지 않도록 그것을 밀폐된 양철통에 넣어둘 생각을 했지요. 그것이 죽었을 것 같지 않습니까? 마리아는 죽었습니다. 1주일도 못 돼 숨을 거두고 죽었습니다. 순전히 가죽만 남은 시체처럼 되고 말았습니다."

이어서 두 사람은 외국산 시가를 저장하는 최선의 방법에 대해 경험담을 주고받았다. 고문관은 외국산 시가를 좋아하여 언제나 독한 하바나만을 피우고 싶어 했다. 그러나 그는 유감스럽게도 그는 그것을 견뎌 낼 수 없었다. 그리고 언젠가 사교 모임에서 좋아하던 작은 헨리 클레이 시가를 두 대나 피우다가 하마터면 그는 죽을 뻔한 적도 있었다. "나는 커피를 마시며 그것을 피우고 있었지요." 그가 말했다. "연달아 두 대를 아무 생각 없이 피워댔지요. 그런데 다 피우자마자 내가 어떻게 된 걸까 하는 의문이 들기 시작했습니다. 아무튼 전에는 한 번도 경험하지 못한 아주 기이한 느낌이었습니다. 집으로 간신히 돌아오기는 했지만 그제야 비로소 이건 예삿일이 아니구나 하는 생각이 들었습니다. 다리는 얼음장처럼 차가웠고, 그런데 온몸은 식은땀으로 흠뻑 젖어 있었습니다. 얼굴은 새하얗게 질렸고 심장은 터질 것 같았죠. 맥박은 때로는 실오라기처럼 뛰고 있어서 거의 느낄 수 없다가도, 때로는 저돌적으로 쿵쿵 뛰는 것이었습니다. 알겠습니까, 그러다가 머릿속이 자극을 받은 것처럼 띵하는 겁니다. … 나는 춤을 추며 사라지는 것 아닌가 싶었습니다. 춤을 추며 사라진다는 말이 당시에 갑자기 뇌리에 떠올랐는데, 이 말이 나의 상태를 잘 표현해 주고 있었기 때문입니다. 순간적으로 나는 너무나 불안했습니다, 더 정확히 말해 불안으로 가득 차 있었지만, 그러면서도 기분이 좋아지면서 꼭 축제 분위기에 싸인 것 같았습니다. 그러나 불안과 축제의 분위기는 아시다시피 서로 상반되는 것이 아닙니다. 난생 처음 아가씨를 껴안은 젊은이나 그 아가씨 또한 불안을 느끼겠지만, 동시에 행복감에 사로잡혀 녹아버릴 것 같은 기분이 되는 법이죠. 그렇습니다, 나 역시 거의 녹아버리기 직전의 상태에서 쿵쿵 뛰는 가슴으로 춤을 추며 사라질 뻔 했습니다. 그러나 밀렌동크가 응급조치를 취하여 그런 아찔한 순간에서 깨어날 수 있었습니다. 얼음찜질, 브러시 마사지, 캠퍼 주사로 나는 생명을 유지할 수 있었습니다."

한스 카스토르프는 환자의 신분으로 벤치에 앉아 골똘히 생각에 잠긴 표정으로 베렌스를 쳐다보았다. 베렌스의 젖은 푸른 두 눈에는 이야기를 할 때 눈물이 가득 고여 있었다.

"가끔 그림을 그리시지요, 고문관님?" 카스토르프가 갑자기 물었다.

고문관은 흠칫 놀라서 뒷걸음질 치는 시늉을 했다.

"아니, 젊은이, 느닷없이 무슨 말을 하는 건가요?"

"죄송합니다. 어떤 기회에 그런 말을 들은 적이 있어서요. 방금 그 생각이 떠올랐습니다."

"뭐 그렇다면 딱히 부인할 일도 아니지요. 우리는 모두 허약한 인간들이니까요. 네, 그런 때도 있었습니다. 어느 스페인 사람이 입버릇처럼 말하듯이 나도 화가의 한 사람입니다."

"풍경화가?" 카스토르프는 교만한 표정으로 짤막하게 물었다. 당시의 분위기가 이런 어조로 말하게 만들었다.

"뭐든지 그립니다!" 고문관은 당혹해하면서도 자랑스럽게 뻐기듯이 대답했다. "풍경화, 정물화, 동물, 사나이로서 뭐가 두려워 못 그리겠습니까."

"그럼 초상화는요?"

"초상화도 언젠가 그린 적이 있습니다. 당신의 초상화도 내게 부탁하려고요?"

"하하, 아닙니다. 하지만 언젠가 고문관님의 그림을 구경할 기회가 있으면 정말 고맙겠습니다."

요아힘은 놀라서 사촌의 얼굴을 쳐다보았으나, 자신도 그러면 무척 고맙겠다고 얼른 따라 말했다.

베렌스는 감격한 듯 황홀한 표정을 지었다. 심지어는 기뻐서 얼굴이 빨개졌고, 두 눈에서 눈물이 흘러내릴 것 같았다.

"기꺼이 그렇게 하겠습니다!" 그는 큰 소리로 대답했다. "기쁘기 그지없습니다! 원하신다면 지금 곧 보여 드리겠습니다! 이쪽으로 오십시오, 함께 갑시다! 우리 집에 가면 터키 커피를 끓이겠습니다!" 이렇게 말하며 그는 두 젊은이의 팔을 잡고는 그들을 벤치에서 일으켜 세웠다. 그런 다음 두 사람과 팔짱을 끼고는 자갈길을 따라 집으로 향했다. 사촌들도 알고 있듯이 고문관의 집은 정원에서 가까운 베르크호프 요양원의 북서쪽 날개 건물에 있었다.

"나 자신도 전에는 이 방면에 가끔 손을 대본 적이 있었습니다." 한스 카스토르프가 설명했다.

"그렇다면 전적으로 유화를?"

"아니, 아닙니다, 수채화를 한두 장 그리다가 말았습니다. 배와 바다를 그렸지만 어린애 장난에 불과했습니다. 하지만 그림을 보는 것을 매우 좋아해서 이렇게 그만 실례를…."

이 말을 듣고 무엇보다 요아힘은 사촌의 이상한 호기심이 해명되어 어느 정도 마음이 놓였다. 그런데 실은 카스토르프가 자신이 전에 그렸던 그림 이야기를 끄집어낸 것도 고문관보다는 오히려 요아힘이 들으라고 한 소리였다. 마침내 그들은 베렌스 고문관의 집에 도착했다. 저 너머 진입로 쪽과는 달리 이쪽에는 가로등이 늘어선 화려한 현관은 없었다. 몇 개의 둥근 계단을 올라가자 참나무로 된 현관이 나타났다. 그러자 고문관은 수북한 열쇠 꾸러미에서 하나를 잡아 문을 열었다. 이때 그의 손이 떨렸다. 그는 신경을 곤두세우고 있었다. 베렌스는 옷장이 있는 대기실로 들어가 그곳에 중산모를 벽걸이에 걸어 놓았다. 대기실 안쪽의 짧은 복도는 유리문을 통해 건물의 다른 부분과 분리되어 있었고, 대기실의 양쪽에는 개인용으로 쓰이는 작은 방이 있었다. 그는 복도에서 가정부를 불러 손님 접대에 필요한 일을 시켰다. 그런 다음 즐겁고 쾌활한 말투로 손님들을 오른쪽에 난 문으로 들어오게 했다.

골짜기를 향하고 있는 소박하고 평범한 가구가 비치된 서로 인접한 몇 개의 방들은 연결 통로 없이 커튼으로만 분리되어 있었다. 거기에는 '옛 독일풍'의 식당, 책상이 놓인 거실 내지 서재가 있었고, 책상 위에는 대학생 모자와 십자 형태로 교차된 두 개의 검이 걸려 있었고, 바닥에는 모직 양탄자가 깔려 있었다. 그 밖에 책장 및 소파 세트가 구비되어 있었으며, 터키식으로 설치된 흡연실도 있었다. 사방에는 고문관이 그린 그림들이 걸려 있었다. 방에 들어간 사촌들은 그림들을 바라보며 정중하게 경탄하는 눈빛을 보였다. 세상을 떠난 부인의 유화가 여러 개 보였고, 책상 위에는 사진도 보였다. 부인은 얇고 하늘거리는 옷을 차려 입고 있었고, 다소 수수께끼 같은 금발을 하고 있었다. 그녀는 두 손을 왼쪽 어깨 쪽에 모아 쥐고 —꽉 잡은 것이 아니라 손가락 끝을 약하게 모아 쥐고— 있었다. 그리고 눈꺼풀에서 비스듬히 나온 긴 속눈썹으로 덮인 그녀의 두 눈은 하늘을 향하거나 아래를 내려다보고 있었다. 정면으로, 관찰자를 향해 똑바로 바라보는 고인의 그림은 하나도 없었다. 부인의 그림 외에는 눈과 전나무로 덮인 산, 연무가 짙게 끼어 있는 산들을 그린 풍경화가 대부분이었다. 이 풍경화들은 화가 세

간티니의 영향을 받아 메마르고 날카로운 산의 윤곽이 새파란 하늘을 향해 우뚝 솟아 있었다. 그 밖에도 목동의 오두막, 양지바른 풀밭에 서 있거나 누워 있는 배가 축 늘어진 암소들, 야채 사이로 뒤틀린 목을 판자로부터 늘어뜨리고 있는 깃털 뜯긴 닭, 꽃, 산골 주민들을 그린 그림들과 다른 종류의 그림들이 있었다.— 이 모든 그림에는 뭐랄까 경쾌한 아마추어리즘이 드러나고 있었고, 그런 만큼 대담한 색채가 돋보였다. 어떤 색깔은 튜브에서 짜서 직접 캔버스에 칠한 것처럼 보였는데, 그것은 마르기까지는 분명히 오랜 시간이 걸렸을 것 같았다. 서툰 실수에도 불구하고 그것이 때때로는 강렬한 인상을 주기도 하였다.

전시회 내부를 돌듯이 두 사촌은 주인의 안내를 받으며 벽을 따라 걸었다. 주인은 가끔 그림의 동기를 이야기하기도 했으나 대체로 침묵을 지켰다. 그는 예술가로서 뿌듯한 자부심을 느끼며 손님들과 더불어 자신의 작품을 감상하는 즐거움을 누렸다. 클라브디아 쇼샤의 초상화는 거실의 창문 옆쪽에 걸려 있었다. 이 그림은 실물과는 상당히 달랐음에도 한스 카스토르프는 거실에 발을 들여놓는 순간 그녀라는 것을 금방 알아보았다. 그는 고의로 그곳을 피하여 다른 사람들을 식당에 머물게 하고는, 푸르스름한 빙하가 그려진 제르기 계곡의 녹색 지대에 경탄하는 척했다. 그런 다음 그는 제멋대로 먼저 터키식 흡연실로 건너가서는 입에 침이 마르도록 찬사를 늘어놓으며 마찬가지로 그림들을 자세히 들여다보고는, 이어서 거실 입구 쪽 벽면의 그림들을 구경하면서 가끔 요아힘에게 찬사의 말 좀 하라고 촉구하곤 했다. 마침내 그는 돌아서서는 적당히 놀란 체하며 물었다. "이것은 아는 얼굴 아닌가요?"

"알아보겠어요?" 베렌스가 직접 대답을 듣고 싶어 했다.

"그럼요, 몰라 볼 수 없지요. 프랑스식 이름을 가진 고급 러시아인 석에 있는 부인이지요."

"맞습니다, 쇼샤입니다. 그녀와 닮았다고 말해주니 기쁘군요."

"꼭 같습니다!" 카스토르프는 거짓말을 했다. 속이려고 그랬다기보다는 미리 귀띔을 받지 않았더라면 모델을 전혀 알아보지 못했을 것이라고 생각하여 거짓말을 한 것이다. 아마 요아힘도 사촌의 언급이 없었더라면 그 모델을 스스로는 알아보지 못했을 것이다. 속임수에 넘어간 선량한 요아힘은 그제야 사촌이 방금 거짓말을 한 이유를 깨달았다. "그래 맞아." 그는 이렇게 나직하게 말하며 그림을 감상하는 데 기꺼이 동참했다. 카스토르프는 베란다의 모임에 참석하지 못한 대신에 이런 기회를 보상받게 되었다.

초상화는 실물 크기보다 좀 작고 약간 비스듬한 자세를 취한 옆모습의 흉상이었다. 그것은 안쪽으로 경사진 넓고 검은 액자에 끼워져 있었고, 캔버스의 가장자리에는 금장식이 빙 둘러 있었다. 이 초상화의 모델인 쇼샤 부인은 훤히 드러난 어깨와 가슴에는 망사를 두르고 있었다. 개성적이기를 원하는 아마추어 화가의 초상화에서 흔히 볼 수 있듯이 쇼샤 부인은 실제보다 열 살은 더 늙어 보였다. 대체로 얼굴에는 지나치게 붉은 빛이 감돌았고, 코의 모습은 서투르게 그려져 있었으며, 머리칼은 그녀의 실제와는 달리 짚과 같은 색깔이었다. 입은 비뚤어졌고, 얼굴의 특별한 매력은 보지 못했는지 아니면 알아내지 못했는지 아무튼 거친 표현으로 매력의 핵심이 결여되어 전체적으로 서투른 작품이라 할 수 있었고, 초상화로서도 실물과는 거리가 멀었다. 그러나 카스토르프는 실물과 닮지 않았다는 것을 그리 개의치 않았다. 이 캔버스가 쇼샤라는 인물과 관계가 있다는 사실만으로 충분했다. 이 그림은 쇼샤 부인을 표현한 것이며, 그녀 자신이 모델로서 이 방에 앉아 있었다는 사실로 충분했다. 그는 감동하여 다시 말했다.

"정말 그녀와 꼭 닮았습니다!"

"너무 그러지 마십시오." 고문관은 겸양의 태도를 취했다. "졸작이 되고 말았습니다. 우리가 아마 스무 번쯤 만났지만, 제대로 끝냈다는 생각은 들지 않습니다. 저렇게 복잡하게 생긴 얼굴을 어떻게 소화할 수 있겠습니까. 북극인 같은 광대뼈와 효모를 넣어 부푼 빵에 금이 생긴 것 같은 눈을 보면 그리기 쉬우리라고 생각할 수 있겠지만, 그렇지가 않고 매우 까다롭습니다. 세세한 부분을 올바르게 그려 놓으면 전체를 망치게 됩니다. 정말 어려운 수수께끼 같습니다. 그녀를 알고 있습니까? 아마 그녀는 모델로 앉혀 놓고 그릴 게 아니라 기억을 더듬어 그려야 할 것입니다. 대체 그녀를 알고 있습니까?"

"그렇기도 하고 아니기도 합니다. 얼굴만 아는 정도로 피상적입니다."

"나는 그녀를 좀 더 내적으로, 피하(皮下)에 관하여 알고 있습니다. 동맥의 혈압, 조직의 활력, 임파 운동에 관하여 꽤 자세히 알고 있습니다. 특정한 이유로 말입니다. 피상적인 것이 더 어렵습니다. 그녀의 걷는 모습을 때때로 본 적이 있습니까? 그녀의 걷는 모습은 그녀의 얼굴과 같습니다. 살금살금 걷는 모습이 그렇습니다. 예컨대 눈을 보기로 합시다. 색깔을 말하는 게 아닙니다. 그것도 이상합니다만, 나는 그 눈의 생김새, 눈매를 말하는 것입니다. 당신이 보기에도 눈꺼풀의 틈새가 가느다랗고 비스듬하게 치켜 올라간 것처럼 보일 겁니다. 그러나 그렇게 보일 뿐입니다. 당신을 현혹시키는 것은 눈 안쪽에 살이 많은 몽고벽입니다. 어떤 인종에게서 나타나는 일종의 변종입니다. 그것은 그들의 납작한 콧마루로 인하여 피부에 살집이 생겨 눈꺼풀이 눈의 안쪽을 덮기 때문에 생깁니다. 콧마루 위의 피부를 팽팽하게 잡아당겨 보십시오. 그러면 우리의 눈과 완전히 같은 눈이 됩니다. 그것은 따라서 일종의 기묘한 속임수인 것으로, 그리 명예로운 일은 아닙니다. 자세히 보면 몽고벽은 격세유전적인 기형이기 때문입니다."

"그런 관계가 있군요." 한스 카스토르프가 말했다. "나는 그것은 몰랐지만, 전부터 그런 눈에 관심이 있었습니다."

"희롱이자 속임수입니다." 고문관이 강조했다. "눈을 그냥 비스듬하고 가늘게 그려 보십시오, 그러면 당신은 정신을 잃게 됩니다. 저렇게 비스듬하고 가는 눈매를 자연이 부여한 대로 그려야 합니다. 말하자면 자신이 현혹되어야 남도 현혹시킬 수 있습니다. 그러기 위해서는 물론 몽고벽에 대한 지식이 있어야 합니다. 알아둬서 해로울 것은 없습니다. 피부, 이 육체의 피부를 좀 보십시오. 생동감 있게 보입니까, 아니면 별로 그렇지 않다고 생각하십니까?

"대단합니다, 대단히 생동감 있게 그려져 있습니다, 피부 말입니다. 이렇게 비슷하게 그려진 피부는 처음 보는 것 같습니다. 땀구멍도 볼 수 있을 것 같습니다." 카스토르프가 말했다. 그러면서 그는 초상화의 가슴과 목 사이의 부분을 손끝으로 살짝 만져 보았다. 그 부분은 흔히 몸에서 빛에 노출되지 않은 부위가 그렇듯이 지나치게 붉은 얼굴과는 대조적으로 너무 하얗게 보였고, 이 때문에 고의이든 아니든 노출이 심하다는 생각을 강하게 불러일으켰다. — 어쨌든 꽤 투박한 효과를 내도록 그려져 있었다.

그럼에도 한스 카스토르프의 찬사는 정당한 측면도 있었다. 푸르스름한 망사에 가려져 있는, 부드럽지만 빈약하지 않은 가슴의 희미하게 빛나는 하얀 피부색은 아주 자연스러운 느낌을 주었다. 피부를 그린 그림에는 눈에 띌 정도로 감정이 들어가 있었지만, 거기서 나오는 어떤 감미로움은 훼손되지 않았다. 예술가는 그것에 일종의 과학적 사실성과 생생한 정밀성을 제대로 부여하고 있었다. 그는 캔버스의 까칠한 특성을 이용함으로써 특히 부드럽게 튀어나온 쇄골 부근의 까칠한 피부 표면을 유화물감으로 자연스럽게 효과적으로 그려내고 있었다. 왼쪽 가슴 위쪽에 나 있는 주근깨도 빼놓지 않고 그려져 있었는데, 돌출한 두 가슴 사이에는 푸르스름한 혈관이 희미하게 비치는 것 같았다. 관찰자의 시선 때문인지 자신의 노출에 대해 거의 눈에 띄지 않는 민감한 전율이 흐르는 것 같았다. 좀 더 과감하게 표현하자면 땀의 분비, 무형의 살 냄새를 감지할 수 있을 것 같았고, 따라서 입술이라도 거기에 갖다 대면 물감과 니스 냄새가 아니라 사람의 체취를 느낄 수 있을 것 같았다. 우리는 이런 식으로 카스토르프가 받은 인상을 그대로 묘사하는 바이다. 그가 이런 인상을 받으려고 특별히 어떤 준비를 하고 있었는지는 알 수 없지만, 쇼샤 부인의 가슴과 목 부위가 드러난 초상화가 이 방의 그림들 중에서 가장 주목할 만한 작품이었다는 것은 실제로 증명될 수 있었다.

베렌스 고문관은 손님들과 함께 자신의 작품을 감상하면서 두 손을 바지 주머니에 넣은 채 앞쪽 발끝과 발뒤꿈치를 움직여 몸을 연신 흔들었다.

"즐겁습니다, 동지." 그가 말했다. "이렇게 알아주는 분이 계셔서 정말 즐겁습니다. 표피의 아래쪽에 관해서도 어느 정도 지식이 있어서, 보이지 않는 부분도 함께 그릴 수 있다면 좋으면 좋았지 전혀 해로울 것이 없을 것입니다. 달리 말해 자연에 대해 서정적 관계뿐만 아니라 다른 관계도 가질 수 있다면, 말하자면 예컨대 다른 직업인 의사, 생리학자, 해부학자가 되어 여성의 속옷 아래에 대해서도 비밀스런 지식을 갖고 있다면, 그것은 장점일 수 있습니다. 글쎄 당신이 어떻게 생각하는지 모르지만, 단연코 유리한 점이 있습니다. 피부라는 것에도 과학이 있습니다. 당신이 현미경으로 그것의 유기체적 진실을 조사해보면 알 것입니다. 거기서 표피의 점막층 및 각질층을 볼 수 있을 뿐만 아니라 그 아래쪽에 피지, 땀샘, 혈관 및 젖꼭지가 있는 진피조직도 상정해 볼 수 있습니다. 또 그 아래쪽에는 지방층, 쿠션이 있습니다. 아시겠습니까, 수많은 지방 세포에 의해서 매력적인 여성의 형태를 갖추게 해주는 토대가 있는 것입니다. 그러나 지식과 생각은 늘 밖으로 표현되는 법이랍니다. 그렇게 표현된 것이 당신의 수중으로 흘러 들어가 무엇인가 작용을 하고, 없는 것처럼 보이다가도 어떻게든 나타나서 생동감을 주는 것입니다."

한스 카스토르프는 이 대화에 열정과 뜨거운 감동을 느꼈고, 그리하여 그의 이마까지 빨개지고 두 눈이 빛을 발했다. 그는 할 말이 너무 많아 먼저 어떤 말을 해야 할지 몰랐다. 첫째로 그는 그늘진 창가의 벽에서 그림을 좀 더 감상하기 좋은 곳으로 옮기면 어떨까 생각했다. 둘째로 그는 몹시 흥미가 있었던 피부조직에 관한 베렌스의 설명을 가지고 무작정 이야기의 실마리를 풀어 가고 싶었다. 반면에 셋째로 그는 자신의 일반론적이고 철학적인 견해를 피력해 보고 싶었다. 이것 역시 그의 마음에 지극히 끌리는 시도였다. 그는 벌써 초상화에 손을 대고는, 그것을 벽에서 떼어 내려고 하면서 급히 말문을 열었다.

"그래요, 그렇고말고요! 아주 좋습니다, 그게 중요합니다. 내가 하려는 말은 … 그러니까 고문관님은 '서정적 관계뿐만 아니라 다른 관계도 갖는다'고 말씀하신 것 같습니다. 요컨대 사물을 다른 관점에서, 예컨대 의학적 관점에서 바라보면, 예술가적 관계에 다른 관계도 있을 수 있다고 하셨지요. 그건 너무나 적절한 표현입니다, 고문관님 죄송합니다만, 내가 볼 때 근본적으로 상이한 관계나 관점이 문제가 되는 것이 아니라 엄밀히 말해 언제나 동일한 것, 그것의 순수 변형이 문제가 되기 때문에 고문관님의 말씀이 적절하다고 생각합니다. 나는 뉘앙스를 말하고 있습니다. 말하자면 똑같은 보편적 관심에서 나오는 변형이 중요한 것으로, 이렇게 말해도 된다면 예술가의 작업도 이런 관심의 한 부분이자 하나의 표현에 불과합니다. 그렇습니다, 실례지만 이 그림을 떼어 내겠습니다. 이곳은 전혀 빛이 들지 않네요, 두고 보세요, 이것을 옮겨서 저기 소파 위에 걸어 두면 완전히 다르게 보일 겁니다. 여기서 내가 묻고 싶은 것은 의학은 무엇을 대상으로 하는 학문인가 하는 점입니다. 물론 나는 의학에 대한 이해가 전혀 없습니다만, 의학은 인간을 대상으로 하는 학문이지요. 그리고 법률을 제정하고 판결하는 법학은 어떤가요? 이 역시 인간을 대상으로 하는 학문입니다. 게다가 대부분 교육자적인 직업의 수행과 관련이 있는 언어학은 어떻습니까? 나아가 신학, 목회, 종교적인 사제직은 또 어떻습니까? 이 모든 것은 인간을 대상으로 하고 있으며, 이 모든 것은 오직 똑같이 중요한 관심, 주된 관심의 각기 다른 뉘앙스, 즉 인간에 대한 관심의 변형에 지나지 않습니다. 이 분과들은 한마디로 인문주의적 직업들입니다. 이런 직업을 공부하려면 기초적으로 무엇보다도 고대어를 배웁니다. 안 그렇습니까, 흔히 말하듯이 형식적인 교양을 쌓기 위해서 말입니다. 단순히 현실주의자이자 기술자에 불과한 내가 이런 말을 하다니 어쩌면 의아해 할지도 모르겠습니다. 그러나 나는 최근에도 누워서 이 문제를 곰씹어 보았습니다. 모든 종류의 인문주의적인 직업이 형식적인 것, 형식, 아름다운 형식의 이념을 토대로 하는 것은 대단히 훌륭한 일이며, 이 세상의 탁월한 제도라고 생각하게 되었습니다. 이로 인해 무엇인가 고상하고 현실에서는 초연한 그 어떤 것이 실제화 되고, 그 밖에도 감성적인 그 어떤 것이 생기게 되고 … 정중함 말입니다. 이런 것에 관심을 가지면 어느새 여성에게 정중한 기사라도 될 것 같습니다. … 그런데 내가 아주 부적절하게 표현한 것 같습니다만, 정신적인 것과 아름다운 것, 다른 말로 표현하여 과학과 예술이 어떻게 서로 혼합되는지, 또한 그것이 본래는 늘 하나였다는 것을 우리는 알게 될 것입니다. 고로 예술가의 작업도 전적으로 거기에 속하게 됩니다, 어느 정도는 제5분과로서 말입니다. 그것의 가장 중요한 주제나 관심사가 또 다시 인간인 한에는 예술가의 작업도 인문주의적 관심의 한 변형으로 인문주의적인 직업과 전혀 다르지 않을 것입니다. 내 말을 인정하시겠지요. 내가 청소년기에 이 방면에 시도를 한 적이 있었지만, 단지 배와 바다를 그린 것에 지나지 않았습니다. 그러나 그림에서 가장 매력적인 것은 전과 마찬가지로 초상화입니다. 왜냐하면 초상화는 인간을 직접 대상으로 삼고 있기 때문입니다. 그런 연유로 나는 앞서 고문관님께 초상화도 그리느냐고 물어 보았던 겁니다. 그런데 여기 걸어 두면 그림이 훨씬 더 돋보이지 않을까요?"

베렌스와 요아힘 두 사람 모두 즉흥적으로 혼자 지껄여 대는 한스 카스토르프를 부끄럽지도 않은가 하고 생각하며 그를 응시했다. 그러나 카스토르프는 자신의 이야기에 너무 열중한 나머지 당황하는 기색도 없었다. 그는 그림을 소파 위의 벽에 대면서 이곳이 빛을 훨씬 더 잘 받지 않느냐고 물었다. 바로 이때 가정부가 뜨거운 물과 알코올램프, 커피 잔을 쟁반 위에 가지고 왔다. 고문관은 그것을 응접실로 가져가라고 이른 다음 카스토르프에게 말했다.

"그렇다면 당신은 사실 그림보다는 무엇보다도 조각에 흥미를 가졌어야 했습니다. 물론 그쪽이 광선을 잘 받습니다. 밝은 곳에 놓아둘 만한 작품이라고 생각한다면 말입니다. 조형예술, 그래요, 조형예술이야말로 일반적으로 가장 순수하고 가장 전적으로 인간과 관계하고 있으니까요. 하지만 커피물이 식기 전에 한 잔 하시지요."

"정말 그렇습니다, 조형예술." 한스 카스토르프는 다른 두 사람과 함께 옆방으로 건너가면서 이렇게 말하고는 그림을 제자리에 걸어 놓거나 아래쪽에 내려두는 것을 깜박 잊었다. 그는 액자의 아래쪽을 잡고 옆방으로 갔다. "그렇습니다, 그리스의 비너스나 운동선수의 조각에 인문주의적인 것이 가장 뚜렷이 나타나 있는 것이 사실입니다. 우리가 곰곰이 생각해 보면 사실 그런 것이 진짜이고, 인문주의적 성격의 예술일 것 같습니다."

"흠, 저 자그마한 쇼샤에 관해 말하자면" 하고 베렌스가 말했다. " 그녀는 어쨌든 그림에 더 어울리는 대상이라고 생각됩니다. 그리스 건축가 피디아스나 유대 계열의 다른 조각가라면 그녀와 같은 인상에 대해서는 코를 찌푸렸을 것입니다. … 하지만 그렇게 서툰 그림을 왜 그렇게 끌고 다니는 겁니까?"

"아, 이걸 가져왔군요. 그림을 우선 이 걸상 다리에 세워두겠습니다. 잠시 동안만 그렇게 하겠습니다. 그러나 그리스의 조형 예술가들은 머리 쪽에는 그다지 신경을 쓰지 않았습니다. 그들에게 중요한 것은 육체였습니다. 어쩌면 그것이 바로 인문주의적인 것일지도 모릅니다. 그런데 여성의 조형성, 그것은 지방에서 나온다고요?"

"네, 지방에서 나오지요!" 고문관은 벽장문을 열어 커피 조리도구를 꺼내면서 단호히 말했다. 그것은 파이프 모양의 터키식 커피 분쇄기와 긴 자루가 달린 커피 주전자, 설탕과 빵은 커피를 담는 이중 용기로, 모든 것은 놋쇠로 만들어져 있었다. "팔미틴, 스테아린, 올레인." 이렇게 베렌스 고문관은 지방의 성분을 열거하면서, 양철통에 든 커피 알갱이를 분쇄기에 넣고는 손잡이를 돌리기 시작했다. "두 분이 보다시피 나는 이 모든 일을 처음부터 직접 합니다. 그래야 좋은 맛이 나기 때문입니다. 이에 대해 어떻게 생각합니까? 신이 먹는 불로장수의 음식일 거라고 생각했나요?"

"아닙니다, 나도 벌써 알고 있었습니다. 하지만 그런 말씀을 들으니 신기한 느낌이 듭니다."

세 사람은 문과 창 사이의 구석에서 동양식으로 꾸며진 놋쇠판이 달린 작은 대나무 탁자에 앉았다. 놋쇠판 위에는 담배 도구들 사이에 커피 용기가 놓여 있었다. 요아힘은 베렌스와 함께 비단 쿠션이 여러 개 놓인 긴 의자에 앉았고, 카스토르프는 롤러가 달린 안락의자에 앉으면서 그곳에 쇼샤 부인의 초상화를 세워두었다. 그들의 아래쪽에는 화려한 무늬의 양탄자가 깔려 있었다. 고문관은 긴 자루가 달린 커피 주전자에 커피와 설탕을 넣고 물을 부운 뒤 알코올램프에 올려놓고 끓였다. 이윽고 갈색 커피가 둥근 찻잔에 부어지자 거품이 올라왔는데, 홀짝 맛을 보니 진하고도 달콤했다.

"그런데 당신의 조형성도." 베렌스가 말문을 열었다. "당신의 조형성에 관한 한, 그 역시 여성만큼은 아니지만 물론 지방 때문입니다. 우리 남성의 지방은 일반적으로 몸무게의 20분의 1에 불과한 반면, 여성의 지방은 16분의 1이나 됩니다. 이 피하 지방조직이 없다면 우리는 모두 우산버섯에 불과한 존재일 것입니다. 나이가 들어가면서 지방이 사라지고, 누구나 다 알듯이 그다지 아름답지 않은 주름이 생깁니다. 지방이 가장 많은 곳은 여성의 가슴과 배, 허벅지인 것으로, 요컨대 우리의 가슴과 손을 약간 흥분시키는 부분입니다. 발바닥에도 지방이 많아서 만지면 간지럽습니다."

한스 카스토르프는 파이프 모양의 커피 분쇄기를 두 손 사이에 놓고 돌려보았다. 분쇄기는 장식물 전체 모양에서 나타나듯이 터키 제품이라기보다는 오히려 인도나 페르시아 제품 같았다. 놋쇠에 새겨진 조각 양식과 희미한 바탕과는 대조적으로 화려한 표면이 그런 점을 암시하고 있었다. 카스토르프는 그것이 무엇인지 알지도 못하면서 장식을 자세히 살펴보았다. 하지만 그것이 무엇인지 알아채고는 자신도 모르게 얼굴을 붉혔다.

"그렇습니다, 독신 남성에게 알맞은 기구입니다." 베렌스가 말했다. "그래서 나는 자물쇠를 채워놓고 있습니다. 가정부가 보게 되면 눈을 망가트릴 수도 있으니까요. 당신에게는 그리 해롭지 않을 것입니다. 나는 그것을 언젠가 영광스럽게도 이곳에 1년간 환자로서 체류한 이집트의 공주에게서 선물을 받았습니다. 보시다시피 어느 쪽이나 똑같은 모양이 되풀이 되고 있답니다. 재미있지요, 안 그래요?"

"네, 기이한 물건이군요." 카스토르프가 대답하며 말을 이었다. "하하, 그렇습니다, 나야 전혀 상관없습니다. 생각하기에 따라 진지하고 장중하다고 할 수도 있습니다. 물론 커피세트로는 적합하지 않은 것 같습니다. 옛날 사람들은 이런 것을 때로는 관에 장식했다고 들었습니다. 외설적인 것과 신성한 것은 그들에게는 어느 정도 동일한 측면이 있었습니다."

"그런데, 그 공주에 관해 말하자면" 하고 베렌스가 공주 이야기를 꺼냈다. "그녀는 외설적인 것을 선호했던 것으로 생각됩니다. 게다가 나는 아주 멋진 담배도 그녀에게서 얻었습니다. 그것은 최고급 담배로 아주 특별한 경우에만 내놓습니다." 베렌스는 이렇게 말하며 벽장에서 휘황찬란한 담뱃갑을 꺼내 두 사촌에게 담배를 권했다. 요아힘은 두 발꿈치를 가지런히 모으며 사양했다. 카스토르프는 그것을 받아 들고는 금빛 문양의 스핑크스가 박혀 있는 매우 길고 두툼한 담배를 피워보았다. 그 맛은 실로 놀라울 정도로 훌륭했다.

"피부에 대해 뭔가 더 이야기해 주십시오. 괜찮으시다면 말입니다, 고문관님!" 카스토르프가 부탁했다. 그러면서 그는 쇼샤 부인의 초상화를 다시 집어 무릎에 올려놓고는, 의자에 몸을 기댄 채 담배를 피워 물면서 그것을 자세히 들여다보았다. "흥미롭지만 우리가 이미 알고 있는 지방에 관해서가 아니라, 고문관님이 그토록 잘 그리는 피부 일반에 관해서 말입니다."

"피부에 관해서요? 그럼 생리학에 관심이 있습니까?"

"네, 무척이나 관심이 있습니다! 나는 벌써 옛날부터 그것에 관심이 있었습니다. 인간의 몸에 언제나 특별한 관심이 있었습니다. 가끔은 내가 의사가 되어야 하지 않았나 하고 자문해보곤 했습니다. 어느 면에서는 의사가 내게 잘 어울리지 않았을까 하고 생각합니다. 육체에 관심이 있는 사람은 병에도 관심이 있기 때문입니다. 특히 병에 관심이 있다는 말입니다. 그렇지 않습니까? 그런데 나의 이 말은 그리 큰 의미는 없습니다. 어쩌면 다른 직업을 가질 수도 있었을 테니까요. 예컨대 나는 성직자가 될 수도 있었을 것 같습니다."

"뭐라고요?"

"네, 불현듯 그런 생각이 들 때가 가끔 있었습니다. 마치 성직자가 내

기질에 잘 맞았을 것처럼 말입니다.”

“그럼 대체 왜 엔지니어가 되었나요?”

“우연이었습니다. 다소 외적인 사정이 결정적 계기가 되었답니다.”

“자, 피부에 대해 이야기해 볼까요? 당신의 감각엽(感覺葉)에 대해 어떻게 설명해야 할지 모르겠습니다. 자 들어 보십시오, 그것은 당신의 외뇌(外腦)로서, 개체 발생학적으로 볼 때 저 위 당신의 두개골에 들어 있는 이른바 고등감각 기관과 똑같은 기원을 갖고 있습니다. 중추 신경 체계도 외부의 피부층이 약간 변형된 것에 불과하다는 점을 알아야 합니다. 그런데 하등동물에 있어서는 대체로 중추신경과 말초신경 사이의 차이가 아직은 없습니다. 이런 동물들은 피부로 냄새를 맡고 맛을 느끼기 때문에 당신은 그들이 피부 감각만을 지니고 있다고 생각해야 합니다. 우리가 이런 식으로 바뀐다면 틀림없이 아주 편안할 것입니다. 반면에 당신이나 나처럼 고도로 분화된 생물체에 있어서는 피부의 자극이 간지럼을 타는 정도로 제한되어 있으며, 이때 피부는 단순히 보호기관 내지 전달기관에 불과합니다. 하지만 몸에 너무 가까이 다가오려는 그 모든 것에 대해서는 철저히 경계를 합니다. 피부는 촉감장치인 바로 털, 요컨대 각질화된 피부세포인 체모를 내뻗으며 무엇인가 피부에 접촉하기 전에 벌써 접근하는 것을 감지합니다. 우리끼리 하는 이야기입니다만 피부의 보호 및 방어 작업이 육체적인 것에만 한정되는 것은 아닙니다. 어째서 피부가 붉어지거나 창백해지는 그 이유를 아십니까?”

“잘 모릅니다.”

“그렇겠지요, 우리도 그걸 솔직히 말하면 아주 정확히는 알지 못합니다. 최소한 부끄러워서 얼굴이 붉어지는 것에 관해서 말입니다. 이 문제는 아직 완전히 규명되어 있지 않습니다. 왜냐하면 혈관운동 신경을 통해 움직일 수 있다고 하는 확장 근육이 아직까지 맥관에서 입증되지 않았기 때문입니다. 어째서 수탉의 볏이 부풀어 오르는지, —그 밖에도 내세울 만한 여러 예들이 있겠지만— 이는 소위 신비로운 현상에 속합니다. 특히 이런 경우에 심리적 작용을 논하게 되면 더욱 그렇습니다. 우리는 대뇌 피막과 뇌수 안의 맥관 중추 사이에 연결망이 있을 것이라고 가정합니다. 그래서 어떤 자극이 있을 때, 예컨대 당신이 크게 부끄러움을 느낄 경우 이 연결망이 작용을 시작하고, 그러면 맥관신경 역시 작동하면서 얼굴에 있는 맥관이 늘어나고 팽창하여 당신의 얼굴이 칠면조처럼 부풀게 됩니다. 경우에 따라서는 얼굴의 피가 지나치게 부풀어 올라 아무것도 볼 수 없게 될 수 있습니다. 반면에 이와는 달리 아주 긴박한 즐거움이 당신을 기다리고 있을 것 같은 경우에는 피부의 혈관이 수축되며, 또한 피부가 창백해지고 차가워지면서 안으로 오그라듭니다. 그러면 당신은 격정으로 인하여 얼굴이 사색이 되고, 동공은 납빛처럼 변하며, 코끝이 하얗게 변합니다. 그러나 심장은 교감신경의 작용에 따라 세차게 고동치게 됩니다."

"그래서 그런 일이 생기는군요." 한스 카스토르프가 말했다.

"대체로 그렇습니다. 그것이 반사작용이라는 겁니다, 아시겠어요? 하지만 모든 반사 및 반추작용도 본래는 목적에 의해 생겨나는 것이기 때문에 우리 생리학자들은 정신적 흥분에 수반되는 이런 현상도 실은 합목적적인 보호수단이며, 소름이 돋는 피부의 경우처럼 신체의 방어를 위한 반사작용일 것이라고 추측하고 있습니다. 어째서 소름이 돋는지 아십니까?"

"그것도 잘 모릅니다."

"그것은 요컨대 단백질을 함유한 기름진 분비물인 피지를 분비하는 피지선의 효과에 의한 것입니다. 피지는 보기 좋은 것은 아니지만 피부를 유연하게 함으로써 피부가 말라서 갈라지거나 파열되지 않게 해주며, 부드러운 촉감을 유지하게 해줍니다. 이와 같은 콜레스테롤 지방질이 없다면 인간의 피부가 느끼는 촉감이 어떨지는 생각할 수조차 없을 것입니다. 이 피지선에는 선(腺)을 일으켜 세우는 작은 유기체의 근육이 있는데, 선이 일어나면 여왕으로부터 잉어가 든 양동이로 물세례를 받은 동화의 소년처럼 당신의 피부에도 쭈뼛하며 소름이 돋게 됩니다. 자극이 심한 경우에는 모낭(毛囊)까지 꼿꼿이 일어서지요. 머리털이나 몸에 난 털도 방어 자세를 취하는 고슴도치의 털처럼 곤두서게 되는 것입니다. 이제는 소름이 끼치는 이유를 알았을 것 같습니다."

한스 카스토르프가 대답했다. "아, 나는 벌써 여러 번 그런 경우를 겪었습니다. 경우가 매번 다른데도 나는 상당히 쉽게 소름이 돋는 것을 느꼈습니다. 그렇게 여러 가지 경우에 피지선이 꼿꼿하게 선다는 것이 참으로 놀랍습니다. 석필로 유리를 긁으면 소름이 돋고, 특히 아름다운 음악을 들을 때도 갑자기 소름이 돋습니다. 그리고 견진성사에서 성찬을 받았을 때에도 계속 섬뜩하고 오싹한 기분이 들면서 멈추지 않았습니다. 이럴 때 미소한 근육들이 일체 반응하지 않는다면 정말 이상한 일이겠지요.

"그렇습니다." 베렌스가 대답했다. "자극은 자극이니까요. 자극의 내용은 몸에 전혀 문제가 안 됩니다. 잉어든 성찬이든 어떤 경우에도 피지선은 똑바로 일어섭니다."

"고문관님." 한스 카스토르프는 베렌스를 부르고는 무릎에 놓인 그림을 바라보았다. "조금 전에 한 이야기로 되돌아가고 싶습니다. 고문관님은 앞서 체내의 운동과정인 림프운동에 관해 말했습니다. 그건 어떤 것입니까? 그것에 대해 더 들었으면 좋겠습니다. 예컨대 림프운동에 관해서 말입니다. 나는 그것에 지대한 관심이 있습니다."

"그럴 거라고 생각됩니다." 베렌스가 응답했다. "림프액은 육체의 모든 활동 가운데 가장 미세하고 가장 내밀하며 가장 섬세한 것입니다. 추측건대 이런 생각이 떠올라서 질문을 했겠지요. 사람들은 항상 혈액과 그것의 신비에 관해 말하면서, 그것을 특별한 체액이라고 칭합니다. 그러나 바로 림프액이야말로 체액 중의 가장 중요한 체액이자 정수, 핏속의 우유, 아주 훌륭한 액체입니다. 지방질의 함량 여부에 따라서는 정말 우유와 똑같습니다." 그는 신바람이 나서 자기 고유의 말투로 설명하기 시작했다. 그 내용은 다음과 같다. 즉, 혈액은 무대용 외투처럼 빨갛고, 호흡과 소화에 의해 형성되며, 가스로 포화된 상태이며, 노폐물을 함유한 지방, 단백질, 철분, 당분 및 염분으로 이루어져 있다. 38도의 뜨거운 피는 심장의 펌프 운동에 의해 혈관에 보내져 몸 전체의 신진대사를 촉진함과 아울러 체온을 유지하게 해 준다. 한마디로 사랑스런 생명을 유지하게 해 준다. 따라서 혈액이 직접 세포에 접근하는 것이 아니라 그것의 추출물인 유액만이 심장의 압력에 의해 혈관 벽에 촉촉하게 스며들고 조직 내부로 파고 들어간다. 그리하여 유액은 전신으로 퍼지면서 조직액으로 모든 틈새를 채우고 탄력적인 세포 조직을 늘이고 팽팽하게 해 준다. 이것이 조직의 긴장, 의학용어로 터거이다. 이에 따라 림프액이 세포를 부드럽게 세척하고 성분을 세포와 교환하면, 림프액이 림프관으로 보내졌다가 다시 혈액 속으로 흐르게 되는데, 그 양은 하루에 1.5리터이다. 고문관은 림프관의 관상 조직과 흡수관 조직에 대해 설명하고, 두 다리와 가슴, 팔, 머리의 한쪽에 모여 있는 흉부 유미관에 대해, 림프관의 여기저기에 형성되는 림프선이라 불리는 기관들, 즉 목과 겨드랑이, 팔꿈치, 무릎처럼 미묘하고 섬세한 신체 부분에 존재하는 미세한 여과기관에 관해 말했다. "때때로 림프선이 부어오르는 일이 있습니다." 베렌스가 설명을 이어갔다. "거기서 우리 이야기가 아마 시작되었던 것 같군요. 이를 림프선의 비대라고 우리는 말합니다. 무릎과 팔꿈치 여기저기에 수종 비슷한 종양이 생길 때가 있는데, 여기에는 반드시 무엇인가 좋지 않은 이유가 있는 것입니다. 상태에 따라서는 이를 결핵성 림프관 폐쇄로 의심해도 거의 틀림 없습니다."

한스 카스토르프는 침묵하다가 잠시 후 나직하게 말했다. "그렇군요. 나도 좋은 의사가 될 수 있었을 것 같습니다. 흉부 유미관… 다리의 림프액… 무척 흥미를 끄는군요. 육체란 무엇일까요!" 그는 갑자기 큰 소리로 외쳤다. "살이란 무엇일까요! 인간의 육체란 무엇일까요! 육체는 무엇으로 이루어져 있을까요! 지금 이 기회에 말씀 해 주십시오, 고문관님 ! 우리가 알아들을 수 있도록 확실하고도 자세하게 이야기해 주세요!"

"물로 되어 있습니다." 베렌스가 대답했다. "유기 화학에도 관심이 있습니까? 인문주의적 인체를 구성하고 있는 것은 거의 대부분 물이랍니다. 그 이상도 그 이하도 아닙니다. 이에 대해 흥분할 이유가 없습니다. 고체 성분은 단지 25퍼센트에 불과하며, 그중에서 20퍼센트는 그저 평범한 달걀의 흰자위, 조금 더 고상하게 표현하면 단백질입니다. 여기에 지방과 염분이 약간 첨가될 뿐이지만, 이것이 거의 전부입니다."

"그러나 달걀의 흰자위 말입니다. 그건 무엇입니까?"

"온갖 원소로 되어 있지요. 즉 탄소, 수소, 질소, 산소, 유황으로 되어 있습니다. 가끔 인도 들어갑니다. 당신은 정말 엄청난 지식욕을 보여주는군요. 단백질 가운데 어떤 것들은 탄수화물, 즉 포도당 및 전분과도 결합되어 있습니다. 나이가 들면 살의 유연성이 굳어지는데, 그 이유는 결체조직(結締組織)에 콜라겐, 뼈와 연골의 가장 중요한 성분인 아교의 성분이 증가하기 때문입니다. 그 밖에 무얼 더 설명해 드릴까요? 우리의 근육 플라스마에는 미오지노겐이라는 단백질이 있어서 죽으면 이것이 응고하여 근육 섬유소를 이루면서 경직되는 현상을 자아냅니다."

"아, 그렇군요, 죽은 뒤에 경직되는 현상 말입니다." 카스토르프는 활기찬 목소리로 말했다. "좋아요, 아주 좋습니다. 그런 다음에는 완전 분해, 무덤의 해부가 찾아오는 것이지요."

"그렇지요, 물론입니다. 그것 참 아주 멋지게 표현했습니다. 다음부터는 문제가 복잡합니다. 말하자면 녹아서 없어져 버리니까요. 체내의 그 많은 물을 생각해 보십시오! 그리고 다른 성분들은 생명이 없어진 뒤에는 거의 버틸 수가 없어서, 부패를 통해 더 단순한 결합인 무기물로 해체됩니다."

"부패와 분해." 카스토르프가 말했다. "그것은 내가 아는 바로는 연소, 즉 산소와의 결합입니다."

"바로 그렇습니다. 산화작용이지요."

"그렇다면 생명은?"

"그것 역시 산화작용입니다, 젊은이. 생명도 주로 세포 속의 단백질의 산화작용에 지나지 않습니다. 산화작용에 의해 체열이 생기고, 가끔은 과도하게 열이 나는 경우도 있습니다. 자, 생명은 죽음입니다. 이에 대해 더 좋은 말을 찾기가 어렵습니다. 어느 프랑스인이 타고난 체질에 따라 경박하게 표현했듯이 '유기적 파괴'입니다. 생명이라는 것에는 그런 낌새가 있습니다. 달리 생각된다면 우리의 판단이 잘못된 것입니다."

"그럼 생명에 관심이 있는 사람은 특히 죽음에도 관심이 있다는 말이군요. 그렇지 않습니까?" 카스토르프가 말했다.

"흠, 그러나 어쨌든 일종의 차이점은 남아 있습니다. 생명이란 물질이 교체되면서 형태가 유지되는 현상입니다."

"형태는 무엇을 위해 유지되는 것입니까?" 카스토르프가 물었다.

"무엇을 위해서요? 내 말 좀 들어 보세요. 지금 그 말은 조금도 인문주의적이지 않습니다."

"형태는 겉치레입니다."

"당신은 오늘 정말 도발적이군요. 문자 그대로 좀 성마릅니다. 하지만 이제 그만 하겠습니다." 베렌스 고문관이 말했다. "내게 우울증이 닥쳐오니까요." 그는 이렇게 말하고 커다란 손을 눈에 갖다 댔다. "보십시오, 우울증은 이렇게 갑자기 찾아옵니다. 커피도 잘 마셨는데, 돌연 우울증이 나를 덮치니까요. 여러분 죄송합니다. 내게는 특별한 시간이었고 즐거웠습니다."

두 사촌은 자리에서 벌떡 일어섰다. 둘은 오랫동안이나 고문관님에게 폐를 끼쳐 미안하다고 말했다. 고문관은 천만의 말씀이라며 이들을 안심시켰다. 한스 카스토르프는 서둘러 쇼샤 부인의 초상화를 옆방으로 가져가 본래의 자리에 걸어 두었다. 두 사촌은 더 이상 정원을 통하지 않고 숙소로 갔다. 베렌스가 그들을 유리로 된 연결 통로까지 배웅하면서 건물을 통과하는 길을 일러주었던 것이다. 느닷없이 들이닥친 우울증 때문인지 베렌스의 목덜미는 평소보다 더 불쑥 튀어나온 것 같았다. 그는 부은 눈을 껌벅거렸는데, 한쪽으로 치켜 올라간 입술 때문에 비스듬히 매달린 콧수염은 애처로워 보였다.

두 사촌이 복도를 지나 계단으로 내려갈 때에 한스 카스토르프가 물었다.

"어때, 내 발상이 좋지 않았어?"

"어쨌든 기분전환은 된 것 같아." 요아힘이 대꾸했다. "그런데 두 사람은 오늘 만나서 온갖 이야기를 나누더군 그래. 그 바람에 나는 뭐가 뭔지 통 알 수가 없었어. 차 마시기 전에 적어도 20분 동안 안정 요양을 하려면 서둘러야겠어. 이렇게 그것에 매달린다고 너는 나를 형편없게 볼지도 모르겠군. 최근에 와서는 이렇게 네가 성마르니 말이야. 하지만 너야 안정 요양이 꼭 필요한 것은 아니지, 나와는 상태가 다르니까 말이야."

탐 구

이렇게 지내다 보니 필연적으로 찾아올 수밖에 없고 또 한스 카스토르프가 얼마 전만 해도 여기서 맞이하리라고는 꿈조차 꾸지 않았던 일, 즉 고산지대의 겨울이 닥쳐왔다. 한편 요아힘은 지난해 한겨울에 이곳에 왔으므로 여기서 두 번째로 겨울을 맞이하게 되었다. 카스토르프는 겨울을 맞이할 준비를 단단히 했지만 그래도 어느 정도는 걱정스러웠다. 요아힘은 이런 그를 안심시키려고 이렇게 말했다.

"너무 두렵게 생각할 필요 없어. 북극은 아니니까 말이야. 공기가 메마르고 바람도 잔잔해서 추위를 거의 느낄 수 없거든. 몸만 잘 두르고 있으면, 밤늦도록 발코니에 머물러 있어도 몸이 얼지는 않아. 안개가 끼는 산악지대의 한계선 위에서는 온도가 곤두박질치며 내려간다는 이야기가 있지만, 높은 곳일수록 더 따뜻해지는데 전에는 그런 걸 몰랐어. 오히려 비가 오면 추워져. 하지만 너에게도 슬리핑백이 있고, 한기를 참기 어려워지면 스팀도 좀 해줄 거야."

그런데 갑작스런 한파의 기습이나 강추위는 전혀 없이 겨울이 조용히 찾아왔다. 당분간은 한여름에도 이미 경험한 것과 그다지 크게 다를 바 없는 나날이 계속되었다. 며칠 동안 남풍이 불고, 태양이 따뜻하게 내리쬐었으며, 골짜기가 짧고 협소하게 보여서 골짜기 출구 뒤의 알프스의 봉우리들이 가까이에 있는 것처럼 뚜렷한 모습으로 펼쳐져 있었다. 이윽고 구름이 하늘을 덮고 피츠 미헬과 틴첸호른에서 북동쪽으로 흘러가더니 골짜기가 어두워졌다. 그러자 빗방울이 떨어지다가 불순한 것과 섞이며 희끄무레한 잿빛으로 변했다. 곧 눈과 비가 뒤섞여 내리기 시작하다가, 마침내 비는 눈으로 변해 내리기 시작하면서 골짜기는 온통 눈보라로 뒤덮이고 말았다. 이런 상태가 꽤나 오랫동안 계속되면서 그 사이에 온도도 현저히 떨어졌으며, 이로 인해 눈이 완전히 녹지 않고 젖은 채로 남아 있었다. 골짜기가 얇고 촉촉하고 반쯤 녹아 흙으로 범벅이 된 옷을 걸치고 있어서, 비탈길의 침엽수림은 이와는 대조적으로 검게 보였다.

식당의 스팀은 미지근하게 난방이 되어 있었다. 이 시기는 만령절 무렵인 11월 초였으나 딱히 날씨가 새롭지 않았다. 8월에도 이런 일이 있어서, 눈을 겨울만의 특권으로 여기는 사람은 예전부터 없었다. 비록 먼 곳이기는 하지만 언제 어떤 날씨에도 눈을 볼 수 있었다. 골짜기의 입구를 막고 있는 것처럼 보이는 바위투성이 레티콘 봉우리들의 틈새와 협곡에는 언제나 잔설이 비치고 있었고, 남쪽의 가장 먼 장엄한 설봉들도 이쪽을 향하고 있었다. 그러나 이번만은 눈도 기온의 강하도 오랫동안 계속되었다. 창백한 잿빛으로 골짜기에 낮게 드리워진 하늘은 소리 없이 계속 떨어져 내리는 눈송이들 속으로 녹아 사라지는 것 같았다. 너무나 많은 눈이 내려서 불안감이 살짝 엄습했으며, 날씨도 시시각각 더 추워졌다. 어느 날 아침 한스 카스토르프의 방 온도가 7도가 되더니 그 다음 날 아침에는 5도로 떨어졌다. 혹한이 찾아온 것으로, 그 이상 더 추워지지는 않았지만 같은 상태가 계속되었다. 어제만 해도 밤에만 꽁꽁 얼어붙었지만, 이제는 낮에, 심지어는 아침부터 밤까지 꽁꽁 얼어붙었다. 눈은 4일째와 5일째, 7일째 되는 날에 잠깐 그친 적도 있었으나 계속 내렸다. 눈이 엄청나게 쌓이자 그 즉시 골칫거리가 되고 말았다. 개울가 벤치로 향하는 보도와 골짜기로 내려가는 차도에는 사람들이 나와서 눈을 치웠다. 그러나 길이 좁아서 비켜나가기가 어려웠고, 이 때문에 길에서 마주치는 사람들은 길옆의 눈더미로 피하다가 무릎까지 빠지곤 했다. 저 아래 요양지에서는 한 남자가 고삐를 잡고 끌고 가는 말 뒤에 매달린 제설기가 온종일 눈을 치우기 위해 거리를 굴러다녔다. 또한 옛 프랑켄 스타일의 마차처럼 생긴 노란 썰매가 요양 호텔과 '도르프'라고 불리는 마을의 북부지역 사이를 오가며 앞에 달린 눈 쟁기로 하얀 눈 더미들을 옆으로 치우고 있었다.

이 위 고산지대 사람들의 협소하고 격리된 세계는 모피로 두르고 쿠션을 덮은 듯 보였고, 눈송이로 만들어진 하얀 두건을 쓰지 않은 기둥이나 말뚝은 하나도 없었다. 베르크호프의 현관으로 통하는 계단은 사라져버린 채 비스듬한 평지로 변했다. 소나무 가지는 어떤 것이든 우스운 모양을 하고 있는 하얀 방석을 떠받치고 있었고, 하얀 눈덩어리가 여기저기 미끄러져 떨어지고 흩날리면서 구름이나 하얀 안개처럼 나뭇가지들 사이에서 맴돌았다. 병풍처럼 두른 주위의 산들이 눈에 덮여 있어서 그 아래 지역은 황량해 보였고, 나무의 한계선 위로 솟아오른 여러 형상의 봉우리들은 부드러운 눈에 덮여 있었다. 주위는 어두웠고, 엷은 구름층에 가려진 태양은 단지 흐릿한 광채로만 보일 따름이었다. 그러나 눈이 간접적으로 부드럽고 우윳빛처럼 뽀얀 빛을 반사하는 가운데, 사람들은 알록달록한 털모자 아래로 코가 빨갛게 되긴 했어도 온 세상과 어울려 옷을 잘 차려입은 모습이었다.

일곱 개의 식탁이 놓여 있는 식당에서는 이 지역의 위대한 계절인 겨울의 시작이 주로 이야깃거리가 되고 있었다. 많은 관광객들과 운동선수들이 때맞추어 도착하여 '도르프'와 '플라츠'의 호텔들이 가득 찼다는 것이다. 적설량은 약 60센티는 되는 것으로 보여서, 이런 상태는 스키를 타는 사람들에게는 이상적이라는 것이다. 또한 저 건너 북서쪽 경사면의 샤츠알프로부터 골짜기로 내려오는 봅슬레이 코스는 열심히 작업 중이고, 푄 바람이 일을 망쳐 버리지 않는다면 며칠 내로 개장될 예정이라고 했다. 요양원의 환자들은 저 아래에서 오는 손님들, 건강한 사람들이 이 지역에서 열려고 하는 행사인 스포츠 축제와 스키 시합을 기대하고 있었다. 그들은 안정 요양을 빼먹고 몰래 빠져나가 금지 규정을 어기고 행사에 참석할 생각을 하고 있었다. 한스 카스토르프는 북쪽에서 고안된 스키쾨링이라는 경기, 즉 스키를 탄 선수가 선 채로 말에 끌려가는 경기가 열린다는 소식을 들었다. 환자들은 몰래 빠져나가 그것을 구경하기를 원했다. 아울러 크리스마스도 화제가 되었다.

크리스마스! 그렇다, 한스 카스토르프는 미처 그것을 생각하지 못했다. 그는 의사의 소견에 따라 요아힘과 함께 겨울을 이곳에서 보내야 한다고 가벼운 마음으로 말하고 쓸 수도 있게 되었다. 그러나 이제 드러났듯이 그는 이곳에서 크리스마스를 보내야 한다는 것이 기정사실이 되어 버린 것이다. 이렇게 생각하자 조금은 경악스럽다는 생각이 들지 않을 수 없었다. 그는 이제껏 크리스마스 시즌을 고향의 가족 곁이 아닌 다른 곳에서 보낸 적이 전혀 없었기 때문이기도 했지만, 그렇다고 꼭 이런 이유만은 아니었다. 이는 엄연히 감수해야 할 일이었다. 그는 이제 더 이상 어린아이가 아니었다. 요아힘도 이에 대해 더는 불쾌해 하거나 울상도 짓지 않고 실상을 받아들이는 것 같았다. 세상 어느 곳 어떤 상황에서든 크리스마스는 항상 치러져 왔지 않았던가!

그럼에도 그는 아직 강림절이 시작되기도 전에 크리스마스가 화제에 오르는 것은 좀 성급한 것 같다고 생각했다. 크리스마스까지는 아직도 6주는 족히 남아 있었다. 하지만 식당에 있는 사람들은 6주 정도의 시간은 훌쩍 뛰어넘고 집어삼켜 버렸다. 한스 카스토르프는 이 위에서 훨씬 선배격인 삶의 동지들만큼 대담한 방식으로 익숙하게 이를 실행한 것은 아니었지만 자신의 힘으로 어느 정도 처리하는 방법을 알고 있었다. 1년이 지나는 동안 크리스마스 축제와 같은 이런 단계들은 그들에게 그 사이의 지루한 시간들을 얼른 뛰어넘기 위한 발판이나 도약대처럼 여겨졌다. 이럴 때면 그들은 모두가 열이 있는 환자들로서 신진대사가 고조되고, 생활 속에서 육체가 강화되고 가속화되었다.—이는 결국 그들이 시간을 급히 대량으로 걸러내는 것과 관련이 있는 것 같았다. 그들이 크리스마스가 벌써 지나간 것으로 보고 신년이나 사육제 이야기를 했다고 해도 카스토르프는 그리 놀라지 않았을 것이다. 그러나 베르크호프의 식당 사람들이 그토록 경박하고 무뢰하지는 않았다. 그들의 생각이 크리스마스에 멈춰 설 때면, 그날을 위해 배려하고 고민할 일이 있었다.

사람들은 요양원의 관례에 따라 크리스마스이브에 원장인 베렌스 고문관에게 선사할 공동 선물에 관해 상의하고 선물 준비를 위한 모금을 시작했다. 1년 이상 이곳에 체류한 사람들이 전하는 말에 따르면 작년에는 여행용 트렁크를 선사했다고 한다. 이번에는 새로운 수술대, 그림용 삼각대, 털외투, 흔들의자, 상아로 된 '무늬가 새겨진' 청진기가 거론되었다. 그런데 세템브리니는 어떤 것이 좋겠느냐는 질문에 대해 현재 완성되어 가는 『고통의 사회학』이라는 백과사전을 선물로 추천하였다. 하지만 이에 동의하는 사람은 근자에 클레펠트의 식탁에 앉게 된 출판업자밖에 없었다. 한동안 의견 일치가 이루어지지 않았다. 러시아 출신 환자들과의 이해관계가 어려운 문제였고, 이로 인해 모금이 양쪽으로 나뉘었다. 러시아인들은 따로 베렌스에게 선물을 하겠다고 선언했다. 슈퇴어 부인은 모금할 때 경솔하게도 일티스 부인에게 1프랑을 빌려주었다가 일티스 부인이 그녀에게 돈 갚는 것을 깜빡 '잊은' 일로 며칠 동안이나 소란을 피웠다. 일리스 부인이 깜빡 '잊었다'고 말하자, 이 말을 다시 강조한 슈퇴어 부인은 여러 가지 묘한 뉘앙스를 풍김으로써 그녀의 건망증은 전혀 믿을 수 없는 것이라는 것을 은근히 알리려고 했다. 슈퇴어 부인은 그녀에게 어떻게든 암시를 주고 교묘하게 기억을 떠오르게 하려고 무척이나 애를 썼다고 주장했다. 슈퇴어 부인은 여러 차례 포기했다고 하면서 빌려준 돈을 일티스에게 선물한 셈 치겠다고 선언했다. "나는 그러니까 내가 낼 돈과 일티스 부인이 낼 돈을 모두 낸 겁니다." 그녀가 말했다. "그래도 좋아요, 내가 수치스러운 것은 아니니까요!" 그러나 마침내 그녀는 묘안을 생각해내고는, 이를 식탁 동료들에게 말하자 모두들 웃음을 터뜨렸다. 즉 그녀는 관리실에서 10프랑을 돌려받고 이를 일티스 부인이 계산하게 만들었다. 이렇게 해서 나태한 채무자는 계략에 넘어가고 말았고, 이 사건은 적어도 해결되었다.

눈발이 멈추기 시작하고, 하늘도 살짝 얼굴을 드러내기 시작했다. 회청색 구름들이 흩어지고 햇빛이 쏟아지자 풍경이 푸르스름하게 물들었다. 그러더니 날씨가 활짝 개었다. 쌀쌀한 날씨는 계속되었지만, 11월 중순의 맑고 화창하며 안정된 기후였다. 둥근 발코니의 뒤쪽으로 펼쳐진 전경, 하얗게 파우더를 바른 숲, 부드럽게 눈에 덮인 협곡, 푸르게 빛나는 하늘 아래의 희고 맑은 골짜기는 장관이었다. 게다가 밤이 되어 거의 보름달에 가까운 달이 떠오르면, 세상은 마법에 걸린 듯 놀라운 모습을 보여주었다. 하늘에는 수정처럼 가물거리고 다이아몬드처럼 빛나는 별들이 사방에 뿌려져 있었다. 숲들은 흑백의 대조가 뚜렷했다. 달에서 멀리 떨어진 하늘은 어두컴컴했지만, 별들은 수를 놓은 듯 총총히 박혀 있었다. 하얗게 빛나는 평원에는 집, 나무, 전신주의 그림자가 실물보다 더 사실적이고 의미심장해 보일 만큼 날카롭고 정확하고 짙게 깔려 있었다. 해가 지고 몇 시간이 지나면 영하 7-8도의 혹한이 찾아왔다. 세상은 얼음의 순수 속에 빠져 있는 것 같았고, 세상 본래의 더러움은 죽음이라는 환상의 마법이 자아내는 꿈속에 감추어지고 얼어붙은 것 같았다.

한스 카스토르프는 마법에 걸린 겨울 골짜기를 내려다보며 대략 10시쯤이면 자신의 방으로 되돌아가는 요아힘보다 훨씬 더 오랫동안 밤늦도록 발코니에 머물러 있었다. 세 부분으로 나누어진 쿠션과 둥근 목 바침이 달린 멋진 접이식 침대는 눈이 길게 방석처럼 내려앉은 나무난간 근처에 옮겨 놓았다. 옆에 있는 하얀 탁자 위의 전기스탠드에는 불이 들어와 있었고, 수북이 쌓인 책 옆에는 지방이 많은 우유 한 잔이 놓여 있었다. 카스토르프는 베르크호프의 모든 체류자들의 방으로 저녁 9시에 배달되는 이 우유에 자신의 입맛에 맞도록 약간의 코냑을 부었다. 벌써 그는 추위에 대비해 처리가능한 모든 보호수단과 장비를 마련해 놓았다. 요양지의 겨울용품 상점에서 제때 구입한 단추 달린 슬리핑백에 가슴까지 들어가 관례에 따라 그 주위에 낙타털 담요를 둘렀다. 게다가 그는 겨울옷 위에 짧은 가죽 재킷을 입고, 머리에는 털모자를 쓰고, 발에는 펠트 장화를 신었다. 손에도 두툼하게 속을 채운 장갑을 꼈지만, 그럼에도 손가락이 추워서 경직되는 것은 막을 도리가 없었다.

자정쯤이나 자정이 넘어서까지(보통 러시아인 석의 부부가 옆의 발코니를 떠난 지 꽤 지난 뒤에도) 그를 이토록 오랫동안 바깥에 머무르게 한 것은 겨울밤이 자아내는 마법, 특히 밤 11시까지 골짜기 부근과 먼 곳에서 들려오는 음악 소리 때문이기도 했지만, 주로 나른함과 흥분, 이 두 가지가 동시에 몰려왔기 때문이었다. 즉 나른함과 몸이 무거운 데서 오는 피곤함, 그리고 이 젊은이를 몰두하게 만든 어떤 새롭고 흥미진진한 연구로 인해 동요하는 정신의 흥분 때문이었다. 게다가 날씨까지도 그에게 영향을 미쳤던 것으로, 혹한은 그의 유기체를 긴장하게 하고 피로하게 만들었다. 그는 많이 먹었다. 로스트비프에 뒤이어 거위 구이가 나오는 베르크호프의 풍성한 식사를 엄청난 식욕으로 해치웠다. 이곳에서 나타나는 과식증은 여름보다도 완전히 겨울에 훨씬 더 흔한 현상이었다. 과식증과 동시에 자주 졸음에 빠지는 증세가 그에게 나타났다. 이로 인해 그는 낮이든 달빛이 비치는 밤이든 책장을 넘기다가 잠들기 일쑤였고, 몇 분 동안 의식을 잃고 잠에 빠져 있다가 다시 책을 들고 탐구를 계속하곤 했다. — 그가 뒤적거리는 이 책의 특성에 대해서는 다음에 언급할 것이다. 그는 이곳에 체류하면서 활달한 언동을 보였다. 즉, 전에 평지에 있을 때보다 말을 더 빨리, 더 거리낌 없이, 더 과감하게 떠들어 대는 경향을 보였다. 그는 요아힘과 눈 쌓인 길을 건강을 위해 산책하는 동안 지나치게 많이 떠들어대다가 자주 기진맥진한 상태를 맞이했다. 때때로 현기증과 오한, 마비와 도취의 감정에 빠져 머리가 뜨거워지곤 했다. 겨울이 찾아오면서 체온이 올라가 베렌스 고문관은 열이 계속 떨어지지 않을 때 놓아주곤 하던 주사를 그에게 놓아 주었다. 이 주사를 요아힘을 물론 요양원 손님의 3분의 2가 정기적으로 맞고 있었다. 그러나 카스토르프는 자신의 체온 상승이 별이 반짝거리는 엄동설한에 밤늦게까지 접이식 침대에 그를 붙잡아 놓았던 정신적 흥분 및 활동과 분명히 관계가 있을 것이라고 생각했다. 그를 사로잡은 독서가 그에게 이런 설명을 명확하게 해주었다.

국제 요양원 베르크호프의 안정 홀과 환자들의 발코니에서는 적지 않은 사람들이 책을 읽고 있었다. 특히 신참과 단기 체류자들 가운데 그런 사람들이 많았다. 왜냐하면 이곳에 몇 달 체류한 환자들이나 몇 년 체류한 환자들은 오락거리에 매달리거나 머리를 쓰지 않고도 시간을 죽이고 내적인 수법의 함양에 의하여 시간을 소모하는 법을 일찍이 배워 익히고 있었다. 그랬다, 그들은 책에 매달리는 것을 서투른 사람들의 미숙한 행동으로 치부해버렸다. 그들은 기껏해야 책 한 권을 무릎이나 옆 탁자에 놓아두면 그것으로 족하고 다 갖추었다고 느낀다. 다국어로 된 서적과 그림책이 많은 요양원 도서관은 오락서적들을 준비해둔 치과 대기실의 확대된 형태와 같아서 누구에게나 자유롭게 이용될 수 있었다. 환자들은 플라츠 읍내 도서관에서 빌려온 소설책들도 서로 돌려가며 읽었다. 간혹 다투어 읽으려는 책이나 책자가 나타나면 책을 읽지 않던 사람들도 무관심한 척하면서 그것을 구하려고 손을 내밀곤 했다.

최근에 이 사람 저 사람이 돌려가며 읽는 책은 알빈 씨가 가져온 『유혹의 기술』이라는 제목의 인쇄가 엉성한 소책자였다. 그것은 프랑스어 원문을 그대로 번역한 것으로, 프랑스어 구문 자체도 번역문에 보존되어 있었다. 이 때문에 이야기의 전개가 매우 격식이 있고 우아한 매력을 풍기고 있었고, 또한 세속적이고 삶에 친근한 이교도의 정신에 따라 육체적 사랑과 관능의 철학을 전개해 나가고 있었다. 잽싸게 그 책을 읽은 슈퇴어 부인은 그 책을 단숨에 읽고서 '황홀하다'고 말했다. 단백질을 상실해가는 마그누스 부인은 그녀의 말에 전적으로 동의했다. 맥주 양조업자인 그녀의 남편은 그 책을 읽고 여러 가지 이득이 있었다고 했지만, 자신의 아내가 그 책자를 좋게 받아들인 것은 유감이라고 평했다. 이유인즉 그와 같은 책자는 여자들의 '버릇을 그르치며' 뻔뻔스런 생각을 가르치기 때문이라는 것이다. 이런 평가는 오히려 이 책자에 대한 호기심을 적지 않게 높여 주었다. 10월에 들어와 아래 안정 홀에 있는 두 부인, 폴란드 기업가의 아내인 레디쉬 부인과 베를린 출신의 헤센펠트 미망인은 서로가 그 책자를 먼저 신청했다고 주장했고, 급기야 두 여자는 점심 식사 후에 불쾌한 것 이상의 장면, 실제로 폭력적인 장면을 연출했다. 한스 카스토르프는 자신의 발코니에서 그들이 다투는 소리를 들었다. 두 여자 가운데 하나가 신경질적인 비명을 지르며 경련을 일으켰고 —레디쉬 부인일 수도 아니면 헤센펠트 부인일 수도 있는데—, 아무튼 사건은 울부짖으며 경련을 일으킨 부인을 방으로 데려가는 것으로 끝났다. 젊은 사람들이 대체로 나이가 지긋한 사람들보다 먼저 이 책자를 수중에 넣었다. 그들은 저녁 식사 후 여러 방을 옮겨 다니며 책자를 부분적으로 함께 읽고 토의했다. 한스 카스토르프는 새끼손가락의 손톱을 길게 기른 젊은이가 식당에서 이제 막 도착한 프렌츠헨 오버당크라는 병세가 가벼운 여자 환자에게 그것을 건네주는 것을 목격했다. 최근에 어머니에 의해 이곳으로 올라온 이 어린 아가씨는 가르마 양쪽으로 금발을 하고 있었다.

아마 예외도 있었을 것이다. 안정 요양 시간을 어떤 진지한 정신적인 일, 어떻게든 자기 발전적인 공부로 채우는 사람들도 있었을 것이다. 이를 통해 평지 생활과의 관계를 유지하기 위해서든, 또는 시간에 약간의 무게와 깊이를 부여함으로써 시간이 순수한 시간 그 자체로 끝나는 것이 아니라 그 밖에 어떤 의미를 부여하도록 말이다. 고통을 근절해 버리려고 노력하는 세템브리니와 러시아어를 책으로 익히고 있는 명예심이 강한 요아힘 외에도 이런 노력을 경주하는 사람들이 아마 더 있었을 것이다. 식당에 오는 사람들 가운데는 정말로 그럴 만한 사람이 없어 보였지만, 침대에 누워 지내는 환자들이나 중환자들 가운데는 그럴 가능성이 있을 것 같았다. 한스 카스토르프는 그것을 믿고 싶었다. 그 자신에 관한 한, 『대양 기선』은 더 이상 흥밋거리가 없었으므로 겨울용품과 더불어 엔지니어를 위한 과학도서와 조선공학 도서 등 직업과 연관되는 서적 몇 권을 보내달라고 집에 부탁했다. 그러나 이 서적들은 완전히 상이한 분야 및 분과에 속하는 서적들 때문에 소홀히 방치되었다. 카스토르프 청년은 조선공학과는 다른 학문적 내용에 흥미를 갖고 있었다. 독일어, 프랑스어, 영어 등 여러 언어로 저술된 이 책들은 해부학, 생리학 및 생물학 서적들이었다. 그리고 이 책들은 어느 날 이곳 읍내의 서점에서 보내왔는데, 바로 그가 주문했기 때문이었다. 그것도 그가 요아힘 없이 (그가 주사를 맞거나 몸무게를 재야하는 시간에) 플라츠로 산책을 간 기회에 스스로 조용히 주문한 책들이었다. 요아힘은 사촌의 손에 쥐어진 책들을 보고 깜짝 놀랐다. 과학 서적들이 그렇듯이 이 책들은 모두가 고가의 책들이었다. 정가는 표지 안쪽과 겉표지에 표시되어 있어서 눈에 띄었다. 요아힘은 이런 책들을 읽고 싶으면 이런 문헌을 분명히 소지하고 있을 고문관에게 왜 빌리지 않았느냐고 카스토르프에게 물었다. 그러자 카스토르프는 책을 직접 갖게 되면 읽는 맛도 완전히 다를 것이며, 그래서 자기 책을 가지려 한다고 대답했다. 또한 그는 연필로 써 넣는다든지, 밑줄 치는 것을 좋아한다고 말했다. 요아힘은 몇 시간 동안이나 카스토르프가 발코니에서 종이 자르는 칼로 가철한 종이를 자르는 소리를 들었다.

구입한 책들은 묵직하고 손쉽게 다룰 수가 없었다. 카스토르프는 누워서 책의 아래쪽 가장자리를 가슴이나 배에 떠받치고 읽었다. 떠받치는 신체 부위가 답답했지만 그는 이를 감수했다. 입을 반쯤 벌린 채 눈을 위에서 아래로 움직이면서 학술적인 내용의 페이지들을 읽어 나갔다. 갓을 씌운 작은 램프로부터 불그스레한 빛이 나오고 있었지만 램프가 꼭 필요한 것은 아니었다. 부득이한 경우에는 달빛이 아주 밝아서 이럭저럭 책을 읽을 수 있을 것 같았기 때문이다.— 그는 턱이 가슴 쪽에 올 때까지 머리를 움직이며 글을 따라 읽었다. 다음 페이지를 읽기 위해 얼굴을 들기 전에 그는 잠깐 졸거나 가수면 상태에서 아마도 뭔가 골똘히 생각하는 듯 한동안 읽던 페이지에 머물러 있었다. 달이 수정처럼 빛나는 고산 지대의 골짜기를 넘어 정해진 행로를 가는 동안, 그는 깊이 탐구하면서 유기물질과 원형질의 특성, 생성과 해체 사이에서 이상하게 존재를 영위해나가는 민감한 물질에 관해 읽었다. 나아가 그 물질이 최초의, 그렇지만 항상 현존하는 근본 형태로부터 자신의 형태를 이루어나가는 과정에 관해 읽었고, 생명과 그것의 신성하면서도 불결한 비밀에 관해 흥미진진하게 읽었다.

생명이란 무엇이던가? 어느 누구도 그것을 알지 못했다. 생명은 생명으로 존재하자마자 자신을 의식하는 것은 의심할 나위 없지만, 자신이 무엇인지는 몰랐다. 자극에 대한 감수성으로서의 의식은 어느 정도까지는 생명 발생의 가장 낮고 가장 미발달의 단계에서도 벌써 눈을 뜨고 있었다. 의식화 과정의 최초 발현을 생명의 일반적 또는 개별적 역사의 어떤 시점에 결부시켜, 의식의 조건으로 이를테면 신경 계통이 먼저 있어야 한다고 파악하는 것은 불가능한 일이었다. 최하등 동물에는 신경 계통이 없고, 더구나 대뇌 또한 없지만, 이 동물들에게 자극을 감지하는 능력이 없다고는 그 누구도 감히 주장하지 못했다. 물론 우리는 생명을 마비시킬 수는 있었다. 즉 자극을 받아들이며 예컨대 생명을 형성하는 특수한 기관인 신경뿐만 아니라 생명 그 자체도 마비시킬 수는 있었다. 우리는 식물계뿐만 아니라 동물계에서 생명을 부여받은 모든 물질의 감수성을 잠시 제거할 수 있으며, 난자와 정자를 클로로포름, 클로랄 수화물, 모르핀으로 마비시킬 수 있었다. 그러므로 생명 자체의 의식은 생명을 형성하고 있는 물질의 한 기능에 지나지 않는다. 이 기능이 점점 더 강화되면서 생명 자체의 의식은 그것의 본체인 생명에 대항하였고, 의식으로서 현전하게 한 현상을 규명하고 설명하려고 애썼다. 그러나 이는 생명이 자신을 인식하려는 희망적이면서도 동시에 절망적인 노력이자 자연의 자기 발굴을 위한 노력이지만, 결국은 부질없는 일에 불과했다. 그럴 것이 자연이란 인식에 의해 파악되는 것이 아니며, 생명의 본질 또한 결국은 알 수 없는 것이기 때문이다.

생명이란 무엇이던가? 아무도 그것을 알지 못했다. 생명이 생기고 불타오르기 시작하는 시점은 그 누구도 알지 못했다. 이 시점으로부터 생명의 영역에서 우발적이거나 고의적인 일도 전혀 일어나지 않지만, 생명 그 자체는 우발적인 현상이었다. 생명에 관해 말할 수 있는 것은 바로 이런 점, 즉 생명은 고도로 발달된 구조를 갖고 있어 무생물계에서는 이와 견줄 만한 것이 전혀 없다는 사실이다. 유기체가 아니기 때문에 죽었다고 말할 가치조차 없는 저 자연물과 생명 사이의 가장 단순한 현상을 비교해보면 허족 아메바와 척추동물 사이의 거리는 사소하기 짝이 없고 거론할 필요도 없다. 그도 그럴 것이 죽음은 생명의 논리적 부정이지만, 생명과 생명이 없는 자연물 사이에는 아무리 탐구해도 양끝을 연결할 수 없는 심연이 입을 벌리고 있기 때문이다. 사람들은 갖가지 이론으로 그 심연을 메워 보려고 애썼지만 심연이 그 이론을 집어삼키는 바람에 심연의 깊이와 넓이는 조금도 줄어들지 않았다. 사람들은 양자 사이의 연결고리를 발견하기 위해 모액 속에서 결정이 이루어지듯이 단백질 용액 속에서 저절로 결합되는 구조가 없는 생명체, 형체가 없는 유기체를 어리석게도 받아들였다. 그렇지만 다른 한편으로 유기적 분화는 모든 생명의 전제조건인 동시에 표명이며, 동종 생식에 의해 생겨나지 않은 생명체란 찾아볼 수 없다. 대양의 가장 깊은 밑바닥에서 원형질을 건져 내고 환호해 보아도 결국은 부끄러울 따름이었다. 석고의 침전물을 가지고 원형질로 생각했던 것이다. 그러나 저 놀라운 기적 앞에서 놀라지 않아야만 했는데, 왜냐하면 조직이 없는 자연물과 동일한 소재로 구성되어 있어서 동일한 소재로 분해되어 버리는 생명은 우발적인 것이므로 거의 기적이라 할 수 있었기 때문이다. 그럼에도 사람들은 자연 발생, 즉 무기물에서 유기물의 생성을 믿지 않을 수 없었으나 이것 역시 마찬가지로 기적이 아닐 수 없었다. 그리하여 사람들은 중간 단계와 이행 과정을 생각해 내게 되었으며, 알려진 모든 유기체보다는 열등하지만 자연에서 좀 더 원시적으로 살아가려는 생명의 시도였던 유기체의 존재를 가정하게 되었다. 현미경으로 아무리 확대를 해도 거의 보이지 않는 원형질 같은 시료가 그것으로, 원형질이 생겨난 것으로 여겨지는 시기 이전에 분명히 단백질 화합물의 합성이 수행되었을 것이다.

그렇다면 생명이란 무엇이던가? 그것은 열, 형태를 유지하면서도 항상 변화하는 것이 내놓는 열의 산물이었다. 유지가 안 될 만큼 복잡하고 정교하게 구성된 단백질 분자가 끊임없이 분해되고 재생하는 과정에서 발생하는 물질의 열이었다. 그것은 실로 있을 수 없는 존재였고, 이렇게 해체와 신생이 교차하면서 열을 내는 과정에 일을 때에만 달콤하면서도 고통스럽게 존재의 접점에서 가까스로 균형을 유지하는 존재였다. 생명은 물질적인 것도 아니었고, 그렇다고 정신도 아니었다. 그것은 물질도 아니요 정신도 아닌 그 중간에 있는 것으로서, 마치 폭포 위에 생기는 무지개나 화염처럼 물질에 동반되는 하나의 현상이었다. 그러나 설령 생명이 물질은 아니라 해도, 그것은 쾌감과 혐오를 일으킬 정도로 관능적이고, 스스로를 느끼며 민감하게 반응하는 물질의 파렴치한 형태이며, 존재의 방탕한 형식이었다. 그것은 삼라만상의 순결한 냉기 속에서 은밀하게 살금살금 움직이는 존재, 음탕하게 도둑질하듯 불결하게 영양을 섭취하고 배설하는 존재, 유래와 속성을 감추고 있는 유독물질과 탄산가스를 배출하는 숨결과 같은 존재이다. 생명은 자신의 불안정한 상태를 철저히 조절하고 자신의 타고난 형성법칙을 따름으로써 번성하고 발달하고 형상을 이루어나가는 과정을 보여준다. 이른바 살이라고 불리는 것, 다시 말해 물, 단백질, 염분 및 지방의 결합에 의해 다소 부풀어 오른 것이 이런 과정을 수행하는데, 그것은 생생한 형태와 고귀한 상을 얻고 아름다운 모습을 갖추었지만, 동시에 관능과 욕망의 화신이기도 했다. 이와 같은 형태와 아름다움은 문학이나 음악 작품에서처럼 정신을 담고 있지 않으며, 조각 작품의 형태나 아름다움처럼 중립적이고 정신을 소모시키며 순결한 방식으로 정신을 감각적으로 지각할 수 있게 해 주는 물질을 담고 있지도 않았다. 오히려 생명의 형성과정에서 나타나는 형태와 아름다움은 알려지지 않은 방식으로 욕정에 눈뜬 물질, 분해하면서 존재하는 물질인 냄새나는 살에 의해 육화되고 구체화되었다.

한스 카스토르프는 멀리서 불빛이 가물거리는 골짜기를 내려다보며 모피와 양털로 체온을 유지하며 쉬고 있었다. 별빛이 죽음처럼 흐릿하게 빛나는 추운 겨울밤을 맞이하여 그에게는 오히려 생명의 모습이 눈앞에 떠올랐다. 그것은 공간 어딘가에 멀찌감치 떨어져 부유하고 있는 것 같았으나 감각적으로는 가깝게 느껴졌다. 희미하고 하얀 빛깔로 눈앞에 나타나는 신체, 육체는 냄새가 나고 땀을 흘리며 끈적거렸다. 본래 아주 불결하고 도처에 흠집이 있고, 얼룩과 젖꼭지, 황달과 갈라진 금, 곡식 알갱이 내지 비늘 모양의 부위가 있는 피부는 부드럽게 물결치거나 선회하는 태아의 솜털 같은 것으로 덮여 있었다. 생명의 모습인 육체는 무생물의 냉기를 분비하면서 자신의 체취 속에서 태연히 기대고 있었고, 머리에는 피부의 산물이었던 다소 차갑고 각질로 되어 있으며 염색이 된 모발을 화환처럼 두르고 있었다. 그것은 두 손을 목덜미 부근에 교차한 채 눈꺼풀을 내리깔고, 입을 반쯤 벌리고, 입술을 약간 내밀고, 이상하게 생긴 눈꺼풀의 피부 때문에 비딱해 보이는 눈으로 한스 카스토르프를 내려다보고 있었는데, 한쪽 다리에 힘을 주고 서 있어서 그쪽 요골이 살 속에서 유난히 두드러져 보였다. 반면에 힘을 주지 않은 다리의 무릎을 약간 굽히고 발끝으로 서서는, 무릎을 하중을 받고 있는 다리 안쪽을 향해 갖다 대었다. 이렇게 생명의 모습인 육체는 몸을 비틀며 미소 짓고 우아한 자세로 기댄 채, 희미하게 빛나는 팔꿈치를 앞으로 쭉 내밀고, 자신의 사지 구조, 즉 신체 특정부위의 양쪽 균형을 이루면서 서 있었다. 상피조직으로 이루어진 붉은 입이 두 눈과 상응하고, 가슴의 붉은 젖꼭지와 거기서 수직으로 길게 내려간 쪽의 배꼽이 상응하듯이, 치골의 검은 부분이 시큼한 냄새나는 겨드랑이의 어두운 부분과 신비로운 삼각형을 이루며 상응하고 있었다. 중추기관의 작용과 척추에서 나온 운동신경의 작용으로 배와 흉부가 움직였고, 흉막과 복막 사이의 움푹 들어간 곳이 부풀고 수축했다. 호흡기에 관한 한 숨결은 내적 호흡이 이루어지도록 폐의 기포 속에서 산소를 혈액의 헤모글로빈과 결합시켰다. 그런 뒤 그것은 호흡기의 점막에서 데워지고 습기를 얻어서 분비물을 가득 채운 채 입술 사이로 흘려보내고 있었다.

한스 카스토르프는 이 살아 있는 육체가 지극히 신비로운 균형을 이루고 있다는 사실을 깨달았다. 육체는 피에 의해 연명하는 것으로, 그 내부에는 정맥, 동맥, 모세관이 사방으로 뻗어 있으며, 사지로 림프액이 스며들고 있었다. 육체는 본원적인 지지 물질, 즉 젤리조직으로 되어 있다가 칼슘염과 점액의 도움을 받아 육체를 지탱할 수 있도록 딱딱하게 굳어진 내부의 구조물인 뼈대를 갖추고 있었다. 골수로 채워진 관상골, 견갑골 및 추골, 근골이 이에 속했다. 또한 육체에는 포낭들과 미끄러운 구멍들, 관절의 인대와 연골, 200개가 넘는 근육, 영양 섭취와 호흡에 도움을 주고 자극을 전달하는 여러 중추 기관들, 보호막과 같은 피부, 혈장이 들어 있는 구멍, 분비물이 풍부한 선(腺), 몸을 열어 외부의 자연으로 통하는 복잡한 내벽을 가진 관 조직 내지 틈새 조직이 있었다. 이런 조직으로 이루어진 자아라는 높은 질서로 이루어진 생명체로서 더 이상 온몸의 표피로 호흡하고 영양분을 섭취하며 생각도 하는 단순하기 짝이 없는 존재가 전혀 아니라는 것 또한 카스토르프는 깨달았다. 이와 같은 자아는 어떤 유일한 기원에서 출발하여 반복적인 분열을 거듭함으로써 몇 배로 불어나고, 단결하여 여러 가지 일을 하기 위해 질서를 갖추고, 때로는 분리되어 독자적으로 발전하면서 성장의 조건이자 결실인 여러 형태를 완성했던 수많은 미세한 조직으로 이루어져 있었다.

그러므로 카스토르프의 눈앞에 어른거리는 육체, 이런 개체, 생명체의 자아는 호흡하고 영양분을 섭취하는 개별 조직들의 완결된 복합체였다. 하지만 이 개별 조직들은 유기적 분류와 특수한 목적을 완수하기 위해 개별적 존재, 자유와 생명의 독자성을 크게 상실하고 심지어 해부학적 요소로까지 변질되었다. 그 결과 몇몇 기능은 오로지 빛, 소리, 감촉, 열에 대한 감각 기능으로만 제한되었고, 다른 어떤 것은 수축하여 형태를 바꾸거나 소화액을 분비하는 기능만을 맡게 되었으며, 또 다른 것은 보호 및 유지, 체액의 촉진이나 번식 쪽으로만 발달하고 유용하게 되어 버렸다. 그러나 이런 고도의 자아로 통합된 유기적 복합체가 느슨하게 풀어질 때도 있었다. 다수의 하부 개별조직이 경솔하고 미심쩍은 방식으로 좀 더 상위의 생명 단위와 결합되어 있는 경우가 그것이었다. 연구에 몰두한 한스 카스토르프는 세포군의 현상에 대해 골똘히 생각했고, 그것의 개별 세포가 단지 젤리의 외피에 둘러싸여 있는, 반쯤 유기체인 해초에 관해 알게 되었다. 이 개별 세포는 종종 서로 멀리 떨어져 있어서 여러 세포의 집합적 형성물이긴 하지만 그것을 개별 세포의 군체로 보는 것이 좋은지 단일체로 보는 것이 좋은지가 애매해지는데, 자신을 부를 때 나라고 해야 할지 우리라고 해야 할지 갈피를 잡을 수 없는 이상한 존재였다. 이 해초의 경우 자연은 무수한 원시적 개체가 모여 상위 자아의 조직과 기관을 구성하는 고도의 사회적 통일체와 가장 단순한 개체의 자유로운 개별 존재 사이의 중간물을 보여주고 있었다. 다세포 유기체는 그 과정 속에서 생명 활동이 진행되면서 생식에서 생식으로의 순환 과정을 보여주는 단지 하나의 현상형식에 불과했다. 두 세포체의 성적 융합인 수태 행위는 단세포 원시 생물의 각 세대의 초기에는 존재하고 있다가 마지막에 다시 출현하지만, 이것은 모든 다세포 개체의 구성 초기에도 존재한다. 왜냐하면 이런 행위는 쉬지 않고 분열을 거듭하여 번식함으로써 수태 행위를 필요로 하지 않던 여러 세대를 걸치면서도 지속되다가 무성 생식에 의해 생겨난 자손이 다시 번식행동을 함으로써 순환이 완료되는 순간이 찾아오기 때문이었다. 이렇게 두 양친 세포의 핵융합에 생명의 근거를 두는 다세포 국가는 무성 생식으로 생겨난 세포 개체의 여러 세대가 공동생활을 영위하는바, 생명 국가의 성장이란 무성 세대 수의 증가를 의미하고 있었다. 그리고 번식이라는 특수한 목적을 위해 형성된 요소인 생식세포가 체내에 형성되어 생명 쇄신의 성적 혼합 방법을 찾아냈을 때 생식의 순환이 완료되었다.

우리의 젊은 모험가는 발생학 책 한 권을 명치 위에 얹고서 유기체의 발달을 추적했다. 수많은 정자 가운데 하나가 선두에 나와 꼬리를 흔들며 전진하여 머리끝으로 난자의 교질 피막에 부딪쳐 정자가 들어오도록 난자 막의 원형질이 둥그렇게 부풀어 있는 수태 언덕을 꿰뚫고 들어가는 순간부터 유기체의 발달 과정이 시작되었다. 만일 자연이 익살과 희극을 고안해내지 않았더라면, 이 단조로운 과정이 변화를 일으킴으로써 자연은 자칫 심각한 상태에 빠져들 수도 있었을 것이다. 예를 들어 수컷이 암컷의 장 내에 기생하는 동물이 있었다. 그런가 하면 수컷이 암컷의 아가리에서 팔을 넣어 그곳에 씨를 뿌린 다음, 팔을 물어뜯기고 밖으로 내뱉어져서는 손가락만으로 서서 도망치는 동물도 있었다. 이에 대해 과학은 깜박 속아 넘어가 오랫동안이나 이 팔에 그리스어와 라틴어로 학명을 붙이고 독자적인 생물체로 취급해야 한다는 견해를 견지해 왔다. 한스 카스토르프는 난자론자와 정자론자 두 학파가 서로 논쟁을 벌이는 내용을 읽었다. 난자론자는 난자 내에 완성체로서 작은 개구리나 개, 인간이 들어 있으며, 정자는 그들의 성장을 자극할 뿐이라고 주장했다. 반면에 정자론자는 머리와 팔, 다리를 소유한 정자 안에서 미리 형성된 생명체가 들어 있다고 보면서 난자는 다만 배양의 터전에 불과하다고 주장했다. 나중에 가서야 두 학파의 학자들은 난세포와 정세포가 원래는 서로 구별할 수 없는 생식 세포에서 생겨난 것으로 합의를 보고 공적을 똑같이 인정하기로 했다.

한스 카스토르프는 난자가 주름지면서 분열하는 가운데 수정한 난자의 단세포 유기체가 다세포 유기체로 변화하는 과정을 보았고, 또한 세포체가 서로 달라붙어 얇은 점막의 층을 만들고 난핵이 미끄러져 나와 하나의 잔과 움푹한 공동을 형성하고, 이 공동이 영양 섭취를 하고 소화를 시작하는 것을 보았다. 이것이 바로 장배(腸胚)였다. 즉 원생동물, 낭배(囊胚)로서 모든 동물 생명체의 원형이자 살이 지닌 아름다움의 원형이었다. 이 장배의 두 층인 안팎으로 나 있는 내배엽과 외배엽은 원시기관임이 증명되었고, 이것이 안팎으로 접혀서 선, 조직, 감각기관, 체돌기(體突起)를 형성하고 있었다. 띠 모양의 외배엽이 굵어지고 접혀지면서 도랑이 되고, 이것이 닫히며 신경관이 되었고 또한 척추와 뇌수가 되었다. 이제 카스토르프는 교질 세포가 점액소 대신 젤리와 같은 교질 물질을 생성하기 시작하면서, 태막 점액이 굳어져서 섬유질의 결체조직과 연골로 굳어지고, 어떤 부위에서는 결체조직 세포가 주변에 흘러넘치는 체액으로부터 석회염과 지방을 끌어들여 뼈로 변하는 모습을 보았다. 인간의 태아는 태내에서 허리를 숙이고 웅크린 채 돼지의 태아와 조금도 다를 바 없이 꼬리를 달고, 둘둘 말린 배꼽줄기와 그루터기처럼 형태가 없는 팔다리를 가지고 알아보기 힘든 얼굴로 부풀어 오른 배 위에 누워 있었다. 태아의 성장은 학문의 냉철하고 음울한 진리표상에 비추어 보았을 때 동물 계통발생사의 일시적인 반복으로 나타났다. 태아는 한동안 가오리처럼 아가미 주머니를 가지고 있었다. 태아가 거쳐 가는 발달 단계로부터 원시시대에 기원한 인간의 거의 인문적이지 못한 면모를 추론해 볼 수 있거나 추론해볼 필요가 있었다. 원시인의 피부는 곤충을 막기 위해 경련성 근육을 갖추고 있었고, 털이 촘촘하게 많이 나 있었다. 후각 점막의 면적 또한 대단히 넓었고, 이리저리 움직이며 얼굴 표정에 따라 달라지는 쫑긋한 귀는 현대인보다 음향을 더 민첩하게 포착할 수 있었다. 당시에 원시인의 눈은 껌벅이는 제3의 눈꺼풀의 보호를 받으며 머리의 옆쪽에 붙어 있었고, 그 잔여 흔적인 송과선(松果腺)이라고 불리는 제3의 눈은 특별히 상공을 감시하게 되어 있었다. 그 밖에도 당시의 원시인은 매우 긴 대장과 많은 어금니, 그리고 목에는 포효하기 위한 음향 주머니를, 복강의 내부에는 남성 생식선을 갖고 있었다.

해부학은 우리의 연구자에게 인체 사지의 껍질을 벗겨 해부해 보이고, 인간의 외부 및 내부 근육, 뒤쪽 근육인 허벅지와 발의 근육, 특히 상박과 아래팔의 근육과 힘줄 및 인대를 보여 주었다. 인문정신의 하나인 해부학은 그것들 모두에게 품위 있고 우아한 라틴어 학명을 붙여서 분류해 놓았고, 한스 카스토르프로 하여금 골격에까지 발을 들여놓게 하였다. 골격의 형성은 모든 인간적인 것의 단일성과, 모든 학문 분야의 일원성을 연상케 하는 새로운 견해를 그에게 제공했다. 여기서 그는 아주 특이한 방식으로 자신의 본래의 직업, —또는 예전의 직업이라고 말해야 하는데— 이 위에 처음 왔을 때 만났던 크로코프스키 박사와 세템브리니에게 자신이 선택한 과학적 직업으로서 소개한 공학을 문득 상기하게 되었다. 그는 무엇인가를 배우기 위해 —그게 무엇인지는 전혀 상관없었다— 대학에서 정역학, 굴곡성 지주(支柱), 기계 장비를 활용하기 위한 구조학에 관해서도 이것저것을 배웠다. 공학에 있어서의 역학의 법칙이 유기 자연에 적용될 것이라고 생각하는 것은 유치한 일이고, 마찬가지로 그것이 유기적 자연에서 유도되어 나온 것이라고 할 수도 없을 것이다. 그러나 역학의 법칙은 유기적 자연 속에서 되풀이되고 강화되었다. 중공원통(中空圓筒)의 원리는 기다란 관상골의 구조에도 지켜지고 있어서 최소한의 경물질을 가지고도 정력학의 요구를 충족시킬 수 있었다. 그는 장력과 압력으로 그 물체에 부과되는 부담을 고려하여 기계적으로 사용할 수 있는 재료의 줄기와 얇은 판으로만 구성된 물체는 동일 재료로 된 거대한 동일 하중을 견딜 수 있다고 배웠다. 이와 마찬가지로 관상골의 생성에 있어서도 뼈의 표면에 조밀한 물질이 형성됨에 따라 중심 부분은 역학적으로 불필요해지기 때문에 누런 지방 조직의 수질(髓質)로 변해 가는 것을 알 수 있었다. 허벅지 뼈인 대퇴골은 기중기와도 같았다. 유기적 자연은 대퇴골을 만들 때에 카스토르프가 과거에 같은 용도의 기구를 제도할 때 정밀히 그려 넣어야 했던 것과 거의 동일한 장력과 압력의 곡선을 작은 뼈들에 할당되는 방향에 따라 전달해주고 있었다. 그는 이런 연관관계를 흐뭇하게 관찰했다. 왜냐하면 그는 이것으로 허벅지, 또는 유기적 자연 일반에 대해 이제 서정적, 의학적, 공학적 관계라는 세 가지 관계를 갖게 되었기 때문이다. 그런 만큼 그의 흥분도 컸다. 그는 이 세 가지 관계가 인간적인 것 속에서 하나이고, 간절한 동일 관심사의 변형이며, 이것이 바로 인문학의 학문분야라고 생각했다.

그러나 원형질이 하는 일은 도저히 알 수 없었다. 생명은 자신의 정체를 드러내는 것을 거부하는 것 같았다. 대부분의 생화학 과정은 알려져 있지 않을 뿐만 아니라 인식할 수 없는 성질의 것이었다. 또한 '세포'라고 불리는 생명 단위의 구조와 합성에 대해서도 전혀 알려져 있지 않았다. 죽은 근육의 성분을 연구할 수는 있지만 그것이 무슨 소용이 있을까? 살아 있는 근육의 화학적 성분을 조사하는 것은 불가능했다. 사후경직이 일으키는 저 변화만 해도 온갖 실험의 무의미함을 알려주기에 충분했다. 신진대사나 신경 작용의 본질에 대해서는 아무도 알지 못했다. 맛이 나는 물체는 어떤 속성 때문에 맛이 나는 것일까? 어떤 감각 신경이 향료에 의해 여러 가지로 흥분하는 것은 무슨 까닭일까? 냄새가 나는 것은 대체 무엇 때문일까?

동물과 인간에게서 나는 특수한 체취는 어떤 물질의 발산에 의한 것이겠지만 그 정체는 아무도 알 수 없다. 땀이라 불리는 분비물의 성분도 마찬가지이다. 땀을 분비하는 선이 냄새를 만드는데, —포유동물에게는 중요한 역할을 하지만— 그것이 인간에게 어떤 의의를 갖는가에 대해서는 알려져 있지 않다. 물체에서 분명 중요하게 생각되는 부분의 생리학적인 의미도 어둠에 싸여 있었다. 신비에 싸인 맹장은 무시할 수 있었다. 토끼의 맹장에는 보통 죽 같은 물질이 가득 차 있는 것을 볼 수 있지만, 그것이 어떻게 외부로 배출되고 새로 채워지는지는 알 수 없었다. 그런데 뇌수의 회백색 물질은 무엇이고, 시신경과 연결되어 있는 시신경 다발과 '뇌교(腦橋)'의 회색 부착물은 무엇인가? 뇌수와 척수에 들어 있는 물질은 쉽게 분해되기 때문에 그 구조를 규명한다는 것은 도저히 불가능했다. 수면 중에 대뇌막의 활동이 중지되는 까닭은 무엇인가? 사후에 실제로 가끔씩 일어난다는 위의 자가 소화 현상이 살아 있는 사람에게 일어나지 않는 까닭은 무엇인가? 그것은 생명, 즉 살아 있는 원형질의 특수한 저항력 때문이라고 대답하는 사람도 있겠으나, 그 대답 자체가 신비로운 설명이라는 점에 대해서는 아무도 밝혀내지 못했다. 발열이라는 일상적 현상에 관한 이론도 모순투성이였다. 신진대사 증진의 결과 열도 많이 발생하게 되었다. 그러나 이 경우 왜 보통 때처럼 열의 소비도 비례하여 증가하지 않는 것일까? 발한 감퇴의 원인은 피부의 수축 작용 때문일까? 그렇지만 열을 내고 오한이 있는 경우에만 수축 작용이 있지, 그렇지 않은 경우에는 오히려 피부가 뜨겁다. '열에 취한다'는 말로 미루어 보면 신진대사 증진의 원인은 중추신경 계통에서 찾아야 하겠고, 또한 그것을 달리 표현할 수 없기 때문에 비정상적이라 하는 피부 상태의 원인에서 찾아야 할 것이다.

그러나 이 모든 무지도 기억이라는 현상, 아니 그보다 더 광범위하고 놀랄 만한 기억, 즉 우리가 획득 형질의 유전이라 부르는 기억 현상에 대해 비교한다면 정말 대수롭지 않은 것 아닌가? 이와 같은 세포 물질의 활동에 대해 기계적으로 설명할 수 있는 기능성이 조금도 없었다. 수컷의 무수히 많고 복잡한 종의 속성과 개체의 속성을 난자에게 전달해 주는 정자는 현미경으로만 볼 수 있지만, 아무리 배율이 높은 현미경조차 그것이 동질체라는 것밖에는 알 수가 없고 그 혈통을 규정할 수는 없었다. 그럴 것이 어떤 동물의 정자도 모두 똑같은 모습을 하고 있기 때문이다. 정자의 조직 상태로 보아 하나의 세포는 그것이 구성하는 상위의 유기체와 성질을 달리 하지 않고, 따라서 이미 세포 자체도 나름대로 살아 있는 분열체, 즉 개별적인 생명 단위로 구성된 상위의 유기체였다는 가정을 떨치기 어렵다. 그리하여 소위 가장 미세한 것에서 재차 더욱 미세한 것으로, 원소를 하위 원소로 분해하지 않을 수 없었다. 여러 동물이 동물계를 이루고 많은 세포 종족으로부터 동물과 인간의 유기체가 구성되어 있듯이, 세포라는 유기체도 기본적인 생명 단위의 새롭고도 다양한 동물계로 이루어져 있음은 의심할 바 없었다. 물론 이런 생명 단위의 크기는 현미경의 가시 한계를 훨씬 밑도는 크기로서, 모든 생명 단위는 같은 종류만을 낳을 수 있다는 법칙에 따라 독자적으로 번식하고, 분업의 원칙에 따라 공동으로 보다 상위의 생명 단계인 세포를 구성하고 있었다.

이것이 유전인, 원생자, 원형질이었던 것으로, 한스 카스토르프는 추운 날 밤에 발코니에 누워 이런 것들과 알게 되어 기뻤다. 그는 흥분한 나머지 이런 원시적 자연물을 좀 더 자세하게 탐구하면 어떤 해답이 나올까 하고 스스로에게 물어보았다. 그것들도 생명체이므로 유기체 조직임이 분명했다. 생명이란 유기체 조직에 기반을 두기 때문이다. 하지만 유기체는 원시적이 아니라 복합체이기에, 그것들이 유기 조직체라면 원시적이라고 할 수 없었다. 유전인자는 그것이 유기적으로 구성하는 세포라는 생명 단위보다 하위의 생명 단위였다. 그렇다면 그것은 상상할 수 없을 정도로 미소하고, 그 자체도 '구성되어' 있을 것이며, 말하자면 생명의 하나의 단계로서 유기적으로 구성되어 있음에 틀림없었다. 생명 단위라는 개념은 좀 더 미소한 하위의 생명 단위로, 즉 그보다 더 상위의 생명을 조직하는 생명 단위로 구성된다는 것을 의미하기 때문이었다. 아무리 분열해 가더라도 생명의 특성인 동화와 성장, 번식의 능력을 지니는 유기적 단위가 존재하는 한 분열이 끝나는 것은 아니다. 생명 단위에 관하여 말한다면 원시적 단위라는 말은 잘못된 것이다. 왜냐하면 생명 단위라는 개념은 하위의 구성단위라는 내포적 개념을 무한히 포괄하고 있기 때문이다. 그러므로 원시적 생명, 다른 말로 이미 생명이면서 아직 원시적이라고 하는 것은 존재할 수 없었다.

그러나 논리적으로는 존재할 수 없을지라도 결국 이와 같은 것이 어떻게든 실재하는 것은 분명한 사실이었다. 이유인즉 자연발생의 관념, 즉 무생물에서 생명이 생겨났다는 생각은 부정될 수 없기 때문이다. 게다가 외적 자연에서 메우려고 노력했지만 허사였던 저 심연, 즉 생명과 무생물 사이에 놓인 심연이 자연의 유기적 내부에서는 어떤 식으로든 메워지거나 연결되어야 했기 때문이다. 그러므로 언젠가 분열은 〈생명의 단위〉로 이어질 수밖에 없었다. 분열은 계속되면서 합성되었지만, 아직은 조직을 갖지 못한 채 생물과 무생물 사이를 오가며, 분자군의 상태로 생명 단계와 단순한 화학 사이의 과도기를 이루다가 생명의 단위를 얻게 되는 것이다. 하지만 그것이 화학적 분자에 도달했을 때, 우리는 유기적 자연과 무기적 자연 사이의 심연보다 훨씬 더 신비롭게 입을 벌리고 있는 심연, 즉 물질과 비물질이라는 심연 근처에 이미 와 있음을 발견하게 되었다. 분자는 원자로 구성되어 있으며, 원자는 지극히 미소하다고 칭할 수 있을 정도의 크기도 지니지 않았기 때문이다. 원자는 아주 미소하고 비물질적인 것, 물질은 아니지만 물질과 비슷한 에너지의 때 이르고 과도적인 밀집상태인 것이며, 따라서 그것은 아직 물질이라고는 할 수 없고, 오히려 물질과 비물질 사이의 중간물이자 경계점으로 보아야 한다. 이렇게 해서 유기물의 자연발생보다 훨씬 더 수수께끼 같고 모험적인 문제, 비물질로부터 물질의 발생이라는 또 다른 자연발생의 문제가 제기되게 되었다. 실제로 물질과 비물질 사이의 심연을 메우는 것은 유기적 자연과 무기적 자연 사이의 심연을 메우는 것만큼이나, 아니 그 이상으로 절실한 문제였다. 유기체가 비유기 화합물에서 생기는 것처럼 물질을 생겨나게 하는 비물질 화합물, 다시 말해 비물질의 화학이 필연적으로 생기지 않을 수 없었다. 그리고 원자는 물질의 원충류(原蟲類)와 단충류(單蟲類)라는 성질로 보아 물질적이면서도 동시에 물질적이 아니었다. 그러나 '작다고조차 할 수 없는' 단계에 도달하면 이미 기준이 없어져 버려서, 그 말은 벌써 '엄청나게 크다'는 말과 같아진다. 이로써 원자까지 내려간다는 것은 과장 없이 말해 지극히 불길한 것으로 입증되었다. 물질을 최후까지 쪼개고 나누는 순간 갑자기 천문학적 우주가 눈앞에 펼쳐지기 때문인 것이다!

원자는 에너지가 가득 찬 우주로서 그 체계 내에서는 천체가 태양계에서처럼 중심체 주위를 빠른 속도로 돌고 있었고, 중심체의 힘에 의해 중심을 벗어나려는 궤도에 묶여 있는 혜성은 광속으로 천공을 날고 있었다. 이는 다세포 생물의 육체를 '세포 국가'라고 불렀을 때처럼 그렇게 단순한 비교는 아니었다. 분업의 원리에 의해 조직된 사회 공동체인 도시와 국가는 유기적 생명에 비교될 뿐만 아니라, 그것들은 유기적 생명의 반복인 것이다. 이렇게 자연의 가장 깊은 내부에서는 대우주의

별세계가 아주 광범위하게 반영되는 모습을 반복하고 있었다. 몸을 두툼하게 두르고 있는 젊은 연구자의 머리 위 차갑게 반짝이는 골짜기 너머에는 이런 별세계의 무리, 덩어리, 집단, 형상이 달빛을 받으며 창백하게 떠 있었다. 원자처럼 떠도는 태양계의 어떤 행성들 —물질을 구성하는 태양계의 이런 큰 무리와 은하—, 다시 말해 내계적(內界的) 천체들 가운데 어떤 천체가 지구를 생명의 서식처로 적합하게 만드는 상태에 있는 것일까? 이는 허용될 수 없을 만큼 터무니없는 생각일까? 중추신경이 얼큰히 취해 있고, 피부가 비정상적이며, 금기가 많은 지역에서 온갖 일을 경험한 젊은 연구자에게는 이런 생각이 황당무계한 공상이라기보다는 지극히 자명하고 논리적 진실성을 띤 상념이기도 했다. 내계적 천체의 미소함을 떠들어대는 것은 말도 안 되는 항변일지도 모른다. 크거나 작다고 하는 기준은 '최소' 성분의 우주적 성격이 명백히 드러난 순간에는 이미 통용되지 않을 것이고, 마찬가지로 안팎의 개념도 차츰 확고한 근거를 상실하게 될 것이기 때문이다. 원자의 세계도 외계(外界)라 할 수 있으며, 우리가 살고 있는 지구는 유기적으로 보면 내계라고 말할 수 있다. 어떤 탐구자는 제멋대로 상상력을 발휘하여 〈은하계 동물〉, 즉 살과 다리 및 뇌수가 태양계에서 만들어지는 우주 괴물에 관해 운운하지 않았던가? 그렇다면 한스 카스토르프가 생각한 것처럼, 궁극에까지 내려갔다고 확신한 순간 모든 것을 완전히 처음부터 다시 시작하지 않으면 안 될 것이다! 그렇다면 본성의 가장 깊숙한 곳이든 아니든 그곳에 그 자신이, 다른 수백 명의 카스토르프가 따뜻하게 몸을 감싼 채 발코니에 누워 있는 것은 아닐까? 그것도 달 밝은 추운 밤에 고산 지역을 내려다보며 시린 손과 상기된 얼굴로 인문학적 내지 의학적 관심을 가지고 인체에 관해 연구하고 있는 것은 아닐까?

한스 카스토르프가 옆에 놓인 탁상 램프의 붉은빛으로 읽고 있던 병리 해부학 책은 그림이 가득 찬 텍스트를 통해 기생적인 세포 합체와 전염성 종양의 본질에 관해 그에게 가르쳐 주었다. 그림은 이질적인 세포를 흔쾌히 받아들여서 —그러나 아마 부주의하게도— 번식하는 데 유리한 조건을 제공해준 유기체의 침식된 결과를 보여주는 조직의 형태를 나타내고 있었다. 이 이질적인 기생물이 주위의 조직에서 영양분을 빼앗는다는 것은 말할 나위도 없을 것이다. 하지만 그것으로 끝나는 것이 아니라 이 기생물은 다른 모든 세포처럼 신진대사를 하면서 숙주 세포에게는 지극히 해로워 파멸을 피할 수 없게 하는 유기 화합물을 만들어 냈다. 몇몇 미생물에서 이 독소를 분리하고 농축하는 데 성공했는데, 단백 화합물에 불과한 이 물질을 동물의 혈관에 주입하면 놀랍게도 극히 소량만으로도 생명에 위험한 중독 작용을 일으켰다. 이 부식작용의 외적인 본질은 조직의 증식, 병리학적 종양인 것으로, 이것은 말하자면 기생한 세균의 자극에 대한 숙주 세포의 반응 결과였다. 점막조직 세포의 사이에든 그 내부에든 박테리아가 살게 되면 어떤 세포는 원형질이 크게 증대하여 거대해지고, 많은 핵이 생기고 커져서 좁쌀 크기의 결절이 형성되었다. 그러나 이와 같은 흥미로운 일이 벌어지면 그것은 곧 파멸이었다. 왜냐하면 이 거대한 세포의 핵이 수축하고 붕괴되기 시작하면서 결국은 원형질이 응고하여 파멸하기 때문이다. 그러면 주변의 다른 조직들도 낯선 자극에 영향을 받게 된다. 염증이 퍼지면서 인접한 혈관도 피해를 당한다. 불행을 당한 장소에서 신호가 오면 백혈구가 몰려가는데, 이미 응고로 인한 죽음은 돌이킬 수 없다. 그러는 동안 세균의 가용성 독소가 중추신경을 마비시키고, 유기체는 고열에 시달리다가 가슴을 떨면서 말하자면 해체를 향해 비틀거리며 다가선다.

병에 관한 이론이자 육체의 고통을 강조하는 이론으로서의 병리학, 그러나 이것이 육체적인 것을 강조하는 동시에 쾌감을 강조하는 한 병은 생명의 음탕한 형태였다. 그런데 생명 그 자체는? 혹시 생명은 물질의 전염성 병에 불과한 것이 아니었을까? 혹시 비물질의 조직 증식이 자극에 의한 것처럼 물질의 자연발생이라고 부르는 것 또한 병에 불과한 것은 아니었을까? 악, 쾌감, 죽음으로 가는 첫 걸음은 미지의 것이 조직에 침투하고 자극을 주어 돌연 정신적인 것의 밀도가 증대하고, 나아가 병리학적으로 조직이 활발하게 번식함으로써 시작되는 게 틀림없었다. 반쯤은 흡족하고 반쯤은 거부감이 들어 있는 이와 같은 증식은 물질적인 것이 생기기 직전의 단계이며, 비물질적인 것에서 물질적인 것으로 넘어가는 단계였다. 이것이 바로 원죄였던 것이다. 유기체의 병이 도취적인 기분의 상승으로 시작되거나 방종하게 육체를 지나치게 강조하는 형태로 나타났듯이, 무기물에서 유기물이 생겨나는 제2의 자연발생도 심각할 정도로 물질적 성격이 증대함에 따라 의식을 갖게 되는 현상에 불과했다. 그러므로 생명이란 몰염치한 정신이 모험을 겪는 과정에서 디디는 첫 걸음이자, 외부의 자극을 받아들일 자세가 되어 있는 물질이 자극에 눈을 뜬 결과 생겨난 수치열의 반사에 불과했다.

책들이 램프가 켜진 탁자 위에 쌓여 있었고, 한 권은 매트가 놓인 접이식 침대 옆 바닥에 있었다. 한스 카스토르프가 마지막으로 탐구하기 위해 읽었던 책이 배 위에서 가슴을 누르고 있어서 호흡에 지장을 주었지만, 뇌의 피막에서 해당 근육에게 책을 치우라는 명령을 내리지 않는 모양이었다. 그는 책 한 쪽을 아래로 읽어 내려갔다. 그러자 턱이 가슴에 와 닿았고, 눈꺼풀이 그의 푸른 눈 위로 떨어져 내렸다. 이제 그는 생명의 모습, 아름다운 사지의 구조, 살의 아름다움을 보는 것 같았다. 그녀는 목덜미 쪽에서 두 손을 내리고 두 팔을 벌렸다. 그러자 팔의 안쪽, 특히 팔꿈치 관절의 부드러운 피부 아래에서 혈관이 드러났다. 두 개의 대정맥이 푸르스름하게 돌출해 있었다. 그녀의 팔은 형용할 수 없을 만큼 감미로운 느낌을 주었다. 그녀가 그에게, 그를 향해, 아니 그의 위로 몸을 숙이자 그녀에게서 유기체의 향내가 났다. 그녀에게서 심장의 박동을 느꼈다. 그녀의 뜨겁고 부드러운 팔이 그의 목을 휘감자, 그는 쾌감과 전율로 아찔해졌다. 그는 그녀의 바깥쪽 팔, 삼두근을 팽팽하게 당기고, 환희에 넘쳐 서늘해진 결이 고운 피부에 두 손을 갖다 댔다. 이어서 그는 촉촉하게 젖은 그녀의 입술이 자신의 입술을 빠는 것을 느꼈다.

죽음의 무도

크리스마스가 지나고 얼마 되지 않아 아마추어 기수가 죽었다. 그러나 그 전에 크리스마스 축하 행사가 있었다. 이 이틀에 걸친 축제, 또는 크리스마스이브까지 포함하여 사흘간의 축제를 어떻게 하면 이곳에서 잘 보낼까 하고 한스 카스토르프는 약간의 두려움과 설레는 마음으로 기다렸다. 그런데 아침, 낮, 밤으로 계절답지 않은 날씨가 (눈이 약간 녹았다) 찾아오더니, 다른 날들과 다르지 않게 왔다가는 그냥 지나가 버렸다. 겉으로 보기에는 눈에 띄도록 약간 장식을 함으로써 해당 기간 동안 사람들의 머리와 가슴에 축제의 느낌을 갖도록 하고, 평일과는 다르다는 인상을 남겨 놓기는 했지만, 그것도 어느덧 흘러가 버려 가깝고 먼 과거가 되고 말았다.

고문관의 아들 크누트라는 대학생이 방학을 맞아 요양원 건물의 옆 날개에 있는 아버지의 숙소에 머물고 있었다. 잘 생긴 젊은이지만 아버지와 마찬가지로 벌써 목덜미가 약간 튀어나와 있었다. 요양원 사람들은 젊은 베렌스의 존재를 새로운 분위기로 받아들였다. 여성들은 호호 웃으면서 멋을 부리고 민감한 반응을 보였다. 정원, 숲, 요양 호텔 부근에서 크누트를 만난 이야기가 그들의 화젯거리였다. 더구나 크누트는 친구들의 방문을 받았다. 6 내지 7명의 대학 친구들이 이 골짜기에 올라와 읍내에 머물렀지만, 고문관의 식사에 초대를 받기도 했다. 그들은 동창들과 함께 무리를 이 지역을 돌아다녔다. 한스 카스토르프는 그들을 피했다. 그는 이 젊은 친구들과 마주치는 것이 싫어서, 필요에 따라서는 요아힘과 함께 그들의 눈을 피해 다녔다. 이곳 요양원의 일원인 자신과 노래 부르고 지팡이를 흔들며 몰려다니는 젊은 친구들의 세계와는 거리가 있었다. 카스토르프는 그들이 하는 소리를 듣고 싶지 않았고, 그들에 관하여 알고 싶지도 않았다. 그 밖에도 그들 중 대부분은 북쪽 출신 같아서 어쩌면 이 젊은이들 가운데 동향인이 있을지도 몰랐다. 그는 동향인을 지극히 꺼려했고, 종종 함부르크 출신 누군가가 베르크호프에 올 수 있다는 생각만 해도 반감이 생겼다. 더구나 함부르크라는 도시가 언제나 요양원에 상당한 숫자를 할당하고 있다고 베렌스가 말했기 때문이다. 아직 그가 보지 못한 중환자나 위독한 환자들 가운데 그런 사람들이 있을지도 몰랐다. 얼굴을 볼 수 있는 사람 중에는 2, 3주 전부터 일티스 부인의 식탁에 앉는 볼이 홀쭉하게 들어간 함부르크 인근 쿡스하펜 출신의 상인이 있었다. 하지만 한스 카스토르프는 이 상인과 관련하여 이곳 식탁에서 서로 접촉하기 어렵다는 점, 나아가 자신의 고향 도시가 크고 방대하다는 점을 생각하고 안심하고 있었다. 이 위에서 함부르크 사람을 만나게 될까 봐 걱정했지만, 이 상인의 존재가 아무 영향이 없어서 크게 안심할 수 있었다.

크리스마스 전야가 가까워지더니 어느새 코앞에 다가왔고, 내일이면 크리스마스였다. 진작부터 요양원 사람들이 크리스마스 이야기를 하는 것을 듣고 놀랍게 생각한 때가 벌써 6주 전의 일이었다. 계산상으로 크리스마스까지는 그가 본래 여기 체류하기로 예정한 3주와 침대에 누워 지낸 3주를 합친 기간이 아직 남아 있었다. 그럼에도 당시에 6주라는 기간은 상당한 시간이었다. 특히 첫 3주간은 나중에 생각해 보면 아주 긴 시간이었던 반면, 뒤의 3주간은 시간은 같았어도 아주 짧은 것 같아서 거의 없는 것처럼 생각되었다. 식당의 동료들이 시간의 길이를 아주 사소하게 여기는 것도 당연하다고 그는 생각했다. 그러므로 6주가 거의 1주일밖에 안 되는 것처럼 느껴졌는데, 그것이 얼마만큼의 길이였는가는 월요일에서 일요일까지 갔다가 다시 월요일이 돌아오는 순환인 1주일이 어느 정도의 길이인가 하는 문제를 생각해 보면 대체로 짐작할 수 있다. 이와 같은 시간 단위를 모두 합친 기간이 별것 아니라는 것을 이해하기 위해서는 시간 단위를 점점 더 작게 해서 그 단위의 가치와 의미를 물어 보기만 하면 되는 일이었다. 게다가 이런 시간의 합계는 시간을 현저히 단축하고 지워 없애고 줄어들게 하고 소멸시키는 효력 또한 아울러 가지고 있었다. 예컨대 점심 식사를 하기 위해 식탁에 앉는 순간부터 24시간이 지나서 다시 이 시간이 돌아올 때까지 계산한다면 하루란 과연 무엇이었을까? 그것이 24시간인 것은 틀림없지만, 실은 없는 것이나 마찬가지였다. 그렇다면 1시간이란 무엇이었을까? 안정 요양을 하고, 산책을 하고, 식사하는 데 걸리는 1시간이란 무엇이었을까? 이것 역시 없는 것이나 마찬가지였다. 그러나 없는 것을 아무리 합친다 해도 그 성질상 그리 대단한 것이 못 되었다. 오히려 최소 단위로 내려갔을 때 대단한 것이 되었다. 예컨대 체온계의 곡선이 그려지도록 체온계를 입에 물고 있는 60초의 7배인 7분은 아주 활력 있고 중요한 시간이었다. 수많은 시간이 그림자처럼 훌쩍 스쳐지나가는 반면에, 7분이라는 시간은 작은 영원성을 향해 확대되고 지극히 견고한 층을 이루고 있었다.

크리스마스 축제는 베르크호프 체류자들의 생활 질서를 거의 방해하지 않았다. 잘 자란 전나무 한 그루가 이미 크리스마스 며칠 전에 식당 오른쪽에 위치한 보통 러시아인 좌석 옆에 세워졌다. 전나무의 향기가 가끔 풍성한 요리의 냄새와 함께 사람들의 코로 스며들어와 일곱 식탁에 앉은 몇몇 사람들의 얼굴에 무엇인가 생각하는 듯한 표정이 떠올랐다. 12월 24일 저녁 식사 때에 전나무는 금색과 은색 테이프, 유리구슬, 도금한 전나무 솔방울, 그물에 넣어 걸어 놓은 조그만 사과, 갖가지 과자로 화려하게 장식되었고, 색깔을 입힌 양초가 식사 동안은 물론 그 뒤에까지도 타올랐다. 침대에 누워 지내는 환자들의 방에도 양초가 불타고 작은 나무가 세워져 모두가 다 자신의 크리스마스 트리를 갖게 되었다. 그런데 최근에 이곳에 오는 우편물의 양이 부쩍 많아졌다. 요아힘 침센과 한스 카스토르프도 저 아득히 먼 평지의 고향에서 보낸 소포를 받았다. 그들은 정성 들여 포장한 선물을 자신의 방에서 풀어 보았다. 이곳에서 유용하게 입을 수 있는 옷가지들, 넥타이, 가죽과 니켈로 만든 호화로운 장식물이 들어 있었다. 그 밖에도 많은 축제용 과자, 호두, 사과, 아몬드 등이 가득 들어 있어서 두 사촌은 이것을 대체 언제 다 먹어치울 수 있을까 하고 고개를 갸우뚱하며 서로에게 물어 볼 정도였다. 카스토르프는 소포를 샬렌이 보냈으며, 삼촌들과 상의한 뒤 선물을 장만했다는 것을 알 수 있었다. 거기에는 티나펠 삼촌의 편지가 한 통 들어 있었다. 그것은 개인용의 두꺼운 종이에 타자기로 친 것이었다. 삼촌은 편지에서 종조부와 자신의 크리스마스 축하 인사와 아울러 병세를 물어보면서 곧 다가올 새해 인사도 곁들였다. 이런 방식은 카스토르프가 지난번 티나펠 영사에게 자리에 누워 병상 보고와 아울러 크리스마스 인사를 곁들였던 방식과 같았다.

식당에 세워진 전나무에서는 촛불이 바삭거리고 타오르면서 향기를 뿜어, 사람들의 머리와 마음에 이 시간의 의미를 일깨워 주었다. 모두가 새롭게 치장을 하고 있었다. 신사들은 예복을 입었고, 여자들은 평지의 여러 나라에 사는 남편들이 보내온 것으로 보이는 장신구를 달고 있었다. 클라브디아 쇼샤도 이곳에서 흔히 입는 털 스웨터 대신에 야회복으로 갈아입었다. 그것은 어찌 보면 자의적인 차림 같기도 하고 또는 민속적인 느낌이 들기도 했다. 수를 놓은 장식 띠와 작은 금박 무늬가 있는 그녀의 밝은 의상은 어딘지 농민적-러시아적이거나 또는 발칸 풍 같기도 하고, 어쩌면 불가리아 풍의 특색을 지니고 있었다. 그리고 옷에 주름이 많아서인지 그녀의 모습이 유달리 부드럽고 풍만해 보였다. 이런 그녀의 모습은 세템브리니가 '타타르인의 인상', 특히 '초원의 늑대의 눈빛'이라고 부르는 것과 잘 어울렸다. 고급 러시아인 석은 매우 흥겨운 광경을 연출했다. 그곳에서 제일 먼저 샴페인 따는 소리가 들렸고, 이어서 거의 모든 식탁에서 샴페인을 마셨다. 사촌들의 식탁에서는 대고모가 자신의 조카와 마루샤를 위해 샴페인을 주문했고, 이것을 식탁에 앉은 사람들 모두에게 나누어 주었다. 메뉴는 신중히 선별된 것으로 치즈가 든 과자와 봉봉 사탕으로 끝났다. 이후 사람들은 커피와 리큐르 술을 곁들였다. 이따금씩 전나무 가지에 불이 붙어 타오르면 얼른 꺼야 했다. 그럴 때면 날카로운 소리가 들려서 한바탕 소동이 일어나곤 했다.

세템브리니는 평소와 같은 복장을 하고 식사가 끝날 즈음 이쑤시개를 입에 문 채 한동안 사촌들의 식탁에 앉아 슈퇴어 부인을 놀려댔다. 그런 다음 오늘 탄생한 것으로 추정되는 목수의 아들이자 인류의 랍비에 대해 몇 마디 이야기를 하면서 그가 실존 인물인지는 불확실하다고 했다. 당시에 태어나서 오늘날까지 끊임없이 승리의 행진을 계속하는 이유는 평등의 이념과 아울러 개별자의 영적 가치를 중시하는 이념, 한마디로 말하면 개인주의적 민주주의 때문이라는 것이었다. 이런 의미에서 그는 자신에게 주어진 술잔을 비운다고 말했다. 슈퇴어 부인은 그의 표현 방식을 '다의적이고 냉정하다'고 생각했다. 그녀는 세템브리니에게 이렇게 항변하면서 자리에서 일어섰다. 식탁에 앉아 있던 다른 사람들도 사교실로 향하려던 참이어서 그녀를 따라 자리에서 일어났다.

이날 저녁 모임은 크누트와 밀렌동크를 대동하고 30분 동안 참석한 고문관에게 선물 증정식이 있어서 더욱 의미 있고 생동감이 넘쳤다. 증정식은 광학적으로 익살스러운 기구가 비치된 방에서 수행되었다. 러시아인들이 준비한 특별 선물은 아주 크고 둥근 은접시였는데, 정 중앙에 수령자의 머리글자가 새겨져 있었다. 하지만 그것은 전혀 쓸모없어 보였다. 그 밖에 다른 참석자들이 증정한 긴 의자는 이불이나 쿠션 없이 덮개로만 덮여 있었지만 적어도 그 위에 누울 수는 있었고, 머리 끝부분은 신축적으로 조절하도록 되어 있었다. 베렌스는 누웠을 때 얼마나 편안한지 시험해 보았다. 그는 전혀 소용없는 접시를 팔에 끼고 그 위에 길게 누운 채 눈을 감고는, 자신은 보물을 지키는 파프너•라고 말하면서 톱으로 쓰는 것 같은 코고는 소리를 내기 시작했다. 그러자 참석자들 모두가 환호성을 질렀다. 쇼샤 부인도 베렌스의 연기를 보고 깔깔 웃었는데, 눈이 가늘어지면서 입을 벌리고 웃는 모습이 옛날 프리비슬라프 히페가 웃을 때와 정말 똑같다고 카스토르프는 생각했다.

원장이 퇴장하자마자 사람들은 놀이용 탁자에 앉았다. 러시아인들은 늘 그래왔듯이 작은 방으로 옮겨갔다. 몇몇 손님들은 홀의 크리스마스트리 주위에 빙 둘러서서 작은 금속 덮개 속의 촛불이 꺼져 가는 모습을 보기도 하고, 트리에 매달아 놓은 과자를 맛보기도 했다. 벌써 첫 번째 조찬이 차려져 있는 식탁에서는 손님들이 서로 멀찍이 떨어진 채 각양각색의 팔꿈치를 괸 모습으로 말없이 앉아 있었다.

크리스마스의 첫날은 습기가 차고 안개가 자욱했다. 베렌스는 주위에 자욱한 것은 고산 지대를 지나가는 구름이라고 말했다. 이 위에는 안개 같은 것은 없다고 했다. 하지만 구름이든 안개든 어쨌든 축축하게 느껴졌다. 쌓여 있던 눈의 표면이 녹으면서 구멍이 뚫리고 질퍽해졌다. 오늘 같은 날씨에 안정 요양을 할 때는 햇살이 있을 때보다 얼굴과 손이 훨씬 더 시렸다.

오늘 저녁에는 음악회가 열리는 특별한 날이었다. 음악회는 베르크호프 당국이 이 위의 사람들을 위해 제공한 제대로 된 공식 연주회로써, 의자가 줄지어 놓이고 프로그램 인쇄물까지 비치되어 있었다. 이 위에 체류하면서 직업적으로 개인 교습을 하는 여자 성악가가 주도하는 가곡의 밤이었다. 야회복의 가슴 옆쪽으로 두 개의 메달을 단 그녀는 팔이 지팡이처럼 가늘고 길었고, 목소리도 박력이 없어서 이 위에

* 바그너의 오페라 〈니벨룽겐의 반지〉에 나오는 용의 이름.

거주하게 된 슬픈 사연을 드러내는 것 같았다. 그녀는 노래를 불렀다.

어디에 있어도 내 사랑은
내 곁에 그대로 남아 있어요.

반주를 하는 피아니스트 역시 이곳의 거주자였다. 쇼샤 부인은 맨 앞줄에 앉아 있다가 휴식시간을 이용하여 연주회장을 나가버렸다. 그제야 한스 카스토르프는 가수가 노래 부르는 동안 프로그램에 인쇄된 노래 가사를 읽어보기도 하면서 차분한 마음으로 음악에 (어쨌든 음악은 음악이었다) 귀를 기울일 수 있었다. 세템브리니는 잠시 그의 옆에 앉아 있다가 이곳 가수의 모호한 벨칸토 창법에 대해 몇 마디 구체적인 비평을 하고는, 오늘 밤에도 사람들이 이토록 충실하고 기분이 느긋하다고 가볍게 풍자적인 표현을 던진 뒤 마찬가지로 사라져버렸다. 사실을 말하자면 카스토르프는 눈이 가느다란 쇼샤 부인과 교육자가 모두 연주회장을 떠나자 홀가분해져서는 자유롭게 노래에 집중할 수 있었다. 그는 세계 어디에서나 어떤 극단적 상황에서도, 어쩌면 심지어 극지 탐험 여행 중에서조차 음악이 연주된다는 것은 좋은 일이라고 생각했다.

크리스마스 다음날은 아직도 그날의 잔상이 가볍게 남아 있는 것을 제외하고는 보통의 일요일이나 보통 요일과 별로 다를 것이 없었다. 그리고 이날이 지나자 크리스마스 축제는 먼 과거 속에 있었다.— 또는 다시 먼 미래, 1년 후에 있게 된다고 말할 수 있었다. 시간의 순환 속에서 새롭게 찾아오게 될 그날까지는 열두 달이 자나야 했다. 하지만 열두 달도 결국 카스토르프가 이곳에서 보낸 달수보다 단지 일곱 달 더 많은 것에 불과했다.

그러나 크리스마스가 끝나자마자, 새해를 맞이하기도 전에 저 아마추어 기수가 사망했다. 사촌들은 이 소식을 베르타 간호사라 불리는 알프레다 쉴트크네히트에게서 전해 들었다. 불쌍한 프리츠 로트바인을 간호하는 그녀가 복도에서 사촌들에게 비밀에 가까운 이 사건을 털어놓았다. 한스 카스토르프는 이 말에 큰 관심을 보였다. 왜냐하면 한편으론 기수의 삶의 표현이었던 기침소리가 그가 이 위에서 받은 최초의 인상들 가운데 하나였던 것으로, 그 후부터는 아무리 해도 사라지지 않는 얼굴의 홍조를 야기했던 최초의 인상이었기 때문이다. 다른 한편으로는 도덕적인 이유, 어쩌면 종교적인 이유 때문이었다. 그는 요아힘을 붙잡아 놓고 간호사와 한참이나 대화를 나누었다. 그녀는 자신에게 말을 걸고 대화를 나누는 것을 뛸 듯이 기뻐하며 고맙게 여겼다. 아마추어 기수가 크리스마스 때까지 버티어 온 것만 해도 기적이라고 그녀는 말했다. 그가 생명이 질긴 기사라는 것은 일찍부터 알았지만, 최종 단계에 가서는 그가 어떻게 호흡할 수 있었는지 도무지 알 수 없다고 했다. 그는 며칠 전부터는 물론 엄청난 양의 산소를 흡입하여 생명을 유지했고, 어제만 해도 하나에 6프랑이나 하는 산소통을 40개나 소모했다는 것이다. 두 분도 계산해 보면 알겠지만 엄청난 돈이 들었을 것이다, 하지만 숨을 거둘 때 그를 품에 안아 준 그의 아내는 완전히 무일푼으로 남게 된다는 점을 생각해 보아야 한다는 것이다.

요아힘은 이렇게 돈을 쓸데없이 낭비한 것에 대해 수긍하지 않았다. 전혀 살아날 가망이 없는데 무엇 때문에 그렇게 환자를 괴롭히고 막대한 돈까지 낭비하면서 인위적으로 연명치료를 한단 말인가? 죽어가는 환자야 비싼 생명가스를 강제로 아무것도 모르고 마셨으니 비난받을 일은 아니다. 반면에 치료 담당자들은 좀 더 이성적으로 생각하여 피할 수 없는 길이라면 그냥 보냈어야 한다. 환자의 상태는 차치하고 재정을 고려해서 그렇게 했어야 한다. 산 사람도 앞으로 살아갈 권리가 있으니까 말이다 하고 요아힘이 주장했다. 이 말에 대해 카스토르프는 강경하게 반대했다. 사촌의 말은 세템브리니가 말하는 것과 마찬가지로 고통에 대해 일말의 존경심도 외경심도 느껴지지 않는다는 것이다. 아마추어 기수는 결국 죽었으니 불손한 말을 입 밖에 내서는 안 되고, 진지한 감정을 표시하려면 말을 삼가는 수밖에 없다. 죽어 가는 사람에게는 모든 존경과 경의를 표해야 한다고 카스토르프는 역설했다. 그는 아마추어 기수가 임종할 때에 베렌스가 평소처럼 소리를 치고 윽박지르지 않았는지 간호사에게 물어 보았다. 그럴 필요가 없었다고 간호사가 대답했다. 임종환자는 이제 마지막이라는 것을 알았을 때 약간 발버둥을 치면서 침대에서 뛰쳐나오려고 했지만, 그렇게 해 보아야 소용이 없다는 가벼운 지적을 받고는 완전히 체념하는 것 같았다는 것이다.

한스 카스토르프는 고인을 문상하러 나섰다. 그가 이렇게 한 까닭은 이곳의 지배적인 비밀주의 체제에 반대했기 때문이었다. 요컨대 그는 아무것도 알려거나 보려거나 들으려고도 하지 않는 다른 사람들의 이기적인 사고를 경멸하여 이에 행동을 통해 항의할 생각이었다. 그는 식사 때 아마추어 기수의 죽음을 화제에 올리려고 했으나 모든 사람들이 일제히 완강하게 거부하는 바람에 그는 머쓱해지면서 분노가 치밀어 올랐다. 슈퇴어 부인은 펄펄 뛰며 무례하게 굴었다. 그녀는 무슨 생각으로 그러는지, 어렸을 때 교육은 제대로 받았는지 하면서 따져 물었다. 요양원의 규칙으로 환자들은 그런 말을 듣지 않도록 주도면밀하게 보호받고 있는데, 당신 같은 신출내기가 와서는, 하필이면 불고기가 나오려는 이때에 , 내일 죽을지도 모르는 블루멘콜 박사의 면전에서 (그녀는 살짝 말했다) 큰소리로 떠들다니 그럴 수 있느냐는 것이었다. 또 이런 일이 되풀이되면 고소하겠노라고 슈퇴어 부인은 으름장을 놓았다. 이렇게 비난을 받은 카스토르프는 자기로서는 죽은 동숙자를 방문하여 그의 침상에서 조용히 명복을 빌어 마지막 경의를 표시할 결심으로 이렇게 말한 것이라고 설명했다. 그리고 요아힘에게도 함께 가서 명복을 빌어주자고 결연한 어조로 말했다.

두 사람은 간호사 알프레다의 주선으로 그들의 방 밑에 있는 2층 임종실로 들어갔다. 키가 작고 금발머리의 미망인이 두 사람을 맞이했다. 그녀는 밤을 새워가며 간호를 한 탓에 머리카락이 흐트러지고 무척이나 초췌한 모습이었다. 방 안이 너무 추워서 코가 빨개진 그녀는 두꺼운 외투의 깃을 올리고 손수건을 입에 대고 있었다. 스팀이 꺼져 있고, 발코니 문은 열린 채였다. 두 청년은 목소리를 낮추어 애도의 말을 표하고, 미망인이 고통스런 표정으로 손짓을 하며 들어오라고 하자 방 안쪽의 침대로 향했다. 그들은 발뒤꿈치를 바닥에 닿지 않게 공손히 앞으로 나아가, 침상 머리맡에서 고인을 바라보며 각각 자신의 방식대로 서 있었다. 요아힘은 군대식으로 경례하듯 상체를 반쯤 숙이고 서 있었고, 한스 카스토르프는 느슨한 자세로 두 손을 마주 잡고 머리를 어깨 쪽으로 기울인 채, 음악을 들을 때면 짓곤 하던 표정으로 조용히 서 있었다. 아마추어 기수의 머리는 베개로 높여져 있고, 두 발은 시트 아래쪽 끝에서 위로 들려져 있어서 이렇게 긴 구조물, 생명의 복합적 생식 순환체인 육체는 그만큼 더 납작하게, 거의 판자처럼 납작하게 보였다. 화환 하나가 무릎 부근에 놓여 있었다. 화환에서 튀어나온 종려나무 가지가 피골이 상접한 크고 누르스름한 손에 닿아 있었다. 고인은 두 손을 움푹 들어간 가슴 위에 맞잡고 있었다. 대머리에 매부리코, 광대뼈가 튀어나오고, 덥수룩한 붉은 콧수염을 하고 있는 얼굴 역시 누르스름하고 바짝 말라 있었다. 수염이 덥수룩해서 그런지 회색 빰이 더욱 움푹 들어가 보였다. 두 눈은 부자연스럽게 꽉 감겨 있었다. – 카스토르프는 눈을 감은 것이 아니라 꽉 눌러 감겨준 것이라고 생각하지 않을 수 없었다. 고인을 위해서라기보다는 생존자를 위해 이렇게 하는 것이지만, 사람들은 이를 고인에 대한 마지막 정성이라고 생각했다. 또한 사후에 즉시 눈을 감겨주지 않으면 안 되기 때문에 이렇게 하는 것이다. 즉, 근육 속에 미오신이라는 단백질이 일단 형성되면, 더 이상 눈이 감기지 않아 죽은 사람은 눈을 부릅뜬 채 누워 있게 된다. 그리고 '영면'이라는 의미심장한 표상을 부여하기 위해 죽은 사람의 눈을 감겨 주는 것이다.

죽음에 대해 노련하고 익숙해 있던 한스 카스토르프는 침착하지만 경건한 태도로 침상에 서 있었다. "마치 잠드신 것 같습니다." 그는 사실과 큰 차이가 있었지만 미망인을 위로하기 위해 이렇게 말했다. 이어서 그는 적당히 목소리를 낮추어 아마추어 기수의 미망인과 대화를 시작했다. 그는 고인의 고통스럽던 이야기, 최후의 며칠과 몇 분의 순간, 유해를 케른텐으로 옮기는 문제에 대해 때로는 의학적, 또 때로는 종교적, 윤리적 관심 및 지식을 드러내면서 이것저것 물었다. 미망인은 오스트리아 사람답게 질질 끌고 비음이 섞인 말투로 간간히 흐느껴 울면서, 젊은이들이 이렇게 다른 사람의 슬픔에 관심을 보이는 것은 주목할 만하다고 말했다. 이에 대해 카스토르프는 사촌과 자신도 환자이며, 자신은 가까운 친척의 임종 자리에 여러 번 서 보았고, 또한 어릴 때 양친을 잃은 고아로서 말하자면 일찍부터 죽음과 친숙하다고 대답했다. 미망인이 직업이 뭐냐고 묻자 그는 기술자'였습니다' 하고 대답했다. —였습니다?— 이렇게 말한 이유는 병에 걸린 채 앞으로 얼마나 이곳에 체류해야 할지 모르고, 게다가 현재 중요한 시점을 맞이하여 어쩌면 이것이 인생의 전환점이 될지도 모르기 때문이라고 그는 설명했다. (요아힘은 의아한 눈초리로 사촌을 자세히 들여다보았다.) 그럼 사촌의 직업은요 하고 미망인 물었다. 그는 평지에서 군인이 되려고 합니다, 사관후보생이거든요. 아, 그렇군요, 군인의 일은 물론 늘 엄격해야 하는 직업이지요, 군인이란 경우에 따라서는 곧 죽을 수도 있다는 것을 염두에 두어야 하지요, 그러니 일찍부터 죽음에 익숙해지는 게 좋을지도 모르겠어요. 미망인은 감사의 인사와 더불어 친절한 태도로 젊은이들과 작별했다. 그녀의 힘든 처지, 특히 남편이 남겨 놓은 고액의 산소비용을 고려하면 그녀의 태도는 존경심을 불러일으켰다. 두 사촌은 위층으로 돌아왔다. 카스토르프는 이번 방문에 만족감을 드러내면서 거기서 받은 종교적인 인상에 흥분을 감추지 못했다.

"부디 영면하소서." 그는 처음 몇 마디를 라틴어로 말하고는, 자신의 견해를 한동안 이어나갔다. "그대 위에 흙이 가볍기를, 편히 쉴지어다. 주여, 영원한 안식을 주소서. 이봐, 죽음이 문제시 되고 죽은 자에게 말을 걸거나 그에 관해 말할 때에는, 요즘도 라틴어가 힘을 발휘하지. 그런 경우에는 라틴어가 공용어이니까. 라틴어를 사용해야 죽음에 얼마나 특별한 의미가 있는지 깨닫게 되지. 그러나 죽음을 기리기 위해 라틴어로 말하는 것은 인문주의적 예의범절 때문은 아니야. 죽음의 언어는 너도 알다시피 교양 있는 라틴어가 아니라, 전혀 다른 정신, 정반대의 정신을 담고 있는 라틴어야. 그것은 종교적 라틴어, 성직자의 용어, 중세적 언어인 것으로 어느 정도는 음울하고 단조로운 지하의 노래라고 할 수 있어. 세템브리니는 이런 것을 좋아하지 않겠지. 인문주의자에다 공화주의자, 이런 교육자에게는 전혀 어울리는 것이 아니야, 그것은 다른 정신 방향에서 나온 거지. 내 생각에 사람들은 여러 가지 정신의 방향, 또는 더 정확히 말하여 정신적 분위기에 대해 분명한 태도를 지녀야 해. 경건한 분위기와 자유로운 분위기가 있는 법이거든. 둘 다 나름대로 장점이 있지만, 내가 세템브리니 씨의 자유로운 분위기에 대해 불만스러운 것은 그쪽이 인간존엄성을 완전히 대변하는 것처럼 생각한다는 점이야. 그건 너무 지나친 일이야. 다른 쪽도 인간의 존엄성을 자기 방식대로 많이 가지고 있어서, 얼마든지 예의와 정중한 태도, 고상한 형식을 갖추게 해 주지. 비록 경건한 분위기 쪽이 인간의 약함과 무력함을 특별히 주시하고, 죽음과 분해에 대한 생각이 거기서 중요한 역할을 하고는 있지만, '자유로운' 분위기 쪽보다 심지어 더 훌륭한 면을 가지고 있어. 너도 연극에서 〈돈 카를로스〉를 본 적이 있잖아. 필립 왕이 온통 검정색 의상을 차려입고 가터 훈장과 금양피 훈장을 달고 들어와, 우리가 쓰는 중산모와 아주 유사한 모자를 천천히 벗은 다음, 그것을 위로 들어올리며 '쓰시오, 경들' 하고 명령하거나 이와 비슷한 말을 한다면, 스페인 궁정의 분위기가 어땠겠어? 그것은 지극히 절도가 있다고 말할 수 있고, 방자하거나 덜렁거리는 분위기라고는 말할 수 없으며, 오히려 그 반대라고 할 수 있어. 그래서 왕비도 말하기를 '나의 조국 프랑스에서는 이렇지 않았어요'라고 했던 거야. 물론 너무 정확하고 격식이 까다로워서 왕비는 좀 더 활발하고 인간적이기를 원했던 거지. 하지만 인간적이라는 것이 무엇이지? 모든 것이 다 인간적이야. 나는 스페인 방식대로 신에 대한 경건성과 겸허하고 장엄하며 엄밀한 것도 인간적인 것의 아주 품위 있는 양식이라고 생각해. 다른 한편 '인간적'이라는 말을 가지고 소홀하고 단정치 못한 모든 것을 덮을 수 있다고 생각해. 너도 내 말에 동의하겠지."

"그럼, 나도 동의해." 요아힘이 대답했다. "나도 물론 소홀하고 단정치 못한 것은 참을 수 없어. 규율이 있어야지."

"그래, 너는 군인이 되려는 사람이니까 그렇게 말하겠지. 군인은 이런 것에 숙달되어 있다는 것도 인정하겠어. 군인의 일은 엄격해야 한다는 아까 미망인의 말은 옳았어. 너희는 언제나 극단적인 긴급사태를 고려해야 하고, 그렇게 함으로써 죽음을 각오해야 해. 너희는 단정하고 깔끔하며 빳빳한 칼라가 달린 군복을 입고 다녀. 그래서 너희는 예의바르게 보이는 거야. 그 밖에도 너희에게는 계급과 복종의 의무가 있어서 서로에게 격식을 갖추어 경의를 표하고 말이야, 경건함 때문에 스페인적인 정신으로 그렇게 하는 거지. 근본적으로 나도 그런 것이 싫지는 않은 것 같아. 우리 민간인들끼리도 이런 정신은 더욱 살려져야 해. 예의와 행동에 있어서 이런 정신이 더욱 활발해져야 해. 나는 그게 더 좋은 것 같고, 내게 어울린다고 생각해. 나는 세상과 인생이 이래야 좋다고 생각해, 그러니까 사람들이 일반적으로 검은 의복을 차려입고, 너희의 군복 칼라 대신에 풀 먹인 민간인 칼라를 하며, 죽음을 생각하여 진지하게 목소리를 낮추어 예의 바르게 교제하는 것 말이야. 그게 내 체질에 맞고, 도덕적인 것 같아. 여기에 세템브리니 씨의 오류와 교만함이 있는 거야. 너와 이런 것에 관해 대화를 나누니 정말 좋군그래. 그는 인간의 존엄성뿐만 아니라 도덕도 자신이 대변하는 것처럼 행동해. 예를 들어 '삶의 실제적인 일'과 진보의 일요축제, (일요일에 대해서는 진보 외에 다른 것도 생각할 수 있을 텐데) 고통의 조직적 근절 따위를 강조하면서 말이야. 너야 이런 것에 관해 아는 게 없겠지만, 나에게는 가르치려는 의도로 설명해 주었어. 그는 백과사전을 편찬함으로써 조직적으로 고통을 근절하겠다는 거야. 그런데 이것이야말로 내게 부도덕하게 들린다면, 대체 무엇 때문일까? 물론 그에게는 이런 말을 안 하지만 말이야. 그러면 그는 철저히 조형적인 말투로 '경고합니다, 엔지니어 양반!' 하며 야단칠 테지. 그러나 누가 무슨 생각을 하든지 그건 각자의 자유야. — 경들이여, 사상의 자유를 주겠소. 그런데 너에게 할 말이 있어." 카스토르프는 잠시 하던 말을 끝냈다. 그들은 이제 요아힘의 방에 도착했고, 요아힘은 안정 요양에 들어갈 준비를 했다.

이때 카스토르프가 다시 말문을 열었다. "내가 계획한 일을 말해 줄게. 우리는 여기서 죽어가는 사람들, 엄청난 고통과 슬픔을 겪고 있는 사람들과 함께 살아가고 있지. 하지만 우리는 그런 것과는 상관없다는 태도를 취할 뿐 아니라 그런 것을 보거나 접촉하지 못하도록 비호와 보호를 받고 있어. 요양원 사람들은 아마추어 기수를 우리들이 아침 식사나 간식을 먹으러 간 사이에 몰래 치울 테지. 이런 짓은 부도덕하다고 생각해. 슈퇴어라는 여자는 내가 그의 죽음을 언급한 것만으로도 불같이 화를 냈는데, 그건 어리석은 행위야. 아무리 교양이 없고, 최근에 식사할 때 그랬듯이 '조용하고, 조용하고, 경건한 선율'이라는 가사가 〈탄호이저〉에 나온다고 생각하는 여자라 할지라도 좀 더 도덕적으로 느낄 줄 알아야 해. 그리고 다른 사람들도 마찬가지야. 나는 앞으로 중환자와 위독한 환자의 방에 찾아가 그들에게 더 많은 관심을 기울일 계획을 세웠어. 그게 좋을 것 같아. 오늘 문상한 것도 상당히 좋았어. 전에 그 불쌍한 로이터 말이야, 내가 여기에 처음 왔을 때 문틈으로 들여다본 27호실 환자 말이야. 그는 벌써 저승으로 갔을 테고, 남몰래 치워졌겠지. 당시에 벌써 지나치게 큰 눈을 하고 있었지. 그러나 그 사람을 대신할 사람들은 얼마든지 있을 거야. 요양원이 꽉 찼는데, 새로 들어오겠다는 사람은 줄 서 있어. 알프레다 간호사나 간호부장, 또는 베렌스까지도 우리가 그들과 관계를 맺는 것을 도와줄지 몰라. 그건 그리 어려운 문제가 아닐 테니까. 예컨대 어떤 위독한 환자가 생일을 맞았으면, 우리가 그걸 알아내는 거야. 물어서 알아낼 수도 있겠지. 좋아, 우리는 생일을 맞은 해당 환자에게, 경우에 따라서 남자에게든 여자에게든 병실로 꽃다발을 보내는 거야. '쾌유하시기를 기원합니다. 지켜보고 있는 무명의 두 환자가.'라고 써서 말이야. 쾌유라는 말은 언제나 예의상 적절한 말이니까. 물론 우리 이름이 해당 환자에게 알려지겠지. 그러면 그 환자는 쇠약한 몸을 하고서 문 너머로 우리에게 감사의 인사를 보내겠지. 어쩌면 그 환자는 우리를 잠시 자기 방으로 초대해서는, 죽어 없어지기 전에 우리와 몇 마디 인간적인 말을 나누게 될지도 몰라. 이건 내 생각이야. 나는 무슨 일이 있어도 이 일을 꼭 실행할 생각이야."

요아힘은 그의 이런 의도에 반대할 말이 제대로 떠오르지 않았다. "그건 요양원 규정에 위배되는 일이야." 그가 말했다. "너는 그 규정을 상당히 위반하고 있는 거야. 하지만 예외적으로 네가 원한다면 베렌스가 혹시 허락해 줄지도 모르지. 의학적 관심이라고 둘러대면 말이야."

"그래, 무엇보다 그렇게 둘러대는 게 좋겠어." 한스 카스토르프가 말했다. 실제로 그의 의도에는 여러 가지 동기가 얽혀 있었기 때문이다. 주위에 팽배한 이기주의에 대한 그의 항의는 여러 동기들 가운데 하나에 불과했다. 덧붙여 말하자면 무엇보다 고통과 죽음을 진지하게 생각하고 존경하려는 정신적 욕구도 있었기 때문이다. 그는 중환자나 임종환자에게 가까이 다가감으로써, 평소에도 도처에서 일상적으로 시시각각 벌어지는 갖가지 언짢은 일들에 대항하여 이런 정신적 욕구를 충족하고 강화하기를 바라마지 않았다. 그리고 이런 언짢은 일들로 말미암아 세템브리니의 판단이 더욱 강화되었음은 괴롭지만 그에게는 어쩔 수 없는 일이었다. 이 예들은 비일비재했다. 만일 카스토르프가 이런 예들을 열거해 보라고 질문을 받는다면, 특별히 아픈 곳도 없으면서 완전히 제멋대로 가벼운 피로감 따위를 병적 증세인 양 가장하는 사람들, 그러나 실제로는 단지 즐기기 위해서 또는 환자의 생활형태가 자신에게 편하기 때문에 이곳 베르크호프에 머무르는 사람들을 아마 맨 먼저 거론했을 것이다. 앞에서 잠시 언급한 바 있었던 헤센펠트 미망인이 좋은 사례로, 이 활달한 부인이 열렬히 즐기는 것은 내기였다. 그녀는 신사들과 무엇이든 내기를 걸었다. 앞으로의 날씨 전망, 다음 요리의 메뉴, 종합검진 결과, 누구에게 몇 개월의 선고가 내려질 것인가에 내기를 걸었다. 또한 스포츠 경기에 있어서는 봅슬레이, 빙상 썰매, 스케이트 내지 스키 우승자에 내기를 걸었으며, 환자들 사이에서 벌어지는 얼기설기한 연애 사건의 전망에 대해서도 내기를 걸었다. 그런가 하면 때로는 아주 보잘것없고 자질구레한 수많은 일들에 내기를 걸었다. 예를 들어 초콜릿 내기, 식당에서 축제일에나 나오는 샴페인과 상어알 내기, 돈 내기, 영화관 입장권 내기, 심지어 키스하기 내기를 하면서 상품을 주고받았다. 요컨대 이 여자는 이런 무모한 열정으로 식당에 긴장과 생기를 자아내기는 했지만, 한스 카스토르프 청년은 당연히 그녀의 행실을 눈감아 줄 수가 없었으며, 정말이지 그녀가 요양원에 있다는 사실만으로도 고난의 현장의 위엄을 침해하는 것으로 생각했다.

그는 이런 위엄을 지키고 스스로 자세를 바르게 가지려고 마음속으로 굳게 다짐했지만, 이 위의 사람들 곁에서 거의 반년이나 머물다 보니 이것도 몹시 어려운 일이었다. 그가 점차 이 사람들의 생활과 태도, 습성과 사고를 관찰해 보았을 때, 그 어느 것도 그의 선한 의지에는 거의 도움이 되지 않았다. '막스와 모리츠'라고 불리는 몸이 마른 두 멋쟁이들은 밤만 되면 포커를 하거나 술을 마실 목적으로 요양원을 몰래 빠져나간다고 부인들 사이에 소문이 자자하게 퍼져 있었다. 최근에, 이를테면 새해가 지나고 1주일 후인 (우리가 이야기를 하는 동안에도 시간은 조용히 쉬지 않고 흐른다는 것을 명심해야 한다) 아침 식사 때 저 두 사내가 구겨진 정장을 입은 채 침대에 누워 있는 것을 마사지사가 목격했다는 소식이 퍼졌다. 다른 사람들처럼 카스토르프도 웃어넘겼지만, 이런 정도의 소문은 턱수염을 뾰족하게 기르고 손에 검은 털이 난 40대의 남자, 유터보크 출신인 아인후프 변호사의 이야기와 비교한다면 그의 도덕적 선의지에 그다지 큰 모욕감을 주는 것도 아니었다. 얼마 전부터 이 사내는 병이 나아 퇴원한 스웨덴인 대신에 세템브리니의 식탁에 앉아 있었다. 그는 매일 밤마다 술에 취해 요양원에 돌아오곤 했지만, 최근에는 돌아오지 않고 풀밭에서 곯아떨어진 채로 발견되곤 했다. 게다가 그는 사람들에게 위험한 난봉꾼으로 통했다. 슈퇴어 부인은 평지에서 약혼까지 한 어느 젊은 여자를 손으로 가리켰는데, 그녀는 어느 특정 시간에 털외투 안에 반바지만을 걸치고 아인후프의 방에서 나오다가 들켰다는 것이다. 이는 낯 뜨거운 이야기로서, 대체로 도덕적인 의미에서뿐만 아니라 개인적으로 카스토르프의 정신적 노력에 비추어 보더라도 낯 뜨겁고 수치감을 일으키는 이야기였다. 그러나 그 변호사를 생각하면 말끔하게 가르마를 탄 처녀 프렌츠헨 오버당크가 함께 연관되어 떠올랐다. 그녀는 몇 주 전에 품위 있는 시골 여성인 어머니의 손에 이끌려 이곳에 올라왔다. 프렌츠헨 오버당크는 여기 도착하여 처음 진단을 받았을 때는 병세가 가벼운 것으로 나타났다. 하지만 그녀가 무슨 실수를 저질렀는지 이상한 일이 발생했다. 그녀의 경우 이곳 공기가 처음에는 병에 저항력을 키워주기보다는 병을 촉진시키는 데 도움을 주었는지, 또는 이 소녀가 자신에게 해로운 어떤 음모와 자극적인 일에 말려들었는지 몰라도, 어쨌든 4주 후에 다시 진단을 받고 식당에 들어오면서 그녀는 핸드백을 공중에 던지며 밝은 목소리로 "만세, 1년 동안 머물러야 한다네요!" 하고 외치는 것이었다. 그러자 식당 여기저기서 일제히 홍소가 터져 나왔다. 그렇지만 2주일 후에 아인후프 변호사가 프렌츠헨 오버당크에게 불한당 같은 짓을 했다는 소문이 떠돌았다. 그런데 이 표현은 우리에게나 기껏해야 카스토르프에게 해당되는 문제였다. 그럴 것이 소문을 퍼뜨린 사람들에게는 그렇게 강렬한 말이라고 하기에는 그다지 새로운 것이 아니었기 때문이다. 또한 그들은 이런 일에는 늘 두 사람이 함께 연루되어 있기 마련이고, 추측건대 관련자 한 사람의 소망과 의지를 거역하면서까지 그런 일이 벌어지지는 않았을 것이라고 말하며 당연하다는 듯 어깨를 으쓱해 보였다. 적어도 이런 것이 의문스런 사건에 대한 슈퇴어 부인의 태도와 윤리적 분위기였다.

카롤리네 슈퇴어는 경악스러운 여자였다. 그 어떤 것이 한스 카스토르프 청년의 진지한 정신적 노력을 방해하고 있다면, 그것은 바로 이 여자의 존재와 본질이었다. 그녀가 평소에 내뱉는 교양 없는 말투만으로도 그렇게 하기에 충분했다. 그녀는 '사투' 대신에 '단말마'라고 말했고, 누군가를 철면피라고 비난할 때는 '파산자'라고 발음은 유사하지만 뜻이 완전히 다른 낱말을 사용했다. 일식을 일으키는 천문학적 현상에 대해 말도 되지 않는 엉터리 용어를 쓰는가 하면, 눈이 잔뜩 쌓인 모습을 '진짜 용적'이라고 표현했다. 그런데 어느 날 슈퇴어 부인은 세템브리니에게 현재 자신이 그와도 관계가 있는 책을 도서관에서 빌려 읽는데, 그것이 "실러가 번역한 베네데토 체넬리예요!"라고 말하는 바람에 그는 오랫동안 어안이 벙벙하여 입을 다물지 못했다. 그녀가 즐겨 쓰는 말투, 예컨대 "이거 참 뻰뻰스럽네!"라든가 "이게 무슨 짓이야!" 등의 표현은 황당하고 저속하고 너무나 상투적이어서 한스 카스토르프 청년의 신경을 건드렸다. 그리고 유행어를 좋아하는 사람들이 오랫동안 '빛나는' 내지 '훌륭한'이라는 의미에서 사용해 온 '눈부신'이라는 표현이 완전히 희석되고, 효력을 잃고, 더럽혀지고, 구태의연해지자, 슈퇴어 부인은 최신식 용어인 '꿀불견'에 달려들었다. 그래서 그 뒤부터는 이제 진지한 의미에서든 조롱조의 의미에서든 아무것에나 '꿀불견'이라고 말했다. 예를 들어 썰매 코스와 푸딩에도, 심지어 자신의 체온에도 이렇게 말하여 이 또한 혐오감을 일으켰다. 게다가 그녀에게는 도가 지나칠 정도로 남을 헐뜯는 악습까지 있었다. 예컨대 잘로몬 부인이 지금 최고급의 레이스 달린 속옷을 입고 있는 이유는 오늘 진찰이 예약되어 있어서 의사들 앞에서 우아한 속옷 차림으로 고상한 체하려고 하기 때문이라는 것이다. 물론 이렇게 말한다 해도 아주 틀린 말은 아니었다. 한스 카스토르프 자신도 진찰 과정이 그 결과와는 관계없이 여성들에게 만족감을 주며, 이를 위해 여성들이 요염하게 차려입는다는 인상을 받았다. 그러나 결핵성 척수라는 의심을 받고 있는 포젠 출신의 레디슈 부인이 매주 한 번 베렌스 고문관의 눈앞에서 완전히 나체로 10분이나 검사실 안을 돌아다닌다는 슈퇴어 부인의 확언에 대해서는 대체 무슨 말을 해야 한단 말인가? 이런 터무니없는 주장은 거의 상스러운 험담에 속하는 것이었지만, 슈퇴어 부인은 맹세코 그것이 사실이라고 끝까지 우겼다. 자신의 일만 해도 해결하기 어려운 상황에서 이 가련한 여자는 어째서 사사건건 이처럼 열렬히 덤벼들고 강조하고 독선적으로 행동하는지 이해하기 힘든 일이었다. 스스로도 언급하듯이 몸이 점점 더 '무기력증'이 심해져서인지 또는 자신의 체온 곡선이 올라가서인지 가끔씩은 그녀 자신도 나약한 마음이 되어 눈물을 질질 짜다가 자지러지곤 했다. 흐느끼는 그녀는 거칠고 붉은 뺨에 눈물을 뚝뚝 흘리며 식탁으로 와서는, 베렌스가 자신을 침대로 보내려고 하는데 그게 무슨 의미인지, 자신의 어디가 나쁘고 자신의 상태가 어떤지, 진실을 똑바로 보고 싶다며 손수건을 입에 대고 울부짖었다. 어느 날인가 그녀는 침대 발끝 쪽이 방문을 향해 놓여 있는 것을 발견하고 깜짝 놀라서 하마터면 기절할 뻔했다고 한다. 사람들은 그녀가 분노하고 전율하는 이유를 당장에는 이해할 수 없었고, 특히 카스토르프는 그 즉시 이해하기 어려웠다. 그게 뭐? 어쨌다는 거지? 왜 침대를 그렇게 놓아서는 안 되지? 그러나 그가 정말 그 이유를 알아차리지 못한단 말인가! "시체가 다리부터 나가잖아요!" 그녀가 질질 짜면서 소란을 피워서 즉시 침대의 방향이 바뀌게 되었다. 반면에 베개 쪽으로 햇빛이 들어와 그녀는 수면을 방해받지 않을 수 없었다.

이 모든 일에 진지한 점이라곤 없었다. 이로 인해 한스 카스토르프의 정신적 욕구는 거의 충족되지 못했다. 이 무렵 식사하는 동안 발생한 끔찍한 돌발 사건이 청년에게 특별한 인상을 심어 주었다. 아직 신출내기 환자인 마르고 조용한 교사 포포브는 역시 마르고 조용한 자신의 아내와 고급 러시아인 석에 자리를 잡고 앉아서 식사를 하는 도중에 간질을 앓는다는 사실이 밝혀졌다. 그는 심각한 발작을 일으키다가 비명을 지르며 바닥에 쓰러졌다. 그의 악귀와 같고 인간답지 못한 모습은 종종 책에서 묘사되는 그런 종류와 같았다. 그는 의자 옆에서 형용할 수 없을 만큼 끔찍하게 몸을 뒤틀고 팔과 다리를 버둥거렸다. 설상가상으로 그때 마침 생선 요리가 나와서 포포브가 발작을 일으키다가 생선가시에 찔릴 우려가 있었다. 소동은 필설로는 설명할 수 없을 지경이었다. 슈퇴어 부인을 선두로 잘로몬 부인, 레디슈 부인, 헤센펠트 부인, 마그누스 부인, 일티스 부인, 레비 양과 다른 모든 여자들도 뒤질세라 지극히 다양한 상태를 보이다가 급기야 몇몇은 거의 포포브와 흡사한 반응을 일으켰다. 이 여자들의 비명이 날카롭게 울렸다. 주변에는 경련을 일으키며 뒤집힌 눈, 벌어진 입, 뒤틀린 상체만 눈에 띄었다. 어떤 여자는 말없이 기절해 있었다. 모두가 음식을 씹고 삼키는 도중에 이런 불상사가 일어났기 때문에 목이 눌려 발작을 일으키는 사람들도 있었다. 식사를 하던 손님의 일부는 밖이 매우 습기 차고 추웠지만 출입 가능한 출구 또는 베란다 문을 통하여 멀리 나갔다. 그러나 이 돌발적 사건은 전체적으로 경악스럽다는 느낌 외에도 좀 특이하고 저속한 분위기를 풍겼다.

여기에는 최근에 있었던 크로코프스키 박사의 강연과 일반적으로 연관되는 외설적 사고 내용이 작용하고 있었다. 이 정신 분석가는 바로 지난 월요일에 질병 발작의 힘으로 작용하는 사랑에 관해 상술하면서 간질에 관해 언급했던 것이다. 정신 분석 이전 시대의 인류는 간질을 신성이나 예언의 도래, 아니면 악마의 잠복으로 보았지만, 크로코프스키 박사는 반쯤은 시적이고 반쯤은 냉정하게 과학적 용어를 사용하면서 이 병을 사랑의 등가물이자 뇌수의 오르가슴으로 규정했다. 요컨대 이런 의미에서 그는 간질을 의심스런 것으로 파악하였고, 이에 따라 그의 강연을 들은 환자들은 이 강연의 증거인 포포브 교사의 발작을 흉물스런 계시이자 신비로운 추문으로 이해할 수밖에 수 없었고, 여성들은 달아나며 몸을 감추면서도 얼굴에 수치스러운 기색을 드러내고 있었다. 고문관이 마침 식당에 와 있다가 밀렌동크와 고급 러시아인 자리의 건장한 젊은이 두셋으로 하여금 창백한 얼굴에 거품을 물고 뻣뻣해진 몸을 뒤틀며 망아 상태에 빠진 포포브를 식당에서 홀로 운반해 가게 했다. 거기서 의사들과 수간호사, 그 밖에 다른 직원들이 의식을 잃은 환자를 응급 치료하는 것이 보였고, 얼마 뒤 그는 들것에 실려 나갔다. 그러나 그 뒤로 포포브 씨는 편안한 표정을 지으며, 마찬가지로 편안해 보이는 아내와 함께 다시 고급 러시아인 자리에 앉아, 마치 아무 일도 벌어진 일이 없었다는 듯 시치미 뚝 떼고 점심을 마쳤다.

한스 카스토르프는 이 광경을 겉으로는 소름끼치도록 놀라운 마음으로 바라보는 것 같았지만, 내심으로는 이 사건도 그에게 진지한 인상을 심어 주지 못했다. 그것은 어쩔 도리가 없는 일이었다. 포포스는 자칫하면 생선 가시가 목에 걸려 질식할 위험이 있었지만, 실제로 그런 일은 없었고, 정신없이 미쳐 날뛰며 황홀경에 빠져 있으면서도 은연중에 약간은 주의를 기울였던 모양이었다. 이제 그는 쾌활한 모습으로 앉아서, 마치 언제 자신이 광포한 용사로서 미쳐 날뛰던 주정뱅이였던가 하는 식으로 식사를 했다. 그는 틀림없이 그 사건을 기억하지 못하고 있었다. 하지만 그의 이런 모습도 카스토르프의 고통에 대한 외경심을 강화시키지는 않았다. 이 사건 역시 그 성격에 있어서 진지하지 못하고 방종하다는 인상을 증폭시켰고, 따라서 그는 자신이 이곳 요양원의 분위기에 저항하는 처지라는 것을 깨달았다. 그리고 이곳의 지배적인 풍습에 대항하기 위해서라도 중환자와 위독한 환자를 좀 더 가까이 접하기를 희망했다.

사촌들의 방에서 그리 멀지 않은 곳에 라일라 게른그로스라는 소녀가 누워 있었다. 알프레다 간호사의 전갈에 의하면 그녀의 생명이 풍전등화라고 했다. 그녀는 열흘 동안 네 번이나 심하게 피를 토했고, 이 때문에 그녀의 부모가 이 위에 와서 그녀를 살아 있는 상태에서 고향에 데려가려 했으나 그것마저도 되지 않을 것처럼 보였다. 고문관은 이렇게 아픈 소녀 게른그로스를 이송하는 것이 불가능하다고 판단했다. 그녀는 불과 16, 17세가량의 나이였다. 카스토르프는 화분을 보내면서 함께 쾌유를 기원하는 계획을 실행하기에 적기라고 생각했다. 카스토르프가 수소문해 본 결과 그녀의 생일이 봄이었지만, 인간적인 전망에 따라 다시는 생일을 맞이할 수 없을 것 같았다. 그럼에도 자신의 판단에 의거해 볼 때 그가 하는 일이 자비로운 친절을 표시하기에 장애가 되는 것은 아니었다. 그는 정오에 요양 호텔 근처로 산책을 가서 사촌과 함께 어느 꽃집에 들어가서는, 그곳에서 흙냄새와 꽃향내 가득한 습한 공기를 가슴으로 흡입하면서 화분에 든 우아한 자태의 수국을 골랐다. 그는 카드에 이름은 밝히지 않고 "같은 두 명의 환자가 진심으로 쾌유를 빕니다"라고 쓰고는, 어린 위독한 환자의 방으로 배달하도록 조치했다. 그는 꽃향기에 얼큰하게 취한 채 기쁘고 즐거운 마음으로 일을 처리했다. 그는 차가운 바깥에 있다가 따뜻한 꽃집으로 들어오자 눈에서 눈물이 흘러내렸고, 자신이 비밀스럽게 상징적인 의미를 부여한 조그만 일의 모험성과 용기, 유익함을 느끼며 가슴이 두근거렸다.

라일라 게른그로스에게는 전임 간호사가 없어서 밀렌동크 양과 의사들이 직접 돌보고 있었다. 하지만 알프레다 간호사도 그녀의 병실에 출입하면서 두 사촌들이 보여준 호의의 효과에 대해 그들에게 알려 주었다. 침대에 누운 채 절망적인 위독한 아가씨는 타인이 자신에게 보여준 호의에 대해 어린애처럼 마냥 기뻐했다. 수국은 그녀의 머리맡에 놓여 있었다. 그녀는 눈빛과 손으로 꽃을 쓰다듬으며 꽃에 물을 주라고 부탁했다. 그리고 지독하게 심각한 기침 발작을 일으키면서도 고통스런 눈으로 꽃을 바라보았다. 퇴역 소령 출신인 아버지 게른그로스와 어머니도 마찬가지로 감동을 받고 기뻐했다. 하지만 그들은 요양원에 친분 있는 사람이 전혀 없어서 화분을 보낸 사람이 누군지 알아볼 수조차 없었다. 그래서 쉴트크네히트 간호사가 고백한 바와 같이 익명의 정체를 알려 주지 않을 수 없었다. 그녀는 사촌들에게 감사의 말을 전할 수 있도록 소녀의 병실에 와달라는 세 명의 게른그로스의 부탁을 전했고, 그리하여 두 사촌은 이틀 후에 간호사를 따라서 라일라가 누워 있는 고난의 방에 까치 발걸음으로 조용히 들어갔다.

임종환자는 정말 물망초처럼 푸른 눈을 가진 너무나 사랑스러운 금발의 소녀였다. 그녀는 끔찍한 객혈과 호흡부진에도 불구하고 기능이 남아 있는 폐 조직만으로 간신히 호흡을 하고 있었다. 소녀의 모습은 가냘팠어도 비참해 보이지는 않았다. 그들이 다가가자 그녀는 감사한다며 힘없이 말했지만 목소리는 쾌활했다. 그녀의 볼은 장밋빛 홍조를 띠고는 한동안 발그레하게 지속되었다. 한스 카스토르프는 환자와 곁에 있는 그녀의 부모에게 자신이 취한 행동의 전후사정을 이해하기 쉽도록 상세히 설명했다. 그는 자신의 행동에 꽤나 송구스럽다고 전제하고는, 환자에 대해 부드럽게 경의를 표하면서 낮은 목소리로 감동한 듯이 말했다. 그는 환자의 침대 앞에 무릎을 꿇고 싶은 충동에 사로잡혔다. — 아무튼 마음속 깊이 그런 충동에 사로잡혔다. 소녀의 뜨거운 손은 땀이 지나치게 많이 흘러나와 축축하다 못해 흠뻑 젖어 있었지만, 그는 오랫동안이나 라일라의 손을 꼭 잡고 있었다. 환자는 이렇게 많은 양의 수분을 계속 배출하고 있었다. 이 때문에 그녀가 옆 탁자의 유리병에 가득 찬 레모네이드를 쉬지 않고 열심히 들이킴으로써 대충 수분 배출과 균형을 맞추지 않았더라면, 그녀의 살은 벌써 바싹 오그라들고 말라 버렸을 것이다. 수심 가득한 모습의 두 부모는 예의상 사촌들의 개인적 신상에 관해 물어보고는, 다른 화젯거리를 찾아내 짧은 대화나마 중단하지 않으려고 노력했다. 소령은 나직한 이마에 떡 벌어진 어깨를 하고 있었고, 콧수염은 위로 치켜 올라가 있었다. 다부진 남성의 체격으로 보아 누가 봐도 딸아이의 기질과 약한 체질은 아버지의 육체적 잘못이 아니라는 것을 알 수 있었다. 그 책임은 오히려 분명히 결핵성 체질로 보이는 왜소한 체격의 어머니에게 있는 것이 틀림없었다. 어머니는 이 때문에 양심의 가책에 시달리고 있는 것 같았다. 라일라가 10분 후에 피로감, 아니면 오히려 과민한 자극의 기색을 보이자, (그녀의 장밋빛 볼이 더 붉어지는 반면에 물망초 같은 두 눈이 불안한 듯 반짝거렸다) 알프레다 간호사의 눈짓을 신호로 받은 두 사촌은 소령의 가족들에게 작별을 고했다.

그러자 게른그로스 부인은 병실 입구까지 따라 나와 자책의 말을 했는데, 카스토르프는 이에 특별한 감동을 받았다. 오로지 자기 탓이라며 부인은 단정하듯이 회한을 늘어놓았다. 불쌍한 아이의 병은 오로지 자기 때문이며, 자신의 남편은 전혀 관련이 없다, 조금도 관련이 없다는 것이다. 반면에 자신은 처녀 때 잠시, 약간, 아주 짧은 기간 동안 그 병과 관련이 있었음을 강조했다. 그런 뒤 이 병을 완전히 극복했음을 의사가 그녀에게 확증해 주었으며, 이런 그녀는 결혼을 원했기에, 결혼해서 살게 되었다는 것이다. 그녀는 완전히 치유가 되고 병이 나아 이런 자신의 병력을 전혀 알지 못하는 자신이 사랑하는 강건한 남자와 결혼에 골인할 수 있었다고 했다. 그러나 아무리 튼튼하고 강한 남자라 해도 그 자신의 힘으로 불행을 막을 길은 없었다. 그런데 묻히고 잊힌 줄 만 알았던 그 끔찍한 병이 아이에게 다시 나타난 것으로, 어미인 자신은 이를 물리치고 확고한 연령에 이르렀는데, 아이는 병을 떨쳐 버리지 못하고 죽어가고 있다. 사랑스러운 딸, 그 가련하고 귀여운 것은 죽게 될 것이다, 의사들이 더는 희망을 주지 않는 것처럼 보이니 말이다. 부인은 이렇게 하소연하면서 모든 책임을 처녀 시절에 병력이 있는 자기 탓으로 돌렸다.

두 젊은이는 그녀를 위로하기 위해 병세가 호전될 가능성도 있다고 말했다. 그러나 소령 부인은 흐느껴 울기만 하다가, 수국을 가지고 찾아와 아이의 마음을 조금이나마 달래주고 즐겁게 해주어 아무튼 감사한다고 말했다. 다른 젊은이들은 다른 삶을 즐기고 멋진 젊은이들과 춤추고 있을 동안, 가련하기 짝이 없는 딸은 아무리 아파도 다른 아이들처럼 즐기고 싶을 텐데 이곳에서 고통과 외로움을 겪으며 누워 있다는 것이다. 어쩌면 두 사촌은 그녀에게 약간의 햇빛, 아니 어쩌면 마지막 햇빛을 가져다주었는지 모른다. 꽃잎이 둥근 수국은 무도회장에서 이루어낸 성과와도 같은 것으로, 두 훌륭한 기사와의 대화는 딸에게 가볍고 사랑스런 정담처럼 보였다고 게른그로스 부인은 말했다.

이 말에 한스 카스토르프는 뜨끔한 느낌이 들었다. 특히 부인은 '정담(Flirt)'이라는 낱말을 본연의 영어식으로 발음하지 않고 독일어식으로 i를 발음했는데, 이것이 그를 꽤나 당황하게 만들었다. 게다가 자신은 멋진 기사가 아니었고, 어린 라일라를 방문한 것도 이곳에 만연한 이기주의에 대항하려는 의도와 의학적-종교적 견해를 실천하려는 목적 때문이었다. 단적으로 말해 마지막에 소령 부인의 생각을 문제시한다면 카스토르프의 심기가 다소 불편한 점도 있었지만, 그 외에는 자신의 계획을 실행한 것에 그는 매우 후련하고 즐거운 기분을 느꼈다. 무엇보다 두 가지가 인상적이었다. 다시 말해 꽃가게의 흙냄새가 풍기는 꽃과 라일라의 축축한 가녀린 손이 그의 영혼과 감각에 각인된 채 남아 있었다. 그리고 이로써 그의 계획의 출발이 순조로웠으므로 그날 즉시 알프레다 간호사와 상의하여 그녀가 돌보고 있는 프리츠 로트바인을 방문하기로 했다. 로트바인은 온갖 징후로 보아 주어진 수명이 거의 다 되었음에도 자신의 간호사와 함께 있는 것을 끔찍이도 지루해 하고 있었다.

착한 요아힘은 어쩔 수 없이 사촌의 계획에 동참할 수밖에 없었다. 한스 카스토르프의 추진력과 자선에 근거한 모험정신은 요아힘의 반감보다 더 강했다. 요아힘은 기껏해야 묵묵부답으로 고개를 숙임으로써 싫은 감정을 나타낼 수밖에 없었는데, 왜냐하면 요아힘이 사촌의 계획에 반감을 피력하면 기독교 정신의 결핍을 드러내는 셈이 되기 때문이었다. 카스토르프는 이런 점을 뻔히 알고서 이를 이용한 것이다. 그는 군인으로서 사촌이 느끼는 싫은 감정을 정확히 이해했다. 그렇지만 카스토르프 자신이 이 계획을 통하여 활기차고 행복하게 느낀다면, 더욱이 자신에게 유익한 것처럼 보인다면? 그렇다면 그는 요아힘의 말없는 저항을 무시하는 수밖에 없었다. 그는 이번에 방문할 위독한 환자가 비록 남성이라 할지라도 프리츠 로트바인 청년에게도 꽃을 보낼 것인지 또는 직접 가지고 갈 것인지를 사촌과 논의했다. 그는 어쨌든 꽃이 제격이라고 생각해서 이번에도 꽃을 보내려고 했다. 지난번에 보냈던 단아한 자줏빛 수국의 느낌이 유난히 그의 마음에 들었고, 이에 따라 꽃을 보내기로 결정했다. 로트바인이 죽음을 앞둔 상태에서는 성의 구분이 없어지는 법이고, 임종환자는 두말 할 것 없이 언제나 생일을 맞이한 아이처럼 다루어야 하기 때문에 꼭 생일날만 꽃을 보낼 필요는 없다고 카스토르프는 생각했다. 그는 사촌과 함께 다시 흙냄새와 꽃향내가 풍기는 따뜻한 꽃가게를 찾아갔다. 그리고 새로 물을 뿌려 향기가 나는 장미, 카네이션과 스톡 다발을 가지고, 자신들의 방문을 미리 알린 알프레다 쉴트크네히트를 따라서 로트바인의 병실에 들어갔다.

이 중환자는 스물도 채 되지 않았는데 벌써 이마가 좀 벗겨지고, 머리칼이 회색이었으며, 얼굴은 납처럼 창백하고 초췌했고, 손과 코와 귀가 모두 큼직했다. 그는 두 사촌이 방문하여 말을 걸고 기분을 풀어주자 눈물을 글썽이며 고마워했다. 그가 두 사람에게 인사를 하면서 꽃다발을 받을 때는 가슴이 찡해서 정말로 울었다. 그러나 이 꽃다발과 연관해서는 거의 속삭이는 목소리이기는 했지만 유럽에서의 꽃장사와 그것의 비약적 활성화에 대해 말하기 시작했다. 그는 니스와 칸에서 이루어지는 엄청난 양의 꽃 수출이라든가 이곳에서 매일 세계 각지로 나가는 화물 차량과 소포물에 대해 말했으며, 파리와 영국의 도매 시장과 러시아에 보내는 공급량에 대해 언급했다. 그는 상인이었고, 그가 살아 있는 한 그의 관심은 이런 방면에 있었기 때문이다. 코부르크의 인형 공장 사장인 그의 아버지는 아들을 교육시키기 위해 영국에 보냈는데, 거기서 병에 걸렸다고 그는 작은 소리로 속삭였다. 하지만 의사가 그의 열이 나는 증상을 티푸스로 오진하고 엉뚱한 치료를 했다는 것이다. 즉, 물처럼 멀건 수프만 섭취하는 요법을 받다가 그로 인해 건강 상태가 엉망이 되어 버렸다는 것이다. 이 위에 와서는 먹는 것이 허락되었고, 그렇게 했다. 하지만 얼굴에 땀을 흘리며 침대에 앉아 영양을 섭취하려고 했는데, 때는 이미 늦어 버렸다. 유감스럽게도 장까지 함께 나빠졌고, 고향에서 보내 온 소의 혀와 훈제 장어도 소용이 없었다. 더 이상 아무것도 소화할 능력이 없었던 것이다. 이렇게 해서 그의 아버지가 베렌스의 전보를 받고 코부르크에서 이곳으로 오고 있다고 그는 말했다. 그는 이제 결정적인 수술인 갈비뼈 절개 수술을 받도록 되어 있었기 때문인데, 회복할 기회가 없을지라도 어쨌든 해볼 작정이라고 했다. 로트바인은 이에 관해 매우 사무적으로 조용히 따져가면서 수술의 문제도 전적으로 영업적인 측면으로만 받아들였다. 그는 살아 있는 한 모든 문제를 이런 관점으로만 바라볼 위인이었다. 비용 문제는 척수마취를 포함하여 1천 프랑으로 조정했다고 그는 조용히 속삭였다. 흉부는 거의 전체, 갈비뼈는 6 내지 8개를 잘라내는 것이 고려되고 있는데, 수술이 어떻게든 투자한 만큼은 잘되어야 하는 것이 관건이라는 것이다. 베렌스 원장이야 이익이 눈에 보이기에 수술을 권하지만, 자신의 이해득실은 분명치 않고, 갈비뼈를 몸에 지닌 채 조용히 죽는 편이 더 현명한 행동인지 알 수가 없노라고 그는 말했다.

그에게 충고하는 것은 어려운 일이었다. 두 사촌은 고문관의 탁월한 외과 수술능력을 계산에 넣어야 한다고 말했다. 그들은 기차를 타고 오고 있는 로트바인의 아버지에게 결정을 맡기자는 데 합의를 보았다. 작별을 고하자 로트바인 청년은 다시 눈물을 흘렸다. 마음이 여린 탓에 울었을 테지만, 그가 흘리는 눈물은 그의 메마르고 사무적인 사고방식 내지 말투와는 특이한 대조를 이루었다. 그는 두 사촌에게 다시 방문해 달라고 부탁했다. 사촌들도 기꺼이 그러겠다고 약속했으나 실현되지 않았다. 그날 밤 인형공장 사장이 도착했고, 다음날 오전에 수술을 한 이후로 로트바인 청년은 면회가 허락되지 않았기 때문이다. 그리고 이틀 뒤에 한스 카스토르프는 요아힘과 함께 로트바인의 병실 앞을 지나가다가 그의 방에서 대청소가 실시되는 것을 보았다. 알프레다 간호사는 자신의 작은 트렁크를 들고 베르크호프를 이미 떠난 상태였다. 알프레다는 코안경 끈을 귀 뒤에 걸고 한숨을 쉬면서 시급히 다른 요양원의 위독한 환자를 돌보러 떠난 것이다. 이렇게 떠나는 것이 그녀 앞에 유일하게 열려 있는 전망이었다.

식당으로 가는 도중이라든가 외출을 하다가 보면, 가구가 잔뜩 쌓여 있고 이중문이 열린 채 대청소를 하는 '사람이 없는' 방은, 의미심장하기는 하지만 아주 흔한 광경이라서 거의 감명을 주지 않았다. 특히 그 다음 환자가 이런 식으로 '비어 있게 된', 대청소가 끝난 방에 방금 들어가 거기 정착하게 된 경우에는 더욱 그러했다. 그런 방에 누가 거주했는지 아는 경우도 가끔 있어서 그런 경우에는 잠시 생각에 잠기기도 했다. 이번에 로트바인의 경우가 그러했고, 한스 카스토르프가 1주일 뒤에 어린 게른그로스의 방을 지나갈 때도 마찬가지의 상태가 되어 들여다보았다. 이런 경우에 그는 방 안에서 사람들이 분주하게 청소하는 의미를 이해하지 않으려 했다. 그가 서서 멍하니 생각에 잠긴 채 바라보고 있을 때, 마침 고문관이 그곳을 지나갔다.

"이곳에 서서 대청소하는 것을 바라보고 있습니다." 한스 카스토르프가 말했다. "안녕하십니까, 고문관님. 어린 라일라가…."

"글쎄요." 베렌스는 이렇게 대답하면서 어깨를 으쓱했다. 잠시 침묵이 흐르고, 베렌스가 그런 동작을 채 끝내기도 전에 말을 덧붙였다.

"최후의 순간에 그 아가씨에게 얼른 정식으로 구애하셨다지요? 당신처럼 비교적 건강한 사람이 새장에 든 폐를 앓는 나의 피리새들을 다소나마 돌봐주신 점 기쁘게 생각합니다. 이것이 당신의 훌륭한 성향, 네, 네, 이런 점이 당신 성격과 관련하여 아주 훌륭한 성향이라는 것을 인정하기로 하겠습니다. 나도 가끔 좀 당신을 안내해도 되겠습니까? 나는 그 밖에도 온갖 방울새를 기르고 있답니다. 관심이 있다면 말입니다. 나는 지금 예컨대 '너무 많이 채운 여자'의 방을 잠시 들여다보러 가는 길입니다. 함께 가시겠어요? 나는 당신을 단지 관심 어린 고통의 동지라고만 소개할 것입니다."

한스 카스토르프는 자신이 바로 청하려던 것을 고문관이 스스로 입을 열어 제안했다고 말했다. 그는 감사하는 마음으로 기꺼이 고문관과 동행하겠다고 했다. 그러나 카스토르프는 '너무 많이 채운 여자'란 대체 누구이며, 어떻게 그런 이름을 갖게 되었는지 고문관에게 물었다.

"말 그대로입니다." 고문관이 대답했다. "완전히 말 그대로이고 비유적인 뜻은 없습니다. 직접 그 여자에게 들어 보십시오." 몇 걸음 가지 않아 그들은 '너무 많이 채운 여자'의 방에 도착했다. 고문관은 카스토르프를 기다리도록 말하고는 이중문으로 들어갔다. 베렌스가 문을 열고 들어가자 곧 방 안에서 숨이 가빠 헉헉대면서도 밝고 명랑한 웃음소리와 말소리가 들려왔고, 이어서 문이 닫히자 소리가 차단되고 말았다. 그러나 몇 분 뒤 관심어린 카스토르프가 방안으로 안내되어 침대에 누워 호기심어린 푸른 눈으로 바라보는 금발의 부인에게 베렌스 고문관이 그를 소개했을 때, 다시 그는 앞서 들었던 똑같은 소리를 들을 수 있었다. 부인은 베개를 등에 대고 불안스럽게 상체를 일으키고 누운 채 아주 맑고 청아하게 은방울 구르는 소리로 웃었다. 반면에 그녀는 가쁘게 숨을 쉬며 호흡 곤란 때문에 흥분하여 간지럼을 타듯이 웃었다. 그녀는 고문관이 손님을 소개한 말이 우습다고 웃었고, 방을 나가는 고문관에게 "안녕히 가세요, 정말 감사합니다, 또 뵙겠습니다'라는 말을 여러 번 되풀이하고, 그의 뒤에다 손짓을 하고 한숨을 쉬면서도 은방울 구르는 웃음소리를 냈다. 얇은 삼베 속옷 밑에서 출렁이는 가슴을 두 손으로 누르면서도 두 다리를 가만히 놓아주질 않았다. 그녀는 침머만 부인으로 불렸다.

한스 카스토르프는 이 여자를 잠깐 본 적이 있었다. 그녀는 잘로몬 부인과 많이 먹어대는 학생의 식탁에 몇 주 동안 앉아 있었는데, 그때도 계속 웃어댔었다. 그러다가 사라졌지만, 그는 별로 신경 쓰지 않았다. 그녀가 이상하게 보이지 않는다고 생각은 했어도, 아마 병이 나아 떠났을 테지 하는 정도로만 생각했다. 그런데 그녀가 지금 '너무 많이 채운 여자'라는 이름으로 여기에 누워 있는 것으로, 카스트로프는 이 이름의 의미가 설명되기를 기다리고 있었다.

"하하하하." 그녀는 간지러운 듯 가슴을 털면서 은구슬 구르는 소리로 웃었다. "이 베렌스라는 사람 정말 우스운 남자예요, 엄청 우습고 재미있는 사람이에요. 뱃가죽이 뒤틀려 병이 날 지경이라니까요. 좀 앉으세요, 카스텐 씨, 카르스텐 씨. 아니 뭐라고 그러셨지요. 이름이 정말 우습네요, 하하, 히히. 미안합니다! 내 발쪽에 있는 의자에 앉으세요. 하지만 이렇게 발을 흔드는 것을 용서해 주세요, 나는 저, 하하…." 침머만 부인은 입을 벌리고 한숨을 쉬면서 다시 은구슬 구르는 소리로 웃었다. "나는 발을 가만히 둘 수 없어요."

그녀는 미인이라고 칭할 만했다. 이목구비가 명료하고 좀 뚜렷해도 호감이 가는 얼굴이었고, 턱이 살짝 접혀 있었다. 반면에 입술이 푸르스름했고, 코끝도 같은 색인 것으로 보아 의심할 바 없이 산소 결핍증이었다. 호감이 가는 가냘픈 손도 잠옷 레이스의 소맷자락 장식과 잘 어울려 더욱 아름답게 보였으나 이 역시 발과 마찬가지로 한시도 가만히 놔두지 못했다. 목은 소녀의 목 같았고, 부드러운 쇄골 위에는 '소금통'처럼 움푹 파인 데가 있었다. 웃음과 가쁜 숨 때문에 삼베 속옷 아래에서 불안하게 헐떡거리는 가슴도 가냘픈 소녀의 가슴 같았다. 카스토르프는 그녀에게도 니스와 칸의 원예업자로부터 들여온, 물을 뿌리고 향기가 나는 꽃을 보내거나 자신이 직접 가져갈 것이라고 결정했다. 그는 약간 불안한 기분으로 숨 가쁘게 헐떡이는 침머만 부인의 웃음소리에 박자를 맞추고 있었다.

"그런데 당신은 여기서 중환자들을 찾아다닌다지요?" 그녀가 물었다. "참 재미있고 친절하십니다, 하, 하, 하, 하! 하지만 나는 결코 중환자가 아니란 것을 아셔야 합니다. 말하자면 나는 본래 그렇지 않았어요, 조금도요. 얼마 전에 이런 일이 일어나기 전까지 말입니다. 당신도 이렇게 우스운 일은 난생 처음 들어 볼 거예요." 그런 다음 그녀는 가쁜 숨을 몰아쉬며 새가 지저귀듯 낭랑하게 자신에게 들이닥친 이야기를 들려주었다.

그녀가 이곳에 올라올 당시에는 병세가 가벼웠다. 물론 이곳에 올라올 정도이니 병이 있는 것은 틀림없는 사실이었고, 그렇다고 아주 가벼운 것은 아니었지만, 심하다기보다는 오히려 가벼운 편이었다. 개발된 지 얼마 안 되었지만 급속히 인기를 얻게 된 외과 기법인 기흉법은 그녀의 경우에도 훌륭한 성과를 거두었다. 수술은 대성공이었고, 침머만 부인의 용태는 눈에 띄게 좋아져 갔다. 그녀의 남편은 —그녀는 결혼했으나 아이는 없었다— 서너 달만 지나면 아내와 재회할 수 있었다. 이때 그녀는 기분 전환을 위해 취리히로 여행을 떠났고, 정말로 이 여행에는 기분 전환 외에 다른 목적이 없었다. 그녀는 정말 마음껏 기분을 풀었지만, 이와 동시에 폐에 가스를 공급받아야 할 필요성을 느끼고 취리히 현지의 의사에게 이 일을 믿고 맡겼다. 친절하고 재미있는 젊은 의사였는데, 하하하, 하하하, 그러나 무슨 일이 일어났을까? 의사는 가스를 너무 많이 채웠던 것이다! 이것 말고는 다른 표현이 없었다. 말 그대로 너무 많이 채웠던 것이다. 그녀에게 지나치게 호감을 보이는 바람에 사태 파악이 잘못 되었던 것 같았다. 요컨대 그녀는 가스를 너무 많이 채운 상태가 되어 가슴이 막히고 호흡이 곤란하게 된 채로 —하하! 히히!— 이 위에 다시 도착하여, 베렌스한테 몹시 꾸지람을 받고는 즉시 침실로 보내지고 말았다. 이제는 중환자가 된 것이다. 본래는 아니었는데 의사의 서투른 실수로 인해 신세를 망치고 만 것이다. "하하하, 얼굴 좀 봐, 왜 이렇게 우스운 얼굴을 하고 있나요?" 그녀는 손가락으로 카스토르프의 얼굴을 가리키며 마구 웃어 대는 바람에 이마까지 새파랗게 변하기 시작했다. 그러나 그녀는 베렌스가 성이 나서 거칠게 호통 칠 때가 가장 우습다고 말했다. 너무 많이 채운 것을 알았을 때부터 벌써 베렌스의 그런 모습에 웃지 않을 수 없었다는 것이다. "당신은 치명적인 위험에 처해 있소"라고 그는 단도직입적이고 노골적으로 소리를 쳤는데, "그런 모습이 꼭 곰 같았어요, 하하하, 히히히, 죄송합니다."

그녀가 어떤 의미로 고문관의 판정에 대해 그렇게 낭랑한 소리로 웃었는지 잘 알 수가 없었다. 그의 거친 호통 소리와 그의 판정에 대한 불신임 때문인지, 또는 그의 판정을 믿었다 해도 (그녀로서는 믿지 않을 수 없었을 것이다) 자신이 치명적인 위험에 처해 있다는 사실 자체가 소름 끼치도록 우습게 여겨졌기 때문인지 알기 어려웠다. 한스 카스토르프는 후자가 맞을 것이라는 인상을 받았다. 그는 그녀가 실제로 어린애처럼 경솔하고, 새처럼 머리가 나쁜 까닭에 분별력을 잃고 그렇게 낭랑하고 은방울 구르는 소리로 웃어 대는 것 아닌가 싶었지만, 그렇지는 않을 것이라고 생각했다. 그럼에도 카스토르프는 그녀에게 꽃을 보냈는데, 이후로 웃기 좋아하는 침머만 부인을 다시는 볼 수 없었다. 왜냐하면 부인은 그 후 며칠 동안 산소를 공급받으며 연명하다가 전보를 받고 달려온 남편의 품에서 정말 죽고 말았기 때문이다. 베렌스 고문관은 이 소식을 카스토르프에게 들려주며 정말 멍청한 여자였다고 덧붙여 말했다.

그러나 그 이전부터 한스 카스토르프의 호기심 어린 모험정신은 고문관과 간호사들의 도움을 받아 요양원의 중환자들과 계속 관계를 맺게 되었고, 요아힘도 이에 동참하지 않을 수 없었다. 요아힘은 아직은 살아 있는 '둘 다'의 둘째아들 병실에도 동행해야만 했다. 바로 옆에 있던 장남의 방은 이미 대청소가 끝나고 H_2CO로 소독이 된 상태였다. 그는 조금 전까지 '프리데리치아눔'이라고 불리는 교육기관에 있다가 병세가 심해져서 이 위에 오게 된 테디 소년의 병실에도 동행했다. 나아가 그는 독일계 러시아인으로 보험회사 직원이자 착하고 인내심이 많은 사람이었던 안톤 카를로비치 페르게의 병실에도 함께 갔다. 또한 그는 불운한 처지에서도 아양을 잘 떠는 폰 말린크로트 부인의 방에도 함께 갔는데, 이 부인도 마찬가지로 앞서 언급한 사람들처럼 꽃을 받았고, 카스토르프는 요아힘의 면전에서 그녀에게 여러 차례 죽을 먹여 주기까지 했다. 마침내 두 사촌은 사마리아인이자 자비로운 형제라는 평판을 얻게 되었다. 그러자 세템브리니도 어느 날 카스토르프에게 같은 의미로 말을 걸었다.

"아이쿠, 엔지니어 양반, 사람이 변했다고 소문이 자자하더군요. 자선 행위에 투신하셨다죠? 선한 일로 자신을 정당화하려는 겁니까?"

"말할 가치도 없는 일이랍니다, 세템브리니 씨. 전혀 아닙니다, 법석을 떨 만한 가치도 없으니까요. 사촌과 내가…."

"하지만 당신 사촌을 그 일에 끌어들이지 마세요! 두 사촌 이야기가 거론되면, 그건 바로 당신을 의미하는 겁니다, 확실합니다. 소위는 존경할 만한 사람이지만 단순하고 정신적으로 위험성이 없는 인물이라서 교육자를 거의 불안하게 하지 않습니다. 당신이 일을 선도하는 사람은 사촌이라고 말해도 나는 믿지 않을 것입니다. 더 영향력 있고, 더 위험한 사람은 바로 당신입니다. 이런 말을 해도 좋은지 모르지만 당신은 '삶의 걱정거리 자식'입니다. 누군가 당신을 돌보아 주어야 합니다. 그런데 당신은 내가 돌보아 주는 것을 허락한 적이 있습니다."

"그렇습니다, 세템브리니 씨. 지당한 말씀입니다. 정말 고맙습니다. 그리고 '삶의 걱정거리 자식'이란 말은 정말 제격입니다. 역시 문필가다운 멋진 표현입니다! 그런 호칭을 자랑스럽게 생각해야 할지는 잘 모르겠습니다만, 나는 멋진 표현이라고 말하지 않을 수 없습니다. 그렇습니다, 사실 나는 얼마 전부터 '죽음의 자식들'과 이야기를 나누고 있습니다. 아마 선생께서도 그 말씀을 하는 것이겠지요. 시간이 있을 때, 그것도 완전히 부수적으로, 그 일로 말미암아 요양 의무가 방해를 받지 않을 때에만, 여기저기 다니며 중환자들과 위독한 환자들을 들여다보고 있습니다. 그러니까 말입니다, 재미로 여기 체류하면서 방종하게 살아가는 그런 사람들이 아니라 임종환자들을 말입니다."

"그렇지만 성서에는 이런 말, 즉 죽은 사람은 죽은 사람이 매장하도록 하라는 말이 있습니다." 이탈리아인이 말했다.

이에 대해 한스 카스토르프는 두 팔을 들고, 성서에는 이렇게 볼 수 있고 저렇게 볼 수 있는 구절이 상당히 많아서 올바른 뜻을 찾아내고 이를 따르는 것은 어려운 일이라는 표정을 지어 보였다. 물론 손풍금장이는 방해가 되는 관점을 유효적절하게 사용한 것이었지만, 이는 예상할 수 있는 일이었다. 하지만 한스 카스토르프는 세템브리니의 말을 경청했다. 그는 세템브리니의 가르침을 참고삼아 가볍게 들어볼 가치는 있다고 생각하면서 이번에도 전처럼 실험하기 위하여 교육적 영향을 받아 보겠다는 자세를 갖추었다. 그렇지만 어떤 면에서든 교육적 관점 때문에 자신이 현재 추구하는 일들을 포기할 생각은 추호도 없었다. 이를테면 게른그로스 어머니와 그녀의 '상냥하고 가벼운 정담'이라는 말투, 가련한 로트바인의 냉정한 기질, 가스를 너무 많이 채운 어리석은 부인의 새처럼 지저귀는 웃음소리 등에도 불구하고 자신이 추구하는 일들은 그에게 여전히 모호하지만 무엇인가 유익하고 중요한 의미가 있는 것으로 생각되었다.

'둘 다'의 아들 이름은 라우로였다. 그는 흙냄새가 나는 니스의 오랑캐꽃과 '쾌유를 빌며, 두 명의 관심 있는 같은 환자로부터'라고 적힌 카드를 받았다. 익명은 형식적인 것이 되어버렸는데, 선물이 누구에게서 오는 것인지 다 알고 있었기 때문이다. 그래서 얼굴이 검푸른 멕시코 출신의 어머니인 '둘 다'는 복도에서 사촌들을 만나자 감사의 인사와 함께, 덜그럭거리는 프랑스어와 수심 가득한 거동을 취하며 자신의 아들이 —형처럼 죽어 가는 마지막 남은 아들이— 개인적으로 만나서 고맙다는 말을 할 수 있게 해 달라고 애원했다. 이 일은 즉석에서 실행되었다. 직접 만나 보니 라우로는 놀랄 정도로 잘생긴 젊은이였다. 눈은 부리부리하고, 콧구멍이 큼직한 매부리코를 하고 있었고, 두툼한 입술 위에 검은 콧수염이 무성하게 나 있었다. 그러나 이와 동시에 과장되고 연극적인 거동을 보여서, 사실 두 방문객은 너나 할 것 없이 밖으로 나와 병실 문이 닫혔을 때 해방감을 느낄 수 있었다. 어머니인 '둘 다'는 검은 캐시미어 천으로 된 옷차림을 하고서 턱밑에 검정색 베일을 매고 있었고, 좁은 이마 위로는 주름살이 잔뜩 보였다. 또한 새까만 눈 아래로 끔찍한 눈물주머니를 달고서 휘어진 무릎으로 병실을 가로질러 다녔다. 부인은 수심에 잠겨 커다란 입가를 쭉 내려뜨리고 때때로 침대 옆에 앉은 사촌들에게 다가와 비극적인 넋두리를 앵무새처럼 반복했다. "둘 다랍니다. 처음에 하나 그리고 지금 또 하나입니다." 잘생긴 라우로도 마찬가지로 프랑스어로 혀를 굴리다가도 덜그럭거리는 발음을 하며, 참기 어려울 만큼 과장된 어투로 떠벌였다. "나는 영웅처럼 죽을 거야. 스페인식으로 형처럼 말이야. 스페인의 영웅처럼 죽었던 젊고 용맹스러운 페르난도 형처럼!" 이렇게 말할 때 그는 제스처를 쓰면서 상의를 열어젖힌 뒤 죽음의 손길을 향해 누르스름한 가슴을 드러냈다. 이렇게 계속 허세를 부리다가 급기야는 발작적으로 기침을 하면서 입술에서 엷고 붉은 거품을 내뿜으며 그의 허풍은 가라앉고 말았다. 이로 인해 사촌들은 발끝으로 살금살금 걸어서 밖으로 나올 수밖에 없었다.

두 사람은 더 이상 라우로의 병문안 이야기는 하지 않았고, 또한 각자가 스스로 침묵하면서 그의 거동에 대해 평하는 것을 자제했다. 반면에 페테르부르크 출신의 안톤 카를로비치 페르게를 방문했을 때에는 두 사람 다 기분이 좋았다. 그는 선량해 보이는 큼직한 콧수염을 기르고 있었고, 마찬가지로 선량해 보이는 돌출한 후두를 드러낸 채 침대에 누워 있었다. 페르게 씨는 기흉 치료를 위한 수술을 하다가 하마터면 즉사할 뻔했는데, 그 후로는 좀처럼 회복이 느리고 상태가 좋지 않았다. 그는 수술을 받다가 심각한 쇼크 현상을 일으켰다. 근자에 유행하는 이 수술에서 일어나기 쉬운 돌발 사건인 흉막 쇼크가 그것이었다. 하지만 그의 경우에는 흉막 쇼크가 특별히 위험한 형태로 일어나 완전한 탈진 상태와 지극히 우려할 만한 무기력증이 찾아왔다. 한마디로 그의 상태가 너무나 위중하여 수술을 중단하고 이를 당분간 연기하는 수밖에 없었다.

페르게 씨는 당시에 끔찍했던 그 과정을 말할 때마다 선량해 보이는 회색 눈을 크게 뜨면서 얼굴까지 창백해지곤 했다. "전신 마취도 하지 않았어요, 여러분. 그건 좋습니다, 우리 같은 사람은 그걸 견디지 못합니다. 그러니 이런 경우에 수술은 금기입니다. 잘 파악하고, 사태를 이성적으로 판단해야 합니다. 그러나 국부 마취는 깊은 곳까지 미치지 못합니다, 여러분. 겉살에만 무감각해지기 때문에, 절개 시에 통증을 느낍니다. 물론 누르고 압착하는 느낌만 들지요. 나는 아무것도 못 보도록 얼굴을 가리고 누워 있고, 조수가 오른쪽, 수간호사가 왼쪽에서 나를 붙잡고 있습니다. 누르고 압착하는 것 같더니, 살을 째고 핀셋으로 뒤집는 겁니다. 하지만 그때 고문관이 '그렇지!' 하는 소리를 나는 듣게 됩니다. 그런데 그 순간 여러분, 그는 둔탁한 기구로 −너무 빨리 뚫지 않도록 둔탁한 기구를 써야 하는 것 같습니다− 늑막을 더듬기 시작합니다. 뚫어서 가스를 주입하기 적절한 부위를 찾기 위해 늑막을 더듬는 겁니다. 그리고 그가 그런 작업을 할 때, 그가 기구로 내 늑막을 더듬을 때, 여러분, 여러분! 그때 나는 끝장났구나, 이젠 글렀다, 이런 생각이 들면서 뭐라고 형용할 수 없는 상태가 되어 버렸습니다. 여러분, 늑골을 만져서는 안 되고, 만지려고 해서도 안 됩니다. 그것은 금기입니다. 그것은 살로 가려져 있고 격리되어 있어서 접근 금지입니다, 절대로 안 되는 겁니다. 그런데 고문관은 살을 뒤집고 더듬었습니다. 여러분, 그래서 나는 메스꺼워 참을 수가 없었습니다. 경악스럽습니다, 여러분. 그렇게나 끔찍하고 개처럼 더러운 기분을 지옥 말고 이

지상에서 느낀다는 것은 정말 상상조차 하지 못했던 겁니다! 나는 기절하고 말았습니다. 단번에 세 번이나요, 녹색, 갈색, 보라색 이 세 가지로 기절을 했습니다. 게다가 기절해 있을 때 악취까지 났습니다. 흉막쇼크가 나의 후각을 뒤집어 놓은 겁니다, 여러분. 지옥에나 있을 법한 유황수소 냄새가 엄청 코를 찔렀습니다. 그뿐만이 아니었습니다. 내가 죽어 자빠져 있는 동안 내 자신의 웃음소리까지 듣게 되었습니다. 그것은 인간의 웃음소리가 아니라, 내가 지금까지 살면서 한 번도 들어본 적이 없는 가장 상스럽고 가장 구역질나는 웃음소리였습니다. 그럴 것이 늑골을 더듬는 것은, 여러분, 마치 어느 누군가가 가장 지독하고 가장 잔인하며 가장 비인간적으로 방식으로 사람을 간질이는 것 같은 느낌을 주기 때문입니다. 바로 이렇게 지독한 수치심과 고통이 뒤따르는 것, 그것이 흉막 쇼크라는 겁니다. 부디 이런 것을 겪지 않게 되기를 바랍니다."

안톤 카를로비치 페르게는 이런 '개처럼 더러운' 체험을 몇 번이고 들려주면서 얼굴이 창백해졌으며, 그런 체험이 반복될까봐 두려워했다. 그런데 그는 자신이 '고상한 것'과는 사뭇 거리가 먼 평범한 사람이라고 처음부터 밝히면서 자신이 아무에게나 정신적이고 정서적인 요구를 하지 않듯이 자신에게도 그런 특별한 요구를 해서는 안 된다고 말했다. 이런 점을 먼저 이해시킨 페르게 씨는 자신이 병이 나는 바람에 포기해야 했던 꽤나 흥미로운 과거 이야기, 전에 화재보험 회사의 직원으로 여행을 다니며 겪었던 이야기들을 들려주었다. 그는 페테르부르크로부터 광대한 러시아 전역을 종횡무진으로 여행하면서 보험에 가입한 공장을 방문하여 경영 상태가 의심스런 업체를 찾아내는 업무를 담당했다. 통계에 따르면 공장 화재의 대부분이 경영이 부실한 업체에서 일어났기 때문이다. 이 때문에 그는 파견근무를 하면서 이런저런 핑계로 공장의 경영 실태를 정탐하여 보험회사에 보고해왔고, 이렇게 함으로써 제때에 더욱 강화된 재보험이나 보험료 분담을 통하여 막대한 손실을 방지할 수 있었다. 그는 광활한 러시아의 겨울여행에 관하여, 그러니까 혹독하게 추운 엄동설한에 긴 의자가 달린 썰매로 양모피 이불을 두른 채 며칠 밤을 달리는 여행에 관하여 이야기했다. 썰매에서 잠들었다 깨어나면 눈으로 덮인 평원에서 마치 별처럼 반짝이는 늑대의 눈들을 볼 수 있었다. 흰 빵과 야채수프 같은 식량은 얼려서 상자에 넣어 갖고 다니다가 역에서 말을 교체할 때 녹여서 먹었는데, 이때 빵은 첫날 구워 나온 것처럼 신선했다. 그런데 여행 도중에 갑자기 날이 풀리면 곤란한 일도 생겼는데, 이런 날에는 여러 조각으로 얼려서 갖고 다니던 야채수프가 녹아서 상자 밖으로 흘러나오곤 했다는 것이다.

이런 식으로 페르게 씨는 이따금 한숨을 쉬고 말을 중단하면서 이야기했다. 그러면서 자신이 기흉 수술을 재차 받지 않을 수 있다면 정말 좋겠다고 덧붙였다. 그의 이야기는 전혀 고상한 점은 없었지만, 사실적 경험담이어서 아주 경청할 만했다. 특히 한스 카스토르프에게는 러시아 제국과 그곳의 생활양식, 러시아 찻주전자 사모바르, 러시아식 파이, 카자흐인, 양파 모양의 수많은 탑이 있어서 버섯의 군락이라고도 할 만한 목조 교회에 관한 이야기 등은 유익한 것 같았다. 그는 페르게 씨에게 그곳 사람들의 인성, 그들의 북방적이고 그래서 더욱 그의 눈에는 진기하게 보이는 이국적 인상, 나아가 그들의 혈통에 들어 있는 아시아적 요소, 불쑥 튀어나온 광대뼈, 핀란드인 같기도 하고 몽고인 같기도 한 눈매에 대해서도 이야기해 달라고 부탁했다. 카스토르프는 인류학적인 관심을 가지고 페르게 씨의 말에 귀를 기울이다가,

때로는 러시아어로 말해 달라고 부탁하기도 했다. 그리하여 동방의 언어들은 선량해 보이는 페르게 씨의 콧수염 아래서, 선량하게 튀어나온 후두에서 빠르고도 모호하게, 아주 낯설면서도 유연하게 흘러나왔다. 카스토르프는 자신이 빙빙 돌아다니는 지역이 교육적으로 금지된 영역이기 때문에 그만큼 더 (청춘이라는 것이 늘 그렇듯이) 이 모든 것에 강한 흥미를 느꼈다.

두 사촌은 종종 안톤 카를로비치 페르게의 병실에 찾아가 15분가량 대화를 나누었다. 그러는 사이에 그들은 프리데리치아눔•에 다니다 온 우아하고 세련된 14세의 글발머리 소년 테디를 방문했다. 개인 간호사가 있었던 테디는 끈으로 가장자리를 묶어서 맨 하얀 비단 파자마를 입고 있었다. 소년은 고아였지만 자신이 말하는 바에 따르면 부자라고 했다. 그는 병균이 침입한 부위를 시험 삼아 제거해 보려는 비교적 큰 수술을 기다리고 있었다. 그래도 상태가 좀 좋을 때에는 가끔 멋진 운동복을 입고 1시간가량 침대를 떠나 아래의 모임에 참석하기도 했다. 여자들은 테디와 장난을 치곤 했는데, 테디는 그들의 대화, 예를 들어 그들이 아인후프 변호사, 최신형 바지를 입는 아가씨와 프렌츠헨 오버당크에 대해 나누는 대화에 귀를 기울였다. 그런 다음에는 다시 돌아가서 침대에 누웠다. 테디 소년은 삶에서 이런 것 밖에는 전혀 기대할 게 없다는 사실을 노골적으로 드러내면서 하루하루를 우아하게 살아가고 있었다.

25호실에는 나탈리에라는 이름의 폰 말린크로트 부인이 누워있었다. 검은 눈에 금귀고리를 단 요염한 부인은 치장하기를 즐겨했으나,

• 프로이센 시대에 설립된 규율이 철저한 교육기관.

여자 나사로와 욥과 같아서 세상의 병이라는 병은 다 지니고 있었다. 그녀의 유기체는 독소로 가득 찬 것 같았고, 이 때문에 그녀는 갖가지 병에 번갈아 가며 동시에 시달렸다. 그녀의 피부조직 대부분에는 고통스러울 정도로 가려운 습진이 여기저기 생기고 상처가 돋아나 있어서 비참하기 이를 데 없었다. 입 주위도 마찬가지여서 숟가락을 입에 넣기도 어려웠다. 폰 말린크로트 부인은 늑막, 신장, 폐, 골막, 심지어 뇌수조차 안에 염증이 생겨서 의식을 잃고 쓰러졌으며, 열과 통증으로 말미암아 심장이 쇠약해져 엄청난 두려움에 떨었다. 예를 들어 이런 염증으로 인해 음식을 삼켜도 아래로 제대로 내려가지 않고 식도에 남아 있었다. 단적으로 말해 부인은 이것만으로도 비참했는데, 게다가 이 세상에서 완전히 홀로 살아가야 하는 처지였다.

사촌들이 그녀에게서 직접 들은 바에 따르면, 그녀는 어떤 외간남자, 이제 막 소년티를 벗은 남자 때문에 남편과 자식들을 버렸다가 그녀 자신도 애인에게 버림을 받았다고 한다. 그나마 전 남편이 그녀에게 돈을 장만해 주어서 아주 재산이 없지는 않았지만, 이제 돌아갈 고향이 없었다. 그녀는 스스로를 하찮게 여기며 자신이 염치없고 죄 많은 여자라는 것을 통찰했기에 남편의 착실함이나 끊임없는 애정을 자존심을 꺾고 그대로 받아들였다. 그리고 바로 이런 통찰을 바탕으로 하여 욥이 겪었던 온갖 고난을 놀랄 만한 인내심과 끈기, 여성 본연의 저항력으로 견뎌내고 있었다. 이런 저항력이야말로 연한 갈색 육체가 겪는 비참함을 이겨낸 힘, 그 어떤 좋지 않은 이유로 머리에 둘둘 감고 있어야 하는 하얀 가제붕대도 의복처럼 여기게 하는 원동력이었다. 그녀는 끊임없이 장신구를 바꾸었다. 아침에는 산호로 치장하기 시작해서 저녁에는 진주로 치장을 끝냈다. 부인은 카스토르프가 꽃을 보낸 것에 대해서도 분명히 자선의 의미라기보다는 여성에 대한 정중함의 의미로 받아들여 기뻐했으며, 젊은이들을 자신의 병상에 불러서 차를 대접했다. 그녀는 누워서 차를 마실 수 있도록 환자용 찻잔으로 차를 마셨는데, 그녀의 엄지에서 관절에 이르기까지 오팔, 자수정, 에메랄드로 꽉 차 있었다. 이윽고 그녀는 금귀고리를 흔들면서 두 사촌에게 자신과 관련된 온갖 이야기를 늘어놓기 시작했다. 즉 착실하지만 답답한 남편, 완전히 남편을 빼닮아 마찬가지로 착실하지만 답답한 아이들에게 그다지 따뜻한 감정을 가질 수 없었다는 것, 그리고 함께 멀리 떠났던 어린 남자와 그의 자랑할 만한 낭만적 섬세함에 대해 자신의 심정을 이야기했다. 그렇지만 그의 친척들이 술수와 강압에 의해 둘 사이를 떼어 놓으려고 했고, 그리고 자신의 어린 애인도 당시에 다양한 증세를 보이며 갑자기 터져 나오기 시작한 그녀의 질병에 대해 진저리를 쳤다고 그녀는 말했다. 그녀는 두 분께서도 진저리를 치지 않았겠는가 하고 물으면서 교태를 부렸는데, 이때 그녀의 여성다운 요염함이 얼굴의 절반을 뒤덮고 있는 습진을 잊게 할 만큼 묘한 매력을 발산하는 것이었다.

한스 카스토르프는 진저리를 쳤다는 남자를 경멸적으로 생각했고, 이런 감정을 표현하기 위해 어깨를 으쓱해 보였다. 카스토르프에 관한 한, 그는 저 낭만적인 어린 사내의 나약함에 자극을 받아 그와는 정반대로 가련한 부인에게 적극적인 자세를 취하고자 했다. 따라서 그는 말린크로트 부인을 자주 문병 가서 사소한 예비지식이 필요치 않은 이런저런 간병 일을 실행하는 기회를 만들었다. 즉, 점심에 죽이 나오면 그걸 조심스럽게 떠먹여 주었고, 먹은 음식이 목에 걸리면 환자용 잔으로 물을 마시게 해 주었다. 그 밖에 침대에서 돌아누울 때도 그녀의 곁에서 도와주었는데, 왜냐하면 다른 온갖 고통도 고통이려니와 수술의 상처 때문에 그녀는 누워 있는 것조차 힘들었기 때문이다. 그는 식당으로 가는 도중이나 산책에서 돌아오면서 그녀의 병실에 들러 이런 일들을 거들어주었고, 반면에 요아힘에게는 50호실에서 일어난 일을 얼른 좀 처리하려고 하니 늘 먼저 가보라고 권했다. 이럴 때면 그는 행복한 존재감, 말하자면 자신의 행동에 유익한 점이 있으며 남모르는 의의 또한 있다고 생각하여 즐거움을 느꼈다. 게다가 이런 행동과 행위가 온전히 기독교적일 뿐만 아니라, 실제로 아주 경건하고 부드러우며 칭찬할 만한 특징을 띠고 있다는 점에서 그의 기쁨에는 아무도 누릴 수 없는 만족감 같은 것이 뒤섞여 있었다. 그러므로 군인의 입장이나 인문주의적이고 교육자적인 입장으로 보아도 이에 반대할 만한 어떤 심각한 문제가 떠오를 수 없을 것 같았다.

카렌 카르슈테트에 대해서는 아직 언급하지 않았으나 한스 카스토르프와 요아힘은 그녀를 특히 잘 돌보아 주었다. 그녀는 외부에서 기거하는 고문관의 사적인 환자였는데, 그가 사촌들에게 특별히 자선을 베풀어 달라고 요청했던 것이다. 이 위에 온 지 4년이 되는 무산자인 그녀는 냉정한 친척들에게 의존하고 있었다. 그들은 어차피 그녀가 죽을 거라는 이유로 그녀를 이미 한번 이곳에서 데리고 나갔었다. 그러나 고문관이 강력히 항변하자 다시 그녀를 이 위에 보내게 되었다. 그녀는 도르프 읍내의 싸구려 하숙집에서 묵고 있었다. 그녀는 열아홉 살의 나이에 홀쭉하고, 머리는 기름을 발라 매끄러웠다. 눈은 두려운 듯 뺨 쪽의 소모성 열로 달아올라 생겨난 광채를 숨기려고 했으며, 개성 있는 목소리는 쉰 소리가 났지만 듣기에는 그리 나쁘지 않았다. 그녀는 기침을 그치지 않았고, 중독으로 갈라진 손가락 끝마다 모두 반창고를 붙이고 있었다.

두 청년이 아주 선량한 사람들이라 추천한다는 고문관의 말도 있고 하여 그들은 이 아가씨에게 특별히 정성을 기울였다. 먼저 꽃을 보낸 다음 도르프에 있는 불쌍한 카렌의 조그만 발코니로 그들은 문병을 갔고, 이어서 아가씨와 셋이서 이런 저런 특별한 재밋거리, 예컨대 스케이트 시합과 봅슬레이 경기를 구경했다. 왜냐하면 이 고산지대의 골짜기는 겨울 스포츠 시즌을 맞이하여 성황을 이루고 있었고, 축제 주간이 시작되어 이런 행사와 축제, 공연들이 줄지어 열렸기 때문이었다. 두 사촌은 이제껏 이런 것에 별로 주의를 기울이지 못했다. 요아힘은 이 위에서 벌어지는 기분전환을 위한 그 어떤 놀이도 좋아하지 않았다. 이런 것이나 보려고 이 위에 체류하는 것이 아니었던 것이다. — 실로 그는 이 위에서 즐겁게 기분풀이나 잔뜩 하면서 살아가거나 어쩔 수 없는 체류의 현실과 적당히 타협하며 지내기 위해 여기 있는 것이 아니었다. 그보다는 어떻게 해서든 하루 빨리 병독을 제거하고 평지에 내려가, 싫어도 할 수 없이 수행하고 있는 대용물로서의 요양 업무가 아니라 실제 군 복무를 하기 위해 이곳에 체류하고 있었던 것이다. 요아힘은 겨울철 놀이에 활동적으로 참가하는 것은 금지되어 있었고, 우두커니 이를 구경하는 것도 별로 좋아하지 않았다. 카스토르프로 말할 것 같으면, 그는 엄격하고 내밀한 의미에서 자신을 이 위의 사람들의 일원으로 느끼고 있었기 때문에 고산지대의 이 골짜기를 운동장과 동일시하는 사람들의 행동에 의미나 흥미를 가질 수 없었다.

그러나 이제 불쌍한 카르슈테트 아가씨에 대한 자선적인 관심은 이곳에서 어느 정도 변화를 일으켰다. — 요아힘도 비기독교적으로 보이지 않으려면 이에 대해 어떤 항변도 제기할 수 없었다. 두 사촌은 이 아가씨 환자를 도르프 읍내의 초라한 하숙집에서 데리고 나와, 햇살이 따갑게 비치는 엄동설한의 날씨에 앙글레테르 호텔의 이름을 따라서 명명된 영국인 거주 지역으로 왔다. 그곳 중심가에는 호화로운 상점들이 늘어서 있었고, 썰매들이 방울 소리를 울리며 지나갔다. 거리 곳곳에는 전 세계에서 찾아온 놀기 좋아하는 부자들과 한량들이 배회하고 있었다. 요양 호텔과 다른 커다란 호텔의 투숙객들은 모자를 쓰지 않은 채 고상하고 값비싼 재질로 만든 최신 운동복을 입고는, 겨울 햇살과 눈의 반사에 그을린 얼굴로 돌아다니고 있었다. 세 남녀는 요양 호텔에서 멀지 않은 골짜기 아래쪽 스케이트장으로 내려왔다. 그곳은 여름에는 축구 경기를 위하여 이용되는 잔디구장이었다. 이때 음악 소리가 들려왔다. 사각형으로 뻗은 아이스 링크의 상단에는 나무로 만들어진 정자가 있었고, 바로 그 정자의 합창대 좌석에서 요양객을 위한 악단이 음악을 연주하고 있었다. 정자의 뒤로는 짙푸른 하늘에 하얀 설봉들이 솟아 있었다. 그들은 스케이트장으로 들어가, 아이스 링크를 3면으로 둘러싸고 있는 계단식 관람석에 앉은 관중들 사이를 헤치고 다니다가 빈자리를 찾아내어 그쪽으로 향했다. 몸에 꼭 달라붙는 운동복 차림의 피겨스케이팅 선수들이 검은 타이츠와 화려한 실로 장식한 재킷을 입고 몸을 흔들고, 점프하고, 규정된 동작들을 취하고, 도약을 하고, 팽이처럼 돌았다. 경기 외에 최고의 기량을 가진 한 쌍의 남녀 선수가 특별 시범을 보여 팡파르와 박수갈채를 받았다. 스피드 스케이트 경기에서는 각국에서 온 여섯 명의 젊은 선수들이 몸을 구부리고 두 손을 등에 댄 채, 때로는 손수건을 입에 물고 넓은 사각형의 경기장을 여섯 바퀴나 돌았다. 종소리와 아울러 음악 소리가 울려 퍼졌다. 이따금 수많은 관중들이 열렬히 환호성을 지르고 박수도 쳤다.

세 환자, 두 사촌과 그들의 보호를 받는 아가씨가 주위를 둘러본 곳은 일종의 다민족 집합소가 되어 있었다. 스코틀랜드제 모자를 쓰고 하얀 치아를 드러낸 영국인들이 짙게 향수 냄새를 풍기는 부인들과 프랑스어로 이야기를 하고 있었다. 그 부인들은 위에서부터 아래까지 알록달록한 털실 옷을 입고 있었고, 그 가운데 몇 사람은 바지를 입고 있었다. 머리칼을 매끄럽게 찰싹 붙이고, 파이프 담배를 입에 문 작은 머리형의 미국인들은 털가죽을 밖으로 드러낸 외투를 입고 있었다. 수염을 기르고 대단히 부호로 보이는 우아한 러시아인과 말레이계의 피가 섞인 듯한 네덜란드인이 독일과 스위스 관중 사이에 앉아 있었다. 그런가 하면 발칸이나 근동 지역 사람들로, 프랑스어로 말하는 온갖 불분명한 사람들이 도처에 보였다. 카스토르프는 이런 모험적인 세계에 야릇한 매력을 느낀 데 반해, 요아힘은 그것을 모호하고 특색이 없다는 이유로 마다하면서 어디서나 배척했다. 그러는 사이에 어린아이들이 여러 가지 익살스러운 경기를 펼쳤다. 아이들은 한쪽 발에는 스키를, 다른 쪽 발에는 스케이트를 신고 링크에서 넘어지기도 하고, 또는 사내아이들이 어린 여자아이들을 삽에 태워 앞으로 밀어 주다가 넘어지기도 했다. 아이들은 불붙은 초를 들고 달리다가 불을 꺼트리지 않은 채 그대로 가지고 골인하면 승리자가 되기도 했다. 또한 아이들은 달리다가 장애물을 기어서 넘어야만 하는 경기도 했고, 또는 주석 숟가락으로 감자를 주워 담고 나란히 세워진 물뿌리개에 넣는 경기도 했다. 어른들은 환호성을 질렀다. 아이들 중에서 가장 부유하거나 유명하거나 우아한 아이들도 경기장에 나타났다. 이를테면 네덜란드 백만장자의 어린 딸, 프로이센 왕자의 아들, 세계적으로 유명한 샴페인 회사의 이름을 갖고 있는 12세 소년이 이 자리에 나타난 것이다. 불쌍한 카렌도 마찬가지로 환호성을 질렀지만, 소리를 지르다가 기침을 했다. 카렌은 너무 즐거워서 손가락 끝을 벌린 채 박수를 쳤다. 그녀에게는 너무나 감사한 순간이었다.

사촌들은 봅슬레이 경기에도 이 아가씨를 데리고 갔다. 경기장까지는 베르크호프에서도, 카렌의 하숙집에서도 멀지 않았다. 봅슬레이 경로는 샤츠알프에서 내려와 민가들 사이에 있는 도르프 읍의 서쪽 비탈에서 끝나는 코스였다. 통제소가 그곳에 설치되어 있어서 썰매가 출발할 때마다 그곳으로 전화를 걸어 그 사실을 알려 주었다. 눈으로 얼어붙은 양쪽 언덕 사이로 납작한 봅슬레이들이 금속처럼 빛나는 구부러진 코스에서 상당한 거리를 두고 한 대씩 위에서부터 미끄러져 내려왔다. 그 위에는 가슴에 온갖 국기가 그려진 띠를 두르고 하얀 털옷을 입은 남녀 선수가 타고 있었다. 관중들은 붉게 달아오른 긴장된 선수들의 얼굴에 눈이 내리는 모습을 볼 수 있었다. 그들은 봅슬레이가 돌진하듯 빠른 속도로 내려오다가 모퉁이에 부딪쳐 곤두박질치는 바람에 선수가 눈 속에 처박히는 장면을 사진으로 찍었다. 여기서도 음악이 연주되었다. 관중들은 관람석 의자에 앉아 있거나 코스 옆으로 눈을 치워 만든 오솔길을 따라 서로 밀치며 좁게 줄지어 움직였다. 한스 카스토르프가 나중에 건너간 나무다리는 코스 위로 걸쳐져 있었고, 이따금 다리 밑으로 경기 중인 봅슬레이가 쇄 하는 굉음을 내면서 내려갔다. 나무다리 위에도 마찬가지로 관중들이 자리를 잡고 있었다. 카스토르프는 문득 저 위 요양원에서 죽은 시체들도 같은 코스를 따라가다가 다리 아래에서 쇄 하고 굉음을 내며 커브를 돌아 까마득한 골짜기로 내려간다고 생각했다. 그러면서 이런 생각을 입속으로 중얼거려 보기도 하였다.

어느 날 오후 두 사촌은 플라츠 읍내의 영화관에도 카렌 카르슈테트를 데리고 갔다. 카렌이 이런 것을 모두 매우 즐겼기 때문이다. 그들은 아주 깨끗한 공기에서만 살았기 때문에 생리적으로 너무 이질적인 탁한 공기에서는 숨이 막히고 멍하니 머릿속에 흐릿한 안개가 감도는 기분이었다. 이런 분위기에서 삶의 많은 잔상들이 눈앞에 어른거리고 잘게 나누어져 순간적으로 급히 움직이고, 이어서 깡충 뛰고, 버둥거리고, 잠시 멈추는 것 같더니 불안한 떨림을 보였다. 이런 잔상들은 현재의 시간 분할을 과거라는 현상의 덧없음에 적용하면서 제한된 수단에도 불구하고 장중함, 화려함, 열정, 야성, 정욕 등의 온갖 느낌을 교묘하게 표출하는 가벼운 음악과 어울려 세 젊은이가 눈이 빠지게 보고 있는 스크린 위를 불안하게 지나가는 것이었다. 그들이 본 것은 동양의 어느 폭군의 궁정에서 전개되는 무성 드라마, 손에 땀을 쥐게 하는 사랑과 살인의 이야기로서, 호화로움과 나체, 지배욕과 광신적 굴종, 잔혹과 욕망, 무시무시한 애욕으로 가득 찬 작품이었다. 망나니의 억센 팔 근육을 보여 줄 때는 잠시 사실적인 장면이 지속되었다. 요컨대 세계의 문명국에서 모인 관객의 은밀한 소망을 알아서 그것에 부응하도록 제작된 영화였다. 만일 비평가인 세템브리니였다면 아마 인문주의에 반하는 이런 작품의 상영을 단호히 거부하면서, 저 명쾌하고 고전적인 아이러니를 사용하여 이렇게 인간 모욕의 관념을 뒷받침하고자 기술을 남용하는 것을 통렬히 질타했을 것이라고 상상하면서 한스 카스토르프는 이런 생각을 요아힘의 귀에 속삭이기도 했다. 그러나 그들의 자리에서 그리 멀지 않은 곳에 앉아 있던 슈퇴어 부인은 완전히 영화에 열중한 듯 교양 없는 얼굴을 홍분으로 벌겋게 달군 채 일그러트리고 있었다.

더구나 주위 사람들도 모두가 비슷한 얼굴을 하고 있었다. 그러다가 마지막 장면이 사라지고 장내에 불이 켜졌지만, 화면이 움직이던 영사막이 텅 빈 스크린으로 나타나자 사람들은 박수칠 기분이 나지 않았다. 좋은 연기에 대해 박수를 쳐서 감사하고 싶어도 그 대상이 없었던 것이다. 이제까지 관객들 앞에서 연기를 펼친 배우들은 이미 바람과 함께 사라지고 없었다. 관객들은 오로지 배우들의 흔적인 그림자, 즉 수없이 많은 이미지와 순간적인 스냅 사진만을 보았을 뿐이었다. 그들의 행위는 이미지들과 스냅 사진으로 잘게 분해되었다가 종종 임의로 급히 깜박이는 흐름, 시간이라는 요소에 되돌려지고 말았다. 여운만 남아 있는 많은 관객들의 침묵에는 무엇인가 얼떨떨하고 기분 나쁜 기색이 엿보였다. 사람들은 허전한 마음으로 두 손을 힘없이 내려놓고 있었다. 그들은 두 눈을 문지르고 허공을 응시하면서 불이 켜져 밝은 것을 수줍어하고 있었다. 그리고 시간을 지닌 물체들이 생생한 현재로 되살아나 음악으로 화장한 채 다시 움직이는 것을 보기 위해 어둠을 기다리고 있었다.

폭군은 단도에 찔려 입을 벌린 채 비명을 지르며 죽었으나 사람들은 아무 소리도 듣지 못했다. 이제 관객들은 세계 각국의 뉴스, 예를 들어 프랑스 공화국 대통령이 실크 모자를 쓰고 훈장을 단 프랑스공화국 대통령이 4인승 마차에 앉아 환영사에 답하는 장면, 귀족의 결혼식에 참가한 인도의 총독, 포츠담의 병영을 방문하는 프로이센의 황태자를 보았다. 또한 노이메클렌부르크 섬의 토착민 마을의 생활과 풍습, 보르네오 섬에서 벌어지는 닭싸움, 콧구멍으로 피리를 부는 벌거숭이 미개인, 야생 코끼리의 포획, 샴의 궁정 의례, 게이샤들이 나무 격자 뒤에 앉아 있는 일본의 홍등가도 관람했다. 나아가 얼굴까지 칭칭 두른 사모예드인들이 순록 썰매로 북아시아의 황량한 설원을 달리는 장면, 러시아 순례객들이 헤브론에서 기도하는 장면, 페르시아의 범죄인이 발바닥에 태형을 받는 장면도 관람했다.

이 모든 장면들에 관객들은 몰입하고 있었다. 말하자면 영화를 통해 공간이 무너지고 시간 또한 물러나, 먼 장소와 과거의 시간이 요술처럼 순식간에 지나가 음악에 휩쓸려서는 현재의 시공으로 바뀌었던 것이다. 모로코의 젊은 여자가 줄무늬 비단옷을 입고, 목걸이와 팔찌와 반지로 치장한 채 터질 듯이 풍만한 가슴을 반쯤 드러내고는 갑자기 살아 있는 사람의 크기로 다가왔다. 그녀의 콧구멍은 넓었고, 눈은 동물적인 생기로 넘쳐서 활발한 모습이었다. 그녀는 하얀 치아를 드러내고 웃으며 한 손을 우산처럼 말아서 눈 위에 대고 다른 손으로는 관객을 가리키며 오라고 손짓을 했다. 이런 그녀의 손톱은 그녀의 살보다 더 밝은 빛을 내고 있었다. 관객들은 당황하여 이쪽을 보는 것 같으면서도 사실은 보지 않는 매력적인 영상의 얼굴을 빤히 응시했다. 영화 속의 얼굴은 이쪽의 시선을 느끼지 못했고, 웃음과 손짓도 현재가 아니라 과거의 그곳에 있었던 것이기에 이에 응답하는 것은 웃기는 일이었다. 앞서 말한 바와 같이 이는 영화를 보는 즐거움에 무력감을 들게 했다. 이윽고 환영이 사라졌다. 스크린에 밝은 빛만 가득 차더니 '끝'이라는 낱말이 나오고는, 1회분 영상이 막을 내렸다. 바깥에서 새로운 관객들이 반복되는 다음 회 영화를 보기 위해 몰려 들어오는 동안, 관람을 마친 세 젊은이들은 말없이 영화관을 빠져 나왔다.

밖으로 나온 그들은 새로 합류한 슈퇴어 부인의 제안에 고무되어 요양 호텔의 카페에 들어갔다. 물론 고마워서 두 손을 모아 쥔 불쌍한 카렌을 기쁘게 해 주기 위함이었다. 카페에서도 음악이 연주되고 있었다. 체코인이나 헝가리인처럼 보이는 제1 바이올린 주자의 지휘에 따라 붉은 연미복 차림의 작은 악단이 음악을 연주하고 있었다. 악단에서 떨어져 있는 지휘자는 춤추는 여러 쌍의 남녀 사이에 끼어서 열광적으로 몸을 흔들며 자신의 악기를 연주했다. 식탁에는 상류사회의 분위기가 지배적이었고, 진귀한 음료가 나왔다. 두 사촌은 덥고 먼지가 많아서 자신들과 카렌의 몸을 식히기 위해 오렌지에이드를 주문했다. 반면에 슈퇴어 부인은 달콤한 소주를 주문했다. 그녀는 이 시간에는 아직 영업이 절정이 아니며, 밤이 더 깊어져야 춤추는 분위기가 현저하게 활기를 띤다고 말했다. 조금 더 시간이 지나면 여러 요양원의 수많은 환자들과 일반 호텔을 비롯하여 바로 이 요양 호텔에 묵고 있는 야성적인 환자들이 지금보다 훨씬 더 많이 몰려든다는 것으로, 벌써 여러 명의 중환자들이 향락의 술잔을 기울이다가 '감미로운 기쁨 속에서' 마지막 피를 토하며 영원한 곳으로 춤추며 건너갔다는 것이다.

무식이 철철 넘치는 슈퇴어 부인은 '감미로운 기쁨'이라는 말을 아주 이상하게 표현했다. 처음의 '감미로운'이라는 말은 음악가 남편의 이탈리아 용어를 차용하여 '부드럽게'라고 표현했고, 두 번째의 '기쁨(jubilo)'은 '화재(Feuerjo)'나 '50년 절(Jubeljahr)'과 같은 알 수 없는 말로 표현했다. 두 사촌은 이 라틴어가 등장한 순간 동시에 컵에 든 빨대를 입으로 물어 버렸지만, 정작 슈퇴어 부인은 왜 그러는지 물어보지도 않았다. 오히려 그녀는 토끼 같은 이빨을 멍청하게 드러낸 채 넌지시 떠보고 비꼬기도 하면서 세 젊은이의 관계를 캐보려고 했다. 불쌍한 카렌이 문제시되는 한, 슈퇴어 부인에게 이런 남녀 관계는 너무나 뻔했다. 슈퇴어 부인은 카렌이 가벼운 산책을 할 때 이처럼 멋진 두 기사가 수행하며 시중을 드는 것은 꽤나 기분이 좋을 것 같다고 말했다. 반면에 두 사촌의 입장에서 보는 관계는 그녀로서도 확실하게 파악할 수는 없었다. 그러나 그녀가 어리석고 무식하기는 해도 여성 특유의 직감으로 애매하고 평범한 견해이긴 했지만 어느 정도 진상을 간파하고 있었다. 세 사람의 관계에서 정말 기사는 한스 카스토르프이고, 젊은 침센은 단지 들러리를 서고 있다는 것을 그녀는 알고 있었다. 더욱이 카스토르프는 (그의 쇼샤 부인에 대한 기분은 슈퇴르 부인도 알고 있었다) 목표로 삼고 있는 부인에게 공공연하게 접근하기 어려웠기 때문에 그 대신 불쌍한 카렌을 수행하며 시중들고 있다는 것을 슈퇴르 부인은 간파하고 이를 빈정거렸던 것이다. 이는 정말 그녀다운 견해, 윤리적 깊이도 없고 피상적이며 평범한 직관에 불과했기에 카스토르프는 그녀가 빈정대자 그저 피곤하다는 듯 경멸적인 시선을 던졌을 뿐이었다. 물론 그의 자선 행위가 모두 그랬듯이 불쌍한 카렌과의 교제는 일종의 대용 수단이자 모호하지만 유익한 방편이라는 것도 사실이었다. 그러나 이와 동시에 이런 경건한 시도에는 그 자체의 목적이 없는 것은 아니었다. 가령 허약하기 이를 데 없는 말린크로트에게 죽을 떠먹여 주었을 때, 페르게 씨에게서 지옥과 같은 흉막 쇼크의 괴로움을 들어주었을 때, 또는 불쌍한 카렌이 기쁘고 고마워서 손가락 끝에 반창고를 붙인 손으로 박수를 치는 것을 보았을 때, 그가 느낀 만족감은 비록 설명하기 어렵고 복잡한 성질을 띠고는 있었지만, 동시에 직접적이고 순수한 면을 가지고 있었다. 이와 같은 만족감은 카스토르프 청년이 실험채택을 나름대로 활용할 만한 가치가 있다고 생각한 교육정신에서 유래하고 있었으나, 이는 세템브리니 선생이 교육적으로 대변하고 있는 정신과는 상반되고 있었다.

카렌 카르슈테트가 사는 작은 집은 개울과 철길에서 멀지 않은, 도르프 읍내로 가는 길가에 있어서 두 사촌이 아침 식사 후 규정된 산책을 하는 길에 그녀도 데려가고 싶을 때면 들르기에 편했다. 주요한 산책로로 나가기 위해 도르프 방향으로 걸어가자면 눈앞에 소(小) 시아호른 산이 보이고, 멀리 오른쪽으로는 '녹색 탑'이라고 불리는 세 개의 뾰족한 산봉우리가 보였다. 이 봉우리들은 눈에 덮인 채 햇살을 받아 눈부시게 빛나고 있었고, 오른쪽에는 도르프베르크의 둥근 봉우리가 보였다. 봉우리 벽면의 4분의 1 높이에 도르프의 공동묘지가 보였다. 묘지는 돌담으로 둘러져 있었는데, 호수가 내려다보이기 때문에 분명히 전망이 좋을 것 같았고, 따라서 산책의 목적지로 선택될 만한 장소이었다. 어느 화창한 오전에 세 젊은 남녀는 그곳으로 올라가 보았다. 근자에 한동안 화창한 날씨가 계속되어 바람도 없고, 하늘도 푸르렀다. 날이 따스하기도 하고 춥기도 했으며, 봉우리는 반짝거리며 하얗게 반짝이고 있었다. 사촌 가운데 한 사람은 붉은 벽돌색, 다른 사람은 청동색 얼굴을 하고 있었다. 이 맑은 날씨에 외투는 성가실 것 같아서 벗어 두고, 평상시의 옷차림으로 떠났다. 침센 청년은 운동복에 눈에서 걷기 위한 고무신을 신었고, 카스토르프는 신발은 사촌과 같았지만 짧은 바지를 입기에는 추울 것 같아 긴 바지를 입었다.

때는 신년 2월 초와 중순 사이였다. 그렇다, 한스 카스토르프가 이 위에 온 뒤 해가 바뀌어 지금은 다른 해, 다음 해가 되어 있었다. 세계 시계의 긴 바늘이 한 단위 더 전진하고 있었다. 그러나 이 바늘이 가장 긴 바늘, 예컨대 1천년 단위의 바늘도 아니고, ―지금 살아 있는 사람들 중에 그것을 볼 사람은 거의 없을 것이다― 100년이나 10년 단위의 바늘도 아니었다. 카스토르프는 이곳에 1년도 아닌 겨우 반년 남짓 있었지만, 1년을 가리키는 바늘이 얼마 전에 움직였던 것으로, 그것은 이제 5분마다 한 번 움직이는 어떤 큰 시계의 분침처럼 다시 움직일 때까지 일단 정지하고 있었다. 그러나 1년이 지나기까지는 이 월침이 아직 열 번 더 움직여야 했다. 즉 카스토르프가 이 위에 와서 움직인 횟수보다 2, 3회 더 많이 움직여야 했다. — 그는 2월은 계산에 넣지 않았는데, 그 이유는 거스름돈은 써버린 돈이나 마찬가지인 것처럼, 시작된 달은 지나버린 달이나 마찬가지였기 때문이다.

마침내 세 남녀는 어느 날 도르프베르크의 묘지에도 산책을 갔다. 상세한 설명을 위하여 이 소풍에 대해서도 말해두고자 한다. 그곳으로 산책을 가자고 제안한 사람은 한스 카스토르프였다. 요아힘은 처음에는 불쌍한 카렌이 염려되어 망설였지만, 그러나 그녀와 죽음의 문제를 가지고 숨바꼭질을 한다거나, 무엇보다 비겁한 슈퇴어 부인처럼 죽음을 생각나게 하는 것을 피하려고 전전긍긍하는 것은 부질없는 짓이라고 깨닫고는 이를 수락했다. 카렌 카르슈테트는 말기단계 환자의 자기기만에 사로잡히지 않고, 자신의 상태가 어떠한지, 손가락 끝이 괴사하는 게 어떤 뜻인지 잘 알고 있었다. 나아가 고향의 친척들이 사치스럽게 자신의 유해를 고향으로 보내게 할 리도 없고, 숨을 거둔 뒤의 자신은 저 위의 검소한 묘지 한 구석에 안식처를 얻게 될 것도 알고 있었다. 그렇기에 단적으로 말해 묘지 산책은 많은 다른 장소, 예컨대 봅슬레이 경기장이나 영화관보다 그들에게 윤리적으로 더 적합하다고 할 수 있었다. 더구나 공동묘지를 단지 전망이 좋고 단순한 산책 장소라고 생각하지 않는다면, 그곳에 잠들어 있는 사람들을 한번 방문하는 것은 동료로서 당연한 예의바른 행위임에 틀림없었다.

눈이 치워진 오솔길은 세 사람이 나란히 걸을 만큼 넓지 못해서 그들은 일렬로 서서 천천히 산으로 올라갔다. 비탈에 있는 마지막 별장, 가장 높은 곳에 위치한 별장을 지나서 내려갔다가 다시 올라가자, 멋진 겨울 풍경 속의 친숙한 경치가 다시 한 번 원근법적으로 나타나면서 시야가 환하게 열렸다. 북동쪽으로 골짜기의 입구를 향하여 시야가 열리기 시작하고, 기대했던 호수가 숲에 둘러싸인 채 얼어붙은 둥근 수면과 눈 덮인 모습을 드러내는 것이었다. 그리고 가장 먼 기슭 저편에는 산비탈이 지면에서 서로 만난 듯이 보였고, 그 비탈 뒤에는 낯선 설봉들이 푸른 하늘을 향하여 서로 키를 다투고 있었다. 세 남녀는 묘지 입구의 돌문 앞 눈 속에 서서 경치를 바라보았다. 이어서 돌문에 붙여서 걸쳐 놓았을 뿐인 쇠창살문을 열고 묘지 안으로 들어갔다.

묘지 안에도 눈이 치워진 곳으로 좁은 오솔길이 나 있었다. 빙 둘러 철책이 세워진 눈으로 불룩한 무덤들, 돌이나 금속으로 된 십자가, 둥근 조각품과 비문으로 장식된 조그만 비석이 있는 망자의 잠자리들, 균형이 잘 잡힌 이 침소들 사이에 좁은 길이 나 있었다. 그렇지만 사람이 보인다거나 목소리가 들리지는 않았다. 이곳의 고요, 정적, 한적함은 여러 가지 의미에서 깊고 비밀스럽게 느껴졌다. 작은 머리에 눈을 비스듬히 뒤집어쓰고는, 손가락으로 입술을 가리고 덤불 속 어딘가에 서 있던 돌로 된 작은 천사 또는 동자상은 무덤을 지키는 수호신, 말하자면 침묵의 수호신, 그것도 말을 반대하거나 싫어하는 것으로 느껴지는 침묵의 수호신 같았다. 그렇다고 이 수호신이 결코 공허하거나 무의미한 것으로는 느껴지지 않았다. 이 때문에 만일 이곳을 찾아온 두 사촌이 모자를 쓰고 있었더라면, 아마 모자를 벗었을지도 모른다. 그러나 카스토르프뿐만 아니라 다른 두 사람도 모자를 쓰고 있지 않았기에 단지 경건한 자세로 발끝에 체중을 싣고는, 좌우로 가볍게 고개를 숙이는 동작을 취하며 카렌의 뒤를 따라 일렬로 걸어갔다.

공동묘지의 형태는 일정하지 않았다. 처음에는 남쪽을 향해 직사각형으로 좁게 뻗어 있다가, 역시 직사각형으로 양쪽으로 뻗어 있었다. 묘지를 여러 번 확장할 필요가 있어서 부근의 경작지도 묘지로 포함시킨 것이 분명했다. 그럼에도 불구하고 현재 조성된 터는 벌써 만원이었고, 담을 따라서 안쪽 역시 사정은 좋지 않았다. — 필요할 때 여기에 안식처를 잡을 만한 곳도 거의 보이지 않았다. 세 사람의 외부인은 한참 동안 묘비 사이에 난 좁은 길과 통로를 신중하게 걸어 다니면서 간혹 멈춰 서서 이름과 생년월일, 사망일을 자세히 들여다보았다. 비석이나 십자가가 평범하여 비용이 많이 들지는 않은 듯했다. 묘비명에 관해서는 거기에 세계 각국에서 온 이름들이 적혀 있었다. 영어, 러시아어, 또는 막연하게 슬라브어, 독일어, 포르투갈어, 그 밖에 등등의 언어로 이름이 적혀 있었다. 그러나 매장된 날짜는 얼마 되지 않았고, 이 세상에서 산 기간은 대체로 현저히 짧았다. 탄생과 사망 사이의 기간은 보통 20년 정도밖에 되지 않거나, 그것보다 많이 길지는 않았고, 따라서 대체로 새파랗게 젊고 무분별한 사람들, 확고한 사고가 아직 형성되지 못한 사람들이 여기에 묻혀 있는 셈이었다. 그들은 세계 각지에서 이곳으로 모여들어 종래는 누워 지내는 수평적 존재방식으로 들어간 것이었다.

가득 들어찬 묘지의 안쪽 가운데 쪽에 사람 키 정도의 납작하고 평평하게 비워 둔 터가 아직 남아 있었다. 그곳 빈터 양쪽에는 비석 주위에 조화로 된 화환이 걸린 두 개의 무덤이 조성되어 있었다. 세 명의 방문객은 자신들도 모르게 그 앞에 멈춰 섰다. 카렌은 두 동반자보다 약간 앞에 서서 비석에 새겨진 내용을 읽었다. 한스 카스토르프는 자연스럽게 두 손을 몸 앞으로 맞잡고 입을 벌린 채 졸린 눈으로 서 있었고, 침센 청년은 반듯하게 부동자세로, 몸을 뒤로 약간 젖힌 자세로 입을 꾹 다물고 서 있었다. — 두 사촌은 동시에 호기심어린 눈으로 카렌 카르슈테트의 얼굴을 훔쳐보았다. 그들이 자신을 훔쳐보는 것을 알아차린 카렌은 머리를 약간 비스듬하게 앞으로 내밀고 수줍어하는 기색으로 겸손하게 서 있었다. 그리고 입술을 뾰족 내미는 체하다가 미소를 짓고는, 얼른 눈을 깜박거렸다.

발푸르기스의 밤

며칠만 더 지나면 한스 카스토르프 청년이 이 위에 체류한 지 7개월이었다. 그가 이 위에 왔을 때 이곳에서 요양한 지 5개월 되던 사촌 요아힘은 이제 12개월, 1년, 그러니까 만 1년을 이곳에서 보낸 셈이었다. 작지만 끄는 힘이 강한 기관차가 그를 이곳에 내려 준 후 지구가 태양 주위를 한 바퀴 돌고 본래 있던 원위치로 되돌아갔다고 하는 우주적인 의미에서 만 1년이 되었다. 때는 사육제 기간이었다. 사육제가 코앞에 다가오자 카스토르프는 사육제를 대체 어떻게 보내는지 이곳에 만 1년 체류한 요아힘에게 물어보았다.

"대단하지요!" 아침 산책 때 다시 한 번 사촌들과 만나게 된 세템브리니가 대신 대답했다. "장관입니다! 빈에 있는 프라터 유원지에서처럼 무척 흥겹습니다. 두고 보십시오, 엔지니어 양반. 그때가 되면 우리도 춤을 추며 빙빙 도는 멋진 바람둥이가 될 겁니다." 그런 다음 그는 팔과 머리와 어깨를 춤추듯이 움직이면서 독설을 내뱉고, 통통한 입으로 계속 험담을 늘어놓기 시작했다. "원하는 게 무엇입니까, 내가 책에서 읽어본 바로는 정신병원에서도 가끔 바보와 천치를 위해 무도회를 개최

한다고 하지 않습니까? 그렇다면 여기라고 못할 것도 없지 않습니까? 상상할 수 있듯이 프로그램에는 갖가지 죽음의 무도가 들어 있습니다. 하지만 유감스럽게도 축제가 아홉 시 반이면 끝나기 때문에 작년에 축제에 참가한 사람들 중 일부가 이번에는 나타날 수 없습니다."

"지금 말씀은 … 아, 그렇군요, 아주 멋집니다!" 한스 카스토르프는 웃으며 말했다. "선생은 농담도 참 잘하십니다! 아홉 시 반, 너도 들었지? 말하자면 세템브리니 선생의 말씀은 너무 일찍 끝났다 이거야. 너무 일찍 끝나서 작년에 축제에 참가한 사람들의 일부가 1시간 정도 참가하고 싶어도 할 수가 없다는 것이지. 하, 하, 어쩐지 으스스한 걸. 그러니까 그 일부란 1년 만에 '살[肉]'에 영원히 작별을 고한 사람들이야. 내 말장난 이해하겠어? 그래도 꽤나 기다려지는걸." 카스토르프가 계속 말했다. "나는 축제가 다가올 때마다 여기서 그것을 축하하고, 일상생활에서 하듯이 하나씩 매듭지어서 시간을 단조롭지 않도록 하는 것이 옳다고 생각합니다. 아주 묘한 기분이 될지도 모르겠습니다만. 우리는 이미 크리스마스를 축하했고, 곧 새해가 왔다는 것을 알았는데, 이제 사육제가 다가오고 있습니다. 그런 다음 부활절 직전의 일요일이 다가와 (이곳에서도 부활절의 둥근 빵이 있겠지요?) 수난 주간, 부활절과 그로부터 6주 후에는 성령강림절이 찾아오고, 이어서 1년 중에서 가장 낮이 긴 하지가 옵니다, 그렇습니다. 그리고 가을이 시작되지요."

"그만해요! 그만! 그만!" 세템브리니는 이렇게 외치며 얼굴을 하늘로 올리고 손바닥으로 관자놀이 부근을 꾹 눌렀다. "조용히 하십시오! 이런 식으로 고삐를 느슨하게 푸는 것을 금지합니다!"

"용서하십시오, 내 말뜻은 전혀 다릅니다. … 그런데 결국 베렌스 원장은 아마 해독하기 위해서 주사를 놓으려는 모양입니다. 내게서 열이 떨어지질 않고 37.4도, 5도, 6도, 그리고 7도까지도 올라가기 때문입니다. 도대체 열이 내려가지 않습니다. 나는 역시 인생의 걱정거리 자식이고 앞으로도 그럴 것 같습니다. 그렇다고 내가 장기 환자는 아니잖습니까. 라다만토스가 나에게 확실한 형량을 내리지는 않았지만, 그의 말로는 내가 벌써 이 위에 이렇게 오래 있었고, 말하자면 그만큼 많은 시간을 투자했기 때문에 요양을 미리 중단하는 것은 어리석은 일이라고 합니다. 그가 내게 기간을 정해 준다 한들 그게 무슨 소용이 있겠습니까? 그다지 큰 의미가 없겠지요. 예컨대 그가 반년을 선고한다 해도 그것은 아주 빠듯하게 계산한 것이니 더 많은 시간을 각오해야 할 겁니다. 내 사촌을 보십시오, 그는 이달 초에 끝날 예정이었지만, ―완쾌한다는 의미에서 말입니다― 베렌스는 지난번에 완쾌하려면 넉 달이 더 걸릴 거라고 했습니다. 그것 참, 그런 다음에는 어떻게 되겠습니까? 그럼 우리는 앞서 말했듯이 하지를 맞이하게 됩니다. 선생을 자극하기 위해서 하는 말이 아닙니다. 그리고 다시 겨울이 올 것입니다. 그러나 물론 당장은 사육제를 맞이하겠지요. 이미 들으신 것처럼 나는 이곳에서 모든 축제를 차례에 따라, 달력에 있는 대로 치르는 것이 좋고 자연스럽다고 생각합니다. 그런데 수위실에서 아이들 나팔을 팔고 있다고 슈퇴어 부인이 말했다지요?"

맞는 말이었다. 멀리 있다고만 여겼는데 어느새 코앞에 다가온 사육제 화요일의 첫 번째 아침 식사 때 일이었다. 식당에서는 이른 아침부터 장난감 나팔이 갖가지 소리를 내며 울리기 시작했다. 점심 식사 때에는 벌써 겐저, 라스무센, 클레펠트의 식탁에서 색종이테이프가 날아다녔고, 여러 사람들, 예를 들면 눈이 동그란 마루샤는 역시 현관 수위실 앞에서 절름발이가 파는 종이 모자를 쓰고 있었다. 밤에는 홀과 휴게실에서 축제의 모임이 이루어졌다. 그런데 그 진행 과정에서 … 한스 카스토르프의 모험정신 덕분에 이 사육제 모임이 어떤 식으로 진행되었는지 현재로서는 일단 우리만 알고 있다. 그러나 우리는 알고 있다고 해서 경솔하게 떠벌일 것이 아니라 마땅히 누려야 할 명예를 시간에 넘기고, 너무 서두르지 않도록 하자. — 우리는 카스토르프 청년이 윤리적 소심함 때문에 이 사건을 일으키는 것을 오랫동안 억눌러 왔을 것이라는 점을 잘 알기 때문에 사건의 전말에 대해서 이야기하는 것은 뒤로 미루기로 하자.

오후에는 요양원 사람들 모두가 사육제의 거리 행사를 구경하기 위해서 플라츠 읍내로 함께 몰려갔다. 도중에 가면을 쓴 피에로와 어릿광대들이 나타나 납작한 나무 막대기를 흔들어 달그락거리는 소리를 냈다. 그리고 보행자들과 종소리를 울리며 지나가는 장식 썰매 위의 마찬가지로 가면을 쓴 사람들 사이에 색종이 조각을 상대에게 던지며 싸우는 작은 전투가 벌어졌다. 이처럼 몹시 흥분한 요양원 사람들은 저녁 때 일곱 식탁에 자리 잡고 앉아서 이런 공공연한 기분을 자신들의 밀폐된 소모임에서 계속 이어가려고 단단히 마음먹었다. 수위가 파는 종이 모자와 갖가지 소리를 내는 나팔이 날개 돋친 듯 팔렸고, 파라반트 검사가 여기저기 우스꽝스럽게 치장을 하고 제일 먼저 홍겨운 구경거리를 선보였다. 그는 여자 기모노를 입고, 사방의 환호성으로 미루어 부름브란트 총영사 부인의 것으로 보이는 가발 댕기머리를 한 채, 인두로 콧수염을 비스듬히 말아 내리고 중국인과 똑같은 모습으로 등장한 것이다. 관리소 측도 이에 못지않았다. 그들은 일곱 식탁마다 종이초롱으로 장식하고, 색을 칠한 달처럼 그 안에 촛불을 켜 두었다. 이를 보고 세템브리니는 식당에 들어와 카스토르프의 식탁 옆을 지나가면서 이런 조명과 관련된 괴테의 시 구절•을 인용했다.

보십시오, 저 다채로운 빛으로 타오르는 불꽃을!
여기 흥겨운 무리가 모여 있습니다.

그는 우아하면서도 메마른 미소를 지으며 자신의 자리로 느릿느릿 걸어가다가, 결국은 얇은 천에 냄새나는 용액이 가득 든 공, 터지면 깨져서 맞은 사람에게 향수를 뿌리는 작은 수류탄 세례를 받고 말았다.

요컨대 축제의 분위기는 처음부터 무르익었다. 사방에 웃음소리가 가득했고, 샹들리에에 달려 있는 색종이 테이프가 기류를 타고 이리저리 날아다녔다. 고기 수프 속에는 색종이로 만든 공이 헤엄치고 있었다. 금방 난쟁이 소녀가 첫 번째 샴페인 병이 든 얼음 박스를 들고 바삐 지나가는 모습이 보였고, 아인후프 변호사가 신호하자 사람들은 샴페인을 부르고뉴 산 포도주와 섞어서 마셨다. 식사가 거의 끝나갈 즈음, 천장의 전등이 꺼지고 초롱만이 다채로운 엷은 빛으로 식당을 이탈리아의 밤처럼 비추자, 축제 분위기는 절정에 도달했다. 카스토르프의 식탁에서는 세템브리니가 시 구절을 적은 쪽지를 건네주어 대단한 찬사를 받았다. (그는 쪽지를 바로 옆에 앉은 아가씨, 녹색 비단종이로 장식한 기수 모자를 쓰고 있는 마루샤를 통해 카스토르프에게 건넸다.) 그는 쪽지에 연필로 다음과 같이 적었다.

그렇지만 염두에 두어야 합니다! 오늘은 산속이 온통

• 『파우스트』에 나오는 「발푸르기스의 밤」 장면 구절.

마술에 걸린 것처럼 야단법석입니다. 도깨비불이 당신을
현혹시킬지라도, 그대로 따라가면 안 됩니다.

다시 병세가 악화되었던 블루멘콜 박사는 그 특유의 얼굴 표정, 아니 꺼내면 뭔가 나올 것 같은 불룩한 입으로 중얼거렸는데, 그게 어떤 시 구절이냐고 묻는 것 같았다. 한스 카스토르프로서도 가만히 있으면 실례라고 생각했다. 물론 지극히 하찮은 결과가 되겠지만, 장난삼아 쪽지에 답례의 글을 써야겠다는 의무를 느꼈다. 그래서 주머니를 뒤져 연필을 찾았지만 보이지 않았고, 요아힘과 여교사에게도 빌릴 수가 없었다. 임시변통으로 그는 붉게 충혈 된 눈을 동쪽, 그러니까 식당의 왼쪽 뒤편으로 돌렸다. 하지만 그의 순간적인 의도가 복잡한 연상으로 변해버리자 그의 얼굴은 창백해지면서 본래 의도는 까맣게 잊고 말았다.

그의 얼굴이 창백해진 것은 그 밖에 다른 이유도 있었다. 저 뒤쪽에서 쇼샤 부인이 사육제를 위한 치장을 하고서 카스토트프가 아직 보지 못한 새 옷, 때때로 고동색으로 희미하게 빛나는, 엷은 것 같기도 하고 짙은 것 같기도 한 검은 비단옷을 입고 있었다. 이 옷은 목 부분이 소녀의 옷처럼 둥글게 파여 있었지만, 그다지 깊게 파이지는 않아서 목과 쇄골의 시작 부분이 보였고, 그곳의 뒤쪽으로는 머리를 가볍게 앞으로 내밀고 있어서 목덜미의 헐렁한 머리카락 아래로 목뼈가 약간 돌출해 있었다. 그러나 어깨 부근으로 드러난 섬세하고 통통한 클라브디아의 팔은 아무리 생각해봐도 차가운 느낌이었다. 새하얀 팔이 놀라울 정도로 검은 옷 색깔과 유난히 대조를 이루어 카스토르프는 두 눈을 꼭 감고 스스로에게 '세상에나!' 하고 중얼거렸다. 그는 이런 종류의 옷 스타일을 본 일이 없었다. 그는 지금 이 옷보다 더 과감하게 어깨를 드러낸 무도회 드레스를 본 일이 있지만, 그것은 춤출 때에 허락되는 규정에 맞는 노출이라서 전혀 놀라움을 자아내지는 않았다. 그는 전에 얇은 망사를 통해 그 팔을 본 적이 있었다. 당시에는 그가 칭했듯이 무서운 '변용'으로 인하여 쇼샤 부인의 팔이 전달하는 유혹, 육감적인 유혹이 한층 더 강해지는 모양이라고 생각한 바 있었다. 하지만 가련한 카스토르프의 이런 옛 느낌은 오류였던 것으로 증명되었다. 오류였다! 말도 안 되는 자기착각이었다! 병을 앓고 있는 이 유기체의 멋진 팔, 통통하고 현란한 이 노출된 예쁜 팔은 당시의 변용보다 훨씬 더 강한 매력으로 증명되는 하나의 사건이었으며, 머리를 숙이고 소리 없이 '세상에나!'라는 탄성을 되풀이할 수밖에 없는 하나의 현상이었다.

얼마 후에 또 이런 시구가 적힌 쪽지가 왔다.

이루 말할 수 없이 멋진 분들입니다,
정말 멋진 신부들입니다!
그리고 젊은이들도 하나같이
희망 가득한 사람들입니다.

이 글을 읽고 모두가 "브라보! 브라보!" 하고 외쳤다. 사람들은 벌써 갈색의 작은 사기그릇에 담아 나오는 모카커피를 마셨으며, 예컨대 달콤한 술을 좋아하는 슈퇴어 부인 같은 사람은 리큐어를 마시기도 했다. 사람들은 흩어지면서 새로 삼삼오오 모이기 시작했다. 서로가 다른 무리를 찾아가고, 식탁을 바꾸기도 했다. 손님들 가운데 일부는 이미 휴게실로 몰려갔고, 다른 일부는 계속 식당에 남아 샴페인에 포도주를 섞어 마시며 이야기를 주고받았다. 이쑤시개를 입에 물고 커피 잔을 손에 든 세템브리니가 건너와 한스 카스토르프와 여교사 사이의 탁자 모서리 쪽에 손님으로 끼여 앉았다.

“정말 하르츠 산 같습니다.” 세템브리니가 말문을 열었다. “마녀들이 모인다는 쉬르케와 엘렌트 지역 말입니다. 내가 말한 것이 지나친 과장이었습니까, 엔지니어 양반? 난장판이 될 겁니다! 그렇지만 기다려 보십시오, 우리의 위트는 그렇게 빨리 바닥이 나지 않습니다. 아직 절정에 달한 것은 아닙니다. 끝나려면 아직 멀었습니다. 들은 바로는 더 많은 가면 쓴 인물들이 등장할 거라고 합니다. 어떤 사람들은 아직 나타나지 않았습니다. 그러니 기대해도 좋을 것입니다, 두고 보십시오.”

정말 새로운 가장 행렬이 나타났다. 희가극에 등장하는 배우처럼 배를 불룩하게 내민 여자들이 남장을 한 채, 코르크 마개를 태워 얼굴에 시커멓게 수염을 그리고 등장했고, 반면에 여성복장을 한 남자들이 치마에 걸려 비틀거리며 등장했다. 예를 들어 대학생 라스무센은 흑옥이 붙은 검은 부인복을 입고 여드름투성이의 가슴과 목덜미를 훤히 드러낸 채, 종이부채를 흔들어 등을 식히고 있었다. 거지 한 명이 엑스 자형의 다리로 목발을 짚고서 나타나기도 했다. 그런가 하면 어떤 사람은 하얀 속옷에 여성용 펠트 모자를 쓰고, 피에로 차림을 하고, 눈이 부자연스럽게 보일 정도로 얼굴에 분칠을 하고, 입을 빨갛게 칠하여 돋보이게 한 채 나타났다. 그는 손톱을 기르는 소년이었다. 보통 러시아인석의 날씬한 다리의 그리스인은 찰싹 달라붙는 연보라색 트리코 바지를 입고, 짧은 외투와 종이 목도리를 걸치고, 게다가 칼이 든 지팡이를 짚고서 스페인의 대공이나 동화 속 왕자님처럼 의기양양한 모습으로 나왔다. 이 모든 가면들은 식후에 급히 즉흥적으로 만들어진 것들이었다. 슈퇴어 부인도 더는 자리에 앉아 있을 수 없었다. 그녀는 자리를 떠나더니 잠시 후에 치맛자락을 거머쥐고 소매를 걷어 올린 채, 종이 모자의 끈을 턱 아래에 잡아매고는 물통과 빗자루를 든 청소부차림이 되어 돌아와서는 그것으로 청소를 하기 시작했다. 그녀는 젖은 솔을 가지고 식탁에 앉은 사람들의 다리 사이를 닦고 다녔다.

바우보 할머니 혼자서 오고 있습니다.

세템브리니는 그녀를 보고 이렇게 낭독하고는, 다음 구절 역시 분명하고 조형적인 발음으로 덧붙였다. 슈퇴어 부인은 이 말을 들었다. 그녀는 세템브리니를 '이탈리아의 수탉'이라고 부르고, '음담'을 삼가도록 요구하면서 사육제에서 가면을 쓴 자의 자유정신에 따라 그를 '너'라고 불렀다. 너라는 호칭이 쉽게 나올 수 있었던 것은 식사하는 동안 사람들 사이에 이미 그것이 사용되고 있었기 때문이다. 세템브리니가 그녀에게 무엇인가 응수하려는 순간 홀에서 시끄러운 소리와 홍소가 터져 나오는 바람에 그는 하려던 말을 그만두었다. 이때 식당에 있던 사람들도 무슨 일인가 하고 홀 방향을 자세히 살폈다.

방금 가장을 마친 것처럼 보이는 기이한 차림의 두 인물이 휴게실에서 나온 손님들을 따라 식당으로 들어왔다. 그 중 교구의 간호사 복장을 하고 있던 한 여자의 검은 제복에는 목에서부터 맨 아래까지 흰 끈들이 가로로 꿰매져 있었다. 체온계의 눈금에 따라 꿰매진 짧은 끈들은 서로 촘촘히 붙어 있고, 이 끈보다 긴 끈들은 드문드문 붙어 있었다. 그녀는 창백한 입술 앞에 집게손가락을 대고 있었고, 오른손에는 체온표를 들고 있었다. 다른 가면의 인물은 온통 푸른색으로 분장을 하고 있었다. 입술과 눈썹뿐만 아니라 얼굴과 목도 온통 푸른색 일색인 이 사람은 푸른 털모자로 귀를 비스듬히 덮어 쓰고는, 일반 옷인지 덧옷인지 잘 모르겠지만 하나의 재질로 된 윤이 나는 푸른 삼베복장을 하고 있었다. 또한 발목을 끈으로 잡아매고, 뱃속에는 무엇인가를 잔뜩 채워 넣어 가운데가 불룩했다. 사람들은 이 두 인물이 일티스 부인과 알빈 씨라는 것을 알아볼 수 있었다. 두 사람은 목에 빙 둘러 마분지를 걸고 있었고, 각자 거기에 '벙어리 누이'와 '푸른 하인리히'라고 적어 놓았다. 그들은 비틀거리며 나란히 식당을 돌아다녔다.

요란한 박수가 터져 나왔다. 환호성도 뒤따랐다. 슈퇴어 부인은 빗자루를 겨드랑이에 끼고 두 손을 무릎에 놓고는, 청소부 역할을 한다는 핑계로 절도 없이 미친 듯 마구 웃었다. 단지 세템브리니만 못마땅한 표정을 짓고 있었다. 그는 가장에 성공한 두 남녀를 힐끔 쳐다본 다음, 멋지게 말아 올린 콧수염 아래쪽 입술을 굳게 다물었다.

이른바 '벙어리 누이'와 '푸른 하인리히'를 따라서 휴게실에서 다시 이곳 식당으로 건너온 사람들 중에는 클라브디아 쇼샤도 있었다. 곱슬머리의 타마라와 오목한 가슴에 야회복을 입은 불리긴이라는 식탁 동료와 함께 들어온 그녀는 새 옷 차림으로 한스 카스토르프의 식탁 옆을 지나갔다. 쇼샤 부인과 동행한 두 사람은 저 비유적인 이름을 달고 다니는 유령들을 계속 따라다니다가 식당을 떠나버렸다. 반면에 쇼샤 부인은 겐저 청년과 클레펠트의 식탁으로 가로질러 건너가서는, 뒷짐을 진 채 실눈을 뜨고 웃으면서 잡담을 나누며 서 있었다. 쇼샤 부인 역시 사육제 모자로 치장하고 있었다. 그것은 구입한 모자가 아니라 어른이 아이들에게 만들어주는 것 같은 종류의 모자, 하얀 종이를 단순히 삼각형으로 접어 만든 모자였다. 하지만 비스듬히 쓰고 있는 모자와 어울린 그녀의 의상은 빼어나게 아름다웠다. 어두운 갈색 비단 치마는 발목까지 내려와 있었고, 약간 들뜨도록 가공되어 있었다. 팔에 대해서는 여기서 그만 말할 작정이다. 아무튼 그녀의 팔은 어깨까지 노출되어 있었다.

"저 여자를 자세히 보십시오!" 이렇게 불쑥 내뱉은 세템브리니의 목소리는 한스 카스토르프에게 아득히 먼 곳에서 들리는 것 같았다. 카스토르프는 그녀가 식당 밖으로 나가기 위해 유리문으로 향하는 모습을 눈으로 뒤좇고 있었기 때문이다. "저 여자는 릴리트입니다."

"누구요?" 카스토르프가 물었다.

문학가를 자처하는 세템브리니는 그의 물음에 기뻐하면서 답변했다.

"아담의 첫째 부인입니다. 조심해야 합니다."

두 사람 외에 아직 식탁에 앉아 있는 사람은 그들과 멀리 떨어진 식탁의 블루멘콜 박사밖에 없었다. 요아힘을 포함하여 식탁의 나머지 동료들은 휴게실로 건너갔다. 한스 카스토르프는 존칭•을 생략하고 말했다.

"오늘 밤 너에게는 문학과 시구로 가득하군. 그런데 릴리트는 어떤 여자지? 그러니까 아담은 재혼했다 이건가? 금시초문인데…."

"히브리 전설에는 그렇지요. 이 릴리트는 밤 도깨비로 변해서, 젊은 남자들에게는 위험합니다, 특히 그녀의 아름다운 머리칼 때문에."

"이런 참! 아름다운 머리칼의 밤 도깨비라니. 너는 그런 것을 견디지

• 독일어에서 당신(Sie)과 너(du)는 우리 식의 존칭이나 반말과는 근본적으로 다르다. '너'는 오히려 친근감의 표현인 경우가 많아서 손자는 할아버지에게 'du'를 사용한다. 여기서 축제날에 사람들이 서로 'du'를 사용하는 것도 이런 친근감의 표현일 수 있지만, 세템브리니가 이를 꺼려하는 것은 이른바 '교양인'으로서 감정을 자제하고 사회적 관계를 유지하려는 이성적 태도에서 비롯된다고 할 수 있다.

못하는데, 그 이유가 뭐지? 그럼 너는 다가가서, 말하자면 젊은 남자들을 옳은 길로 인도하도록 전등불을 킨다 이거지. 안 그래?" 카스토르프는 취한 사람처럼 말했다. 그는 샴페인에다 포도주 섞은 것을 상당히 많이 마셔서 거나한 상태였다.

"이봐요, 엔지니어 양반, '너'라는 말을 그만 좀 하시오!" 세템브리니는 눈살을 찌푸리며 명령조로 말했다. "부탁합니다만, 교양 있는 서구인이 일상적으로 쓰는 '당신'이라는 말을 사용해 주십시오! 지금 쓰고 있는 그런 표현은 당신에게 전혀 어울리지 않습니다."

"하지만 어째서? 오늘은 사육제날이거든! 오늘 밤엔 너라는 호칭을 사용해도 괜찮아."

"무례하게 상대를 자극하려는 거요. 낯선 사람들 사이에 당연히 서로 당신이라고 하지 않고 너라고 하는 것은 역겨운 야만성을 드러내는 것이고, 원시 상태에 대한 희롱, 덜 떨어진 장난입니다. 내가 그것을 혐오하는 이유는 근본적으로 문명과 발전된 인간성에 역행하기 때문이오. 불손하고 뻔뻔스럽게 역행하는 태도요. 나도 당신을 너라고 부르지 않았어요, 꿈 깨세요! 나는 당신네 국민문학의 걸작에 나오는 한 부분을 인용했어요. 그러므로 나는 시적으로 말한 겁니다."

"나 역시 그래! 나도 어느 정도는 시적으로 말하고 있어. 이 순간이 그렇게 하는 데 적합한 것 같기 때문에 그렇게 말한 거야. 나는 너라는 호칭이 아주 자연스럽고 용이하다고 말하는 게 전혀 아니야. 그와는 반대로 어떤 자기극복 같은 것이 필요하지. 그렇게 하기 위해서 나는 마음을 다잡아야 해. 하지만 기꺼이 그렇게 할 거야, 즐거운 마음으로, 진심으로…."

"진심이라고요?"

"진심, 그래, 정말이야. 우리가 이 위에서 같이 지낸 지 벌써 오래되었지. 너도 곰곰이 계산해 보면 알겠지만 일곱 달 되었어. 이 위에서 지내는 우리의 사정으로 볼 때는 그리 오랜 기간이 아니지만, 저 아래 평지의 개념으로 돌이켜 생각하면 꽤나 많은 기간이지. 이제, 우리는 인생이 우리를 이곳으로 데려왔기에 이곳에서 함께 지내게 된 거야. 그리고 거의 날마다 대면하면서 재미있는 대화들을 나누고 있어. 부분적으로는, 만일 저 아래에 있었더라면 전혀 이해하지 못했을 대상에 대해 대화를 나누고 있지. 하지만 여기서는 이해가 잘 돼. 여기서는 그것들이 중요하고 명백하기 때문에, 우리가 토론할 때면 언제나 아주 진지한 자세로 그 문제에 매달렸던 거라고. 아니 그렇다기보다는, 인문주의자인 네가 나에게 여러 가지를 설명해 주었지. 그 이유야 나는 이제까지의 경험이 일천하기 때문에 토론에 끼어들 수가 없었고, 그래서 네가 말하는 것을 언제나 대단히 경청할 만한 가치가 있다고 생각했던 거야. 너를 통해서 나는 많은 것을 경험하고 이해하게 되었어. 카르두치에 관한 이야기는 그 중에서도 가장 사소했지. 그러나 예를 들어 공화제는 아름다운 문체와 어떤 관계에 있는지, 또는 시간은 인류의 진보와 어떤 관계가 있는 것인지, 이와는 반대로 만약 시간이 없다면 인류의 진보도 있을 수 없으며, 세상은 고여 있는 물웅덩이나 부패한 늪이 되리라는 것을 네가 아니었다면 어떻게 알 수 있었겠어. 나는 너를 너라고 부르고, 그 외에 어떻게 부르지 못하겠어. 용서해, 어떻게 해야 할지 알지 못하기 때문이야. 잘할 수가 없어. 너는 여기 앉아 있고, 나는 그냥 너라고 부를 테야. 그것으로 충분해. 너는 어떤 이름을 가진 일개인이 아니라, 하나의 대표야. 세템브리니 선생, 이곳에서 내 편을 드는 대표야. 너는 그래." 한스 카스토르프는 이렇게 확고하게 말하며 손바닥으로 식탁보를 쳤다. "너에게 감사의 말을 전하고 싶어서 이러는 거야." 그는 말을 계속하면서, 흡사 식탁 위에서 서로 맞부딪치려는 듯 샴페인과 부르고뉴 산 포도주를 섞은 유리잔을 세템브리니의 커피 잔에 들이밀었다. "고마워, 너는 이 일곱 달 동안 나에게 정말 친절하게 대해 주었고, 새로운 것을 아주 많이 경험하게 된 신입생을 위해, 완전히 공짜로, 한편으로는 이야기에 의하여, 다른 한편으로는 추상적인 형식으로, 연습과 실험을 하도록 하면서 나를 교정하려고 노력했어. 이 모든 것이 고맙다는 것, 그리고 내가 나쁜 제자이며 네가 말한 바와 같이 〈삶의 걱정거리 자식〉이라면 용서를 구할 순간이 왔다고 뚜렷이 느끼고 있어. 네가 그런 말을 했을 때 나는 너무 감동을 받았고, 그것을 생각할 때마다 나는 다시 감동을 받게 돼. 걱정거리 자식, 네가 볼 때 그리고 너의 교육자적 혈통에서 볼 때, 나는 아마 걱정거리 자식이었을 거야. 내가 이곳에 처음 왔을 때 너는 바로 너의 교육자적 혈통에 대해 말한 적이 있었지. 물론 인문주의와 교육의 관계도 네가 나에게 가르친 연관관계들 가운데 하나야. 시간이 지나면 더 많은 것들이 떠오를 거야. 그러니까 나를 용서하고, 나를 나쁘게 생각지 말아줘! 행복하길 빌어, 세템브리니 선생, 부디 잘 살기를! 인류의 고통을 근절하기 위한 너의 문학적 노력을 찬양하며 내 잔을 비우겠어!" 그는 입을 다물며 몸을 약간 뒤로 젖히고는, 샴페인에 포도주를 섞어 몇 모금 마시고는 자리에서 일어섰다. "자, 우리 이제 다른 사람들 쪽으로 가 보자."

"이봐요, 엔지니어 양반, 무엇 때문에 화가 났습니까?" 이탈리아인은 놀란 눈으로 이렇게 말하며 마찬가지로 식탁을 떠났다. "작별 인사처럼 들리니 말이요."

"아니, 무슨 작별 인사?" 한스 카스토르프는 피했다. 그는 말에 있어서 비유를 사용하여 피했을 뿐만 아니라, 상체로 원을 그리듯이 하면서 몸짓으로도 피했다. 그러면서 이제 막 두 사람을 데리러 온 여교사 엥겔하르트 양에게로 향했다. 그녀는 관리소 측에서 제공했다는 사육제 펀치 주를 고문관이 피아노실에서 따라주고 있다고 전했다. 그녀는 두 사람도 한 잔 얻어 마시고 싶으면 얼른 가자고 말했다. 이렇게 해서 그들은 식당을 떠나 피아노실로 향했다.

정말 피아노실 안에서는 베렌스 고문관이 손잡이 달린 작은 잔을 내밀고 있는 손님들에게 둘러싸인 채 하얀 식탁보로 덮인 가운데 둥근 탁자 옆에 서서 사발로부터 김이 나는 음료를 국자로 떠올리고 있었다. 그는 직무상 쉴 수가 없어서 오늘도 수술복을 입고 있었으나, 반면에 약간은 사육제다운 외모로 기분을 내어서, 검은 장식용 술이 귀까지 덜렁거리며 내려오는 진홍색의 진짜 터키모자를 쓰고 있었다. — 이 두 가지가 그에게는 축제용 의상으로 충분했다. 본래가 독특한 외관을 아주 괴상하고 자유분방한 모습으로 각인시키기에 부족함이 없었다. 희고 긴 수술복을 입고 있어서 그의 키가 더 커 보였다. 고개를 숙이고 있는 것을 상정하여 원래대로 몸을 펴고 일직선으로 꼿꼿이 세운다면, 그는 실물보다 훨씬 더 커 보였고, 게다가 위에는 아주 독특한 인상의 작고 얼룩덜룩한 머리가 얹혀 있었던 것이다. 적어도 한스 카스토르프에게는 이 얼굴이 멍청하게 모자를 뒤집어쓰고 있는 오늘처럼 괴상하게 생각된 적은 없었다. 그럴 것이 뭉툭하고 납작한 코에 푸르스름하게 상기된 얼굴, 누르스름한 눈썹 아래 촉촉하게 젖은 푸른 눈, 활처럼 위로 구부러진 입, 비스듬하게 치켜 올라간 엷은 콧수염을 하고 있는 얼굴과 모자가 너무 괴상했기 때문이다. 그는 사발에서 소용돌이치며 솟아오르는 증기로부터 얼굴을 돌리고, 갈색의 음료, 즉 설탕이 든 아락—

펀치 주를 원을 그리며 국자로 떠서는, 내밀고 있는 잔에다 따라 주었다. 그러는 동안에도 그는 쾌활하게 알아듣기 힘든 말로 쉴 새 없이 떠드는 바람에, 그가 술을 따르는 식탁 주위에 폭소가 터져 나오곤 했다.

"마왕이 상석에 계십니다 그려." 세템브리니가 고문관을 향해 손을 흔들며 이렇게 말하자, 한스 카스토르프가 그를 옆으로 잡아당겼다. 크로코프스키 박사의 모습도 보였다. 작지만 건장하고 옹골찬 모습의 그는 검은 가죽옷을 입지 않고 어깨에 걸치고 있어서, 그것만으로도 가면복과 유사한 효과를 일으켰다. 그는 손을 돌려 잔을 잡아 눈높이로 올리고는, 가면을 쓰고 우스꽝스럽게 치장한 일군의 사람들과 유쾌하게 잡담을 나누었다. 이때 음악이 시작되었다. 만하임 출신 피아니스트의 반주에 맞추어 맥처럼 생긴 얼굴의 한 여자 환자가 헨델의 〈라르고〉를 바이올린으로 연주했다. 이어서 민족적이고 살롱 분위기에 어울리는 그리그의 소나타를 연주했다.

청중들은 흥이 나서 박수를 보냈고, 술병이 든 아이스박스를 옆에 놓고 두 개의 브리지 대에 앉아 카드놀이를 하던 가면을 쓴 사람과 아닌 사람도 박수를 보냈다. 문들은 활짝 열려 있었고, 홀에도 손님들이 있었다. 펀치 술 사발이 있는 원탁 주변에 모인 사람들은 사교 놀이를 하고 있는 고문관을 지켜보고 있었다. 고문관은 두 눈을 감고 원탁 위에 몸을 구부리고 서서는, 눈을 감고 있다는 것을 보이기 위해 머리를 뒤로 젖힌 채 명함의 뒷면에 연필로 아무렇게나 어떤 그림을 그렸다. 그것은 돼지의 스케치로서, 눈으로 보지 않고 자신의 큰 손으로 그린 작은 돼지의 옆모습이었다. 그림은 좀 단순하고, 실물에 가깝다기보다는 훨씬 더 관념적이었지만, 어려운 조건에서 그렸음에도 틀림없이 돼지의 형상이었다. 그것은 하나의 예술작품이라 할 수 있었고, 그는 이 정도의 역량은 있었다. 돼지의 가느다란 두 눈은 대략 붙을 곳에 붙었고, 코에 너무 가까이 있기는 해도 그런대로 제자리에 붙어 있었고, 머리에 달린 뾰족한 귀, 둥근 배에 달린 짧은 다리도 마찬가지였다. 그리고 등의 선도 둥글게 그려졌고, 이어서 그 뒤의 작은 꼬리도 아주 귀엽게 제 몸에 돌돌 말려 있었다. 작품이 완성되자 사람들은 "와!" 하고 함성을 질렀고, 대가와 겨루어 보려는 야심에 사로잡혀 서로 그리겠다고 몰려나왔다. 물론 눈을 뜨고도 귀여운 돼지를 제대로 그릴 수 있는 사람이 거의 없을 터인데, 하물며 눈을 감고 제대로 그릴 리 없었다. 그러니 계속 실패작만 나올 뿐 아니겠는가! 돼지와 닮은 곳이라곤 찾기 어려웠다. 작은 눈은 머리 밖에 위치하고, 다리는 불룩한 뱃속으로 들어갔으며, 배 자체도 전혀 미완성이었다. 그리고 꼬리는 엉망이 된 몸통과 전혀 유기적 관계를 갖추지 못한 채 독자적인 당초무늬 모양으로 옆의 어딘가에 둥글게 말려 있었다. 이런 그림을 보고 사람들은 배꼽을 잡고 웃었다.

점점 더 이곳으로 사람들이 몰려들었다. 브리지 놀이 대에서 관심을 갖더니, 사람들이 카드를 부채 모양으로 손에 들고 호기심어린 표정으로 이쪽으로 건너왔다. 주변에 몰려 있던 구경꾼들은 돼지를 그리고 사람이 눈을 깜박거리는지 보기 위해 눈꺼풀을 감시했는데, 이런 가운데 몇 사람은 무력감을 느끼며 몰래 눈을 뜨기도 했다. 구경꾼들은 그림을 그리는 사람이 어이없는 실수를 저지를 때면 킥킥거리고 숨을 몰아쉬다가 그가 눈을 뜨고 자신이 그린 엉터리 그림을 내려다보는 순간 환호성을 터트렸다. 잘 할 수 있으리라는 자기착각이 이 놀이에 참가하도록 부추겼다. 비록 커다란 명함이긴 하지만 곧 앞뒤에 그림이 가득차고, 실패한 그림들이 서로 겹쳐지게 되었다. 하지만 고문관은 자신의 지갑에서 명함 하나를 더 꺼냈다. 파라반트 검사는 은밀히 숙고하다가 그 위에 단숨에 돼지를 그리려고 시도했다. — 결과적으로 그의 그림은 앞서 그린 어떤 그림보다 엉망이 되고 말았다. 그가 돼지라고 그린 것은 돼지와 조금도 닮지 않았을 뿐만 아니라, 도대체 이 세상의 어느 것과도 닮은 구석이 조금도 없었다. 환호와 폭소가 터져 나오고, 축하의 말도 쇄도했다! 사람들이 식당에서 차림표 종이를 가져와서 이젠 더 많은 남녀가 동시에 그림을 그릴 수 있었다. 경쟁에 나선 사람마다 감시자와 구경꾼이 곁에 섰다가, 이들 중 한 사람이 다시 연필을 넘겨받아 그림을 그렸다. 연필이 세 자루밖에 없어서, 서로 연필을 뺏느라고 야단이었다. 연필은 손님들의 소유물이었다. 새로운 놀이가 시작되어 잘 되어가는 것을 본 고문관은 조수와 함께 얼른 사라졌다.

혼잡한 가운데 한스 카스토르프는 한 손으로는 자신의 턱을 괴고 다른 손은 허리에 댄 채, 팔꿈치를 요아힘의 어깨에 대고는 어깨 너머로 그림을 그리는 한 사내를 지켜보았다. 그는 사내를 지켜보면서 떠들고 웃었다. 그 역시 마찬가지로 그림을 그려 보고 싶어서 연필을 달라고 크게 소리쳐 한 자루를 받았다. 하지만 벌써 몽당연필이 되어 버려 엄지와 집게손가락으로만 간신히 잡을 수 있었다. 그는 연필이 짧다고 불평하면서 눈을 감고 천장을 바라보고는, 다시 사용하기 힘든 연필에 대해 푸념하다가 재빨리 종이 위에 끔찍한 그림 하나를 그려 놓았다. 그러더니 결국 차림표를 벗어나 식탁보에다가 그림을 그렸다. 그는 "이건 안 돼요!"라고 주변의 폭소에 맞서 큰 소리로 외쳤다. "이런 연필로 어떻게 그리겠어요. 세상에, 저리 가라!" 그는 문제의 몽당연필을 펀치 주 사발 속에 던져 버렸다. "연필다운 연필이 필요합니다. 누가 나에게 빌려 주실 분 없나요? 다시 한 번 그려 봐야겠어요. 연필, 연필! 누구가지신 분 없으세요?" 그는 왼팔로 원탁을 짚고, 오른손을 높이 흔들면서 양쪽을 향해 외쳤다. 아무도 없었다. 그러자 그는 몸을 돌리고 계속 소리치면서 방 안으로 들어갔다. 거기서 그는 곧장 클라브디아 쇼샤에게 다가갔다. 그는 작은 살롱의 입구에서 멀지 않은 곳에 그녀가 서 있다는 것을 알고 있었다. 그녀는 그곳에서 펀치 주 사발이 놓인 탁자에서 일어나는 일을 미소를 지으며 응시하고 있었다.

이때 그의 뒤에서 듣기 좋은 외국어로 외치는 소리가 들렸다. "이런, 엔지니어 양반! 그만하세요! 뭐하는 겁니까, 엔지니어 양반! 좀 더 이성을 갖고 행동해요! 제 정신이 아닌가 보군, 저 청년!" 그러나 카스토르프는 이 소리를 자신의 고함소리로 지워버렸다. 그러자 세템브리니는 팔을 들고 손을 머리 위로 뻗치며 —이탈리아에서 흔히 볼 수 있는 몸짓으로, 그것이 뜻하는 바를 한마디로 쉽게 표현하기 어려울 수 있으나, 아니! 하는 탄식과 동반하는 몸짓으로— 사육제 모임에서 자리를 뜨고 말았다. 그러나 카스토르프는 옛날 벽돌을 깐 교정에 섰을 때처럼, 불룩한 광대뼈 위에 청회색과 녹색이 섞인 눈, 안에 살이 끼어 꺼풀이 도톰한 몽고벽 눈을 아주 가까이에서 바라보면서 존칭 없이 말했다.

"너 혹시 연필 있니?"

그는 죽은 사람처럼 얼굴이 창백했다. 언젠가 혼자 떠난 산책에서 피투성이가 되어 강연장으로 돌아왔을 때처럼 그는 얼굴이 하얗게 질려 있었다. 안면에 뻗쳐 있는 혈관 신경이 작용하여 핏기 잃은 피부가 차갑게 수축했고, 코가 뾰족해지고 눈 아래 부분이 시체의 그것처럼 납빛이 되어 있었다. 그러나 교감신경이 카스토르프의 심장 박동을 자극하는 바람에 고르던 호흡이 말을 듣지 않았고, 피지선의 작용으로 온몸에 전율이 일면서 모낭이 함께 곤두서는 것이었다. 종이 삼각 모자를 쓴 그녀는 미소를 지으며 그의 위아래를 살펴보았지만, 이런 그녀의 미소에는 그의 참담한 모습에 대한 일말의 연민이나 걱정 따위는 찾아볼 수 없었다. 여성은 열정에 사로잡혀 떠는 남자에게 이런 연민이나 걱정을 보이지 않는 법이다. 본질적으로 열정은 이것에 익숙지 않은 남성보다는 분명히 여성에게 훨씬 더 친숙하며, 여성은 이런 남성을 보면 조롱과 복수의 기쁨을 결코 감추지 않는다. 남성도 물론 값싼 연민과 걱정에 대해서는 아마 사절할 것이다.

"나?" 하며 팔을 어깨까지 노출한 여자 환자는 '너'로 부른데 대해 같은 식으로 응답했다. "응, 아마 있을걸." 그런데 그녀의 미소와 목소리에는 오랫동안 무언의 관계였다가 처음으로 말을 걸어 왔을 때 나타나는 홍분, 그러니까 지나간 모든 일을 순간적으로 살며시 연관시키는 교활한 홍분 같은 것이 들어 있었다. "야심이 대단하군 그래. 넌 … 정말 … 열성적이네." 그녀는 r을 낯설게, e는 입을 너무 크게 벌려 이국적으로 발음하면서 그를 계속 조롱했다. 그러면서 약간 모호하게 듣기 좋게 쉰 목소리로 '야심이 있는'이라는 낱말의 둘째 음절에 강하게 발음하여 그것은 완전히 외국어처럼 들렸다. 그녀는 가죽 핸드백을 뒤져 안을 들여다보며 찾더니, 처음에 끄집어낸 손수건 밑에서 은장식이 있는 작은 연필을 찾아냈다. 그것은 가늘고 부러지기 쉬워서 실제로 사용하기 위한 것이라기보다는 장식품 같았다. 그 옛날 히페에게서 빌렸던 연필, 그 최초의 것이 편리하고 쓸모가 있었다.

"여기." 그녀는 이렇게 프랑스어로 말하고, 엄지와 집게손가락으로 연필 끝을 쥐고는 그것을 가볍게 흔들면서 그의 눈앞에 내밀었다.

그녀가 그것을 내밀면서도 여전히 손에 잡고 있어서 그는 그것을 받는 것도 안 받는 것도 아닌 엉거주춤한 자세를 취하고 있었다. 즉, 손을 연필 높이까지 쳐들고 연필을 잡으려고 하면서도 완전히 잡지는 않고 있었다. 그러면서 납처럼 어둑하고 움푹한 눈으로 연필과 타타르인 같은 클라브디아의 얼굴을 번갈아 쳐다보았다. 그는 한동안이나 핏기 없는 입술을 벌린 채 이렇게 말했다.

"연필을 가지고 있을 줄 알았지."

그녀는 프랑스어로 말했다. "조심해, 망가지기 쉬우니까. 나사를 돌리면 연필심이 나와."

두 남녀는 연필 위로 머리를 숙였고, 쇼샤 부인은 그에게 누구나 다 아는 연필의 구조를 설명했다. 나사를 돌리자 바늘처럼 가늘고 단단해 보이는, 쉽게 그어질 것 같지 않은 연필심이 나왔다.

두 사람은 머리를 맞대듯 허리를 굽히고 서 있었다. 카스토르프는 연미복을 입고 빳빳한 칼라를 하고 있어서, 칼라에 턱을 받칠 수 있었다.

"작지만 네 거지." 그는 그녀와 이마를 마주 대한 채 연필을 내려다보았다. 그러곤 입술은 움직이지 않은 채 순음을 내지 않고 말했다.

"아이, 농담도 잘하네." 그녀는 얼굴을 들고 그제야 연필을 주면서 짤막하게 대답했다. (이때 그의 머릿속에는 피 한 방울도 남아 있지 않은 것 같았는데 어떻게 그런 농담이 나왔는지는 하느님만이 알 일이었다.) "자, 어서 가서 그려봐, 잘 그려, 멋지게 말이야!" 그녀는 농담으로 대꾸하면서 그를 쫓아 보내듯 했다.

"그런데 너도 아직 안 그렸어. 너도 그려야 해." 그는 '해'를 발음할 때 그것을 빠트려 발음하면서 한걸음 뒤로 물러섰는데, 이는 마치 그녀를 잡아당기는 자세 같았다.

"나?" 그녀는 놀란 시늉을 하면서 다시 말했지만 그의 권유 때문에 놀란 것만은 아닌 듯했다. 그녀는 미소를 지으며 당황해하면서 서 있다가, 그의 자석 같은 뒷걸음질에 이끌려 펀치 술사발이 놓인 원탁 쪽으로 몇 발짝 따라갔다.

그렇지만 이제 그림 놀이의 재미도 더는 지속되지 못하고 끝나가고 있었다. 누군가 아직도 그림을 그리고 있었지만, 더는 구경꾼이 없었다. 명함에는 말도 안 되는 그림들이 가득했고, 모두가 자신의 무능함을 시험한 셈이었다. 게다가 다른 것이 사람들의 눈길을 끌었기 때문에 탁자는 거의 버려진 채로 있었다. 의사들이 자리를 떠난 것을 알아차리자 갑자기 춤을 추자는 구호가 사람들의 입에서 터져 나왔다. 벌써 탁자는 옆으로 치워졌다. 편지를 쓰는 방과 피아노실에 망보는 사람을 배치하고, '늙은이'로 불리는 원장과 크로코프스키, 또는 수간호사가 다시 나타나면 신호를 보내 무도회를 중단하도록 했다. 어느 슬라브 청년이 호두나무로 만든 작은 피아노 건반을 표정을 담아 두드렸다. 그러자 처음의 몇 쌍이 구경꾼들이 앉아 있는 안락의자 및 의자로 아무렇게나 둘러싸인 실내에서 춤을 추기 시작했다.

한스 카스토르프는 탁자를 치우는 사람들을 향해 손을 흔들어 "즐겁게 지내요!" 하고 작별을 고하고는, 이어서 작은 살롱에 남아 있는 빈 의자와 커튼의 오른쪽 옆, 눈에 잘 안 띄는 구석을 턱으로 가리켰다. 그는 아무 말도 하지 않았다. 아마도 피아노 소리가 너무 컸기 때문인 것 같았다. 그는 앞서 아무 말 없이 턱으로 가리킨 곳에 쇼샤 부인을 위한 의자를 하나 끌어다 놓았다. 의자는 플러시 천을 깔고, 나무 테가 달린 이른바 '승리의자'였다. 그리고 자신은 둥근 팔걸이가 달린, 삐거덕 소리가 나는 등의자를 골라 그녀를 향해 허리를 굽히고 앉았다. 팔은 팔걸이에 얹고, 손에 그녀의 연필을 쥔 채로 발은 의자 밑에 깊숙이 넣었다. 그녀는 플러시 의자의 등에 깊숙이 기댄 채, 두 무릎을 들고 다리를 포개면서 한쪽 다리를 허공에서 흔들었다. 검은 에나멜 신발의 가장자리 위로 검은 비단 양말에 싸인 복사뼈가 드러나 보였다. 두 사람 앞에는 다른 사람들이 앉아 있다가 춤추기 위해 일어났다. 그들은 춤을 추어 피곤한 사람들에게 자리를 양보했다. 이렇게 주위는 춤을 추며 오가면서 소란했다.

“새 옷을 입었네.” 그는 그녀를 바라볼 구실을 만들기 위해 이렇게 말을 건넸고, 그녀가 대답하는 소리를 들었다.

“새 옷이라고? 내 연회복에 대해 잘 알아?”

“내 말이 맞지 않아?”

“맞아. 최근에 이곳 도르프의 루카체크 양장점에서 맞추었지. 그는 이 위의 여자들 옷을 많이 만들지. 마음에 들어?”

“아주 좋은걸.” 그는 또 한 번 그녀를 훑어보고는 눈을 내리깔면서 “춤출까?”라고 덧붙여 말했다.

“춤추고 싶은 거야?” 그녀가 눈썹을 치켜 올리고 미소를 지으며 묻자, 그는 “네가 추고 싶다면 그러지” 하고 대답했다.

“내 생각보다는 얌전한 사람이 아니네.” 그녀가 말했다. 이 소리에 그가 펄쩍 뛰면서 큰 소리로 웃자 그녀는 이렇게 덧붙였다. “너의 사촌은 벌써 가 버렸지.”

“그래, 그는 내 사촌이야.” 불필요한 사실을 그는 확인시켜 주었다. “그가 떠나는 것을 나도 아까 보았어. 그는 누워 있을 거야.”

“그는 매우 엄격하고, 지나치게 성실한, 정말 독일적인 청년이야.” 그녀는 프랑스어로 말했다.

“엄격하다고? 성실하다고?” 그는 그녀의 말을 되받아 물었다. “나는 프랑스어를 말하는 것보다 이해하는 것은 잘 하지. 그러니까 그가 고루하다 이거군. 우리 독일인 모두를 고루하게 여기는 거야?"

"우리는 지금 너의 사촌 이야기를 하고 있어. 하지만 정말 너희는 좀 시민적이야. 너희는 자유보다 질서를 더 사랑하거든. 그것은 온 유럽이 다 아는 사실이지."

"사랑한다… 사랑한다… 이건 대체 무슨 말이람! 정의를 내릴 수가 없네, 사람이란 자신이 갖지 않은 것을 사랑하는 법이지. 우리나라 속담에도 있어." 한스 카스토르프는 이렇게 말하다가 자신의 생각을 이어갔다. "나는 얼마 전부터 가끔 자유에 대해 생각해 봤어. 그 말을 너무 많이 들어서 곰곰이 생각해 보게 되었지. 내가 생각한 것을 프랑스어로 말해 보겠어. 유럽 전체가 자유라고 일컫는 것은, 우리들이 질서를 요구하는 것과 비교해 볼 때, 무척 고루하고 시민적인 것이지. 나는 이렇게 생각해."

"어머나! 재미있군. 그것 참 기묘한데, 사촌을 염두에 두고 하는 말이야?"

"아니. 그는 아주 선량한 사람이고, 단순해서 걱정이 없는 성격이지. 그러나 그는 시민이 아니라 군인이야."

"걱정이 없다고?" 그녀는 힘들게 발음하면서 되물었다. "너는 그가 튼튼해서 걱정이 없다고 말하는 거야? 하지만 그는 상태가 많이 안 좋은걸. 너의 불쌍한 사촌 말이야."

"누가 그렇게 말했지?"

"여기서는 서로가 잘 알고 있어."

"베렌스 고문관이 그렇게 말했어?"

"그림을 보여 주면서 말했겠지."

"너의 초상화를 그리면서?"

"맞아. 내 초상화는 어때, 잘 그렸어?"

"잘 그렸어, 탁월한 솜씨더군. 베렌스는 너의 피부를 아주 정확하게 재현하고 있지, 아주 충실하게. 나도 초상화가였다면 하고 생각했지. 그래서 나도 그 사람처럼 너의 피부를 연구할 기회가 주어지도록."

"괜찮다면 독일어로 말하지 그래."

"아, 나는 독일어로 말하고, 프랑스어로도 말하는 거야. 그것은 일종의 예술적이고도 의학적인 연구지. 한마디로 말하자면 인문주의적 연구지. 어때, 춤추지 않겠어?"

"아니, 싫어. 너무 유치해. 의사의 눈을 피해가며 춤을 춘다는 것은 말이야. 만일 베렌스가 나타나면 다들 놀라서 의자 쪽으로 달려갈 거야. 그건 정말 웃기는 일이잖아."

"그렇게 그를 존경해?"

"누구를 말하는 거야?" 그녀는 누구라는 말을 짧고 이국적으로 발음하며 물었다.

"베렌스 말이야."

"베렌스 이야기는 이제 그만 해! 여기서 춤추기에는 비좁기도 하고. 더구나 카펫 위에서는 좀 그렇거든. 구경이나 하지."

"좋아. 그러지." 그는 그녀의 말에 찬동하고는 창백한 얼굴로 자신의 할아버지와 같은 명상적인 푸른 눈으로, 이곳 살롱과 저 건너 편지 쓰는 방에서 가장을 한 환자들이 춤추는 모습을 그녀 옆에서 물끄러미 바라보았다. 벙어리 누이는 푸른 하인리히와 춤을 추고 있었고, 연미복에 흰 조끼를 입고 무도회 사회자 같은 차림의 잘로몬 부인은 셔츠의 가슴 부위를 부풀리고 콧수염에 단안경을 낀 채 검은 바지 아래로 부자연스러워 보이는 작은 에나멜 하이힐을 신고서 어느 피에로를 상대로 춤을 추고 있었다. 그런데 하얀 색으로 칠한 피에로의 얼굴에서 입술은 새빨갛게 빛났고 있었고, 눈은 색소결핍증 환자의 그것처럼 하얀색이었다. 반코트를 어깨에 걸치고 착 달라붙은 연보라색 바지를 입은 그리스인은 가슴팍이 드러난 어두운 빛깔의 부인복을 입은 라스무센을 껴안고 균형 잡힌 멋진 다리를 흔들고 있었다. 기모노 차림의 파라반트 검사, 부름브란트 총영사 부인과 겐저 청년은 서로 팔을 끼고 셋이서 함께 춤을 추기도 했다. 한편 슈퇴어 부인은 빗자루를 가슴에 꼭 껴안고 가시 같은 털을 사람의 곤두선 머리털이라도 되는 양 쓰다듬으며 혼자 춤추고 있었다.

"그러지." 한스 카스토르프는 기계가 작동하듯이 말했다. 두 남녀는 피아노 소리가 울리는 가운데 나직하게 이야기했다. "우리는 여기 앉아 꿈결에서처럼 구경이나 하는 거야. 이렇게 둘이 앉아 있다니 정말이지 꿈만 같아. 아주 깊은 꿈만 같아. 이런 꿈을 꾸려면 아주 깊은 잠에 빠져야 하잖아. — 사실 이건 이제까지 줄곧 꾸어온 잘 아는 꿈이자 영원한 꿈이지. 지금처럼 네 곁에 앉아 있는 것, 이것이 바로 영원이야."

"시인이 따로 없네!" 그녀가 말했다. "시민이자 인문주의자에 시인이라니…. 그러니 온전하고 더할 바 없는 이상적 독일인이네!"

"우리가 과연 그렇게 온전하고 이상적인지 정말 염려가 돼." 그가 대답했다. "아무리 봐도 우리는 그저 삶의 걱정거리 자식일 따름이야."

"재미난 말이네. 그런데 좀 물어볼까? 이런 꿈이라면 좀 더 쉽게, 더 일찍 꿀 수 있었을 것 같은데. 이 보잘것없는 여자에게 말을 걸어 보려는 결심이 너무 늦었어."

"말이 무슨 필요가 있어? 말하고 토론하는 것이 공화적인 것은 사실이라고 생각해. 그러나 그것이 시적이냐 하는 것은 자못 의심스러워. 이제 친구라고도 할 수 있게 된 세템브리니 씨는…."

"얼마 전에 너에게 뭐라고 말을 한 사람."

"그래, 그는 확실히 웅변가야. 뿐만 아니라 그는 언제나 아름다운 시구를 많이 인용하지. 그렇다고 그를 시인이라고 부를 수 있을까?"

"나는 그 기사분과 아직 이야기를 나누어 보지 못해 유감이야."

"물론 그렇겠지."

"아니! 그렇겠다니."

"왜 그러는 거야? 지금 한 말은 전혀 무의미한 말이야. 알아차렸겠지만 나는 프랑스어를 별로 쓰지 않아. 그러나 너와는 프랑스어로 말하고 싶어. 프랑스어로 말하면 말하지 않고도 말하는 것 같은 기분이 드니까 말이야. 어떤 면에서는 전혀 부담이 없다고나 할까, 꿈속에서 말하는 것 같은 느낌이거든. 무슨 말인지 알겠어?"

"짐작은 하겠어."

"그러면 됐어." 한스 카스토르프가 계속 말했다. "말을 한다는 것은 불쌍한 일이지. 영원 속에서는 말 같은 것이 필요 없어. 영원 속에서는 돼지 새끼를 그릴 때처럼, 말하자면 머리를 뒤로 젖히고 두 눈을 감은 채 하늘을 바라보면 되는 거야."

"정말 재미있는 표현이네! 영원에 대해 잘 알고 있으니 말이야. 정말이야. 아주 잘 알고 있네. 너는 정말 귀여운 공상가이고 호기심이 많은 사람이야."

한스 카스토르프가 말했다. "게다가 내가 좀 더 일찍 말을 건넸더라면 너를 '당신'이라고 불렀을 거야."

"아니, 그럼 이제부터 나를 영원히 너라고 부를 작정이야?"

"그래. 지금까지 그랬고 앞으로도 영원히 그렇게 부를 거야."

"그건 좀 지나친데. 하여튼 네가 나를 '너'라고 부르는 것도 얼마 안 남았어. 나는 이곳을 떠날 테니까."

한스 카스토르프가 이 말의 진의를 알기까지는 시간이 한참이나 걸렸다. 그는 자다 깬 사람처럼 벌떡 일어나서는, 어리둥절한 표정으로 주위를 돌아보았다. 두 사람의 대화는 카스토르프가 프랑스어를 힘들게 머뭇거리듯 생각하며 말했기 때문에 아주 천천히 진행되었다. 잠시 그쳤던 피아노가 슬라브 청년 대신 악보를 펼쳐 든 만하임 사람의 손에 의해 다시 연주되기 시작했다. 옆에서 엥겔하르트 양이 악보를 넘겨주고 있었다. 무도회 분위기는 가라앉았다. 대부분의 요양객은 수평 상태에 들어간 것 같았다. 이제 두 남녀 앞에는 아무도 앉아 있는 사람이 없었다. 다만 독서실에서 사람들은 카드놀이를 하고 있었다.

"뭐라고?" 한스 카스토르프가 멍해져서는 반문했다.

"나는 이곳을 떠나." 그녀는 이런 그의 충격을 받은 모습에 놀랍다는 제스처를 취하고는, 미소를 지으며 같은 말을 되풀이 했다.

"설마 그럴 리가, 농담이겠지." 카스토르프가 말했다.

"농담이 아니야. 진담이야. 나는 떠날 거야."

"언제?"

"바로 내일. 점심 식사를 마치고."

그의 마음속에서 모든 것이 일시에 무너지는 기분이었다. 그는 물었다.

"어디로?"

"아주, 아주 먼 곳에."

"다게스탄 말이지?"

"꽤나 많이 알고 있네. 아마 한동안은…."

"그럼 병이 다 나았나?"

"아직은… 그런 거는 아니고. 하지만 베렌스는 내가 여기에 있어 봤자 당분간은 별로 효과가 없다는 거야. 그래서 나도 결심을 하고 장소를 좀 바꿔 보려고."

"그럼 다시 돌아오는 거잖아!"

"그게 문제야. 무엇보다 언제 돌아올지가. 나라는 사람은 자유를 무엇보다 사랑해. 특히 거처할 장소를 택하는 자유. 너는 도저히 이해하지 못할 거야. 자유로운 상태가 아니면 견딜 수 없다는 것을. 이런 것이 민족적인 기질일 거야."

"그럼 다게스탄에 있는 남편은 허락한 거야, 너의 자유를?"

"내게 자유를 주는 것은 병이야. 여기 있는 것도 벌써 세 번째거든. 이번에는 1년쯤 있었지. 어쩌면 다시 돌아올지도 모르지만, 그때 너는 이미 멀리 가버렸겠지."

"그렇게 생각해, 클라브디아?"

"아니, 내 이름까지 알고 있네! 정말 사육제의 풍습에 충실하군 그래."

"너는 내가 얼마나 아픈지 알고 있어?"

"안다고도 할 수 있고 모른다고도 할 수 있어. 여기서 안다는 것은 그런 식이야. 몸에 약간 침윤된 부위가 있고, 열도 약간 있지, 안 그래?"

"오후가 되면 37.8도에서 9도까지 올라가. 그럼 넌?" 카스토르프가 반문했다.

"아, 내 경우는, 좀 더 복잡해. 그렇게 간단치가 않아."

"인문주의 분야에서 의학 분과에 림프선의 결핵성 전색이라는 게 있어."

"어머! 정탐을 하다니. 틀림없어."

"그래서 넌… 미안해. 너에게 좀 물어 볼 게 있어, 독일어로 꼭 물어 볼 게 있어. 내가 언젠가 식당에서 진찰을 받으러 갔을 때, 그게 6개월 전이었지. 그때 나를 뒤돌아보았지, 기억나?"

"놀라운 질문이네, 6개월이나 지난 일인데!"

"그때 내가 어디로 가는지 알고 있었어?"

"알고 있었어, 정말 우연한 기회에."

"베렌스에게서 들었지?"

"또 베렌스라니!"

"아, 그는 너의 피부를 아주 정확하게 그려 내고 있어. 더구나 뺨이 벌겋게 상기된 독신 남성인 그가 독특한 커피세트를 지니고 있더군. 그는 분명히 너의 몸을 의사로서만이 아니라 인문 분야의 신봉자로서도 알고 있는 거야."

"정말 꿈속에서 이야기하는 것 같군 그래."

"그럴지 모르지. … 하지만 네가 떠난다는 말에 꿈이 무참하게 깨지고 말았어. 그러니 다시 한 번 꿈을 꾸게 해 줘. 이곳에 7개월 있으면서 … 지금 너와 겨우 알게 된 순간 떠난다고 하니 대체 그게…."

"그래서 내가 말한 바 있지만, 좀 더 일찍 말을 걸었어야지."

"네가 그걸 원했을까?"

"내가? 그런 식으로 핑계대지 마. 문제는 바로 너야. 지금 꿈속에서 말을 주고받는 여자에게 말을 걸 용기가 없었던 거지? 아니면 누군가가 그걸 못하게 했단 말이야?"

"아까 말한 그대로야. 나는 너를 '당신'이라고 부르고 싶지 않았던 거야."

"우습네. 그럼 대답해 줘. 아까 그 웅변가 말이야. 밤의 모임에 있다가 도중에 자리를 뜬 그 이탈리아인 말이야. 그 사람은 너에게 뭐라고 그랬어?"

"나는 정말 아무것도 못 들었어. 네가 눈앞에 보이면 그 사람은 거의 염두에 없어지니까. 그런데 너는 잊고 있어, 이런 환경에서는 너에게 그리 쉽게 접근할 수 없다는 사실 말이야. 그리고 나에게는 언제나 사촌이 곁에 있잖아. 그는 여기서 즐겁게 지내려는 생각은 조금도 없거든. 어서 평지로 돌아가 군인이 되려는 생각밖엔 없어."

"불쌍한 사람이야. 그 사람은 자신이 생각하는 것보다 훨씬 중병이야. 그 이탈리아 친구도 역시 병세가 마찬가지고."

"그 사람도 그렇게 말했지. 그러나 내 사촌은 … 그게 정말이야? 그게 정말이라면 끔찍한 일인데."

"평지에서 군인이 된다면 아마 죽을지도 몰라."

"그가 죽는다니. 죽음, 그건 정말 무서운 낱말이지, 그렇지 않아? 그런데 이상하군. 나는 이제는 그런 말에 별로 놀라지 않아. 그건 '끔찍한 일'이긴 하지만, 흔히들 하는 말에 불과할 따름이야. 죽음이라는 것이 내게는 위협이 되지 않아. 그 말을 들어도 아무렇지 않고, 동정심 따위도 느끼지 않아. 선량한 요아힘이 죽을지 모른다는 말을 들어도 그에게나 나에게 연민조차 느껴지질 않아. 그의 체질이 내 체질과 비슷하긴 하지만, 나는 별로 겁나지 않아. 그는 중환자이고, 나는 사랑에 괴로워하는 남자야. 아무튼 좋아! 너는 언젠가 뢴트겐 촬영실에서 나의 사촌 요아힘과 이야기를 나눈 적이 있지, 그 대기실에서."

"그랬던 것 같아."

"그때 베렌스가 뢴트겐 투시 사진을 찍었잖아!"

"그래."

"그거 지금 갖고 있어?"

"아니, 내 방에 있는데."

"아, 방에. 나는 늘 지갑에 넣어 가지고 다니지. 보여 줄까?"

"고맙지만 사양하겠어. 나는 별로 호기심이 많지 않거든. 보나마나 사진일 텐데."

"나는 너의 외부 초상화는 이미 보았어. 그래서 네 방에 있는 내부 초상화를 더 보고 싶어. 그럼 또 한 가지 물어야겠어. 도르프 읍내에 산다는 러시아 신사가 가끔 찾아온다는데, 그는 누구야? 그리고 어떤 목적으로 찾아오는 거지?"

"정말 대단한 정탐꾼이네. 좋아, 대답하지. 그래, 그 사람은 같은 병을 앓고 있는 러시아 사람으로 친구 사이야. 그 사람과는 다른 요양지에서 알게 되었지. 2, 3년 전에. 우리의 관계? 이런 정도야. 그러니까 우리는 차를 마시고, 담배를 두세 대 피우고, 대화도 나누고, 때로는 철학을 논하기도 해. 우리는 인간과 신, 인생과 도덕은 물론 온갖 일에 대해 이야기를 나누지. 이상으로 보고 끝. 이제 됐어?"

"도덕에 대해서도! 그럼 도덕에 대해 어떤 결론에 도달했어, 예를 들면?"

"도덕? 그런 것에도 관심이 있어? 그렇다면 이야기하지. 도덕이란 미덕 가운데서 찾아지는 것은 아니라고 생각해. 말하자면 이성이나 규율, 미풍양속, 성실에서 찾을 것이 아니라 오히려 그 반대의 것, 즉 죄악에서 찾아야 한다고 생각해. 그러니까 우리에게 위험하고 해로운 것, 우리를 파멸시키는 것에 뛰어들어 찾아야 해. 우리는 자신을 소중히 여기는 것보다는 자신을 손상시키고 파멸시키는 것이 더욱 도덕적이라고 생각해. 위대한 도덕가는 덕망 있는 사람이 아니라, 악덕의 모험가야. 다시 말해 비참한 운명 앞에서 그리스도 정신으로 무릎을 꿇는 것을 가르쳐 주는 사악한 인간, 위대한 죄인 말이야. 이런 생각이 마음에 들지 않겠지?"

한스 카스토르프는 입을 다물고 있었다. 그는 여전히 처음과 같은 자세로 포갠 다리를 삐걱거리는 의자 밑에 깊숙이 넣고는, 종이 모자를 쓰고 반쯤 눕듯이 앉아 있는 클라브디아 쪽으로 상체를 숙인 채, 그녀에게 빌린 연필을 손가락 사이에 끼고 있었다. 그는 한스 로렌츠 카스토르프 할아버지에게서 물려받은 푸른 눈으로 아무도 없는 텅 빈 방을 바라보았다. 손님들은 모두 흩어져버렸다. 비스듬히 맞은편 구석에 놓인 만하임 출신의 환자가 치는 피아노가 여전히 나직하게, 간헐적으로 소리가 끊어지면서 울리고 있었다. 그의 곁에는 여교사가 앉아서 무릎에 올려둔 악보를 넘기고 있었다. 한스 카스토르프와 클라브디아 쇼샤의 대화가 중단되자 피아니스트도 연주를 끝내고 건반을 가볍게 두드리던 손도 무릎에 내려놓았다. 그러나 엥겔하르트 양은 악보를 계속 쳐다보고 있었다. 사육제 모임에 마지막 남은 이 네 사람은 꼼짝도 않고 그대로 앉아 있었다. 몇 분 동안 침묵이 계속되었다. 이런 침묵의 무게에 눌린 듯 피아노 앞 두 사람의 머리, 다시 말해 만하임 출신의 머리는 건반 쪽으로, 엥겔하르트 양의 머리는 악보 쪽으로 점점 더 기울어졌다. 이윽고 피아니스트를 비롯한 두 사람은 암묵적인 동의가 이루어졌는지 조심스럽게 살짝 자리에서 일어나서는, 아직 인기척이 남아 있는 방구석을 고의로 돌아보지 않은 채, 고개를 숙이고 팔을 몸에 꼭 붙인 뒤, 편지를 쓰거나 독서실로 이용되는 방을 지나 모습을 감추었다.

"모두 돌아갔어." 쇼샤 부인이 말했다. "그들이 마지막이었군. 늦었네. 이것으로 사육제는 끝났어." 동시에 그녀는 팔을 들어올리고, 땋아서 화관처럼 감아올린 붉은 머리에서 종이 모자를 두 손을 사용하여 벗어 버리며 말을 덧붙였다. "그리고 사육제의 끝은 네가 아는 대로야."

그러나 한스 카스토르프는 자세를 바꾸지 않고 두 눈을 감고는 부인하듯 말했다. "결코, 클라브디아, 결코 나는 너를 '당신'이라고 부르지 않겠어. 이렇게 말해도 좋다면, 생명을 걸고서라도. 교양과 인문주의적 문명이 있는 유럽에서 사람을 부를 때 사용하는 당신이라는 형식은 너무 시민적이고 옹졸한 것으로 여겨지거든. 도대체 무엇을 위한 형식이야? 형식이란 속물근성 그 자체야! 너와 병을 앓고 있는 러시아인이 도덕에 대해 내린 결론, 정말 내가 그것에 대해 놀랄 거라고 생각해? 나를 바보라고 생각해? 말해 봐, 나를 대체 어떻게 생각하고 있는 거야?"

"그런 것은 대단한 문제가 아니야. 너는 착하고 품위 있는 도련님이지, 양갓집 자제로 예의바르고 매력적이며, 선생님 말씀을 잘 듣는 학생이잖아. 머지않아 평지로 돌아가면 오늘 밤 이렇게 꿈속에서 얘기한 것은 다 잊어버리고 조선소에서 충실히 일하면서 네 조국을 위대하고 강하게 만드는 데 기여할 사람이지. 이것이 기계로 찍지 않은 너의 내부 사진이야. 제대로 잘 찍었다고 생각하지 않아?"

"베렌스가 발견한 두세 항목이 빠져 있어."

"아, 의사는 언제나 잘 발견하지. 그런데 정통하니까."

"세템브리니 씨처럼 말하네. 그러면 내 열은? 이건 대체 무슨 열이지?"

"그만! 그런 열은 문제가 안 돼. 있다가 곧 없어지겠지."

"아니야, 클라브디아, 지금 바른말을 하는 게 아니라는 걸 자신도 알고 있어. 확신도 없이 그냥 말하고 있는 거야. 나는 알아, 내 몸의 열,

몹시 지쳐 있는 심장의 고동, 팔다리의 오한, 이것은 다름이 아니라….”

그는 말을 멈추고 입술을 떨면서 창백한 얼굴을 한층 깊숙이 그녀의 얼굴 쪽으로 기울였다. “이것은 다름이 아니라 너에 대한 나의 사랑이야. 그래, 내가 이 눈으로 너를 본 순간 내 마음을 사로잡은 사랑, 아니, 그보다도 너라는 걸 알아본 순간 내 마음속에서 다시 살아난 사랑이야. 그리고 나를 여기에 데려 온 것도 분명히 그 사랑이야.”

“터무니없는 망상!”

“아, 사랑이 망상이 아니라면, 무모한 금단의 열매가 아니라면, 죄악 속의 모험이 아니라면, 그것은 정령 보잘것없는 것이겠지. 그렇다면 사랑은 평지에서 만들어진 한가하고 하찮은 노래에 알맞은 대상에 불과하겠지. 그러나 너를 그 사람이라고 인정하고 너에게 다시 사랑을 느낀 것은… 그래, 실은 내가 너를 옛날부터 알고 있었기 때문이야. 나는 너, 이상하게 기울어진 너의 눈, 너의 입술, 말할 때의 목소리를 훨씬 전부터 알고 있었어. 그 옛날 언젠가 학창 시절에 나는 너에게 연필을 빌린 적이 있었지. 마침내 너와 세속적인 의미에서 알고 싶었기 때문이야. 이성을 잃을 만큼 너를 사랑했기 때문이야. 또한 베렌스가 내 몸에서 발견한 흔적, 내가 훨씬 이전에도 병을 앓았다는 흔적, 이것은 의심의 여지없이 그것 때문에 남아 있는 거야. 너에 대한 나의 해묵은 사랑이 남겨놓은 흔적….”

그의 이빨들이 서로 부딪치고 있었다. 그는 환상에 사로잡힌 채 삐걱거리는 의자 밑에서 한쪽 발을 끌어냈다. 그러더니 그 발을 앞으로 내미는 한편, 다른 발쪽 무릎을 바닥에 대고 그녀 곁에 꿇어앉아 머리를 숙이고 전신을 떨었다. “너를 사랑해.” 그는 웅얼거리며 프랑스어로 말했다. “나는 늘 너를 사랑해 왔어. 너는 나의 너이고, 삶이자 꿈이며,

나의 운명이자 소망이며, 나의 영원한 동경이니까…."

"그만, 그만!" 그녀가 말했다. "너의 선생이 이 모습을 보면…."

그러나 그는 얼굴을 융단 쪽으로 향하고 절망적으로 머리를 흔들면서 대답했다.

"보아도 좋아. 내게는 카르두치나 웅변가적인 공화주의자도, 시간이 흐르면서 실현되는 인류의 진보도 하찮을 뿐이야. 너를 사랑하니까."

그녀는 그의 뒷머리의 짧게 깎은 머리칼을 손으로 가볍게 어루만졌다.

"그대는 소시민!" 그녀가 말했다. "작은 침윤이 얼룩진 귀여운 시민. 나를 이토록 사랑하는 게 정말이야?"

그녀의 손길이 닿자 그는 감동을 받아 두 무릎을 꿇고, 머리를 수그리며 프랑스어로 계속 말하기 시작했다.

"아! 사랑이란 … 육체, 사랑, 죽음, 이 세 가지는 본래 하나야. 왜냐하면 육체는 병과 쾌락이고, 육체야말로 죽음을 야기하기 때문이지. 그래, 사랑과 죽음, 이 두 가지는 육체적인 것이지, 거기에 바로 사랑과 죽음이 빚어내는 공포와 위대한 마술이 있지! 그러나 죽음은 한편으로는 의심스럽고 파렴치하며 얼굴을 붉히게도 하지만, 다른 한편으론 아주 장엄하고 존엄한 힘, 돈을 벌고 흥겨워 희희낙락하는 삶보다 훨씬 더 고귀한 것이지. 시간에 대해 쓸데없는 말이나 떠벌이는 진보보다 훨씬 더 존경할 만한 거야. 그럴 것이 죽음은 역사적인 것으로, 고귀함이자 경건함, 영원함, 신성함이기에, 우리가 모자를 벗고 발끝으로 조심조심 걸어야 하는 그 무엇이기 때문이야. 이와 마찬가지로 육체도, 그리고 육체에 대한 사랑도 음탕하고 거북한 특성을 띠고 있어. 육체는 그 자체를 두려워하고 부끄러워하여 피부를 붉게 물들이기도 하지만, 동시에 육체는 위대하고 존경할 만한 빛이고, 유기 생명의 기적과도 같은 형상이자 형태와 미의 신성한 기적이지. 이에 대한 사랑, 인체에 대한 사랑은 역시 아주 인문학적인 관심이며, 세상의 그 모든 교육학보다 더욱 교육적인 힘이야. 아, 이 매혹적인 유기체의 아름다움은 화구(畵具)나 돌로 이루어진 것이 아니라 부패성의 살아 있는 물질로 되어 있고, 생명과 부패라는 열을 내는 비밀로 가득 차 있는 것이지! 자, 인체 조직의 불가사의한 대칭 구조를 한번 봐! 양쪽 어깨와 허리, 양쪽 가슴의 꽃과 같은 젖꼭지, 그리고 양쪽에 두 개씩 나란히 위치해 있는 갈비뼈, 부드러운 복부와 중앙의 배꼽, 다리 사이의 검은 보고, 등의 비단처럼 부드러운 피부 아래에서 견갑골이 움직이는 모양을 좀 봐! 그리고 싱싱하고 풍만한 두 엉덩이를 향해 내려가는 등뼈의 모양, 몸 기둥에서 겨드랑이를 통해 사지로 뻗어 나가는 혈관과 신경의 굵은 다발, 두 팔의 구조가 두 다리의 구조에 대응하는 모습을 보라고! 아, 팔꿈치와 무릎 관절 안쪽의 부드러운 부분, 그리고 그 살의 쿠션에 쌓인 곳에서 유기체가 가지고 있는 수많은 비밀! 인체의 이 감미로운 부분을 애무하는 것은 얼마나 큰 기쁨일까! 아, 당장 죽어도 한이 없을 환희! 아, 정교한 관절 주머니가 지방을 분비하고 있는 네 무릎의 피부 냄새를 나에게 맡도록 해 줘! 너의 허벅지에서 고동치고, 훨씬 아래에서 경골 부근 두 개의 동맥으로 갈라지는 대퇴부 동맥에 나의 입술을 경건하게 대도록 해 줘! 너의 털구멍의 분비물을 냄새 맡고, 너의 부드러운 털을 애무하게 해 줘! 물과 단백질로 이루어져 무덤에서 분해될 운명을 지닌 인간상이여, 너의 입술에 내 입술을 대고 영원히 죽도록 해 줘!"

그는 말을 마친 다음 두 눈을 감았다. 그는 앞서와 같은 자세를 하고 있었다. 머리를 숙이고, 은장식 연필을 쥔 두 손을 앞으로 뻗은 채 두 무릎을 꿇고 온몸을 떨었다. 그러자 그녀가 말했다.

"너는 정말 심오한 독일식 방법으로 여자를 설득하는 멋쟁이야." 이렇게 말하며 그녀는 자신의 종이 모자를 그의 머리에 씌워 주었다.

"안녕, 나의 사육제 왕자님! 오늘 밤 너의 체온 곡선은 굉장히 올라갈 거야."

이제 그녀는 의자에서 일어나 융단 위를 미끄러지듯 걸어가 문으로 향했다. 문틀에 서서 그녀는 하얗게 드러난 한쪽 팔을 들고 그 손으로 문의 손잡이를 잡고는, 몸을 반쯤 돌린 채 그를 보며 머뭇거렸다. 어깨 너머로 그녀는 조용히 말했다.

"연필을 잊지 말고 내게 돌려주러 와."

이어서 그녀는 나가 버렸다.

_ 하권에서 계속